U0888909

读客

读客科幻文库

跟着读客读科幻，经典科幻全看遍。

HYPERION

海伯利安

[美] 丹・西蒙斯 著
DAN SIMMONS
潘振华 官善明 李懿 译

文匯出版社

HYPERION

DAN SIMMONS

献给特德

末日前夜，整个银河硝烟弥漫，七名朝圣者，踏上朝圣征途，他们要前往光阴冢，寻找自己生命中未解谜团的答案。他们的发现，也许会是人类得以解救的关键。

神父： 尽管天主教会随着历史和变革，业已日薄西山，但年轻时的雷纳·霍伊特神父依然信仰坚定。然而现在，当他看到曾敬仰的人在海伯利安上所受的苦难之后，心中的信仰摇摇欲坠。

士兵： 费德曼·卡萨德上校曾是整个霸主军队中最聪明、最能干、最强硬的年轻军官，直到命运将他带到海伯利安。

诗人： 提到伯劳之时，马丁·塞利纳斯眼睛中闪现出某些东西。一种饥渴，或是某种比饥渴更甚的东西……

学者： 索尔·温特伯一直过着平静的生活，直到女儿去海伯利安进行考古探险……在那里，伯劳触碰了她，接着，她开始逆时而行。

船长： 安静，随和，带着令人捉摸不透的自信，海特·马斯蒂恩深藏不露。

侦探： 布劳恩·拉米亚去海伯利安，为的是查出真凶。谁杀了受她保护的客户？

领事： 他看上去平静缄默……一名完美的官员。或者，在他内心深处，是否深藏着什么不愿示人的痛楚？是否有什么不可告人的目的？

序

霸主领事坐在他那艘乌黑的太空飞船的瞭望台上，弹奏着拉赫马尼诺夫的《升C小调前奏曲》，他用的施坦威钢琴是一件古董，却保存完好。舱下沼泽中，一只只绿色的巨型蜥蜴状生物蠕动着，嗥叫着。北方正酝酿着一场雷暴，青黑色的乌云下，是一大片庞大裸子植物构成的森林，显得黑沉沉的。层积云就像九千米高塔，插入狂暴的天空。地平线上缭绕着一条条闪电。靠近飞船的地方，一些时隐时现的爬虫的身影会磕磕碰碰地误撞入阻断场，尖叫一声，坠入靛青的迷雾。领事聚精会神地弹着序曲中最难的一段，毫不顾及风暴和夜幕的临近。

超光通信仪嘟嘟响了起来。

领事停了下来，手指悬停在琴键上，聆听着。雷声穿过稠密的空气轰鸣而来；从裸子森林的方向传来一群食尸动物的悲鸣；下面黑漆漆的什么地方，一头小脑袋的野兽挑衅似的号叫了一番，接着便无声无息了。突如其来的寂静，使得阻断场发出的低沉波动声历历在耳。超光仪再一次鸣叫起来。

“该死。”领事走进去接听。

计算机得花几秒钟转换并解密那串衰减的超光速粒子脉冲信号，趁着这片刻工夫，领事给自己倒了杯苏格兰威士忌。他一屁股坐在显像井的软垫上，触显已经闪起了绿光。“播放。”他说。

“你被选中，返回海伯利安。”传来一个女人沙哑的声音。全息像尚未成形，眼前仍旧空无一物，仅有一段传送代码，告诉他超光信息发自鲸逖中心①，即霸主行政中心所在的星球。不用看传送坐标，领事也知道这个。这上了年纪但听上去仍旧美妙的声音是梅伊娜·悦石的，他不可能认错。“你被选中，作为伯劳朝圣者之一，返回海伯利安。”那声音继续道。

见你的鬼去，领事想着，站起身，打算离开显像井。

“你和另外六人已被伯劳教会选中，同时也得到了‘全局’的确认。”梅伊娜·悦石说，“为了霸主的利益，请你接受。”

领事一动不动站在显像井中，背对着忽隐忽现的传送代码。他没有转身，举起酒杯，将最后一点苏格兰威士忌一饮而尽。

“局势非常混乱。”梅伊娜·悦石说。她的声音显得疲惫。“三个标准星期前，领事馆和海伯利安地方自治理事会发来超光信息，说光阴冢显示出打开的迹象，坟冢周围的逆熵场正在迅速扩展，伯劳已经侵扰到南方，远至笼头山脉。”

领事转过身，跌坐进软垫中。全息像已经显示出梅伊娜·悦石那张苍老的脸庞，她的眼睛看上去很疲倦，就和她的声音一样。

“军部的一支太空特遣部队已从帕瓦蒂出发，他们必须赶在光阴冢打开前，疏散海伯利安上的霸主公民。他们的时间债将不少于

① 鲸逖中心：作者虚构出来的一颗行星，环绕鲸鱼座T星运行。

海伯利安当地的三年时间。”梅伊娜·悦石顿了顿。领事觉得自己从未见过议院首席执行官的表情如此严酷。“我们不知道疏散舰队能否及时抵达，”她说，“但情况甚至比这还要复杂。我们探测到一群驱逐者迁移队，至少有四千……分队，正向海伯利安星系逼近。我们的疏散特遣舰队将只比驱逐者早到一小会儿。”

领事明白悦石为什么会犹豫了。一群驱逐者迁移队，装备五花八门，小到单人驾驶的疾行侦察机，大到城市型驱逐舰和彗星堡垒，能够容纳成千上万这种星际间流浪的野蛮人。

“军部参谋长联席成员相信，驱逐者开始大举进攻了。”梅伊娜·悦石说。飞船的计算机已经将全息像完全显示了出来，这女人悲伤的棕色眼眸似乎正直直盯着领事。“他们是单单为了光阴冢想控制海伯利安，还是想全面进攻世界网，有待观察。与此同时，军部的一支太空作战舰队已从卡姆星系调头，配备有一支远距传输器建筑队，将一起加入疏散特遣部队。不过，这一舰队可能视情况被召回。”

领事点点头，心不在焉地将苏格兰威士忌举至嘴边。酒杯已经空了，他皱了皱眉，将它扔到全息显像井的厚地毯上。即便没有受过军事训练，他也能明白悦石和参谋长联席成员所面临的这个艰难的战略决策。除非用令人咋舌的开支，在海伯利安星系匆忙建好一个军用远距传输器，不然没有任何办法可以抵挡驱逐者的入侵。不管光阴冢埋有什么秘密，都将拱手让给霸主的这些敌人。假如舰队真能及时建好远距传输器，并且霸主将全部军部资源用来保卫海伯利安这一孤独、遥远的殖民星球，那么，世界网将陷于巨大风险中，驱逐者有可能会攻击外围的任何地方，或者，往最糟的地方想，这些野蛮人会占领远距传输器，一举侵入环网。领事试图想象这样一个画面：全副武装的驱逐者部队踏进远距传输器的传送门，进入上百个星球上毫无防备的家园。领事径直穿过了梅伊娜·悦石的全息像，捡起杯子，又倒了杯苏格兰威士忌。

“你被选中，加入伯劳的朝圣者队伍。”年迈的首席执行官的全息像说道，媒体喜欢将她比作林肯或丘吉尔，又或是阿尔瓦雷兹-腾普，以及大流亡前历史上盛名一时的其他传奇人物。“圣徒派出了他们的巨树之舰‘伊戈德拉希尔’[①]！”悦石说，“疏散特遣队的指挥官会遵照命令让它通行。经过三个星期的时间债，你将与‘伊戈德拉希尔’会合，接着，它将从帕瓦蒂星系进行量子跃迁。另外六个伯劳教会选中的朝圣者也会登上巨树之舰。据我们的情报人员说，七个朝圣者中至少有一个是驱逐者安插的间谍。此时此刻……我们没有任何办法……得知此人是谁。”

领事不禁一笑。悦石面临的风险重重，这老妇人必须考虑一种可能：他就是间谍，她正在将至关紧要的信息透露给这个驱逐者的间谍。或者，她透露过任何至关紧要的信息吗？一旦飞船使用霍金驱动器，那么，飞船的动向都是可以探查到的，假如领事就是这个间谍，首席执行官所透露的信息，正好吓坏他。领事的笑容消失了，他喝了一口威士忌。

“被选中的七个朝圣者中，有索尔·温特伯和费德曼·卡萨德。”悦石说道。

领事眉头紧蹙。他凝视着那串云状的数字，它们围绕在这个老妇人的影像周围，仿佛就是一片尘埃。离超光信息结束还剩十五秒时间。

“我们需要你的帮助，”梅伊娜·悦石说，“我们一定要解开光阴冢和伯劳的秘密。这次朝圣也许是我们最后的机会。如果驱逐

---

① 伊戈德拉希尔（Yggdrasill）：北欧神话中的一棵巨树。

者占领海伯利安，那我们必须消灭他们的间谍。无论付出什么代价，都要封住光阴冢。霸主的命运在此一举。”

信息结束了，现在只剩一串会合地点的坐标在那儿悸动。“回复吗？”飞船的电脑问。虽然耗能极大，太空船仍然能够将简短的编码信息通过超光速脉冲发送出去，这一技术将银河系的人类连在了一起。

“不。”领事说，他走了出去，倚靠在瞭望台的栏杆上。夜幕降临了，云层低垂。看不见一颗星星。要不是闪电不时划过北方的长空，沼泽地上冒起的悠悠磷光，这夜，将是彻底的黑暗。在那一刻，领事突然意识到，他是这个未被命名的星球上唯一一个有感情的生物。他静听着沼泽上涌起的上古风声，想起清晨，想起曙光乍现时乘桅轻电磁车出发，想起在阳光下度过的一天，想起在南方的蕨类森林中打猎，然后晚上回到飞船，就着冰爽的啤酒，吃一顿上好的牛排。领事想起狩猎的铭心快感，以及独处时同样刻骨的慰藉：孤独。那是他在海伯利安忍受无数痛楚和梦魇之后，得到的孤独。

海伯利安。

领事走了进去，收起瞭望台，关上舱门。就在此时，第一阵雨开始倾盆而下。他沿着螺旋型的楼梯，来到飞船顶部的睡眠舱。这个圆形房间一片漆黑，不过偶尔会有无声的闪电闪过，勾勒出泄在天窗上的条条雨迹。领事脱下衣服，仰面躺在坚硬的床垫上。他打开音响系统和外部音频获取设备，让暴风雨的狂怒咆哮，混进瓦格纳[①]雷霆万钧的《女武神之骑》。飓风捶打着飞船。当天窗瞬间变亮时，炸雷也响彻整个房间，闪电的残留影像，仿佛还映在领事的视

① 理查德·瓦格纳（Richard Wagner，1813–1883）：德国歌剧家、作曲家。《女武神之骑》是其巨作《尼伯龙根的指环》的第三部《女武神》第三幕的序曲。女武神是指瓦尔基里，北欧神话中奥丁神的女仆，她引导阵亡者的灵魂到瓦尔哈拉殿堂。

网膜上。

瓦格纳只能在雷雨天听听，他想。他合上双眼，但是透过闭合的眼睑，闪电依旧历历在目。他记得光阴冢附近小山颠覆的废墟中，冰晶排山倒海而过，闪闪发光；还有伯劳那棵不可思议的树，满是金属荆棘，泛着更加瘆人的钢铁寒光。他记得夜晚的尖叫声，以及伯劳那闪耀着上百个切割面的、如红宝石般血红的目光。

海伯利安。

领事静静地操控电脑关闭了所有的播放器。他举起手腕，遮住双眼。耳边兀然沉寂，他躺在那儿，心想，回到海伯利安，真是彻底疯了！在那个充满谜团的遥远星球，他担任了十一年的领事，那时，神秘的伯劳教会允许外世界的朝圣者们乘游船出发，开赴群山北麓光阴冢周围那久经风雨的不毛之地。没有一个人从那儿回来过。这还是在正常的局势下。那段时期伯劳正被时间潮汐和无人能理解的力量所囚困，逆熵场也被限制在光阴冢周边几十米的区域内。此外，当时也没有驱逐者入侵的威胁。

领事想着伯劳，想象它自由漫步海伯利安上的任何地方。他想象着，数百万的当地居民和成千上万霸主公民面对这个怪物时束手无策。它违抗一切物理法则，仅仅通过屠杀来交流。虽然小屋很暖和，领事还是不住颤抖着。

海伯利安。

黑夜和风暴过去了。正要破晓，但比曙光更快到来的，是另一场风暴的前兆。两百米高的裸子植物被吹弯了腰，涌过来的气流吹得它们噼啪作响。在第一缕曙光出现之前，领事那艘乌黑的太空船拖着蓝色等离子尾迹升入高空，穿过厚厚的云层，攀向太空，前往会合地。

01

领事醒来时，头痛异常，喉咙干涩，他感觉做了上千个梦，却全都记不得了。这种感觉，只有在冰冻沉眠后才会有。他眨了眨眼，从矮床上坐起身，摇摇晃晃地扯掉紧贴在皮肤上的最后几条传感带。这是个卵形房间，没有窗户，有两个矮小的克隆人船员站在一边，还有一个高大的圣徒，戴着兜帽。一个克隆人走了过来，递给他一杯橙汁，这是解冻期之后的传统饮料。他接过来，如饥似渴地喝了起来。

“巨树离海伯利安还有两光分，五小时的旅程。”圣徒说。领事意识到，向他致辞的正是海特·马斯蒂恩，圣徒巨树之舰的船长，巨树的忠诚之音。领事模糊想到，被船长叫醒，这可是万分荣幸的。但是他还没有从神游状态中恢复过来，迷迷糊糊，无力表示感激之情。

“其他人醒了几个小时了。”海特·马斯蒂恩说道，摆摆手，示意克隆人离开，“他们已经集合在一等就餐平台了。”

“咳咳。”领事喝了口饮料，清清嗓子，再次试图表示感激，终于说出了口，“多谢，海特·马斯蒂恩。”他朝卵形房间四顾，黑草地毯，透明墙壁，弯曲连绵的堰木椽。领事意识到，他肯定是在某个小型环境舱内。他闭上双眼，试图回忆起圣徒飞船量子化前，他与之会合的情景。

领事记起了接近会合地点时，第一眼瞅见这千米长的巨树之舰，它的细枝末节隐约遮掩在众多的机械和尔格驱动的密蔽场中，后者就像球形薄雾一般环绕着整艘巨树之舰。但是那多叶树干清楚地闪耀着万千光芒，这些光柔和地穿过树叶和细薄墙壁的环境舱，也一路照亮了不计其数的平台、船桥、指挥舱、楼梯以及舰首。在巨树之舰的根基处，工程球体和货物球体堆积成群，就像特大号的树瘤，同时，蓝中带紫的喷射流拖在尾部，就像一万米长的根须。

“其他人正等着呢。”海特·马斯蒂恩轻声说，他点头示意领事朝矮垫看，那儿，领事的行李整装待开。圣徒若有所思地凝视着堰木支撑椽，于是，领事开始更衣，他穿上半正式的晚礼服，宽松的黑裤子，擦得光亮的舰用靴，一件腰部和肘部膨起的白色丝绸上衣，浅黄腰带，黑色马甲，肩章上饰有代表霸主的绯红斜条，还有一顶软软的金黄三角帽。一块弯曲墙壁变成一面镜子，领事盯着镜中的影像：一个上了年纪的中年人，穿着半正式的晚装，皮肤晒得黝黑，但悲伤的双眼下方却是奇怪的一片惨白。领事皱紧眉头，点点头，转回身。

海特·马斯蒂恩做了个手势，领事便跟着这个罩在袍子里的高大身影，穿过小舱内的一个膨大区域，来到了一条走道。这条走道弯曲向上，绕过巨树之舰躯干的巨大树皮墙，最后消失不见。领事停下脚步，挪到走道边缘，然后迅速后退一步。往下至少有六百米的距离——巨树的根基中囚禁着奇点，产生的六分之一标准重力让人有“往下”的感觉，而且走道周围没有栏杆。

他们继续安静地向上走。在主树干走廊处转了个弯，走了三十米，稍后又盘旋了半圈，越过一条脆弱的吊桥，来到一根五米粗的树枝前。他们沿着这条树枝向外走，来到一处枝叶繁茂的地方，海伯利安的太阳光把这儿照得亮亮的。

“我的船出仓了吗？”领事问道。

“已经加满燃料，在十一区待命。”海特·马斯蒂恩说。他们走进树干的阴影中，透过树叶之间的黑暗缝隙，星辰隐约可见。“其他朝圣者同意，如果军部当局允许，那他们就搭乘你的飞船降落。”圣徒加上一句。

领事揉揉眼睛，他真希望有更多的时间从冰冻沉眠之后那挥之不去的恍惚状态中恢复。“你们与特遣队联系上了？”

“哦，是的。我们量子跃迁穿越隧孔时，被他们盘问了一下。现在，一艘霸主的战舰……正在……护送我们。”海特·马斯蒂恩朝他们头顶的天空指了指。

领事眯着眼睛向上看，但就在那一刻，几簇树枝的尖端已经从巨树之舰的阴影中转出，大片大片的树叶被落日的余晖点亮。即使在那些仍有阴影的地方，发光鸟就像日本提灯一样栖息在走道、摇摆藤蔓、吊桥上，到处亮堂堂的。来自旧地的萤火虫和来自茂伊约的辐射蛛纱一闪一闪地游荡进树叶的迷宫，它们和天空中的星群混杂在一起，甚至星际间久经风雨的旅行家也会将它们误认为星座图的一部分。

海特·马斯蒂恩走进了一个由晶须缆索牵引的篮子，缆索消失在三百米的高空。领事紧随其后，他们开始静静上升。他注意到，除了一些圣徒和他们矮小的克隆人副本之外，走廊上、船舱里、平台上，显然都空无一人。领事回想起，在会合之后和冰冻沉眠之前那段匆忙的时间里，他也没有看见其他乘客，不过当时他认为这是由于巨树之舰要量子化了，乘客们都安全地待在冰冻床中呢。然而，现在，巨树之舰正以远低于相对论速度的速度移动着，它的树枝上应该挤满了呆笨的乘客才对啊。他向圣徒说起眼前的不对劲之处。

“你们六位，就是我们仅有的乘客。”海特·马斯蒂恩说。篮子停在树叶的迷宫之中，巨树之舰的船长在前开路，他们走到一个因为长期使用而显得破旧的木扶梯边。

领事惊讶地眨了下眼睛。通常，一艘圣徒的巨树之舰要搭载两千到五千名乘客；这无疑是人们最喜欢的星际旅行方式。巨树之舰在几光年远的星系间穿梭，走的是景色优美的捷径，很少导致超过四个月或五个月的时间债，因此，可以让船上大量乘客尽量少花时间待在神游状态下。对巨树之舰来说，往返海伯利安需要六年的环网时间，没有付账的乘客，意味着圣徒将蒙受巨大的经济损失。

领事慢了一拍才意识到，在即将到来的疏散中，巨树之舰将是非常理想的交通工具，损失最终会由霸主补偿。尽管如此，领事明白，把“伊戈德拉希尔”这样一艘漂亮却脆弱的飞船——这种飞船全银河系仅五艘而已——带入战区，对圣徒兄弟会来说是一次可怕的冒险。

“各位朝圣者。”海特·马斯蒂恩宣告，他与领事两人进入一个宽阔的平台，一个小群体正等在一张长木桌的尽头。在他们头顶，群星闪耀着光芒，当巨树之舰改变角度或航向时，星辰也会随之旋转。两边，树叶形成实心球体，像是某种巨大水果的绿色表皮。从这些摆设，领事立刻认出这儿正是船长的就餐台，五个乘客起身让海特·马斯蒂恩在桌子的首席就坐。领事在船长左手边找到了一个为他而设的空位。

所有人安静就坐，海特·马斯蒂恩开始作正式介绍。尽管领事从没和这些人打过交道，但有几个名字听上去耳熟，他动用了自己作为资深外交官的敏锐嗅觉，整理着这些人的身份和印象。

领事的左手边坐着雷纳·霍伊特神父，老派基督教（众所周知的名称是天主教）的一名神父。有那么一会儿，领事忘了黑衣和罗马衣领的意义，不过他很快记起了希伯伦星球上的圣方济医院，差不多四十标准年前，他被派往那里执行生平第一次外交任务，可结果却糟糕透顶，之后，他在那家医院接受了酗酒急救治疗。一提到霍伊特这个名字，他记起另一个神父，正当他在海伯利安的领事任期过半的时候，这个神父失踪了。

雷纳·霍伊特是个年轻人，领事估计他至多三十出头。不过，似乎在不那么遥远的过去发生过什么，让这个年轻人变得异常苍老。领事注视着他，那脸庞非常瘦削，菜黄的皮肤绷在颧骨上，眼睛很大，却深埋在空空的眼窝中，嘴唇很薄，边上的肌肉一刻不停地抽搐着，如此萎靡，甚至不能说他是在愤世嫉俗地苦笑，头发倒还没有像受辐射伤害那样全部掉光。他感到自己正在凝视一个病入膏肓的男人。尽管如此，领事惊讶地发现，在他那强自按捺痛苦的模样背后，这个男人的身体里，仍然残存着些微来自少年时期的生命痕迹——他以前应该有张圆脸，皮肤白皙、嘴唇柔软，曾经有一个更年轻、更健康，而不那么愤世嫉俗的雷纳·霍伊特。

神父身旁坐着一个男人，几年前，绝大多数霸主公民都熟悉他的形象。领事暗自寻思，现在的世界网内，公众的注意力时限是不是和他生活在那儿的时候一样短呢。或许更短。假如真是这样，那么费德曼·卡萨德上校，曾经被称为“南布雷西亚屠夫”的人，也许不再臭名昭彰或者声名显赫了。但对领事这一代人，对所有生活在慢节奏状态下的外部世界民众而言，卡萨德不是一个容易忘记的人。

费德曼·卡萨德上校很高——高到几乎可以平视两米高的海

特·马斯蒂恩。一身军部黑衣，没戴军衔和勋章。那身黑色制服和霍伊特神父的外衣出奇地相似，但这两人没有一点相同之处。卡萨德没有霍伊特羸弱的外表，他皮肤棕红，显而易见非常健康，如同鞭柄一般精瘦，肩部、手部、颈部露出条条筋肉。上校的双眼小而黑，就好像某种原始的摄影机的全方位镜头。脸上棱角分明，阴影、平面、凸面。不像霍伊特神父那憔悴的脸庞，完全就跟冰冷的石像一般。顺着下颚线条，有细细的一圈胡子，凸显出他有棱有角的脸，就像是鲜血给刀刃增辉一样。

上校的动作缓慢而蕴含力道，这让领事想起许多年前，他在卢瑟斯星球上的私人种舰动物园里，看见过的一种地球产的美洲豹。他说起话来柔声细语，不过领事注意到，即使上校不说话，仍然引人注目。

长长的桌子大部分位置是空着的，这群人聚集在桌子的一头。费德曼·卡萨德的对面，坐着一个名叫马丁·塞利纳斯的诗人。

塞利纳斯看上去和他对面的军人完全是两个极端。卡萨德精壮且高挑，马丁·塞利纳斯个子矮，身材臃肿不堪。和卡萨德石刻般的脸庞相反，诗人的脸像地球上的某种灵长类动物，极为多变，表情丰富。他嗓门大，粗声粗气，满口秽言。这个马丁·塞利纳斯，领事想，身上有某种东西，几乎邪恶到令人愉悦。他那红润的脸颊，大大的嘴巴，歪斜的眉毛，尖尖的耳朵，一刻也闲不住的手和手指。那手指这么长，当个钢琴家真是绰绰有余了，或者用来掐死人。诗人那头银色头发裁剪得凌乱不堪。

马丁·塞利纳斯看上去五十好几了。不过领事注意到他颈部和手掌上的蓝色染痕，这泄漏了天机，他怀疑这个人接受过鲍尔森理疗，而且绝非寥寥数次。塞利纳斯的真实年龄也许介于九十到一百五十标准岁数之间。假如他接近一百五十岁，领事想，那这诗人很可能是精神错乱了。

如果说马丁·塞利纳斯给人的第一印象是闹腾、充满活力，那么紧挨着他的一个客人给人的第一印象则是充满智慧、沉默寡言。索尔·温特伯听到在介绍他，抬起了头。领事注意到这个知名学者短短的灰色络腮胡子、布满皱纹的额头，以及明亮而悲伤的双眼。领事听过“永世流浪的犹太人”的传说，也听说过温特伯那个绝望的请求。但是他震惊地意识到这位老人的怀中正抱着那个婴儿——他的女儿瑞秋，现在才不满几星期大。领事移开目光。

第六个朝圣者是布劳恩·拉米亚，她也是在座唯一的女性。介绍到她的时候，这个侦探直视着领事，目光咄咄逼人，甚至在她转眼不再看他时，领事仍可以感觉到她目光灼烧下的压力。

布劳恩·拉米亚从前是卢瑟斯这个一点三倍重力星球的公民，她和右边间隔一个座位的诗人差不多高，不过即使穿着宽松的灯芯绒飞船装，也掩盖不了她那结实身体的块块肌肉。黑色卷发齐肩，宽阔的前额上，两道水平的黑色眉毛，尖鼻子结结实实的，更衬出了她鹰眼般的目光。拉米亚的嘴大且韵味十足，浅笑的时候嘴角微微上翘，也许是冷酷，也许只是俏皮。这个女人的黑眼睛似乎在挑战这些观察者，以便发现案情真相。

领事想到，布劳恩·拉米亚可以称得上是个美女。

介绍完毕。领事清清嗓子，转向圣徒：“海特·马斯蒂恩，你说有七个朝圣者。温特伯先生的孩子是第七个吗？”

海特·马斯蒂恩缓缓摇了下头。“不。只有自己作出决定，打算去寻找伯劳的人，才能成为一名朝圣者。”

围坐在桌边的这群人出现了小小的骚动。每个人，包括领事，都心知肚明：朝圣者的数量只有在质数的情况下，才能完成伯劳教会发起的北上朝圣之旅。

"我是第七个。"海特·马斯蒂恩，圣徒的巨树之舰"伊戈德拉希尔"的船长，巨树的忠诚之音说。宣布之后，一片静寂，海特·马斯蒂恩示意克隆人船员开始上菜，这是登陆前的最后一次进餐。

"这么说来，驱逐者还没进入星系？"布劳恩·拉米亚问。她那嘶哑的声音在领事内心奇怪地搅起涟漪。

"还没有，"海特·马斯蒂恩说，"但我们比他们早不了几个标准天数。我们的设备已经探测到星系欧特云[①]中的核聚变冲突。"

"会打仗吗？"霍伊特神父问。他的声音似乎和他的脸色一样困乏。没有人主动应答，神父转向右边，似乎这个问题本来是在问领事。

领事叹了口气。克隆人船员已经上了葡萄酒，他希望上的是威士忌。"谁知道这些驱逐者会干什么呢？"他说，"他们已经不再按照人类的逻辑行事了。"

马丁·塞利纳斯朗声大笑，手舞足蹈，葡萄酒泼洒出来。"说得好像他妈的我们这些人类按照人类的逻辑行过事！"他喝了一大口酒，抹抹嘴，又大笑起来。

布劳恩·拉米亚皱眉。"如果战局马上开始的话，"她说，"当局可能不会让我们登陆。"

"我们会获准通行。"海特·马斯蒂恩说。阳光透过他头巾的褶皱，照在他微黄的皮肤上。

"刚逃离战争的死亡虎口，又把自己的命交给了伯劳。"霍伊特神父喃喃自语。

---

① 1950年荷兰天文学家欧特通过统计分析，认为距太阳10万～30万天文单位的球体般空间区域中有大量的原始彗星，他称此区域为原彗星云区，又被称为欧特云。到目前为止这还是一个假说。

“大哉宇宙，勿有死亡！”马丁·塞利纳斯吟咏道。声音如此之响，领事觉得可以吵醒冰冻沉眠中的人。诗人喝干最后一滴酒，举起空空的高脚杯，显然是在和群星干杯：

> 无有死气，勿有死亡，哀呼，哀呼；
> 哀呼，希布莉，哀呼，尔之神婴恶毒
> 竟令神人瘫痪无能
> 哀呼，众弟兄，哀呼，为吾力之不存；
> 如苇之畸，萎弱如吾声，
> 哦，哦，痛苦，羸弱之痛苦
> 哀呼，哀呼，吾麻木之身渐暖……[①]

塞利纳斯突然停了下来，又倒了点酒，他打了个嗝，打破了朗诵之后的一片沉默。另外六个人你看看我，我看看你。领事注意到索尔·温特伯始终淡淡笑着，直到他臂弯中的婴孩扭动着，将他的注意力引开了。

“那么，”霍伊特神父踌躇地说，似乎想理清自己早先的一丝想法，“如果霸主的护卫舰离开，驱逐者拿下了海伯利安，这次占领或许不会流血，他们也许会让我们干自己的事。”

费德曼·卡萨德上校轻笑。“驱逐者不想占领海伯利安，”他说，“假如他们拿下这星球，他们将掠夺所有他们想要的东西，然后做他们最擅长的事。他们会将城市烧成焦石，把焦石弄成碎片，

① 以上诗句出自约翰·济慈的《海伯利安的殒落：一场梦》第一篇章。其中“勿有死亡”原为“应有死亡”。希布莉是古代小亚细亚地区所崇拜的大地女神，等同于希腊神话中的瑞亚。本系列四本书中的诗歌译文如无在注释中特别指明出处，皆为译者潘振华的译作。

再用这些碎片当柴烧。他们会把两极融化，把海洋煮沸，用煮出来的盐来腌制大陆上还残留的那几块土地，这样就永远不会再有任何东西从那儿长出来。”

“那……”霍伊特神父欲言又止。

克隆人搬走汤水和色拉碟，开始上主菜，大家谁都没出声。

“你说有一艘霸主战舰在护送我们？”领事对海特·马斯蒂恩说，他们刚吃完烤牛肉和水煮天鱿鱼。

圣徒点点头，手向上指了指。领事眯眼看，可是在那旋转的星空中，他看不到有任何东西在移动。

“这个。”费德曼·卡萨德说着，从霍伊特神父身边探过来，递给领事一副军用折叠望远镜。

领事点头表示谢意，拇指打开开关，将海特·马斯蒂恩所指的那片天空扫描了一下。双筒望远镜的回转晶体以程序化的搜寻模式扫过这片区域，聚焦时发出轻微的嗡嗡声。突然，视像凝固住了，模糊了一下，继而放大，最后，定住了。

当霸主舰船填满整个取景器时，领事不由自主地倒吸一口冷气。那既不是一艘单飞疾行侦察机隐现在能量场中的种子状物体，也不是一艘火炬舰船的鳞茎状船体，电子成像显示的是一艘糙黑的攻击航母。那东西真是让人叹为观止，只有数个世纪以前的军舰能够与之相比。四组悬臂缩进舰内，破坏了这艘霸主神行舰的流线型船体，意欲随时准备开战，它那六十米长的指挥探针和克洛维斯尖器[①]一样锐利，霍金驱动器和聚变舱坐落在发射轴的远端，仿佛是一根箭的羽饰。

① 克洛维斯尖器：是指大约公元前12000至公元前9000年，在北美洲的史前人类以玉髓或黑曜石制成的锋利且有凹槽的投掷用尖器。

领事一言不发地将双筒望远镜递还给卡萨德。如果特遣部队已经派出全副武装的航母来护送“伊戈德拉希尔”，那么，迎接驱逐者入侵的，将是何种等级的火力呢？

“我们要等多久才能登陆？”布劳恩·拉米亚问。她刚才用通信志接入了巨树之舰的数据网，不管发现了什么，还是没发现什么，反正她显得灰心丧气。

“四小时后进入轨道，”海特·马斯蒂恩低声道，“然后飞船登陆还需几分钟。我们的领事朋友提供了他的私人飞船，搭载我们登陆。”

“去济慈？”索尔·温特伯问。这是这位学者晚餐后第一次开口。

领事点点头。“济慈仍旧是海伯利安上唯一的飞船起运航空港。”他说。

“航空港？”霍伊特神父听起来很愤怒，“我以为我们会直接去北方。去伯劳的王国。”

海特·马斯蒂恩耐心地摇摇头。“朝圣总是从首都出发，”他说，“将花上好几天时间，才能抵达光阴冢。”

“好几天，”布劳恩·拉米亚厉声说道，“真是荒唐。”

“也许吧，”海特·马斯蒂恩同意，“但不管怎样，就得这么办。”

霍伊特神父脸色不佳，似乎那顿饭里的什么东西让他消化不良，尽管他几乎什么也没吃。“你们看，”他说，“难道我们不能换换规矩吗？就这一次——我是说，考虑到这可怕的战争，还有这一切？我们难道就不能在光阴冢附近登陆，或者随便哪里，然后把事儿办了？”

领事摇摇头。“近四百年来，一直有太空船或航空器试图抄近路去北部荒野。”他说，“据我所知，没人成功过。”

“可以提问吗？”马丁·塞利纳斯说，他像小学生一样开心地举手发问，“那么多的飞船，究竟撞上什么烂事了？”

霍伊特神父对着诗人蹙紧眉头。费德曼·卡萨德微微一笑。索尔·温特伯说：“领事并没有说那个地区不能接近。人们可以乘船去，也可以通过各种陆路到达。太空船和航空器也没有消失，它们轻易地登陆在废墟或光阴冢附近，也轻易地返回到电脑指示的任何地点。仅仅是飞行员和乘客不翼而飞了。”温特伯将熟睡的婴孩从大腿上抱起，放进他脖子上挂着的婴儿筐中。

“又是这个老掉牙的传说，”布劳恩·拉米亚说，“那飞船日志怎么说？”

“什么也没有，”领事说，“没有暴力行为。没有强行入侵。没有航行偏向。没有无法解释的时间误差。没有异常的能量泄漏或损耗。没有任何物理现象。”

“没有乘客。”海特·马斯蒂恩说。

领事半天才反应过来。如果海特·马斯蒂恩刚才是想开玩笑……他确实是开了个玩笑，这可是领事与圣徒打交道的几十年来，第一次看到他们中的一员显示出一丝哪怕刚萌芽的幽默感。领事看着船长头巾下那张隐约的东方人面孔，从那上面，找不到任何开过玩笑的迹象。

“多么非凡的情节啊，”塞利纳斯大笑，“一片真实的、基督都为之痛哭的灵魂藻海，那就是我们的目的地。到底他妈的谁策划这摊烂计划的？”

“闭嘴，”布劳恩·拉米亚说，“老家伙，你喝醉了。”

领事叹口气。这群人在一起还没有超过一个标准小时。

克隆船员将餐碟清理好，开始上甜点，冰冻果子露、咖啡、巨树水果、卓郎、果子奶油蛋糕，以及由复兴巧克力制成的蘸酱。马丁·塞利纳斯摆摆手，示意不要甜点，而是叫克隆人再拿一瓶葡萄酒来。领事考虑了几秒，要了瓶威士忌。

“我突然有个想法，”大家快吃完甜点时，索尔·温特伯说，“如果我们想活下去，就必须得互相交谈。”

“你这话什么意思？”布劳恩·拉米亚问。

温特伯无意识地摇着睡在他怀里的婴儿：“打个比方说，这儿有谁知道，为什么伯劳教会和全局会选择你参加这次旅行？”

没人说话。

“我想大家都不知道，”温特伯说，“更让人摸不着头脑的是，这里有谁是伯劳教会的成员或是信徒？就我来说，我是个犹太人，不管这些天我的宗教信念变得多么混乱，我也绝不会去膜拜一个有机的杀人机器。”温特伯扬起浓眉，环视了一圈。

“我是巨树的忠诚之音，”海特·马斯蒂恩说，“尽管很多圣徒相信伯劳是惩戒的化身，专门处罚那些不从树根获取营养的人。可是我必须承认，这是歪门邪说，《盟约》或是缪尔[①]的相关文献中并没有这样的记载。”

坐在船长左边的领事耸耸肩。“我是无神论者，”他说，迎着光举起酒杯，“我从没和伯劳教会打过交道。”

霍伊特神父紧绷着微笑了下。“天主教会任命我为神父，”他说，“崇拜伯劳，是与天主教的任何教条相抵触的。”

卡萨德上校摇摇头，不知道是拒绝回答，还是在表示他不是伯劳教会的一员。

---

① 约翰·缪尔（John Muir，1838–1914）：被誉为美国“国家公园之父”，是美国最著名、最具影响力的自然主义者和环保主义者。

马丁·塞利纳斯张开双臂。“我受洗成为一名路德教徒，”他说，“一个已经不存在的支派。在你们的父母还没出生前，我帮助创建了禅灵派。我曾经是天主教徒、启示教徒、新马克思主义者、界面狂徒、虔诚的震荡教徒、恶魔信徒，还是杰克的那达教会的主教、保证重生协会的缴费会员。现在，我很高兴地说，我是名单纯的异教徒。”他朝大家微笑，“对一名异教徒来说，”他总结道，“伯劳是一个最容易接受的神祇。”

“我对宗教瞧都不瞧一眼，”布劳恩·拉米亚说，“我并不臣服于它们。”

“我相信，我的意思已经说得很明白了，”索尔·温特伯说，“我们中没有人承认加入过伯劳教会，然而，这个团体的眼光真是独到，有数百万名忠诚信徒希望朝拜光阴冢……朝拜他们凶猛的神祇，而这个教会的长老……选中了我们七个，来进行这也许是最后一次的朝圣。”

领事摇摇头。“温特伯先生，你的意思可能说得很明白，”他说，“但是，我还是无法理解。”

学者心不在焉地捋着胡须。“看来我们要返回海伯利安的理由实在是太令人动心了，就连伯劳教会和霸主的概率情报局都觉得我们应该回去，”他说，“这些理由，比如说我的，也许已经尽人皆知，虽然餐桌上的诸位对自己的故事心知肚明，但是我肯定，没有人会了解这次朝圣全部的来龙去脉。我建议，大家在余下的几天中分享自己的故事。”

“为什么？”卡萨德上校说，“这听起来毫无用处啊。”

温特伯笑了。“恰恰相反，首先，在伯劳或其他灾难让我们心烦意乱时，讲述我们自己的故事，起码能取悦我们，让我们这些同路人互相了解，能知道多少是多少。同时，也可以给我们足够的启迪，来保住我们所有人的性命。只要我们足够聪明，也许能从我们的经历中找到一条主线，看看是什么将我们所有人的命运与反复无常的伯劳绑在一起。”

马丁·塞利纳斯大笑起来，他闭上眼睛，吟咏道：

各自骑跨海豚之背，
靠尾鳍来掌舵，
无辜之人再次经历死亡，
他们的伤口再度绽破。①

“是列尼斯塔吗？”霍伊特神父说，“我在神学院研究过她。”

“差不离，”塞利纳斯说，他睁开双眼，又倒了一杯酒，“是叶芝。一个混球，他死后五百年，列尼斯塔才刚刚在吸吮她老妈的金属乳头呢。”

“瞧，”拉米亚说，“我们互相讲故事，这有什么好处呢？当我们见到伯劳，我们告诉它，我们想要什么，其中一人可以实现愿望，其他人死光。不是吗？”

“坊间传言是这么说的。”温特伯说。

“伯劳可不是什么坊间传言，”卡萨德说，“它那钢铁之树也不是。”

“那么，为什么要用故事来烦人呢？”布劳恩·拉米亚问，戳起最后一块巧克力芝士蛋糕。

温特伯轻轻地抚摸着熟睡中婴孩的后脑勺。“我们生活在一个前所未有的时代中，”他说，“霸主公民中，每一百万人中，就有

① 这首诗出自爱尔兰诗人威廉·巴特勒·叶芝的《德尔菲神谕的消息》。

一人选择在星际之间游历，而不是沿着环网旅行，我们是这些人中的一部分。我们各自代表着自己过去的一个特有时代。比如说，我，已经六十八标准岁，但是由于旅行带来的时间债，我那六十八年已经横跨了霸主一个世纪的历史。”

“那又怎样？”他旁边的女人说。

温特伯张开手，指着桌边的所有人。“我们这些人代表一个个时间孤岛，同时也代表彼此分隔的观点海洋。或者，说得更通俗一点，就好比我们每一个人都拿着一整块拼图的一小块，自从人类第一次登陆海伯利安以来，没有人知道这拼图的全貌，”温特伯挠挠鼻子，“这是一个谜题。”他说，“说实话，这个谜激起了我极大的兴趣，哪怕我只有这最后一星期来享受它。我很乐意看到智慧的闪光，即使不成功，能够研究这个谜，我也心满意足了。”

“我同意，”海特·马斯蒂恩不带情绪地说，“我之前没想到这一点，不过，在我们面对伯劳之前，讲故事确实是个明智之举。”

“但是，要是有人撒谎呢？”布劳恩·拉米亚问。

“无关紧要，”马丁·塞利纳斯咧嘴一笑，“妙就妙在这上头。”

“我们应该投票解决。”领事说。他想起梅伊娜·悦石曾说过这群人中有一个是驱逐者的间谍。听故事，会把这个间谍揭露出来吗？领事笑了起来，那样的话，这个间谍也太蠢了。

“谁说我们是一小帮快乐的民主人士？”卡萨德上校表情漠然地问道。

“我们最好这样做，”领事说道，“为了达成我们各自的目标，大家必须一起抵达伯劳的地盘。我们需要一种方法，来作出决定。”

“我们可以选一个领导者。”卡萨德说。

“没门。”诗人的口气愉悦得很。在座的其他人也摇头不赞成。

“好吧，”领事说，“我们来投票。这是我们的第一个决定，是温特伯先生提出来的，大家看看，是不是要把我们过去和海伯利安的联系说出来。”

“要么不说，要说就把一切都说出来，”海特·马斯蒂恩说，“要么每一个人都分享自己的故事，要么大家都不讲。少数服从多数。”

“那就这样，”领事说，他突然很想听听其他人会讲述什么样的故事，同样，他也确信自己不会讲他自己的故事，“有谁赞成讲故事？”

“同意。”索尔·温特伯说。

“同意。”海特·马斯蒂恩说。

“完全同意，”马丁·塞利纳斯说，“我可不会错过这场持续一个月在粪坑里兴奋洗澡的滑稽戏。”

“我也赞成。”领事说完，让他自己也觉得诧异，“有谁反对？”

“我不愿意。”霍伊特神父说，声音无精打采。

“我觉得这主意蠢透了。”布劳恩·拉米亚说。

领事转向卡萨德。“上校？”

费德曼·卡萨德耸耸肩，不置可否。

“计票如下：四票赞成，两票反对，一票弃权，”领事说，“赞成者多数。那谁先开始说？”

毫无动静。马丁·塞利纳斯在一小张纸上写着什么，最后抬起头来。他把纸撕成好几片。“我记下了一到七，总共七个数字，”他说，“抓阄决定讲故事先后吧？”

“听上去真幼稚。”拉米亚说。

“我是个幼稚的家伙。”塞利纳斯脸上带着色鬼的笑容。“大使先生，”他朝领事点点头，“我可以借一下你当作帽子的镀金枕头吗？”

领事递过他的三角帽，折叠的纸片扔进了帽子中，传给了众人。索尔·温特伯第一个抽，马丁·塞利纳斯最后一个。

领事展开纸片，确认没有人看得见。他是第七个。他如释重负，就像空气从打满气的气球中溢出一样。他推断，很有可能，在轮到他讲故事前，就会有麻烦事发生。或许战事会让这一切都不切实际。或许大家会对故事失去兴趣。或许国王死掉。或许马死掉。或许他可以教马说话。[①]

不能再喝威士忌了，领事想。

“谁第一个？”马丁·塞利纳斯问。

片刻的静默，领事听到树叶和着微风飒飒抖动的声音。

“我。”霍伊特神父说。神父的表情显示出他正活活忍受着痛苦，这种表情，领事曾经在那些病症处于晚期的朋友的脸上见过。霍伊特摊开纸片，上面清楚地涂着一个大大的“1”。

“好，”塞利纳斯说，“开始讲吧。”

“现在？”神父问。

“干吗不？”诗人说。塞利纳斯至少喝了两瓶酒，但仅有的迹象是圆脸上微微的一点深晕和看上去莫名邪恶的眉毛角度。“离登陆还有几小时，”他说，“我本来打算睡个觉，把冰冻沉眠的痛苦甩掉，然后我们安全着陆，在天真的当地人中间好好安顿下来。”

“我们的朋友的看法是，”索尔·温特伯轻声说，“每天午餐

---

① 拜占庭的一位将军被判死刑时，接受了一项挑战，如果他可以在这一年里教会马说话，就可以免去死刑。他解释说：“一年内，皇帝可能会死。我可能会死。不过我也可能教会马说话。”

后的几小时，可以用来讲故事，那是最佳时间。”

霍伊特神父叹息着，站起身。“稍等一会儿。”他说完，便离开了餐桌。

过了几分钟，布劳恩·拉米亚说：“你们觉得他是不是太紧张了？”

“不，”雷纳·霍伊特说，他从一个充当着主干楼梯的木梯子的顶上爬了出来，“我需要这些，”他把两本又小又脏的笔记本放在桌上，坐了下来。

“可不能照着祷告本逐字宣读啊，”塞利纳斯说，“魔术师先生，我们要讲自己的神奇故事。”

“该死，你给我闭嘴！”霍伊特叫道。他在脸上画着十字，手触到胸前。那一夜，领事第二次发觉，他正看着一个病入膏肓的人。

“抱歉，”霍伊特神父说，“不过，假如要讲我的故事，我必须同时讲述其他人的故事。这些日记属于一个人，我为什么来海伯利安，今日又为何返回，正是为了这个人。”霍伊特深深地吸了口气。

领事触摸着日记。它们很脏，有点焦黑，似乎曾罹患火难。“你的朋友是个怀旧的人，”他说，“假如他仍旧书面记日记的话。”

“是的，”霍伊特说，“假如你们全都准备就绪了，那我这就开始讲了。”

桌边的众人点点头。在就餐台下，一千米长的巨树之舰在冷夜中航行，生命的脉动无比强烈。索尔·温特伯将熟睡的宝宝从婴儿筐中抱起，小心地放在他座位旁的一块加了衬垫的毯子中。他拿出通信志，将它放在毯子边上，按了下触显，设定白噪声模式[①]。这个一星期大的婴孩趴在那，安睡着。

① 白噪声是指在较宽的频率范围内，各等带宽的频带所含的噪声能量相等的噪声。可以用来帮助睡眠。

领事伸了个懒腰，他发现了一颗蓝绿相间的星星，那就是海伯利安。领事看着它慢慢变大。海特·马斯蒂恩把兜帽往前拉，整张脸埋在阴影之下。索尔·温特伯点上烟斗。其他人加了咖啡，舒舒服服地躺在了椅子中。

马丁·塞利纳斯看上去像是听众中最生龙活虎、最期盼的一位，他身体前倾，小声吟道：

> 他说："好吧，
> 既然这故事游戏，得由在下我率先，
> 那请以上帝之名，欢迎最短第一签！
> 诸君友听吾道来，策马骑乘走向前。"
> 朝圣众耳闻此语，当下便不再停歇，
> 讲者立刻就开始，欢乐笑意布满脸，
> 完整故事和陈述，全数都写在下面。①

神父的故事：为上帝痛哭的人

"有时候，正统的热忱和叛教之间仅一线之隔。"雷纳·霍伊特神父说。

就这样，神父的故事开始了。后来，领事记下了完完整整一个故事，他去掉了霍伊特中间的停顿，粗重的喘息，跑题的开头，以及人类说话时惯有的添油加醋，将故事口述进了通信志。

---

① 这是乔叟的《坎特伯雷故事集》中"总楔子"的最后六行。原著由此引出第一个故事："骑士的故事"。

雷纳·霍伊特是佩森[1]这个天主教星球上的一名年轻神父，出生于此，成长于此。他那神父之职是最近才被任命的，当时他还被授予了首次外世界使命：护送受人敬仰的耶稣会神父保罗·杜雷，而此人将被放逐到海伯利安这个殖民星球。

保罗·杜雷神父，要是身处另一个时代，肯定会成为一名主教，也许还会成为教皇。他身材高挑、瘦削，刻苦修行，白发已经从高贵的额头朝后秃去，眼神中带着太多久经世故的锋芒，已经掩盖不了其中的痛苦。保罗·杜雷是圣忒亚[2]的追随者，也是考古学家、人类文化学者、杰出的耶稣会神学家。天主教会已日薄西山，人们也已经把它忘得差不多了，因为它实在太古怪，脱离了霸主的主流生活。但即使如此，耶稣会的逻辑理论还是没有失去所有追随者。杜雷神父也没有失去他的信念，圣洁的天主使徒教会仍然是人类对永生最后最美好的期冀。

在雷纳·霍伊特还是个孩子的时候，杜雷神父就莅临过学前神学院，当然次数很少，而他们这些即将成为神学院学生的人，有时候也会参观新梵蒂冈，那种待遇就更加少见啦，但是就在这些罕见的机会下，霍伊特匆匆瞥见了杜雷神父，在他心里，杜雷神父就像是一个神一般的人。然后，霍伊特进入了神学院，他在那里学习的几年里，杜雷正在附近的阿马加斯特星球[3]执行一项重要任务：考古挖掘。这个任务是由教会资助的。当这名耶稣会教士返回佩森时，霍伊特刚刚在几星期前被任命为神父。霎时间乌云密布起来。新梵

---

① 佩森：拉丁语“和平”的意思。

② 皮埃尔·忒亚·德·夏丹（Pierre Teilhard de Chardin，1881-1955），中文名德日进，法国神学家，也是地质学家和生物学家。他既是一个虔诚的天主教神父，又是进化论的积极拥护者，致力于将科学与神学调和在一起。他还是北京猿人的发现者之一，著有《人的现象》等书。

③ 作者杜撰的九个迷宫星球之一，沙漠化的监狱星球。

蒂冈高层以外的人没有一个人知道到底发生了什么事，但是有传闻说杜雷将被逐出教会，甚至听说会把他交给宗教裁判所裁决。自地球死亡以来，宗教裁判所已经销声匿迹四个世纪了。

海伯利安，大多数人对这个星球的了解，仅限于古怪的伯劳教会，因为这个教会起源于那里。然而，杜雷神父却请求赴该地任职，于是霍伊特神父被选中，陪伴他飞赴海伯利安。这是一个吃力不讨好的工作，融会了学徒、护卫、间谍三重身份的最难受之处，甚至连欣赏一个新世界的机会都没有；霍伊特得到的命令是，一旦将杜雷神父送达海伯利安的太空港，他必须重新登上同一艘神行舰，返回世界网。主教大人给予雷纳·霍伊特的，是二十个月的冰冻沉眠，是往返旅程抵达目的地时几星期的近星系航行，是八年的时间债，使他落后自己的前班友，失去前往梵蒂冈任职和布教的机会。

出于顺从，又受过严格的戒律教导，雷纳·霍伊特二话没说，便接受了任命。

他们的运输船，古老的神行舰"娜嘉·欧列"号霸舰，是架布满麻点的金属舰船，非驱动状态下飞行时，舰上没有任何人工重力，也没有提供给乘客的任何观景点，连舰内娱乐活动也没有，仅仅只有连接进数据链的刺激模拟，让乘客老老实实待在他们的吊床和沉眠睡床中。乘客们大多数是外世界的工人，想省钱的旅客，还有一些信奉教会的神秘人物，前往伯劳那儿自杀的家伙。从沉眠中苏醒后，他们睡在那些同样大小的吊床和沉眠睡床中，在毫无特色的膳食平台上吃着循环食物，慢慢应付太空病和无聊时间，飞船从跃出点零重力滑行到海伯利安，需要十二天。

他们被迫待在一起的这段时间，霍伊特神父并没有对杜雷神父有太多的了解。霍伊特完全不知道在阿马加斯特上发生了什么事，把这位高阶神父送上了放逐之路。年轻人按着通信志植入物，尽可能搜寻有关海伯利安的数据，离降落还有三天，霍伊特神父觉得他已经是这个星球的专家了。

“有记录说，天主教徒来过海伯利安，但没提到那里有主教管区。”一天晚上，他俩悬在零重力的吊床上闲聊着，而他们的同行旅客正躺在那，开开心心地玩着性爱刺激模拟，“我猜，你是去那里布教？”

“不，”杜雷神父应道，“海伯利安上的好人儿不会把他们的宗教信仰强加给我，所以我没有理由去冒犯他们，劝他们皈依我教。其实，我打算去南大陆——天鹰，然后取道浪漫港这座城市，找条进入内陆的路。但决不是以布道为幌子。我计划在大裂痕设立一个人种研究站。”

“研究？”霍伊特神父讶异地重复道。他闭上眼睛，按着植入物，然后再度睁眼看着杜雷神父，“神父，羽翼高原的那个地区不适合居住。那里长有火焰林，人们常年不得接近。”

杜雷神父笑着点点头。他没有带什么植入物，旅行期间，他那古旧的通信志一直放在行李中。“不是完全不能接近，”他轻声说，“也不是完全不能居住。毕库拉住在那儿。”

“毕库拉。”霍伊特说，闭上双眼。“但他们只是传说啊。”他最后说道。

“嗯，”杜雷神父说，“查查索引，查查马梅特·斯贝德灵。”

霍伊特神父再度闭上双眼。通用索引告诉他，马梅特·斯贝德灵是名微不足道的探索家，复兴之二行星上沙科尔顿[①]协会的会员，差不多一个半世纪前，他发表了一篇简短的报告，报告中提到，当时浪漫港刚刚新建，他从那里出发，劈出一条路进入内陆，涉过湿

① 沙科尔顿（Shackleton，1874－1922），英国探险家，曾三次探险南极，写有《南极之心》一书。

地，这些地方现在已经被开垦为纤维塑料种植园了，然后在火焰林难得沉寂的某段时期穿了过去，爬上高高的羽翼高原，见到了大裂痕，以及一小部落的人类，他们正符合传说中对毕库拉的描述。

斯贝德灵的简要记载中假设，这些人类是三个世纪前，一艘下落不明的种舰上殖民者的幸存者，这些人被描写成由于极端的与世隔绝，遭受着文明退化效应。斯贝德灵直截了当的原话是这样的："……即使到这里还不到两天，已显而易见，毕库拉太蠢笨，太死气沉沉，太迟钝，简直不值得花时间描述他们。"后来，火焰林开始显示出活跃的迹象，斯贝德灵没再浪费更多的时间进行更深入的观察，而是急急忙忙赶回海岸。他花了三个月的时间逃离森林，失去了四名土著搬运工，失去了他所有的装备和记录，也失去了他的右臂，这些东西都留在了"安静的"森林里。

"老天。"霍伊特神父躺在"娜嘉·欧列"号的吊床上，"为什么要研究毕库拉呢？"

"为什么不？"杜雷神父和善回应道，"我们对他们知之甚少。"

"我们对海伯利安上绝大多数东西都知之甚少。"年轻的神父说，他情绪稍微有点激动，"为什么不选大马大陆上笼头山脉北麓的光阴冢和传奇的伯劳呢？"他说道，"他们声名卓著！"

"千真万确，"杜雷神父说，"雷纳，我问你，有多少学术文件是论述光阴冢和伯劳的？上百？还是上千？"年老的神父刚把烟叶塞进烟斗，现在把它点着了；霍伊特观察到，这在零重力下费了好一番工夫。"除此之外，"保罗·杜雷说道，"即使所谓的伯劳的确存在，它也不是人类。我只对人类感兴趣。"

"是啊，"霍伊特说，他正搜索枯肠，寻找有力的论据，"可毕库拉这个神秘事物也太微不足道了。你顶多只会发现几十个土著，住在烟雾缭绕的地区……无甚轻重，连殖民者自己的测图卫星都没有注意到他们。在海伯利安上，有其他更大的神秘之物可供研究……比如迷宫，为什么选择毕库拉呢？”霍伊特红光满面，“神父，你知道海伯利安是九个迷宫世界之一吗？”

“当然知道。”杜雷说道。烟雾形成一个粗糙的半圆，逐渐扩大，直到气流将它打得支离破碎。“但是整个世界网内，已经有研究人员和慕名者研究迷宫了，而且，雷纳，这些隧道存在于那九个世界上，你知道有多长时间了吗？五十万标准年？我想，有将近七十五万年了。这些秘密永世长存。但是，毕库拉文明将存在多长时间？他们会被现代殖民文化吸收，或者更可能的是，被环境所淘汰。”

霍伊特耸耸肩：“也许他们已经灭绝了。自打斯贝德灵遇见他们起，已经过了很长时间了。到现在，也没有其他确认的报告。假如他们已经全部灭绝，那么你为了到那儿所付出的所有时间债、所有劳动和所有痛苦都将化为泡影。”

“千真万确。”杜雷神父仅仅说了这句话，平静地抽着烟斗。

正是在搭乘登陆飞船下落的那段时间，与杜雷神父在一起的最后一小时，霍伊特神父才对他同伴的想法有了浮光掠影的一瞥。在他们头顶，海伯利安的边缘闪耀着白色、绿色和湛青的色彩，持续了好几个小时，突然，这艘古旧的登陆飞船切进高空大气层，火焰瞬间充斥了窗口，紧接着，他们便开始了静静的飞行，六万米之下，是黑色的乌云团，星星点缀的海洋，海伯利安旭日初生的晨昏线正向他们急速靠近，就像光谱形成的海啸。

“太壮观了。”杜雷神父轻声说道，更多的是在自言自语，而不是对他年轻的同伴说，“太壮观了。我有时会有类似的感受……很轻微的感受……圣子屈尊转化成人子[①]所付出的巨大牺牲，就是这

① 圣子是上帝的独生子耶稣。耶稣曾多次自称人子，表示他虽是神的儿子，也是人的儿子；有神性，也有人性。

样子的。”

霍伊特开口想说话，但是杜雷神父继续望着窗外，若有所思。十分钟后，他们降落在济慈星际站上，杜雷神父很快被卷进乘客和行李的潮水中，二十分钟后，失望至极的雷纳·霍伊特搭载飞船升上高空，再次与“娜嘉·欧列”号汇合。

“五星期后，我回到佩森，”霍伊特神父说，“我错过了八年时间，但是我觉得自己蒙受的损失比这单纯的时间损失更严重。我一返回，主教便通知我，保罗·杜雷在海伯利安上的四年时间里，一直杳无音讯。新梵蒂冈通过超光通信打听消息，但是，不管是济慈的殖民机关，还是领事馆，都无法找到失踪的神父。”

霍伊特顿了顿，从水杯中啜了一口水，这时，领事接着神父的话说道：“我还记得那次搜寻。当然，我从没见过杜雷本人，但是为了找到他，我们都尽了全力。我的助手西奥，几年来花了很多精力，试图解决这个失踪神父的案子。但是除了浪漫港传出的几份自相矛盾的目击报告说那里有人见过他，其余地方都没有他的踪迹。而且，这些人见过他，还要追溯到几年前他刚抵达时的几星期。那儿有几百个种植园，既没有无线电通信，也没有通信线路，主要是因为他们在收割纤维塑料的同时，还在收割地下毒品。我猜我们从来没有找对人，也没有找到杜雷到过的种植园。至少在我离职前，杜雷神父的案子还悬而未决。”

霍伊特神父点点头。“你在领事馆的后任到任后，过了一个月，我再次来到了济慈。主教听说我自告奋勇要返回那里，感到颇为惊讶。教皇陛下还接见了我。我在海伯利安上待的时间，按当地的算法，不到七个月。我返回世界网时，已经发现了杜雷神父的命运。”霍伊特轻轻拍了拍桌上两本污迹斑斑的皮制书。“如果我要讲完整个故事，”他嗓音沙哑，“我必须读取里面的章节。”

巨树之舰“伊戈德拉希尔”转了个方向，树干遮蔽了阳光，其下的就餐台和弯曲树叶形成的天篷陷入了一片漆黑，取而代之的是点缀在苍穹中的数千星辰，就仿佛是在星球表面上看星空一般。慢慢地，头顶、身旁、桌子底下万光闪耀。海伯利安变成了一个清晰的球体，它就像一颗致命的导弹，向他们急速飞来。

“读吧。”马丁·塞利纳斯说。

以下摘自保罗·杜雷神父的日记：

第一日：

就这样，我的流亡之路开始了。

我有点为难，不知道我该如何对新日记的日期进行标注。按佩森的修道历法，今天是天父二七三二年托马斯月十七日。按霸主的标准历法，是霸纪五八九年十月十二日。按海伯利安的算法，我听我下榻的老旅馆里那个瘦骨嶙峋的矮职员说，今天是坠船纪四二六年李修斯月（他们七个月的最后一个，一个月有四十天）二十三日，又或者是哀王比利统治纪一二八年，这位国王起码有一百年未曾在位了。

见鬼。就叫它流放的第一日好了。

精疲力竭的一天。（奇怪，睡了几个月的觉，竟仍如此疲惫。不过，据说这是从神游状态苏醒后的正常反应。即使我不记得曾经旅行过，我身上每个细胞也能感受到过去几个月旅行带来的疲乏。记得年轻些的时候，我不会在旅行后有如此疲惫的感觉。）

我深感歉意，没有深入了解年轻的霍伊特。他看上去像是个正派人，言谈有理有节，目光如炬。教会弄到现在这步濒危田地，决不是像他这样的年轻人的过错。只是，他那天真烂漫阻止不了教会看似宿命的湮没。

哎，我付出的一切也毫无用处。

飞船降落时，我看到了这个新世界的壮观景象，我可以辨认出三大陆中的两个——大马和天鹰。第三个，大熊，我没看见。

飞船降落在济慈，我花了几个小时的精力，通过了海关人员的盘查。之后，我乘着地面运输车，来到市镇。眼前的景象令我困惑：北部的山脉笼罩着不断游移的蓝色迷雾，山麓小丘上林立着黄色和绿色的树木，暗淡的天空层层渲染着蓝绿色，太阳甚小，但却比佩森的明亮多了。从远处看，那景象流光溢彩，很是生动；当人走近时，颜色逐渐消融，逐渐淡去，就好似画家的调色盘。哀王比利的巨大雕像，我曾经听得老茧都出来了，可是真正见到它的时候，说来奇怪，它令我失望至极。从高速路上望去，它显得粗糙不堪，是一幅在黑色山岭上草草凿就的素描像，一点也不像我心目中的帝王像。它俯瞰着这个拥有五十万人口的破烂不堪的城市，沉思着，也许这个精神失常的诗人国王就欣赏这个姿势吧。

市镇本身像是个被分成贫民窟和沙龙的迷魂阵，当地人分别称两者为杰克镇和济慈，所谓的老城虽然仅有四个世纪的历史，但所有地方都是磨得光亮的石头，被故意弄成不毛之地。我马上会在城内游览一遍。

我本计划在济慈待一个月，但事实上我已迫不及待地想要加紧赶路。哦，爱德华蒙席[①]，假如您现在能见我就好了。受尽惩罚，却仍不思悔改。我比以前更孤单了，但是很奇怪，对于流放，我心满

① 蒙席：教皇赐封给那些德高望重的神职人员的荣誉头衔。

意足。假如因为我的狂热，导致我犯下了过去的暴行，让我受到惩罚，将我放逐到荒无人烟的七重天中，那么，海伯利安就是一个很好的流放地。去寻找远方的毕库拉（他们是真实的吗？今晚我觉得他们不真实），是我自己求得的任务，我尽可以忘却它，待在这个被上帝遗弃的死寂世界的首都，满足于此，了却余生。这样的流放也算得上完整了。

啊，爱德华，跟你一同度过儿时，一同度过学生年代（虽然我不如你才华横溢，也不如你正统），而如今都是老头了。现在你比我多了四年的睿智，我仍然是你记忆中那个淘气、固执的小男孩。我愿你仍然在世，愿你依然健康，为我祈祷吧。

好累啊。想睡了。明天，游览一下济慈，好好吃一顿。然后安排行程，往南去天鹰。

第五日：

济慈有一座教堂。或者，说得更准确一点，是曾经有一座。它已被遗弃了至少两个标准世纪。坐落在一片废墟中，十字耳堂向蓝绿色的天空敞开门户。西部有一座塔尚未完工，其他塔状建筑也只是些腐败的骨架，由摇摇欲坠的石头和锈迹斑斑的加固杆搭建而成。

我在上面磕磕绊绊地走过，当时我正沿着霍利河岸一路徘徊，迷了路，那里是小镇人烟稀少的地区，老城慢慢转变成杰克镇上一堆混乱的大货栈，颓败不堪，教堂的废塔被挡在这些房子背后，连一眼也瞅不到。直到我在一个角落上转个弯，来到一个狭窄的死胡同中，教堂的外壳才一览无余。它的神父会礼堂半塌进河中，正面伫立着大流亡后的一些雕像的残存物，悲哀，发人深省。

我游过一格一格的影子，荡过倒塌的大楼，最后进入教堂正殿。佩森的主教从没有提到海伯利安上有过天主教的历史，更不可能提到教堂。很难想象，四个世纪前，那艘坠落于此的殖民种舰上竟然会有足够的教徒，保证主教的登场，更别提教堂了。然而，的确是有的。

我在圣器收藏室的黑暗中闲荡。尘埃和石膏粉屑像熏香一般飘荡在空中，两束阳光被勾勒出来，从高处狭窄的窗口泻下。我走了出去，来到一片沐浴在阳光下的宽敞区域，走到一个卸去所有装饰物的圣坛上，掉落的石块已经将它砸得千疮百孔。圣坛后的东墙上挂着的一个巨型十字架也倒塌下来，现在落到了与石头堆和陶瓷屑为伍的地步。我不经意地走到圣坛之后，举起双手，开始圣餐祈祷仪式。我的行为，丝毫不是嘲仿，也不是演戏，没有什么象征意义，也没有什么言外之意；仅仅是一名四十六年来每天做弥撒的神父的自动反应，而这个神父在将来已无法再参加这舒缓心灵的庆典仪式了。

让我吃惊的是，我发现这里有一名教徒在祷告。这个老妇人跪在第四排的长凳上。她的黑衣和黑围巾恰如其分地融于阴影中，只能看见她那苍白的鹅蛋脸，满面皱纹，垂垂老矣，虚无地飘在黑暗之中。出于震惊，我停止了祷告。她正看着我，但那双眼睛有点异常，甚至在那么远的距离下，我也马上确信，她是个瞎子。我呆若木鸡，讲不出话来。眯眼看着浸沐在浑浊阳光下的圣坛，这光怪陆离的影像是如何形成的呢？我身在何处？我到底在干什么？

当我重新说话，面对她开口时，声音悠悠地回荡在大厅中，但她却已经走了。我可以听见双足在石头地面上擦出的脚步声。声音粗砺刺耳，接着，一小段光将她在圣坛右侧的身影照得光亮。我把手放在眼前，遮住阳光，开始越过本应是圣坛栏杆的地方，那里现在成了一地碎石。我再一次叫她，叫她放心，叫她别害怕，虽然那个背上冷汗直冒的人其实是我。我大步流星地走着，但当我来到教堂中殿的隐蔽角落时，她已经不见了踪影。那里只有一扇小门，通向破损的神父礼堂和河岸。我颓丧地回到黑漆漆的大堂，本来，我会很高兴地将这个女人归结为我脑中的想象，她只是我那么多月被强迫待在冰冻沉眠状态后的噩梦初醒，但是我没有，因为我找到了她存在的真凭实据，我发现，在冰冷的黑暗之中，燃烧着一支孤独的红色祷告烛苗，它那微弱的火苗还在无形的冷风中摇曳。

我厌倦了这座城市。我厌倦了异教徒的自负，厌倦了杜撰的历史。海伯利安是个没有诗的诗人世界。济慈是个集华丽、伪古典和愚笨无知于一身的新兴都市。镇上有三座禅灵教教堂，四座穆斯林清真寺，但是拜神的真正场所是无数的沙龙、妓院、庞大的处理南方船运的纤维塑料交易市场，以及伯劳教会神庙。在这儿，迷途的人们将他们的绝望隐埋在这浅薄的神秘之物上。整个星球散发着神秘的气息，却没有人去揭开这神秘的面纱。

见鬼去吧。

明天我将动身前往南方。在这滑稽的世界上有掠行艇和其他飞行器。但是，对普通人来说，要想在这些被诅咒的岛屿大陆间旅行，乘船似乎是唯一可行的办法，我听说，这要等上天长地久——从济慈启程的某种巨型旅客汽艇，每星期只有一班。

我明天一大早乘汽艇离开。

第十日：

动物。

初登陆的小队肯定对动物有特殊的爱恋。马，熊，鹰。三天来，我们沿着大马东海岸一条无规则的海岸线长途跋涉，那条海岸线名叫“鬃毛”。最后一天，我们穿越了中央海的一条短径，来到一个名叫“猫礁”的大岛。今天我们在岛上的“大城市”费力克斯卸下乘客和货物。从观景台和系留塔上，可以看到胡乱堆砌的茅舍和棚屋。在那里，至多能住五千多人。

接下来，汽艇将缓慢地飞行八百多米，飞过名为“九尾”的一系列小岛，然后大胆地越过七百多米的广阔海洋和赤道。之后，我们看见的下一个陆地是天鹰的西北海岸，所谓的“鸟嘴”。

动物。

把这种交通工具称为“旅客汽艇”，是对词义的创造性使用。它是一种巨大的升降装置，货舱非常大，大到能把费力克斯小镇载到海上，外带数千捆纤维塑料，而且还绰绰有余。至于我们这些乘客，不是什么很要紧的“货物”，可以随心所欲去我们能去的地方，干自己想干的事。我在船尾卸货出口处搭了一张轻便小床，为自己营造了一个人间仙境，把行李和三大箱远征装备放在一边。我旁边是一大家子人，八个农场工人，他们经过了一年两次的购物远游，现在正要返回济慈，虽然我不太介意他们笼中装的猪的叫声和气味，也不在意他们养的仓鼠的唧唧声，但他们那可怜的晕乎乎的公鸡在某几夜一刻不停地鸣叫，对此我实在是忍无可忍了。

动物!

第十一日:

今夜，和市民赫里梅兹·丹泽尔在散步甲板上面的沙龙中吃了晚餐，他是安迪密恩附近一座小规模种植园主培训学校的退休教授。他告诉我，海伯利安的初登陆小队并没有动物崇拜；三大陆的正式名称不是大马、大熊和天鹰，而是克莱顿、阿伦森和洛佩兹。他继续说，这是为了纪念昔日勘查局三个中阶官员。动物崇拜与这相比倒还好些!

晚餐后。我独自在外面散步，欣赏着日落。这里的走道被前部货舱挡住了，所以风中除了咸涩之味外，还带着一些别的味道。我头顶是飞艇橙绿交杂的弧线形外皮。我们正飞行在岛屿间；天蓝的海洋洒着翠青天空的倒影。星星点点的卷云溅上了海伯利安那绿豆大的太阳射出的最后一点余晖，它们被点燃了，就仿若熊熊燃烧的珊瑚。四下一片安静，只有电子涡轮机发出的微弱的嗡嗡声。底下三百米处，巨大的章鱼状海底生物的阴影追逐着飞艇。一秒钟前，一只不知道是虫子是鸟的东西，大小和颜色像蜂雀，却长着蛛纱般的一米宽的翅膀，停在外面五米处，接着收起翅膀潜进海中。

爱德华，今夜我感到如此孤单！假如能让我知道你还活在世上，仍然在花园中劳作，每晚在书房中写作，那对我来说定会有莫大的帮助。我想我的旅行会挑拨我往昔的信仰，那是圣忒亚的思想：上帝，是进化的耶稣，是人格，是宇宙，是升临和降临集于一身[①]，但是不会有这样的复活光临了。

天慢慢变黑。我慢慢变老。我伪造了阿马加斯特考古挖掘的证据，对这一罪过，我有种感觉……那不是悔恨。但是，爱德华，我的阁下，如果这些史前古物能证明以基督教为起源的文明出现在那儿，在一个离旧地六百光年的地方，其历史比人类离开自己家园时还要早几乎三千年……

破译这样一个模棱两可的数据，可能意味着在我们有生之年基督教能够复兴。我为此犯下的罪过有那么不容饶恕么？

是的，不可饶恕。但是，我认为篡改数据并非罪过，更重的罪过在于认为其可以拯救基督教。爱德华，教会正在垂死挣扎。不仅仅是我们热爱的神圣巨树的分支，而是它所有的支派，所有的残迹

---

① 忒亚在《人的现象》中描述了宇宙的进化，他认为进化不仅仅是生物学的问题，整个宇宙是一个整体，而且是一个正在进化的有机体，最终将抵达一个“欧米迦点”，此时所有的人格意识将化作一个整体，成为上帝，基督将第二次降临。

和溃烂之处，都在垂死挣扎。爱德华，整个基督教会正在死亡，那千真万确，就如同我那消耗殆尽的身体在垂死挣扎。在阿马加斯特，你和我完全知晓这种死亡，那儿血红的太阳照射到的只有尘埃和死神。在学院，当我们第一次宣誓时，我们就知晓了，我记得那是一个凉爽、绿色的夏天。小时候，在索恩河畔的维勒风榭的寂静球场中，我们就已经知晓了。现在，我们也知晓。

余晖散去，我必须借助上层沙龙窗口透出的微弱光线才能写字。星辰散布于奇怪的星群中。夜晚的中央海发出绿莹莹、有损健康的磷光。东南方的地平线有一块黑色物体。也许那是一场风暴，又也许是这一系列岛屿的下一个，九尾的第三个。（到底是哪个神话提到九尾猫的呢？我不知道。）

看在先前我看到的那只鸟的份上——假如它是鸟的话——但愿那是前头的一座岛，而不是风暴。

第二十八日：

在浪漫港待了八天，我已经瞧见了三个死人。

第一个是一具海滩边的尸体，浑身肿胀，苍白不堪，简直不像人样。那是我待在小镇的第一夜，他被海水冲上了系留塔那边的烂泥沼中。孩子们一个劲朝他扔石头。

第二个男人住在小镇贫民窟里，就在我下榻的旅馆附近，我看着他被人从一家甲烷商店烧剩的废墟中拉了出来。他的身体已经烧成了焦炭，无法辨认，被烤得缩成一团，他的四肢紧紧绷着，摆成了一副职业拳击手的姿势，这就是人死于火灾的姿势。那时，我已经禁食整整一天了。我惭愧地承认，当空气中弥漫着烧焦尸体那浓郁的煎脂味时，我的口水开始飞流直下。

第三个人在离我不到三米远的地方被杀。我刚刚从旅馆里出来，来到迷宫一样的泥泞木板上，在这个烂透的小镇里，这些木板铺就成了走道。这时候，枪声响起，我前面几步路外的一个男人身子突然一歪，似乎脚被绊了一下，朝着我支起身，脸上现出滑稽的表情，接着倒在了路旁的烂泥沟中。

他被人用某种射弹武器射了三枪。两枪打进胸膛，第三枪正打在左眼下方。不可思议的是，当我来到他身边时，他仍在呼吸。我想也没想，便拉开遮在我手提包上的大衣，摸索着长久以来一直带在身上的圣水小药瓶，开始终傅[①]圣礼。围观的人没有对我的做法提出异议。跌倒的人身体抽搐了一下，喉咙咳了几下，似乎要说话，接着便一命呜呼了。人群在尸体被移走前，就已经四散而去。

这个男人是个中年人，沙色头发，略微发胖。身上没有身份证明，连寰宇卡和通信志都没有。口袋里有六枚银币。

出于某个理由，那天余下的时间里，我和这具死尸待在一起。医生是个矮矮的愤世嫉俗的家伙，在进行必须的解剖时，他准许我待在一旁。我猜他如饥似渴地想要和人交谈。

“整个东西就值这么点。”他一面说，一面剖开这个倒霉鬼的肚子，就像打开一个粉红的书包，把皮和肌肉的褶皱往后拉，把它们像帐篷的支架一样固定起来。

“什么东西？”我问。

“他的命，”医生说着，把尸体脸上的皮翻起，好似掀起了一块油脂面具，“你的命。我的命。”死尸脸颊骨上方那个破洞周围的一块块肌肉，已经由红白细纹状变成了瘀青色。

“肯定不止这些。”我说。

---

① 终傅（Extreme Unction）：在基督教徒临终时，由神父用经过主教祝圣过的橄榄油，抹在病人的耳、目、口、鼻、手、足，并念一段祈祷经文，认为这样可赦免受敷者一生的罪过，安心去见上帝。

医生停下他冷酷无情的工作，抬起头，笑容中带着一丝困惑。“是吗？”他说，“请你说说看。”他拿起死人的心脏，似乎想用一只手掂掂它的分量。“在环网，这东西在公开市场上值几个钱。有些人太穷，无法储备培养在桶中的克隆脏器，但就算如此，也绝不会穷得因为没有心脏而死掉。不过，在我们这儿，这只是堆垃圾罢了。”

“肯定不止这些。”我对他说，虽然自己也不是十分确信。我回想起离开佩森前经历的伟大的教皇乌尔班十五世的葬礼。作为大流亡前传下来的传统，教皇的尸体没有用防腐剂。它没有停放在主会堂内，而是在休息室内，等着进入普通的木棺。当我帮着爱德华和弗雷蒙席给僵硬的尸体穿上法衣时，我注意到，尸体的皮肤是褐色的，嘴巴是松弛的。

医生耸耸肩，结束了例行公事的尸检工作。正式调查非常简短，没有发现嫌疑犯，没有动机。关于死者的描述被发送到济慈，但是死者本人于第二天就被埋葬在烂泥木板和黄色丛林之间的贫民窟中了。

浪漫港是一堆乱七八糟的黄色堰木建筑，堆砌在脚手架和厚木板的迷魂阵中，延伸至远处湛江江口的泥滩上。江口宽约两千米，江水汹涌澎湃，一路奔向托柴海湾，但是只有少数几个河道可以通行，疏浚机在日夜不停地劳作。每晚，我躺在我那廉价的房间中，窗口大开，疏浚机的捶打声听上去就像是这个城市的邪恶心脏在扑通扑通跳动，而远处海浪的沙沙作响就好似它那伤感的呼吸声。今夜，我听着这个城市的呼吸声，忍不住想起那个死者被剥掉皮后的脸。

小镇边上有个掠行艇港口，会把乘客和货物运到内陆的大型种植园，不过，我没有余钱了，买不起上船的票。准确地说，我的钱足够让我自己上船，但是我无法支付三箱医药和科学工具的运输费。我仍旧很想去那儿，去为那些毕库拉卖命，可是现在，这看起来越发可笑和荒谬。仅仅是为了要达成某个目标（真是奇怪的需要），为了完成我自愿承担的流放（带着受虐的决心），促使我坚定地溯河而上。

两天后，有一艘船会从湛江出发。我已经预订了个位子，明天我打算把我的箱子搬到船上。把浪漫港抛诸脑后，不会有什么困难之处。

第四十一日：

“恩珀罗迪克·旋焰”继续缓缓地溯河而上。自打两天前离开梅尔顿登陆地以来，还没看见人类栖息地的影子。河堤两岸树木丛生，仿佛一排绿墙；甚至到河流窄到只有三四十米的地方，这堵墙仍然矗立在那儿，几乎是压在了我们头上。黄色的光线就像液体黄油一样浓郁，穿过棕色的湛江水面上那些高八十米的树木的叶子，慢慢渗透进来。我坐在中心乘客座艇那锈迹斑斑的锡制屋顶上，紧张兮兮地等着特斯拉树首次映入我的眼帘。加迪老头坐在我旁边切着肉块，他停下来，从牙缝中挤出一口浓痰，朝边上喷去，然后冲着我大笑。“这么走下去的话，肯定不会碰到火焰林的，”他说，“假如这儿就是，那这附近就不会是这个鬼样子了。你得爬上羽翼高原，才能看见特斯拉。神父，我们连雨林还没出呢。”

每天下午都会下雨。说实话，称其为雨，实在是太温和了，我们每天饱受暴雨的侵袭，海岸因此变得朦朦胧胧，船的锡屋顶被雨击打得发出震耳欲聋的响声，也使得我们本来就慢吞吞的逆流之旅更加迟缓，以至于我们看起来就像是静止不动了。每天下午，河流似乎会变成一条垂直的湍流，假如我们继续前行，船看起来就像是在攀登一条瀑布。

“旋焰”是一艘底部扁平的古老牵引船，另有五艘座艇拴在它边上，它们就像一群衣衫褴褛的孩子正紧紧抓着他们疲惫的母亲。三艘两层的座艇装载着大捆大捆的货物，它们会被卖给河岸边的几个农场和居民地的人。另外两艘呢，外表看上去像是为溯河而上旅行的当地人提供的住房，但我怀疑座艇上其中几个住户是永住客。在我自己的歇脚处，最显耀的是地板上一块污迹斑斑的垫子，以及墙上仿若蜥蜴的昆虫。

雨后，每个人都聚集在甲板上，看着冷飕飕的河水上，泛起傍晚的薄雾。现在，几乎每天都酷热难当，而且湿气很重。加迪老头告诉我，我来得太迟了，本来可以趁特斯拉树还没活跃，涉过雨林和火焰林的。等着瞧吧。

今晚，薄雾升起，像是所有睡在黝黑河面下的死灵都爬了起来。当午后的最后一片碎云在树梢慢慢散去，这个世界恢复了它的色彩。我看着密集丛林的颜色从铬黄变成透明的金黄，然后慢慢从黄褐色褪向红棕色，最后变得阴沉沉了。在“旋焰”之上，加迪老头把挂在第二层屋檐下的提灯和蜡烛球都点上了。黑色的丛林似乎不愿被这亮光打败，开始闪耀出腐物发出的微弱磷光，与此同时，在上面黑暗之处的条条枝丫上，可以看见发光鸟和多彩蛛纱在飘动。

今晚，海伯利安的小月亮不见了踪影。对于一颗如此接近太阳的行星，通常来说不会碰到多少行星残骸，但海伯利安却正相反，它的夜空频繁地被流星雨点亮。今夜，天空群星闪耀，当我们驶入河流的宽阔区域时，灿烂的流星在夜空中划过一道道印记，将群星罗织在一起。这些影像持续燃烧在眼眸中，当我低下头看着河水时，在黑色的河水中看到的也仅仅是同样的景象。

东方的地平线艳光四射，加迪老头告诉我，那是轨道反射镜反射的光，是为了给几个大农庄提供光照。

外头很凉爽，我乐不思蜀，不想再回小舱了。我把薄毯子摊在船舱的屋顶上，望着天上的灯光表演，此时，一群群土著唱起萦绕心头的歌曲，他们讲的黑话我都闻所未闻。我想起毕库拉，他们仍旧远隔万里，我心中顿时涌起一丝奇怪的焦虑。

在森林的某个地方，一只畜生尖叫着，声音活像一个惊恐的女人。

第六十日：

到达佩瑞希伯种植园。病了。

第六十二日：

病得很重。发烧，浑身战栗。昨天我一整天都在吐黑胆汁。雨声震耳欲聋。整个晚上，天上的云被轨道反射镜照亮，天空好像着了火。我烧得很厉害。

一个女人照顾着我。帮我洗浴。病得实在不行，没什么羞耻感了。她的头发比其他土著黑。沉默寡言。眼睛黑色而温柔。

哦，上帝啊，在离家那么远的地方生病了。

第①

她在等在偷看从雨里跑来穿着薄衬衣

要引诱我知道我是谁我全身发烫浅浅软软的乳头黑色抵着我知道他们是谁他们在看，在这我听见他们的声音晚上他们用毒药帮我洗浴他们以为我不知道但是我听见他们的声音还有雨声当尖叫停停停

我的皮差不多要没了。底下的红色可以感觉到我脸上的窟窿。当我找到子弹我会把它一口吐出来。神的羔羊消除人世的罪者请怜

① 这一段是杜雷在烧得意识不清的状态下写的，原文如此。

悯我们怜悯我们怜悯[①]

第六十五日：

天父啊，感谢你，让我从疾病中解脱。

第六十六日：

今天刮了脸。还冲了个澡。

行政官即将到访，森法帮我准备着诸多事宜。我以为行政官大人应该是个坏脾气的大个子，以前我在资料室，透过窗户看见的就是这样的人。但他竟然是个沉默的黑人，还有点口齿不清。他帮了我很大的忙。我一直挂念着付钱给医治我的人，但是他向我保证，他们分文不收。甚至更加好心的是——他会派个男人领我进入高原地区！他说现在已经处于季末，如果我能在十天内启程，就可以通过火焰林，趁特斯拉树还没完全活跃，赶紧抵达大裂痕。

他走了之后，我坐下来和森法谈了一会儿。三个标准月前，她的丈夫死于一场收割事故。森法来自浪漫港，嫁给米克尔，对她来说是一次救赎，她决定留在这儿，做些临时工，而不是顺流而下返回老家。我不怪她。

按摩了会儿，我要睡了。最近好多次都梦到我母亲。

十天。我会在十天内准备就绪。

第七十五日：

和塔克一起出发前，我到稻田地里向森法道了声别。她没说多少话，但是透过她的双眼，我觉得她其实很伤心，不愿我离开。我

① 这句话出自弥撒中的《羔羊经》。神的羔羊是指耶稣。

事先并没想要给她祈福，不过我的确这么做了，还吻了她的额头。塔克站在一旁，笑着，摇头晃脑。然后我们就离去了，领着两条运货踄驴上路了。我们走在狭窄的小路上，迈进金色树林，奥兰迪督管来到路的尽头，向我们挥着手。

上帝，指引我们。[①]

第八十二日：

经过一星期的沿途跋涉——什么？——经过这星期在毫无足迹的黄色雨林中艰苦跋涉，经过这星期在更为陡峭的羽翼高原上疲惫地攀爬，今天早上，我们终于站上一块突兀的岩石，在那儿将宽阔的丛林尽收眼底。越过丛林，我们甚至可以望见鸟嘴和中央海。在这儿，高原海拔几乎达到了三千米，眼前的景象蔚为壮观。巨大的雨云在我们身下铺展开，直达羽翼山山脚，但是，透过白灰相间的云毯缝隙，我们可以瞥见湛江从容不迫地展开它的触须，伸向浪漫港，伸向大海，伸向我们挣扎通行的小块铬黄色森林，伸向遥远东边的一抹紫红，塔克深信那是佩瑞希伯附近的纤维塑料田。

深夜时分，我们还在继续往前走，往上爬。塔克很担心，特斯拉树开始活跃时，我们可能会被火焰林困住。我努力跟上他，同时拽着载满沉重货物的踄驴，心中默默祷告，让我不再想到疼痛与忧虑。

第八十三日：

今天，还未破晓，我们就装载好装备，开始启程。空气中弥漫着烟与灰的味道。

高原这里的植被变化令我瞠目。那些曾经无处不在的堰木和枝

① 原文是拉丁文。

叶繁茂的茶马树，现已不再显眼。我们穿过一片矮小的常青和常蓝植物的过渡区，然后再次顺着密集的变异宽叶扭叶松和三枝杨攀爬，最后，终于来到了火焰林，那里长着特有的参天的普罗米修斯树，已经死去的凤凰树的根梢，以及琥珀色的闪光草的球根。我们偶尔还会碰见难以逾越的带着白色纤维的比斯托树，它们突然横亘眼前，塔克形象地称之为“……像是哪个死翘翘的巨人的烂鸡巴，埋得那么浅，决计不会错”。我的向导有他自己的说话方式。

我们见到第一棵特斯拉树，是在下午。当时我们已经在覆满灰烬的森林植被上跋涉了半小时，小心翼翼地注意不要踩到凤凰树和火鞭的新芽，它们不屈不挠地从乌黑的土壤中探出身子。突然，塔克停住脚步，指着前面。

特斯拉树耸立在那儿，我们离它们尚有半公里。那棵树至少有一百米高，虽然和最高的普罗米修斯树比起来，特斯拉树的高度只有它的一半。在树冠处，它凸出一个显眼的洋葱形圆穹，那就是它的蓄电之瘿。树瘿上部辐射状的树枝蔓延开来，呈现出条条灵蔓，在明亮的绿蓝天空的映衬下，每一条都似银似金，闪闪发亮。这一切让我想到新麦加①的某个雅致的至上穆斯林的清真寺，却被谁大不敬地戴上了金属丝花环。

“俺们得赶紧让俺们自己和跸驴逃出这鬼地方。”塔克哼哼道。他坚持要当场换上火焰林装备。那天下午及晚上的时间里，我们不得不戴着滤息面具，穿着厚厚的橡胶底靴子，往前跋涉，身上被革质伽玛服包得严严实实，大汗淋漓。两头跸驴表现得很紧张，它们的长耳朵一听到些许声响，就“唰”地竖立起来。即便戴着面具，我也能闻到臭氧的味道；这让我想起我小时候在索恩河畔的维

① 麦加（Mecca）：沙特阿拉伯西部城市，是伊斯兰教创始人穆罕默德的诞生地，伊斯兰教最神圣之地。

勒风榭玩过的电火车，那是在一个懒散的圣诞节午后。

今晚，我们尽可能靠近一棵比斯托树，搭起营帐。塔克向我演示如何将避电杆围成一个圆，它们一直在咯咯地发出可怕的警示音，搜寻夜空中的黑云。

我可管不了这么多，我得好好睡上一觉。

第八十四日：

凌晨四点整——

我的圣母啊！

三小时，我们陷在世界末日的中央，足足有三个小时。

和我们的判断相反，爆炸发生在午夜刚过不久，一开始，仅仅只是闪电坠落，我和塔克趴在帐篷里，只露出头来，看着烟火汇演。我早已习惯了佩森在马太月的季风风暴，因此，这闪电表演的第一个小时，似乎没啥不寻常之处。只有远处特斯拉树成为气体放电的精确聚焦的景象映入眼帘，才略微让我有些焦躁。但是很快，森林巨兽开始用它们储积的能量咆哮起来，唾沫飞溅。正当我慢慢爬开，打算不再去管这延绵不绝的声音，继续睡我的大觉时——真正的哈米吉多顿[①]开始了。

在特斯拉树的暴能猛烈发作的最初十秒钟内，至少释放出了一百条弯曲的闪电。离我们不足三十米处有棵普罗米修斯树，突然炸裂开来，燃烧着的木块散落在五十米开外的森林地被上。避电杆嗞嗞尖叫，荧荧发光，反射出我们小营地周围一条接着一条、弯弯曲曲的蓝白色死亡场景。塔克厉声尖叫着什么，但是面对光和声的冲击，我完全听不见他的话。一块尾光摇曳的凤凰木在拴系跻驴的

① 哈米吉多顿（Armageddon）：圣经中预言的一场世界末日的战争。

地方熊熊燃烧起来，其中一只受了惊吓的动物，跌跌撞撞，眼不视物，挣脱了束缚，冲进了发光的避电杆的圈子中。就在此时，最近的一棵特斯拉树立刻发出五六条闪电，歪歪扭扭地轰向这头不幸的生物。在那疯狂的刹那间，我可以发誓，我看见了那头野兽的骨架在沸腾的肉身中闪闪发亮，接着它发狂似的高高跳向空中，化为了灰烬。

三小时，我们看着世界末日，足足有三个小时。两根避电杆已经倒塌，但是另外八根仍在运转。我和塔克挤在酷热的帐篷洞穴中，滤息面具把满是烟尘的过热空气过滤成可供呼吸的凉爽氧气。我想说，我们得以幸免于难，完全只是因为这里没有矮树，另外也得归功于塔克，他驾轻就熟地把帐篷搭得远离其他靶子，靠近掩蔽功能很好的比斯托植物。那八根晶须合金避电杆矗立在那儿。我们和来世仅仅一杆之隔。

“它们似乎作了很好的阻挡！”我朝塔克喊道，声音中夹杂着风暴的嘘声、爆裂声、炸雷声。

“它们能挡一小时，口能两个[①]，”我的向导咕哝道，“啥时候，口能更短，它们要是融掉，俺们就玩完了。”

我点点头，透过滤息面具的活管，吮了口温水。如果能活过今夜，我会永远感谢上帝天父的宽宏大量，让我看到今夜的景象。

第八十七日：

昨天中午，我和塔克从火焰林的东北角走了出来，那边已经烧成一片灰烬。我们来到一条小溪边，在那儿迅速搭好帐篷，然后呼呼地睡了十八个小时；我们已经三晚没睡，而两个白天则是在火与

---

① 塔克说的是土语，口音和普通话有区别。

灰的梦魇中不停赶路，完全没有休息过，现在，得好好补一下了。我们向陡峭的山脊接近，那是森林的终点。此处随处都是爆裂出新生命的心皮和球果，那是前两晚在大火灾中死亡的各种火焰林生物。现在还剩五根完好的避电杆，但我和塔克都不急着在今夜试验它们的威力。我们把沉重的货物从那条活下来的运货跻驴身上弄了下来，货物刚离身，它就一命呜呼了。

今晨拂晓时分，我醒了，听见了水流声。我沿着喧哗吵闹的小溪，朝着东北方走了一公里路，然后，突然间，小溪跌落不见。

大裂痕！我几乎忘了我们的目的地。这个早晨，在迷雾中蹒跚向前，沿着渐宽的溪流，在湿岩石间跳来跳去，当跳到最后一块巨石上时，我摇摇晃晃，平衡住身子，然后低头垂直俯瞰，这是一条瀑布，我正站在上面，那瀑布一泻千里，撞击着底下的薄雾、岩石和河流。

大裂痕跟旧地上的传奇大峡谷以及希伯伦上的世界裂纹不一样，它不是被升起的高原切割出来的。海伯利安虽然有活跃的海洋，以及看似形同地球的大陆，但是事实上它的地质结构完全是一片死寂；这更像火星、卢瑟斯，或是阿马加斯特，这些星球完全没有大陆漂移。同火星及卢瑟斯一样，海伯利安遭受着广冰河时代的折磨。但是在这里，现在已不见了的双星矮星是绕着长椭圆形轨道运转的，这就造成了这里长达三千七百年的冰河周期。通信志将大裂痕比作火星的水手峡谷[①]，两者都是因为亿万年里周期的冰冻和解冻、地壳的弱化所致，同时也是由于湛江这样的地下河的流淌而来。这巨大的坍陷，就像是一条长长的疤痕，掠过天鹰大陆的多山之翼。

---

① 水手峡谷（Mariner Valley）：火星赤道绵延四千公里长的巨大峡谷与凹陷。由“水手九号”太空船所发现。

塔克跟着我一道站在大裂痕的边缘。我光着身子，洗刷掉旅行衣和教士袍上的灰味。我把冷水泼到苍白的身体上，朗声大笑，伴着塔克喊出的回声从六百多米外的北墙那边传来。由于地壳塌陷造成的鬼斧神工，我和塔克远远站在一块突岩之上，在这块突岩下，是山崖的南壁。虽然这块巨石飞檐危险地暴露在风雨中，公然向重力挑衅，持续了百万年，但我们猜测，它仍会维持几小时，我们尽可以洗浴，放松，高喊着一声声回荡着的“你好”，直到嗓子喊哑为止，我们的行为就像刚从学校解放的孩子一样。塔克承认，他从没有横穿过火焰林——也从没听说过有人在这个季节穿越过。他说，现在特斯拉树已经完全活跃起来了，他至少得等三个月才能回去。他看上去毫不遗憾，我很高兴有他陪在我身边。

下午，我们搬运装备，在飞檐之后一百米处，靠近溪流边上，我们搭起了帐篷，把装着我科学装备的流沫箱子堆在一边，明天早上再进一步整理。

今晚真是冷。吃过晚餐，就在日落后，我穿上热力夹克，独自走到一块岩脊边，那是我第一次遇到大裂痕的西南方。站在这个制高点上，居高临下俯瞰着河流，那景象让我毕生难忘。看不见的瀑布在底下的河流里翻腾，薄雾升腾而起，幕帘变换，从中激迸出的浪花将落日幻化成好几个紫罗兰色的球体，许许多多彩虹也一分为二。我看着一个个光谱诞生，升向渐渐暗淡的天穹，逐一消逝。凉爽的空气钻进高原的每条裂缝、每个洞窟中，而暖空气却在向天空疾驰，一股股笔直的烈风牵拉着树叶、嫩枝和薄雾，在大裂痕中发出声响，朝上渐衰渐减，仿佛大陆自己在喊叫。石巨人的嗓音，巨大的竹笛，宫殿般大小的教堂风琴，从最尖的女高音到最低沉的男低音，组成了一曲清澈完美的调子。我思索着风吹过岩石发出笛声般的哀号，思索着从底下静止地壳中那些洞穴里传出来的嘎啦嘎啦的声音，思索着随意和声可以产生的人类声音的幻觉。不过最后，我抛却了思索，仅仅听着大裂痕对太阳唱着告别的圣歌。

我走回帐篷，那边上围着一圈发出生物荧光的提灯，此时，流星雨第一阵连珠齐射，点亮了头顶的天空，远方火焰林的爆炸在南方和西方的地平线上拂起微澜，就像大流亡前远古战争的加农炮在发射。

我一进帐篷，就试了下通信志的远程波段，但是除了静音噪音外什么也没有。我怀疑，即使这里有原始的通信卫星，为纤维塑料种植园服务，将信息传向遥远的东方，这些信号也都会被群山和特斯拉的活动屏蔽，除非使用最密的激光或者超光仪光束。在佩森，我们在修道院很少有人或携或戴私人通信志，但是数据网始终在那儿，我们尽可以随时接入。然而在这儿，别无选择。

我坐在那儿，一边聆听着峡谷之风的最后一个音符减弱至消失，一边望着忽明忽暗的天空，听着帐篷外铺盖卷里塔克的呼噜声，我笑了。我心想，如果这是流放，就权当流放好了。

第八十八日：

塔克死了。被杀了。

日出时，我走出帐篷，发现了他的尸体。他整晚睡在外面，离我四米不到。他说他希望睡在群星之下。

凶手在他熟睡之时，割断了他的喉咙。我没听见喊声。然而，我倒是做过梦：梦到森法在我发烧期间照顾我。梦到冰凉的手抚摸着我的脖子和胸膛，抚摸着自打我小时候起就一直戴着的十字架。我站在塔克的尸体上方，鲜血已经渗进海伯利安冷漠无情的土壤中，形成了一个宽大的黑色圆圈，我盯着这个圆圈，想到那梦不只是梦——那双手真的在晚上碰触过我，我不禁浑身战栗起来。

我承认，我的反应就像一个受了惊吓的老蠢蛋，而不是一名神父。事实上，我施行了终傅礼，但惊慌突然向我袭来，我抛下这具可怜向导的尸体，绝望地在物资中搜寻，希望能找到把武器。我拿了把弯刀，那东西我在雨林中用过，还有一把低压脉塞①，我本来是想用它来猎杀小动物的。我并不确信自己会对他人使用武器，就算是为了救自己的命。但是，我还是慌了神，带着弯刀、脉塞以及动力望远镜，来到大裂痕附近一块又高又大的石头上，搜寻这个区域，查探有没有凶手的迹象。可是森林里毫无波澜，只有昨天见过的渺小的树栖生物和蛛纱在其间轻轻移动。森林看上去又深又黑，真是反常。大裂痕可以为一整批野蛮人提供一百块露台、岩脊、石台，一直绵延到东北。一支军队可以在那里的峭壁和亘古存在的迷雾中很好地隐蔽。

过了三十分钟，我带着毫无结果的警戒，带着愚蠢的怯懦，回到了营地，收拾了塔克的尸体，准备将他埋葬。我花了两个多小时，在满是岩石的高原土地中，挖了一个大小合适的墓穴。尸体埋好，正式仪式也完成了，我却想不出一点个人的东西，我都不知道该如何开口称呼这位曾经的向导，这位滑稽矮小的莽汉。“上帝，保护他。”最后我说道。我对自己的虚伪感到厌恶，在内心，这些祷告肯定是对我自己念的。“让他平安抵达。阿门。”

今晚，我将营地朝北移了半公里，把帐篷扎在十米外一块开阔的区域，但我背靠一块大石头，睡袍拖在地上，弯刀和脉塞近在手边。塔克的葬礼之后，我查看了物资装备的盒子。剩下的几根避电杆没了，但其他东西什么也没有被拿走。我立刻想到，是不是有人跟着我们穿越了火焰林，目的是杀死塔克，把我丢在这儿，让我陷

① 脉塞：微波量子放大器的俗名。

入绝路。但是我想不出，这样一个精妙行动的动机何在。如果种植园的人想要置我于死地，尽可以在雨林动手，毕竟，如果用凶手的眼光看，在火焰林深处，没有人会对两具烧成炭的尸体生出任何疑问。那就只可能是毕库拉。我原始的职责。

我琢磨着，是否可以不用那些杆子，从火焰林返回，但是很快便把这想法弃置不顾。留下，可能会死路一条；返回，那将必死无疑。

在特斯拉蛰伏前，还有三个月的时间。在当地是一百二十天，每天二十六小时。那是很长一段时间。

天父基督，为什么事情要降临在我头上？为什么昨晚要饶我一命？如果他们仅仅是打算在今晚将我献祭……或者明天？

我坐在黑漆漆的悬崖上，从大裂痕中涌起的夜风发出不祥的哀啸，我聆听着；天空被条条血红的流星尾迹点亮，我默默祈祷着。

我为我自己念着祷告。

第九十五日：

过去一周的恐怖已经大大缓解。我发现，就连恐惧也会一天天地走下坡路，慢慢衰败，最后变成极为平常之事。

我用弯刀砍了些小树，造了间单坡屋[1]，屋顶和侧面用伽玛服盖着，木头夹缝用泥巴糊住。屋子靠着一块巨石，作为后墙。我从调查装备中拿出几样东西，摆在外面，不过现在我觉得它们今后没什么用武之地了。

冰冻干食迅速减少，我开始寻找补给。很久以前，我在佩森上草拟过一张荒谬的时间表，现在，如果按照这张表，我应该已经和毕库拉一起生活了几星期，并且已经开始用小货物交换当地的食物

① 单坡屋：只有一个斜面屋顶的房屋。

了。没关系。我找到了食物，除了无味但是很容易煮熟的茶马根，还有五六种不同种类的浆果和超大水果，通信志保证它们可以食用；到目前为止，只有一种吃了让我不舒服，让我在最近的峡谷边上蹲了一晚上。

我在这片领域的疆界内踱步，坐立不安，就像阿马加斯特星的幼年珀罗普斯[①]，它们被那些二流君主视若珍宝地关在笼子里。往南一公里，朝西四公里，四处都是火焰林。早上，烟尘和薄雾变换所组成的幕帘争先恐后地遮蔽了天空。唯有固若金汤的比斯托，高原巅峰的岩石土壤，以及东北方连绵的陡峭山脊，它们就像穿着装甲的椎骨，挡住了特斯拉树的去路。

高原向北扩展出去，大裂痕周边十五公里内的下层丛林变得越来越密集，最后被一条峡谷拦住去路，这条峡谷有大裂痕的三分之一深，一半宽。昨天，我抵达了最北点，向满是洞窟的天堑外望去，却感到失落至极。我会改天再试试，从东面绕道，找到一个交叉点，但是通过深坑对面泄露底细的凤凰树，以及东北地平线上笼罩的浓烟，我猜我只会发现满是茶马树的峡谷，以及大片大片的火焰林，在我携带的轨道俯瞰地图上，这些火焰林画得十分粗糙。

今晚，我去了塔克的岩石坟墓，夜风开始哀唱挽歌。我跪在那儿，试着祈祷，但是什么祷词也想不起来。

爱德华，什么祷词也没有。我内心空虚，就像我和你在陶仑贝旱谷附近的贫瘠沙漠中挖掘出的那些虚假石棺一样空虚。

禅灵教说，空虚是好迹象；那预示着新层次意识、新的见识、新的体验的到来。

---

① 珀罗普斯：雅典神话人物坦塔罗斯的儿子，创办了闻名于世的奥林匹克运动会。文中是作者杜撰的某种生物。

妈的。[1]

我的空虚……仅仅是空虚。

第九十六日：

我找到了毕库拉。或者，更确切地说，是他们找到了我。现在，我要在他们把我从“睡眠”中叫醒之前，写下能写的一切。

今天正午，我开始细细地绘制地图——营地北部区区四公里地方的地图，然后，迷雾被暖气驱散了。这时，我注意到大裂痕一边，也就是我这边，有一系列的露台，它们之前一直隐藏在雾气里。我拿出动力望远镜，仔细查看这些露台——那其实是一系列有规则的岩脊、尖顶、暗礁，以及草丛，远远地延伸到突岩之上。这时候，我意识到展现在眼前的其实是人造聚居地。那儿约有十几栋小屋，都是些粗制滥造的茅舍，由茶马叶、石头和海绵草皮建造而成，但它们肯定是由人类建造的，绝不会错。

我站在那里，仍然举着望远镜，犹豫不决，不知道该爬下去，到暴露的岩脊上和居民碰碰面呢，还是该回到营地。然后，一股寒意突然间从我的后背笔直地爬到脖颈，这种感觉非常明确地告诉我：周围有人。我放下望远镜，慢慢转过身。毕库拉就在那儿，至少有三十人，他们围成一个半圆，拦在我面前，挡住了我撤回森林的路。

我不知道我曾经期盼过什么；也许，是赤身裸体的野人，面目可憎，戴着牙齿串成的项链。也许，我曾经期盼的是某种满面胡须、毛发疯长的隐士，有时候，旅行者会在希伯伦的墨蛇山碰到这样子的人。不管我脑子里有过什么想法，真实的毕库拉完全不符合

① 原文是法语。

这些个模板。

这些悄无声息走近我的人长得很矮，没有一个高过我的肩膀，他们身上缠着编织得极为粗陋的黑袍子，把他们从脖到脚裹了起来。这群人移动时，就像现在这样，看上去像是在崎岖不平的地上滑行，如同鬼魅一般。从远处看，他们的容貌让我想到新梵蒂冈孤立领土内一群缩小版的耶稣会士，真是太像了。

我差不多要咯咯笑起来，不过我想到这种反应很可能会被理解为恐慌。毕库拉没有表现出什么进攻迹象，不会引起这样一种恐慌；他们手无寸铁，小手空空如也，就和他们的表情一样空空荡荡。

他们的样子很难用一两句话说清楚。秃着头，所有人都这样。没有一根面部毛发，松松垮垮的长袍笔直地拖到地上，所有这一切加在一起，让我很难辨认谁是男谁是女。现在，这群人面对着我，已经有五十多人了，约摸都一个年纪——四十到五十标准岁数之间。他们脸上光光如也，皮肤微微泛黄，我猜这和他们摄取茶马和其他当地植物中的微量元素有关。

别人可能会把毕库拉的圆脸描绘成天真无邪的天使脸庞，然而在近距离观察之后，可爱的印象会渐渐消失，被另外一种诠释所替代——平和的白痴。身为神父，我在落后的世界上待过很长时间，了解到古老的基因紊乱的影响，它们名称不一：退化综合征、先天性愚型，或者叫代船遗物。此时此刻，这六十来个小人，这些慢慢靠近我的穿着黑袍的人，给我留下的整体印象就是这样子的：欢迎我的是一群沉默的孩子，笑嘻嘻，秃脑瓜，脑子迟钝。

我提醒自己，应该就是这同样一群“笑嘻嘻的孩子”在塔克睡觉时割断了他的喉咙，让他死得像被宰掉的猪一样。

最近的那个毕库拉朝前走来，停在离我五步远的地方，嘴里说了些什么，声音平和单调。

“等等。”我说完，摸索着拿出我的通信志，按下了翻译功能。

“娜素素子嘎？”我面前的这个小人问道。

我塞入耳塞，及时听到了通信志的翻译。时间没有滞后。这显而易见的外文是古老种舰语言的讹误，种植园的土著使用的黑话跟它有着异曲同工之妙。“你属于十字架形状/十字形。”通信志翻译道，最后一个名词给了我两个选择。

“是。”我说道，现在，我能肯定这些人就是那晚塔克被杀，在我睡着时碰触我的人。也就是说，他们就是杀害塔克的凶手。

我等着。狩猎脉塞就在背包里，而背包正立在一棵小茶马树边，离我不到十步远。有五六个毕库拉站在我和脉塞之间。没关系。在那一刻，我已经明白自己不会用武器攻击另一个人类，就算这个人杀害了我的向导，也许下一秒就打算谋害我。我闭上眼睛，默念着《悔罪经》。当我睁开眼，看见有更多毕库拉过来了。人群不再移动，仿佛法定人数已满，要进行表决了。

“是，”面对着沉默，我再次说道，“我属于十字架。”我听见通信志的播放器将最后一个词说成“素子嘎”。

毕库拉一致地点头，然后，所有人——像是训练有素的祭台助手——都跪了下来，长袍发出柔柔的瑟瑟响声，这是完美的屈膝礼。

我张嘴想要说话，但是发现无话可说。我闭上嘴。

毕库拉站了起来。微风拂过脆弱的茶马叶，在我们头顶发出呆板的暮暑之声。左边那个离我最近的毕库拉朝我走近了些，抓住我的臂膀，那手指非常冰凉，也非常强壮，他轻轻说了一句话，我的通信志翻译成：“来，该回房子睡觉了。”

此时是下午三时左右。我想知道通信志是否正确地翻译了“睡觉”这个词，它可不可能是“死”的土语或是隐喻呢？但我还是点点头，跟着他们朝大裂痕边缘的村子走去。

现在，我正坐在茅屋里，等待着。我听见窸窸窣窣的响声。有人醒过来了。我坐着，等待着。

第九十七日：

毕库拉称自己为“三廿又十。”

我刚刚花费了整整二十六个小时，和他们交谈，细细观察他们，趁着他们下午三时“睡”两个小时的机会，记录些东西，试图在他们割断我的喉咙前，尽可能多地记录下数据。

只是，现在我开始相信，他们不会害我。

昨天，在我们“睡觉”时间过后，我和他们说话。有时，他们不会回答问题；当他们回答时，那回答和某些脑瓜迟钝的小孩的咕哝声或者文不对题的应答比起来，完全好不到哪里去。他们只是在首次碰面时提出了最初的问题，给予了最初的邀请，之后，再也没人提一个问题，也没人发表一个意见。

我询问他们，用上巧妙的技巧，又小心，又慎重，还带着训练有素的人种学者的专业式冷静。我询问了最简单、最实际的问题，确信通信志工作正常。它的确工作正常。但是得到的全部回答让我几乎和二十多个小时前一样懵懂无知。

最后，我身心俱疲，放弃了专业人员的精明，对着跟我坐在一起的这群人，向他们问道：“你们杀了我的同伴吗？”

我问话的三个对象正埋头在一台拙劣的织布机上编织着，没人抬头看我一眼。“是。”其中一个说道。我开始管他叫作阿尔法，因为森林里第一个靠近我的就是他。“我们用利石割断了你同伴的喉咙，把他颠倒地拎着，静静地看着他挣扎。他命享真死。”

“为什么？”过了会儿，我问道。我的声音听上去干巴巴的，无味得就好像一粒谷壳碎屑。

“为什么他命享真死？”阿尔法回答，仍旧埋着头，“因为他的全部鲜血流光了，他停止了呼吸。”

“不，”我说，“我是问，你们为什么要杀他？”

阿尔法没有回答，但是贝蒂——我猜她是女的，说不定是阿尔法的老伴——在她那台织布机旁抬起头，干干脆脆地答道：“为了让他死。”

“为什么？”

回答的绣球总是被抛回我的手中，我完全没法得到哪怕一丝的启迪。经过多次询问，我确定，他们杀塔克是为了让他死，他之所以死是因为他被杀了。

“死和真死有什么分别？”我问道。在这点上，我信不过通信志，也信不过我的脾气。

第三个毕库拉——德尔，发出一阵呼噜声，以作回答，通信志翻译为：“你的同伴命享真死。你没有。”

最后，我失落至极，眼看就要怒火冲天了，于是我厉声喊道：“为什么没有？为什么你们不杀了我？”

三个人都停下他们手中没头没脑的编织工作，看着我。“你无法被杀死，因为你不能死，”阿尔法说，“你不能死，因为你属于十字形，你追随十字架之道。”

我搞不明白为什么这该死的机器前一秒把十字架翻成“十字形”，后一秒又翻成了“十字架”。因为你属于十字形。

一股寒意贯穿我的全身，我突然有一股想要笑的冲动。我是不是无意中闯入了那个老掉牙的全息传说中去了？失落的部族膜拜着不经意间闯入他们森林的“神”，直到那个可怜的杂种用剃刀还是啥玩意儿割断了自己的喉咙。于是部落的人们带着些许慰藉地确认了这来访者显而易见的死亡，并且，把他们往昔膜拜的这位“神”

作为了献祭之物。

这本来是一件挺可笑的事情，若不是塔克那苍白的脸和皮开肉绽的伤口还历历在目。

他们对十字架有如此的反应，表明我所遇到的这群人，是曾经的基督徒殖民地的生还者——或是天主教徒？虽然通信志中的数据坚称，四百年前坠落在高原上的登陆飞船中，载着的七十名殖民者，仅仅只有新科翁马克思主义者，所有人对古老宗教瞧都不会瞧上一眼，更别提是不是公然反对了。

我琢磨着是否要撇下这个问题，如果继续追问实在是太危险了，但是我愚蠢的需求逼迫我继续下去。“你们信耶稣吗？”我问道。

他们脸上带着一副茫然的表情，不再需要口头的否认了。

“基督啊？”我再次试了试，“耶稣·基督？基督教？天主教会？”

毫无兴趣。

“天主教？耶稣？玛丽？圣彼得？保罗？圣忒亚？”

通信志发出响声，但是这些词似乎对他们毫无意义。

“你们追随十字架吗？”为了这最后的接触，我劈头盖脸问道。

三人看着我。“我们属于十字形。”阿尔法说。

我点点头，却毫不明白。

今晚，在日落前，我睡了很短的一点时间，醒来时，大裂痕黄昏之风的风琴和笛子的音乐正好开始奏响。在这儿村里的岩脊上，那声音尤为响亮。连茅屋都仿佛加入了合唱队，往上升涌的狂风吹过石头夹缝，吹过扑啦扑啦拍打着的叶片，吹过粗糙的熏洞，鸣叫着，哀号着。

有什么不对劲。我头昏眼花，花了一分钟才意识到，整座村子被遗弃了。每间茅舍都空空如也。我坐在一块冰冷的大石头上，心里思忖，难道是我的出现激起了某种大逃亡。风之乐已经终了，流星开始它们每夜的表演，在低低的云层划出道道裂痕，然后我听到身后传来声响，我转过身，发现三廿又十的七十人正站在我身后。

他们一个个走过来，沉默寡言地回到了茅舍中。没有光。我脑中想象着他们坐在茅舍中，呆呆凝视着。

我并没有马上回自己的茅屋，而是在外面待了些时间。过了一会儿，我走到长满草的暗礁边，站在石头坠向深渊的地方。一簇藤蔓和植物的根紧紧抓着悬崖峭壁，但似乎有几条几米长的藤蔓荡到了下面，悬在天堑之上。不可能有藤蔓长到足够让他们顺着爬到底下距此两千米的河边的。

但是毕库拉就是从这个方向走来的。

这一切都讲不出个头绪。我摇摇头，回到茅屋中。

坐在这儿，在通信志触显的映照下，我写下了这些，我试图想出一些防范措施，确保我能见到明天的太阳。

可是我什么主意也没有。

第一百零三日：

我知道得越多，我懂得越少。

我已经把绝大部分装备移到了茅屋中。他们为了让我待在村里，把这间茅屋清扫一空，作为我的屋子。

我拍了照片，记录了视频和声音芯片，还给村子和居民做了个全息扫描。他们看上去毫不介意。我在他们面前投放他们的影像，他们会笔直穿过去，一点兴趣都没有。我对着他们播放他们说过的话，他们只是笑笑，回到他们的小屋，在那儿一坐就是几小时，什么都不做，什么都不说。我给了他们一些贸易小饰品，他们一声不吭地拿了，发现不能吃，就随手扔在了地上。草丛里丢满了塑料珠子、镜子、小块彩色布片，以及廉价钢笔。

我搭设了个完整的医学实验室，但是毫无用处；三廿又十不肯让我检查他们，不给我采集血样，即使我再三向他们展示，跟他们说这毫无痛苦，他们也不会让我用诊断装备扫描他们——一句话，无论怎样，他们都不跟我合作。他们不争论。他们不解释。他们仅仅是转身离去，继续干他们不是事的事。

一星期后，我仍旧无法分辨男女。他们的脸让我想起那些视觉谜题，你盯着它们，它们会变化形状；有时候，贝蒂的脸看上去无可置疑是张女性的脸，十秒之后，那性别的感觉竟无处可寻了，我再次把她（他？）当成了贝塔。他们的声音也同样会改变。轻柔，非常柔和，毫无性征……他们让我想起在落后世界上碰到的那些编程编得一塌糊涂的住宅电脑。

我很想看看一个裸体毕库拉。对于一个四十八标准岁数的耶稣会士来说，这不太容易说出口。而且，即使对一个老练的窥淫狂来说，这也不是桩简单的事。看样子，裸体完全是他们的禁忌。他们醒着时穿着长袍，两小时午睡的时候也穿。他们离开村子去大小便，我怀疑，即使在那时，他们也不会撩开宽松的袍子。他们似乎从不洗澡。可能有人会想，他们必定满身恶臭，但是这些原始人身上，除了微微有一股茶马的甜味，再也没有其他气味。“你有时总得要脱衣服的。”有一天，我对阿尔法说。为了获取信息，我抛下了审慎。“不。”阿尔说完，就走到别处去了，他坐在那儿，啥都不做，全身裹得严严实实的。

他们没有名字。一开始我觉得太不可思议了，但现在我确信无疑。

“我们曾经都是，以后也都是，”最矮的毕库拉说，我想她是个女的，把她叫作娥琵，“我们是三廿又十。”

我查了查通信志记录，证实了我的猜测：现在人们已知的一万六千个人类社会中，没有一个社会，不存在个体的名字。甚至在卢瑟斯的蜂巢社会，也有个体名，那是由他们的等级和其后的简单代码构成的。

我把自己的名字告诉他们，但他们还是茫然盯着我。“保罗·杜雷神父，保罗·杜雷神父。”通信志翻译器重复道，但是没有人尝试学一下，连简单的牙牙学语都不曾有过。

除了每天日落前的集体消失，以及平常两小时的睡觉时间，他们很少集体做事。连他们的住所也似乎是随意安排的。前一次午睡，阿尔会和贝蒂在一起，下一次是和甘姆，再下次是泽尔达或者皮特。看不出明显的体系或者日程表。每隔两天，整个七十人的群体会到森林里搜寻粮草，然后带着浆果、茶马根、茶马皮、水果回来，反正能吃的就拿。我一直深信他们是素食动物，直到我看见德尔在咀嚼一只树栖生物，那是一只幼崽的冰凉尸体。这只小型灵长类动物肯定是从高处的树枝上掉下来的。这样看来，三廿又十不会对肉表示不屑；他们只是太蠢，不会猎杀罢了。

毕库拉口渴时，会走上大约三百米，到一条小溪旁喝水，这条小溪变成一条瀑布，落入大裂痕。虽然多有不便，但是看不到革制水袋，也看不到水壶，或者任何陶制品的身影。我把自己需要的水储存在十加仑的塑料容器中，但是村民一点也没注意。我对这些人的敬意陡然坠落，我发现，他们可能在这个村子里生活了一代又一代，却没有唾手可得的水资源。

“谁建了屋子？”我问。他们没有代表村子的词语。

“三廿又十。”威尔回答道。我能把他辨认出来，仅仅是因为他断了一根手指头，还没长好。他们每一个至少有一个这样的特征，虽然有时候我觉得辨认乌鸦还简单点呢。

“什么时候建的？”我问道，尽管我现在应该知道，任何以“什么时候”打头的问题都不会得到回答。

我没有得到回答。

他们的确每晚都进大裂痕，沿着藤蔓往下。在第三晚，我试图看看他们的大逃亡，但是有六个人在悬崖边上拦住我，把我带回茅屋，动作温柔，但态度坚决。这是我第一次见到毕库拉带着侵犯的行为，他们走后，我坐在那儿，细细琢磨了片刻。

第二天晚上他们出发时，我马上回到自己的茅屋，没朝外面窥探一下。但等他们回来后，我便取回了扔在悬崖边上的摄影仪以及三脚架。定时器运行得准确无比。全息像显示，毕库拉是抓着藤蔓，在朝悬崖下攀爬，手脚敏捷得就像茶马和堰木林中遍布的小型树栖动物。然后他们就在突岩之下消失了。

“你们每晚爬到悬崖下去做什么？”第二天我问阿尔。

这名土人看着我，脸上带着一种天使般、佛陀似的笑容，我开始感到厌恶。“你属于十字形。”他说道，仿佛这句话可以回答一切问题。

“你们爬下悬崖是去拜神吗？”我问。

没有回答。

我想了片刻。“我也追随十字架。”我说道，我知道我这句话会被翻成“属于十字形”。其实现在我不再需要翻译程序了，但这次对话太重要了，不能只凭运气。“这是不是意味着我应该在你们爬下悬崖时，加入你们？”

在那片刻，我想阿尔正在思考。他的额头上出现了皱纹，我意识到这是我第一次见到三廿又十的人差不多要皱眉头了。然后他说：“你不能。你属于十字形，但你不是三廿又十的人。”

我意识到，为了把其中的区别表达清楚，他脑子里每个神经元和突触都开动了。

“如果我爬下悬崖，你们会怎么做？”我问道，但我没期待他会回答。基于假设的问题和我的那些基于时间的询问，都带着同样无功而返的坏运气。

可这次他竟然回答了。那天使般的笑容和无忧无虑的表情又回来了，阿尔法轻轻地说道：“如果你试图爬下悬崖，我们会把你按在草地上，拿利石割断你的喉咙，然后等着你的血停止流淌，等着你的心停止跳动。”

我一句话也没说。我想知道在那一刻，他是否能听见我心脏的猛烈跳动声。好吧，我想，至少你可以不再担心他们把你当成神了。

静默持续着。最后，阿尔加上了一句话，到现在我还在思索这句话。“如果你再爬，”他说，“我们会再一次杀死你。”

说完，我们互相盯了好一会儿。我确信，两人都深信不疑，对方是个十足的大傻蛋。

第一百零四日：

每一个新发现都会加深我的疑惑。

自打第一天抵达村子起，有个现象一直困扰着我：这里竟没有孩子。我翻看自己的记录，那是我每天观察后口述在通信志中的记录，在往回翻时，我发现曾经好多次提到此事，但是在这本被我称为日记的个人杂集中，却没有一次提到过此事。也许其中牵涉到的东西太让我毛骨悚然了。

我频繁而笨拙地尝试刺探此神秘之事，对此，三廿又十总是给予他们惯用的启迪。被询问的人脸带赐福似的笑容，回答着一些不合逻辑的推论，相比之下，世界网最蠢的乡下傻瓜的牙牙学语也仿佛是哲贤警句。而更常见的情况是这些家伙连屁都不放一个。

一天，我站在一个家伙面前，我管他叫德伊。我站了很久，最后他终于发现了我的存在，然后我问："为什么这里没小孩？"

"我们是三廿又十。"他轻声说道。

"婴儿在哪儿？"

没有回答。也并没有感觉到他在逃避这个问题，他仅仅是茫然地凝视着。

我深深吸了口气。"你们中谁最小？"德尔似乎在思索，在和那概念搏斗。他被打败了。我在想，是不是毕库拉完全失去了时间观念，以至于任何关于时间的问题都注定失败。然而，一分钟的寂静之后，德尔指着阿尔，后者正蹲伏在阳光下，在他那拙劣的手织机上忙活着，然后说道："他是最后一个返回的人。"

"返回？"我问道，"从哪儿返回？"

德尔瞅着我，面无表情，连不耐烦的情绪都没有。"你属于十字形，"他说，"你必定了解十字架之道。"

我点点头。我很明了地认识到，这种对话方式中蕴含着许多不合逻辑的地方，它们总会让我们的对话戛然而止。我绞尽脑汁，琢磨着是否有什么办法，可以让我领会这条细微的信息。"那么，那个阿尔，"我边说边指，"是不是最后一个出生的？返回的？还有其他人会……返回吗？"

我不能确信自己理解自己的问题。如果谈话对象的语言中没有"孩子"这一词，也没有时间观念，那该如何打听出生的问题呢？但是德尔似乎明白了。他点点头。

受此鼓舞，我问道："那么，下一个三廿又十什么时候出生？什么时候返回？"

"没人能够返回，只有死了才能返回。"他说。

我觉得我恍然大悟了。"也就是说，只有谁死了，才会有新的孩子……新的人返回，”我说道，“你们用另一人弥补少了的人的空缺，以便让这个群体保持在三廿又十的数量上，对不对？”

德尔沉默着，我觉得可以把这理解成默认。

他们的制度看上去再清楚不过了。毕库拉对他们的三廿又十的数量很当一回事。他们让部落的人数一直保持在七十个——也就是四百年前那艘坠落在这里的登陆飞船上，记录在册的旅客名单的数量。这两者之间巧合的可能性很小。一旦有人死了，他们就让小孩出生，代替成人。如此简单。

简单但不可能啊。自然和生态不会如此有条理地运行。除了最小群体数量的问题，还有其他荒唐的问题。即使很难辨别这些皮肤光滑的人的年龄，但是显而易见，最老的和最小的之间最多也就相差十岁。虽然他们的行为方式像个小孩，但我猜他们的平均年龄接近四十标准岁数，或者四十五岁左右。那么，老头们在哪？父母亲，老姨丈，没嫁人的姨妈在哪儿？照这个样子下去，整个部落几乎会同时步入晚年时期。在他们所有人超过分娩年龄，而需要替代部落成员时，会发生什么事呢？

毕库拉过着枯燥、惯于久坐的生活。即使住在大裂痕的近悬崖边，事故发生的概率也肯定很低。这里没有食肉动物。季节的变化程度非常小，食物供给也确实几乎保持着稳定。但是，即便所有这些全部是真的，这莫名其妙的群体在四百年的历史中，意外总不能避免啊，譬如疾病横扫村庄，譬如有些不寻常的藤蔓就那么断了，把百姓摔下大裂痕，又譬如会不会发生某些自古以来保险公司都害怕的事呢？

然后呢？他们是不是生下来时仍带着差异，然后会慢慢转到他们现在这无性征的行为中去呢？是不是毕库拉完全有别于任何其他记录在册的人类社会呢？他们是不是有发情期，几年一次——十年一次？或者，一生一次？值得怀疑。

我坐在茅屋里，审视着各种可能。一种可能是，这些人的寿命非常长，一生中绝大部分时间可以生育，这样就可以简单地替代部落的伤亡人员了。只是这解释不了他们相同的年龄啊。也没有办法解释这样长的寿命是如何达到的。霸主能够提供的最好的抗衰药物，也只是设法让人在一百标准岁数的起点上增加一点点的活跃寿命罢了。预防性的保健措施把中年早期的生命力很好地扩展到六十岁末，也就是我的这把岁数。但是除了为富得流油的人提供的克隆移植物、生物工程，以及其他特权享受，世界网内没有人会在七十岁的时候计划组成一个家庭，或者在他们一百一十岁的生日聚会上跳上一段舞。如果吃茶马根或者呼吸羽翼高原上的纯净空气对延缓衰老有着鲜明效果的话，那毫无疑问，海伯利安上的每个人都会住在这里，大嚼茶马，这个星球在几个世纪以前就会建有远距传输器，每个霸主的公民，只要有寰宇卡，都会计划把假期和退休时间花在这里。

不，更为合理的解释是：毕库拉过着正常寿命的生活，孩子的出生率也正常，但他们会杀掉新生儿，除非有人死去。也许他们实行禁欲，或者节育，而不是屠杀婴儿，直到整个村的人到了某个老龄，需要新生力量了。大规模生产时间解释了部落成员明显的相同年龄。

但是谁来教导年轻人呢？父母和其他老年人到底怎么了？是不是毕库拉把他们的入门知识，把他们拙劣的文化薪火相传，然后让自己死去？这是不是“真死”——整代人的死去？是不是三廿又十杀死钟形年龄段两头的人呢？

这种推测毫无用处。我开始因为自己缺乏解决问题的技巧而火冒三丈。保罗，让我们想个好策略，然后行动。你这耶稣会的懒家伙，还不动手？

问题：如何辨认性别？

解答：哄骗几个可怜的魔鬼，或者强迫他们进行医学检查。搞明白一切性别角色的谜题，搞明白裸体禁忌是啥玩意儿。如果这社会依靠多年的严格禁欲，来实行人口控制，那么，这就符合我的新理论。

问题：为何他们如此狂热地保持三廿又十的数量，非得和那失落的登陆飞船的殖民者的数量相同？

解答：缠着他们，直到弄清楚为止。

问题：孩子们在哪？

解答：持续进攻刺探，直到弄清楚为止。也许每夜下山的远足和这一切有着密切联系。那里可能有个托儿所，或者一堆小骨头。

问题："属于十字形"和"十字架之道"，如果不是起初的那些殖民者宗教信仰的歪曲残余，那到底是什么东西？

解答：到源头寻求解答。他们天天朝悬崖下爬，是不是本质上的宗教行为呢？

问题：悬崖下是什么？

解答：下去，自己去看。

明天，如果他们的制度一成不变的话，三廿又十的所有三廿又十个人会到树林里搜寻粮草，这要花上几个小时。这次，我不会和他们一起去了。

这次，我会来到悬崖边，爬下去一探究竟。

第二百零五日：

九点半——感谢你，耶稣我主，感谢你让我今天看到那些东西。

感谢你，耶稣我主，感谢你引领我来到此地，在此刻让我看到你存在的证据。

十一点二十五分——爱德华……爱德华！

我要回去。告诉你们所有人！告诉每个人。

我整理好了一切，摄影仪的磁碟和胶片放在一个小袋中，那是我用比斯托叶子编织的。我有食物、水、电力不足的脉塞。帐篷。睡袍。

要是避电杆没被偷就好了！

毕库拉可能把它藏在哪里了。可是，不，我找遍了杂物间，找遍了附近的森林，但是找不到。他们应该用不到它们。

没关系！

如果行，我今天就走。不然的话，就尽快。

爱德华！一切都寄托在这些胶片和磁碟上了。

十四点整——

今天没法穿越火焰林了。我刚刚到达活跃区的边缘，烟雾就把我逼了回来。

我回到村子，又看了一遍全息像。没错。奇迹是真实的。

十五点半——

三廿又十随时会回来。倘若他们知道了……倘若他们盯着我瞧，然后知道我去了那里，我该怎么办？

我可以躲。

不，没必要躲。上帝把我带到这么遥远的地方，让我目睹此事，不会仅仅是为了让我死在这些可怜孩子的手上的。

十六点十五分——

三廿又十回来了，他们回到各自的茅屋，连瞧都没瞧我一眼。

我坐在自己茅屋的门口，禁不住笑起来，而后大笑，而后祈祷。早些时候，我走到大裂痕的边缘，念着弥撒，开始圣餐礼。那些村民都没费工夫看我一下。

我要多久才能离开？奥兰迪督管和塔克说过，火焰林在三个当地月内，会一直保持高度活跃——那是一百二十天。然后接下来的两个月会相对沉寂下来。我和塔克是在第八十七日到这儿的……

还有一百天，可我等不了，我等不及要把消息带给世界……带给全世界。

如果有艘掠行艇可以不顾风雨，不顾火焰林，带我远走高飞离开这里。如果我能接通一个为种植园服务的数据卫星，那该多好。

一切都有可能。更多的奇迹会发生的。

二十三点五十分——

三廿又十爬到大裂痕中去了。晚风歌唱队的声音在周围响起。

我多么希望自己现在能和他们在一起啊！在那儿，在下面。

接下来我会做力所能及的事。我会在这儿，在悬崖附近，双膝跪地，祈祷，而这星球和天空唱着歌，我知道，那是唱给真实存在的上帝的一首圣歌。

第一百零六日：

我醒来了，真是个完美的早晨。天空湛青；太阳是镶嵌在其中的一颗刺眼血红的宝石。我站在茅屋外，看着迷雾散去，树栖动物停止了它们的清晨尖叫音乐会，气温开始回暖。然后我进屋看了看带子和磁碟。

我意识到，昨天太过兴奋，那些胡乱涂鸦压根没有提及我在悬崖下发现了什么东西。现在我会一五一十讲讲。我有磁碟、胶带以及通信志记录，但是很有可能的情况是，只有这些个人日记会被发现。

昨天早上大约七点半，我开始朝悬崖下爬去，当时毕库拉都在森林里搜集粮草。我本以为沿着藤蔓往下爬是件十分简单的事——

它们一条条缠在我身边，足以在多数地方形成某种阶梯。但是当我荡来荡去，要往下降时，我还是感觉自己的心脏在猛烈跳动，这让我痛苦不堪。如果失足摔落，我将掉进三千米的深渊，坠入山石和河流中。我一直紧紧抓着至少两条藤蔓，一厘米一厘米地朝下降，尽量不去看脚下的深渊。

我花了大半个小时，下降了一百五十米，我确信这点距离对毕库拉是小菜一碟，他们只要十分钟就可爬完。最后，我来到了一块弯曲的突岩上。有些藤蔓延伸进天堑中，消失不见了，但多数藤蔓旋绕在这块峻峭的岩石下，朝三十米内的绝壁攀缘。这些藤蔓比比皆是，似乎缠绕成了麻花，形成了一座非常拙劣的桥梁，毕库拉很可能手都不用，便能轻松自如地在藤蔓上行走。我爬上这些麻花状的绳子，双手紧紧抓着其他藤蔓以求支撑，口里念叨着孩提时代以来从未念过的祷文。我盯着正前方，仿佛这样就能忘记这些摇摇摆摆、吱吱作响的植物之绳下方的无限空间。

绝壁上横着一条宽宽的岩脊小道。我走在上面，与万丈深渊保持着三米远的距离。之前我挤过藤蔓，落到这条岩石小道上时，离深渊有二点五米。

岩脊大约有五米宽。一头朝东北方延伸了很短一段距离，然后就到了尽头，再往前就是大量的突岩。我沿着岩脊的另一头朝西南方走去，走了二三十步之后，我突然停住，呆若木鸡。那是一条“路径”。一条坚石中磨砺而出的路径。它那发光面被磨得凹陷了下去，足有几厘米深，而周围的石头仍旧平坦如常。再往前，路径变得稍浅、稍宽，岩石上有脚步的印子，但即使是这些印子，也被磨损到一定程度，似乎是陷在岩石小道中间的。

这个简单的事实把我怔住了，我坐了下来，琢磨了片刻。即使四个世纪以来，三廿又十每天旅行来此，也不会对坚石造成如此的侵蚀。在毕库拉殖民者坠落于此的很久之前，肯定一直有某人或者某物在走这条路。数千年来某人或者某物一直在走这条路。

我站起身，继续往前。除了微风吹过五百米宽的大裂痕的声音，几乎没有其他声音。我甚至能听见遥远深渊中河水的柔声细语。

路径在一处峭壁旁朝左边拐了个弯，然后到了尽头。我走到一块宽阔平坦的岩石上，注视着，面对眼前的情景，我不由自主地用手画起了十字。

由于这条岩脊小道沿着正南北方向刺入悬崖，足有一百米长，所以我可以面朝正西，看着大裂痕猛地挥向三万米的宽阔天空，那里就是高原的尽头。我立刻意识到，每晚的落日都会照亮头顶那块突岩下的悬崖峭壁。如果在春分和秋分时节，站在这个有利地形处看海伯利安的太阳，也许它会像是直接落入了这大裂痕，而它那红彤彤的侧面则会把峭壁染成粉红的色调。就算这样的景象真的存在，我也不会感到惊讶。

我朝左拐弯，盯着绝壁望去。这条磨损的路径沿着宽宽的岩脊，通向一扇从承重石中凿刻而出的门。不，这些不仅仅是普通的门，它们是殿门，雕刻得极为复杂的殿门，有着精心制作的石窗扉、门楣。两侧两扇成对大门上，宽阔的彩色玻璃窗户伸展开来，向上至少有二十米高，触向突岩。我走近了些，审视着它的正面。不管谁造了这个东西，为了造出它，此人拓宽了突岩下的这片区域，在高原的花岗岩中削出了一道陡峭光滑的墙壁，然后笔直地向悬崖内挖出了一条隧道。我的手摸过门上雕刻着的深深的装饰性切口。很光滑。一切都被时间抹滑、磨损、软化，甚至在这儿，受着突岩的唇缘的保护，躲开了大多数的坏天气，也无济于事。这座……神殿……被刻进大裂痕的南墙中，有几千年的历史了吧？

那些彩色玻璃既不是玻璃，也不是塑料，而是某种密致的透明物质，摸上去似乎和周围的石头一样坚硬。窗户也不是合成板材所造；颜色纷飞，渐变，融合，互相混合，就像浮在水上的油彩。

我从背包中拿出手电筒，碰了碰其中一扇门，我停住手，那殿门向内旋转而开，滑溜得简直没有摩擦。

我跨入这个门廊——没有其他词来形容它。穿越静谧的十米空间，然后停下脚步，面前是另一堵墙，也是用相同的彩色玻璃材料所制，现在，甚至我身后也闪耀着光芒，门廊内充溢着百色之光。我立刻想到，日落时，太阳的笔直光线将会在这空间内注满一束束不可思议的颜色，将会照到我面前的彩色玻璃墙，将会照亮摆在前面的一切。

我找到了仅有的一扇门，它由细小、暗淡的金属勾勒，嵌在彩色玻璃石中，我走了过去。

在佩森，我们通过旧照片和全息像，尽最大努力重建了屹立在旧梵蒂冈的圣彼得大教堂。它差不多有七百尺长，四百五十尺宽，在教皇陛下宣讲弥撒时，教堂内可以容纳五万朝拜者。但是，即使全宇主教院进行每四十三年一次的集会之时，教徒也从没有达到过五万之众。我们有贝尔尼尼[①]的圣彼得宝座的复制品，在其边上，是中央半圆殿，那巨大的圆顶拔地而起，高出圣坛一百三十米的距离。那地方令人终生难忘。

而这地方更大。

在昏暗的光线中，在手电光的照射下，我确认自己在一个大房间中。这是一个巨大的礼堂，一个在坚硬岩石中挖出的空洞。我暗自思忖，这升向天顶的平滑四壁，肯定就在毕库拉的村子的正下方，中间仅隔几米。在这个充满回声的巨型窑洞空间中，没有装

---

① 贝尔尼尼（Bernini，1598–1680）：意大利雕塑家和建筑家，巴洛克风格的主要代表人物之一。

饰，没有设备，没有任何可以启动的东西，除了正中心那个四四方方蹲坐着的东西。

位居这个巨大礼堂正中心的，是一个圣坛——一块五平方米的石板。圣坛上矗立着一个十字架。

四米高，三米宽，被雕刻成旧地老式但极为精细的耶稣受难十字架，十字架面朝彩色玻璃墙，仿佛在等待太阳和光线的爆发，等它们点亮内嵌其中的钻石、蓝宝石、血晶、青金石珠、皇后之泪、缟玛瑙，以及其他珍贵的宝石。我慢慢走近，在手电筒的照射下，依稀辨认出这些宝石。

我双膝跪地，祈祷着。随后关闭手电筒，让眼睛在烟雾弥漫的昏暗光线下适应了几分钟，最后终于看清了十字架。这东西，毫无疑问，就是毕库拉所说的十字形。它被安置在这儿的时间，必是在人类逃离旧地很久很久以前，最少也得追溯到数千年前，或是数万年前。甚至是基督去加利利[①]传教前。

我祈祷着。

今天，我重新看完全息碟，坐到屋外晒太阳。现在，我已经确认了一些东西。然而当时，在发现这座“大教堂”，在爬上悬崖返回的途中，我几乎没有注意到它们。在大教堂外面的岩脊上，脚印磨出的小道继续蜿蜒而下，深入到大裂痕中。虽然和通向大教堂的路径相比，这条小道磨损得不是那么厉害，但是它们同样诱人一探究竟。唯有上帝知道下面还有别的什么奇迹在等着。

必须，我必须让世界知道这一发现！

是我发现了这一切，这其中带着的讽刺并没有影响我。如果没有阿马加斯特，如果没有我的放逐，这一发现可能还要等上数个世

① 加利利（Galilee）：以色列北部的一个地区。圣经中多次提到耶稣在此地传教。

纪。在这新发现赐予教会新生之前，教会可能早就已经消亡了。

但是我发现了。

不管用什么方式，我会把信息发出去。

第一百零七日：

我成了囚犯。

今早，我来到溪流坠入悬崖的地方，在这个平日里洗澡的地方洗澡。突然，我听到了什么声音。我抬起头，发现被我称为德尔的毕库拉正盯着我瞧，怒眼圆睁。我向他打了声招呼，但是这矮小的毕库拉见状后转身就跑。这令我困惑不已。他们很少会急匆匆地赶路。然后我明白了，即使当时我穿着裤子，毫无疑问，我还是违反了他们的裸体禁忌，让德尔看见了我赤裸的上身。

我笑了，摇摇头，穿好衣服，回到了村子。要是我知道等待我的是什么东西，我不会感到好笑的。

整个三廿又十的人都站在那儿，看着我走近。我停下脚步，离阿尔法还有十几步路。“早上好。”我说道。

阿尔法一挥手，五六个毕库拉向我猛冲过来，抓住我的双手和双脚，把我按在地上。贝塔朝前走来，从他（她？）的袍子里拿出一块锋利的石块。我徒劳地挣扎，想要脱身，贝塔用石块把我胸前的衣服一割到底，撕开了布条，直到我几乎一丝不挂。

暴徒们向前紧逼，我不再挣扎。他们盯着我苍白的身体，自顾自地嘟哝着。我感觉到我的心在猛烈跳动。“很抱歉，我冒犯了你们的法律，”我开口道，“但是没有理由……”

“安静。”阿尔法说，然后他看着手掌上带着伤疤的高个儿毕库拉——被我叫作泽德的家伙，阿尔对他说：“他不是十字形的人。”

泽德点点头。

“让我解释一下。”我再次开口，但是阿尔法反手就给我一巴掌，让我哑口无言，我的嘴唇流着血，耳朵嗡嗡作响。就和我把通信志掷在地上让它闭嘴一样，他的这一举动并没有多大的敌意。

“我们如何处理他？”阿尔法说。

“不追随十字架的人，必得命享真死。”贝塔说道。人群搅动，向前走近，许多人手上拿着利石。“不是十字形的人，必得命享真死。”贝塔说，她的口气中带着得意的终结之言的音调，就像一而再、再而三的表述，就像虔诚的连祷。

“我追随十字架！”我大声疾呼，这群人在那儿牵拉着我的脚。我一把抓住脖子上的耶稣受难十字架，挣扎着，反抗着许许多多手臂的压迫。最后，我终于把小十字架举过了头顶。

阿尔法举起手，人群停了下来。在这兀然的静寂之下，我听见了大裂痕三千米之下的流水声。

“他真的戴着十字架。”阿尔法说。

德尔向前探过来，说道：“但他不是十字形的人！我看见了。他跟我们想的不一样。他不是十字形的人！”那声音中充满了杀人的口吻。

我咒骂着自己，怎么这么不小心，这么愚蠢。教会的未来就全靠我了，可我却想当然地把毕库拉当成迟钝、无害的孩子。我就这么把教会给抛弃了，也把自己抛弃了。

“不追随十字架的人，必得命享真死。”贝塔重复着。这是最终的判刑。

七十只手举起了石头，我尖叫起来。我知道，我下面的这句话，要么是我最后的机会，要么是最终的定罪：“我到悬崖下去过，我膜拜了你们的圣坛！我追随十字架！”

阿尔法跟这群暴徒犹豫起来。我明白，他们正在和这新的想法搏斗。对他们来说，想明白不是那么容易的。

“我追随十字架，我希望成为十字形的人，”我尽力抑制住内心的波澜，“我去过你们的圣坛。”

“不追随十字架的人，必得命享真死。”伽玛喊道。

“但是他追随十字架，”阿尔法说，“他在屋子里祈祷过了。”

“这不可能，”泽德说，“三廿又十在那儿祈祷，他不是三廿又十的人。”

“在这之前，我们知道他现在不是三廿又十的人。”阿尔法说，在他处理过去的概念时，他微微皱了皱眉。

“他不是十字形的人。”德尔塔二号说道。

“不是十字形的人，必得命享真死。”贝塔说。

“他追随十字架，”阿尔法说，“难道他不能成为十字形的人吗？”

这句话引起了一阵强烈的抗议。趁着他们乱作一团、你推我搡的时候，我想甩掉紧紧拽在我身上的手，但是他们仍然牢牢抓着我。

“他不是三廿又十的人，也不是十字形的人。”贝塔说，现在那声音听上去少了点敌意，更多的是脑子迷糊掉了，“他怎么不应该命享真死？我们必须拿起石头，割开他的喉咙，让血流出来，直到他的心脏停止跳动。他不是十字形的人。”

“他追随十字架，”阿尔法说，“难道他不能成为十字形的人吗？”

这一次，随着这个问题，沉默来袭。

“他追随十字架，他已经在十字形的房间中祈祷过了，”阿尔法说，“他不必命享真死。”

“除了三廿又十之外。”一个我没认出来的毕库拉说。我的手一直把十字架举在头顶，胳膊又酸又疼。“所有人都命享真死。”这无名的毕库拉结束了他的话。

“因为他们追随十字架，在屋子里祈祷，并且成为了十字形的人，”阿尔法说，“难道他不能成为十字形的人吗？”

我站在那儿，紧握着冰冷的金属制小十字架，等待着他们的判决。我害怕死亡——我感到恐惧，但是我很大一部分意识似乎已经超然物外。我最大的遗憾是，我不能把那座大教堂的消息发送出去，告诉这个没有宗教信仰的宇宙。

“来，我们得就此谈谈。”贝塔对这群人说道，然后他们拉着我，静悄悄地迈着步子，回到了村子。

他们把我关在茅屋中。我没机会拿到狩猎脉塞，有好几个毕库拉守着我，他们还把我在茅屋中的大部分财产清了出去。他们拿走了我的衣服，仅仅留给我一件编织得很拙劣的长袍，让我裹住身子。

我坐在这的时间越长，心里的愤怒越强烈，内心也越来越焦虑。他们拿走了我的通信志、摄影仪、磁碟、芯片……所有的一切。我曾经把一个未曾打开过的板条箱扔在了老营地，箱子里装着医学诊断设备，但是这些并不能帮我记录大裂痕的奇迹。如果他们打算毁掉他们拿走的东西，那他们就是毁掉了我——就不再有大教堂的记录了。

如果我能有把武器，我可以杀掉守卫，然后[①]

哦，上帝啊，我在想什么？爱德华，我会做什么？

即使我幸免于此，回到济慈，安排好行程回到环网，谁又会相信我呢？由于量子跃迁带来的时间债，经过脱离佩森的“九年”时间，一个先前因为谎言而遭到放逐的老头，现在仅仅是带着同样的谎言回来了——

---

① 这里没有标点，原文如此。

哦，我的上帝啊，如果他们毁掉了数据，就让他们一同毁掉我吧。

第一百一十日：

三天后，他们决定了我的命运。

正午刚过不久，泽德，以及被我称为西塔一号的人，过来抓我。他们把我带到外面，来到日光之下，我眯起眼躲着光线。三廿又十站在悬崖边缘，围成一个宽大的半圆。我满心以为他们会把我扔下悬崖。然后我注意到了那堆营火。

我曾设想过，毕库拉太过原始，他们已经失去了造火、用火的技术了。你瞧，他们从不用火取暖，茅屋里也总是一片漆黑。我从没有见过他们烧菜做饭，甚至，难得碰上一只树栖生物的尸体，他们也不会烧一下，只会狼吞虎咽。但是现在，大火正熊熊燃烧着，是谁点燃的呢？唯有他们。我朝那儿望去，看看是用什么东西烧的。

他们正在烧我的衣服，我的通信志，我的野外记录，盒式磁带，视频芯片，数据磁碟，摄影仪……所有存储信息的东西。我朝他们尖叫，试图扑向大火，我对着他们破口大骂，这些名词自打我孩提时在街上玩耍时，就从未再说过。他们没有理我。

最后，阿尔法向我走近。“你将成为十字形的人。”他轻轻地说。

我根本不在乎。他们带我回到我的茅屋，我在里面哭了一个小时。门口没有守卫。一分钟前，我站在门口，思索着要不要跑向火焰林。然后，我想到了跑向大裂痕，距离更短，但也更为一击致命。

我什么也没做。

很快，太阳将会落山。风已经吹起。很快。很快。

第一百十二日：

仅仅过了两天吗？那是永恒。

今天早上，它拿不下来了。它拿不下来了。

医用扫描仪的图像晶片摆在我眼前，但是我依旧无法相信。但是，我必定得信。我现在是十字形的人了。

他们就在日落之前来到我这里。所有人。我没有挣扎，随他们带我来到大裂痕的山崖边。他们在藤蔓上非常灵活，比我想象得到的还要灵活。多了我这个累赘，使他们慢了下来，但是他们很有耐心，给我点出哪里是最容易的立足点，哪里是最快的路线。

我们走在通向大教堂的最后几米的路上，此时，海伯利安的太阳已经坠入低云之下，但是还是可以在西面的墙垣上看到。夜晚的风吟比我预期的还要响亮，仿佛我们已经陷在了巨大的教堂风琴的管子里。音符一开始是低音的怒吼，那音调如此之低，我的骨头和牙齿也在同情似的发出共鸣；而后，低音渐渐变成刺耳的厉叫，接着不费吹灰之力便转变成了超声波。

阿尔法打开最外面的门，我们穿过前厅，来到了中心大教堂。三廿又十在圣坛和它高高的十字架旁围成一个大圈。没有连祷。没有歌声。没有仪式。我们就这么静静地站立在那儿，伴着风儿咆哮着穿过外面的长笛般的圆柱物，回响在这个刻进石头中的巨型空屋——回响，共鸣，声音越来越高，最后我急忙用手罩住耳朵。流水般、水平的太阳光线自始至终充盈着整个礼堂，注入了琥珀色、金色、青色的暗色调，然后又是琥珀色——这些颜色太过浓重，使得天空耀光四射，它们就像衬在皮肤上的油彩。我望着十字架，看它捕捉到光线，紧抓着它们，把它们存在自己的一千块宝石中，似乎——即使太阳落山后，窗户褪变成黄昏的灰暗之色，它仍然紧抓着它们不放。仿佛巨大十字架吸收了光线，正在把它辐射向我们，辐射进我们。然后，连十字架都变黑了，风儿平息了，在这突如其来的朦胧中，阿尔法轻声说道：“带着他。”

我们走到一块宽阔的石头岩脊上，贝塔站在那儿，手拿束束火把。他挑出几个人，把火把递给他们，我心里纳闷，是不是毕库拉仅仅把火留作仪式之用呢？到后来，贝塔一马当先走在了前面，一行人开始沿着刻进石头中的狭窄阶梯，往下走去。

一开始我蹑手蹑脚地往前进，内心充满恐惧，想紧紧抓住光滑的岩石，搜寻着任何让我安心的根茎或石头的凸出物。我们右侧的陡坡是如此峻峭，一望无底，那近乎荒诞。沿着古老的阶梯往下爬，和紧抓悬崖上面的那些藤蔓比起来，更是糟了去了。在这儿，在这狭窄、古老光滑的石板上，我每挪一步，就要往脚下望一望。失足而落，起初看来，似乎很有可能，到后来，似乎是躲也躲不了的。

我有一种强烈冲动，想停下来往回爬，至少回到大教堂这一安全之地，但是三廿又十的大多数人正站在我身后的狭窄阶梯上，看那样子，他们完全不可能靠边站，让我过去。除此之外，比起恐惧来，我内心还有一种更为强烈的东西，那是恼人的好奇心：阶梯底下到底有什么呢？我在那儿停了许久，朝上面三百米高的大裂痕的唇缘看去，云彩已经消失了，群星显露出来，流星的尾迹灵动如舞动中的芭蕾，在黑色夜空的衬托下，显得分外明亮。然后我低下头，开始低声吟念《玫瑰经》[①]，跟着火把，跟着毕库拉进入危险的深渊。

让我无法相信的是，这阶梯竟把我们一路带到了大裂痕的底部，但事实便是如此。午夜过后的某个时刻，我终于意识到我们会一路下降，来到河面旁，我作了个估计，觉得会在第二天中午到达，但我又错了。

---

① 《玫瑰经》：正式名称为《圣母圣咏》，于15世纪由教会正式颁布，是天主教信徒用于歌颂圣母马利亚的一种敬礼，是一种编排好了的经文。

日出前不久我们便抵达了大裂痕的底部。两侧，悬崖之壁直插九天云霄，中间是一条天空隙缝，群星仍然在其中闪耀。我一步一步朝下蹒跚而行，精疲力竭，慢慢明白已经没有阶梯了，我向上凝视，蠢头蠢脑地想着，群星在白天是否依然可见。在索恩河畔的维勒风榭，我曾经爬到一个井里，那时我还是个小孩，但是当时在井里的确可以看见星星。

“到了。”贝塔说。这是这么长时间以来我听到的第一句话，那声音被河水的咆哮声盖过，几乎听不见。三廿又十停下脚步，站着一动不动。我猛然跪下，倒在一侧。我绝不可能重新沿着我们刚才下来的阶梯往上爬了。一天内不行。一星期内也不行。也许永远不行。我闭上双眼，想要睡去，但是我紧张的内心正被不断撩拨着。越过深谷的地面，我向外望去。河流比我预期的要宽，至少有七十米，流水声盖过了其他细微之声；我感到自己正被一头庞大猛兽的咆哮折磨致死。

我坐起身，望着对面悬崖壁上的一小块黑影。那是片阴影，但是比所有的阴影都要深。比起悬崖壁上一块块参差不齐、斑驳陆离的拱壁、罅隙、脊柱，它也更为匀称。这片黑影极为方正，每条边至少有三十米。那是悬崖壁上的一扇门，或是洞。我挣扎着站起身，沿着我们下来的这块峭壁，向下游望去。对，它在那儿。那是另一个入口，贝塔和其他人现在正在向它走去。在星光照耀之下，入口朦胧可见。

我发现了一个通往海伯利安迷宫的入口。

“你知道海伯利安是九个迷宫世界之一吗？”曾经有人在登陆飞船上问过我。对，是那个名叫霍伊特的年轻神父。虽然我回答说当然知道，但并没有把它放在心上。我感兴趣的是毕库拉，而不是迷宫，也不是它们的创造者——其实我更感兴趣的是自作自受的放逐之痛。

有九个世界拥有迷宫。一百七十六个环网世界中和另外二百多个殖民星球、保护星球中的九个。自大流亡以来，八千多个已勘探到的世界——不管勘探得多么草率——中的九个。

现在有行星考古历史学家，他们投身于迷宫的研究中。但其中不包括我。我始终认为这些迷宫是无益的主题，模糊、虚幻。现在，我正和三廿又十一起走向一个迷宫，与此同时，湛江在咆哮，在震动，在威胁，要用它的浪花把我们的火把弄熄。

迷宫，是在七十五万多标准年前，被挖掘……开挖隧道……创造出来的。细节必然一模一样，它们的起源也必然得不到解答。

迷宫星球都是类地行星，索美尺度[①]至少达到七点九，它们都环绕一颗G型恒星[②]旋转，但也总是限制在地质结构稳定的世界上，比起旧地，这些星球更像火星。隧道本身建得极深，一般最少也有一万米，但常深达三万米，就像行星地壳下的地下墓冢。在离佩森星系不远的自由星上，遥控装置在迷宫内勘探了八十多万公里。每个世界上的隧道都是边长三十米的正方形，这种雕刻技术，霸主仍无法企及。我曾在一本考古日志上读到，肯普霍策和魏因斯坦两人假设过一种“熔化隧道”的办法，可以解释为何隧道的四壁极其光滑，为何墙内毫无凸出物。但是他们的理论没有解释建造者和他们的机器来自何方，为什么他们要把几个世纪的时间投入到这显然毫无目的可言的工程任务中。每个迷宫世界，包括海伯利安，都被探测过，被研究过，但从来没发现过什么东西。没有开挖机械的迹

① 索美尺度：表示一个星球对原人类来说的可居住程度。

② 恒星光谱分类法根据光谱中谱线的相对强度来对恒星进行系统分类，大多直接反映了恒星表面温度。按温度下降次序，光谱依次为：O、B、A、F、G、K、M七大类，极少数分属于R、N、S等光谱型。我们的太阳是一颗G型星。

象，没有矿工生锈的头盔，哪怕一小片碎塑料或者腐烂的黏性包装纸也没有。研究人员甚至连入口和出口的隧道都没有鉴别出来。如果有重金属或者珍贵矿石的痕迹，就可以很好地解释这种极端努力的目的，可是连一丝痕迹都没有。没有迷宫建造者的传说或者人工制品残存下来。这些年来，这神秘之事略微激起过我的兴趣，但是从来没有让我牵肠挂肚过。直到现在。

我们走进隧道口。这不是一个完美的正方形。由于腐蚀与引力的作用，隧道已经变成一个崎岖不平的洞窟，这些崎岖不平一直深入到悬崖壁内一百米。然后，就在隧道底部变光滑时，贝塔停下了脚步，熄灭了火把。其他毕库拉也照着做了。

很黑。隧道改变了方向，足以阻滞任何可能进入的星光。我以前也去过山洞。在火把熄灭后，我不指望自己的眼睛能够适应这极尽漆黑的地方。但是他们能。

三十秒内，我开始感觉到一丝玫瑰色的光亮，起初极其微弱，慢慢变得鲜艳，直到这洞窟变得比刚才的峡谷还要明亮，比在三轮月亮齐照下的佩森还要亮。这些光发自一百个发光源——一千个发光源。我刚刚搞明白这些发光源的本质，毕库拉便虔诚地跪在了地上，

洞窟的墙壁和天顶上，镶饰着许多的十字架，小的只有几毫米，大的足有一米长。每一个都发出浓重的粉红之光。在火把的照耀下，是看不见它们的，但是现在，这些发光的十字架将整个隧道注满了光线。我走到最近那面墙的一个镶嵌物旁。它大约有三十厘米宽，随着轻柔的有机循环律动着。这不是从石头中刻出来的，也不是由墙生成的；它无疑是有机的，无疑是活物，就像软软的珊瑚虫。摸上去暖暖的。

这时，传来轻微的柔细之声——不，那不是声音，也许，只是冷空气的扰动。我转过身去，恰在此时，看见某个东西进入了洞穴。

毕库拉仍然低头跪着，埋着眼睛。而我，则继续站在那里，眼睛一直凝视着这个东西，它正在跪地的毕库拉中穿行。

它隐约长得像个人形，但绝不是人。身高至少有三米。即使静立不动时，这东西银色的外表也似乎在移动，在流淌，就仿佛是悬浮在半空中的水银。固定在隧道墙壁上的十字架发出微红的光，照射在这东西刺眼的表面上，反射回来；这东西的前额、四只手腕、古怪连接的关节、膝盖、披甲的后背、胸部，每一处都凸出弯曲的金属刀刃，光线照在上面，闪闪发光。这东西穿行在跪地的毕库拉中，当它张开四条长臂时，手掌张开伸向空中，手指却发出咯嚓咯嚓的响声，仿佛铬制解剖刀似的。可笑的是，面对如此场景，我想到的却是教皇陛下在佩森向信徒们赐福的场景。

我深信，我正注视着传说中的伯劳。

就在那时，我肯定动了一下，发出了一点响声，因为那巨大的红色眼睛转了过来，凝视着我，我发现自己被那多面镜中舞动的光线催眠了：那光线绝非仅仅反射而来，有一束刺眼的血红光芒，似乎在这生物那长满芒刺的颅骨下燃烧；在上帝为我们安置眼睛的地方，镶了两颗骇人的宝石，似乎正随着光亮熊熊翻腾。

然后它动了……或者，更准确地说，它没有动，仅仅是在那儿消失，又在这儿重新出现，离我不足一米远。它向我靠过来，那古怪连接的胳膊将我圈进了由它身上的刀刃和液体银钢组成的篱笆里。我猛烈喘息，但是无法吸上一口气，我看见自己的倒影，脸色苍白，表情扭曲，那影子在这东西的金属外壳和燃烧之眼中舞动。

我承认，我心里感到近乎兴奋，而不是恐惧。某种费解之事正在发生。我经过耶稣会士的逻辑的锤炼，又经过科学的冰冷之浴的调和，可是在那一刻，我理解了古人对另外一种敬畏之物的虔诚着魔：伏魔的震颤，托钵僧[①]的狂舞旋转，塔罗牌的傀儡舞仪式，降神会的情色沉溺、口舌之语，禅灵教的入定术。在那一刻，我方才确信无疑：如果能够确认魔鬼是存在的，或者召唤出撒旦，那么，就可以以某种方式证实他们神秘的对立面——亚伯拉罕的上帝——也真实存在。

我如处女新娘一般以觉察不到的幅度战栗着，等待着伯劳的拥抱，不想任何事，却感觉到了这一切。

它消失了。

没有霹雳之声，没有突然的硫黄味，连符合科学常识的空气涌入声都没有。一秒之前，这东西还在那儿，用它那华美的必死尖刺包围着我，下一秒，它就不见了。

我僵立在那儿，眨着眼睛，阿尔法站起身，在这如同博施[②]画笔下的阴暗中，向我走近。他站在伯劳原先站着的地方，张开了他的手臂，那是在可悲地模仿我刚刚目睹的命垂一线，但阿尔法那无动于衷的毕库拉之脸上，看不出什么迹象，表明他看见了那个生物。他做了一个难看的手势，手掌张开，似乎包含了迷宫、洞窟墙壁，以及镶嵌在墙上的那许许多多的闪光十字架。

“十字形。”阿尔法说。三廿又十爬起身，走近了些，继而又跪下。在柔和的光线下，我看着他们平静的脸庞，我也跪了下来。

“你将一生追随十字架。”阿尔法说，就如同带领着众人在连祷，但其余的毕库拉则将这句话重复得完全不像是在吟诵。

“你将一生成为十字形的人。”阿尔法说，随着其他人重复着

① 托钵僧：他们的宗教活动包括大声地号叫，快速地旋转以令人进入昏眩、神秘的状态。

② 博施（Bosch，1450? –1516）：荷兰画家，其大量的宗教作品以揉入造型怪诞又富于想象力的怪物而独树一帜。

这句话，他伸出手，从洞窟墙上摘下一个小小的十字架。这十字架长不足十二厘米，伴着轻微的“啪嗒”声，它脱离了墙壁。我紧紧盯着它，看着它的微光渐渐消失。阿尔法从自己的袍子里拿出一条小带子，把它系在十字形顶端的小节上，然后把十字架举在我的头顶。“你将成为十字形的人，永生，永世。”

“永生，永世。”毕库拉重复道。

“阿门。”我轻声念道。

贝塔示意我敞开袍子。阿尔法慢慢放下小十字架，把它挂在我的脖子上。我感觉一个凉爽的东西依偎在了胸口，它的背面极其平坦，极其光滑。

毕库拉站起身，向洞窟入口漫步而去，显然，他们再一次变得无动于衷，漠不关心了。我目送着他们离去，之后，我小心翼翼地触摸着十字架，举起它，审视着。这十字形很凉爽，但没有了生命。如果几秒钟前它真的活着的话，那么现在，它已经不再有活的迹象了。不过它仍然感觉像是珊瑚虫，而不是水晶，也不是石头；在它光滑的背面，看不出任何带黏性的物质。我思索着光化学作用，可以形成冷光。我思索着自然的磷光体，思索着生物荧光，思索着进化塑造出这些东西的可能性。我思索着，如果有可能，它们的存在是否与迷宫有什么关联，思索着这千万年的时间里，高原升起，河流和峡谷切进其中一条隧道。我思索着大教堂和它的创造者，思索着毕库拉，思索着伯劳，思索着自己。最后，我停止了思索，闭上眼睛，开始祈祷。

我走出洞窟。袍子下的十字形抵着胸口，感觉凉凉的。显而易见，三廿又十已经准备好沿着阶梯开始三千米的向上攀爬。我抬起头，大裂痕的两堵峭壁之间，露出了晨空的苍白之缝。

“不！”我大叫道，声音几乎被河水的咆哮所淹没。“我要休息，休息！”我瘫了下来，跪在沙地上，但是有六七个毕库拉朝我走近，轻轻地将我拉起身，拉着我走向阶梯。

我尽力而为，老天知道我尽力了，但是两三个小时的攀爬之后，我觉得自己的腿垮掉了，我跌倒了，滑过岩石，什么也无法阻止我坠向六百米下的岩石与河流中。我记得，那刹那间我紧握着厚袍下的十字形，然后，有十多只手阻止了我的滑落，举起了我，背起了我。然后我什么也不记得了。

直到今天早上。我醒来时，日出的光芒已经越过茅屋的开口，倾泻进来。我身上仅穿着长袍，但还有一种触感，让我确信十字形仍然带着纤维带挂在我的脖子上。我看着太阳在森林上方升起，意识到，自己失去了一天，我不知道自己到底是怎么了，竟然就在无穷尽的爬升楼梯之时睡着了。这些小人竟然背着我走上那直上直下的两千五百米，他们是怎么做到的呢？不仅如此，第二天，我睡了整整一个白天，第二夜，我睡了整整一夜。

我朝小屋四顾。我的通信志和其他记录设备都没有了。唯有我的医用扫描仪和其他几包人类学软件还在，但是它们已经没用了，因为我的其他装备都被毁了。我摇了摇头，走到小溪边洗浴。

毕库拉似乎还在睡觉。既然我已经参加了他们的仪式，并且“成为了十字形的人”，他们似乎已经不再对我感兴趣。我脱掉衣服，开始洗浴，此时此刻，我下定决心不再对他们感兴趣。我决定趁着现在仍旧身强力壮，尽早离开这里。如果必要，我会在火焰林边上找到一条出路。如果必须，我也可以沿阶梯而下，顺着湛江而行。我比从前更加明白，我必须把这些不可思议的史前古物带到外面的世界。

我扯掉身上沉重的袍子，站在晨光之下，身体苍白，不停颤抖，我手摸到胸口，打算拿起小小的十字形。

拿不下来了。

它躺在那里，仿佛已经与肉体合为一体。我抓着带子，又扯，又刮，又撕，最后那带子“啪嗒”一声，断掉了，飘走了。这十字架形状的肿块仍然贴着胸口，我又挠，又撕，又抓。拿不下来了。仿佛我的肉体本身沿着十字形边缘长牢了。除了手指甲的刮痕，十字形和周围的肉感觉不到疼痛，没了知觉。从我自己灵魂深处，我突然生出十分的恐惧：这东西附在我身上了。第一波的恐慌冲击平息后，我坐了一分钟，慌忙把袍子拉在身上，跑回了村子。

我没有了刀，我的脉塞、剪刀、剃刀——任何可以帮我剥离胸口囊肿的东西都没有了。指甲在我胸口划出道道血痕。然后，我记起了医用扫描仪。我用收发器在胸口上测探，看了看触显的显示，摇摇头，无法相信，然后我进行了一次全身扫描。过了一会，我键入指令，要求查看扫描结果的硬拷贝，我坐在那儿，好长时间都一动不动。

现在，我正坐在这儿，手里拿着像片。不管是声波像片，还是次相交叉像片，十字形都非常显眼……遍布我全身的，是这些四处蔓延的内部纤维，看上去仿佛细小的触须，仿佛根须。

大量的神经中枢从我胸骨的密集中心辐射出无数密集的细丝，探向各处——就像是条条线虫。同样，通过这简单的磁场扫描，我知道，线虫在扁桃体，在两个脑半球的基础神经中枢那里止住了脚步。我的体温、新陈代谢、淋巴细胞的水平，都很正常。没有异种组织的入侵。根据扫描器，线虫的细丝是由大量简单的新陈代谢产生的；根据扫描器，十字形本身就是由熟悉的组织所构成的……那是我自己的DNA。

我是十字形的人了。

第一百一十六日：

每天，我都在牢笼中踱步——南部和东部是火焰林，东北方是草木丛生的深谷，北部和西部是大裂痕。三廿又十不准我爬到大裂痕远处大教堂以下的地方。十字形也不允许我走离大裂痕一万米之远。

起初，我无法相信这一事实。我已经下定决心要进入火焰林，相信在运气和上帝的帮助下，我会熬过这一难关。但是仅仅进入森林边缘两千米不到，疼痛就向我袭来，胸部、手臂和脑袋都剧疼难忍。我觉得这一定是大规模的心脏病发作。但是我一返回大裂痕，这些症状就消失了。我试了好几次，每次都是同样的结果，不曾有过例外。只要我斗胆向火焰林深处迈进，远离大裂痕，疼痛就会重新袭来，而且我越深入，那痛楚就会变得越强，直到我返回才会消失。

我开始明白其他一些事。昨天我向北方探寻，在那儿偶然发现了原先的种舰航天机的残骸。那仅仅是个锈迹斑斑、陷入藤蔓中的金属残骸，就在深谷旁火焰林边缘的岩石中。我蹲在这些久经风雨的古老飞船的合金骨架里，想象着那七十个幸存者的欣喜，他们到大裂痕的短暂旅程，他们最终发现了大教堂，然后……然后是什么？猜测在那之后发生的事，有啥用处呢？怀疑依旧存在。明天，我会再找个毕库拉，试着检查他的身体。既然我现在是“十字形的人”了，或许他们会允许我这样做的。

每天，我都会用医用扫描仪对自己进行扫描。线虫依旧存在——可能更粗了，也可能并没有什么变化。我确信，他们完全是寄生物，尽管我的身体没有显示出什么寄生虫的迹象。在瀑布旁的小池中，我凝视着自己的那张脸，看见的，只不过是最近几年来让我厌恶的脸，一张不变的、又长又老的脸。今天早上，我盯着水中自己的影像，张大嘴巴，脑子里闪过一丝念头：我会在里面看见灰色的细丝和线虫群，看见它们从我嘴巴顶部和喉咙后部长出来。但什么都没有。

第一百一十七日：

毕库拉没有性征。不是禁欲，不是雌雄同体，也不是未充分发育——而是没有性征。他们没有外生殖器，也没有内生殖器，就像小孩子玩的流沫洋娃娃一样。没有任何迹象表明阴茎、睾丸或者类似的女性器官萎缩了，也没有迹象表明他们被手术阉割了。没有这些器官曾经存在过的一丝迹象。排尿是通过一个原始的尿道进行的，那是一个接近肛门的小口——某种原始的泄殖腔。

贝塔允许我对他进行检查，医用扫描仪确认了我的眼睛无法相信的东西。德尔和西塔也同意我扫描。我已经确信无疑，三廿又十的每个人都是一样的，没有性征。没有迹象显示他们……被阉割了。如果他们所有人一出生便是这样，那生养他们的父母是啥样的呢？这一坨坨无性征的人类黏土是如何进行繁殖的呢？这肯定和十字形有什么关系。

我进行完扫描，脱掉自己的衣服，对自己研究了一下。十字形在我胸膛上隆起，就像粉红色的疤痕组织，但是我依旧是个男人。

这能持续多久？

第一百三十三日：

阿尔法死了。

三天前的早晨，他摔下了悬崖，当时他和我在一起，我目击了一切。我们往东走了三千来米，在大裂痕边缘附近的巨型岩地中搜寻茶马球根。过去两天大部分时间里，一直在下雨，所以那些岩石非常滑。我小心地攀爬着，刚抬起头，便看见阿尔法脚下一滑，从悬崖边的一块石头上摔了下去。都没有发出叫喊声，我只听见长袍拂在岩石上的沙沙声，过了好几秒钟，他的身体撞在下面八十米处一块突岩上，传来“砰”的一声，那声音令人作呕，就像坠落的西瓜爆裂开了。

我花了一个小时，找到一条下去的路。在开始危险地往下攀爬前，我就已经明白一切为时已晚，我救不了他了。但我得找回他的尸体，这是我的责任。

阿尔法的半个身子卡在了两块巨石中。他肯定瞬间毙命，手腿尽断，脑袋右侧摔了个稀巴烂。血和脑浆黏附在潮湿的岩石上，就好像野餐后的杯盘狼藉。我站在这小人面前，哭泣着。我不知道自己为何会哭泣，但是我真的哭了。我一边哭，一边施行终傅礼，祈祷着，让上帝接受这卑微、无性的小人儿的灵魂。之后，我用藤蔓把尸体包了起来，费力地拉着这粉身碎骨的尸骨，中途累得三番五次停下来喘气，最后终于爬过八十米的峭壁，来到上面的悬崖上。

我拖着阿尔法的尸体，回到毕库拉的村子，没有人在意。最后，贝塔和五六个人漫不经心地走了过来，面色冷峻，低下头凝视着尸体。没人问我他是怎么死的。几分钟后，这一小群人四散而去。

随后，我又拖着阿尔法的尸体，来到好几个星期前，我埋葬塔克的凸坟前。当时，我正握着一块扁平的石块，挖掘一个浅坟，然后，伽马出现了。这个毕库拉眼睛圆睁，在那短短几秒钟内，我感觉那冷漠的外表下终于有了感情的流露。

“你在干什么？”伽马问。

“把他埋了。”我太累了，没法多说点话。我靠在一根粗壮的茶马根上，休息了一下。

“不，”这是命令，“他是十字形的人。”

我盯着伽马，看着他转过身，飞快地走回村子。毕库拉走后，我扯掉卷在尸体身上的劣质纤维油布。

毫无疑问，阿尔法是真的死了。对他，对宇宙来说，他属不属于十字形已经不再重要。那一跤摔得非常厉害，差不多把他全部的衣服，把他所有的尊严都撕裂了。他那脑袋的右边爆裂开来，就像一只早餐蛋般被掏了个空。一只眼睛透过渐厚的薄翳，无神地凝视着海伯利安的天空，另一只眼睛则透过无精打采的眼皮，懒洋洋地朝外张望。胸腔彻底地四分五裂，骨头碎片从身体中戳出，两条胳膊也都断了，左脚几乎被拧断。我已经用医用扫描仪马马虎虎地验了下尸体，发现他的内伤非常严重；连这可怜虫的心脏都被坠落之力打烂了。

我伸出手，碰了碰这具冰凉的尸体，尸体已经开始僵硬。我的手指拂过他胸口十字形的边际，猛地抽回手。十字形暖暖的。

“走开。”

我抬起头，看见贝塔和毕库拉的其他人正站在那儿。我确信，如果我不从尸体旁离开，他们会立刻要了我的命。我只得悻悻走开，此时，我内心某个愚痴恐惧的东西注意到，现在，三廿又十已经变成三廿又九了。真是滑稽。

毕库拉抬起尸体，开始朝村子的方向返回。贝塔看看天空，又看看我，说道:“差不多是时候了。跟我们来。”

我们爬下大裂痕。尸体被小心地绑在一个藤蔓做的篮子中，和我们一起下降。

太阳还没有照亮大教堂。他们把阿尔法的尸体放在宽阔的圣坛上，扯掉他身上剩下的褴褛之衣。

我不知道自己脑中正期待着会发生什么事——也许，是某种嗜食同类的仪式。什么都不会让我感到惊讶。然而，就在第一缕彩色光线射入大教堂时，其中一个毕库拉举起手，吟咏道:“你将毕生追随十字架。”

三廿又九下跪于地，重复了这句话，我仍然站着，没有吭声。

“你将毕生追随十字架。”那个矮小的毕库拉说道，大教堂中回荡着重复的合唱声。带着血块之色、血块质地的光线照射下来，在远处的墙上投下十字形巨大的影子。

“你将成为十字形的人，永生，永世。”圣歌如是唱道。就在此时，外面的风吹了起来，峡谷的风琴管哀号着，风里似乎混着痛苦孩子的悲吟。

毕库拉唱完圣歌，我没有轻和一声“阿门”，只是愣愣地站在那儿。突然间，其他人又完全冷漠无情起来了，就像被宠坏的孩子不再对他们的游戏感兴趣一样，一行人转身离去。

“没理由要留下来。”贝塔等其他人都走光了，说道。

“我要留下。”我说。我以为他会命令我离开，但贝塔转过身，连耸耸肩的动作都没有，把我一个人留在了那儿。光线慢慢暗淡下来。我走到外面，看着太阳落下，当我回到里面，事情开始了。

几年前在学校时，我看过小囊鼠腐烂的延时①全息像。大自然再循环的一星期的缓慢劳作，被加速到三十秒，令人心惧，那小尸体几乎是喜剧性地突然膨胀，然后肉体被拉破，继而是口中、眼中、破裂的伤口中突然涌出的白蛆，最后，尸肉被猛然地、难以置信地、扭曲地除尽，只留下森森白骨——没有其他词语适合这一场景——群群白蛆从右扭到左，从头扭到尾，在这食用腐肉的加速螺旋中，留下的唯有白骨、软骨、鼠皮。

现在，我看到的是一具男人的尸体。

---

① 延时拍摄：在拍摄植物生长等自然缓慢过程中的间歇拍摄，以便在连续放映时可以看到这一过程的加速图像的照相技术。

我驻足在那儿，凝视着，最后一丝光线很快消失了。充满回声的大教堂现已一片静寂，除了我自己耳朵里脉搏的怦怦声，再也没有其他声音。我凝视着阿尔法的尸体，他起初抽搐了一下，然后，开始了明显的颤动，在迅速腐烂的猛烈痉挛下，尸体几乎漂浮在了圣坛上方。过了几秒钟，十字形似乎变大了些，颜色也变深了，而且发着红光，那是一种生肉般的红色。我突然想象到，我会瞥见网状的细丝和线虫，紧紧抓着碎裂的肉体，就像雕塑家熔融模型中的金属纤维。*肉在流动。*

整个晚上我都待在大教堂中。在阿尔法胸前的十字形的照耀下，圣坛附近的一切一直亮着。尸体骚动时，光线会在墙上投下奇怪的影子。

我寸步不离大教堂，直到第三天阿尔法离开为止。但最显著的变化发生在最初那夜的最后时刻。这个我称其为阿尔法的毕库拉被分解，然后又被重造，我看到了全过程。留下的尸体不完全是阿尔法，也不完全不是阿尔法，但是它是完整的。脸是流沫洋娃娃的脸，光滑，没有皱纹，还带着微笑。在第三天日出时，那具尸体的胸脯开始上下起伏，我听见第一口吸气声——粗重的吸气声，就像水被灌进皮囊的声音。中午前不久，我离开大教堂，开始攀爬藤蔓。

我跟着阿尔法。

他没有说话，也不会回话。眼睛始终固定在某点，却又没有聚焦，偶尔，他会停下来，似乎能听见远方呼唤他的声音。

我们回到村子，没有人注意到我们。现在，阿尔法回到了茅屋，正坐在那儿。而我则坐在自己的茅屋里。一分钟前，我揭开自己的袍子，手指触摸着十字形的边痕。它温柔地躺在我胸口的血肉中，等待着。

第一百四十日：

我正从创伤和失血中恢复。我无法用利石把它切掉。

它不喜欢疼痛。在疼痛或者失血得以支配之前，我就已经失去意识了。每次我醒来继续切，我都会昏死过去。它不喜欢疼痛。

第一百五十八日：

阿尔法现在开口说话了。他似乎变得更加迟钝、更加呆笨了，而且仅仅是模模糊糊地知道我（或者其他任何人），但是他吃东西，也走动了。他对我似乎有一点点印象。医用扫描仪显示出一个年轻人的心脏和内脏——也许是一个十六岁的男孩的。

我必须再等上一个当地月，外加十天，或者是十五天，直到火焰林变得足够平静，我才能走出去，不管有没有痛苦。等着瞧吧，看看谁能忍受最大的痛苦。

第一百七十三日：

又有人死了。

那个叫威尔（就是断了手指的）的已经失踪了一个星期。昨天，毕库拉向东北走了好几公里路，似乎在跟随信号灯，然后，在大峡谷边找到了他的遗骸。

显而易见，他当时在爬树，想采摘些茶马叶，结果树枝突然折断。他摔断了脖子，肯定当场毙命，但是更重要的一点是他摔落的那个地方。尸体——如果可以称此为尸体的话——平躺在两个巨大的泥锥中，那两个洞是某种大红虫子挖的，塔克把那种虫叫作火螳螂。地毯甲虫也许是更恰当的名字。过去的几天里，这些虫子把尸体剥裂得一干二净，差不多只剩下骨头了。除了骨架，仅有一些乱七八糟的组织和筋腱的碎片，以及十字形——仍然附着在胸腔上，就像石棺内长久死亡的人的身上戴着的某些华丽十字架。

糟糕透了，但是我帮不上什么忙，而且，在悲伤过后，我还感到小小的喜悦。就这么点骨头，十字形再没办法使他重获新生了；即便这可恶的寄生物有着可怕的不合逻辑之处，它也必须考虑并服从质量守恒定律。这个叫作威尔的毕库拉命享真死。从现在开始，三廿又十真的变成三廿又九了。

第一百七十四日：

我是个白痴。

今天，我问了问关于威尔的事，关于他的命享真死。我对毕库拉的无动于衷感到好奇。他们拿回了十字形，但是把骨头留在了原处；他们没尝试把遗骸搬到大教堂。晚上，我开始担心，我会不会被迫填补三廿又十少掉一人之后的空白。“我很难过，”我说道，“你们的一个人命享真死了。三廿又十会怎么办？”

贝塔盯着我。“他不能命享真死，”这个秃脑瓜的雌雄同体的小人说道，“他是十字形的人。”

之后不久，我继续用医用扫描仪扫描这个部落，我发现了真相。被我称为西塔的人，容貌和行为都没变，但是现在他身上有两个十字形，它们都深嵌在他的皮肉里。我相信，这个毕库拉在以后几年里会越变越胖，肿胀，成熟，就像皮氏培养皿[①]中的埃氏大肠杆菌细胞。在这不知是男是女是啥东西的家伙死后，会有两个人从墓穴中爬出，三廿又九将再一次变成完整的三廿又十。

我觉得我快要疯掉了。

① 皮氏培养皿：一种带宽松盖子的浅圆盘，用来培养细菌或其他微生物。

第一百九十五日：

几星期以来我一直在研究这该死的寄生物，但还是搞不清它到底是如何运作的。糟透了，我再也不关心这个了。我现在关心的是更为重要的东西。

为什么上帝容许这种亵渎存在？

为什么毕库拉要被处以这种惩罚？

为什么要选择我，让我遭受他们的命运？

每夜祈祷时，我问着这些问题，但是我听不到任何回答，唯有从大裂痕升起的风之怒歌。

第二百一十四日：

最后的十页应该包含了我所有的野外纪录，以及技术推测。在破晓前我要试着进入平静的火焰林，这将是我最后的日记。

毫无疑问，我在停滞不前的人类社会中，发现了终极事实。毕库拉实现了人类的梦想：永生。但也为此付出了他们的人性和不朽的灵魂。

爱德华，我花了那么多时间和我的信仰——我信仰的缺乏——搏斗，但是现在，在这几乎被遗忘的世界的可怕角落里，我被这讨厌的寄生物打倒了。我以某种方式重新发现了信仰的力量，自打我和你小时候起，我都不曾了解过此种力量。我现在懂得了信仰需要的是纯洁、盲从以及公然违抗理性。我就像宇宙那狂野无穷海洋中的小生命的保护者，而这个宇宙由无情的法则所支配，对栖息在里面的微小生命完全不放在心上。

日复一日，我企图离开大裂痕。日复一日，我感到莫大的痛苦，这痛苦已经切切实实成为我的世界的一部分，就像那绿豆般大小的太阳或者绿青的天空是我这世界的一部分一样。这痛苦成了我的盟友，我的守护天使，我和人性之间残存的纽带。十字形不喜欢疼痛。我也不喜欢，但是，就像十字形一样，我愿意通过它，为我自己的目的服务。并且，我会有意识地让其为我服务，而不是像深嵌在我体内那没脑子的异组织出于本能才去做。那东西只不过想方设法地以一种愚蠢的方式避免死亡。我不想死，但是我乐意接受痛苦、接受死亡，而不愿做一个不朽的无脑生命。即使现在生命变得如此廉价，我仍旧坚信生命是神圣的，并把这视作过去两千八百年来，教会思想和教义的核心要素，但灵魂更加神圣。

现在我明白了，我企图篡改阿马加斯特的数据，那不是为了让教会重获新生，而仅仅是让它转变到另一个错误的生命中去罢了，就像这些可怜的行尸走肉一样。如果教会注定要死亡，那它必须得死——但是死得光荣，心中确信它会作为基督再生。它必须走进黑暗，虽然不情愿，但是会完成得很好——勇敢，带着坚定的信仰——就像在我们前面离去的百万人，守信于一代一代的人。这些人在死亡营地，在核火球，在癌症病房，在大屠杀的孤立静寂中，面对着死亡，走进了黑暗，如果不是抱着希望，那就是怀着虔诚。发生的这一切是有理由的，那么多痛苦、那么多牺牲是值得的。在我们之前的这些人走进了黑暗中，没有得到任何保证，不管是逻辑还是事实，还是令人信服的理论，什么都没有，他们仅仅是抱着一丝希望，或者是左右徘徊的信仰。如果他们面对黑暗时，可以继续抓着他们那一丝希望，那么，我肯定也能……并且，教会肯定也能。

我不再相信手术或者治疗可以治愈我，帮我除掉寄生在身上的东西，但是如果有人能把它弄下来，研究它，并且杀死它，甚至以我的死为代价，那我也心甘情愿。

火焰林已经平静下来，这会持续一阵子。现在我要上床了。我会在黎明前出发。

第二百一十五日：

我无法出去。

进入森林一万四千米。尚有流火，电流也会突然爆发，但是可以进入。只要步行三个星期，我就能走出去。

十字形却不让我过去。

那痛楚就像永不停歇的心脏病发作。我依旧蹒跚向前，在灰烬中东倒西歪地徐徐行进。最终，我失去了意识。当我醒来时，我正在朝大裂痕的方向爬行。接着我转过方向，走一公里，爬五十米，然后再一次失去意识，最后在我的起点处醒来。为我的身体进行的愚蠢战争持续了一整天。

日落前，毕库拉进入了森林，在离大裂痕五公里的地方发现了我，把我带了回去。

哦，上帝啊，你为什么要这样对我?

现在再无希望了，除非有人来找我。

第二百二十三日：

再一次尝试。再一次痛苦。再一次失败。

第二百五十七日：

今天，我已经六十八标准岁。我正在大裂痕附近造小礼拜堂，工作继续。昨天，我企图爬下悬崖到河边，但是贝塔和另外四人拦住了我，不让我过去。

第二百八十日：

在海伯利安上待了一年了。炼狱中的一年。或者是地狱?

第三百一十一日：

我继续在岩棚下的岩脊上，用采集来的石头忙活，小礼拜堂在那儿建起来了。今天，我取得了重大发现：避电杆。毕库拉在二百二十三天前的那晚，在杀死塔克之后，肯定是把它们从悬崖边扔了下去。

这些杆子可以让我在任何时候突破火焰林，如果十字形允许的话。但是它不会允许。如果他们没有销毁我的医药箱就好了，里面有止痛药！但是，今天，我坐在这里，抓着杆子，有了一个主意。

我使用医用扫描仪的粗糙试验仍旧在继续。两星期前，西塔的腿断了三处，我观察了十字形的反应。寄生物尽力消除痛苦；大部分时间里，西塔昏迷不醒，他的身体正在产生大量内啡肽[①]，量多得难以置信。但是骨折相当严重，四天后，毕库拉划破了西塔的喉咙，扛着他的尸体来到大教堂。对十字形来说，重造他的身体，比长时间忍受如此大的疼痛，要容易得多。但是在他被杀死前，我的扫描仪发现，十字形的线虫显示出一丝从中枢神经系统的某些部分撤退的迹象。

我不知道，有没有可能，给某人造成——或者让他忍受——某种程度的痛苦，不会致命，但足以将十字形全部赶出去。但我能确信一件事：毕库拉不会允许的。

今天，我坐在半完工的小礼拜堂下面的岩脊上，考虑着种种可能。

① 内啡肽：指将麻醉传感器联结在一起的任一肽激素群，主要存在大脑中，可缓解痛感并影响情绪。

第四百三十八日：

小礼拜堂建成了。这是我毕生的作品。

今晚，毕库拉爬下了大裂痕，去演他们每晚朝拜的滑稽戏，而我则在新建立的小礼拜堂的圣坛上，念着弥撒。我用茶马粉烘焙了面包，虽然这东西尝起来跟那无味的黄叶子一样，但是对我来说，它让我想起了六十多标准年前我的第一次圣餐礼，那是在索恩河畔的维勒风榭。这完全像是我分享到的第一块圣饼。

到早上，我会照计划行事。一切准备就绪：我的日记和医用扫描仪的相片会安放在用比斯托纤维编织的袋子中。这是我做得最好的袋子。

圣酒只是水而已，但是在日落的昏暗光线下，它看上去血红血红的，尝起来仿佛就是圣酒。

我的诡计可以让我深入到火焰林中。我希望，即使在平静时期，那里的特斯拉树还有足够的初始活动。

再见了，爱德华。我不知道你是否尚在人世，即便是的话，我也没办法和你相聚了，隔开我俩的，不仅仅是岁月的距离，而且是十字架形状的更宽阔的深渊。我希望能再次见到你，不是此生，而是来世。你会很奇怪，再一次听到我说这样子的话，对不对？我必须告诉你，爱德华，经过了这几十年的半信半疑，虽然我对前途还是带着强烈的惧意，但是，我的心、我的灵魂已经平静下来了。

我主耶稣，

我违犯诫命，致伤你之圣心，

我忏悔我之罪孽，

为天堂之失，

为地狱之痛，

尤为致伤你之圣心。

我主耶稣，

你乃仁慈之主，

应得我之爱意，

我心已坚，得你慈助，悔白我罪，自我补赎，

纠我一生，

阿门。[1]

二十四点整：

日落的余晖洒进小礼拜堂敞开的窗户中，光线浸沐着圣坛，浸沐着粗糙雕刻的圣杯，也浸沐着我。大裂痕之风唱响了最后的合唱。带着上帝的眷顾和慈悲，我得以最后一次倾听。

“这是最后的记录。”雷纳·霍伊特说道。

神父读完日记，桌上的六个朝圣者抬起头，望向神父，似乎他们都从同一个梦里醒了过来。领事朝上面瞥了一眼，海伯利安现在越发临近，它已经填满了三分之一的天空，那冷冷的光辉驱逐了群星。

“与杜雷神父分别后，过了约摸十星期，我再次来到了海伯利安。”霍伊特神父继续说道。他的声音嘶哑，仿佛锉刀声。“海伯利安已经过了八年多的时间……离杜雷神父日记上最后的记录是七年时间。”神父现在显然痛苦难当，他脸色煞白，大汗淋漓，发出病态的荧荧之光。

“一个月后，我从浪漫港出发，逆流而上，来到佩瑞希伯种植园，”他继续说道，在声音中注入了几许力道，“我觉得纤维塑料

① 此为天主教《悔罪经》的祷词。杜雷神父在此更动了几个地方。

的种植者可能会告诉我真相，即使他们和地方自治理事会的领事馆毫不相干。我是对的。佩瑞希伯的行政官，一个叫奥兰迪的男人，记着杜雷神父，奥兰迪的新妻子也记得，这个女人名叫森法，杜雷神父在日记中提到过她。种植园的管理者曾策划了好几次到高原去的营救行动，但是火焰林空前活跃的季节迫使他们放弃了计划。好几年之后，他们放弃了希望，他们觉得杜雷或塔克不可能还活在这个世界上。

“虽然如此，奥兰迪还是为我征了两名老练的丛林飞行员，驾驶两架种植园掠行艇，飞到大裂痕进行营救远征活动。我们在大裂痕待了尽可能长的时间，相信地势回避工具和好运会伴随我们，让我们来到毕库拉的国土。为了安全起见，我们甚至绕道躲避火焰林，但还是因为特斯拉的放电而失去了一艘掠行艇，有四个人遇难。”

霍伊特神父停顿了一下，微微摇晃着身子。他紧紧抓着桌子的一角，稳住了自己的身子，然后清清嗓子，说道：“其他没什么可讲的了。我们找到了毕库拉的村子。他们有七十个人，每个人都像杜雷的日记中所说，又蠢，又不爱说话。我从他们口中得知，杜雷神父在企图穿越火焰林时死了。比斯托袋子幸免了下来，在袋子中，我们发现了他的日记和医学数据。”霍伊特看了看其他人，过了一秒，他把头埋了下去。“我们说服他们，叫他们指出杜雷神父的死难之处，”他说道，“他们……啊……他们没有埋葬他。他的遗体被严重烧毁了，腐烂了，但这足以告诉我们，强烈的特斯拉电束已经毁掉了……十字形……一并毁掉了他的身体。

“杜雷神父命享真死，我们把他的遗体带回到佩瑞希伯种植园，在那儿，我们为他举行了完整的丧礼弥撒，将他安葬，”霍伊特深吸了一口气，“虽然我竭力反对，但是奥兰迪先生还是用他从种植园带来的可控核武器，摧毁了整个毕库拉的村落，连带毁掉了一部分大裂痕的峭壁。我想，毕库拉已经灭绝了。就我们所知，迷宫的入口和所谓的大教堂也肯定随着山崩被毁掉了。

“我在远征途中受了好几处伤，因此必须留在种植园养好身体，过了好几个月，我才回到了北大陆，预约并搭载飞船，回到了佩森。除了奥兰迪先生、爱德华蒙席，以及爱德华蒙席决心告诉的人，没有人知道这些日记，更没有人知道日记的内容。就我所知，教会没有发布任何跟保罗·杜雷神父的日记相关的声明。”

霍伊特神父一直站在那儿，现在他坐了下来。汗珠从他下巴上滴下，那张脸在海伯利安的反光下，青中带白。

“这就是……全部？”马丁·塞利纳斯问道。

“对。”霍伊特神父忍着剧痛说道。

“女士们，先生们，”海特·马斯蒂恩说道，“时间不早了。我建议大家收拾好行李，三十分钟内，我们会在十一区，在我们的领事朋友的飞船上会合，希望大家尽快。至于我，我会乘巨树的登陆飞船，随后和你们会合。”

大部分的人在十五分钟内便集合起来了。圣徒在这一区内部的工作码头上，搭建了一条通道，通往领事飞船的顶层瞭望台。领事走在前面开路，带领着大家进入休息室，克隆人船员把行李搬了上去，随后便离开了。

“啊。一件迷人的古老乐器。”卡萨德上校一边说，一边抚摸着施坦威钢琴的盖子，“是大键琴吗？”

“钢琴，”领事说，“大流亡前的。所有人都到齐了吗？”

“就剩霍伊特没到了。”布劳恩·拉米亚说着，在显像井中找了个座位坐了下来。

海特·马斯蒂恩走了进来。“霸主的战舰已经同意你们降落到济慈的航空港，”船长说，他左右四顾了一遍，“我会派船员去看看霍伊特是否需要帮助。”

“不，”领事说，他放缓了语气道，“我去叫他来。你能告诉我怎么去他的房间吗？”

巨树之舰的船长盯着领事看了好几秒，然后伸手进袍子的褶皱中。“一路顺风[①]，”他一边说，一边递给他一张晶片，“今晚午夜，在济慈的伯劳神庙出发，我会在那与你们会合。”

领事鞠了个躬。“能在巨树的呵护备至的树枝下旅行，我感到无比荣幸，海特·马斯蒂恩，”他彬彬有礼地说道。然后转向其他人，做了个手势，“大家请自便，可以待在休息室，或者去甲板下的图书馆。飞船会满足你们的需要，有什么问题尽管向它提出。我和霍伊特一返回，我们就可以启程了。”

朝巨树之舰上方走了一半路，就看见了神父的环境舱，就在远处一条附属树枝中。正如领事所料，海特·马斯蒂恩给他的通信志方向指引晶片，也是掌纹锁的超驰装置[②]。一开始，领事按着广播器，捶打着入口进入器，过了几分钟，还是不起作用，然后，领事触发了超驰装置，终于进入了舱中。

霍伊特神父正弯腰屈膝，在草毯的中部翻滚。铺盖、装备、衣服、标准医药箱的东西撒在他边上的地板上。他扯掉了身上的短上衣，扯掉了领子，衬衣已经被汗水浸湿，松松垮垮地贴在身上，又湿又皱，手抓过的地方留下道道裂痕，衣服已经破烂不堪。海伯利安的光线从舱壁中渗透进来，使得这奇异的戏剧场面仿佛是水下的

① 原文是法语。

② 超驰装置：用于抵消自动控制的装置或系统。

舞台场景，或者是——领事想，大教堂中的场景。

雷纳·霍伊特的脸痛苦地扭曲着，他的手不断挠着胸脯。前臂裸露的肌肉上下翻腾，就像有什么活物在他泛着油光的苍白皮肤下移动。“注射器……**坏了，**”霍伊特喘着气，“**求你！**”

领事点点头，命令门关上，然后弯腰蹲在神父身旁。他把霍伊特手中紧紧攥着的无用注射器拿了过来，挤出针筒中的液体。超级吗啡。领事再次点头，他从医药箱中拿出另一支注射器，这医药箱是从他自己的飞船上带下来的。不到五秒时间，他便在针筒中充入了超级吗啡。

“**求你**。”霍伊特乞求道。他的整个身体在痉挛。领事几乎可以看见痛苦的波浪穿袭了这人的身体。

“可以，”领事说，他疲惫不堪地吸了口气，“但是首先，我要听完故事的其余部分。”

霍伊特盯着注射器，虚弱地探向它。

领事现在也在出汗，他举着注射器，正好让霍伊特触手不及。“可以，”他说，“只要你讲完故事的其余部分，我就立刻给你。我要知道，这很重要。”

“哦，上帝，我主耶稣，”霍伊特呜咽道，“**求求你！**”

“可以，”领事气喘吁吁地说，“可以，一讲完真相，我就给你。”

霍伊特神父瘫倒在他的前臂上，猛烈地喘着气。“你他妈的混蛋。”他喘息着。神父深深吸了好几口气，在身体停止颤动前，抑制住了大口的喘息，试图坐起身。当他看向领事时，那发狂的双眼流露出某种解脱的意味。“那……你会给我……注射吗？”

“会的。”领事说。

“好吧，”霍伊特以某种乖戾的口气轻声说道，“真相。佩瑞希伯种植园……就像我说的。我们在十月头上……李修斯……杜雷……失踪八年后……飞到那儿。哦，上帝啊，好疼！酒精和内啡肽不再起作用。只有……纯净的超级吗啡……”

“对，”领事轻声说道，“已经准备好了。只要故事一讲完。”

神父低下头。汗水从他的脸颊上、鼻子上滴下，流到浅草上。领事看见这男人的肌肉绷得紧紧的，仿佛要展开攻击一样，然后，另一阵痛苦的痉挛折磨着此人瘦削的身体，霍伊特向前仆倒在地。“掠行艇没有被特斯拉……摧毁。我和森法，两人……在大裂痕附近勉强向河上游行进……而……奥兰迪向下游搜寻。他的掠行艇……要等雷雨平息下来。

“毕库拉来的时候是在晚上。杀了……杀了森法，飞行员，另一人……忘了叫什么名字了。留下我一人……活着。”霍伊特伸向他的耶稣受难十字架，意识到它已经被他扯脱掉了。他短短一笑，转而呜咽起来。“他们……跟我讲了十字架之道。讲了十字形。跟我讲了……火焰圣子。

“第二天早上，他们带着我去看圣子。带我……去看他。”霍伊特挣扎着直起身，挠着自己的脸颊。他的眼睛圆睁，虽然仍旧痛苦不堪，但显然已经忘记了超级吗啡。“深入火焰林大约三千米……巨大特斯拉……至少八十、一百米高的特斯拉。当时还很平静，但空气中仍有不少……不少电荷。到处都是灰烬。

“毕库拉不会……不会走得太近。他们只是跪在那儿，俯着他妈的一个个秃脑瓜。但是我……走近了……必须。哦，上帝啊……哦，我主耶稣，是他。杜雷。他残留的遗体。

“他架了条梯子在那儿，往上爬了三米……或许四米……来到高高的树干上。建了个平台一样的东西，作为基座。他折断了避电杆……制成长钉一样的东西……然后削尖了它的两头。他肯定是用石头把长长的杆子敲进了自己的脚，也敲进了比斯托平台，敲进了树中。

“他的左臂……他把树桩敲进桡骨和尺骨之间……没有戳中血管……就像该死的罗马人[①]所做的。敲得极为细心，保证他的骨头不会散架。另一只手……右手……掌心向下。他首先磨尖了长钉。两端都削尖。然后……刺穿了右手。我不知道他用什么方法把长钉弯了过来。就像弯钩。

“梯子很久以前……就塌下来了……但那是比斯托。烧不坏的。我重新架好它，顺着爬上去，来到他面前。一切都在许多年前烧毁了……衣服、皮肤、表面的血肉……但是比斯托袋子仍然挂在他的脖子上。

“甚至在那时，合金制的长钉仍然有电流流动……我看得见……感觉得到……冲击着这个人的遗体。

“**它看上去仍旧是保罗·杜雷**。这很重要。我告诉了蒙席大人。没有了皮。皮开肉绽，已成一堆烂糊。可以看见神经一样的东西……就像又灰又黄的根须。上帝啊，那味道。**但是它看上去仍旧是保罗·杜雷！**

“然后我明白了。完全明白了。不知怎么……甚至在读到这本日记前就明白了。明白了这么多年来他就这么挂在这儿……哦，我的上帝啊……七年来一直活着。死着。十字形……促使他再次活过来。电流……七年来每一秒……都在他身体内翻腾。火焰。饥饿。痛苦。死亡。但是这天杀的……十字形……以某种方式……从树中榨取物质，或许是空气中，反正有什么就榨取什么……重造出它所

---

① 指耶稣被罗马的犹太总督彼拉多抓住，并被兵丁钉死在十字架上。

能造的……促使他活下来，促使他感受到这些痛苦，重复，重复，重复，重复……

“但是他赢了。痛苦是他的同盟。哦，耶稣啊，在那树上，被利矛穿刺，不是区区几个小时，而是整整七年啊！

“但是……他赢了。当我拿走袋子，他胸口的十字形也掉了下来。刚好……从长长的该死的根部……掉了下来。然后这东西……这个我确信是个尸体的东西……抬起了头。没有眼皮。眼睛被烤白了。嘴唇也没了。但他看着我，笑了。他笑了。然后他死了……真的死了……死在我的怀里。第一万次的死，但这次是真的死了。他对着我笑着，死了。”

霍伊特顿了顿，静静地和他自己的痛苦交谈着，然后咬牙切齿继续道：“毕库拉带我……回到……大裂痕。第二天，奥兰迪来了。救了我。他……森法……我不能……他用激光摧毁了村子，烧死了毕库拉，他们站在那儿，就像愚蠢的绵羊。我没有……没有和他理论。我放声大笑。哦，上帝啊，请宽恕我。奥兰迪用核武器摧毁了那个地方，那是可控武器，他们用来……用来开垦丛林……纤维塑料田地。”

霍伊特直勾勾地盯着领事，右手痛苦扭曲地比划着。“起初，止痛药还是有效的。但是每年……每天……它的效力越来越短。甚至在沉眠中……也痛苦。我无论如何也要回去。可他如何……七年啊！噢，上帝啊。”霍伊特神父边说，边撕扯着地毯。

领事立刻行动，把满满一针管的超级吗啡注射在神父的腋窝下，然后扶住瘫倒的神父，慢慢将这不省人事的人放到地板上。眼前的东西隐隐若现，领事撕开霍伊特被汗水浸透的衬衣，把破烂不堪的衣服扯到边上。那东西，自然就在那儿，躺在霍伊特的胸口，躺在苍白皮肤上，就像某个巨大粗糙的十字架形状的蠕虫。领事深深吸了一口气，轻轻地将神父翻了个身。第二个十字形跟他预期的一样，位于这个瘦弱之人的肩胛骨之间，是个略小一点的十字架形状的伤痕。领事的手指拂过这热烫的肉，那东西还在微微颤动。

领事轻手轻脚地走动起来，但是手脚麻利——他打包好神父的行装，整理好房间，给不省人事的神父穿好衣服，动作温柔小心，就像是在给一个死去的亲人穿衣服。

领事的通信志传来了嗡嗡的信号声。“要走了。”是卡萨德上校的声音。

“我们来了。”领事回复道。他通过通信志发送编码，召唤克隆人船员来搬行李，但是他自己抱起了霍伊特神父。这人的身体似乎一点分量都没有。

舱门开了，领事走了出去，从树枝的深色阴影中，来到那个世界蓝绿相间的光照下。现在，星球已经覆满了整个天空。领事想到，他该给其他人讲述什么样的虚假故事呢？他停了一秒钟，看着沉睡的男人的脸庞。他抬头瞥过海伯利安，然后继续前行。即使引力场完全是地球的标准，领事知道，他怀里的身体绝不会给他造成多重的负担。

他曾经是一个父亲。他的孩子已死。领事继续走着，他再一次感觉到某种情绪，那是抱着熟睡孩子上床的心情。

02

那天，济慈——海伯利安的首都——是个暖和的雨天。即使雨已经停了，一层厚厚的云层还是压在城市的上空，慢慢地移动着。空气中弥漫着一股咸味，那是从西面两万米外的海洋上飘来的。黄昏时分，灰色的日光开始褪变成灰色的暮光。就在此时，一阵二倍音速的爆炸声将市镇震得天摇地动，那声音又旋即从南方唯一一座雕塑山峰那儿传回来。云朵发出蓝白的光。半分钟后，一艘乌黑的太空船从密布的乌云中突围而来，拖着闪光的火焰尾迹，小心地朝下降落，飞船的导航灯衬着灰色的暮光，忽红忽绿地闪着。

降至一千米时，飞船的登陆信号灯开始闪烁，市镇北部的航空港发出三束耦合光线，仿佛一个红宝石三脚架充满好客之情地锁定了飞船。太空船盘旋在三百米的上空，接着稳稳地滑向一边，就像在湿桌子上滑动的杯子，最后仿佛一片鸿毛般落进了正在等待的发射池中。

高压喷射水流笼罩了整个池子，也笼罩了飞船的基座，翻腾的蒸汽向上升起，混合了细雨的幕帘，那是从航空港铺平的道路上吹来的细雨。当水流停止喷射后，声音也消失了，只有细雨飒飒，以及冷却的太空船偶尔发出的嘀嗒声、吱吱声。

一架瞭望台从飞船的舱壁中探了出来，凌空横在池子上方二十米处。上面出现了五个人的身影。“阁下，多谢让我们搭乘。”卡萨德上校对领事说。

领事点点头，斜倚在栏杆上，深深地吸着新鲜空气。成串的雨滴落在他的肩膀上，眉毛上。

索尔·温特伯把小孩从婴孩筐中举了起来。压力、温度、气味、运动、声音，以上所有因素的变化，把这个小女孩唤醒了，她开始精力充沛地哭闹起来。温特伯举着她跳上跳下，对着她咕咕叫着，但她还是哭个不停。

“对于我们的到来，这真是最恰当不过的评论。”马丁·塞利纳斯说。诗人身穿一件长长的紫色斗篷，戴着一顶红色贝雷帽，帽子懒洋洋地歪向右肩。他从休息室拿了杯酒出来，喝了一口。“真他妈要命，这地方看上去变得大不一样了。”

领事不得不同意这句话，他离开这儿才八个当地年而已。那时他住在济慈，航空港离城镇有整整九公里远；现在，飞机场周围，全是窝棚、帐篷和烂泥路。在领事执政的那些日子里，一星期只有一架飞船会降落在这超小型的航空港中；而现在，他望着飞机场，好好数了数，发现里面竟停着二十多架太空船。小小的行政和海关楼已经被一幢可变换结构的巨型房屋所替代，飞机场西面新添了十几个发射池以及登陆坐标。周界线内则凌乱地堆着几十幢迷彩舱房，领事知道，它们肯定变成了万能房屋，从地面管理中心到兵营，各种功能都有。在登陆坪的远端，蹲立着一簇这样的岗亭，上面林立着奇形怪状的天线森林，戳向天空。“进步。”领事喃喃道。

“战争。”卡萨德上校说。

“那些是人。”布劳恩·拉米亚一边说，一边指向飞机场南面的主枢纽大门。土褐色的人潮就像沉默的海浪一般，撞向外面的栅栏和紫色的密蔽场。

“我的天，”领事说，“你说得对。”

卡萨德拿出他的双筒望远镜，众人轮流用它扫视着这数千人，那些人正拉拽着铁丝网，朝排斥着他们的密蔽场挤去。

“为什么这些人来这儿？”拉米亚问，“他们想干啥？”即使距离半公里之遥，这群暴徒不顾一切的决心还是让人心惊胆战。不过，军部海兵的黑色身影就在周界线内巡逻。领事意识到，在铁丝网、密蔽场以及海兵中间有一小条湿冷的土地，那肯定是地雷区，或者是死光区，或者两者都是。

“他们想干啥？”拉米亚重复道。

“他们想要离开。”卡萨德说。

在上校尚未回答前，领事就已经心知肚明，航空港周围的窝棚城市和大门口的暴徒是躲不了的；海伯利安的人们随时准备离去。他猜测，每次有飞船降落，大门口肯定会出现这样一阵无声的人流起伏。

“嘿，还是会有一个人留下的，”马丁·塞利纳斯指向南方河外的一座矮山，“哭泣的威廉老王，上帝让你的罪孽灵魂长眠于此。”透过细雨和渐黑的夜幕，正好可以看见哀王比利那张雕刻出来的脸。“赫兄啊，我曾认得他！”醉醺醺的诗人说道，“他是个满肚子笑话的家伙。其实一个也不好笑。赫兄啊，他是头笨驴。”①

索尔·温特伯站在飞船里，护着他的孩子，不让她被细雨淋

① 塞利纳斯的两句话出自《哈姆雷特》第五幕。原话出自哈姆雷特，他是在评论约利克的骷髅头，也就是国王的弄臣。赫兄是指赫瑞修，哈姆雷特的密友。

到，也不让她的哭闹声打搅到大伙的谈话。他指着前面说道：“有人来了。”

那是一辆地面车，车身的迷彩聚合体已经不起作用，还有一辆军事电磁车，用悬浮螺旋桨改修过，以适应海伯利安微弱的磁场。两辆车正横越潮湿的砂砾层而来。

马丁·塞利纳斯的眼睛始终盯着哀王比利阴郁的面容。他嘴里念念有词，轻得几乎听不见：

> 浓荫笼罩下，忧郁的溪谷深处，
> 远离山上早晨的健康的气息，
> 远离火热的中午，黄昏的明星，
> 白发的萨土恩坐着，静如山石，
> 像他巢穴周围岑寂般缄默；
> 树林叠着树林，就像云叠着云……[①]

霍伊特神父走到瞭望台上，双手揉着脸，眼睛睁得大大的，但目光涣散迷离，瞌睡后的空想突然蹦了出来。“我们到了吗？”他问道。

“他妈的是啊，”马丁·塞利纳斯喊道，把双筒望远镜递还给上校，“我们下去和警官打打招呼吧。”

这位年轻的舰队上尉似乎对小组成员没什么印象，海特·马斯蒂恩从特遣部队的司令官那儿得到了授权晶片，但是，即使这个年轻人扫描了晶片，他还是对这些人没啥印象。他从容不迫地扫描着

① 以上诗句出自约翰·济慈的《海伯利安》开篇的诗句。此处描写的是泰坦神萨土恩失去了自己的力量。此处译文选用的是屠岸的版本。

他们的签证芯片，让他们等在细雨中。他不时发表几句评论，无缘无故地出言不逊几句，就和那些刚刚拥有了一点点权力的无名小卒一个德行。就在他开始扫描费德曼·卡萨德的芯片时，这个年轻人突然抬起头，就像一只受惊的白鼬。“卡萨德上校！”

“已经退役。”卡萨德说道。

“抱歉，长官，”上尉一边结结巴巴地说着，一边笨手笨脚地把签证还给众人，“我没想到你会和这伙人在一起，长官。就是说……上校说的……我是说……我的叔叔曾经和你一起在布雷西亚上打过仗，长官。我是说，很抱歉……我和我的人对你们……”

“悠着点儿，上尉，”卡萨德说，“有什么车子可以带我们到市镇里去么？”

“啊……嗯，长官……”年轻的舰队士兵想要揉自己的下巴，然后记起来，他正戴着头盔，“有的，长官。但是，问题是，那些暴徒非常危险，还有……嗯，该死的电磁车在这狗地方不管用……呃，请原谅，长官。你瞧，地面运输车仅仅是用来运货的，在二十二点整以前，我们的掠行艇不能飞离基地，但是我很乐意将你们登记入册……”

“等等。”领事让他打住。一艘破旧不堪的载客掠行艇停在了十米远的地方，在艇身一侧的外倾防护罩上，涂着代表霸主的金色短线。一个高高瘦瘦的男子走了出来。“西奥！”领事叫道。

两人迈步向前，张开手，似乎要握手，却拥抱在了一起。“哎呀，”领事说，“你看上去混得很不错嘛，西奥。”的确，他从前的助手虽然比领事多过了五六年，但是这个年轻人仍然带着少年般的笑容，瘦削的脸庞，茂密的红发，足以吸引领事馆职员中的每一个未婚女士——以及不少已有家室的。羞怯，这是西奥·雷恩的弱点之一，似乎为了证明他现在还是羞怯的，他正毫无必要地调整着自己角质架的眼镜——这位年轻外交官的某种矫揉造作。

“你能回来真是太好了。”西奥说。

领事转过身，开始把他的朋友介绍给大家，然后他停了下来。“老天，”他说，“你现在是领事了啊？抱歉，西奥，我真没想到。”

西奥·雷恩笑了笑，调整着眼镜。“没事，先生，”他说，“其实，我不再是领事了。最近几月来，我是这里的代理总督。地方自治理事会终于要求，并且接受了正式的殖民地位。欢迎你们来到这个最新加入霸主的世界。”

领事出神凝视了一秒钟，然后再一次拥抱了他从前的属下。“恭喜阁下。”

西奥呵呵一笑，朝天上扫了眼。“快要下雨了。大家为何不到掠行艇上，我载你们到镇上去。”新任总督朝年轻上尉笑了笑，“上尉？”

“呃……在，长官？”军官立正，快速说道。

“麻烦叫你的人把这几位大人的行李装载一下。我们要到掠行艇里躲雨了。”

掠行艇稳稳地飞在公路上方六十米高的地方，向南方前进。领事坐在前排的乘客席上；其他人在后面的流沫躺椅上休息；马丁·塞利纳斯和霍伊特神父似乎睡着了；温特伯的孩子不再哭闹了，开心地吸吮着一个软瓶子，里面灌着合成母乳。

“一切都变了。”领事说。他的脸颊倚靠在溅满雨迹的座舱罩上，俯视着底下那片混乱的场景。

山坡上，溪谷里，覆盖着数千个窝棚及单坡小屋，沿路一直通向三公里外的市郊。到处都是潮湿油布下星星点点的火苗，领事看着一个个烂泥色的人影在烂泥色的窝棚间穿行。古老的航空港高速路上，搭建了高高的栅栏，道路本身也被拓宽并重整过。道路上有两排货车和悬浮运输工具，大部分涂着军绿色，其他一些隐藏在死气沉沉的迷彩聚合体下，它们正朝两个不同方向蜗速移动着。前头，济慈的灯光似乎跨越了河谷和山陵的新区域，向外繁殖、蔓延。

“三百万，”西奥说，似乎在读取他前任上司的想法，“这里至少有三百万人，而且数量每天都在增加。”

领事凝视着。“我离开时，这整个星球只有四百五十万人口啊。”

“现在仍旧是，”新任总督说道，“所有人都想到济慈来，登上一艘飞船，然后溜之大吉。有些人在等远距传输器落成，但多数人不相信那东西会及时建成。他们很害怕。”

“害怕驱逐者？”

“这是一方面，”西奥说，“但最主要是害怕伯劳。”

领事的脸从冰冷的座舱罩上挪开。“那么，这怪物已经来到笼头山脉的南方了？”

西奥冷冰冰地笑道：“到处都有它。或者，到处都有它们。大多数人确信，现在那怪物已经有好几十，甚至好几百个了。三个大陆上都报道过伯劳惨案。除了济慈、鬃毛海岸的一些区域，以及几个像安迪密恩这样的大城市，别的地方都有过关于它们的报道。”

“伤亡人数是多少？”领事其实并不真想知道。

“至少有两万人死亡或失踪。”西奥说，“有许多人受伤，不过，你以为这是伯劳导致的吗，哈？”传来的又是干巴巴的笑声，“伯劳才不会只伤人呢，对不对？才不会，人们偶然不小心互相射击，从楼梯上摔下来，或者惊恐地跳出窗户，在人群中互相踩踏。

真他妈的乱得一塌糊涂。”

领事与西奥·雷恩共事了十一年，在这期间，他从没有听这年轻人爆过粗口。“军部帮得上忙吗？”领事问，“是不是他们阻止伯劳来大城市的？”

西奥摇摇头。“军部，这帮家伙除了控制住暴徒，他妈的其他什么都没做。哦，对，舰队士兵假装保护着航空港的开放，保护着浪漫港码头停放区的安全。但是他们甚至都没和伯劳正面对干过。他们是在等着和驱逐者开战。”

“自卫队呢？”领事问。虽然他开口问了，但是不问他也知道，那支训练无素的自卫队一点屁用都没有。

西奥嗤之以鼻。“伤亡人员名单中，至少有八千人是自卫队的。布拉克斯顿将军带着‘第三作战队’沿着江河路朝上爬，企图‘将伯劳击毙在老巢中’，那是我们最后一次听到他们的消息。”

“你真会开玩笑。”领事说，但是他朋友脸上的表情告诉他，这不是玩笑。“西奥，”他说，“你怎么会有时间来航空港见我们的？”

“我没有时间。”总督说。他朝后头扫了一眼。其他人有的正在睡觉，有的正满脸倦色地盯着窗外。“我必须和你谈谈，”西奥说，“劝你别去。”

领事摇摇头，但是西奥抓住他的胳膊，握得紧紧的。“现在，听我说，我必须说，该死。我知道对你来说……经过了那些事……回到这里是多么不容易。可是，天杀的，你不惜一切白白扔掉一切，这毫无意义啊。放弃这愚蠢的朝圣吧。给我留在济慈。”

“我不能……”领事开口道。

“听我说，”西奥命令道，“理由一：你是我见过的最棒的外交家，最棒的危机管理者，我们需要你这样的人才。”

“不是……”

“把嘴闭上片刻。理由二：你和这些人是没法到达光阴冢的，就连附近两百公里也不行。现在跟以前完全不一样了，当时这些天杀的自杀朝圣者可以跑到那里去，还可以无所事事地活上一周，甚至还可以中途改变想法，打道回府。但是现在，伯劳已经开始行动了。那就像是瘟疫一样。”

“我明白，但是……”

“理由三：我需要你。我向鲸逖中心请求过，叫他们派其他人来。然后我发现你来了……唉，见鬼，两年了，我已经想明白了。”

领事摇摇头，对他的话大惑不解。

西奥开始驾着掠行艇朝市中心转去，然后盘旋在那儿，眼睛离开控制装置，直勾勾地盯着领事。“我想让你接管总督一职。议会不会干涉的——也许悦石除外，但是等到她知道时，也已经晚了。”

领事觉得像是谁当胸给他来了一记猛拳。他把脸转了过去，俯视着狭窄的街道和歪曲建筑的迷宫，那是老城，杰克镇。当他缓过神来，他说道：“我不能，西奥。”

“听着，如果你……”

“不！我是说我做不到。即便我真的接受，也无济于事，但是说真的，我不能。我必须完成这次朝圣。”

西奥扶了扶眼镜，正视着前方。

“瞧，西奥，你是我一起共事过的最能干，也最有才华的外交事务专家。我已经落后八年了。我想……”

西奥略一点头，打断道：“我猜你是要到伯劳神庙去。”

“对。”

掠行艇盘旋着，着陆在地。领事茫然地盯着前方，脑中寻思着。掠行艇的边门升起，折叠拢起，索尔·温特伯突然喊出了声：“天哪！”

这群人从艇中走了出来，盯着那焦黑、坍塌的残垣断壁，不久之前，那还是伯劳的神庙。由于光阴冢太过危险，当地时间约二十五年前，它就被关闭了。这样一来，伯劳神庙便成了海伯利安上最受欢迎的游览胜地。伯劳神庙的中央神殿地跨城市三个完整的街区，它的中部崛起，高约一百五十米，塔尖尖如针刺，有几分像令人敬畏的大教堂，又带着几分哥特式的玩笑，流线型的石头扶壁永久依附在它那晶须合金的骨架上，有几分埃舍尔[①]版画的特点，带着透视的把戏，带着不可思议的角度，还有几分博施的梦魇，有着仿若地道的入口，隐蔽的房间，黑色的花园，禁入的区域，并且，尤为重要的是，它是海伯利安过去的一部分。

现在，一切都灰飞烟灭了。只有那高高堆积的焦黑石头，暗示了这幢建筑物先前的雄姿。熔化的合金梁矗立在这些石头上，活像某个巨型畜生的肋骨。大多数碎石跌落进深坑、地下室、过道。这一切，现在都已经静悄悄躺在这三百年历史的里程碑下了。领事走到一个深坑的边缘，心里琢磨着，这深深的地下室是否……就像那传说所言的，连接到星球的迷宫呢。

“他们是对这些地方用上了地狱之鞭吧。”马丁·塞利纳斯说，他用的是古老的术语，也就是高能激光武器。诗人走到深坑边缘，站在领事身旁，他一走到那儿，酒似乎马上就醒了。“我记得以前这里就只有神庙和老城的一部分，”他说，“在光阴冢附近发生那些灾难之后，比利决定将杰克镇重新安置在这里，因为这里有

① 埃舍尔（Escher，1898–1972）：荷兰艺术家，他的石板画和木刻画描绘了想象中的变形、不规则的以及在建筑上不可能实现的几何形状。

神庙。现在，一切都灰飞烟灭了。上帝啊。”

“不。”卡萨德说。

其他人看着他。

上校在那儿察看碎石，他站起身。“不是地狱之鞭，”他说，“是可控等离子武器。有好几发。”

“现在，你还想留下来继续这趟没用的朝圣吗？”西奥说，“跟我回领事馆吧。”他在对领事说话，但是看那样子是在邀请在场所有人。

领事转身离开深坑，目视着他先前的助手。但是现在，他头一次感觉到，他眼前站着的是一位内外交困的霸主世界上的总督。“我们不能，阁下，”领事说道，“至少我不能。我不会代表大家说话。”

四个男人和唯一的一个女人摇摇头。塞利纳斯和卡萨德开始卸行李。雨又开始下起来，轻飘飘的薄雾从黑暗中涌起。就在这时，领事注意到附近的屋顶上盘旋着两架军部的攻击掠行艇。先前，黑暗和变色龙般的聚合船体将它们隐藏了起来。但是现在，雨丝将它们的外形暴露了出来。当然啦，领事想，总督不会没有护卫一个人跑出来的。

“神父们都逃了么？神庙被毁时，有幸存者吗？”布劳恩·拉米亚问道。

“逃了。”西奥说。这位实际上的独裁者统治着五百万个难逃劫数的灵魂，他摘下眼镜，在衬衣下摆上擦擦干。“所有伯劳教会的神父和侍僧都从地道逃走了。几个月来，暴徒们把这地方围了个水泄不通。他们的头头，一个叫卡门的女人，来自草之海东面的什么地方，在他们引爆二十号炸弹前，给神庙发出了好几次警告。”

“警队的人哪儿去了？”领事问，“自卫队呢？军部呢？”

西奥·雷恩笑了笑，在那一刻，他顿显苍老，至少比领事认识的那个年轻人老了好几十岁。“你们这些人过去三年时间是在传输中度过的，”他说，“世界变了。在环网，伯劳崇拜者被烧死、被追打。你能想象我们这里对他们的态度。十四个月前，我宣布了戒严令，济慈的警队一心一意执行我的命令。暴徒用火把烧毁了神庙，警队和自卫队视若无睹。我也是。那天晚上，这里有五十万人在场。”

索尔·温特伯走了过来。“那他们知道我们吗？知道这趟最后的朝圣吗？”

“如果他们知道，”西奥说，“那你们一个也活不了。你们以为这些人会欢迎任何能平息伯劳怒气的事，但暴徒唯一会注意的是，你们是被伯劳教会选中的。实话跟你们说吧，顾问理事会本打算在你们的飞船飞临大气层时，就把它摧毁，我不得不驳回这项决议。”

“为什么你要……”领事说，“我是说，为什么你要驳回他们的决议？”

西奥叹了口气，扶扶眼镜。“海伯利安仍旧需要霸主，悦石仍旧得到全局的赞同，即便议院不赞同。而且，我仍然需要你。”

领事望着伯劳神庙的碎石残瓦。

“在你们到这之前，朝圣便已经终止了，”总督西奥·雷恩说，“你和我回领事馆去吧……至少，来做我的顾问。”

“抱歉，”领事说，“我不能。”

西奥一言不发地转身离去，爬进掠行艇，起飞了。他的军事护卫队紧随其后，在雨中变成了一个小点。

现在，雨下得更猛了。这群人紧紧不离地走在越来越黑的黑暗中。温特伯在瑞秋身上临时罩了块头巾，权作遮挡之物，雨滴落在塑料上发出啪嗒啪嗒的声音，弄得小孩大哭不停。

“现在怎么办？”领事边问，边朝黑夜和狭窄的街道四顾。他们的行李一堆一堆垒着，湿透了。这世界带着一股焦味。

马丁·塞利纳斯笑嘻嘻地说道：“来，我知道一家酒吧。”

事实上，领事也知道这家酒吧，他被派遣至海伯利安的十一年任期中，几乎一直待在西塞罗。

西塞罗，跟济慈、海伯利安上的大多数东西不同，它的名字不是来自于大流亡前的文学琐事。谣传说，酒吧的名字取自于一座旧地城市。有些人说是美利坚合众国的芝加哥，其他人确信那是印度联合邦的加尔各答。但是只有斯坦·列维斯基，酒吧的所有者，建立者的曾孙，才知道事实的原委，但他从没有透露这个秘密。自开业的一个半世纪以来，这酒吧坐落在霍利河边上，一直人满为患，从原先一幢松松垮垮、年久失修建筑中的无电梯阁楼，变成了在杰克镇四幢松垮古老建筑中的九层楼。这几十年来，西塞罗仅有的装饰元素是那些低矮的天花板、浓稠的烟雾，以及没完没了的喋喋不休的背景声，在这熙来攘往中提供了一种私密的感觉。

今晚没有私密。领事和其他人拖着他们的装备，穿过沼泽巷的入口，在那儿停下了脚步。

“真他妈要命。”马丁·塞利纳斯喃喃道。

西塞罗一片狼藉，那里似乎是被野蛮人的游民部落侵占了。每一条椅子都坐着人，每一张桌子都被占领了，这些人大多数是男人，地上丢满了背包、武器、铺盖、陈旧的通信设备、口粮箱，以及所有其他残渣，这些东西属于拯救难民的军队……或者，也许是一支难民组成的军队。西塞罗那沉闷的空气，曾经充满了各种混合的气味：炙热的牛排味、葡萄酒味、兴奋剂味、麦啤味、免税烟草味……现在呢，扑鼻而来的是一股股肮脏身体的气味、尿味，以及绝望的气味。

就在这时，斯坦·列维斯基的庞大身影从黑暗中现形了。酒吧老板的胳膊比以前更加粗壮，也更加沉重了，但是他的前额呢，却越发地向且战且退的黑色乱发挺进，如今已经前进了好几厘米，他那黑色眼睛周围的皱纹也比领事记忆中的更多了。那双眼睛现在睁得老大，死死地盯着领事。“鬼。”他说。

“不。”

“你没死？”

“没有。”

“见鬼！”斯坦·列维斯基叫道，紧紧抓着领事的上臂，然后轻而易举把他举离了地面，就像举一个五岁小孩那么简单，“见鬼！你没死。你在这儿干啥呢？”

“检查你的贩酒许可证，”领事说，“把我放下。”

列维斯基轻轻地把领事放下来，拍拍他的肩膀，露出了笑容。然后他看到了马丁·塞利纳斯，那笑容瞬时消失了，眉头皱了起来。“我以前从没见过你，但你看上去很眼熟。”

“我认识你的曾祖父，”塞利纳斯说，“这倒让我想起来了，你有没有剩下些大流亡前的麦啤？英国的烈酒，尝起来就像循环过的鹿尿。这东西太少了，我老是喝得不爽。”

“没了。”列维斯基说。他指着诗人：“见鬼。耶里祖父的大皮箱。你是原来杰克镇那个色鬼，我看过你的古老全息像。我是不是在做梦？”他盯着塞利纳斯，又看着领事，一只巨大的食指小心翼翼地碰了碰他们，“两个鬼。”

“六个疲累的人。”领事说。小孩再次开始哭叫。“七个。你有地方让我们安顿一晚吗？”

列维斯基来了个一百八十度大转弯，他张开双手，手掌朝上。“全是这副德性。没地方。没食物。没酒。”他斜着眼睛朝马丁·塞利纳斯看去，“也没麦啤。现在，我们已经变成一个没有床位的大旅馆了。自卫队的混蛋待在这儿，不付钱，喝着他们乡巴佬的下等劣酒，等着这个世界走向末日。我想，我们离末日不远了。”

这群人现在站着的地方，曾经是中楼入口。地板上摊着乱糟糟的装备，现在，朝圣者高高堆砌的行李也加入到了它们的队伍中。小簇小簇的人肩并肩穿行在人山人海中，向新来者投以评价的目光——尤其是投向布劳恩·拉米亚。她无精打采，冷冷地朝他们回瞪了一眼。

斯坦·列维斯基盯着领事看了片刻。“我有个阳台，那里有张桌子。五个自卫队的敢死突击队员已经在那儿待了一星期，整天在向其他人吹嘘，他们将如何徒手扫灭驱逐者的军团。要是你们要那桌子，我会把这些吃奶的蛀虫赶出去。”

“要。”领事说。

列维斯基正要转身离开，拉米亚一把拉住他的胳膊。“要不要帮忙？”她问。

斯坦·列维斯基耸耸肩，笑道：“不需要，但很乐意接受。来吧。”

他们消失在人群中。

三楼阳台仅仅容下了那张破裂的桌子，外加六把椅子。虽然主楼、楼梯和楼梯平台上挤得水泄不通，像个疯人院，但是，在列维斯基和拉米亚将满口抗议的敢死突击队员抛过栏杆，扔到九米之下的河中之后，没人敢向他们下战书，争夺他们的地盘。列维斯基不知从哪里搞到一大杯啤酒、一篮子面包和冷牛肉，给他们送了上来。

这群人默默吃着，显然，与平常的神游后饥饿、疲劳和抑郁相比，他们正承受着更多的痛苦。阳台一片漆黑，从西塞罗底下传来昏暗的反射光，以及偶然经过的游船上的提灯的光芒，才稍稍缓和了黑暗。霍利河沿岸大多数房子都阴沉沉的，但是城市里其他的灯火反射在低矮的云层上。向河流上游望去，领事可以看见半公里外那座伯劳神庙的废墟。

“嗯，”霍伊特神父说道，显然已经从服用过量超级吗啡的状态中恢复了过来，在那边摇摇晃晃，微妙地平衡于痛苦与镇静之间，“我们接下来干什么？”

没有人应答，领事闭上眼睛。他拒绝带头领导任何事。坐在西塞罗的阳台上，太容易就会重新陷入他原先的生活节奏；当时，他会在清晨前来上一杯酒，随着云消雾散，观赏一下黎明前的流星雨，接下来，他会摇摇晃晃地走到市场边上他那座空空的宅邸中，走进领事馆，之后的四小时，他会冲个淋浴，刮刮胡子，表面上像个人，其实眼睛里布满了血丝，头脑里充满了疯狂的痛苦。一切都托付给西奥——安静、能干的西奥，让他度过早上。一切都托付给运气，让他度过一天。一切都托付给西塞罗酒吧的酒，让他度过晚上。一切都托付给他无足轻重的职位，让他度过一生。

“你们都准备好出发，去光阴冢朝圣了吗？”

领事的眼睛猛地张开。一个戴着兜帽的人影站在门口，领事还以为那是海特·马斯蒂恩，然后他意识到，这个人的个头明显比船长矮，他的声音中也没有圣徒那种故作玄虚的做作腔调。

“如果你们准备好了，那我们得赶快走。”黑影说道。

“你是谁？”布劳恩·拉米亚问。

“赶快。”影子唯一的应答。

费德曼·卡萨德站起身，弯下腰，以免脑袋撞到天花板，他一把拉住穿着袍子的身影，左手迅速一拉，拉开了此人的兜帽。

“机器人！”雷纳·霍伊特叫道，他盯着此人的蓝皮肤，盯着蓝色面孔上的一双蓝眼睛。

领事没感到多少惊讶。一个多世纪以来，在霸主世界内，拥有机器人是违法的，这么长时间以来，从来没有生物制造过一个机器人，但是在遥远的穷乡僻壤，在非殖民世界中，他们仍然被当作手工劳动的劳动力。比如说，在海伯利安这个世界上。伯劳神庙大范围地使用机器人，遵从伯劳教会的教义，也就是说，机器人没有原罪，因此，他们在精神上比人类更为优越，而且，既然如此，他们也免除了伯劳那可怕的、躲不了的惩罚。

“你们赶快来。”机器人轻轻说道，重新戴好兜帽。

“你是从神庙来的吗？”拉米亚问。

“安静！”机器人厉声叫道。他朝大厅望去，转回身，点点头，“我们得快点。请跟我来。”

所有人都站了起来，在那儿犹豫不决。领事望着卡萨德，后者不经意间解开了身上穿着的长皮夹克。领事一眼瞥到，上校的腰带上别着一根死亡之杖。一般情况下，如果死亡之杖出现在周围，领事会感到惊异万分，甚至想想都会觉得可怖：如果不小心轻轻一碰，阳台上所有的神经突触都会灰飞烟灭。但是此时此刻，奇怪的是，他看到了它，却感到非常安心。

“我们的行李……”温特伯说。

“会有人照看的，”戴着兜帽的人轻声说道，“快。”

这群人跟在机器人后面，走下楼梯，走进了黑夜，他们的动作仿佛一声叹息，疲惫、被动。

领事睡过了头。日出后一个半小时，光线透过舷窗的百叶栅格钻了进来，一条条长方形的日光掉落在枕头上。领事翻了个身，却没醒过来。一小时后，传来一声高昂的咔嗒声，那是劳累的蝠鲼脱扣，新蝠鲼接力的声音，正是这些蝠鲼整晚在推动游船。领事继续睡着。接下来的一个小时，他那特等舱外的甲板上，传来船员的脚步声，喊叫声，那声音越来越响，持续的时间也越来越长，但是，最终催醒领事的，是卡拉船闸下发出的警告汽笛声。

领事仍旧徘徊在沉眠的后遗症中，像嗑了药般，身子绵软无力，他慢慢爬起身，费尽力气，在脸盆和抽水机旁擦了擦身，穿上松松垮垮的棉裤，陈旧的帆布衬衫，泡沫塑料底的鞋子，最后走到中央甲板。

早餐已经摆在了长长的餐柜上，旁边是一张风化的桌子，可以收进甲板的地板中。有顶遮阳篷，替吃饭的地方遮挡着阳光。微风扫过，红金色的帆布噼啪作响。天气非常棒，万里无云，阳光明媚。海伯利安的太阳虽小，热量却猛烈无比。

温特伯、拉米亚、卡萨德、塞利纳斯，四人已经起来好一阵子了。领事加入后，过了几分钟，雷纳·霍伊特和海特·马斯蒂恩也来了。

领事随意取用着自助餐，烤鱼、水果和橙汁。他走到栏杆前。这里的河面很宽，河岸之间至少相距一千米，水与天共享碧绿一色。领事第一眼并没有认出河两边的陆地。往东望去，潜望镜一般的豆型稻谷延伸进远处的阴霾中，在那儿，旭日反射在一千个溢流的表面上。稻谷沟渠的连接处，坐落着几栋土著的茅屋，它们有棱有角的墙壁是用晒白的堰木或者金色的半截橡木制成的。往西望去，河边的低洼地中，长满了乱七八糟的低矮植物，比如茂盛的蓟森、雌木根，还有一种领事不认得的炫目红色蕨草。所有这些植物都长在泥沼及小型潟湖[①]中，泥沼和潟湖从这儿一直延伸到一千米外的河岸悬崖上，那儿长着矮小的常蓝植物，它们紧紧扎根于花岗岩石板的裸露孔洞之中。

领事感到迷糊了，虽然他对这个世界非常了解。然后，他记起了卡拉船闸的汽笛声，他终于明白，他们已经来到了杜霍波尔林北部的霍利河，那是一段很少有船通行的流域。领事从没有见过霍利河的这段流域，他以前总是在皇家运河中旅行，或者在其上飞行，运河就在悬崖的西方。他只能揣测，通向草之海的主干线路是不是有什么危险，或者发生了什么骚乱，使得他们不得不绕道走霍利河的这段偏道。他猜他们现在是在济慈西北方大约一百八十公里的地方。

“在日光下看上去不一样，是不是？”霍伊特神父说道。

领事再一次望向岸边，他不知道霍伊特讲的是什么；然而，片刻之后他明白了，神父说的是游船。

他们跟着机器人信使，行走在滂沱大雨中，登上这艘陈旧的游船，穿行在游船那棋盘状的房间里，走在迷宫般的通道中，当船行到神庙的废墟时，海特·马斯蒂恩搭上了船，最后，看着济慈城的灯光从船尾方向渐渐消失不见。领事想起这一切，感觉真是奇怪。

领事回想起午夜前后的几个小时的时间，但那仅仅是一个迷迷糊糊的疲惫之梦，他想，其他人肯定和他一样疲惫不堪，一样晕头转向。他隐约回忆起，他曾感到非常惊讶，因为游船的船员全是机器人，但是他记得最清楚的是，他最终关上了特等舱的门，舒舒服服地爬进了被窝。

“今天早上我跟贝提克谈了一会儿，”温特伯说道，他指的是他们的机器人向导，“这艘破旧的平底船历史相当久远呢。”

---

① 潟湖：被沙滩或珊瑚礁从外海隔离而形成的咸水湖。

马丁·塞利纳斯来到餐柜前，给自己倒了点番茄汁，从手边拿出一个长颈瓶，往其中加了少许东西，然后说道："这东西肯定见过很多世面。瞧，这该死的栏杆是通过手工上漆的，楼梯也被踩磨得厉害，天花板被灯灰熏得漆黑，床也被一代代的住客搞得松弛了。我看这船应该有好几个世纪的岁数了。雕刻和洛可可的润饰真他妈不同凡响。你们注意到没有，虽然这里弥漫着各种各样的味道，但是这些镶嵌的木头仍旧带着檀香味，是不是？哪怕这船来自旧地，那我也不会意外呢。"

"正是如此。"索尔·温特伯说。小瑞秋正睡在婴儿篁里，平静地吹着口水泡泡。"我们是在威严的'贝纳勒斯'号游船上，这名字来自旧地的一个城市，船也是在同样一座城市中建造的。"

"我不记得旧地有这样名字的城市。"领事说。

布劳恩·拉米亚就快吃好早餐了，她抬起头。"贝纳勒斯，也叫瓦腊纳西，或者甘地堡，北印度自由邦。在印苏穆斯林共和国有限交换时期被毁。"

"对，"温特伯说，"'贝纳勒斯'号建于天大之误前。我猜，那是在二十二世纪中期。贝提克告诉我说，这艘船原先是艘悬浮游船……"

"电磁发生器还在下面吗？"卡萨德上校打岔道。

"我想还在，"温特伯说，"就在最下面的甲板的主厅边上。大厅的地板是由明亮的月水晶铺制的。要是我们能以时速两公里的速度巡航，那就太棒了……可现在它没啥用处了。"

"贝纳勒斯。"马丁·塞利纳斯沉思着。他钟情地抚摸着被岁月弄污的栏杆。"我曾经在那儿被抢劫过。"

布劳恩·拉米亚放下咖啡杯。"老家伙，你是不是想说，你老得连旧地也能记起来？嘿，我们可不是傻蛋。"

“我亲爱的孩儿啊，”马丁·塞利纳斯容光焕发，“我没有想要告诉你任何事情。我只是觉得，如果我们可以交流一下，各自说说我们抢劫别人或者别人抢劫我们的所有地点，列张单子出来，那会有趣得很——很有启发意义，很有教导意义。由于你是议员的女儿，在这一点上你有着优势，真是不公平，我想，你的单子会更突出……也更长。”

拉米亚张嘴想要反驳，但是仅仅皱了皱眉头，便闭上了嘴。

“我想知道，这船是怎么被带到海伯利安上来的？”霍伊特神父喃喃道，“为什么要把一艘悬浮游船带到这个世界上来呢？你们知道，电磁设备在这世界上不起作用啊。”

“能起作用，”卡萨德上校说道，“海伯利安有磁场。只是不强，无法支撑起任何空运设备。”

霍伊特神父眉毛一挑，很明显，他感到非常困惑，看不到这有什么分别。

“嘿，”诗人站在栏杆边上喊道，“大家伙都到齐啦！”

“那又怎样？”布劳恩·拉米亚问。她的嘴唇几乎抿成了条细线。

“既然我们都到齐了，”他说，“我们继续讲故事吧。”

海特·马斯蒂恩说道：“我想，按原先的约定，应该在午餐时间讲述各自的故事。”

马丁·塞利纳斯耸耸肩：“早餐，午餐，谁他妈的在意这个？大家都在一起了。到光阴冢，不是要花上六七天时间吗，是不是？”

领事琢磨了一下。河水带着他们远走高飞，用不了两天。穿过草之海可能得花两天多时间，风向正确的话两天都不用。越过山脉，当然用不了一天时间。“不，”他说，“用不了六天多时间。”

“好吧，”塞利纳斯说，“那大家继续讲故事吧。此外，在我们跑到伯劳家敲门前，我们也无法保证他不会主动来这儿点我们的名。如果这些临睡前的故事真能够在某些方面帮助我们活下来，那么，我说，大家都赶快来听听吧，不然大家还没听完，就会被我们要访问的流动食品加工机给剁了，切成肉丁了。”

“你真是恶心。”布劳恩·拉米亚说。

“啊，小心肝，”塞利纳斯说道，“这句话你昨晚第二次高潮后也说过。”

拉米亚别过头去。霍伊特神父清清嗓子，说道：“轮到谁了？我是说，轮到谁讲故事了？”众人都沉默着。

“我。”费德曼·卡萨德说。这个高挑的男人伸手摸进白色短上衣的口袋，举起一片纸，上面描着一个大大的“2”字。

“现在开始讲，可以吗？”索尔·温特伯问。

卡萨德仿佛要笑。“我完全不赞同讲故事，”他说，“不过，要是干了以后就完了，那么还是快一点干。[①]”

“嘿！”马丁·塞利纳斯喊道，“这家伙知道大流亡前的剧作家。”

“是莎士比亚吗？”霍伊特神父问。

“放屁，”塞利纳斯说，“勒纳与他妈的洛威[②]。该死的尼尔·西蒙[③]。他妈的哈默·博斯滕。”

“上校，”索尔·温特伯郑重说道，“你瞧，天气很好。看样子，接下来几个小时里，大家都没什么要紧的事要做，如果你能在

① 这句话出自莎士比亚的《麦克白》第一幕第七场，是麦克白的独白中的一句。

② 勒纳（Lerner，1918–1986）：美国剧本作家和歌词作者。洛威（Loewe，1901–1988）：奥地利作曲家。两人一起创作了许多部音乐喜剧。包括《窈窕淑女》等。

③ 尼尔·西蒙（Neil Simon，1927–）：美国剧作家。

这餐桌上分享你的故事，告诉我们，是什么东西带你来到海伯利安，进行这最后一次伯劳朝圣，我们将感激不尽。”

卡萨德点点头。天气变得暖和了，帆布雨篷噼啪作响，甲板也嘎吱作响，悬浮游船“贝纳勒斯”号稳稳地溯流而上，朝着山脉，朝着沼泽，朝着伯劳驶去。

士兵的故事：战场恋人

在阿金库尔[①]战役期间，费德曼·卡萨德邂逅了那个他将花费余生去寻找的女人。

当时是公元一四一五年十月下旬一个阴冷潮湿的上午，卡萨德被嵌入那个时代，扮演亨利五世旗下的一名弓箭手。早在八月十四日，英国人就踏上了法国领土，并在十月八日同人多势众的法军遭遇，之后节节败退。而今，亨利五世说服了他的作战理事会，使其相信英军能在急行军后打败法国人，并回到加莱港[②]这一安全之地。是的，他们已经失败过一次。可现在，十月二十五日阴雨连绵的拂晓时分，这支人数七千出头，且大部分是弓箭手的军队，正再次面对一公里外穿越泥泞土地的法国人，那可是两万八千名全副武装的法军！

卡萨德现在感到又冷又累，恶心和恐惧也纠缠着他。一周来，弓箭手们仅以半烂的梅子果腹，一直熬到现在，以至于现在队伍里几乎所有人都被腹泻折磨着。昨晚躺在潮湿的土地上，周遭低于华

① 阿金库尔（Agincourt）：法国北部阿拉斯西北偏西的一个村庄。1415年10月25日，英王亨利五世在此重创兵力远胜于己的法军。

② 加莱港（Calais）：法国北部的一座城市，位于多佛海峡同英格兰多佛相对。该城于1347年落入英国人手中，后又于1558年在被包围了11个月之后被法国人夺回。

氏五十度的环境让他久久不能入眠。这是一种难以想象的真实感，卡萨德有些震惊——奥林帕斯指挥学校的历史战略网络远远超越了普通的全息模拟系统，就好像成形全息像远远超越了锡版照相一样。卡萨德明白，自己绝不想受伤，因为这网络提供的物理感觉太真实了。况且以前也有这样的传闻，说有学员在历战网中受了致命伤，真的死在了意识模拟舱里。

和亨利王右翼的其他弓箭手一样，他就这样注视了法国人大半个上午，最后三角旗终于挥动起来了。那些模拟而成的十五世纪士兵开始号叫，弓箭手们遵从亨利的命令慢慢逼近敌人。英国人参差的阵线向两端延伸了七百多米，处于两片树林的中间地带，整个阵线中都是一簇簇如卡萨德似的弓箭手，又有小队武装步兵散落其间。英军并没有正规骑兵，所能见到的骑士都在离战场中心三四百米远的地方，护卫着亨利王的指挥小队，抑或是围着离卡萨德身处的这片右翼弓箭手的不远处，护卫着约克公爵。这两支队伍让卡萨德想到军部的陆军移动参谋总部，只是林立的“通信天线”（那些鲜亮的旗帜和软绵绵挂在枪尖的三角旗）轻易暴露了他们的位置。一个明摆着的远程打击对象，他暗自思忖，接着才意识到自己高明的战术显然超越了这个时代。

他注意到法国人那里有充足的马匹，他估计，大概敌人每条阵线后都隐藏着六七百名骑兵，在主战线后又有一长列的骑兵。卡萨德一点也不喜欢马。从全息影像和图片上他曾见过这种生物，当然直到现在他才真正见到马，那种体格、味道和声响都令他不爽，特别是这些该死的四足畜生覆盖着胸甲和头甲，蹄子上钉着马蹄铁，背上还驮着身披铠甲、端着四米长枪的战士。

英国人停止了进军，卡萨德觉得自己的阵线离法国人约有二百五十米远。从过去一周的经验来看，他知道这已经进入了长弓的射程，当然他也知道自己每次拉满长弓都好像快要把手臂从肩上扯下来似的。

法国人开始大喊大叫，卡萨德觉得这是他们的挑衅。他没有理睬那些谩骂，而是同四周漠然的同伴一起向前走了几步，离开刚才插好长箭的地方，然后开始找块松软的土地，钉下他们手上的木桩。那木桩几乎有一米半长，两头已被削尖。卡萨德已经背着这根又长又重的笨木桩走了一个多礼拜。当初他们行军经过索姆河[①]某处的树林时接到这个命令，于是所有的弓箭手开始寻找小树苗，把它削尖，虽然一度曾怀疑这么做的意义，但现在他明白了。

每三个弓箭手携带着一个重槌，他们开始轮流以一个特定角度将木桩钉进土里。接着卡萨德拿出小刀重新削尖冲向敌军的那端，高度大概与他胸口平齐。做完这一切，他躲到这一长排木刺墙的后面，静待法国人的冲锋。

法国人没有冲锋。

弓箭手们在等待。卡萨德的弓弦已经上紧，四十八支长箭分两扎插在脚边，而脚则踏在合适的位置上。

法国人没有冲锋。

虽然雨停了，但是冷风侵袭，刚才那短暂的行军和钉木桩的任务所产生的微弱暖意也迅速消失了。战场上只听见人马踩踏大地的颤音，或者偶尔几声喃喃和神经质的人笑，还有法国骑士们变换队形时的马蹄重响，他们还是没有冲锋。

“他妈的，”一个离卡萨德几步远，头发花白的侍卫骂骂咧咧道，“这帮杂种白白浪费了我们一个早上的时间，他们最好别再占着茅坑不拉屎。”

---

① 索姆河（Somme）：法国北部河流。发源于埃纳省，最后注入英吉利海峡。

卡萨德点点头，他不清楚自己听到的是中世纪英语，或是简单的标准语。他也不知道那侍卫是另一个学员，还是一名导师，抑或仅仅是系统模拟出来的假象，他更不了解这句俗语的表达是不是正确，他根本不在乎。他只知道自己的心正怦怦直跳，手掌满是汗水。于是他在无袖衫上擦了擦手。

忽然间，仿佛亨利王听到了那老侍卫的喃喃自语，令旗猛地高高扬起，士兵们开始尖叫，一排又一排的弓箭手举起长弓，随着命令拉满，又随着命令施放。

前后四波弓箭头尾相接的长度超过了六千米，闪着寒光的长箭仿若一阵乌云，黑压压升起在英军阵前，随后落向法国人的阵线。

紧接着传来了马的嘶鸣声，以及一千狂乱小孩撞击在一万锡制夜壶上的叮叮咚咚声。法国重步兵倾斜着身体，用钢铁头盔、胸甲和肩甲承受着箭雨的猛攻。就军事意义而言，卡萨德知道这样的远程打击效果微乎其微。不过总有些小小的安慰，比如十英寸的长箭刺穿某个倒霉士兵的眼睛，或是射中马匹，让它们失蹄、跳跃、乱撞一气，而骑兵则手忙脚乱地清理它们背上和侧腹的木质箭杆。

但法国人还是没有冲锋。

射击命令继续下达，卡萨德举起长弓，拉满、施放，重复，再重复。天空中每隔十秒就有一阵箭雨遮天蔽日。他感到手臂和背部随着这累人的节奏而疼痛，但他既不感到高兴，也不感到愤怒，这只是在工作而已。前臂酸痛。箭飞出去，循环往复。当头一扎的第十五支箭射出时，身边的战友开始呼喊，他拉住弓，向前瞥了一眼。

法国人开始冲锋了。

骑兵的冲锋是卡萨德从未经历过的。望着一千两百名全副武装的骑士径直冲向自己，他内心的恐惧开始翻腾。虽然整个冲锋不过是短短四十秒钟的事情，但卡萨德觉得这足够让自己口干舌燥，足够让自己呼吸困难，甚至足够让睾丸缩紧回到身体里去。如果自己余下的身体还能找到一个过得去的避难所，那他一定会毫不犹豫地爬进去。

然而当时的情况是，他已经忙得没时间逃了。

射击命令一直持续，他所在阵线的弓箭手对着冲过来的骑兵实施了五次平射，外加一次自由射击，之后，他们往后退了五步。

马儿自然不会笨到往木刺墙上冲去——无论他们的主人如何操控缰绳用力抽打，苦苦哀求它们往前冲，这些畜生就是在墙边停滞不前。然而第二第三批冲上来的骑士却没有办法像第一批那样陡然停住。于是在那个混乱的时刻，被撞倒在地的马儿不停悲鸣，被抛向空中的骑士惊恐地尖叫，而卡萨德奋勇冲出，高声怒号。他向眼前的每个落马的法国骑士冲去，有时弯下腰挥动致命的锤子，有时人群拥挤实在挥动不开，他就用长刀切向盔甲的缝隙处。不一会儿，刚才骂骂咧咧的侍卫、一个遗失头盔的年轻人同他组成了高效的杀戮小组，他们从三个方向围住落马的骑士，卡萨德先用锤子把这些苦苦哀求的家伙砸晕在地，然后三把剑从不同角度结果这些可怜虫。

只有一名骑士站了起来，拔剑面对着他们。这家伙掀起自己的面罩，叫嚷着要有荣誉地一对一决斗。之后老兵和年轻人像饿狼一样围住了他，卡萨德退到十步之外，一箭射穿了他的左眼。

这场充满死亡的闹剧就这么延续着，同旧地用石头和大腿骨决斗以来所有的肉搏战一脉相承。在第一波的一万名法国武装步兵冲向英军阵地时，他们的骑兵设法转身逃开了。肉搏打乱了刚才的战斗节奏，法国人再一次主动发起了进攻，此刻，亨利的步兵手持长枪，努力与法国人僵持，与他们保持一杆枪的距离，而卡萨德和其他弓箭手们则在近距离齐射，向人数众多的法军倾泻箭雨。

那并不是战斗的结束，也根本不是决定性时刻。事实上整个战役的转折点，就在它到来之时，却又消失在了肉搏的喧嚣尘埃中。同那时所有的战斗一样，就是几万名步兵手持武器一对一在那里打得昏天黑地。三个小时的战斗主旋律重复再三，不过偶尔会有小调变奏：低效的刺杀、笨拙的反击，以及一个不光彩的时刻——亨利王下令处决俘虏，而不是放他们留在后方。但传令官和历史学家们在日后都有同一个答案，法国步兵第一次冲锋的混乱之际，胜负就已注定。数千名法国人战死了，英国人对欧洲大陆那一部分的统治又得以延续一段日子。重骑兵、贵族骑士、骑士精神的化身，他们的时代结束了——被几千个衣衫褴褛、手持长弓的平民弓箭手永远钉入了历史的棺材。对这些身首异处的法国贵族来说，最大的侮辱莫过于（如果死人真的能被侮辱的话），这些英国弓箭手，不仅是些普通人，普通得只配同大量孳生的跳蚤相提并论，而且被称作应征兵、油炸面团[①]、政府兵、咕噜、爱普、斯贝兹、微技、跳鼠。

这就是卡萨德在历战网中所要学习的内容，可他什么也没学到。因为，他遭遇了那场改变他余生的邂逅。

一匹战马失蹄倒地，有个骑士从马头上飞了下来，在地上滚了一圈，迅速站起，地上溅起的泥还未落地，他已拔腿冲向边上的树林。卡萨德紧随其后，在半路上，他意识到那个侍卫和年轻人没有跟上来，这没什么，肾上腺素的刺激和嗜血的冲动拽着他继续前进。

这家伙穿着超过六十磅的笨重铠甲，而且刚刚从急速奔跑的马

① 油炸面团：步兵的别名，这些士兵的衣服扣子大得如同油炸面团，所以得此名。后面都是一些称呼士兵的俚语。

上甩了出来，按理说，应该是个能手到擒来的猎物。可他并不是。法国人朝身后瞥了一眼，看见卡萨德正全速向他冲来，手里提着大锤，眼里满是志在必得。于是他马上加速跑进了树林，比猎手快了十五米左右。

卡萨德停下来喘着粗气的时候，已经跑到林子深处了。他拄着大锤，思索自己目前的处境。背后极远处的战场上，锤打声、喊叫声和撞击声已经由于距离和灌木的遮挡而听不真切。光秃秃的树枝上，挂着前夜暴雨肆虐后留下的水滴；地上则铺着一层厚厚的老叶，还有到处散落的枯枝烂果和纠结不清的灌木荆棘。刚进树林的最初二十多米，卡萨德还可以从那家伙留下的脚印和踏断的枯枝来判断他的行踪，可现在，地上被鹿践踏的痕迹和野草丛生的小道让他失去了目标。

他缓缓往林子深处走去，努力感知除了自己粗重的喘息和怦怦的心跳以外的其他声音。目前从战术角度而言，卡萨德觉得自己作了一个不甚明智的决定。那个法国佬全身包裹着铠甲，正手提长剑躲在树丛里。他随时可能摆脱目前的惊慌失措，对这暂时的耻辱感到懊悔，进而想起那么多年的战斗训练。卡萨德当然也接受过训练，他低头看看自己的短上衣和皮背心，还有拿在手里的锤子和系在腰间的短刀。他曾受过训练，使用过高能武器（那东西的致命射程从几米到几千米不等）。而且在等离子投掷弹、地狱之鞭、霰弹枪、声波武器、无后座零重力武器、死亡之杖、波动枪、激光枪等武器上都得了高分。当然现在他也学会了使用英格兰长弓。可现在所有这些武器，包括长弓，都不在他身上。

“妈的！见鬼！”卡萨德少尉喃喃道。

只见那法国佬像只发怒的熊，从灌木丛后杀将出来，他手臂高举，双脚叉开，长剑在空中划出一道平弧，像是要切开卡萨德的肚子。接着我们这位奥校学员试着往后一跳，并打算立马举起锤子。可这两个动作都没有做成，法国佬的长剑已然击飞了他的锤子，钝尖还顺势划破了皮革、衬衣，以及皮肤。

卡萨德大吼一声，拽出腰间的短刀，踉踉跄跄往后退去。然而不幸的是，他的右脚后跟撞上了一棵倒下的树，摔了个四仰八叉。他一边咒骂，一边滚进一簇树枝丛中。法国佬冲上来，用重剑迅速清理着四周的树枝，宛如挥着一把超大号弯刀。眼看他就要从倒下的灌木丛中清理出一条道的那一刹那，卡萨德奋力刺出短刀，可惜，除非法国佬残废了，不然那长仅十英寸的短刀对全身包裹着的铁甲实在是隔靴搔痒。那骑士当然没有残废。卡萨德知道，自己的短刀永远也刺不进那挥砍的剑影中，他也明白，目前唯一的希望就是逃跑，可四周横七竖八的树干又让他断了这个念头。他可不想在转身逃跑时被人从背后砍上一剑，也不想在爬树的时候被人从屁股下捅一刀，或者应该说，他不想周身任何地方被人伤着。

最后卡萨德摆出一副街头混混拿刀剁人的姿势，蹲在那里；这姿势自他早年在塔尔锡斯[①]的贫民窟街头打群架以来，就再也没摆过。他心里琢磨着，“模拟”会让他怎么个死法呢？

忽然间，有个黑影悄无声息地出现在法国佬身后。接着，卡萨德那柄飞掉的锤子重重地砸在了法国佬的肩甲上，那声音竟和用大锤猛砸电磁车的引擎盖一模一样。

法国人蹒跚着转过头，面对身后的威胁，锤子再一次狠狠砸在他的胸口上，一个身材小巧的人拯救了卡萨德。然而法国佬并没有倒下，不过正当他高高举起剑的时候，卡萨德从骑士身后扑了过去，一肩撞在了他的小腿肚上。

---

① 塔尔锡斯（Tharsis）：火星上巨大的火山高地。位于火星赤道，水手峡谷的西端。

四周的树枝纷纷被倒下的骑士压断，那个小巧的攻击者朝前迈了一步，跨在这倒霉蛋的身上，踏住了那只拿剑的手，然后用锤子对着他的头盔一阵猛砸。而卡萨德则从大腿和枯枝的纠缠中解脱出来，一屁股坐在法国人的膝盖上，用刀子切进了他的腹股沟、腋下及侧身盔甲的缝隙间。他的救星旋即跳到一边，踩住骑士的手腕，而卡萨德则趁机用刀划开头盔和盔甲连接处的缝隙，最后用力把刀插进了面罩的切口。

锤子最后砸向那把刀，那一击让十英寸的刀像帐篷钉那样钉在骑士的头部，他痛苦地大叫，几乎要抓住卡萨德的手。那家伙拱起身，临死前剧烈的痉挛居然抬起了卡萨德和六十磅重的盔甲，之后他终于无力地软了下去。

卡萨德滚到一边，那个救星则倒在他身边，两个人身上都被汗水和死人的血水浸透。他盯着这个人，这是个身材高挑的女人，衣着同他相似。之后的一段时间里，他们就这样躺在那儿，嘴里喘着粗气。

“你……还好吧？”卡萨德终于开口了。兀然间，他被她的容貌震住了。一头棕色的短发，是世界网最近正流行的。头发剪得又短又直，最长的一缕发丝从额头左边几厘米的发际分开，直垂到右耳上方，看起来像是某个被遗忘年代里的男孩发型，但此人不是男孩。卡萨德觉得她也许是自己见过的最美的女人：骨架看起来是那么完美，使她的脸型让人觉得增一分则长，减一分则短，大眼睛里闪烁着智慧的光芒和生命的活力，文雅的小嘴拥有一片温润的下唇。两人躺在一起，卡萨德感到她身材高挑，尽管还及不上自己，可十五世纪的女人绝不会有那么高——透过她宽松的外衣和裤子，卡萨德甚至能看到丰满的臀部和乳房。她看起来比自己大些，也许二十七八岁的样子，可当她出神地凝视着他的脸，无限深沉的目光带着温柔、充满诱惑，此时，前面所看到的一切都抛诸脑后了。

“你还好吧？”他又问了一次，那声音连卡萨德自己听来都感觉怪怪的。

她没有说话，或者说，那修长的手指滑过卡萨德的胸膛，扯掉束住背心的皮带就是她的回答。她的手摸索到他的衬衣，一件蘸满了血、前面被撕下大半的衬衣。女人帮他脱去了剩下的衣服。她身子靠上来，手指和嘴唇贴着他的胸口，臀部正准备移动。右手摸到他裤子的束腰带，解了开来。

卡萨德帮着她除掉他自己身上剩下的衣服，然后三下五除二，褪去了她的衣服。那衬衣和粗布裤子下面什么也没穿。卡萨德的手滑过她的大腿间，从后面捧住了她的臀部，将她朝自己拉近，又滑到前面潮湿蓬乱的地方。她对他敞开，双唇向他接近。就这样，他们的肌肤在激烈的动作中从未分开过。卡萨德摩挲着她小腹的前端，他感到越来越兴奋。

女人翻到他的上方，大腿跨在他的臀部上，视线始终锁住他的眼睛。卡萨德从未感到如此兴奋。她的右手伸到身后，找到并引导他进入她的身体。之后当他睁开眼睛，她正慢慢动着，仰着头，双眼紧闭。卡萨德从她的两侧摸上去，捧住她完美的乳房，乳头硬硬地顶着掌心。

之后巫山云雨。卡萨德，在他的第二十三个标准年，已经谈过一次恋爱，而且多次享受过水乳交融的乐趣。他觉得他知道这是怎么回事，也明白该怎么做。这种时刻的所有体验他都能娓娓道来，它们都是部队运输途中自己向战友讲述的谈资笑料。带着这种冷静而又玩世不恭的态度，这名二十三岁的身经百战者觉得他从没有体会到什么叫作无法形容，什么叫作难以言喻。然而他错了，接下去几分钟的感受是永远无法准确地向别人表达出来的，他都用不着尝试。

一道阳光突然穿透十月下旬的天空，他们又一次融合在一起。

身下是一层落叶和衣服铺就的毯子，血液和汗水润滑着他们之间甜蜜的摩擦。她绿色的眼眸朝下凝视着卡萨德，在开始加速冲刺的时候，那双眼睛微微睁大，又在他闭眼的时候也闭了起来。

那一股突然的如万物运动般亘古必然的感觉涌上身体，他俩随之一起扭动起来：脉搏加快，肌肉因刺激而勃勃跃动，一起进入最后的升腾，世界好像模糊得空无一物——然后，肌肤接触、心跳、激情后缓缓平息的颤抖把他们连在一起，灵魂重新回到分离的肉体，那遗忘的感官又重新在这世界流淌。

他们躺在一起。那个死去军人的盔甲冷冷地挨着卡萨德的左臂，她的大腿温暖地靠着他的右腿。阳光是一种恩赐。隐藏的颜色重又回到事物的表面。卡萨德转过头注视着她，她的头正枕着他的肩膀，面颊因红晕和秋日的阳光微微发烫，头发如丝缕般散在他的手臂上。女人弯着自己的腿，搁在他的大腿之上。卡萨德感觉到新一轮的激情又开始复苏。阳光暖暖地照在他脸上。他闭上了眼睛。

在他醒来时她已经走了。他很确定时间只过去了几秒钟——不超过一分钟，的确是这样。可阳光已逝，色彩从树林里流走，夜晚的清风吹拂着裸露的枝条。

卡萨德穿上撕破而且变硬的血衣。法国骑士还躺在那里，僵硬地保持着死后最自然的姿势。他已经了无生气，成了森林的一部分。没有那个女人的任何迹象。

费德曼·卡萨德蹒跚着穿越树林，穿越黑夜，穿越了突然下起的凛冽细雨。

战场仍然挤满了人，死活都有。尸体堆积成山，就像一叠叠卡萨德小时候玩的玩具士兵。受伤的人互相搀扶着慢慢走动。到处都有人偷偷摸摸地在死人堆里寻路，在对面的树林里有一群活跃的传令官，法国人或者英国人，秘密集合在一起，讨论更直接、更有生气的问题。卡萨德知道他们要讨论这场战斗的名字，而且要让双方在纪录战果时都能使用。他也知道他们最后会用附近的城堡来命名：阿金库尔。尽管这个名字在谋划和战斗中都没出现过。

卡萨德开始觉得这一切并不是模拟出来的，他在世界网的生活只是一场梦境，而在这灰蒙蒙的世界中发生的一切才是真实的。然而就在此刻，周围的场景突然冻结，人、马，还有阴暗树林的轮廓变透明了，就像褪去的全息像。然后，卡萨德被人帮着从奥林帕斯指挥学校的模拟舱中拉了出来，其他学员和导师也起身，互相交谈、大笑——所有人看起来还没有察觉，周围的世界彻底变了。

几周来，每逢闲暇时刻，卡萨德都在指挥学校的操场上闲逛，站在堡垒上，远眺奥林帕斯山的夜影，它先是覆盖了高原森林，然后是住满人的高地，接着是离地平线近一半距离的所有东西，最后是全世界。他时时刻刻在想，到底发生了什么事。他思念着她。

没人注意到在那次模拟中发生了什么离奇的事。没有一个人离开过战场。有个讲师解释说，在那个特定的模拟场景里，一切战场之外的东西都是不存在的。没人发现卡萨德消失过。这一切看起来就像树林里的事从未发生过，那个女人从未存在过。

卡萨德懂得更多了。他学习军事历史和数学。他在健身房和射击场里打发时间。他还去四角火山口的军营处罚处，尽管这很少发生。总的来说，年轻的卡萨德已经变成一个比以前更为出色的军官学员。但他始终在等待。

然后她又一次出现了。

那又是在历战网模拟的最后几小时。当时卡萨德已经知道这些练习不仅是单纯的模拟。历战网是世界网全局的一部分，所谓的

“全局”，就是管理霸主政治的实时网络，这个网络的信息供养着数百亿对信息如饥似渴的公民，而且已经进化出自治系统和自我意识。六千多个终极人工智能创造了框架，把一百五十多个星球的数据网资源整合起来，得以使历战网运作。

“历战网资源不是模拟出来的，”学员拉德斯基哼哼唧唧道，这是卡萨德所能找到的（而且能贿赂他开口的）最好的人工智能专家，“它是在做梦，那是在环网中最真实的历史梦境——它做梦的方式不仅仅是简单地加入几个角色，更是插入了全面的洞察力，还有事实。并且，它做梦时，会让我们和它一起做梦。”

卡萨德不理解，但他相信这一切。然后她又出现了。

在第一次美越战争，他们在伏击过后开始巫山云雨，当时他们正在又黑又恐怖的夜晚巡逻。卡萨德身穿粗糙的迷彩服，为了避免发炎而没穿内裤，戴着并不比阿金库尔时先进多少的钢盔。她穿着黑色的睡衣和拖鞋，这是东南亚农民最常见的打扮。当然越共也是这般装束。他们一丝不挂地待在黑夜里，站在那儿交欢。她背靠着一棵树，双腿夹着他的身体，世界在他们身后爆炸，防御带闪现着绿光，克莱莫地雷爆炸时发出隆隆的响声。

葛底斯堡[①]的第二天，她又来找他。之后是在博罗迪诺[②]，那地方火药燃烧后的云雾在死人堆里升腾，仿佛那些辞世的灵魂在蒸汽中凝结了一般。

他们在希腊盆地[③]一艘破损的装甲人员输送车里翻云覆雨，此时此刻，悬空坦克的战斗仍在上演，西蒙风[④]挟带着红色沙尘迫近，呼

① 葛底斯堡（Gettysburg）：南北战争期间的决定性战役地点。

② 博罗迪诺（Borodino）：1812年9月7日，法俄在莫斯科以西124公里博罗迪诺村激战。双方均损失惨重，但法军企图全歼俄军主力的计划破产。

③ 希腊盆地（Hellas Basin）：火星南半球直径两千多公里的冲击环形山。

④ 西蒙风（simoon）：一种沙漠里的狂风。

啸着刮擦着钛制船壳。“告诉我你的名字。”他用通用语轻轻对她说。她摇摇头。“你是真的吗——在模拟之外？”他用那一时代的日本腔英语问道。她点点头，凑过来吻他。

他俩躺在巴西利亚废墟的某个掩体内，与此同时，中国电磁车射出的死亡光线好像蓝色的探照灯打在破损的陶土墙上。在一场无名的战役中，围困俄罗斯干草原上一座被遗忘塔城之后，他把她拉回到破损的房子里，开始鱼水之欢，他对她耳语道：“我想和你在一起。”她用一根手指碰了碰他的嘴唇，摇了摇头。在新芝加哥大撤退后，他们躺在百层楼高的阳台上，这是卡萨德的狙击地，他在为最后一任美国总统进行后方殊死保卫行动。他把手放在女人胸口温暖的肌肤上，对她说：“你能一直跟着我……离开这里吗？”她手掌贴着他的面颊，笑了起来。

指挥学校的最后一年里，只有五次历战网模拟，因为此时，学员们的训练已开始转换到真实的野外演习。有的时候，比如营队空投在谷神星[①]上时，卡萨德会坐在战术指挥座椅上，扎好安全带，然后闭上眼睛，看着由皮层刺激产生的战术地形矩阵那单色的地图，接着，他感觉到一种……某人的气息？是她吗？他不确定。

之后她再也没有出现过。没有出现在最后几个月的功课里，没有出现在最后的煤袋战役（贺瑞斯·格列侬高将军的叛军被打败的那一仗）里，没有出现在毕业游行和聚会里，也没有出现在最后的奥林帕斯军事检阅中，那是霸主首席执行官从他那发红光的浮空甲板上挥手致意之前的行军。

对年轻军官来说，时间紧得连做梦都来不及，他们被传往地球的月球，参加马萨达庆典；又被传往鲸逖中心，参加加入军部前的

---

① 谷神星（Ceres）：人类发现的第一颗小行星，其轨道在火星和土星之间。

正式宣誓。然后，学习生涯结束了。

卡萨德，从少尉学员晋升到中尉。他拥有了一张军部发行的寰宇卡，可以供他无限使用，随意前往环网任何地方。于是，他自由地在环网待了三个标准星期，然后乘飞船前往卢瑟斯的霸主殖民服务训练学校，为在网外服现役做好准备。他确信，他再也不会见到她了。

但他错了。

费德曼·卡萨德在贫穷且朝不保夕的文化中长大。作为自称“巴勒斯坦人”的少数民族中的一员，他和他的家庭住在塔尔锡斯的贫民窟。此地，是这些无依无靠之人仅有的苦涩遗产。每一个世界网内外的巴勒斯坦人都拥有着文化上的记忆：民族主义者经过几个世纪的抗争，终于赢得了一个月的辉煌，然而二〇三八年的核武大战摧毁了一切。然后开始了他们的第二次大流散，这场长达五个世纪的逃亡最后把他们带到了火星这样一个毫无前途的沙漠世界，他们的梦想随着旧地的死亡一同被埋葬。

卡萨德，像其他南塔尔锡斯再分配营的男孩一样，面前有两个选择：要么成群结伙地到处撒野，要么被营地里每一个自称掠食者的人当作猎物。他选择和人结伙撒野。在十六标准岁时，卡萨德杀了一个年轻的同伴。

如果火星上有什么东西是世界网众所周知的，那就是在水手峡谷的狩猎，希腊盆地的舒瓦德禅丘，还有奥林帕斯指挥学校。卡萨德没必要去水手峡谷学习狩猎和被猎，他对禅灵教也没什么兴趣。年少的他，对那些来自环网各地接受军部训练的制服学员，除了鄙视外没有别的想法。他和自己的同伴嘲笑“新武士道”是男同性恋的法则。可是，一种古老的荣誉感在卡萨德年轻的灵魂里秘密地产生共鸣，使他思考武士阶层充满责任、充满自尊、一诺千金的生活和工作。

卡萨德十八岁时，塔尔锡斯省的一名高级征兵官向他提供了两份工作：在极地工作营服役一火星年，或是自愿加入约翰·卡特军旅团，帮助军部平息三级殖民区死灰复燃的格列侬高叛乱。卡萨德作为自愿者加入了军旅团，他发现自己很喜欢军旅生活的戒律和纯洁，即便约翰·卡特军旅团在环网中仅负卫戍队的职责，而且就在格列侬高的克隆孙子在复兴星球死掉后不久，军旅团就被解散了。十九岁生日后的两天，卡萨德申请加入军部陆军，但是被拒。他连着喝了九天闷酒，醒来后发现自己正躺在卢瑟斯的一个蜂巢深层管道里，他的植入式军用通信志被偷了，这小贼似乎通过函授课程学过如何动手术。他的寰宇卡和传送许可也作废了，脑袋也正在开发新的痛苦疆域。

卡萨德在卢瑟斯工作了一个标准年，攒了六千多马克。他在一点三倍重力下从事体力劳动，让他告别了在火星时的单薄体质。然后，他花了点积蓄，搭乘一艘古老但临时加装霍金驱动器的太阳帆船，前往茂伊约。用环网标准来看，卡萨德还是又瘦又高，不过在任何人看来，他的肌肉都算是锻炼得非常出色的。

在声名狼藉的岛屿战争打响前的三天，他来到了茂伊约。首站的军部联合指挥官实在受不了年轻的卡萨德在他的办公室外一直等待，于是就把这个男孩编入第二十三后勤团，职位是水翼艇驾驶员助理。十一个标准月后，第十二机动步兵营的费德曼·卡萨德下士得到了两枚突出贡献奖章，一次议员奖以表彰他在赤道群岛战役中的英勇表现，还有两枚紫心勋章。他也被挑选进入军部的指挥学校，搭乘最早的一班船回到了环网。

卡萨德经常梦见她。他还不知道她的名字，她从未说过话。但即使在完全的黑暗中，他也可以从一千个人中分辨出她的触摸和气味。他觉得她是一个谜。

当其他年轻军官去寻花问柳或是和当地女孩子拍拖时，卡萨德宁可待在基地里，要么逛逛奇怪的城市。他一直沉迷在各种神秘事物上，也知道自己的状态在心理学报告上会落个怎样的结果。有时，在多轮月亮照射下的露营地，或是在子宫般的零重力运兵船船舱里，卡萨德会觉得自己和一个幽灵般的人相爱是多么疯狂的事。不过他会回忆起她左乳下的小痣，他曾经在某个晚上吻过的小痣，那时凡尔登附近的大地被巨大的火炮震得天摇地动，他的嘴唇同时感受着她的心跳。他也会回忆起她迫不及待的动作——头发撩到脑后，脸颊依偎在他的大腿上。所以，年轻军官们会去基地附近的镇上或村子里找乐子，而费德曼·卡萨德宁可读点历史书，或者跑圈，要么在自己的通信志上运行战术策略。

不久，卡萨德跃入了上级的视线。

在兰伯特星环，同自由矿工不宣而战的时期，是卡萨德中尉带领着幸存的步兵和舰队警卫队，穿过佩里格林古老的小行星钻孔轴，领着霸主的居民和领事成功撤离。

然而，那是在新先知统治库姆·利雅得的短暂时期，费德曼·卡萨德上尉才进入了整个环网的视野。

库姆·利雅得上，新先知决定领导一千三百万新什叶派人士，对抗两大陆的逊尼派商人和九万霸主的异教徒，就在此时，殖民地两个跳跃年之外，唯一一艘霸主飞船的军部船长正在对他们进行一次谦恭的拜访。结果船长和五个执行官员全部被扣作战俘。从鲸逖中心传来急迫的超光消息，要求环轨运行的“德尼夫”号霸舰上的高级军官立刻解决库姆·利雅得的局势，拯救所有的人质，并废黜新先知……而且不能在星球大气范围内使用核武器。“德尼夫”是一艘老迈的轨道防卫警戒舰船，上面并没有携带可在星球大气范围内使用的核武器。而这位高级军官，就是联合上尉费德曼·卡萨德。

在革命的第三天，卡萨德乘坐“德尼夫”号仅有的突击艇，降落到马什哈德大清真寺的主园里。他和另外三十四名军部士兵看着暴徒一点点围拢过来，到最后，足有三十万斗士挤在那里，他们近身不前，仅仅是因为飞艇的密蔽场把他们隔开了，并在等待新先知的命令。新先知本人并不在大清真寺，他已经飞到星球北部的利雅得，参加那里的胜利游行去了。

降落后的两个小时，卡萨德队长走出飞船，发表了一通简短的声明。他声称，从什叶派种舰登陆的那天起，对《古兰经》的诠释明白无误地说明，真主决不允许也不会宽恕任何滥杀无辜的行为。卡萨德队长给三千万狂热信徒的领导人三个小时的时间，要他释放人质，并退回到他们在沙漠大陆库姆的家。

在革命的前三天，新先知的军队一度占领了两个大陆的主要城市，并扣留了两万七千多名霸主人质。行刑队日夜忙着解决古老的神学争论，估计至少有二十五万逊尼派的人在新先知占领的头一两天被杀。作为对卡萨德最后通牒的回应，新先知宣布，所有异教徒都会在他当晚的电视演讲直播后被处死。他也命令自己的手下攻击卡萨德的突击艇。

为了避免爆炸伤及大清真寺，革命卫队动用了自动武器、原始的能量炮、等离子枪，还有人海战术。密蔽场都抵挡住了。

在卡萨德最后通牒到期前的十五分钟，新先知开始电视演讲。新先知同意卡萨德的观点，说安拉会狠狠惩罚那些违背教义者，不过他说霸主的异教徒才应受到惩罚。这是新先知唯一一次在镜头前失态。他厉声尖叫，唾液飞溅，要求人浪重新攻击那艘登陆的突击艇。他宣称，此时此刻，在已被攻占的阿里地区的“力量为了和平”反应堆，正在装配十几枚裂变式原子弹。有了这些，就连安拉自己的军队都会被送往天堂。第一颗裂变式原子弹，他解释道，会在当天下午用在异教徒卡萨德的邪恶突击艇上。然后新先知开始确切地说明，他要怎么处死那些霸主的人质，但在那时，卡萨德声明的期限已经过了。

库姆·利雅得表面上是一个原始的世界，这是由于它自己的选择，同时也是因为恰好远离银河中心。不过当地居民并不至于落后到没有数据网。也没有哪个支持革命并且领导入侵的毛拉特别反对“霸主科学大恶魔”，以至于拒绝把个人通信志接入全球数据链。

“德尼夫”号霸舰已经撒下了足够的侦查卫星，因此，在库姆·利雅得中央时间十七时二十九分，霸主飞船通过监听数据网，通过进入代码，辨认出总共有一万六千八百三十名支持革命的毛拉。在十七时二十九分三十秒，侦查机器人开始把实时目标数据传回卡萨德突击艇在低轨道中留下来的二十一个环形防线卫星。这些轨道防御武器太老了，所以，“德尼夫”本来已经接到把它们送回网络销毁的命令。卡萨德却提议将它们另作他用。

十七时三十分整，这些小型卫星中的十九个引爆了自己的聚变内核。自毁十亿分之一秒前，由爆炸引起的X光被集中，瞄准，然后释放出一万六千八百三十束不可见的相干光束。这些古老的防御卫星并不是为大气环境使用而设计的，它们辐射光线的有效伤害范围低于一毫米。幸运的是，那正是他们想要的。虽然并非所有的射线都穿透了毛拉面前的障碍物，但还是有一万五千七百八十四条射线命中了目标。

整个效果立竿见影，而且充满了戏剧性。每个目标瞬时脑浆沸腾，然后气化、颅骨飞散。在十七时三十分来临的那一刻，新先知的现场全球广播正讲到一半——他正念着“异教徒”中间的那个字。

几乎整整两分钟时间里，全星球的电视屏幕和可视墙上的画面，就一直定格在新先知没有脑袋的身体上，那具瘫倒在麦克风上的身体。随后，费德曼·卡萨德切入所有波段，声明他的下一次通牒到期时间是一小时以后，如果任何人胆敢伤害人质，将会得到一个更富戏剧性的证据，以示安拉的不快。

没有人报复。

这晚，在库姆·利雅得的轨道上，学员生涯之后，那个神秘女人第一次来找卡萨德。他睡着了，但那来访不仅仅是梦，也绝不是历战网模拟的另一种现实。两人盖着薄毯子躺在破屋檐下。她的肌肤温暖而令人兴奋，她的脸在黑夜里只有一个苍白的轮廓。头顶上的星辰即将隐入黎明前的微光。卡萨德觉得她在同自己讲话——她的温唇述说着话语，声音就在卡萨德耳朵的门槛边徘徊。他朝后退去，想要好好看看她的脸。然而朝后移去的刹那，他就与一切失去了联系。他在睡袋中醒来，两颊湿润，飞船嗡嗡的轰鸣听起来奇怪得像是某只半睡半醒的野兽在呼吸。

九个标准星期的飞船生活后，卡萨德被送上自由岛上的军部法庭接受审查。他知道，自从决定实施在库姆·利雅得的行动起，除了处死他或者晋升他之外，他的上司别无选择。

军部已对环网或殖民世界的所有突发事件做好准备，也因此充满自豪。不过，他们对南布雷西亚战役却毫无准备，而且对其中新武士道的暗示也一无所知。

“新武士道法则”统治着卡萨德上校的生命，它的演化来自军人阶级求生的需要。在旧地二十世纪末和二十一世纪早期的那段岁月里，军事领袖们把整个民族都纳入战争策略，所有的平民都成了合法的军事目标。而那些穿着军装的刽子手则安然坐在地下五十米的掩体内。后来幸存的平民们对此极度厌恶，以至于在接下来一个多世纪里，提到“军事行动”，就等于邀人参加一伙暴徒的私刑。

随着新武士道慢慢演化，它把古老的荣誉和个人的勇气结合在了一起，只要有可能，就要保护平民。同时它也包含着一种智慧的看法，觉得要回归拿破仑时代前那种小型、“非全面发动”的战争，而且要有确定的目标，禁止过分的暴行。法则要求放弃核子武器和全面战略轰炸，只攻击最重要的目标（除非万不得已）。除此以外，它也要求回归到地球上中世纪那种概念的两军对阵战，即那种小型的职业军人之间的战斗，交战时间由双方达成一致，交战地点能将对公共和私人财产的伤害减到最低。

法则在大逃亡后接下来的四个世纪执行得很彻底。由于基本技术从根本上来说停滞不前，这一事实在那时的三个世纪里给霸主帮了忙，霸主通过在远距传输器上的垄断，可以随时向合适的地点派出适当的军部资源。即使在那些特殊的殖民地和独立世界，它们因时间债产生的跳跃年同环网分隔，也无望与霸主的力量相抗衡。像茂伊约那游击战争式的独特政治叛乱，或者库姆·利雅得的宗教狂热都被彻底平定，而且这些战役中任何的暴行仅仅是指出了一个重要性：回归新武士道的严格法则。但不论军部如何深思熟虑，如何准备万全，没有人对与驱逐者之间必然的对抗有过充分的计划。

四个世纪以来，驱逐者是霸主唯一的外在威胁，当时，这群野人部落的祖先离开了太阳系，乘着他们粗糙的战舰：漏泄的奥尼尔城，翻滚的小行星，以及试验性彗星农场群。甚至在驱逐者们拥有了霍金驱动器后，霸主的官方政策还是忽视他们，只要他们的游群仍然待在星际间的黑暗中，那些近星系的掠夺也仅是开采气体行星的少量氢气，或者在无人月亮上挖些冰块罢了。

早期在偏地星球如草地世界和GHC2990上爆发的冲突被认为是不正常的，但霸主却对之睁一只眼闭一只眼。甚至在李三星上的激战也仅仅被当成是殖民服务问题，而且军部特遣部队在战斗开始后六年，驱逐者离开后五年才到达那里。但人们还是不在乎这些暴行，甚至都赞同这样一种观点，认为只要霸主捋起袖子展示下肌肉，就没有哪个野蛮人敢再来劫掠。

在李三事件的几十年后，军部和驱逐者的太空部队已经在一百多个边境区域爆发了冲突，不过除了无重力、无空气环境中零星的舰队接触外，还没有步兵交战。一些流言开始在世界网内流传开来：驱逐者们永远不会对居住在类地行星上的人类构成威胁，因为几个世纪以来他们适应了零重力环境；驱逐者们进化出一些高于——或者说低于——人类的东西；他们没有远距传输科技，而且永远不会有，因此他们永远不会对军部构成威胁。然后，就有了布雷西亚事件。

布雷西亚是那些自以为是的独立世界中的一个，因出口钻石、粗根以及无与伦比的咖啡而变得富庶。它有通向环网的便捷通道，但同时也为与之相距八个月的路程而感到高兴。它态度谄媚，却拒绝成为殖民地，不过还是得依赖霸主的保护体和共同市场来满足它剧增的经济目标。和那时大多数世界一样，布雷西亚以其自卫力量而自豪：十二艘火炬舰船，一艘已经在军部空军服役半个世纪的经改装的退役太空攻击航母，四十多艘小型快速轨道巡逻艇，还有一支九万志愿人员组成的常备军，一支可敬的远洋海军，以及一仓库的核武器——虽然积攒在那儿纯粹是用作象征目的。

驱逐者的霍金器行踪曾引起霸主监督站的注意，不过仅仅被误认为驱逐者的另一批游群迁移队，不会接近布雷西亚星系半光年之内。于是命令下达说，除非这群驱逐者进入欧特云半径，不然就不用侦测。然而，游群神不知鬼不觉地突然修正路径，直到进入了欧特云半径。于是，驱逐者就像旧约的瘟疫落在了布雷西亚上。布雷西亚和霸主的营救与回应之间，隔着至少七个月的天堑。

布雷西亚宇宙防空军在战斗的前二十个小时内就被摧毁殆尽。然后，驱逐者游群又派出了三千艘以上的飞船进入布雷西亚的地月空间，系统性地打击行星防卫设施。

这个世界本是由正经的中欧移民在第一波大逃亡时建立的，两块大陆也被简单地称作南布雷西亚和北布雷西亚[①]。北大陆有沙漠和高纬度冻土，还有六座城市，大部分居民都是粗根种植者和石油工程师。南布雷西亚从地理和气候上来说更温和，这个世界四亿人口中的大多数聚集在此，它也是大型咖啡种植园的所在地。

仿佛是为了证明战争是什么样的，驱逐者们血洗了北布雷西亚——先用几百门无尘核子武器和战术等离子炸弹，然后是死亡射线，最后是定制的病毒。只有一千四百万居民逃出虎口。南布雷西亚却没有遭到轰炸，仅仅发生了针对特别军事目标、机场和在索诺的大港口的袭击。

军部有这样的教条：尽管从轨道上打击一个工业化的行星是可能的，但真正意义上的军事入侵是不可能的。因为登陆以后会有后勤问题，要占领那么广阔的区域，入侵军队的规模会变得难以控制，那对于入侵本身来说就是最大的麻烦。

驱逐者们显然没有读过军部的军事教科书。在占领后授权仪式的第二十三天，超过两千艘登陆舰和突击艇降落到南布雷西亚。在入侵的第一个小时内，剩余的布雷西亚空军全部完蛋。两颗核弹倒

① 布雷西亚是意大利北部城市。在地理上划分，也属于中欧。

是攻击了驱逐者的活动区域，但第一颗被能量防护区域偏转，第二颗打中了一艘也许是诱饵的侦察船。

这些驱逐者，看起来在三个世纪里已经在生理上彻底改变了。他们的确更喜欢零重力环境，但他们的机动步兵所穿着的动力外骨骼在这里运行良好。仅用了几天时间，那些覆着黑色衣装、肢体细长的驱逐者士兵就占满了整个南布雷西亚的城市，好像巨蜘蛛的大规模群袭一样。

在入侵的第十九天，最后一批有组织的抵抗者也被镇压了。首都白金敏寺也在这天陷落。驱逐者军队进入这座城市后的一小时，最后一条由布雷西亚发往霸主的超光消息在发送到一半时失去了音讯。

费德曼·卡萨德上校随同军部的第一舰队在二十九个标准星期后抵达。三十艘欧米伽级的火炬舰船保护着一艘装有远距传输系统的空间跳跃飞船，高速进入了这个星系。神行舰下降后三个小时，奇点球被激活，十个小时后，四百艘第一线作战军舰驶入这个星系。二十一个小时后，对入侵的反击战打响了。

布雷西亚战斗开始的前几分钟，对某些人来说只是数学。而对卡萨德而言，那几个星期的日子可不单单是数学，更多的是战斗那残酷的美丽。这是跳跃飞船第一次作为航空兵分队以上等级的单位使用，混乱可想而知。卡萨德从五光分外走了进去，出来时，掉在一片砂砾和黄色尘土中，因为突击艇的远距传输入口朝下面对着一个陡坡，陡坡上都是烂泥和打头那小队人马的鲜血，滑得很。卡萨德躺在泥里，俯视着山坡下的混乱场景。十七艘远距传输突击艇中，有十艘坠落起火，像破玩具似的散落在山脚下和种植园里。剩余飞船的密蔽场也在不断缩小，那是因为导弹和带电粒子光束正在攻击，它们将登陆区域覆盖在橙色火海的穹顶下。卡萨德的战术显示器上是一片令人绝望的混乱；他的头盔上显示着大片难以忍受的向量，表示着炮火，闪烁的红点表示军队垂死挣扎的地方，还有覆盖图是驱逐者的干扰信号。有人在他的基本指挥电路中大叫：“哦，妈的！该死的！哦，该死的！”植入元件却没有注册信号，命令组的数据本该在那儿的。

一个士兵把他拉起身，卡萨德拍拍指挥杖上的泥巴，走到下一个班传输过来的地方，然后战斗继续。

从他在南布雷西亚的最初几分钟开始，卡萨德就意识到，新武士道已经死了。八千多名武装精良训练有素的军部士兵：从集结区域走出来的陆军，想找一块无人居住的地方作战。驱逐者军队撤到一道烧焦的泥后面，上面满是饵雷和死去的贫民。军部用远距传输追赶敌人，迫使敌人战斗。驱逐者们则用核子和等离子武器的弹幕射击来回答，把追击的陆军限定在范围内，而驱逐者则趁机退后，躲入在城市和飞船降落地周围已经准备好的防御工事内。

南布雷西亚僵持不下，太空战也没有速战速决，无法改变战局。除了佯攻和偶尔的激烈交火以外，驱逐者严格控制着在布雷西亚三个天文单位[①]区域中的一切。军部的空中作战单位且战且退，让整个舰队保持在远距传输器的范围内，保护最重要的空间跳跃飞船。

曾经被预测为一场只要两天就可结束的战争，打了三十天，然后六十天。战争又回到了二十世纪或二十一世纪早期：漫长严酷的战役在残垣断壁和平民的尸体上进行。最初八千名军部士兵被消灭，随即补充了十万人，在呼喊另二十万援军的同时，这十万人也在被屠杀。全局上数十亿人和人工智能顾问理事会都建议撤离，但梅伊娜·悦石和其他十几个议员无情地固执己见，让战争之火不

① 天文单位AU，1AU等于149,597,870,700米，大约是地球到太阳的平均距离。

灭，让军人死于非命。

卡萨德几乎马上就理解战术的改变。甚至早在他分区的人都死在“石堆战役”的时候，他的巷战本能就在前线被激发出来。其他军部指挥官，因为违背新武士道，都几乎不再行使职责，变得优柔寡断。卡萨德指挥着他的一个团，并在D命令组被核弹摧毁后临时指挥着这个团所在的师——只能用人数来交换时间，然后率先在反击前呼叫裂变武器的打击。军部开始“拯救”布雷西亚的九十七天后，驱逐者撤退了，卡萨德也赢得了一个具有双重意义的绰号：南布雷西亚屠夫。据说连他自己的部队都害怕他。

而卡萨德在梦里见到她，那是亦真亦幻的梦。

在“石堆战役”的最后一个晚上，卡萨德和他的猎手屠杀组用超声和T-5气体清洗驱逐者突击队最后据点，在那隧道构成的漆黑迷宫里，我们的上校在火焰和尖叫里睡着了，他感觉她修长的手指碰到了他的面颊，乳房轻触着他。

清晨，卡萨德下令空间打击后，他们进入了新维也纳，部队跟着玻璃般平滑的二十米宽的燃烧沟槽进入被切割的城市，卡萨德眼睛都不眨地盯着人行道上排列的人头，它们被小心地排放在那，似乎在用谴责的目光欢迎军部士兵的拯救。卡萨德回到他的指挥电磁车，盖上舱门，然后，蜷缩在温暖的黑暗里闻着橡胶、热塑料、充电离子的味道，在C^3频道的喋喋不休和内植解码里听到了她的低语。

在驱逐者撤退的前一晚，卡萨德离开“巴西”号霸舰上的指挥会议，传输到亥尼山谷北方的音德立博总部，开着他的指挥车来到山顶察看最后的轰炸。最近的战术核武器攻击在四十五公里以外。等离子炸弹像橙色和血红色的花朵般绽放在一个个完美的网格里。卡萨德数了数，至少有两百个以上的绿色光柱，那是地狱之鞭在把广阔的平原撕成碎片。他坐在电磁车闪耀的发动机底座上，甩掉他眼中的苍白余象，就在他快要睡着时，她来了。她穿着淡蓝色的裙子，从山边枯萎的粗根丛中款款走来。清风吹起她的裙摆，脸庞和手臂苍白得几乎透明。她呼喊着他的名字，他几乎可以听见那声音，然后第二波轰炸横扫过山下的平原，一切都淹没在了火焰和噪声里。

看起来像是对这个充满讽刺的宇宙的又一次佐证，费德曼·卡萨德挺过了霸主历史上最惨烈的九十七天战斗，没有受伤，却在最后一批驱逐者撤回他们的游群飞船逃跑的两天后，不幸受伤。那时他正在白金敏寺的市民中心（那是城里三幢仅存的建筑物之一）敷衍着世界网记者的傻问题，突然，一个比微型开关大不了多少的等离子饵雷在这幢建筑的十五层爆炸，把记者和卡萨德的两名副官从通风窗炸到了马路上，而建筑物全压在了卡萨德身上。

他被救援直升机直送师部，然后传送到在布雷西亚第二月球轨道上运行的空间跳跃飞船。他在那儿恢复知觉，躺在完全维生系统里。而此时，军队的头头脑脑和霸主政客们正在讨论该怎么处置他。

由于布雷西亚有远距传输连接以及实时媒体报道，从某种意义上来说，卡萨德现在已经成了轰动讼案的主角。一方面，因南布雷西亚战役史无前例的野蛮而胆寒的数十亿人会很高兴看到卡萨德被送上军事法庭或受到战争罪审查；另一方面，首席执行官悦石和其他一些人则觉得卡萨德和别的一些军部指挥官是他们的救星。

最后，卡萨德被送上一艘救护神行舰，开始了返回环网的漫长旅程。由于所有的生理治疗都要在"神游状态"下进行，所以这艘古老的治疗船医治重伤和濒死的患者也就顺理成章了。等卡萨德和其他伤员回到世界网的时候，他们就都能重回岗位了。更重要的是，卡萨德将获得长达十八个月的时间债，不管他现在被怎样的争议所包围，到那时，一切都会画上句号。

他醒了过来，看到一个女人的身影弯腰俯视着自己。一瞬间他确信那是她，然后意识到，那只是军部的一名医师。

“我死了吗？”他小声说。

“你曾经快死了。现在你在‘梅里克’号霸舰上，已经苏醒昏厥过好多次了，不过你不一定知道这一切，因为‘神游’会有副作用。我们现在要进行下一步生理治疗。你觉得你能起来走走吗？”

卡萨德抬起手盖住眼睛。尽管“神游状态”让他晕头转向，他还是回忆起治疗时的痛苦，长时间的RNA病毒浸浴，还有手术。他记得大部分手术。“我们要去哪儿？”他问，那只手仍遮着眼睛，“我忘了我们怎么回环网的。”

医师笑了笑，仿佛每次卡萨德从神游中苏醒后，都会问她这个问题。也许是这样。“我们要去海伯利安和嘉登，”她说，“我们正开始进入……”

女人的话被世界末日一般的声音打断——嘹亮的铜喇叭声响起，金属被撕裂，愤怒的咆哮。卡萨德裹着床单在六分之一的重力下摔下了床。飓风把他吹过甲板，水罐、盘子、床单、书、尸体、金属工具，无数东西向他飞来。男人和女人大叫着，随着空气冲出病房，他们的声音很快变成假声。卡萨德感到床垫猛地砸上墙，他从紧握的拳头缝隙中朝外张望。

离他一米远的地方，有个足球大小、疯狂抖动长腿的“蜘蛛”试图从船舱壁上忽然出现的裂口里挤出去。这东西长着没有关节的长腿，那些腿儿正拍打着围着它急转的纸和其他零碎物件。当“蜘蛛”转过脸来，卡萨德发现那竟是医师的脑袋——她在最初的爆炸中就被炸飞了头。她的长发在卡萨德的脸上翻腾。然后裂缝变得有拳头般大，头也从洞里飞了出去。

就在悬臂停止高速旋转、“重力”消失的时候，卡萨德站起身来。现在唯一的外力是飓风的力量，那股力正把病房里的一切东西朝裂口和船舱壁的缝隙扯去，还让飞船猛烈倾斜、翻滚，令他头晕目眩。卡萨德浮在空中，顶着风力向前游，朝通向走廊的门口行进，门外就是悬臂。他利用自己能找到的每个扶手往前挪，还有最后五米，他松开手，一个鱼跃，朝前游去。一个金属盘子击中了他的眉骨；一具眼睛出血的尸体差点把他吓得返回病房，紧急气密门被一具海兵死尸卡着，它穿着宇航服，门一个劲地想要关上，但那只是在做无用功而已。卡萨德游进悬臂通道，把尸体拉到身后。门在他身后封住了，但通道里的空气比病房里少多了。某处高音汽笛般的尖叫都因空气太过稀薄而听不见了。

卡萨德也尖叫了，试着以此来舒缓压力，让肺部和鼓膜不致爆裂。悬臂里的空气仍在被抽出，他和那具尸体正被卷向一百三十米外的飞船主舱，两人沿着悬臂通道翻滚，跳了一段恐怖的华尔兹。

卡萨德花了二十秒钟拍开海兵宇航服上的紧急逃生开关，又花了一分钟把尸体拖出来，自己钻了进去。他比那个死人高了十公分，尽管宇航服能拉伸到一定尺度，他的脖子、手腕和膝盖仍被挤压得疼痛不堪。头盔压着他的前额，就像有个老虎钳隔着垫子在咬他。小片血迹和白乎乎的分泌物贴着面罩内部。夺去海兵性命的弹片在宇航服上留下了小孔，不过宇航服已经竭力密封住里面的空气。大多数气密显示灯都闪着红光，卡萨德命令宇航服显示状态报告，但它没有回应，再呼吸系统发出令人担心的刮擦声，不过倒是在正常运行。

卡萨德试了试宇航服上的无线电。没有回音，甚至连静电杂音也没有。他找到了通信志导线，连接到飞船的终端，没有反应。飞船又猛地倾斜了一下，一连串撞击发出金属的回响。卡萨德撞到通道的墙上，一节运输车厢翻滚过来，里面装着的电缆互相抽打着，像海葵搅动的触手。笼子里还有几具尸体；有更多的死尸纠缠在螺旋式楼梯上，这些楼梯仍然完整地连着通道的墙壁。卡萨德奋力往悬臂通道的最后几米游去，发现所有气密门都被封死了，悬臂通道内部是挡板关闭的，但在主舱舱壁上有个大洞，大得足够让商用电磁车开进来了。

飞船越来越倾斜，翻滚也越来越厉害，把复杂的新自转偏向力施加到卡萨德和管道里的所有物体上。他拉住撕裂的金属碎片，从“梅里克”号霸舰三夹层外壳的一条裂缝中钻了过去。

看见飞船内部的时候，他几乎大笑起来。不管是谁攻击的这艘老医护船，这人都做得相当高明，带电粒子束对着船体一阵又刺又砍，最终，压力密封装置失效，自我密封单位损坏，远程损害控制过载，内部舱壁也塌了。然后敌舰用特殊弹头导弹攻击船壳的内部，那种东西，军部的空军士兵通常搞怪地称作“闷罐射击”。攻击效果就好像把威力巨大的手榴弹扔进挤成一堆的老鼠群里。

光线从墙上一千多个洞里照进来，打在由灰尘、血滴、润滑液构成的浮动薄雾上，到处都是这些胶质物所折射出的彩色光线。卡萨德悬浮在那，飞船摇晃翻滚，让他不断旋转，他可以看见二十多具尸体，浑身赤裸，血肉模糊，在完全的零重力下，它们看上去像是在跳优雅的水下芭蕾。大部分死尸都被自己的组织和血液环绕，组成了自己的小小太阳系。其中有几个凝望着卡萨德，眼睛由于压力而暴突出来，瞪得就像个卡通人物，绵软无力的手和臂膀似乎在招呼他，让他靠近点。

卡萨德划过废墟，打算从登陆要道进入指挥中心。一路上他没有看到武器，看起来除了那个死掉的海兵还没有其他人穿好装备。不过他知道，在指挥中心或者船尾的士兵岗里会有武器库。

他停在最后一个被撕裂的压力封口处，在那儿看了看，这一次他终于笑了。原来那前面已经没有登陆要道，连船尾也没了，飞船主体无影无踪。他所在的这部分舱体，就是悬臂和医疗病房舱以及一大块破飞船外壳，整个早已被扯离了飞船主体，就好像贝奥武夫[①]从格伦德尔[②]身上撕下一条手臂那么容易。最后留下这个没有密封的主下落通道门，对着宇宙敞开门户。几公里开外，卡萨德可以看见“梅里克”号霸舰的另外十几块碎片，它们正在阳光下翻滚。一个绿色与湛青混杂的星球赫然迫现在卡萨德面前，让他涌过一阵站在高处的恐惧感，于是他紧紧抓着门框不放。就在此时，恒星运动到行星边缘的上方，激光武器闪烁着红宝石般的光芒，仿佛是在打摩尔斯电码。远处真空漩涡外，距他半公里处，有一块被掠夺一空的飞船部件突然再次爆裂，气化的金属、冰冻的挥发物、翻滚的黑色小点，所有东西都熔成了一团。他意识到，那些小点其实是尸体。

卡萨德向舱内划去，躲在乱糟糟的废墟里思考目前的境况。这套宇航服现在只能维持不到一小时的时间，他已经能闻到快要出故障的呼吸器发出的臭鸡蛋味。在废墟里艰难移动的时候，他也没有看见任何气密舱或气密容器。而且就算他找到密室或者密封舱又能怎么样呢？卡萨德不知道下面的行星究竟是海伯利安还是嘉登，不过他确定这两个地方都没有军部的势力。他也确信当地的自卫武装绝对对抗不了驱逐者的飞船，所以即便巡逻船要找到这里，也是很久以后的事情了。卡萨德明白，他现在藏身的这块打滚的垃圾，它的轨道会由于阻力慢慢降低，很有可能的情况是，他们还没派人来检查一下，它就已经在大气层中粉碎成上千块歪七歪八的金属片坠

① 贝奥武夫：盎格鲁-撒克逊古史诗《贝奥武夫》中的一名传奇英雄。杀死妖怪格伦德尔及妖怪的母亲，成为耶特的国王，死于与一条龙的争斗中。
② 格伦德尔：《贝奥武夫》中被贝奥武夫杀死的为该隐后代的雄性巨怪。

落了。当地人不会喜欢这种情况的。不过，按照这些人的观点，让这么一小片天塌下来，总比引起驱逐者的敌意要好。如果下面的行星有简单的轨道防御或者地对空带电粒子束，他苦笑，对他们来说炸毁这块东西要比攻击驱逐者更有意义。

但对卡萨德来说，这一切没什么不同。除非他马上做些什么，不然，在下面的人采取行动或者这块碎片掉进大气层以前，他就早已死翘翘了。

杀死海兵的弹片把视野放大器的防护盾击碎了，但是卡萨德还是把仅剩的一点观察面板拉下来，盖在面罩上。指示器闪着红灯，但是宇航服还是有足够的能量显示出放大的视图，荧屏上淡绿色的光芒闪烁在蛛网般的裂纹里。他看到，驱逐者的火炬舰船正停在一百公里外，它的防御场把背景的恒星弄得模糊不清，然后，舰船发射出了什么东西。卡萨德立马确定，这些是用来完成致命一击的导弹。得知自己的生命即将走到尽头，他不由苦笑。接着，他发现那些东西在低速飞行，于是他把视野放大。能量灯红光闪烁，表示放大器即将失效，不过他还是看到了尖细的卵形，点缀着推进器和水泡状驾驶舱，每个都拖有六条搅在一起的柔软操纵臂。“鱿鱼”，军部的空军士兵常这样称呼驱逐者的掳敌船。

卡萨德朝废墟的深处划去。在一个或更多“鱿鱼”到达这块飞船碎片前，他只有几分钟时间了。那东西里面会有多少驱逐者待着？十个？二十个？他确信那里面一定超过十个。它们一定全副武装，还配备有红外探测仪和行动感应器。驱逐者精英的实力等同于霸主太空士兵，这些突击队员不仅在自由下落的环境里训练战斗，而且也是在零重力下出生并长大。它们有着细长的肢体，善于抓握的脚趾，通过修复手术增加的尾巴在这样的环境里也是额外的优势，虽然卡萨德觉得它们现有的优势已经足够了。

卡萨德开始往回赶，小心翼翼地穿越着纠结不清的金属迷宫，肾上腺素的恐惧潮涌使他忍不住想在黑暗里大喊，但他努力压制着。他们到底想要什么？战俘？真是这样就解决了他当前的求生问题。如果他想活命，只要投降就行了。问题在于卡萨德看过军部情报机构关于驱逐者飞船的全息影像，那是他们在那些逃离布雷西亚的飞船上拍摄到的。是个储藏舱，里面关着两百多名战俘。驱逐者显然对霸主公民很好奇，或者他们觉得要关押这么多的人，还要给他们食物，实在是太过麻烦，又或许是它们古老的审讯方式——不管怎样，反正全息像显示，那些布雷西亚居民和军部士兵都像生物实验室里的青蛙一样给剥去了皮，钉在了钢架子上，他们的器官被浸在营养液里，四肢平滑地切下，眼珠摘了，他们的头脑随时准备好接受审讯者的提问，粗糙的大脑皮层通信电线和分流插头直接插进了头骨上的一个三公分的洞里。

卡萨德往前划，飘在残骸和飞船内部杂乱的电线堆里。他丝毫没有投降的欲望。至少有一只“鱿鱼”连接上了船壳或舱壁，翻滚的破船剧烈震动了一下，然后稳住了。好好想想，他命令自己，现在需要的是武器，而不是什么躲藏的地方。从那些废墟里爬过来的时候，有没有看到什么东西可以帮他活命呢？

卡萨德停下来，悬浮在一片毫无隐蔽的空间里，那里都是些光纤电缆，他在那儿思考了一阵。那个他醒来时的医护病房、床、沉眠箱、急救护理设备……大部分都从船壳的裂口里喷出去了。悬臂通道、升降舱、楼梯上的尸体。没有武器。大部分尸体都给“闷罐射击”的爆炸或突然的减压撕得粉碎。那些升降舱的缆索？不行，它们太长了，不用工具没法割断。工具？他一样也没瞧见。主升降机井旁的走道上，医护办公室什么也不剩了，医疗透视房，核磁共振室，电脑绘图区像是被洗劫一空的石棺。至少还有一个操作室完好无缺，不过内部是散落的仪器和飘浮电缆组成的迷魂阵。日光浴室，玻璃被炸飞，里面空无一物。病人休闲室。医生休息室。擦洗室、走廊、无法辨认的房间。还有尸体。

卡萨德又在那儿停留了片刻，在光影的翻滚迷宫中调整了方向，然后开始行动。

他期望还有十分钟；不过实际上只有不到八分钟了。他知道，驱逐者在零重力下会很有条理，而且效率很高，不过他也无法预测他们到底有多高效。他拿自己的性命当赌注，赌驱逐者搜查时是两人搭档的。两人搭档，这是舰队士兵的基本守则，就像在霸主军部的“陆军跳鼠”学到的，在城市战斗中从一扇门冲向另一扇门时，一个人冲进房间，另一个人提供火力掩护。如果驱逐者的小队超过了两个人，甚至是四人一组，那自己必死无疑。

在驱逐者冲进门时，卡萨德正飘在三号手术室的中央。他的呼吸器已经差不多快要停止工作了，他浮在空中一动不动，呼吸着肮脏的空气。一名驱逐者突击队员闪了进来，又闪向一边，最后两把武器瞄向了这个穿着破碎士兵服的毫无武装的人。

卡萨德想过，自己身上这宇航服和面罩骇人的状况，会为他赢得一两秒钟的时间。驱逐者的胸灯扫过卡萨德的时候，他正透过瘀血斑斑的面板，如同瞎子般朝上张望。这突击队员带着两把武器，一手拿着声波击昏器，左“脚”的长脚趾“拿”着一把虽小但更致命的激光手枪。他举起了声波枪。卡萨德看见那条修复增添的尾巴上长着致命的尖刺，然后他戴着护手的右手按下了手里的鼠标。

卡萨德花了八分钟时间把紧急发电器接到手术室的电路上。虽然不是所有的医疗激光都能用，不过总算还有六个完好无损。他把四个小的安置好，对准门左边的地方；另外两个切骨头用的，瞄准右边。而驱逐者走到了右边。

那驱逐者的制服一下炸了。卡萨德朝前游去，此时激光还在以预先设置好的程序画着圈子，切割着一切。他钻到那条蓝色的激光束之下，现在它已经被卷进了无用的制服密封剂和血蒸汽组成的不断扩散的迷雾中了。卡萨德抢过声波枪，就在这时，第二个驱逐者冲了进来，如旧地的黑猩猩那般身手矫健。

卡萨德手拿声波枪，顶着那人戴着头盔的脑门，扣下了扳机。那家伙软绵绵地倒了下来。修复尾在偶然的神经冲动下抽动了几下。如此近距离被声波枪击中是不可能生还的；脉冲会把脑子打成燕麦粥。当然卡萨德也不打算抓俘虏。

卡萨德一蹬腿，游到半空中，抓住了一根支架，握着声波枪向敞开的门外扫射。没有其他人进来。二十秒的检验证明，那是个空荡荡的走廊。

他掠过第一具尸体，游到穿着完整制服的人身边，开始脱它的衣服。这个突击队员除了太空制服外什么也没穿，而且，竟然不是男性！这位女性突击队员一头金色短发，乳房很小，阴毛上方还有刺青。她浑身苍白，一滴滴血从鼻子、耳朵、眼睛里流出来。卡萨德记住了，原来女性驱逐者也要当兵。记得布雷西亚战役那会儿，它们所有的尸体都是男的。

卡萨德仍然戴着头盔和呼吸器，他把尸体踢到一边，开始使劲把这身陌生的制服往身上拉。真空让他肌肉里的血管爆裂。刺骨的寒冷撕咬着他，而他还在手忙脚乱地连接锁扣。他已经够高的了，可这女人的制服竟然比他还长。伸长手，他可以操作手套，不过这“脚套”和尾巴连接物就没有办法了。他只能任它们毫无用处地耷拉在一边。最后，他终于从自己的头盔中脱困了，挣扎着，戴好了驱逐者的“泡泡”。

衣领触显发出琥珀色和紫色的光。他听到空气的急流，鼓膜一阵刺痛，同时还被一种又厚又腻的臭气熏得难以忍受。也许那是驱逐者故乡甜美的气味。“泡泡”的耳机里传来的语言听起来像是古英语磁带在急速回放。卡萨德决定再赌一次，在布雷西亚时，驱逐者的陆军是半独立的，他们用无线电和遥感侦测指挥，而不是像军部陆军使用的植入式战术网络。如果它们在这里也用这套系统，那么突击队的指挥官也许知道有两个人失踪了，甚至还有可能收到它们的身体状况通信读数，但很可能不知道它们在哪里。

卡萨德决定停止假设，开始行动。他用鼠标调整了医疗激光，让它对任何进入房间的东西直接开火。然后笨手笨脚地一跳一跳沿着走廊跃去。穿戴着这身该死的套装，他想，就好像脚踩着自己的裤子在重力场中走动。他拿着两把能量手枪，却没发现任何皮带、带扣、钩子、维可牢垫子、神奇夹子或者口袋来放它们。现在他就飘在空中，好像全息戏剧里喝醉酒的海盗，两手拿着两把枪，从一面墙撞到另一面墙。他打算用一只手抓着什么东西往前走，只能不情愿地让一把枪飘在身后。手套看起来像十五号的棒球手套戴在了两号的手上。那讨厌的尾巴摇摇晃晃，时不时“嘣”的一下敲在“泡泡”上，屁股也生疼生疼的。

他挤进第二道裂缝，看见远处有灯光。就在快要抵达敞开的甲板时（就是看到“鱿鱼”迫近的地方），他拐过一个角落，差一点和三个驱逐者撞个满怀。

由于穿着敌人的衣服，他至少占了两秒钟的先机。他对着打头的那个穿制服的人的头盔近距离开火。第二个男人，或女人，向他疯狂反击，一团巨大的声波从他左肩边上擦过，而之前他刚对那家伙的胸口连开三枪。最后一个朝后弹去，借着三个支撑点，没等卡萨德重新瞄准，就消失在破损的舱壁中。耳边传来它的咒骂、责问和命令。而卡萨德只是默默追赶。

第三个驱逐者本可以逃掉的，如果不是它重新找回荣誉转身战斗的话。卡萨德从五米外射穿那人的左眼，此时，他有一种难以言喻的似曾相识之感。

尸体打着滚向后飘进阳光里。他划到那片空地，终于看见了卯在船体上的“鱿鱼”，它就在二十米开外。他思忖着，这真是他这么长时间来第一次交到天大好运了。

蹬蹬腿穿越这段距离，他知道，如果有人从“鱿鱼”或者废墟里向他射击，他只能坐以待毙。此时此刻，他感觉到阴囊收缩的紧张感，当他成了明显的靶子时，他总会有这种感觉。不过幸好没人开枪。耳机中响起了命令和询问。他听不懂，也不知道是谁在哪里说话，而且，总的来说，他最好不参与对话。

穿着这套笨拙的衣服，他几乎没法爬上“鱿鱼”。如果真上不去，他转念一想，这种虎头蛇尾的事情真是宇宙对他的自命不凡和好勇斗狠的最好裁决：勇士飘在近地轨道，没有机动系统，没有推进器，没有任何种类的动力，连手枪都是无后座力的。自己会像一个孩子手里飘走的气球，无用且无害地结束生命。

卡萨德拼命伸手，连关节都发出“咯咯”的响声，这才勉强抓住了一根天线，把自己慢慢拉上了“鱿鱼”的外壳。

该死的气闭门在哪里？就航天器来说，这东西的外壳很光滑，但是装饰着缤纷的图案、贴花、板画，他猜，在驱逐者的字典里，这是“危险请止步：推进器口”的意思。但却怎么也看不到入口。他猜里面也许有驱逐者，至少有个驾驶员吧，也许它们正感到奇怪，这个回来的队员怎么不去开气闭门，反而像个缺腿螃蟹一样绕着船壳转呢。或者他们大概已经知道这是怎么回事，正在里面拿枪等着他呢。不管怎么样，显然没人出来为他开门。

去他妈的，他一边瞎琢磨，一边对着透明观测舱开了一枪。

驱逐者的船舱保持得很整洁。只有一些无用的仿若回形针和硬币的东西随着飞船的空气间歇喷出。他等到喷涌停止，然后挤了进去。

里面是运兵区：一个缓冲型船舱，活像登陆飞船或者装甲人员输送舰的跳鼠舱。他估摸了一下，里面大概可以运载二十个身着真空服的突击队员。现在当然是空的。有扇敞开的舱门通向驾驶舱。

舱内只有一名指挥驾驶员，结果这家伙在解安全带时被卡萨德一枪崩了。卡萨德把尸体推到运兵区，自己坐到那个仿若指挥座椅的地方，绑好了安全带。

红黄的日光穿过头顶的透明玻璃罩，射了进来。视频监控器和全息控制台显示出船头和船尾的场景，以及侧翼摄像机捕捉到的舰内状况。他看到那个在三号手术室给剥光衣服的尸体，还看到几个身影在和医疗激光交火。

在费德曼·卡萨德儿时的全息戏剧里，英雄们看起来总能操纵任何掠行艇、太空船、奇异的电磁车，还有各种在必要时出现的奇怪机器。卡萨德学过如何操纵军事运输船，简单的坦克和装甲车，孤注一掷的时候还能开开突击艇或者登陆艇。如果被困在一艘失控的军部飞船上（当然这种可能性微乎其微），他可以在指挥中心找到办法，连接入主电脑，或者通过无线电或超光发射器发出求救信号。但坐在驱逐者“鱿鱼”的指挥座椅上，卡萨德毫无头绪。

当然这也不完全对。他很快就辨认出控制“鱿鱼”触手的远程控制槽，如果给他两三个小时的时间，他也许能找出其他一些控制按钮。但他没有时间了。从前部荧屏上，可以看见有三个穿着太空服的身影正朝“鱿鱼”跃来，同时还在开火。那驱逐者指挥官苍白的外星头像在全息控制台上显示出来，他“泡泡”里的耳机响起一阵喊叫。

大滴的汗珠挂在眼前，顺着头盔内部淌下来。他用力甩头把它们甩掉，然后眯着眼看着操纵控制台，按了几个看上去有点像那么回事的装置。也许这里面有声音控制电路，超驰控制器，或者有点像飞船电脑的可疑东西，卡萨德知道，他妈的他要完蛋了。在开枪打死那个驾驶员以前，他就想到过目前这种境况，但他想不出有什么办法可以强迫那家伙开船，或骗取他的信任。不行，也许这样就对了，他暗自思忖，然后按下了更多的控制键。

推进器启动了。

“鱿鱼”在抛锚的地方一阵急拉急扯。卡萨德虽然系着安全带，可他还是被弹上弹下。“见鬼！”这是自他问护士小姐飞船去哪儿后第一次开口。他使尽力气伸手向前探去，终于把带着护手的手指插进了控制槽，结果六根触手中，有四根松开了，一根被扯掉，最后一根撕掉了“梅里克”号霸舰的一大块船壳。

“鱿鱼”打着滚脱离了船体，录像上显示，有两个穿着太空服的身影没来得及跳到“鱿鱼”上，第三个抓住了拯救卡萨德的天线。卡萨德大体上知道了推进器控制钮在哪，他疯狂地一阵猛按，结果顶灯全部亮了。所有的全息图像暗了下来。“鱿鱼”开始了最狂野的技巧动作，倾斜、翻滚、侧滑，样样本领都拿了出来。他看到那个驱逐者从头顶舱上滚了过去，在前监视器上出现了一小会儿，然后成了船尾监视器上的小点。那家伙在越离越远时，还在朝这里开枪。

“鱿鱼”继续猛烈翻滚，卡萨德努力保持清醒。各种声音和可视警报吸引着他的注意。他按住推进器开关，觉得启动了。不久又把手松开，因为他觉得自己好像只是在两个方向上被拉扯，而不是五个方向上一起受力。

从随机监视器上，他看见那艘火炬舰船越离越远。太好了，他可不怀疑，驱逐者的战舰可以随时把自己干掉，而且如果自己迫近或威胁到它的话，它肯定会这么做。他可不晓得这“鱿鱼”上有没有武器，他甚至怀疑这上面根本就没有比杀伤类武器更大的任何火力。但火炬舰船的指挥官绝对不会让一艘失控的运输船靠近自己。他认为驱逐者们已经知道这艘飞船被敌人劫持了。即使现在火炬舰船在一瞬间毁灭自己，他也不会感到惊讶——或许有些失望，但不会惊讶。同时，他还在思考两种情感：好奇心和复仇欲。它们是典型的人类情感，但不知道是不是驱逐者的情感。

好奇心，他知道，可以很容易被长时间的压力所征服，不过他觉得像驱逐者那样半军事半封建的文化，复仇一定是深深包含于其中的。什么事都是平等的，卡萨德没有机会伤害他们更深，也几乎没办法逃跑，看起来费德曼·卡萨德上校就要成为他们解剖架子上的主要候选人了，他这么觉得。

卡萨德看着前部显示屏，皱着眉头，松了松安全带，以便看到头顶舱。飞船虽然还在打滚，但程度已经没那么厉害了。那颗行星看起来离得更近了，一个半球填满了他的“头顶”，但无法估计出“鱿鱼”离大气层有多远。他完全不明白荧屏上的数据是什么意思。只能猜测它们轨道速度是多少，还有重返大气层要承受多大的震动。他瞥到一眼“梅里克”的残骸，心里很清楚，离星球表面已非常近了，大概只有五六百公里的样子，而且就处于某种可以让登陆飞船降落的中继轨道上。

卡萨德想要抹抹脸上的汗，但是宽松护手的指尖碰到了面罩，他不由皱了皱眉。太累了。妈的，几个小时前他还处于神游状态，而在几个飞船星期前，他差不多就是个死人。

他不知道下面的世界是海伯利安还是嘉登。尽管都没去过，不过他知道嘉登上住的人更多，而且马上就要变成霸主的殖民地了。希望那是嘉登。

火炬舰船派出了三艘突击艇。早在船尾摄像器的取景范围外，卡萨德就已经清楚地看见了它们。于是卡萨德按住推进按钮，直到感觉船更快地打着滚，冲向前面那堵巨大的行星之墙，他才松开手。除此之外他什么也做不了。

三艘驱逐者突击艇追上了“鱿鱼”，此时，“鱿鱼”也已经抵达了大气层。这些突击艇无疑配备有武器，现在，“鱿鱼”已经进入了它们的射程，不过指挥线路上的某人肯定对这个失控的“鱿鱼”大为好奇。或许大为愤怒。

卡萨德的“鱿鱼”设计得一点也不合乎空气动力学。就像大部分舰舰飞行器[1]一样，“鱿鱼”可以将行星大气层玩弄于股掌之间，但是如果冲入重力井冲得太深，那它就在劫难逃了。卡萨德看到了重返大气层后发出的警示红灯，也听到了活跃的无线通信频道的电离信号，他忽然怀疑，开这么个飞船冲入大气层是不是个好主意。

大气阻力把“鱿鱼”稳定下来，就在卡萨德检查控制台和指挥座椅扶手并祈祷控制电路在那里时，他第一次感受到了短暂重力拉扯。充满随机噪声的荧屏上显示出一艘拖着蓝色等离子焰尾的登陆飞船，它正在减速。那艘突击艇看上去突然爬高了，这其实是假象，跳伞运动员看着别人张开降落伞或打开悬帆时，也会有类似的错觉，这都是一个道理。

卡萨德又有了别的担心。看起来这里没有降落伞，没有弹射座椅。每艘军部的太空船都有这些大气层内的逃生设施——早在八个世纪前就有了，而那时全天域飞行在旧地上刚刚发展到大气层的表面。一艘舰舰飞行器，也许永远不需要行星降落伞，不过写在古老

① 舰舰飞行器：在舰船之间起落的飞行器，不会着陆在地面。

法则里的古老恐惧感是很难消亡的。

也许这只是理论上说说罢了，卡萨德什么也没找到。船还在震动，还在旋转，而且开始变热。卡萨德解开安全带，移动到船尾，他不确定他在找什么。悬帆包？弹射椅？抑或是一对翅膀？

然而士兵运输区什么也没有，除了那个驱逐者驾驶员的尸体，还有比饭盒大不了多少的存储箱。他在箱子里面一阵捣鼓，找到的东西还没药包大。没有令人眼前一亮的装备。

卡萨德能听到“鱿鱼”的隆隆震动声，他悬吊在一个枢轴环上，船开始解体，现在，他几乎已经接受了一个事实：驱逐者不会把钱和飞船空间浪费在低概率逃生装备上。而且他们干吗要那么做？他们的一生是在黑暗的星系间度过的；他们对大气层的概念仅仅是罐头城市八公里的增压隧道。卡萨德的“泡泡”头盔的外部音频感应器开始接收到空气狂暴的啸声，那是从船壳和船尾破碎的透明罩那传进来的。他耸耸肩，自己已经赌得够多，总该输了。

“鱿鱼”在颤抖，在弹跳。卡萨德听见船首触手被扯掉的声音。那个驱逐者的尸体被吸了上来，从破碎的透明罩中飞了出去，像给真空吸尘器吸走的蚂蚁。他紧紧抓住枢轴环，从敞开的舱门望去，盯着驾驶舱内的控制座椅。令他惊奇的是，它们古旧极了，像是按照教科书里的早期太空船仿制的。现在，飞船的外部零件开始熔化，它们像是团团熔岩咆哮着穿过透明观测罩。卡萨德闭上双眼，回忆在奥校学到的早期太空船的结构和布局。“鱿鱼”开始最终的翻滚，那响声鼓噪得难以置信。

“真主保佑！”他大声喘着气，那是自孩提时代后就从没有过的呼喊。他费力地向驾驶舱钻去，撑在敞开的舱门上，支起身子，寻找着甲板上的抓手，仿佛是在攀越一堵垂直的墙壁。他就是在攀越一堵墙！“鱿鱼”先是旋转，然后稳定住，开始屁股朝前的死亡深潜。卡萨德在三倍重力的重负下往上爬，他知道，一失足将成千古恨，到时他的每根骨头都会散架。在他身后，大气的啸叫变成刺耳的尖叫，最后是巨龙般的怒号。运兵舱开始猛烈爆炸，闪着熊熊火光。

爬上指挥椅的过程仿佛在逾越峭壁上突出的岩石，同时下面还有两个登山者抱着他的身体在那摇晃。他抓着座位上的靠枕，但是那笨拙的护手却让他冷汗直冒，他现在正笔直地悬挂在那，脚底下便是运兵舱火势汹汹的大锅炉。飞船突然倾斜，他顺势摆动双腿，跃进指挥座椅。现在，显示屏全暗了，头顶的透明罩被烧成了病态的红色。他弯腰向前探去，手指在指挥座椅下、在双膝间的黑暗中摸索着，什么也找不到。等等……那是手柄。不，万能的基督和安拉……那是一个扣环。跟历史书里的东西如出一辙。

"鱿鱼"继续解体。头顶舱的透明罩已经烧红，液体状的有机玻璃滴落在驾驶舱里，泼洒在卡萨德的衣服和面罩上，他闻到塑料熔化的味道。在解体的同时，船开始旋转。卡萨德眼前突然变成一片粉红，然后暗淡，最后什么也看不见了。他用麻木的手指拉紧安全带……再紧点……也许胸口被划到了，或者是被有机玻璃熔液烧穿了。他的手又回到扣环上。手指笨拙得简直抓不住……不。快拉！

太晚了。随着最后一声尖叫，火焰勃然大作，飞船彻底解体，控制台被分解成无数弹片小块，在驾驶舱内疾速飞驰。

卡萨德被猛地压进了椅子，然后连同椅子一起被弹飞了出去。进入了火焰的中心。

坠落。

卡萨德隐约意识到，在坠落的过程中，座椅弹出了自己的密蔽场。火焰离他的脸只有几厘米。

火舌向他袭来，将弹射座椅踹出了"鱿鱼"炙热的气流范围。

指挥座椅划过天际，画出一道蓝色火焰尾迹。微处理器控制着椅子让其旋转，在卡萨德和表面摩擦力的熔炉之间形成了圆盘状的力场。在他从两千米的高空下坠，在八倍重力下开始减速时，他感觉仿佛有个巨人坐在了他的胸口。

他使尽力气睁开眼，发现自己正蜷曲在长长的柱状蓝白色火焰的焰心中。他再次闭上眼。他没有看见降落伞、悬帆包或者其他什么减速装置的迹象。这没关系，无论何种情况，他的手臂和手都动弹不得了。

胸口上的巨人挪了挪身子，它更重了。

卡萨德意识到头上的“泡泡”已经熔化大半，或者是被吹走了。耳边的声音响得难以置信，没关系。

他眼睛闭得更紧，是时候好好睡一觉了。

他醒了过来，看到有个女人的黑色身影弯腰俯视着自己。一瞬间，他以为是她。他又看了看，真的是她。她凉凉的手指抚摸着他的脸颊。

“我死了吗？”他轻声说，抬起手握住她的手腕。

“没有。”她的声音轻柔，有些嘶哑，还带着某种他不知道来自何地的颤音。他以前从没有听过她说话。

“你是真的吗？”

“是的。”

卡萨德叹了口气，朝四周看去。他正穿着件单薄的袍子，躺在某种床或平台上，身处黑漆漆的洞状房间中央。星辰投下光芒，从头顶破屋顶的缝隙中洒进来。他抬起另一只手，碰了碰她的肩膀。那头发如黑色的灵光罩着他。她穿着宽松单薄的长袍——尽管在星光里，他还是能看清她胴体的轮廓。他的鼻子捕获了那香味，肥皂、肌肤以及她独有的芬芳之气，在他们这么多次的相聚之后，他对这气味已经再熟悉不过了。

“你一定有很多问题吧，”她柔声细语道，而卡萨德则解开了系住她袍子的金色纽扣。袍子无声地滑落在地。里面什么也没穿。在他们头顶上，银河织成的缎带格外耀眼。

“没有。”说着，卡萨德伸手把她拉近。

接近清晨时分，和风微漾，卡萨德把薄被子拉到他们身上。这单薄的布料看起来异常保暖，他俩一起躺在极为温暖的被窝中。不知在什么地方，雪和沙子正摩擦着光秃秃的墙壁。星辰依然清晰明亮。

他们在曙光乍现之时醒来，在柔滑的床单下，两人的脸贴在一起。她的手顺着卡萨德的肋部往下摸去，摸到了旧有和新留的伤疤。

“你叫什么？”他轻轻问道。

“嘘——”她小声应道，手滑到更下面了。

卡萨德把脸凑近她脖子的曲线，闻着那芬芳。她的双乳软软地轻触着他。夜幕褪去，清晨到来。不知在什么地方，雪和沙子吹着光秃秃的墙壁。

他们做爱、睡觉，又一次做爱。在天完全亮的时候，两人起身穿戴。她为卡萨德准备了内衣，灰色外衣和裤子，尺码非常合身，棉袜和柔软的靴子也一样。女人也穿着类似的衣物，颜色是深蓝的。

“你叫什么名字？”在离开破屋顶的房子，穿过 座死寂之城时，卡萨德问。

“莫尼塔，”女人回答，“或者尼莫瑟尼[1]，你喜欢哪一个，就叫哪一个。”

“莫尼塔。”卡萨德轻声说。他看着一轮小小的旭日在湛青的

[1] 尼莫瑟尼（Mnemosyne）：希腊神话中的记忆女神。

天空中升起。“这里是海伯利安？”

“是的。”

“我怎么着陆的？下体弹力场？降落伞？”

“你长着金箔之翼下落。”

“我没有感到疼痛。我没有受伤吗？”

“你受到很好的照顾。”

“这是什么地方？”

“诗人之城，在一百多年前被废弃了。那山头后面就是光阴冢。”

“跟在我后面的那些驱逐者飞船呢？”

“有一艘在附近降落，大哀之君把船员带到了他的身边。其他两艘落在很远的地方。”

“谁是大哀之君？”

“来。”莫尼塔说。死寂之城被沙漠蚕食。细碎的沙子扫过半掩在沙丘中的白色大理石。在西边，驱逐者的飞船蹲在那里，舱门大开。在附近倒塌的石柱上，热力管正在加热咖啡和新鲜烘焙的面包卷，两人默默地吃着。

卡萨德绞尽脑汁回想海伯利安的传说。“大哀之君是伯劳。”他最后说。

“当然。”

“你……来自诗人之城？”

莫尼塔面带微笑，慢慢摇了摇头。

卡萨德喝完咖啡，杯子倒扣。他有种强烈的感觉，觉得自己还在做梦，甚至比任何模拟时的感觉都要强烈。但咖啡带着令人愉悦的清苦，洒在他的脸上和手上的阳光也充满了暖意。

“来，卡萨德。”莫尼塔说。

他们穿过冰冷的沙海。卡萨德遥望天际，觉得驱逐者的飞船能从轨道上攻击他们，然后又忽然确定，那是不可能的。

光阴冢静静地躺在一个山谷内。一座低矮的方尖石塔闪着柔和的光芒。一座巨石狮身人面像似乎正在吸收这些光线。扭曲塔门制成的复杂建筑的影子遮蔽着自身。其他坟冢也在旭日下现出影像。每一个坟冢都有一扇门，每一扇门都是敞开着的。卡萨德知道，自打第一个探险家发现这些坟冢以来，这些门就一直敞开着，它们也都一直空无一物。三个多世纪以来，人们搜寻着隐秘的房间、坟冢、墓室、通道，但都一无所获。

“不能向前了，”莫尼塔说，他们已经走到山谷上部的悬崖，“今天的时间潮汐很强。”

卡萨德的战术植入物寂静无声。他没带通信志。他在记忆中搜寻。“光阴冢周围有逆熵场。”他说。

“对。”

“光阴冢非常古老。逆熵场防止它们变老变旧。”

“不，”莫尼塔说，“时间潮汐推动光阴冢逆时间而来。”

“逆时间。”卡萨德恍惚地自言自语。

“瞧。”

微光闪烁，仿若海市蜃楼，一棵钢铁荆棘树从雾霾和兀然出现的赭沙风暴中现形了。那棵树似乎填满了整个山谷，矗立在那儿，至少有两百米高，几乎与悬崖平齐。树枝变幻，模糊，然后重新现形，仿佛是拙劣的全息录像。日光在五米长的荆棘上舞动。驱逐者的尸体，男人和女人都有，都一丝不挂，刺在至少二十多根荆棘之上，其他树枝上刺着另外一些尸体，不全是人类。

沙尘暴模糊了视野，过了片刻，风暴平息，幻影消失了。“来。”莫尼塔说。

卡萨德跟着她，在时间潮汐的边缘走着，躲避着逆熵场的潮涨潮落，和小孩子在宽阔的海滩上跟海浪玩耍如出一辙。卡萨德感觉到时间潮汐的拉力，就像似曾相识的波浪拖曳着他身体里的每一个细胞一样。

就在山谷入口处，也就是山丘向沙丘敞开门户，低矮的荒野通向诗人之城的地方，莫尼塔摸了摸悬崖壁上一块蓝色的石板墙，一扇门开了，里面是一个很长很矮的房间。

“你住在这里？”卡萨德问，但他立即注意到这里没有住人的迹象。房间的石头墙壁点缀着架子和塞满东西的壁龛。

“我们得做好准备，”莫尼塔轻声细语，光线变成金色的色调。一条长长的行李架垂下，上面放满了货物。一条薄如糯米纸的镜式聚合体从天花板落下，变成了一面镜子。

卡萨德如入梦境一般，平静而顺从地注视着莫尼塔，她脱掉自己的衣服，然后过来把他的脱了。他们的裸体不再引起他的性欲，仅仅是仪式罢了。

“几年来你一直出现在我的梦里，”他对她说。

“对。你的过去，我的未来。事件的冲击波在时间长河里流淌，就像池塘里的波纹。”

卡萨德眨眨眼，她举起一根黄金棍，碰了碰他的胸膛。他微微吃了一惊，自己的身体竟然变成了一面镜子，头和脸成了毫无特征的卵形，上面映射着房间内的所有颜色质地。一秒钟后，莫尼塔也跟他一样，身体是瀑布一般的镜影，水覆盖着水银，水银覆盖着铬。在那曲线玲珑的身体上，卡萨德看见了自己那个倒映万物的镜影。光线映照着莫尼塔的双乳，它们微微隆起，仿佛镜子般的池塘中溅起的小水花。卡萨德走了过去，抱住了她，他感觉到这些水银般的东西流淌在了一起，就像磁场流。在连接的磁场下，他们的肌肤互相轻触。

“你的敌人正在城市那边等你。”她轻声细语，那如铬般的脸庞随着光线流动着。

“敌人？”

“驱逐者。跟着你来这儿的那伙驱逐者。”

卡萨德摇了摇头，他看见自己的镜影也同样摇着头。“用不着管他们了。”

“噢，不对，”莫尼塔轻声说，“对敌人永远不能掉以轻心。你必须武装好自己。”

“怎么武装？”但就在他开口的刹那，他看到莫尼塔正在用一个褐色的球体碰他，那是一个暗蓝的超环状体①。现在，他那千变万化的身体正在对他自己说话，清晰得就像士兵在植入式指挥电路中汇报信息一样。卡萨德感觉到自己的力量增强了，他内心慢慢涌起嗜血的欲望。

“来。”莫尼塔再次带着他进入露天沙漠。日光似乎被极化了，感觉很阴沉。卡萨德觉得他们是在沙丘上滑行，仿佛两滴液体在死寂之城的白色大理石街道上流淌。在市镇的西方尽头处有一幢粉碎的建筑遗迹，雕刻门楣仍然存留着，上书“诗人圆剧场”。在那里附近，有什么东西正站着等候。

刹那间，卡萨德以为那是一个人，穿着和他俩一样的铬制力场服——但只是刹那间的念头。这独特的水银覆铬的结构没有一丝人的样子。卡萨德恍恍惚惚地注意到四条臂膀，伸缩自如的手指利刃，颈部、前额、手腕、膝盖、身体上大量的荆棘刺，但卡萨德的眼睛始终盯着那两双千面之眼，犹如红焰在燃烧，日光也相形失色，白天暗淡了下去，成了血红之影。

① 超环状体：形状类似超环面的物体。超环面由封闭曲线绕其所在平面某一轴旋转而生成的平面，这些旋转线都互不交叉或包含。

伯劳，卡萨德想。

“大哀之君。”莫尼塔轻声细语。

那东西转过身，领着他们出了死寂之城。

卡萨德欣赏着驱逐者预先作的防御准备，他对此赞许有加。两艘突击艇着陆时相距不到半公里，它们的枪炮、弹射器、导弹发射转台可以互相作掩护，进行三百六十度全方位开火。驱逐者的地面部队曾经在这儿热火朝天地挖过堑壕，这条堑壕离两艘突击艇有一百多米远。卡萨德看见，堑壕内至少有两艘电磁坦克的船体，它们的射弹列和炮管控制着诗人之城和突击艇之间辽阔空旷的荒野。卡萨德的视野经过修改，在他眼里，那些交迭的舰船密蔽场成了黄色雾霭形成的丝带，行动感应器和杀伤性地雷成了脉动红光形成的小卵。

他眯起眼，意识到眼前这些东西出了什么问题。然后他恍然大悟：除了昏暗的光线以及能量场的增强，一切都静止不动。驱逐者军队，即使那些摆出姿势要动弹一下的，也僵硬得如同小时候在塔尔锡斯贫民窟玩过的玩具士兵。电磁坦克正躲在堑壕内的位置中，但卡萨德注意到，现在即便是它们的探测雷达（在他眼里成了紫色的同心圆弧），也静止不动了。他朝天空望了一眼，看见一只大鸟悬在那里，一动不动，就像封在琥珀中的虫子。他穿过一团被风吹散的沙尘，它们同样悬浮在那儿一动不动，卡萨德抬起一只铬手，将微粒形成的螺旋物拂到地上。

在他们前头，伯劳不经意地大步穿过感应地雷的红色迷宫，跨过安全光束的蓝色线条，避开自动开火扫描器的紫色脉冲，越过黄色密蔽场和声波防御周界线的绿墙，走进了突击艇的阴影中。莫尼塔和卡萨德紧随其后。

——这怎么可能？卡萨德意识到，自己的这个问题是通过某种媒介提出的，不是心灵感应，而是比植入式传导物复杂千万倍的东西。

——他控制时间。

——大衰之君？

——当然。

——我们为什么要到这儿来？

莫尼塔指了指一动不动的驱逐者。——他们是你的敌人。

卡萨德觉得他最终从一个漫长的梦境中醒来了，这一切都是真实的。驱逐者士兵的眼睛，在头盔之后一眨不眨，是真实的。驱逐者的突击艇，矗立在左边，就像褐色的墓石，也是真实的。

费德曼·卡萨德明白，自己可以把所有这些突击队员和突击艇船员全数杀死，而他们什么都做不了。他知道，时间并没有停止，正如飞船在霍金驱动驾驶状态下，时间也并没停止，仅仅是不同速率的问题。如果有足够多的时间，固定在他们头顶的鸟儿就能完成一次翅膀的扇动。如果卡萨德有耐心旁观足够长的时间，面前的驱逐者就会眨一下眼睛。同时，卡萨德、莫尼塔和伯劳可以杀死所有驱逐者，而驱逐者根本就不知道他们受到了攻击。

卡萨德明白，这不公平。这是不道德的。这从根本上违反了新武士道法则，甚至比冷酷地屠杀平民更为不道德。荣誉的精髓体现在平等决斗的瞬间。他正打算将这想法发送给莫尼塔，但她说（想）——看好。

时间再次流淌了，声音随之勃然爆发，就像空气急流冲进了气闭门中。那只鸟再次翱翔，在头上盘旋。沙漠微风吹着尘土扑向静电密蔽场。一名驱逐者突击队员本来单膝跪地，现在站了起来，他已经看见了伯劳，以及两个人类的身影，马上在战术通信信道上尖叫着什么话语，并且举起了能量武器。

伯劳看上去并没有动——对卡萨德来说，它仅是在这儿消失，又在那儿出现。驱逐者突击队员再次发出一声短促的尖叫，然后满面质疑地低下头，看着伯劳的臂膀取出了自己的心脏，那颗心就在那刀刃之拳中抓着。驱逐者呆呆凝视着，嘴巴大张想要说话，然后一头瘫倒在地。

卡萨德转身朝左边看去，发现自己正面对着一名全副武装的驱逐者。这名突击队员笨手笨脚地抬起手里的武器。卡萨德手臂一挥，感觉到如铬的力场发出嗡嗡的响声，然后，那平滑的手掌切进了甲胄、头盔，切进了颈部。驱逐者的脑袋骨碌碌滚到了沙尘中。

卡萨德跳进一条浅浅的堑壕，好几个驱逐者开始转过身来。时间仍然不正常。头一秒，敌人的动作极度缓慢，下一刻，他们开始急速扭动，仿佛受损的全息像被调整到四分之五的速度了。但他们永远不会快过卡萨德。新武士道法则早已被卡萨德丢到九霄云外，这些野蛮人，曾经想要杀死他。他砍断了一个人的后背，走到一边，如铬的手指挺直猛刺，插进了第二个男人的甲胄，然后碾碎了第三个人的咽喉，避开朝他慢动作刺来的一把匕首，一脚踢断持匕者的脊梁骨。接着，他朝上一跃，跳出了沟渠。

——卡萨德！

卡萨德迅速俯下身子，一条激光束从他肩膀边徐徐穿过，一路上灼烧着空气，就像导火线缓慢燃烧的红光。激光爆裂着擦身而过，卡萨德闻到一股臭氧的味道。*不可能。我竟然躲开了一束激光！*一个驱逐者正在操纵架在坦克上的地狱之鞭，卡萨德拾起一块石头，朝他掷去。声波屏障裂开了，炮手突然朝后摔倒。卡萨德从一具尸体的弹药带中拿出一颗等离子手榴弹，跳到坦克的舱盖上。当榴弹爆炸的间歇火焰冲得跟突击艇的船首一样高的时候，他已经跑到三十米之外了。

卡萨德停下脚步，迎着暴风，看见莫尼塔也在那儿大屠杀。鲜血溅在她的身上，但是并没黏在上面，它们流淌在如彩虹般弯曲的下巴上，肩膀上，双乳上，腹部上，如同油在水面上流淌。她的目光穿越战场，朝卡萨德看来，卡萨德感到内心的嗜血冲动重又奔腾起来。

在她身后，伯劳慢慢地在混沌中移动，在选择他的祭品，仿佛是在收割。卡萨德看着这个怪物瞬时消失，又瞬时出现，他豁然大悟，在大哀之君的眼里，他和莫尼塔会动得极其缓慢，跟卡萨德眼里瞧到的驱逐者如出一辙。

时间跳跃，变换至四分之五的速度。幸存下来的那些士兵现在乱作一团，在互相开火，擅离职守，争相抢着要登上突击艇。卡萨德琢磨了一下，对他们来说，过去的一两分钟是什么样的：有什么模糊的东西穿越了他们的防御位置，战友鲜血淋漓地死去。卡萨德看着莫尼塔在他们的队列中移动，悠闲从容地肆意屠杀。令他惊奇的是，他发现自己竟然也能控制时间了：眨眨眼，他的对手慢到三分之一的速度；眨眨眼，他们的移动速度恢复正常。卡萨德的荣誉感和理智开始大声疾呼，停止这屠戮，但是他犹如性欲的嗜血冲动压倒了一切异议。

突击艇中有人封住了气密门，现在，有个吓得魂不附体的突击队员用可控等离了炸弹炸开了大门。暴徒一侵而入，践踏着伤兵，那些伤兵正和无形的杀手搏斗。卡萨德跟在他们后面，走了进去。

成语“背水一战”说得恰如其分。纵观历史上的军队遭遇战，人类战士如果被困在某地，毫无回旋余地，那么，他们就会展开殊死的搏杀。不管是滑铁卢的圣拉埃和乌古蒙[①]的走廊，还是卢瑟斯

① 圣拉埃和乌古蒙都是滑铁卢战役中的地名，惠灵顿指挥下的英军据点。

的蜂巢管道，历史上最可怕的肉搏战都是在狭小的空间中打响的，在这种地方，你完全没有退路可言。就今天来说，这句话也完全正确。驱逐者战斗得……死得……就像是背水一战的人。

伯劳已经让突击艇失去了战斗力。莫尼塔继续留在外面，屠杀留在岗位上的六十个突击队员。而卡萨德则对舰内的人大开杀戒。

最后，另一艘突击艇开始朝自己难逃一死的同伴开火。那时卡萨德已经出来了，他看着粒子束和高强度激光缓缓朝他袭来，漫长的时间之后，导弹发射了，它们运动得如此缓慢，卡萨德几乎可以在它们飞的过程中在上面写下他的名字。那个时候，所有驱逐者都已经死在了荒废的舰艇之中，死在了四周，但是密蔽场仍然在运行。能量弥散和冲击力爆炸将外周界线边上的尸体抛向空中，仪器着了火，沙地亮堂堂，仿若镜子。卡萨德和莫尼塔待在橘红火焰的圆罩下，目视着剩下的那艘突击艇撤退到太空中。

——有办法拦住他们吗？卡萨德气喘吁吁，汗雨如注，由于兴奋几乎在打战。

——有，莫尼塔回答，但是我们不会去拦他们。他们会把信息带回到游群。

——什么信息？

“过来，卡萨德。”

他听到她的声音，转过身来。铬银力场消失了，莫尼塔的胴体上覆着一层汗，油光鉴亮；她的黑发聚成一簇，贴于鬓角；她的乳头硬挺着。“过来。”

卡萨德低头往自己身上一看。他的力场也消失了——他通过自己的意识让它消失了。现在，他出现了一种前所未有的亢奋感觉。

“过来。”这次，莫尼塔轻柔地呼唤道。

卡萨德走了过去，抱起了她，感觉到她汗溜溜、滑润的臀部。他抱着她来到风蚀小丘顶上的一片草地上，把她放到地上。他无视边上一摞摞驱逐者的尸体，粗暴地分开了她的双腿，单手抓住莫尼塔的两只手，将她的双臂举过她的头顶，按在地上，然后将自己长长的身体俯到了她的双腿之间。

“嗯。”莫尼塔轻声细语，卡萨德亲吻着她的左耳垂，将他的嘴唇贴到她脖弯的脉动上，轻舔着她双乳的咸涩汗水味。躺在死尸之中。还会有更多的死人。成千。上万。死尸的腹中传来大笑。一长列一长列士兵从跳跃飞船中出现，进入等候着的火焰中。

“嗯。”她的气息热烈地吹在卡萨德的耳畔。她扭脱双手，顺着卡萨德湿漉漉的肩膀滑下去，长长的指甲沿着他的背部落下，捧住他的臀部，将他拉近。卡萨德的勃起摩挲着她的阴毛，在她的小腹尖端勃勃悸动。远距传送门打开了，长长的攻击航母的冰冷躯体驶了进来。等离子炸弹的热火。成百上千的舰船，成千上万，舞动着，毁灭了，仿若旋风之中的尘埃。紧密的血红之光形成的巨大圆柱在广袤的地域内切割，将目标浸沐在汹涌澎湃的热火之中，尸体在红光中沸腾。

“嗯。”莫尼塔向他敞开她的身体，也张开了她的嘴。身体上下是一片暖流，她的舌头纠缠在他的嘴中，卡萨德进入了，他感受到温暖摩擦的款待。他紧绷着身体，深深探去，接着微微后退，让温润的感觉卷住自己，他们开始一起扭动。一百个世界的热量。大陆在燃烧，发出阵阵明亮的光芒，沸腾海洋的波涛翻滚。空气也仿佛烧起来了。过热空气组成的海洋波涛汹涌，仿若温暖的皮肤由于恋人的触摸而复苏。

“嗯……嗯……嗯……”莫尼塔的气息暖暖地拂上他的嘴唇。她的皮肤油光闪亮，滑如丝绒。现在卡萨德加快了抽动，随着感觉膨胀，宇宙收缩了。她包着他，温暖、湿润紧紧围着他，意识缩小了。卡萨德似乎意识到在存在的中心传来阵阵压力，作为回应，现在他的臀部猛烈抽动起来。费力。卡萨德做了个鬼脸，闭上双眼，看见了……

火球扩张，群星垂死，太阳爆炸，发出巨大的火焰冲击波，星系在狂热的毁坏中覆灭……

他感觉到胸口阵阵刺痛，但他的臀部依旧不停抽动，速度越来越快，他睁开双眼，看见了……

巨大的钢铁荆棘从莫尼塔的双乳间耸立起来，卡萨德无意之中停了下来，退缩了，那些荆棘几乎把他刺穿，荆棘之刃上鲜血淋漓，血滴在她白皙的胴体上。现在，那些刺刃反射着光芒，胴体却冷如死寂的金属。卡萨德透过被激情朦胧的双眼望着莫尼塔，她的双唇干枯了，卷曲了，显现出一排排钢铁之刃形成的利牙，可即便在此时，他的臀部依旧在抽动，她的手指紧抓着他的臀部，那是些金属刀刃，在那儿挥动着，那双腿犹如强力的钢箍，禁锢了他正在抽动的臀部，她的眼睛……

在高潮前的最后一秒，卡萨德欲图脱身离开……他的双手卡住她的喉咙，紧紧压住……她紧紧缠着他，仿佛一条水蛭，一条七鳃鳗，时刻准备让他精尽人亡……他们在死尸中翻滚……

她的双眼仿若两颗红宝石，疯狂闪耀着热光（他那疼痛欲裂的睾丸也仿佛充满了那股热量），如火焰般扩散，四处溢散……

卡萨德双手猛击地面，从她的怀抱……它的怀抱里跳了出来……他的力量疯狂无比，但还是不够，可怕的重力将他们压在了一起……仿佛七鳃鳗的嘴巴在吮吸他，他感觉自己就要爆炸了，他望向她的眼睛……世界的毁灭……世界的毁灭！

卡萨德尖叫着脱身离开。在他一跃而起，冲向一旁时，他的一大片皮肉被扯掉了。钢铁阴道内，铁牙“咔嗒”一声紧紧合住，差一点咬断他的命根子。卡萨德猛地摔向一侧，打着滚，逃之夭夭，他的屁股还在扭动，无法抑制住射精。精液喷薄而出，一泄如注，洒落在一具尸体紧握的拳头上。卡萨德痛心呻吟，再次打起滚来，如胎儿般身体蜷曲，精液再次射出。然后又一次。

他听见一阵呲呲声和瑟瑟声，她已经站到了他的身后。卡萨德背靠地面蜷曲着身子，迎着阳光，忍受着自己的痛苦，眯眼朝上看去。她矗立在他身前，双腿叉开，那是无数荆棘组成的侧影。卡萨德擦了擦眼睛旁的汗水，看了看自己擦汗的手腕，鲜血殷红，他等待着，等待着致命一击。他的皮肤收紧，期待着刀刃挥砍进血肉之躯。但是没有，卡萨德大口喘着气，他仰起头，看见莫尼塔正站在他身前，大腿是洁白的肉体，而不是钢铁之躯，腹股沟乱蓬蓬的，由于刚才的激情而湿漉漉的。她的脸由于背着日光而黝黑，但卡萨德看见红色的火焰在她眼睛的千面之核中慢慢熄灭。她咧嘴微笑，卡萨德看见日光在她的排排金属之牙上闪烁。“卡萨德……”她轻声细语道，这是沙子刮擦在骨头上的声音。

卡萨德赶紧挪开眼睛，挣扎着爬起身，跌跌绊绊地越过一具具尸体，越过火热的碎石，胆战心惊地脱身离去。他没有回头。

过了将近两天，海伯利安自卫队的侦察小队才发现了费德曼·卡萨德上校。当时他正躺在通向废弃的时间要塞的草地荒野中，不省人事，那地方离死寂之城和驱逐者那堆分离舱废墟有二十多公里。卡萨德全身赤裸，由于长时间曝晒，加上受了好多处重伤，他已经奄奄一息了。不过，他在紧急野外救助的治疗下恢复良好，并立即被紧急空运，从笼头山脉南方送至济慈的医院。自卫队的侦察小队小心谨慎地朝北方行进，防范着光阴冢四周的逆熵场，提防着驱逐者留下的饵雷。什么也没有。侦察队仅仅发现了卡萨德那艘脱逃机器的残骸，还有两艘突击艇烧坏的船体——驱逐者从轨道上炸坏的两艘舰艇。他们毫无头绪，不知道驱逐者为什么要把自己的舰船熔成一堆渣，而驱逐者的尸体，舰内舰外都有，都被烧得面目全非，无法进行解剖和分析了。

三个海伯利安日后，卡萨德恢复了知觉。他说自己偷了“鱿鱼”，但之后发生了什么事，他完全不记得了。然后，当地时间两个星期后，他乘坐军部的火炬舰船离开了海伯利安。

一回到环网，卡萨德就辞去了军部职位。有一段时间他活跃在反战运动中，偶尔会出现在全局网上，主张进行裁军。但是布雷西亚受到的攻击已经推动霸主向真正的星际战争迈进，而三个世纪以来谁都不曾想到会发生所谓的星际战争。与此同时，卡萨德的意见或是石沉大海，或者被视为他这“南布雷西亚屠夫”的愧疚良心而被拒绝。

布雷西亚之后的十六年间，卡萨德上校从环网消失了，从环网的意识中消失了。虽然十六年间没有发生什么大战，但驱逐者仍旧是霸主的头号大敌。费德曼·卡萨德已经成了一个慢慢褪去的记忆。

卡萨德讲完故事时，已是晨末。领事眯起眼，环顾四周。两个多小时的时间里，他第一次注意到游船及其周遭的环境。“贝纳勒斯”号已经驶到霍利河主水道上了。蝠鲼在动力器具中喷出滚滚湍流，与此同时，链条和钢索发出嘎吱嘎吱的响声。“贝纳勒斯”号似乎是仅有的一艘溯河而上的船，但现在，他们看见还有不少小艇在朝另一个方向行进。领事摸摸额头，惊讶地发现上面满是汗水，滑溜溜的。天气非常暖和，油布的阴影蹑手蹑脚爬开了，可领事还不知不觉。他眯起眼，擦掉眼旁的汗水，走回阴影下。机器人在桌旁的橱柜中放着酒瓶，领事给自己倒了点酒。

“我的天啊，”霍伊特神父说，“那么，按照这个叫莫尼塔的生物所说，光阴冢是在逆着时间流的方向移动，是不是？”

“对。”卡萨德说。

“有这种可能吗？”霍伊特问。

“有。”回话的是索尔·温特伯。

“如果这是真的，”布劳恩·拉米亚说，“那么，你‘遇到’这位莫尼塔的时间……不管她真名叫什么……是在她的过去，也就是你的未来……也就是说，你们将在未来会面。”

“对。”卡萨德说。

马丁·塞利纳斯走到栏杆前，朝河里吐了口唾沫。“上校，你觉得这婆娘是伯劳吗？”

“我不知道。”卡萨德的话轻得几乎听不见。

塞利纳斯转头看着索尔·温特伯。“你是名学者。伯劳神话中，有没有提到这东西会变形？”

“没有。”温特伯说。他正在为他的女儿准备奶瓶，婴儿发出轻轻的啜泣声，小手指正乱扭着。

“上校，”海特·马斯蒂恩说，“力场……不管那战衣是什么东西……你在遭遇到驱逐者，遭遇到这个……女人后，还留着那衣服吗？”

卡萨德盯着圣徒瞧了一会儿，然后摇摇头。

领事凝视着自己的酒杯，他突然想到了什么，头猛地抬起来。“上校，你说你看见了伯劳的杀戮之树……钉着被它屠杀的受害者的树。”

卡萨德眼里带着谁见谁遭殃的眼神，起先他看着圣徒，接着朝领事看去，他慢慢点了点头。

"树上有人？"

头又点了一下。

领事擦了擦他下嘴唇的汗水。"如果这棵树与光阴冢一样，是逆着时间流的方向移动的，那么，这些受害者都来自我们的未来。"

卡萨德默不作声。现在，其他人也在盯着领事看，但似乎只有温特伯明白了这句话的言下之意……以及领事接下来会问什么问题。

领事抵制住内心的冲动，没有再一次擦嘴边的汗水。他的声音很平静。"树上有没有我们中的某个人？"

卡萨德仍旧沉默着。过了一分多钟。河水和游船索具的低柔声音似乎突然间变得异常响亮。最后，卡萨德深深吸了口气，说道："有。"

静寂再一次蔓延开来。布劳恩·拉米亚打破了这片沉默。"你能告诉我们，那是谁吗？"

"不。"卡萨德站起身，走到楼梯前，打算走到甲板下面去。

"等等。"霍伊特神父叫道。

卡萨德在楼梯顶上停下脚步。

"可不可以至少再告诉我们另外两件事？"

"什么事？"

霍伊特神父脸上现出又一波痛苦来袭的扭曲表情。他那憔悴的脸庞变得异常惨白，满脸是汗。他深深吸了口气，然后问道："第一，你有没有觉得，伯劳……这个女人……想要设法利用你发动这可怕的星际战争？而这场战争你已经预期到。"

"是的。"卡萨德轻声说道。

"第二，你能否告诉我们，假如你最后朝圣见到了伯劳……或者这个莫尼塔，你打算向他们提出什么请求？"

卡萨德终于笑了。那是一丝难过的笑容，充满了冷酷之情。

“我不会请什么愿，”卡萨德说，“我不要他们任何东西。如果我这次能见到他们，我会杀了他们。”

其余朝圣者没有吭声，也没有互相对看，卡萨德走了下去。“贝纳勒斯”号继续朝正北偏东方向前进，中午被慢慢消磨掉，下午到来了。

03

距日落还有一小时，“贝纳勒斯”号游船驶入了纳雅得[1]的内河港口。船员和朝圣者靠在扶栏上，凝视着郁积的余烬。那儿曾经是一座拥有两万人的城市，现已所剩无几。著名的河滨客栈，修建于哀王比利时代，现已烧得只剩地基；它那烧焦的船坞、桥墩和带遮阳棚的露台崩溃塌陷，倒在霍利河的浅滩之中。海关大楼被烧得只剩骨架。而城市北端的飞船集散站也只剩黑糊糊的空壳，那系留塔变成了一堆尖塔状的焦炭。河滨那座小型伯劳神庙，没有残存一丁点的遗迹。在朝圣者看来，最糟糕的事情是纳雅得的河流车站也毁损了——动力码头在火烧焰燎之后，下垂塌陷，而蝠鲼也展开羽翼，逃之夭夭了。

“真他妈该死！”马丁·塞利纳斯嚷嚷道。

“到底是谁干的？”霍伊特神父问道，“伯劳吗？”

① 纳雅得（Naiad）：希腊神话中，住在河川、泉水和池塘中的水泉女神。

"更可能是自卫队，"领事说道，"虽然他们可能是刚与伯劳干了一架。"

"真不敢相信。"布劳恩·拉米亚厉声说道。她转身朝贝提克看去，机器人刚刚登上后甲板，加入了他们的队伍。"你晓不晓得发生了这事？"

"不知道，"机器人回答道，"一周来，我们与船闸以北的任何地方都失去了联络。"

"见鬼，为什么会没了联络？"拉米亚问道，"即使这个荒芜的世界里没有数据网，你们不是还有无线电么？"

贝提克微微一笑。"是的，拉米亚女士，有无线电，不过通信卫星坏了，位于卡拉船闸的微波中继站也被破坏了，我们无法使用短波通信波段。"

"蝠鲼怎么样了？"卡萨德问道，"靠我们的那几个，能不能继续朝边陲赶去？"

贝提克皱皱眉头。"我们不得不那么干，上校，"他说道，"但这是犯罪。动力器具中的那两条推了那么长时间，还没缓过劲来呢。要是有新的蝠鲼，我们就能赶在天亮前到达边陲。用眼下这两个呢……"机器人耸了耸肩，"如果运气好，那些个畜生幸存下来的话，我们会在下午早些时候抵达……"

"风力运输船还在那儿，对不对？"海特·马斯蒂恩问道。

"我们必须这样假设，"贝提克说道，"假如你允许，我要去给那两个可怜的畜生喂食去了。一小时后，我们应该就能重新上路了。"

在纳雅得废墟之内，他们没见到一个人影，附近也没有。城市上空看不到一条飞艇。朝着小城的东北角行驶了一个小时，霍利浅滩边的森林和农场渐渐让位于草之海南侧波浪起伏的橙色草原。偶尔地，领事会见到建筑蚁筑起的泥塔，在河的附近，有几个这样子的锯齿状的泥塔，几乎有十米高，但是没有保存完好的人类居住地的迹象。位于贝蒂浅滩上的渡口完全不见踪影，甚至没有留下条船缆或者什么避寒棚屋，也就无法确定那个差不多坚守了两个世纪的渡口的具体位置。洞窟角的河流信使客栈阴暗冷寂。贝提克和其他的船员高声呼叫，但是从黑乎乎的洞口中没有传出一丝回应。

太阳落下，给河流上带来了一种感官上的宁静，不久之后，虫儿聒噪，夜鸟啼啭，组成了一首大合唱，打破了宁静。有一会儿，霍利河的河面化作了一面淡绿色的镜子，映出黄昏的天空，觅食的鱼儿跃出水面，蝠鲼运转扰起尾波，只有在这时，水面才泛起涟漪。当真正的夜幕降临，蜿蜒起伏的山峦围绕着诸多山谷溪涧，其中有不计其数的草原蛛纱舞动着身姿——比起它们在森林里的远亲，这些蛛纱色泽更淡，但面积也更大，发出冷光的暗影足有幼童般大小。星座出现，点点流星划曳而过，穿过夜空，这幕夜景远离所有的人造灯火，璀璨壮丽。此时，在游船后甲板上，提灯亮起，晚宴开席了。

伯劳朝圣者默不作声，他们仿佛依旧沉思于卡萨德上校讲述的那个令人困惑的骇人故事。领事自打正午起就一直在啜饮美酒，而此刻他感受到让人愉悦的迷离恍惚的滋味，远离现实，远离记忆的痛楚，正是这些使得他能够熬过每一个日日夜夜。现在他开口发话了，询问着该谁来讲故事，嗓音既小心谨慎，又毫不含糊，也只有一个货真价实的老酒鬼才办得到。

“我。”马丁·塞利纳斯回答道。诗人也是一大早就开始不停地喝酒。他和领事一样，小心地控制着自己的声音，但瘦削脸颊上露出的一抹红晕以及近乎狂躁的眼神，都泄露出老诗人已经不胜酒力。“不管怎样，我抽中了三号……”他举起自己的那张签纸，“如果你们想要听听这个见鬼的故事，那我就来讲讲吧。”

布劳恩·拉米亚举起了自己的那杯酒，愁容满面，然后又把杯子放下。“或许我们应该讨论下，大家从头两个故事中领会到了什么，想想怎么可以把它联系到我们目前的……状况。”

“还不到时候，”卡萨德上校说，“还没足够的信息。”

“让塞利纳斯讲吧，”索尔·温特伯讲道，“然后再来讨论。”

“我同意。”雷纳·霍伊特说。

海特·马斯蒂恩和领事点点头。

“全都同意！”马丁·塞利纳斯大声喊道，“我会讲的，不过先让我解决掉这杯该死的酒。”

诗人的故事：“海伯利安诗篇”

起初有了词语。接着就有了他妈的文字处理器。接着又来了思想处理器。接着就是文学的死亡。事儿就是这样。

弗朗西斯·培根曾说过：“将词语胡乱地拼凑到一块儿，会对心智造成极度的阻碍。”我们都出了份力，给心智加上了最坚固的障碍，难道不是么？我做得比大多数人都卖力。二十世纪有位已经被人遗忘的优秀作家，他曾有句名言：“我喜爱当个作家，可我无法承受文字工作。”明白了吗？这么说吧，吾友，我喜欢当个诗人，可我就是无法承受那些个天打雷劈的词语。

从哪开始呢？

要么从海伯利安说起？

（淡入）那差不多是在两百个标准年之前了。

哀王比利的五艘种舰在那再熟悉不过的湛青天幕之上旋转，如同一朵朵金色蒲公英。我们像征服者一样降落，趾高气扬地来回走动；两千多名视觉艺术家、作家、雕塑家、诗人、基艺家、视频制作者、全息电影导演、组合师、分解师，还有一些鬼才知道的家伙，同时还有五倍之多的跑龙套的：为数众多的管理人员、技术人员、生态学家、监工、宫廷侍从、职业马屁精，更不用提皇室那一窝子蠢蛋了，同样，这些家伙又有着十倍于他们的机器人在侍奉他们，那些机器人都很乐意去耕种土地、照看反应堆、供养整座城市、扛起痛苦、负上重担……见鬼，你们明白了吧。

我们着陆的那个世界早已被一些可怜的混球播种过了，他们在两个世纪前就已经成了土著，只要可以，他们就会用手势代替嘴巴说话，用棍棒代替大脑思考。很自然，这些勇敢的先行者的高贵子嗣们把我们当成神来欢迎，特别是在我们的一些安全人员将他们中的一些好斗成性的头头熔成一堆渣后，我们也自然接受了他们的崇拜，就好像那是我们分内应得的，然后把他们安排在我们的蓝皮肤之友的隔壁工作，让他们耕种南方的土地，在山上建造我们辉煌的城市。

那的确曾经是一座山岳之上的辉煌之城。如今那已成一片废墟，从中你瞧不出什么端倪。三个世纪前，沙漠就开始扩张；从山上通下来的导水管也早已陷落，粉身碎骨；城市本身只剩下一堆骸骨。然而在它的鼎盛之时，诗人之城的确是很美好的，它带着一点苏格拉底时代的雅典味，有着文艺复兴时期的威尼斯那心智激昂的感觉，以及印象派画家当道时期的巴黎的艺术热情，还有轨道之城头十年的那种货真价实的民主，对了，还有就是鲸逖中心没有尽头的未来感。

不过到最后，这些东西全都不见了。它仅仅是胡鲁斯加王[①]那幽深恐怖的蜜酒厅，而怪兽就在屋外的黑暗中等待。我们当然有自己的格伦德尔。假如瞥一眼哀王比利精神萎靡的侧影，我们甚至有了胡鲁斯加王。但我们唯独缺少我们的“耶特王”：我们伟大的、宽肩膀、小脑袋的贝奥武夫，跟他那支由快乐的精神病人组成的乐队。由于缺少了英雄，所以，我们习惯于受害者的角色，我们写十四行诗、排演芭蕾舞、打开卷轴，与此同时，我们那如荆棘如钢铁的格伦德尔在夜幕下制造恐怖，收割大腿骨和软骨头。

正是那个时候，我当时还是个色帝[②]，从身子骨就可瞧出我的色心，我顽固执著、持之以恒，历经五个哀愁的世纪，离完成我的《诗篇》仅一步之遥，那是我一生的作品。

（渐黑）

我想到，我的这个“格伦德尔物语”尚不成熟。演员尚未登场亮相呢。虽然毫不关联的情节、支离破碎的文章，都拥有各自的拥趸，更不用提我的作品了。可是到最后，我的朋友啊，是什么东西决定了作品是在羊皮卷上永垂不朽，还是锒铛落败呢？是角色。难道你们从没有怀过这样不为人知的念头：在此刻，哈克和吉姆[③]正在某个地方拖着他们的木筏，下到某条远在天涯的河流，可是，相比在早已忘却的日子里给我们试鞋的鞋店职员，他俩难道不是来得更加真切么？无论如何，假如要把这他妈的故事从头到尾讲一遍，你们就该知道故事里有哪些角色。所以，尽管这让我痛心不已，我还是会返回到故事的开头，重新开始。

---

① 胡鲁斯加王（Hrothgar）：盎格鲁–撒克逊古史诗《贝奥武夫》中的丹族王。

② 色帝（Satyr）：希腊神话中，一个被描绘成具有人形却有山羊尖耳、腿和短角的森林之神，性喜无节制地寻欢作乐。或译作萨蒂。

③ 马克·吐温所著的《哈克贝利·芬历险记》中的人物。小男孩哈克是故事主人公，他受不了继父的虐待，离家投奔姨妈，途中认识了一个逃命的黑人奴隶吉姆。

起初有了词语。然后用经典的二进制语言给词语编了程。然后词语说:“要有生命!”就这样,在一个月圆之夜,卵子成熟了,在我老妈庄园的技术内核地窖里的某处,来自于我那过世好久的父亲的速冻精子被解冻,进入悬浮状态,像很久以前的香草芽一般地扭动,被注入到一个有点儿像水枪,又有点像假阴茎的装置里,并且,随着扳机无比奇妙的一击,射进了我老妈的体内。

当然,老妈并非一定要用这种不开化的方式来受孕。她可以选择宫外受孕、和一个移植了父亲DNA的情人做爱、克隆代孕、基因拼合的处女生殖……随便哪一个。可是,就像老妈在日后告诉我的,她向传统张开了双腿。我的猜测是她更喜欢传统的法子。

总之,我出生了。

我出生在地球……旧地上……妈的,拉米亚,如果你不信的话,滚蛋吧。我们住在老妈的庄园里,位于一座小岛上,离北美保护区不远。

对旧地之家的素描:

草地西南边开外,树木轮廓犹如绉纸,在其上方,短暂的晨光由紫罗兰色褪变成紫红色,然后是紫色。天空仿若精美的透明瓷器,没有一丝云朵或者飞机尾迹。第一束日光,如同交响乐前的宁静;紧随而来的日出,仿佛铙钹共鸣的突然一击。橙色和赤褐色爆发成金灿灿的光芒,那超长的冷光从天而降,洒向茵茵翠意:叶影、树荫、柏木和垂柳的卷须,以及林间空地上静谧翠绿的柔滑草坪。

老妈的庄园,我们的宅院,面积有一千英亩,坐落于百万英亩荒野之中。大得如同小型草原的草地上,青草绵绵,长势喜人,使人禁不住想要躺下来,在柔软的茵茵绿草上小憩片刻。壮丽的遮荫树好比日晷仪,一列列树荫庄严地转着圈;此刻正在汇合,正在收缩,向正午行军,它们最终会往东延伸,告示着一日的终结。威严的橡树。巨大的榆树。棉白杨、柏树、红杉，还有盆景。榕树垂下新生的树干，就像是以天作顶的神庙中光滑的支柱。柳树整齐地列于运河两侧，列于偶然冒出的溪涧之畔，垂下的枝条迎着风儿，吟起远古的挽歌。

我们的庄园坐落在一座低矮的山丘上，到了冬季，那儿棕褐色草地的弧线看上去就像某种雌兽平滑的胁腹，那部位全是大腿肌肉，意味着速度。庄园炫耀着经历了几个世纪的连生宅邸：东面庭院里的一座绿玉塔，会捕捉到拂晓的第一缕阳光，南翼的一列山墙，会在午茶时分给水晶温室投上三角形的阴影，而沿着东面的门廊，数个阳台、以及庄园外面迷宫般的楼梯，会与午后的影子玩耍起埃舍尔游戏。

当时“天大之误”已经发生，不过地球尚可居住。我们住在这一处庄园的大部分时间，被我们古雅地称为“缓和期”。基辅小组的那个该死的小型黑洞一点一点地吞噬着地心，等着它下一顿的晚餐，有时候整个星球会痉挛，但每次痉挛之间会有十到十八个月的平静月份，那就是“缓和期”。在“可怕期”，我们正好在柯瓦叔叔那儿度假。那地方在月亮以外，是颗小行星，在驱逐者迁移前就已被引到那儿，并且接受了星球改造。

你也许已经知道，我出生时屁眼里就含着把银汤匙①。对此我不会辩解。在经历三千年玩弄民主的岁月后，旧地上遗留下来的大家族渐渐明白，要除掉社会渣滓，唯一的方法就是禁止他们生育后代。或者，去资助播种舰队、神行舰的探险和远距传输器的新移民……大流亡时期一切恐慌紧急事件……只要能让他们在地球以外生育后代，使旧地获得清静。但事实上，故土已经成了患病的老婊子，没多大能耐

① 原本的俗语应为“嘴里含着把银汤匙出生”，意指出生富豪之家。

了。社会渣滓们星际远征的欲望强烈。他们可不是傻冒。

和佛陀一样，我几乎到长大成人之时才知悉贫困潦倒是何物。按标准年算，我那时十六岁，正处于四处游历的一年，我背着背包穿越印度时，见到了一名乞丐：出于宗教的原因，印度的旧式家庭把他们留在身边，然而那时我只知道这个男人衣衫褴褛，肋骨凸现，举起一个柳条篮子，里面摆着一只古老的触显，乞求我那寰宇卡的轻轻一触。我的伙伴们认为这种行为歇斯底里。我则呕吐了。那事发生在贝纳勒斯。

我童年时手握特权，但却并不让人讨厌。我拥有着愉快的回忆，譬如贵妇人席贝尔的著名派对（她是我的大姨妈）。我记得有一次她在曼哈顿群岛上举行的三日派对，宾客们搭乘着登陆飞船从轨道之城和欧洲的生态之城而来，降落于会场。我记得耸立在海水上的帝国大厦，楼宇的光亮反射在潟湖与蕨草滋生的沟渠上；电磁车载着乘客们登上瞭望甲板，与此同时，在其四周杂草丛生、由稍矮些的建筑形成的岛状土堆上，烹饪用的篝火正在熊熊燃烧。

那些日子，北美保护区是我们的私人运动场。据说，仍有大约八千人住在那片神秘的陆地上，但半数是护林人。其他包括叛逆的基艺家，他们从事的工作是：让上古灭亡的北美植物和动物死而复生，还包括生态工程师，授权居住的原始人，比如说奥贾拉拉·苏，或者地狱天使行会，另外还包括偶尔到此一游的旅客。我有个堂兄，据说他曾背包不停往返于保护区的两个观测地带。他在中西部也干过这事，但是那里的各地带之间相对来说靠得很近，而且恐龙群落也更为稀少。

“天大之误”后的头一个世纪里，盖亚[1]已经受了致命创伤，并

---

① 盖亚（Gaia）：希腊神话中的大地女神。此处指地球。

正拖着步子缓缓地走向死亡。“大萧条期”，毁灭来得尤为严重。小块土地经常出现痉挛，情况每况愈下，每次发作之后，随之而来的情形更为骇人。但是地球坚忍着，尽力进行自我修复。

我前面说过，保护区是我们的运动场，但是，从某种意义上来说，整个濒死的地球都是。我七岁时，老妈给了我辆电磁车，于是，从我家到这个星球上别的地方，就都只有一个小时以内的飞行旅程。我最要好的朋友，阿马尔斐·施瓦茨，住在埃里伯斯山[①]庄园，那儿曾经是南极共和国。我俩天天见面。旧地法律禁止使用远距传输器，这个事实丝毫没让我们伤脑筋；我们在夜里躺在山坡上，仰着脑袋，透过一万个环轨灯和星环的两万个灯塔，望向星空，望着两三万肉眼可见的星星。我们没有一丝嫉妒，也没有任何冲动要加入大流亡。正是大流亡，加速了远距传输器的编织，最终编成了世界网。在当时，我们仅仅感到高兴。

对于老妈，我脑子里的印象有点僵硬，真是奇怪，仿佛她是我的《濒死的地球》小说中另一个虚构出来的人物。也许吧。也许我是由欧洲自动化城市中的机械人抚养长大的，喝的是亚马孙沙漠中机器人的奶，或者，我仅仅是在大桶中培育长大的，就像啤酒酿造者的发酵粉一样。我记得，老妈穿着白色的睡衣，像鬼魂一样滑行在庄园那阴暗的房间里；我记得，她坐在温室里，倒上一杯咖啡，光线投下，投影出缎带装饰，夹杂着灰尘，她那纤纤细手的手背上，露出无数脆弱的蓝色静脉；她的头发卷成贵妇人风格的一个圆髻，烛光牵绊在她头发的蛛丝光辉中，就像一只金色的苍蝇羁绊在那儿。有时，我会梦到自己记起了她的声音，那轻快的音调，带着在子宫里打转的意味，但是当我旋即醒来，发觉那仅仅是风儿吹过

① 埃里伯斯山：南极洲罗斯岛上的火山，海拔3796.6米。

蕾丝窗帘的声音，或是什么不知名的海洋在拍打礁石。

从我最初有了自我意识起，我就已经知道，我会成为，应该成为，一名诗人。这不是说我有选择的权利；而更像是那垂死的美人向我吐出了最后的一口气，然后下达了命令：我的余生注定得和词语玩耍，这似乎是为了补偿我们种族在它的温床中的大屠杀暴行。管它呢，反正我就成了一名诗人。

我有个导师，名叫巴尔萨泽[①]，是个人类，但是很老，这位难民来自古老亚历山大的带着肉体气息的小巷。巴尔萨泽几乎全身都闪烁着蓝白的光芒，那来自早期不成熟的鲍尔森疗法遗留的蓝色；他就像一个熠熠发光的人类木乃伊，封在了液体塑料中。而且此人颇为好色，是个出名的登徒子。几个世纪之后，我成了一名色帝，那时，我终于明白了可怜的巴尔萨泽君的性冲动，但是在那些日子里，庄园通常不会雇用年轻的小妞做佣人。人或机器人，巴尔萨泽君不会歧视——他一概通吃。

我还是很幸运，虽然巴尔萨泽君对年轻肉体有特别的嗜好，却不会对同性下手，因此，他的胡作非为仅仅表现在：要么是在辅导时间里连个人影也不见，要么是把注意力毫无节制地花费在了记忆奥维德[②]、薛尼胥，或者吴侨之的诗文之上了。

他是一名卓越的导师。我们研究了古典时期，以及近古典时期，并且去了雅典、罗马、伦敦、密苏里州的汉尼拔遗迹作了实地考察，他从没让我做过什么测验或是考试。巴尔萨泽君希望我能学会过目不忘的本领，我也没有让他失望。他说服了我的老妈，所谓

---

① 巴尔萨泽（Balthazar）：在《圣经·新约》中，三个来自东方的智者之一，他在伯利恒之星的指引下，给婴儿耶稣送礼物。

② 奥维德（Ovid）：罗马诗人，以其对爱的研究，尤其是《爱的艺术》和《变形记》而闻名。后两者为作者丹·西蒙斯虚构出来的诗人。

的“进步教育”是有缺陷的，不适合旧地家庭，所以我从不知道脑力绝技的捷径，比如RNA学习疗法、数据网深究、系统的重现训练、程序化的谈心小组、需要牺牲事实的“高层思维技巧”或者无文字的规划。在免去这些学习内容之后，我得以在六岁之时，就能够背诵菲茨杰拉德翻译的《奥德赛》，在学会穿衣之前，我就能写六节诗了，在连接人工智能之前，我就能以螺线型的赋格诗体进行思考了。

另一方面，我的科学教育却并没有得到严格的要求。巴尔萨泽君对此毫无兴趣，他称科学为“宇宙的机械面”。直到我二十一岁时，我才搞明白什么是电脑，什么是零售商品部，搞明白柯瓦叔叔的星状生命维持装置其实是些机器，而不是我们周围的灵魂济世救人的显灵。我相信这世界有仙女、有鬼怪，我相信数字命理学、占星术，我相信仲夏前夕，在北美保护区的原始森林深处的魔力。就像海登[①]画室中的济慈和兰姆[②]，我和巴尔萨泽君会为“数学的混乱”干杯，哀悼由于牛顿先生刨根问底的棱镜所导致的彩虹诗文的灭亡。由于早期怀疑一切科学和不带情感的事物，实际上我甚至对那些事物带着憎恨。这种怀疑对我后来的生活有着莫大的帮助。我已经明白，在这后科学的霸主时代，保留一名哥白尼前时代的异教徒，还是不难的。

我早期的诗实在是面目可憎，但由于跟烂诗人同流合污，我当时并没意识到这点。我傲慢地确信，我的创作对于我那些正在孕育的无病呻吟还是有价值的。并且老妈也容忍着我，任我把那些散发着臭气

① 本杰明·海登（Benjamin Haydon，1786–1846）：英国画家与作家，曾为济慈画肖像画。

② 兰姆（Charles Lamb，1775–1834）：英国评论家和散文家，与济慈有过来往。

的大堆打油诗扔在屋里。她纵容着唯一的孩子，即使他沉浸在快乐的荒淫无度中，就好像头未经管教随处排泄的骆驼一般。巴尔萨泽君从来没对我的作品评头论足过，我想，这主要是因为我从没给他看过。巴尔萨泽君认为令人尊敬的丹东是个骗子，他觉得萨姆德·布列维和罗伯特·弗罗斯特[①]应该用自己的肠子把自己吊死，华兹华斯[②]是个白痴，而除了莎士比亚的十四行诗以外，其他的诗篇都是对语言的亵渎。我不知道自己有何理由，可以把我的诗文给巴尔萨泽君看，虽然我那时觉得这些诗文充满了崭露头角的天赋。

我在好几本硬盘拷贝刊物上出版了几篇臭屁文章，当时，这几本刊物在欧洲生态城市的家庭里还很流行，这些拙劣刊物的业余编辑跟我老妈一样对我太过纵容。我偶尔会央求阿马尔斐或者别的玩伴（他们没我那么挑剔，因此接入了数据网或者超光发射器），叫他们把我的一些诗文上传到星环或者火星上，因此可以传到那些不断出现的有远距传输器的殖民地上。他们从没给我回复。我猜他们太忙了。

在还没经历出版的严峻考验前，就相信自己是个诗人或是作家，这种信仰真是天真无邪，就跟儿时那种长生不老的梦想一样……而那无法避免的梦想破灭也一样痛苦。

我的老妈跟旧地一起死亡了。在那最后的灾变期间，有一半旧式家庭选择留下来；当时我年仅二十，我制订了自己的罗曼蒂克计划：和我的家园共存亡。但老妈有不同的决定。让她牵肠挂肚的不是我会因此而英年早逝——她跟我一样，甚或更为自私自利，在那

① 罗伯特·弗罗斯特（Robert frost，1874–1963）：美国诗人。而前者布列维是本书作者虚构的人物。

② 华兹华斯（William Wordsworth，1770–1850）：英国诗人。

样一个时刻绝不会替人着想；也不是挂念着我的DNA的死亡会给这条贵族血脉划上句号，而这血脉一直要追溯到“五月花”[①]的年代。不，这些一点也没烦扰到她，老妈操心的是：这一家子人会欠着一屁股债灭绝。看上去，我们最后几年中的奢侈放纵的钱，是从星环银行和其他谨小慎微的地外机构，通过巨额贷款筹得的。地球的大陆由于断面收缩的冲击力，正在土崩瓦解，于是，巨大的森林熊熊燃烧，海洋热浪翻腾，成了一锅了无生气的热汤，空气一方面变得滚烫浓稠难以打散，另一方面，若是想穿越它又过于稀薄了。而现在，银行来讨债了。而我是贷款担保人。

或者，准确说来，老妈的计划是，在那个短语成为现实前，她清算了所有可用的资产，把二十五万马克存进了逃离了旧地的星环银行的长期账户中，又派我旅行至天国之门的黎绂津大气保护体，这是一个围绕着织女星旋转的小型星球。早在那时，那个毒气星球就已经建起了一个远距传输器，连接到太阳系，但我的旅行方式不是传送，也不是乘独步神行舰，这种飞船使用霍金驱动器，每个标准年都会去一次天国之门。不，老妈把我送上了一艘三相冲击飞船，飞往偏地的这个尽头，那飞船的速度远比光速慢，里面冰冻着家畜晶胚、浓缩橙汁以及食客病毒，按飞船日历，这次旅程将让我花去**一百二十九年**的时间，还有客观如实的时间债，也就是：**一百六十七年**！

老妈算计着，那长期账户的累计利息将足以还清我们一家的债款，也许还能让我舒舒服服地活上一阵子。她一生中第一次，也是最后一次，算计错了。

---

① 指“五月花”号英国船。1620年9月6日，该船载有包括男、女及儿童在内的102名清教徒，由英国普利茅斯出发，在北美建立了第一块殖民地。

对天国之门的素描：

航空转运码头延伸出条条泥泞道路，它们宛若麻风病人背上的烂疮。天空是一张烂麻布，破碎的黄褐云彩高挂其间。一座座纠结不清、奇形怪状的木质建筑尚未完工就毁坏大半，无玻璃的窗户呆滞地凝视着左邻右舍血盆大口的洞开门户。在此处繁衍出来的土著……我想，还算是人吧！……眼瞎脚跛，肺也被腐败的空气烧灼了。就算一家子生个一窝十几个子孙后代出来，在五标准岁之前，这些小鬼的皮肤就会变得坑坑洼洼了，并且受到大气的刺激，泪水会永远流个不停。然后到四十岁前，他们就会一命呜呼。这些人笑起来时，嘴里露出一口烂牙，油腻头发里挤满了虱子和吸血虱的血囊。尽管如此，父母们依然洋洋自得，满心欢喜。两千万无药可救的蠢货，活生生地塞在岛屿上头的贫民窟，那座岛可比旧地上我家西侧的草地还小。天国之门的大气成分，常人一吸就挂；为了争抢为数有限可供呼吸的空气，人们更是奋力挤进空气制造厂那方圆六十里内的土地，那是工厂在毁坏之前所能供给的最大范围。

天国之门：我的新家。

老妈没有考虑到一种可能：所有旧地账户会被冻结——里面的钱全都被挪进了成长中的世界网经济体。她也忘记了，人们之所以要等着乘到霍金驱动飞船才敢去探索银河旋臂，是因为相对几周、几个月的沉眠来说，长期冰冻沉眠之下，大脑受永久性伤害的几率足有六分之一。我还算幸运。当我在天国之门启封，并被送往边界线外挖掘酸液运河时，脑部仅仅发生了一次意外——中风了。肉体上，我在当地时间的几周内就能复原，回到泥坑的工作岗位；但在头脑里，我所失去的东西却是自己最渴望的部分。

我的左脑完全停摆，就好像神行舰受创而被密封的舱室——气闭门将毁坏处隔离，让它暴露在真空之中。我仍然可以思考，并很快取回身体右侧的控制权。只有脑中主司语言的中心伤得太重，难以修复。我头颅内这台奇妙的有机计算机把语言功能当作瑕疵程序给抛弃了。掌管情感的大脑右半球并非完全没有语言的功能，但也只有最受情绪主宰的沟通单元得以幸存；我能使用的词汇苟延残喘，仅剩九个。（我后来才知道，这已经是特例了——许多脑血管意外患者所拥有的词语数量不过两到三个。）为有案可查，我还是记下来，这些是我能运用的全部词语：肏、屎、尿、屄、天打雷劈、直娘贼、屁眼、嘘嘘和嗯嗯。

迅速分析一下，就可以发现这些字词有些重复。我能够支配的语汇里有八个名词，它们表示了六项事物；八个名词有五个可以当动词用。我保留了一个意义明确的名词，以及一个既可当动词又可当虚词的形容词。这个新语言体系包含了四个单字、三个复合字和两个叠字词。所能表达的意义范围有四个关于排泄、两个关于人体器官、一个神圣咒语、一个性交或要求性交的标准用语，还有一个性交变异语汇，但这个对我不再适用——因为我老妈早已过世。

总之，这些也够用了。

在天国之门的烂泥坑和贫民窟里摸爬滚打的这三年，我不敢说那些回忆充满了喜乐，但和我之前在旧地的二十年相比，这些日子至少对我的发展是同样重要的，重要性或许还更显著些。

很快我就发现，在几个亲朋好友之间，这些词语很吃得开。比方说老泥巴，这个挖泥班的工头；昂克，这个贫民窟里向我收保护费的恶霸；还有戚蒂，待在爬满虱虫窑子里的狐媚子，我有钱的时候会去找她睡上一晚。“屎肏，”我会一边嘟哝一边比划，“屁眼屄嘘嘘肏！”

“啊，”老泥巴笑嘻嘻地说道，露出他仅有的一颗大牙，”要去店里找些又湿又软又嫩的乐子嚼嚼？”

“天打雷劈嗯嗯！”我也朝他笑道。

诗人的生命不仅仅在于措辞有限的语言之舞，更是在于感知和记忆近乎无限的组合，同时兼具着所感所忆的灵敏。我在天国之门待了当地时间的三年，几乎有一千五百标准天数。这三年，我有时间去观看，去感受，去聆听——去回忆，似乎我重获新生了。虽然我的新生之地又是地狱，但这无关紧要；再次写作的感受是真正诗歌的精华，新鲜自然的经验是给予我新生的生日礼物。

要适应一个美丽新世界，一个比我年长了一百五十岁的新世界，没多大困难之处。过去五个世纪以来，我们谈过扩张和先驱精神，我们都明白我们的人类宇宙变得如何残废虚弱，如何徘徊不前。我们正处于一个带着创造力头脑的舒适黑暗时代；制度改变得很少，并且是通过缓慢的进化，而不是革命带来的；科学研究慢吞吞地横向蟹行，而它曾经是本能地大步飞跃的；发明物更是几无改变，现在对我们来说已经再熟悉不过的稳定技术，对我们的曾祖父来说，他们也能立马搞明白，学会怎么用。因此，当我在飞船上沉睡的那段时间里，霸主成了正式的实体，世界网被织成了近乎完美的形状，全局以民主的方式取代了人类的慈善暴君，技术内核正式退出人类事业，然后以盟友而不是奴隶的姿态伸出了它的援手，驱逐者退却至黑暗，扮演起复仇女神的角色……但是，甚至在我被打入冰棺之中，夹在猪肚子和冰冻果子露中之前，所有这一切都已经在慢慢地爬向临界点了，这种旧趋势显而易见的扩张不难理解。此外，如果从一段历史的内部审视它，只能看见肚子里那黑暗、消化中的食物，跟史学家从远处审视那些很容易辨认的奶牛是远远不同的。

我的生命是天国之门，是那分分秒秒的挣扎生存。天空总是没完没了的黄褐日落之色，挂在头上就像摇摇欲坠的天花板，离我的小屋仅几米之遥。我的小屋，说也奇怪，还是挺舒服的：有张吃饭的桌子，一张睡觉或者干那事的帆布床，一个用来排泄的洞洞，一面可以静静凝视的窗户。我的环境是我词语的真实写照。

对作家来说，监狱总是个妙地方，它会杀灭活动和消遣这一对魔鬼，天国之门也毫不例外。大气保护体监禁着我的身体，但没有监禁我的头脑，也没有禁锢住那脑袋里仅剩的那些东西。它们是我的。

在旧地，我的诗文是写在一只撒督–德科纳通信志思想处理器中的。当时，我会懒洋洋地躺在衬垫躺椅中，抑或浮在我的电磁游船中，漂在黑色的潟湖上方，又或者是沉思地走在香气四溢的凉亭里。那是些面目可憎、训练无素、毫无技巧的浮夸诗文，在此我不再赘述。在天国之门，我发现了刺激精神的体力劳动是什么样的；那不仅仅是体力劳动，我得补充，而是完完全全的弯脊断骨、折磨胸肺、撕肠裂肚、扯裂韧带、打破卵蛋的体力劳动。但是我发现，只要这任务是既繁重又反复的，我的头脑就会无拘无束地漫步在更富想象力的区域里，不仅如此，它还会飞也似的逃向更高的层面。

因此，在天国之门，我在织女主星的红色凝视下，在污水四溅的运河里疏浚河底的浮渣；或者，在迷宫般的肺道中，手脚并用，缓缓地爬行在重吸菌组成的钟乳石和石笋中，就在此时，我变成了诗人。

我所缺乏的，仅仅是词语。

二十世纪最受敬重的作家威廉·加斯[①]，曾经跟人说过这样的

---

① 威廉·加斯（William Gass，1924–）：美国后现代派作家，他首次提出“元小说”的概念。在创作理论和实践手法上他强调小说的虚构性，重视文学作品中文字意义的变化，热衷玩语言游戏。

话：“词语是至上之物。它们是有思想的。”

的确如此。我们每个人的意识中都有自己的柏拉图洞穴，那些词语就像曾经投射其中的光线，纯粹而超然。但它们也是装着欺骗和错觉的圈套。词语让我们的思想转向自我错觉的无限小径，事实上，我们大多数的思想生活都住在由词语建成的头脑大厦中，也就是说，我们缺乏必要的客观，无法发现语言对现实的可怕扭曲。举个例子：“信”，这是中国的象形字，字面上看，是一个人站在他的言语旁边。到现在为止，这字还是这个意思。但是近英语中，“integrity”代表着什么意义呢？或者“motherland”？或者“progress”？或者“democracy”？或者“beauty”？但正是在我们的自欺欺人之下，我们成了上帝。

有一位哲学家、数学家栖于一身的人，名叫伯特兰·罗素[①]，这家伙跟加斯出生在同一个世纪，也死在同一世纪，他曾经写过一段话：“语言不仅仅用来表达思想，而且可以创造思想，没有它，就不会存在这些思想。”这就是人类创造性天赋的精髓：不是文明的大厦，也不是什么可以用来毁灭文明的重击闪光武器，而是词语，它们就像精子攻击卵子一样让新观念蓬勃发展。有人可能会说，词语和想法这对孪生婴儿，是人类能够、将要、或者应该为纠结不清的宇宙作出的唯一贡献。（是的，我们的DNA是独一无二的，但蝾螈的也是。是的，我们建造了人工制品，但是海狸和蚂蚁建筑师也同样如此啊，此时此刻，我能看见它们在码头前端建造的锯齿城堡。是的，我们通过数学的梦想编织出了真正的事物，但是宇宙本就是由算法连起来的。划一个圆，圆周率就蹦出来了。进入新的太阳

① 伯特兰·罗素（Bertrand Russell，1872–1970）：英国哲学家、数学家、社会评论家和作家。他对于符号逻辑、逻辑实证论和数学的体论体系的发展有很深的影响。1950年，他获得了诺贝尔文学奖。

系，第谷·布拉赫的公式就在时空的黑丝绒斗篷下等着呢。但是，宇宙把词语藏在了哪里呢？在它那生物学、几何学或者没有感知的石头之下吗？）甚至我们已经发现的智慧生命种族，木星II的肥佬、迷宫建造者、希伯伦的赛内赛移情精、嘟噜哩的黏人、光阴冢的建筑师以及伯劳，他们留给我们的是神秘，是晦涩的制造物，但是没有语言。没有词语。

诗人约翰·济慈曾经对他一位名叫贝利的朋友写过一段话："我什么都无法确信，我只相信真爱的神圣、想象的真实。想象攫取的美丽，必定是真实的。不管它过去是否存在。"

中国诗人吴侨之，大流亡三百年前死于最后一次中日战争，他也理解了，并记录在了通信志中："诗是现实的疯狂产婆。它们所见的，不是现实之物，也不是可能之物，而是必将实现之物。"后来，他死前的那周，他把最后的磁碟交给了他的情人，吴侨之说："词语是真理弹药带的唯一子弹。而诗人就是狙击手。"

瞧，起初有了词语。人类宇宙慢慢编织，词语便被赋予了血肉。唯有诗人能扩张宇宙，发现通向新真理的捷径，就像霍金驱动器在爱因斯坦时空的屏障之下一穿而过。

作为诗人，我想，一名真真正正的诗人，就是要成为人类的化身；接手诗人的衣钵，就是要携带圣子的十字架，就是要承受人类圣母的分娩阵痛。

成为真真正正的诗人，就是成为上帝。

我试图把这想法解释给天国之门上的朋友听。"屎，屎，"我说，"屁眼直娘贼，天打雷劈屎天打雷劈。屄。嘘嘘屄。天打雷劈！"

他们摇了摇脑袋，笑笑，走了。很少有人能够理解伟大诗人的行为方式。

黄褐云下起酸雨，打在我身上。我涉过齐腿的烂泥，清扫着城市下水道中的榨血草。第二年，老泥巴死了，当时我们正忙着工程，要把第一大街运河开拓至中池泥滩。发生了一起事故。他当时正爬在一个黏滑的沙丘上，想要拯救一朵硫黄玫瑰，不让它被滚滚前进的灌浆机毁掉，然后发生了淤泥震。随后不久，戚蒂结了婚。虽然她仍旧兼任着窑妇，但是我见到她的时间越来越少。绿海啸卷走泥滩市之后不久，她就难产而死了。而我则继续写诗。

也许你会问，只有右脑半球的九个词语，华丽的诗文是如何写出来的呢?

答案是：我根本就不用词语。诗仅次于词语。本来它就是在叙述真理。我处理“物自身”[①]，暗影背后的物质，编撰强大的概念、明喻、内在联系，就像工程师盖楼一样：先构造出晶须合金骨架，然后玻璃、塑料、彩铝才会出现。

慢慢地，那些词语回家了。脑子开始重训重组，那进行得相当完美，真是不可思议。左半球丢失之物在别处安了家，在损坏区域重新夺回了首席位置，就像拓荒者回到了被火烧火燎的草原，而草原却被火烧得更肥沃了。以前一个简单的词，比如“盐”，会让我期期艾艾、气喘吁吁，我的脑袋会在虚无中深挖一气，就像舌头舔向没牙的牙床一样，而现在，词语和词组慢慢涌了回来，它们仿佛被遗忘的玩伴名字，又出现了。白天，我在污泥场劳作，夜晚，我坐在我那四分五裂的桌子旁，在那酥油灯嗞嗞的照射下，撰写我的《诗篇》。马克·吐温曾以他一贯的方式发表过意见：“正确的词语

① 康德哲学将世界划分为显象与物自身，我们只能认识事物的显象，即事物对我们的显现，而非物自身。

和几乎正确的词语，它们的区别，就是闪电和闪电虫[1]的区别。”他是在逗趣，但这并不全面。那段时间，在天国之门上我开始撰写我的《诗篇》，我发现，找到正确的词语，相比接受几乎正确的词语，两者间的区别，就好比一个是被闪电击中，一个单单是观看闪电表演。

于是我的《诗篇》开始了，成长了。我把诗写在循环利用的榨血草纤维制成的薄纸上，那是他们成吨成吨地生产出来作为草纸用的；我用廉价的标签笔潦草地写着，那笔是在公司内部的商店里买的。《诗篇》初具规模。随着词语回归，就像三维拼图的碎片各就其位一样，我发现我还需要一个形式。我回忆起巴尔萨泽君的教学，试了试弥尔顿的叙事长诗一般韵律感十足的华贵。信心回来了，我又加入了拜伦那罗曼蒂克的感性，同时加入了济慈对语言的称颂。我把所有的这些都搅了进去，还掺了少量叶芝那才华横溢的犬儒主义，加了一撮庞德的晦涩、故弄玄虚的傲慢。我把它们剁碎，切丁，加入了另一些佐料，比如艾略特游刃有余的比喻，玳兰·托马斯的位置感，德尔莫·施瓦茨的末日感，斯蒂夫·藤恩的恐怖笔调，萨姆德·布列维的清白宣告，丹东对绕弯子般的韵律结构的喜爱，吴侨之对自然的崇拜，以及埃德蒙·吉菲里拉的玩世不恭。

当然，在最后，我把整个大杂烩扔掉了，以我自己的风格写下了《诗篇》。

如果不是昂克这个贫民窟里的恶霸，我也许还会在天国之门这个星球上，白天挖掘酸液运河，夜里写着《诗篇》。

那天我休息，我带着《诗篇》（那可是我的唯一一份手稿！）

---

① 也就是萤火虫。

到公共大厅的公司图书馆做些研究，然后昂克和他两个心腹从小巷里闪了出来，叫我立即把下月的保护费交了。我们在天国之门大气保护体没有寰宇卡；我们用公司的临时单据或地下马克还债。但我什么都没有。昂克叫我把塑料肩包给他看。我想也没想，一口回绝。我就此犯了错。如果我把手稿给昂克看看，他顶多也就把它扔在烂泥中，威胁几声，掴我几记耳光。跟我想的一样，我说了不，结果把他给惹火了，于是他和他那两个尼安德特[①]式的同伴撕开了我的包，把手稿扔在烂泥中，然后，大家都知道的，他们把我打了个半死不活。

凑巧的是，那天正好有一辆电磁车从低空开过，车子的主人是保护体空气质量局的经理，经理的老婆正独自前往公司住宅商店，然后她命令电磁车下降，叫她的机器人把我救下，并取回了我剩下的《诗篇》，然后亲自驾车带我到公司医院。通常，只有担保劳动组的人才会获得医疗救助，即便获得了，他们也只是在简易生物诊所里得到治疗。但是医院不想拂经理老婆的意，于是我被接纳了（当时我仍旧昏迷不醒）。我在康复槽中慢慢复原，人类医生和经理老婆则同时看护着我。

好啦，这老掉牙的故事还是长话短说吧。海伦娜，也就是经理的老婆，在我浮在康复营养液中的那段时间，读了我的手稿。她非常喜欢。我在公司医院从容器中移出来的那天，海伦娜传送到了复兴星球，她把我的稿子给她的妹妹菲利亚看了看，后者有个朋友，而那个朋友的爱人认识超线出版社的一名编辑。第二天我醒来时，我断掉的肋骨已经长好了，粉碎的颊骨治愈了，瘀伤不见了，我有了五颗新牙，左眼植入了新角膜，以及一份与超线的合约。

---

① 尼安德特人：旧石器时代广布于欧洲的猿人。

五星期后我的书出版了。一星期后，海伦娜和她的经理离了婚，嫁给了我。这是她第七次婚姻，也是我的第一次。我们去了中央广场度蜜月，一个月后蜜月归来，我的书已经卖掉了十亿册——四个世纪以来这是第一本打入畅销榜的诗集。我成了百万富翁，赚了几倍于百万的钱。

泰伦娜·绿翼-翡是我的第一任超线编辑。是她出的主意，把书取名为《濒死的地球》（搜寻档案发现，五百多年前有一部小说也叫这个名字，但它的版权已经失效，书也绝版了[①]）是她出的主意，仅仅发表《诗篇》的部分篇幅，也就是旧地满怀乡愁的最后日子。是她出的主意，删掉了其中大部分章节，她觉得读者会对这些部分感到厌烦。包括哲学章节，对我老妈的描述，对早期诗人表示出敬意的部分，我要玩试验性诗篇的地方，还有更多的私人章节。其实是删掉一切，只剩下关于最后日子的质朴宜人描述，倾空了所有的沉重负担，感伤平淡，萦绕人心。出版四个月后，《濒死的地球》已经卖掉了二十五亿本硬盘传真版，观局数据网上有删节的电子版，还被买断了全息电影版权。泰伦娜指出时间恰到好处……一个世纪以来，旧地死亡带来的原始休克性创伤让人们否认真相，就好像地球从来没存在过一样，随之而来的一段时间里，兴趣被重新唤起，并随着旧地怀旧教徒的出现而到达了如日中天的地步，现在环网的每个世界上都能找到这些人。涉及最后日子的一本书出现得恰逢其时，即便它是一本诗文书籍。

对我来说，比起早年从旧地的宠儿变成天国之门的受人奴役的中风受害者，变成霸主名人的最初几个月更加让我晕头转向。最初的

---

① 杰克·万斯（Jack Vance）1950年的同名科幻小说。

那个月，我被一百多个世界预约并雇用；我与马尔芷·韩俐一起出现在“全网时刻！”电视节目中；我会见了首席执行官赛尼斯特·佩若特，还有全局发言人特鲁里·费恩，以及二十多名议员；我与女性笔会星际社交界和卢瑟斯作家协会进行了会谈；我在新地大学和第二剑桥被授予荣誉学位；我遭遇了款待、接见、拍照、评论（亲切地）、传记（未经我认可）、名人待遇、连载、敲诈。忙得不可开交。

对霸主生活的素描：

我家有三十八间房间，位于三十六个世界上。没有门：那些拱形的入口其实是远距传送门，其中几扇挂着私密窗帘，遮住了光，而大多数则门户大开，以供观察和出入。每个房间四面环窗，至少两面墙上有传送门。在复兴之矢上的豪华餐厅里，我能看见青铜色的天空，看见火山山峰下的山谷中那铜绿的城堡——宜内孛要塞。只要扭扭头，我就能透过传送门，目光穿过正式生活区那昂贵的白色地毯，看见埃德加·爱伦海的浪涛砸向普洛斯彼罗角的尖塔——那是在永埔星上。我的图书馆面朝北岛星球的冰川和绿色天空，在那儿只要走十步路，爬下一短截楼梯，就能来到塔楼书房，这是一间惬意的露天房，四面环绕着偏振玻璃，让人全方位尽享库什帕特·卡拉柯冉的顶峰之色——那是天津四丙的一座山脉，距离詹笃共和国最东面的殖民地有两千公里远。

我和海伦娜共享的巨型卧室在树枝中轻微晃动，它位于神林这个圣徒世界上高达三百米的世界巨树上。卧室通向一间日光浴室，后者孤独地矗立在希伯伦的贫瘠盐沼中。当然，我家的风景不全是旷野：媒体室通向掠艇台，后者位于鲸逖中心弧塔的第一百三十八层楼上；我们的庭院则坐落在一块阶地中，俯瞰着新耶路撒冷熙熙攘攘的老城市场。我这间屋子的建筑师是传说中的米隆·德哈维的学生，他在房子的设计中注入了不少淘气的把戏：楼梯往下通向塔楼房间，这当然是其中之一，但同样滑稽的还有：高山城堡的出口通向卢瑟斯纵深蜂巢最底层的运动房；来宾盥洗室有马桶、浴盆、水槽、淋浴间，却是坐落在无限极海紫罗兰色海洋的一艘露天无墙筏子上。

起初，在不同房间内穿行时，感觉到的重力改变令人难以忍受，但很快我就适应了，我会在潜意识里准备好卢瑟斯、希伯伦、天龙星七号的重曳，也会无意中预料到大多数房间小于一标准重力的自由感觉。

我和海伦娜住在一起的十个标准月里，很少会待在自己家中，我们更喜欢和朋友们在世界网的圣地，在度假生态建筑，在夜总会游玩。我们的“朋友”是以前的远距传输器迷，现在管他们自己叫“北美驯鹿群”，那是旧地的迁移性哺乳动物，现已灭绝。鹿群中有几位作家，几个卓有成就的视觉艺术家，中央广场知识分子，全局媒体代表，几个激进的基艺家和整形基因拼合者，环网贵族，有钱的远距传输器怪物，闪回瘾君子，几个全息电影和舞台导演，零星的几个演员和表演艺术家，好几个改邪归正的黑手党先生，以及一堆名人……其中包括我自己。

人人喝酒，使用刺激和自动植入物，嗑电，还买最好的毒品。精选的毒品是闪回。这显然是上流社会的堕落：一个人需要全套的昂贵植入物来进行全面体验。海伦娜一定要把我整得服服帖帖的：给我装上生物监控器、感官添加器、内部通信志、神经分流器、催化器、后脑皮层处理器、血液芯片、RNA绦虫……我的老妈绝对不知道我的五脏六腑里竟是这些玩意儿。

我试过两次闪回。第一次是一次滑翔——我朝我九岁的生日宴会滑去，并且直击目标，体验了第一次爆发。那时的场景历历在目：拂晓时仆人在北部草坪欢唱，巴尔萨泽君勉强取消了课程，于是我和阿马尔斐在白天开着电磁车兜风，飞速穿越被颜色抛弃的亚马孙盆地的灰色沙丘；其他旧式家庭在黄昏时分抵达，举着火把列队前来，他们包裹着的晶晶亮的礼物在月光和万火之下闪烁着光芒。九小时后我从闪回状态中站起身，脸带微笑。

而第二次幻觉几乎要了我的命。

我四岁，哭着，在无穷无尽的房间中寻找老妈，房间里带着灰尘和旧家具的味道。机器人仆人想要安慰我，但我甩掉了他们的手，跑进了阴影滋生、沾染煤灰的走廊。我违反了灌输给我的第一条规则，闯进了老妈的缝纫间，她的密室，她每天都会退到那儿，待上三小时，然后出来时带着柔柔的笑意，苍白的衣服边会悄悄地划过地毯，仿佛幽灵的一声叹息在回响。

老妈坐在阴影中。当时我才四岁，手指割破了，我朝她冲过去，扑向她的怀抱。

她毫无反应。那端庄的手臂仍然靠在躺椅上，另一条胳膊则软软地摆在椅垫上。

我往后退去，被她那冷漠的木头人形状吓住了。我没有爬上她的大腿，而是拉开了沉重的天鹅绒帘子。

老妈眼睛惨白，眼珠望着头顶。嘴唇微张。口水从嘴角淌下，在那漂亮的下巴上闪烁。从她金色的发丝中（束起扎成她喜欢的贵妇人造型），我能看见刺激电线的冷钢之光，以及头颅插口的暗淡光辉，那里正插着插座。两边的小片骨头异常惨白。她左手边的桌子上，有一支空空的闪回注射器。

仆人走过来把我拉走了。老妈眼皮从来没动一下。我一边尖叫，一边被拉出了房间。

我尖叫着醒了过来。

也许是因为我拒绝再次使用闪回，加速了海伦娜的离去。但我对此怀疑。我像是她手中的玩具——几十年来都供她消遣，只因为我对她理所当然的生活方式充满无知。不管出于什么原因，由于我拒绝使用闪回，所以我一个人度过了许多日子，成日不见她的影子；花在重现中的时间是实时的，闪回使用者死的时候，经常是在毒品中度过的日子比他们真正清醒的时候还要多。

起初，我拿植入物和技术玩具作消遣。作为一名旧地家族的成员，我曾经很排斥这些东西。第一年，数据网总能带给我乐趣——我无时无刻不在搜寻信息，生活在一种疯狂的全面接口下。我沉溺在这些信息中，就像北美驯鹿群沉溺在刺激和毒品中一样。我能想象巴尔萨泽君被气得从他那早已熔化的墓穴中跳起来，因为我为了这全能植入物带来的短暂满足，放弃了长久的记忆。后来我才意识到自己损失惨重——菲茨杰拉德的《奥德赛》，吴侨之的《最后的三月》以及其他二十多部史诗，它们活过了我中风的日子，如今却烟消云散了。许久之后，我才终于摆脱了植入物，再次煞费苦心将它们全部记住。

我这一生中，第一次也是唯一一次开始关心政治。日日夜夜，我经由远距传输器电缆，或者躺在那儿连进全局，关注着议院的一举一动。有人曾估计，全局每天会处理一百条霸主现行立法，在我拧进感觉中枢的那几个月里，这些议题我一条也没错过。我的声音和名字在辩论频道变得名闻遐迩。没什么议案太微不足道，没什么问题太简单或者太复杂，我全身心投入了进去。每秒钟都会有投票，这样一个简单事实给我带来了错觉：我办成了什么东西。最后我意识到，定期接入全局仅仅意味着：要么是不出家门半步，要么是成为行尸走肉，于是我放弃了对政治的魂不守舍。公众对一个经常忙于接入植入物的人会有一种怜悯。我无须海伦娜的嘲笑就意识到，如果我把自己关在家门里，我会变成全局的寄生虫，沦为环网中数百万懒汉之一。于是我放弃了政治。但那时，我又发现了新的热望：宗教。

我加入了宗教。见鬼，我还帮着创立宗教呢。禅灵教成指数状扩张，我是忠诚的信徒，出现在全息电视访谈节目中，心中带着大流亡前穆斯林朝拜麦加的虔诚，寻找着自己的神秘之地。此外，我爱上了远距传输。我从《濒死的地球》的版税中挣得了差不多一亿马克，海伦娜的投资管理得相当好，但是有人曾算过，由远距传输器组成的家，例如我的，每天要花费五万马克，而且这点钱仅仅是为了让它维持在环网中。而我从来没有规定自己传送到三十六个世界上的家的次数。超线出版社给我发了一张金制寰宇卡，我大手大脚地使用，甚至还传送到环网中冷僻的角落，然后在奢华的住处一连住上几星期，租上几辆电磁车，去寻找孤星世界偏僻地区的神秘之地。

我一个也没发现。海伦娜和我离婚的同时，我退出了禅灵教。当时，账单已经堆成了一座小山，海伦娜拿走了她的份额，而我不得不变现了大多数股票，变现了长期投资。（当时我不仅天真，而且还在热恋中，她叫她的律师草拟了结婚契约……我真蠢。）

最后，我开始缩减开支，削减我的远距传输，把机器人仆人炒掉，即便如此，我还是面临着财政危机。

于是我去见泰伦娜·绿翼–翡。

“没人想读诗。”她边说，一边翻阅着一堆薄薄的《诗篇》，那是我过去一年半时间里写就的。

“你这是什么意思？”我问，“《濒死的地球》不就是诗么？”

“《濒死的地球》只是侥幸。”泰伦娜说。她的指甲又长又弯，涂成绿色，那是新近流行的中式时尚；它们缠绕着我的手稿，就像某种叶绿兽的爪子。“它能卖出去，是因为大众的潜意识愿意接受罢了。”

“也许大众的潜意识也愿意接受这个呢。”我开始有点恼火了。

泰伦娜笑了。笑声不太悦耳。“马丁，马丁，马丁，”她说，“这是诗。你写的是天国之门、北美驯鹿群，可给人带来的感受却是孤独、情感转移、痛楚，以及对人类的冷嘲热讽。”

“那又怎样？”

“那就是说，没有人会愿意付钱去观赏别人的痛苦。”泰伦娜讥笑道。

我扭头离开她的桌子，走到房间的远侧。她的办公室占据了超线尖塔四百三十五层的整层楼，那是在鲸逖中心的巴别区。没有窗，整个圆形房间从地板到天花板都是敞开的，由太阳能动力密蔽场屏蔽，完全看不出一点闪光。这就好像站在两个灰色的盘子中间，盘子悬浮在天地中间。半公里下方那些小尖塔之间，还漂浮着深红色的云朵，让我想起了“盛气凌人”四个字。泰伦娜的办公室没有门，没有楼梯，没有电梯，没有磁力升降机，也没有地板门——完全没有与其他各层的连接。进入泰伦娜办公室的办法，是通过那个五面的远距传输器，就是那个在半空中闪着微光的东西，看上去像抽象全息雕塑。我在感到盛气凌人的同时，突然想到如果塔着火，动力失灵，一切会如何。我说：“你是不是说你不打算出版？”

“完全不是，”我的编辑笑道，“你为超线挣了几十亿马克，马丁。我们会出版的。我说的仅仅是：没人会买的。”

“胡说！”我叫道，“虽然不是所有人赏识好诗，但还是有好多人会读的，它会成为畅销书的。”

泰伦娜没再笑出声，但是绿色的唇缘朝上微翘。“马丁，马丁，马丁，”她说，“自从古腾堡[①]时代以来，有文化的人正不断减少。在二十世纪，所谓的工业民主国家中，一年读一本书的人连百分之二都不到。而当时，聪明的机器、数据网、友好界面环境还没出现呢。到了大流亡时，霸主百分之九十八的人口都觉得没理由要阅读了。所以他们也不会操他们那份心，去学习怎么读。而现在更糟了，环网有一千亿多的人类，他们中不到百分之一的人会操心去硬传任何印刷材料，而读书的就更少了。”

“《濒死的地球》卖掉了几乎三十亿本呢。”我提醒她。

“嗯哼，”泰伦娜说，“那是《天路历程》[②]效应。”

“什么效应？”

“《天路历程》效应。在……什么时候来着！——十七世纪的旧地，马萨诸塞殖民地上，每个体面的家庭都得在家里放上一本《天路历程》。可是，我的天哪，没人读那书。希特勒的《我的奋斗》和司徒卡茨基的《被斩首的小孩眼中的景象》同样如此。”

“希特勒是谁？”我问。

泰伦娜微微一笑。“旧地的一名政客，写过一点东西。《我的奋斗》现在还在销售……超线每隔一百三十八年会对版权作一次更新。”

“嗯，瞧，”我说，“我想花几个星期来润饰润饰我的《诗篇》，把我最好的货色加进去。”

“妙极。”泰伦娜笑道。

---

① 古腾堡（Gutenberg，1400–1468）：德国人，活版印刷发明人。

② 《天路历程》（Pilgrim's Progress）：1678年英国作家约翰·班扬（John Bunyan）的作品。描述了基督徒们从毁灭城到天堂城路途的讽刺性寓言故事。

“我猜你还会像上次那样帮我编辑一下的，对不？”

“完全不会，”泰伦娜说，“这次再也没什么思乡之情了，你想怎么写就怎么写。”

我眯起眼。“你是说这次我能写无韵诗？”

“当然。”

“哲学呢？”

“写吧。”

“试验章节？”

“可以。”

“你会按我写的直接出版？”

“完全正确。”

“有没有卖出去的可能？”

“一点狗屁可能也没有。”

我所谓的“花几个星期来润饰润饰我的《诗篇》”，结果变成了十个月的强迫症劳动。我关掉了房子里大多数房间，仅开着天津四丙的塔楼书房、卢瑟斯的运动房、厨房以及无限极海的盥洗室筏子。我每天毫不间断地工作十小时，然后休息一下，做些体力运动，之后吃顿饭，打个盹，接着回到我的书桌，开始另外八小时的定额工作。这就像五年前时光的翻版，当时我正从中风中恢复，有时要花上一小时，或者一天，一个词语才会找上门来，思想才会把根扎进语言的土壤。而现在，那过程甚至变得比当时还要缓慢，我痛苦地搜索着最完美的词语，最精确的韵律结构，最有趣的形象，对最难捉摸的情感最难以言喻的比拟。

十个标准月后，我大功告成，我终于明白了一句古老格言，大意是：书或诗永远无法完成，只有抛弃。[①]

“你觉得怎么样？”泰伦娜翻读着我的第一稿，我问她。

她的眼睛是失神的褐色磁盘状，是那星期的当红款式，但是这并没有掩藏眼里的泪花。她擦掉一滴。“很美。”她说。

“我试着模仿了古典作家的风格。”我突然有点害羞。

“你成功了，非常棒。”

“《天国之门插曲》还有些粗糙。”我说。

“很完美了。”

“这首诗讲的是孤独。”我说。

“是很孤独。”

“你觉得它准备好了吗？”我问。

“它很完美……是一部杰作。”

“你觉得它能卖出去吗？”我问。

“他娘的绝不可能。”

他们计划第一版先出七千万份《诗篇》的硬传本。超线在数据网做广告，安放全息电视商业广告，传输软件插入式广告，并且成功地怂恿到畅销作家的吹捧，确定它在《新纽约时代图书专版》和《鲸心评论》上受到评论。通常，就是花大钱做广告。

《诗篇》在第一年出版的时候卖掉了两万三千本硬传本。十二马克的传输价中，我能得到百分之十的版税。超线已经付给我两百万马克的预付款，我已经替他们挣回了一万三千八百马克。第二年卖掉了六百三十八份硬传本；数据网优惠本一本也没卖出去，也

① 语出保尔·瓦雷里（Paul Valery，1871–1945），法国象征派大师，法兰西学院院士。他的诗耽于哲理，倾向于内心真实，追求形式的完美。这句话他的原话是：诗永远无法完成，只有抛弃。

没有全息电影购买，没有书籍巡游。

《诗篇》卖不出去，负面评论反倒出彩起来：

“晦涩……过时……不切合当今的潮流”，《时代图书专版》如是说。“塞利纳斯先生写了一出毫无沟通可言的终极戏剧”，《鲸心评论》的乌尔班·卡普里写道。“他自己沉湎在夸夸其谈的迷乱放纵之中，”“全网时刻！”的马尔芒·韩俐发动了最后的致命一击，“哦，这屁诗，管他谁写来着——没法读。甭去试。”

泰伦娜·绿翼-翡似乎没当一回事。第一篇评论和硬传利润揭晓的两个月后，我在酒中作乐了十三天，接着传送到了她办公室，一屁股坐进黑色的流沫椅子中，那椅子蹲在房间中央，就像一头丝绒黑豹。鲸逖中心传奇的雷暴正在进行，雄天伟地的闪电响彻血染的云霄，就在无形的密蔽场对面肆虐。

“别紧张。”泰伦娜说。她那身行头是这星期的时尚款式，包括黑尖的发式，那尖顶耸立在她的脑门上，有半米高；身体场透明器，那变化陆离的颜色流隐藏——又同时展现了——底下的裸体。“第一版总共也就六万传真传输，没剩下多少了。”

“你不是说计划出七千万嘛。”我说。

“对，嗯，但是超线的常驻人工智能读过后，我们改变了主意。”

我越发地陷进流沫中。“连人工智能也不喜欢？”

“人工智能非常喜欢，”泰伦娜说，“然后我们就确定，人们肯定不会喜欢的。”

我坐起身。“我们能不能卖给技术内核？”

“我们有卖，”泰伦娜说，“仅仅一本。书通过超光发给它们的那一刻，数百万人工智能很可能已经实时共享。和那些硅片打交道，星际版权连个屁都不值。”

“好吧，”我说，又一屁股倒进椅子中，“接下来怎么办？”外面，闪电就跟旧地古老的超级高速公路一样宽阔，它们在法人尖楼和云塔中舞动。

泰伦娜从书桌旁站起身，走到地毯圆圈的边缘。她的身体场一闪一闪的，就像水面上导电的油。“接下来，”她说，“你作决定吧：是做作家，还是成为世界网最大的自慰狂呢？”

“什么？”

“你知道我说的是什么。”泰伦娜转身笑道。她的牙齿戴着金尖。“根据合同，我们可以以我们想要的任何方式收回预付款。没收你在银联的资产，收回你藏在自由家园的金币，卖掉那华而不实的远传之家，差不多就可以了吧。然后你可以到哀王比利那儿，他不是无论到哪个偏地都要收集这样的人才嘛，比如艺术方面的业余行家，半道退出的家伙，精神病什么的。”

我目瞪口呆。

“再或者，”她说着，露出那灭绝人性的笑容，“我们也可以忘记这次短暂的挫折，你可以继续你下一部作品。”

我的下一部作品在五个标准月后发表。《濒死的地球·卷二》紧接着第一部的结局开始讲述，这次写成了通俗易懂的文章，句子长度和章节内容经过仔细推敲，那是经由六百三十八个普通硬传读者组成的测试组，以他们在基础的神经-生物监督下的反应为准绳进行修订的。这本书写成了小说形式，非常短，不会让食物市场售货台前的潜在购买者望而却步，封面是二十一秒的全息交互画面，画面里，高大黝黑的陌生人（我猜是阿马尔斐·施瓦茨，虽然阿马尔斐很矮、很白，带着矫正眼镜）撕开了一个挣扎着的女人的紧身胸衣，直至几近露出乳头，然后那反抗着的金发碧眼女郎转向读者，气喘吁吁地哭喊着救命，这声音是由全息电影色情女星丽妲·丝琬配的。

《濒死的地球·卷二》卖了一千九百万本。

“不赖，”泰伦娜说，“一小会儿工夫就冒出那么多读者了。”

“第一部《濒死的地球》卖掉了三十亿本呢。”我说。

“《天路历程》，”她说，“《我的奋斗》。一个世纪出现一本。也许更少。”

“但它卖了整整三十亿……”

“瞧，”泰伦娜说，“二十世纪的旧地上，某个快餐食物链用死牛肉，油炸一下，加上些致癌物质，包在石油基塑料里，那卖掉了九千亿呢。去想想吧。这就是人类。”

《濒死的地球·卷三》介绍了几个人物，威诺娜，一名逃亡的奴隶女孩，后来出人头地，成了纤维塑料种植园的园主（别劳神，纤维塑料在旧地上是种不活的），阿特罗·红墓，勇敢的封锁奔跑者（什么封锁？！），以及吴辜·斯佩里，九岁的通灵者，患上了未指明的小耐儿病，濒临死亡。吴辜一直活到《濒死的地球·卷九》，然后超线叫我把这小混蛋杀死。就在吴辜死的那天，我迈出家门，来到二十个世界上，饮酒作乐，一连庆祝了六天。最后在天国之门的肺道中醒了过来，身上沾满了呕吐物和重呼吸的霉菌，孕育着环网最剧烈的头痛，心里确信，不久我就要开始《濒死的地球编年史》的第十卷了。

成为受雇的落魄文人并不是桩难事。《濒死的地球·卷二》和

《濒死的地球·卷九》间的六个标准年，相对来说过得没多大痛苦。这些小说非常肤浅，情节老套，人物像硬纸板，文笔狗屁不通。我拥有了自己的自由时间。我到处旅行，结了两次婚；每一任老婆离开我时，心情都没那么痛苦，倒是带着一笔可观的报酬，她们可以瓜分我下一部《濒死的地球》的版税。我在宗教和豪饮中探险，在后者中找到更多的慰藉。

我保留着我的家，另外加了六个房间，分别位于五个世界，里面摆满了漂亮的艺术品。我很喜欢。我的熟人里有作家，但是，就跟古往今来的同行一样，我们往往是互相猜疑，互相谩骂，背地里怨恨别人的成功，给他们的作品找碴儿。我们每个人打心眼里认为，自己才是真正的词语艺术家，仅仅是凑巧写了些商业作品罢了；而其他人都是雇佣文人。

然后，在一个凉爽的早晨，随着我的卧室在圣徒世界的高树枝上微微晃动，我醒来了，看见了灰色的天空，意识到：我的缪斯逃走了。

我已经五年没有写诗了。《诗篇》摊开在天津四丙的塔楼里，除了已经发表的之外，仅仅完成了几页。我一直在使用思想处理器写小说，随着我进入书房，其中一只开动了。**见鬼**，它打印了出来，**我对我的缪斯干了些什么?**

它说，我现在这些作品的风格中，有什么东西让我的缪斯逃跑了，神不知鬼不觉。有些人从来不写，这些人从来不为创作冲动感到激动，向他们讲述缪斯，就像在使用修辞格，就像一个离奇的幻想。但是对我们这些以词语为生的人来说，我们的缪斯是真实的，她是我们的一切，就像语言的黏土，我们靠它们来进行雕刻。一个人写作时（真正写作时），就好像众神在给他发送超光信息一样。真正的诗人，在他的头脑成了钢笔或者思想处理器这样的工具之后，处理着那些不知从哪泉涌而来的发现，并且将它们表述出来，那个时候，他们也无法用言语表达这种喜悦之情。

然而，我的缪斯逃掉了。我跑到我其他世界的家中，四处寻觅她，但是装饰着艺术品的墙上，空荡荡的房间里，唯有寂静在那儿回响。我传输到最喜欢的地方，望着太阳落进被风吹斜的大草原，夜晚的迷雾遮住了永埔星的乌黑峭壁，但是尽管我挖空了自己堆满无穷尽《濒死的地球》的垃圾文的头脑，我的缪斯还是一丝声响也没有。

我在酒精、在闪回中搜寻着她，重又回到了天国之门的多产日子，当时灵感持续不断地在我耳朵里嗡嗡直响，打断我的工作，把我从睡梦中叫醒，但是在这些重现的日日夜夜，她的声音沉默，混乱，就像来自被遗忘的世纪里的损坏的音频磁碟。

我的缪斯逃走了。

我如约传输到泰伦娜·绿翼-翡的办公室。泰伦娜已经从硬传部首席编辑晋升到了出版人的职位。她的新办公室占据了鲸逖中心超线尖塔的最高层，屹立在那儿，仿佛栖息在银河最最高的铺着地毯的山峰尖顶；唯有略微偏振的密蔽场的无形圆屋顶在头顶上拱起，地毯的边缘终止在六千米的垂势上。我心想，其他作者会不会有往下跳的冲动呢。

“是新作吗？”泰伦娜问。这星期，卢瑟斯主宰了这个风尚宇宙，“主宰”是个非常正确的字眼；我的这位编辑穿革戴铁，锈迹斑斑的长钉绕在她的手腕和脖子上，巨型弹药带从她的肩膀横跨过左胸。弹药看上去像是真的。

“对。”说完，我把装着手稿的盒子扔上她的桌子。

“马丁，马丁，马丁，”她叹气，“你什么时候会把你的书传输给我，而不是费尽力气地打印出来，大老远亲自把它们送到这儿来呢？”

“亲自把它们送过来，会让我有一种奇怪的满足感，”我说，“尤其是这篇。”

“哦？”

“对，”我说，“你为什么不读读呢？”

泰伦娜一边笑，一边用黑指甲敲着弹药带的弹药筒。“马丁，我知道，它肯定达到了你一贯的高水准，”她说，“不读我就知道。”

“请读一读。”我说。

“真的，”泰伦娜说，“我也不知道什么原因。当着原作者的面读他的新作，总让我感到不舒服。”

“这部作品不会的，”我说，“你只要读读前几页。”

她肯定在我的口气中听出了点什么，于是微微皱了皱眉，打开了盒子。她读了第一页，翻阅着稿子的其他部分，那眉头皱得更紧了。

第一页仅仅只有一句话：“然后，十月的一个美丽清晨，濒死的地球吞下了它自己的内脏，最后一次痉挛，死了。”其余的两百九十九页空空如也。

“你在开玩笑吗，马丁？”

“不。”

“那是狡猾的暗示吗？你打算开始写新系列了？”

“不。”

“马丁，我们已经预料到了。我们的故事策划员为你想了好几个系列的点子，都很激奋人心。萨博威兹先生觉得你可以为全息电影《腥红复仇者》[①]写小说，这肯定棒极了。”

① 腥红复仇者：美国“DC漫画”创造出来的漫画人物。

“你可以把‘腥红复仇者’贴在你自己的法人屁股上，”我由衷地说，“我和超线玩完了，和你那称之为小说的嚼烂了的稀粥玩完了。”

泰伦娜的表情没变。她的牙齿不再是尖的；今天，它们变成了生锈的铁，和她手腕上的尖刺及脖颈上的项圈相配，“马丁，马丁，马丁，”她叹了口气，“你快给我道歉改正，好好说话，不然，你就不知道你会怎么玩完。不过这可以等明天再说。回家清醒清醒，好好想一想吧，怎么样？”

我朗声大笑。“八年来我一直清醒得很，夫人。我仅仅花了片刻时间，就意识到并不是只有我一个人在写这些废柴……今年环网出版的书没有一本不是彻头彻尾的垃圾。哈，不过，我打算下你们这艘贼船了。”

泰伦娜站起身。我第一次注意到，在她那模拟帆网的皮带上，挂着一根军部的死亡之杖。我期望那只是个设计出来的赝品，就像那装束的其他东西一样。

“听着，你这可怜虫，你这无能的雇佣文人，”她满脸鄙夷地说道，“超线拥有你全身上下所有东西。如果你再敢胡说八道，我们就让你去哥特罗曼工厂工作，给你取名叫迷迭香·山雀。现在给我回家，清醒清醒，继续写你的《濒死的地球·卷十》去吧。”

我微笑着摇摇头。

泰伦娜微微眯起双眼。“你还拿着我们一百万马克的预付薪水，”她说，“只要一句话，我们就能没收你那房子的所有房间，除了你用作茅坑的该死筏子。你尽可以坐在上面，等大海将你灌个满头屎。”

我最后一次笑起来。“那可是设施齐全的清理单元，”我说，“还有，我昨天把房子卖了。预付结余款现在应该已经到账了。”

泰伦娜拍了拍死亡之杖的塑料把手。“你知道，超线已经买下了《濒死的地球》的版权。我们只要叫别人写书就行了。”

我点点头。“他们尽可拿去。”

我的前任编辑终于意识到我是来真格的，她的语气变了。我感觉到，如果我留下，对她来说是有百利而无一弊。“听着，”她说，“我确定我们能解决的，马丁。前几天我跟总监说过，你拿到的预付款太少了，超线应该让你自己构思故事……”

“泰伦娜，泰伦娜，泰伦娜，”我叹了口气，“再见。”

我传输到复兴之矢，然后来到吝啬星，在那儿登上一艘神行舰，经过三个星期的旅程，来到阿斯奎斯，来到哀王比利那人满为患的王国。

对哀王比利的素描：

威廉二十二世皇族陛下，流亡之温莎的至高无上之王，看上去有点像摆在热炉子上的蜡人。他的长发仿若溪流，软绵绵地垂在萎靡的双肩上，而额头上的皱纹如涓涓细流，流淌进那巴塞特猎犬似的眼睛周围的皱纹支流，接着又朝南部流淌，越过皱纹线，来到颈部和下颌的垂肉迷津。据说，比利王会让人类学者想起金沙萨这个偏地上的忘忧玩偶，会让禅灵教回想起太真寺着火之后的慈悲佛陀，会让媒体史学家冲向他们的档案，核查一下远古一个叫查尔斯·劳顿[①]的平面电影演员的照片。但这些相关人等对我毫无意义；我看着比利王，想起的是我那死了好久的导师巴尔萨泽君经过了一星期花天酒地之后的样子。

① 查尔斯·劳顿（Charles Laughton，1899–1962）：英国演员。其表演异常丰富多彩，各种类型的角色和各种经历的人生他都能演得得心应手。特别是他那副娃娃脸臃肿又稚气，说变就变，忽阴忽阳，能将角色复杂的内心活动揭示无遗，被称为“千面人”。

哀王比利那忧郁悲观的名声是言过其实了。他经常笑；仅仅是他比较倒霉，他那独特的笑声让大多数人觉得他是在哭泣。

容貌与生俱来，无法改变，但是陛下大人呢，他的整个人格都会让人想起“弄臣”或者“牺牲品”。他身上所穿，如果能用“穿”这词的话，是某种接近乱七八糟的东西，他公然反抗机器人仆人的审美观和色彩感，以至于有些天他会让自己和环境不协调。他的外表不仅仅局限于服饰上的混乱——威廉王永远处于衣不遮体的状态下，纽扣大开，丝绒披风破烂褴褛，带着静电，吸引着地上的碎屑，他左袖的饰边足有右袖的两倍长，而右袖——反过来——就像蘸到了果酱里似的。

明白了吧？

尽管如此，哀王比利悟性十足，对艺术和文学充满了勃勃激情，自从古老旧地的真正文艺复兴日子以来，无人能与之匹敌。

在某些方面，比利王就是个总把脸压在糖果店橱窗上的胖孩子。陛下大人热爱、欣赏美好的音乐，但是自己却不会创作。他是芭蕾舞及一切优美之事的鉴赏家，但又是个木头人。比利王，一个屁股着地摔倒的连续剧人物，一个笨拙的漫画人物。他是一名热情的读者，一贯准确的诗文评论家，辩论术的支持者，他的羞怯中混杂着结巴的言语表达，使得他无法向别人展示他的诗文才华。

比利王，一名终身学士，现已步入六十岁大关，他住在这摇摇欲坠的宫殿中，住在这两千平方英里的王国里，就好像这是他另一身乱蓬蓬的皇家衣氅。围绕着他的趣闻很丰富：有个著名的油画家，是比利王门下之客，他发现陛下大人双手扭在身后，低头走着路，一只脚迈在花园小路上，另一只脚踏进烂泥中，很明显正想入非非。画家向他的主子致意。哀王比利抬起头，眨巴着眼睛，左右四顾，似乎刚刚打了好长一个盹，现在醒了过来。“打扰一下，”陛下大人对着发呆的画家说道，“你——你——你可不可以告——告——告诉我，我是在朝宫殿走呢，还是在远离宫——宫——宫殿？”“陛下大人，您是在朝宫殿走。”画家说。“哦，真——真——真好，”国王叹息道，“那我就是吃好饭了。”

贺瑞斯·格列依高将军揭竿谋反了，阿斯奎斯这个偏地世界就在他的征服之列。但阿斯奎斯不会有多大危险，有霸主军队——军部的太空舰队可以给它撑腰。但流亡之摩纳哥的皇族统治者还是把我叫了过去，他这个蜡人似乎比以前更加熔融了。

“马丁，”陛下说，“你听——听——听说北落师门[①]的战——战斗了吗？”

“听说了，”我说，“没啥好担心的。北落师门恰恰就是格列依高想要攻击的对象……弹丸之地，仅有几千殖民者，但矿藏丰富，而且离环网至少有——多少来着？二十个标准月的时间债吧。”

“是二十三个，”哀王比利说，“那你觉——觉——觉得我——我们没有危——危险是吧？”

“不是不是，”我说，“我是说，霸主派军队从环网实时传输到这儿，仅仅需要三周时间和一年不到的时间债，速度远比将军从北落师门到这儿快多了。”

“也许吧，”比利王靠在一个地球仪上沉思着，然而那球体在他的重压下开始旋转，比利王直挺挺地跳起来，“不——不过，小——小心起见，我还是打算开始我们的逃——逃亡。”

我眨了眨眼，惊讶万分。比利以前的确说过，要把这流亡的王

① 北落师门（Fomalhaut）：南鱼座中最亮的一颗星，距地球24光年。

国重新迁址。尽管他唠叨这件事快两年了，但是我从没想过他会把事情进行到底。

“太——太——太……飞船已经在——在帕瓦蒂准备好了，”他说，“阿斯奎斯同意给——给——给……提供给我们去环网的运输舰。”

“但宫殿怎么办？”我说，“图书馆呢？农庄和土地呢？”

“当然，捐掉，”比利王说道，“但是图书馆的东西会和我们一起走的。”

我坐在马毛沙发椅的扶手上，揉揉我的脸。十年来，我一直待在这王国里，我从比利的门客，变成了导师、知己、朋友，但我从不会假装理解这混乱的神秘人士。我刚刚抵达这里时，他就立即召见了我。“你——你——你愿——愿——愿意——加——加入我们小小殖民地的有——有——有才华的队伍中吗？”当时他问我。

“愿意，陛下。”

“你——你——你还会写——写——写《濒——濒——濒死的地球》这样的书吗？”

“如果忍得住我就不写，陛下。”

“瞧，我读——读过，”这小人说，“很——很——很有趣。”

“多谢夸奖，大人。”

“胡——胡——胡说，塞利纳斯先生。显然是有人把它删——删——节了，留下了那些最为劣质的部分，这真是天大的曲解，正是这样我才觉——觉——觉得有趣。”

我笑了。我感到意外，我突然发现自己将会喜欢上哀王比利。

“但——但——但是《诗篇》，”他叹了口气，“那——那——那本书，也许是近两个世纪环网出版的最棒的诗——诗——

诗文了。你是如何经过那位平庸的编辑的手，把它发表的，我永远也搞不清楚。我为我的王——王——王国买了两千本。”

我微微低下头，自从二十年前我那中风后的日子以来，我第一次找不到合适的字眼了。

“你还会写《诗篇》这样的诗——诗——诗么？”

“我来这儿，就是要试试看，陛下。”

“那就欢迎，”哀王比利说，“你可以住在城——城——城堡的西侧大楼。就在我办公室边上，我的大门永远为你敞开。”

现在，我扫了一眼那紧紧关闭着的大门，扫了一眼这矮小的君主——即使微笑时——他的眼睛看上去仍像快哭出来似的。“海伯利安吗？”我问。他曾多次提到这个原始的殖民世界。

“对。机器人种舰已经到那好几年了，马——马——马丁。它们是开路先锋。”

我惊讶地扬起眉毛。比利王的财富不是来自王国的资产，而是来自投向环网经济的大笔投资。虽然如此，如果他这么多年来一直在偷偷摸摸实行再度移民的计划，那巨大的开销肯定令人咋舌。

“马丁，你——你——你记得为什么原来的殖民者要把这星——星——星……世界命名为海伯利安吗？”

“当然。大流亡前，这群殖民者是土星某个卫星的居民。没有地球的补给，他们就活不下去，于是他们迁移到了这个偏地上，把这个星球以他们的卫星名字命了名①。”

比利王愁容满面地笑了。“你知道为什么这个名字有——有——有利于我们一直以来谋求的目标吗？”

我花了十秒钟，想明白了其中的联系。“济慈。”我说。

---

① 此处指土卫七，它的名字也叫“海伯利安”。

几年前，我和比利王对诗文的精髓进行过长久的讨论，讨论快结束时，比利问我，曾经活过的诗人中，谁是最纯粹的诗人。

“最纯粹？”当时我问，“你是说最伟大吗？”

“不，不，”比利说，“讨论谁——谁——谁是最最伟大的，那太可笑了。我很想知道你对最纯——纯——纯粹的看法……你描述的最接近精髓的东西。”

我对这个问题想了好几天，最后我把答案带给了他，当时我们看着宫殿旁峭壁顶端的落日。红蓝相间的影子越过琥珀色的草地，向我们伸来。“济慈。”我对他说。

“约翰·济慈，”哀王比利轻声说道，“啊，”过了片刻他问，“为什么？”

于是，我把我知道的一切，关于这个十九世纪旧地诗人的一切都告诉了他；他的生平、创作，以及早逝……但跟他说得最多的还是这个人是如何将自己的生命几乎全部献给了诗歌创作的神秘和美丽。

当时，比利看上去兴致十足；现在，他似乎被迷住了，他摆摆手，一个全息模型出现了，几乎填满了整个房间。我朝后退去，跨过山丘、房子和啃草的动物，以便好好看看。

“看哪，海伯利安。”我的保护人小声说道。跟往常一样，比利王聚精会神的时候，就会忘记自己的口吃。在不同的观测点，全息像会改变：河岸城市，港口城市，高山房屋。山上有座城市立满了墓碑，跟附近山谷里的奇怪建筑真是天生一对。

“光阴冢？”我问。

“对。这已知世界最伟大的神秘。”

我对他的夸张修辞皱了皱眉头。“他妈的是空的，”我说，“自发现它们以来，它们一直是空的。”

“它们是某种奇怪逆熵场的源头，那些力场静静地逗留在那，”比利王说，“奇点之外的少数几个现象之一，敢于篡改时间。”

“没什么了不起的，”我说，“那肯定就像往铁身上涂防锈漆。它们可以很耐久，但是它们完全就是空空如也。我们什么时候开始搞他妈的科技了？”

“不是科技，”比利王叹息道，他的脸上现出了深深的皱纹，“而是神秘！那地方的不可思议对创造之灵很有必要。那是古典乌托邦和异教徒神秘的完美结合。”

我耸耸肩，这并没有打动我。

哀王比利摆了摆手，全息像消失了。“你的诗——诗——诗有进展了吗？”

我双臂交叉，瞪着这个帝王，这个矮人蠢蛋。“没有。”

“你的缪——缪——缪斯回来了吗？”

我一句话也没说。如果目光能杀人，那我们都将在黄昏前哭喊着：“国王死了，国王万岁！”

“很——很——很好。”他说，脸上的表情显示出，他既可以悲哀忧愁，也可以自命不凡地令人难以忍受，“我的孩子，整——整——整理一下你的包。我们要去海伯利安了。”

（淡入）

哀王比利的五艘种舰就像金色的蒲公英飘在湛青的天空中。白色的城市矗立在三座大陆上：济慈、安迪密恩、浪漫港……还有诗人之城本身。八千多艺术的朝圣者逃脱了平庸暴政，希望在这滥砍滥伐的世界上找到幻想的复兴。

大流亡后的那个世纪，阿斯奎斯和流亡之温莎是机器人生物成品的中心，现在，这些蓝皮肤的人类之友在这儿劳作耕种，他们明白，一旦这最后的劳动完成，他们便能获得自由。白色之城矗立起来了。土著，他们已经厌倦了扮演土人，从村子和森林里走了出来，帮我们改造殖民地，让这个地方更符合人类规范。技术统治论者、官僚主义者、生态统治论者，这些人被解冻，被释放在这毫无猜忌的世界上，哀王比利的梦想又向现实迈近了一步。

我们抵达海伯利安后，贺瑞斯·格列侬高将军已经挂了，他那短暂残暴的叛变被镇压了，但是我们没有回去。

有几个粗犷朴实的艺术家和工匠狂傲地抛弃了诗人之城，跑到杰克镇或浪漫港，竭力维持充满创造力的艰苦生活，有些人甚至跑到了正在开拓的边境外。但是我留了下来。

在海伯利安的最初几年里，我没有找到缪斯。对许多人来说，地域扩张了（由于有限的运输方式，在这儿，电磁车靠不住，掠行艇很稀有），人造意识缩减了（这里没有数据网，只有一台超光发射器，无法接入全局），所以，这一切导致了创造活力的复兴，产生了作为人类和艺术家的新成就。

这或许是我听说的。

没有缪斯出现。我的诗文继续精于表面，跟哈克·芬的猫一样死翘翘了。

我决定结束自己的生命。

但是首先，我花了些许时间，至少有九年吧，实施了一项感化工作，给新海伯利安提供它所缺乏的一样东西：颓废。

通过一名生物塑师（这家伙名副其实，叫作葛劳曼·木斧），我拥有了长满毛的肋腹、蹄子以及山羊腿，那都是色帝所拥有的。我悉心照料自己的胡须，延长了耳朵。葛劳曼对我的性感皮囊作了有意思的改造。消息一传十十传百。农夫女孩、土著、我们忠诚的城市规划者和先驱者的老婆——都等待着海伯利安唯一一名常驻色帝的登门拜访，或者，她们自己会登临我的府上。我明白了“男器崇拜”和“男性淫狂”到底为何物。除了无休止的性角逐，我还让自己的酒量比拼成为了传奇佳话，让我的词汇又回到了接近旧时的中风后状态。

真他妈奇妙。真他妈见鬼。

然后，一天夜里，我打算放弃打爆自己脑袋的计划时，格伦德尔出现了。

对我们的来访怪物的素描：

我们最可怕的噩梦活过来了。某个邪恶之物避开了日光，那是莫比阿斯博士和壳蘣老妖[①]的幽影。老妈，把火举高，格伦德尔今晚就要出洞了。

起初，我们觉得失踪的人仅仅是跑到别处去了；我们这座城市的饮泣之墙上没有岗哨，事实上，连座城墙也没有，那蜜酒厅的大门口甚至也没战士。然后，一名丈夫报告说，他的老婆晚餐过后，在给两个孩子喂奶前，没了踪影。抽象内爆表演家霍班·克里斯图斯，周三没有出现在诗人圆剧场，没有进行他的表演，八十二年的演员生涯中，这是他第一次错过上场表演。忧心四起。哀王比利视察完杰克镇的重建工作回来后，答应大家会加大城市保安力度。镇子四周拉起了传感器网络。飞船安保官扫荡了光阴冢，回报说还是空无一物。机械部队被派进翡翠茔底部的迷宫入口，经过六千米的探查，什么也没发现。掠行艇——不管是自动化还是人工驾驶的——扫荡了城市和笼头山脉之间的地盘，没有探测到比石鳗还大

① 电影《惑星历险》（Forbidden Planet，1956）中的人物和怪物。

的热信号。之后一星期，没有人再失踪。

然后死亡开始了。

雕刻家皮特·加西亚的尸体被发现了，在书房……在卧室……在远处的院子里。飞船安保干事楚寅·海内斯真是蠢到家了，他对新闻记者是这样说的：“看上去他是被某只凶恶的动物撕碎了。可我没见过什么动物可以把一个人折磨成这样的。”

我们所有人都在背地里瑟瑟发抖，大受刺激。对，台词很烂，直接出自那些自己吓自己的数百万平面和全息电影，但是现在，我们都成了这电影的一角。

嫌疑转向最显眼的：一个精神变态者在我们中间逍遥法外，也许是在用脉冲刀或者地狱之鞭杀人。这次这家伙没来得及处理掉尸体。可怜的皮特。

飞船安保干事海内斯被炒了鱿鱼。市执行长普瑞特从陛下大人那得到批准，可以雇佣二十名军官，训练他们，组成一支城市警卫武装力量。谣言四起，说他们将对整个诗人之城的六千人进行测谎试验。路边餐馆里议论纷纷，满是有关人权的言论……我们并不在霸主管辖范围内，按这个道理，我们难道还有人权吗？……人们开始策划一些轻率的计划来逮住这凶手。

然后屠杀开始了。

凶杀没有固定模式。发现的尸体要么是两块三块，要么是单独一具，要么是屁都没有。有些失踪之人没在地上留下一滴血；有些人则留下了几加仑的血块。没有目击者，也没有受袭的幸存者。地点似乎无关紧要：魏蒙特一家住在一栋偏远的别墅里，但是希拉·罗布就在镇中心的塔楼工作室里一命呜呼了；两名遇害者在晚上各自失踪，当时他们显然是在禅园中散步；而大臣莱曼的女儿，虽然有私人保镖保护，但她独自待在哀王比利宫殿十七层的浴室里时，还是突然不见了。

在卢瑟斯，在鲸逖中心，或是其他十几个古老环网世界上，一千人之死合计起来才会成为小小的新闻——那也不过是数据网中的短期条目，或者是早报的内页。但是这个五万人殖民世界的总共只有六千人的城市里，十几桩凶杀案——就像格言中说的“早上被绞死”一样——完全会吸引住每一个人的眼球。

我认识一开始的一个受害者。希希普里斯·哈里斯是我作为色帝最先俘获的一个（也是最热烈的一个），是个美人胚子，长长的金发，柔软得仿佛不是真物，肤色如同刚摘下的桃子，纯洁得让人不敢有触摸的奢想，美得让人不敢相信：正是那种连最胆小的男子也梦想玷污的尤物。现在，希希普里斯真的被玷污了。他们仅仅发现了她的头，竖立在拜伦爵士广场的中心，就好像她脖子以下的部分被埋在了可移动的大理石中了。当我听到这些细节，我终于明白了我们在和什么生物打交道。在老妈的庄园里，我曾养过一只猫，它在大多数夏季早晨也会在南部庭院里留下类似的祭品——向上凝视的老鼠脑袋，竖立在沙岩上，带着纯粹的啮齿动物的惊愕，或者地鼠的暴牙微笑——那是骄傲的饥饿掠食者的猎杀战利品。

哀王比利登门拜访，当时我正在写我的《诗篇》。

“早上好，比利。”我说。

“是陛下！”陛下大人大动肝火，很少会看到他那高贵的怒火。自从那高贵的登陆飞船着陆在海伯利安以来，他的口吃也消失了。

“早上好，比利，陛下。”

“哼。”我的君主咆哮道，他挪开了几张纸，却不知怎么正好坐在了干净长凳上唯一被咖啡溅到的地方。“塞利纳斯，你又开始写了。”

我没觉得有什么理由要承认这明摆着的事实。

“你总是用钢笔写吗？”

“不，”我说，“只有我想写点值得一读的东西时，才会用钢笔。”

“那这值得一读吗？”他指指那小堆的手稿，那是我用两星期的劳作积累起来的。

“值。”

“值？就一个值？”

“对。”

“我可以快点读到它吗？”

“不。”

比利王低头一瞧，终于发现自己的左腿沾到了咖啡。他皱皱眉，挪开身子，用披风的一角抹了抹那不断缩小的咖啡小水坑。“绝不吗？”他问。

“绝不，除非你能活得比我久。”

“正有此意，”国王说道，“一旦你这只勾引王国里母羊的山羊断了气。”

“你是在比喻吗？”

“丝毫不是，”比利王说，“只是一句评论。”

“自从童年在农庄里以来，我从来没有对母羊瞧过一眼，”我对他说，“我用一首歌答应过我的老妈，我再也不会未经她允许，和绵羊乱搞。”比利王悲哀地旁观着，然后我唱了一首古老小调中的几节，那歌叫《不会再有另一匹母羊了》。

“马丁，”他说，“有什么人或是什么东西在杀死我的人民。”

我把纸和钢笔放在一边。“我知道。”我说。

“我需要你的帮助。”

“老天，我能帮什么？难道你寄希望于我，要我像某个全息电视上的侦探一样追捕这个杀手吗？你难道要我在他妈的莱辛巴赫瀑布[①]跟他来个你死我活的搏斗吗？”

“马丁，我很想你这么做。但是现在，你只要给我一些看法和建议，我就心满意足了。”

“看法一，”我说，“来这儿真是蠢。看法二，留下来更蠢。全部建议：走为上计。”

比利王悲痛地点点头。“离开这个城市，还是离开海伯利安？”

我耸耸肩。

陛下起身走到我那小书房的窗边。窗子外是一条三米长的小路，通向隔壁的自动化再生庄稼的砖墙。比利王看着窗外的风景。“你知道……”他说，“伯劳这个古老传说吗？”

“一丁点儿。”

“土著把这怪物和光阴冢联系在了一起。”他说。

“那些土著在肚皮上抹上颜料庆祝丰收，还抽非基因重组的烟草。”我说。

比利王点了点头，赞同我的聪明才智。他说：“霸主初登陆小队对这一地区相当谨慎。他们建起了多频段录音器，把基地建在笼头以南的地方。”

“嗨，”我说，“陛下大人……你到底想要什么？就因为你把

① 柯南·道尔在《最后一案》中，让他笔下的福尔摩斯与他的死敌詹姆斯·莫里亚蒂教授在莱辛巴赫瀑布决斗，最后双双跌入深渊。

城市建在这儿，弄得一团糟，你就想让我赦免你吗？那我就赦免你。我的孩子，去吧，从此不要再犯罪了[①]。现在，如果你不介意，尊贵的大人，一路平安[②]。我得去写下流五行打油诗了。”

比利王没有从窗边扭头离去。“马丁，你建议我们撤离这个城市，对吗？”

我迟疑了一秒钟。“当然。”

“你会和其他人一起走吗？”

“为什么不呢？”

比利王转身，盯着我的眼睛，“真的会吗？”

我没回答。一分钟后，我把脸转开了。

“我就知道。”这个星球的统治者说道。他那矮胖的双手握在身后，再一次盯着那堵墙。“如果我是侦探，”他说，“我也会起疑心的。这个城市最少产的公民，在十年的沉寂之后，又重新拾笔写作了。那是在什么时候呢，马丁？……恰恰就是在第一次谋杀的两天后。他竟然从原先的社交生活中消失了，把时间花在了撰写史诗上……为什么？连年轻女子们都脱离他的山羊情欲的魔爪了。”

我叹了口气：“陛下，什么山羊情欲？”

比利王扭头扫了我一眼。

“好吧，”我说，“你逮住我了。我坦白。是我杀了他们，是我沉浸在他们的鲜血中。这他妈就像文学春药一样管用。我估计最多再需要两……三百名受害者，我就可以发表我的下一本书了。”

比利王转身背对着窗户。

“怎么啦？”我说，“你还不信吗？”

“不。”

---

① 出自《约翰福音》8:11。

② 原文是西班牙语。

“为什么？”

“因为，”国王说道，“我知道谁是凶手。”

我们坐在暗黑的全息显像井中，看着伯劳杀死了小说家希拉·罗布和她的情人。光线很昏暗；希拉那中年的肉体似乎闪烁着苍白的荧荧之光，而在朦胧中，她那年轻男友的白臀给人一种错觉，似乎是漂浮在那里的，并且与他古铜色的身体分了家。他俩的激情正达到狂暴的顶峰，此时，费解之事发生了。没有最后的猛插，没有高潮的突然停顿，那年轻人突然向后浮了起来，升到了空中，似乎希拉用什么方式，力大无比地把他喷出了她的身体。磁碟上的音轨，原先充斥着这种活动老套的喘息、敦促、命令，而现在，整个全息井突然充斥了尖叫声——首先是那年轻人的，然后是希拉的。

那男孩的身体撞到摄影机视角以外的一面墙上，发出“砰”的一声。希拉的身体躺在那儿等候着，那姿势既悲惨又滑稽，门户洞开，双脚大张，手臂敞开，胸部平平，大腿苍白。她的脑袋原先心醉神迷地朝后仰去，但是现在她抬起了头，惊骇和愤怒已经替代了即将来临的高潮表情，那两者却惊人地相似。她张开了嘴巴想要尖叫。

可是没有话语。传来的是仿佛切西瓜的声音，那是刀刃刺穿肉体，弯钩从筋腱和骨头中抽离的声音。希拉的脑袋又仰了回去，嘴巴不可思议地大张着，身体自胸骨以下爆裂开来。希拉·罗布的肉体就像柴火，被一把无形的斧子愤怒地砍断了。隐形的解剖刀完成了开膛破肚的工作，侧面的切口看上去就像是一名疯医生的杰作，并被拍成了这伤风败俗的延时电影胶片。这是在活人身上进行的残忍尸检。或者，更准确地说，是曾经的活人，因为就在鲜血停止飞溅，身体不再抽搐之时，希拉的四肢松弛了下来，死去了，她的双腿再次张开，为的是迎合上述的淫秽电影内容。然后——短短的一秒后——床边出现了一片红与铬的模糊影子。

“停，放大，增强。”比利王对住宅电脑下达命令。

那模糊的影子溶进了麻醉药瘾君子的噩梦中：一张脸，部分是铁、部分是铬、部分是颅骨，牙齿仿佛机械狼的交叉蒸汽铲，眼睛活像红宝石激光在鲜血淋漓的宝石中燃烧，前额插着一把弯曲刺刀，长达三十厘米，耸立在水银般的头颅上，脖子周围镶嵌着类似的棘刺。

“是伯劳？”我问。

比利王点点头——不，他仅仅是点了点下巴。

“那男孩怎么样了？”我问。

“我们发现希拉尸体的时候，他并不在场，”国王说，“在我们找到磁碟前，没人知道他失踪了。我们认出他是安迪密恩的一位年轻娱乐专家。”

“你们刚刚发现全息像吗？”

“昨天发现的，”比利王说，“安全人员在天花板上发现了成像器。很小，连一毫米都不到。希拉的这种磁碟装满了一图书馆，显然，那摄影机放在那儿是为了记录……啊……”

“床戏。”我说。

“对。”

我站起身，走近那生物漂浮着的影像。我的手穿越了它的前额、尖刺、下颚。电脑计算了它的大小，把它正确表现了出来。从这东西的脑袋来判断，我们这本地的格伦德尔身高超过三米。“伯劳。”我嘀咕着，与其说是辨认，不如说是问候。

“你知道多少关于它的事？跟我说说，马丁。”

“干吗问我？”我厉声叫道，“我是诗人，又不是神话历史学家。”

"你接入过种舰的电脑，询问过伯劳的本质和起源。"

我眉头倒竖。接入电脑，同在霸主社会进入数据网一样，应该都是隐蔽的，匿名的。"那又怎样？"我说，"自从这屠杀开始后，肯定有上百人检索过伯劳传说，也许上千。这是我们真正拥有的唯一一个他妈的怪物传说。"

比利王脸上的皱纹叠了起来。"对，"他说，"但是你搜寻资料的时间，是在第一起失踪案发生的三个月前。"

我叹了口气，垂倒在全息井的垫子中。"好吧，"我说，"我承认，那又怎样？我打算把这该死的传说，用在我正在写的该死的诗里，所以我调查了一下。逮捕我吧。"

"你知道些什么？"

现在我大为光火了。我把我色帝的蹄子狠狠踩在软软的地毯上。"见鬼，就是那些档案里的事啊，"我叫道，"你他妈到底要从我这知道些什么，比利？"

国王揉揉额头，小指不小心戳到了眼睛，疼得缩紧身子。"我不知道，"他说，"安全人员想带你到飞船上去，想把你接在全面讯问接口上。但我还是选择了与你面对面谈谈。"

我眯起眼，奇怪，我感觉肚子似乎进入了零重力区，一阵抽搐。全面讯问，意味着头颅中的大脑皮层分流器和插座。大多数被这种方式讯问过的人会康复的。绝大多数。

"你可否告诉我，你打算把伯劳传说中哪一部分用在你的诗里面？"比利王轻声问我。

"当然，"我说，"根据土著创办的伯劳教会福音，伯劳是大哀之君，是末日救赎天使，从超越时间的彼岸来到这里，为的是宣告人类种族的末日。我喜欢这一奇想。"

"人类种族的末日。"比利王重复道。

“对。他是米凯尔[①]大天使、摩罗尼[②]、撒旦、蒙脸之熵、弗兰肯斯坦的怪物。所有这些集于一身。”我说，“他留在光阴冢附近，等待着时机，等到人类是时候加入渡渡鸟、大猩猩、抹香鲸，成为灭绝名单上的新近一员时，他就会出来，释放出浩劫怒火。”

“弗兰肯斯坦的怪物，”这穿着皱巴巴披风的又矮又小的胖家伙沉思着，“为什么是弗兰肯斯坦的怪物？”

我深深吸了一口气。“因为伯劳教会相信，创造此物的，是人类，他是人类以某种方式创造出来的。”我对他说，虽然我知道，我肚中的一切比利王全都知道，而且他知道的比我更多。

“他们知道怎么杀死它吗？”他问。

“这我可不知道。据说他是不朽的，超越了时间的。”

“神？”

我迟疑了片刻。“其实不是，”我最后说，“更像是宇宙最可怕的噩梦活生生地出现了。有点像狰狞持镰收割者[③]，但嗜好把人钉在巨大的荆棘树上……而这些人的灵魂仍然在他们的肉体中。”

比利王点点头。

“瞧，”我说，“如果你一定要从偏地神学出发，研究这些鸡毛蒜皮的东西，你为什么不直接飞到杰克镇去，问问那些个教会神父呢？”

“对，”国王说，矮胖的拳头抵着下巴，看样了有点心不在

---

① 米凯尔（Michael）：《圣经·旧约》中犹太人的守护天使长。《新约》则称他为救世主，捕拿并囚禁撒旦。

② 摩罗尼（Moroni）：古代预言家，据信在公元5世纪将其父摩门编写的美洲圣史掩埋在纽约帕尔迈拉附近，后来他以天使的形象出现在约瑟夫·史密斯面前，将其引导至该掩埋地。史密斯由此创造了摩门圣教，即耶稣基督末世圣徒教会。

③ 狰狞持镰收割者：将死亡拟人化为披着斗篷的男人或是手持长柄大镰刀的骷髅头，系死神形象。

焉，“他们已经在种舰上了，正在被讯问呢。这一切太匪夷所思了。”

我起身打算离开，不知道他会不会拦我。

“马丁？”

“嗯。”

“在你走之前，你能想出什么东西来，帮我们理解理解这东西吗？”

我在门口停下脚步，心脏正猛烈捶打着肋骨，想要破胸而出。“可以，”我说，我的声音游移在平静边缘，“我能告诉你，伯劳到底是谁，是什么。”

“哦？”

“它是我的缪斯。”我说，然后转过身，回到我的房间继续写作。

伯劳当然是我召唤出来的。我心知肚明。我拾笔撰写史诗，那是关于它的史诗，我召唤了它。起初有了词语。

我将自己的诗重新命名为《海伯利安诗篇》。它不是关于这个星球的，而是关于一群自封为泰坦的人类是如何灭亡的。它讲述的故事是一个无思想的狂妄种族由于粗心大意，毁灭了自己的家园，然后又把那危险的傲慢带到了群星之中，不料在那儿遇到了一位神祇的怒火，而那神祇竟然是人类自己创造出来的。这么多年来，《海伯利安》是我完成的第一部严肃作品，也是我写过的最好作品。它有趣与严肃兼备，是在向约翰·济慈的英魂致意，也成了我活下来的最后理由，它是平庸闹剧年代里的一部史诗巨作。《海伯利安诗篇》所使用的文字技巧我永远也无法获得，那知识我永远无法企及，那吟唱的声音也不是我自己的。人类的灭亡是我的主题。

伯劳是我的缪斯。

比利王撤离诗人之城之前，又死了二十多人。有些人撤到了安迪密恩，或者济慈，或者其他几个新兴城市，但是大多数人决定乘种舰返回环网。比利王的这个富有创造力的乌托邦梦想破灭了，尽管如此，国王自己还是住进了济慈的阴郁宫殿。殖民地的领导权交给了地方自治理事会，理事会向霸主申请加入保护体，并随即建立了一支自卫队。这支自卫队原先主要由土著组成，这帮人在十年前还在用棍棒互相厮打，但现在，已经由自封的军官所指挥。这些人来自我们的新殖民地。他们的成就，仅仅是用他们的自动化掠行艇巡逻部队打扰夜晚的清静，以及让他们的机动化监视机械部队和沙漠的返乡佳人结合罢了。

令人惊讶的是，我不是唯一一个没有离开的。至少有两百人留了下来，虽然我们中大多数避免社交接触，大家在诗人人行道上碰面，或者在回声不断的空寂餐殿中独自吃饭时，我们也仅仅是礼貌地笑笑罢了。

谋杀和失踪还在继续，平均每两周一次。尸体通常不是由我们发现的，而是被地区自卫队长官发现的，他要求每隔几周就对市民人头清点一下。

第一年的景象仍然逗留在我的脑海里，并且难得地遍布在所有人的头脑中：那一夜，我们集中在聚众院，看着种舰一去不返。当时正是秋季流星雨的鼎盛时期，海伯利安的夜空已经闪耀起的金色条纹和种舰引擎点火时红色的火焰纵横交错，一个绿豆般大的太阳闪着光。一小时里，我们望着朋友和艺术家伙伴变成一条聚变火焰向远方退去。那晚，哀王比利也来到了我们中间，我还记得他走的时候朝我看了一眼，然后严肃地重新迈入了华丽的车子，回到了济慈那个安全之地。

随后的十几年里，我离开城市的次数仅有五六次；一次是为了找个生物塑师帮我除掉这一身的色帝行头，其余几次是出去买食物和生活用品。当时，伯劳教会已经恢复了伯劳朝圣，在我离开城市的旅程中，我会用到他们通向死亡的精致大道，但方向却是反过来的——我会走到时间要塞，乘空中缆车越过笼头山脉，然后乘风力运输船，以及冥府渡神游船向霍利河下游进发。回程的时候，我会凝视着这些朝圣者，琢磨着谁会大难不死。

很少有人光顾诗人之城。我们半道中殂的城堡开始变成崩溃的废墟。风雨商业街廊壮丽的金属玻璃穹顶和隐蔽的拱廊上爬满了藤蔓；火葬莠和伤痕草在石板间蓬勃生长。而自卫队也出来添乱，他们安置了饵雷和陷阱，想要杀死伯劳，但仅仅是摧毁了这个一度漂亮过的城市。水利垮掉。沟渠坍陷。沙漠蚕食。我在比利王废弃宫殿里一个一个的房间中来回往返，继续写我的诗，等待着我的缪斯。

如果你好好想一想，就会发现这因果关系就像是数据艺术家卡洛鲁斯的疯狂逻辑循环指令，又像是埃舍尔的版画：伯劳的出现归因于我的诗文的魔咒之力，但是如果没有伯劳的威胁或是作为缪斯出现，这些诗就不可能存在。在那些日子里，也许我真的有点疯。

十几年内，一个个人暴毙而亡，这个业余艺术爱好者的城市变得越来越冷清，到最后只剩下我和伯劳。每年的伯劳朝圣通道是对这个城市的小小刺激，远方的旅行队会穿越沙漠去光阴冢。有时候会有少许人回来，越过朱红沙地逃窜到西南方二十公里以外的时间要塞这个避难所。更多的时候，一个人也不会出来。

我在城市的阴影中观看。我的头发和胡子疯长，最后掩盖了一身的破衣。我多半在晚上出来，在废墟中游走，就像鬼鬼祟祟的影子，有时我会凝视着自己那栋明亮的宫殿城堡，就像大卫·休谟[1]在注视自己的窗户，一本正经地下了判断：他不在家。我从没把食物合成器从餐殿搬到自己的房间，我喜欢在那回声不断的空寂中享用餐饭，就在那破裂的意大利大教堂下。我感觉，我就像某个糊涂的伊洛[2]将自己养得肥肥胖胖的，等着填饱那些躲不了的莫洛克一样。

我从来没见过伯劳。许多夜里，就在破晓前，我会听到突如其来的声音，把我从瞌睡中惊醒——金属刮擦在石头上的声音，什么东西行走在沙地上的飒飒声。虽然我经常确信无疑，有什么东西正注视着我，但是我从来没见过这个注视者。

有时候我会来一次短途旅行，出发去光阴冢，特别是在晚上，我会走在狮身人面像的复杂阴影中，或者透过翡翠茔那翠绿的墙壁凝视星空，同时躲避着逆熵场时间潮汐那柔软而令人惊惶的拉扯。正是在其中一次夜晚朝圣归来后，我发现书房里来了一名不速之客。

“太感人了，马——马——马——马丁。”比利王说，拍了拍一堆稿子，房间里四处堆着好几堆呢。这位失败的君王坐在长桌子边上的特大号椅子中，他看上去极其苍老，比以前更加熔融了。显然，他已经在那儿读了好几个小时。“你真——真——真的觉得人类应——应——应该这样结束吗？”他轻声问。我有十几年没听到这结巴声了。

我走进房间，但是没有应声。二十多标准年里，比利一直是我的朋友，我的恩主，但是此时此刻，我真想把他一刀剁了。一想到

---

① 大卫·休谟：（David Hume，1711−1776），苏格兰哲学家、历史学家、经济学家。他主张人只能相信通过自己亲身观察所得到的知识。他的哲学是近代欧洲哲学史上第一个“不可知论”的哲学体系。

② 威尔斯的《时间机器》中，时间机器带亚历山大教授跨越了一个冰河世纪。在那里的都是熬过浩劫存活下来后生命力异常顽强的人类。其中的一些变成了和平、友好、温和有礼貌的伊洛人，而另外的一些则演化成了生性残暴、近乎于怪兽的莫洛克人。

有人擅自读我的《海伯利安》，我便感到满腔的怒火。

“你的诗——诗——诗……诗篇注——注——注着写作时间呢？”比利王说，快速翻阅我最近完成的一叠诗。

“你怎么来的？”我厉声叫道。这不是随口一问。掠行艇，登陆飞船，直升机，这些东西在近几年来，在飞往光阴冢的途中都没多少好运气。那些机器虽然抵达了，但“没”了乘客。这些诡异之事在给伯劳神话添砖加瓦呢。

这小人躲在皱巴巴的披风里，耸耸肩。他的这套行头本是为了表现出显赫华丽，却仅仅让他看上去像是大腹便便的小丑。“我跟着最后一批朝圣者来的，”他说，“然后从时间要塞那儿爬——爬——爬了下来，来看看你。马——马——马——丁，我发现你有好几个月没写一个字了。你能跟我解释一下为什么吗？”

我沉默地怒目而视，侧身走近。

“也许我能解释。”比利王说。他看了看《海伯利安诗篇》的最后一页，似乎那里藏着这个又长又费解谜题的答案。“最后一节写于去年的某星期，正是詹·特·特里奥失踪的那星期。”

“然后呢？”我已经走到了桌子的远端，装出一副随意的神情，把一小堆手稿朝我拉近，让比利鞭长莫及。

“那——那——那——那天……根据自卫队监视员说……是诗人之城最——最——最后一个居民死掉的日子，”他说，“最后一个，除——除——除了你，马丁。”

我耸耸肩，开始沿着桌子走。我得走到比利那儿，又得不让稿子挡道。

“你瞧，你还——还——还没写完，马丁，”他的声音低沉、悲伤，“人类还是有可能从没落中幸——幸——幸——幸存下来的。”

"不可能。"我说道，走得更近了。

"但是你没法写了，对不，马丁？你没法写——写——写——写这部诗了，除非你的缪——缪——缪斯开始屠杀，对不？"

"放你的狗屁！"我大叫。

"也许吧，但这巧合实在醉人。你有没有想过，你为什么会被饶过一命，马丁？"

我又耸了耸肩，把另一堆纸拉过来，不让他碰。我比比利高，比他壮，而且心怀叵测，我必须确定，我把他从椅子中拎起来掷出去的时候，他怎么挣扎也损坏不了这些稿子。

"该——该——该——该解决解决这个问题了。"我的恩主说。

"不，"我说，"是你该滚蛋了。"我把最后一堆诗文推到一边，举起双手。我惊讶地看见自己的一只手正握着黄铜烛台。

"请你住手。"比利王轻声说，从衣兜里拿起一根神经击昏器。

我仅仅停了一秒钟。然后大笑道："你这可怜的低贱骗子，"我说，"那他妈的武器是你的命根子，你难道敢用么？"

我往前迈去，举着烛台砸去，要把他击晕扔出去。

我的脸靠在庭院的石头上，一只眼睛勉强睁开，看见群星仍然透过风雨商业街廊那破败穹顶的栏栅照射下来。我的眼皮抬不起来，四肢和躯干感到隐隐刺痛，感觉终于回来了。似乎我的整个身体沉睡过去了，而现在刚痛苦地醒来。我痛得直想大叫，但是下巴和舌头却罢工了。突然，我被扶了起来，靠在了一条石凳上，我能看见整个庭院，以及李思梅特·考贝特设计的无水喷泉。在黎明前流星雨一闪一闪的照射下，青铜拉奥孔[1]正和青铜巨蟒搏斗。

“抱——抱——抱歉，马丁，”传来熟悉的声音，“可——可——可这疯——疯——疯狂的一切必须结束。”比利出现在我面前，他手里拿着一大叠稿子。其他一堆堆纸正躺在喷泉的骨架上，栖息在金属特洛伊战士的脚底。边上蹲着一只开了口的煤油桶。

我试图眨眨眼。眼皮动起来就像生锈的铁。

“你的晕眩几秒——秒——秒……几分钟就会过——过——过去的。”比利王说。他走到喷泉中，举起一捆手稿，打火机轻轻一点，把它点燃了。

“不！”我从紧咬着的牙关中痛苦地喊出了声。

火焰舞动着，熄灭了。比利王松手让余烬掉进喷泉，然后拾起了另一叠纸，卷成圆柱形。火焰照亮了他皱脸上的泪水。“是你把——把——把它引——引——引出来的，”这小人气喘吁吁道，“一定要结束这一切。”

我挣扎着想要站起来。我的双手双腿扯动，如同牵线木偶被胡乱牵引的四肢。那痛苦简直难以置信。我又喊了一声，那痛心疾首的声音在大理石和花岗岩之间回荡。

比利王拿起一大捆纸，停了下来，读了读第一页的诗：

> 没有传说，没有靠山，
> 这羸弱的死亡，我怀有；
> 这永世的岑寂，我背负；
> 这一成不变的阴暗，这三个不动的身形，
> 如一轮满月，压我心头。

---

① 拉奥孔（Laocoon）：特洛伊的太阳神祭师，因警告特洛伊人不要中木马计而连同其两个儿子一起被两条海蟒杀死。

我的大脑虽燃烧，明察秋毫仍在我心，
那银色月光，洒满黑夜。
日复一日我心思，
憔悴噬我，恶魔啃我——
时时刻刻我祈祷，
死神驾临，带我离谷，
所有负担，脱离我身。
绝望喘息，这天翻地覆，
每刻每秒，我诅咒我自己。①

比利王仰望着群星，把这页纸付之一炬。

“不！”我再次叫了起来，用力弯起我的腿，然后单膝跪在地上，试图用一只手臂保持平衡，但那只手刺痛得厉害，我无力地倒向一侧。

披风中的人影又拾起一叠纸，那叠纸太厚卷不起来，他在昏暗的光线下凝视着。

我见到一张苍白脸，
不带一丁点悲伤，却是又白又凄惨。
永恒之疾来相缠，死神大人却不管，
那病不断来变换，幸福死亡不催赶。
不死不活那张脸，
胜过百合和悲伤，
除此我再无法想，然我见到那张脸……

① 这段诗文，和下段诗文，都出自济慈的诗作《海伯利安的陨落：一场梦》，作者在原基础上略有改动。

比利王拿起打火机，这一页和其他五十页纸熊熊燃烧起来。他把燃烧着的纸扔进喷泉，又去拿其他的。

“求你！”我哭喊道，重新爬起来，靠在石凳上。我的身体还经受着偶然的神经刺激的抽搐，但我不顾一切地挺直双腿：“求你。”

第三者其实并没有从黑暗中现出多少身影，没有冲击到我的意识；似乎它一直在那儿，而我和比利王却完全没有注意到它的存在，直到火焰变得更加明亮了，我才看见了。它高得无法想象，有四条手臂，以铬和软骨铸造而成，这就是伯劳。它那红色的目光向我们转来。

比利王喘息着，朝后退去，然后又走上前，把更多的诗文扔进火堆里。暖风下，灰烬慢慢堆高。一群鸽子从爬满藤蔓的破裂穹顶的钢梁中兀然起飞，爆发出一阵翅膀扇动的声音。

我朝前移动，与其说是走，不如说是蹒跚。伯劳一动不动，那血红的凝视也没有动弹。

“滚！”比利王叫道，他已经忘了自己的口吃，声音激昂，双手拿着一把燃烧着的诗文，“从哪个坑来，就滚回哪个坑里去！”

伯劳似乎微微把头倾下了一点。红光在那尖利的表面闪烁着。

“我的主！”我喊道，当时我不知道到底是在对比利王说，还是对这个来自地狱的鬼怪说，现在我也不知道。我踉踉跄跄地朝前走了最后几步，向比利的胳膊探去。

他不在那儿了。一秒前，这个垂老的国王离我仅一手之遥，下一刻，他就在十米外了，被高高地举离了庭院石地。如同钢铁棘刺般的手指刺穿了他的胳膊、胸膛和大腿，但是他仍然在翻腾，我的《诗篇》也仍在他的拳头里燃烧。伯劳把他举了出去，就像父亲献出他的孩子，打算将他洗礼一样。

“毁掉它！”比利大叫道，他被别住的手臂可怜地摆动着，“快毁掉它！”

我停在喷泉边缘，虚弱地挣扎在坠落边缘。一开始我以为他说的是毁掉伯劳……然后我觉得他是说诗文……接着我明白这两层意思都有。一千多页手稿乱糟糟地躺在无水喷泉中。我抬起那桶煤油。

伯劳一动不动，仅仅是把比利王缓缓地拉回胸口，那动作带着慈爱，真是古怪。比利扭动着身子，无声呐喊着，一条长长的钢铁棘刺从他那小丑绸缎中伸了出来，突出在胸骨上方。我蠢头蠢脑地站在那，想起了小时候展出过的蝴蝶藏品。我慢条斯理地拿起煤油桶，动作中带着机械感，将煤油泼在散乱的纸堆上。

“结果了它！”比利喘息道，“马丁，为了上帝！”

我拾起他丢在地上的打火机。伯劳仍旧一动不动。鲜血浸湿了比利外衣的黑色补丁，然后和衣服上本就有的深红方块混合在了一起。我大拇指按着古老的打火机，一次，两次，三次——只有火星。透过泪水，我能看见自己毕生的作品正躺在积灰的喷泉中。我扔掉了打火机。

比利尖叫起来。随着他在伯劳的怀抱里扭动，我隐约听见刀刃刮擦骨头的声音。“结果了它！”他喊道，“马丁……哦，上帝！”

我转过身，快速走了五步，把半桶煤油泼了出去。呛人的气味模糊了我本就模糊的双眼。比利和这个举着他的不可思议生物都被浸成了落汤鸡，活像滑稽全息电影中的两个滑稽演员。我看见比利眨了眨眼，胡言乱语；我看见伯劳轮廓分明的光滑口鼻，倒映出流星点亮的夜空，然后，比利手中仍紧紧握着的纸张的燃烧余烬点燃了煤油。

我举起双手护住自己的脸——太迟了，胡须和眉毛被火烧燎了——我踉踉跄跄朝后退，最后，喷泉的边缘挡住了我的退路。

片刻之内，这火葬堆呈现出一幅完美的火焰塑像：蓝黄相间的圣母怜子像，那是四臂圣母马利亚抱着金光闪闪的基督的雕像。那燃烧着的身体扭动拱起，仍旧钉在钢铁棘刺和二十多只解剖魔爪上，一声呐喊响彻云霄，到现在我仍无法相信那声音竟出自拥抱死亡的人。那喊声将我震得跪地不起，整个城市的每一个坚硬表面都在回响，鸽子被惊得盘旋纷飞。几分钟内那喊声仍不绝于耳，直到火焰熄灭。灰烬，眼膜图像，什么也没留下。然后，又过了个把分钟，我意识到现在回荡在耳畔的喊叫声是我自己的。

虎头蛇尾，当然是事情的一贯方式。现实生活，很少有什么像样的结局。

我花了好几个月，也许有一年吧，把被煤油损坏的诗文重新撰誊好，把被烧毁的《诗篇》重写一遍。我没有完成这首诗，这不足为奇。因为我别无选择，我的缪斯逃走了。

诗人之城安详地化为腐朽。我又在那儿待了个把年——也许有五年吧，我已经记不清了——那时候我已经疯得不行了。至今，早期伯劳朝圣的记录里还会提到一个憔悴的身影，全身毛发，一身烂衣，眼睛暴凸，此人会尖叫着口吐秽言，将他们从客西马尼[①]的睡梦中惊醒，他们看着此人对着寂静的光阴冢挥拳头，挑逗里面的胆小鬼现身。

最后，疯狂燃尽了——虽然余烬仍然在发热。于是，我开始了

① 客西马尼（Gethsemane）：《新约》中，耶路撒冷以东在橄榄山脚下的一座花园。它是耶稣被出卖并罹难的地方。

一千五百公里的徒步旅行，向文明走去，我的沉重背包里装的东西只有稿子，我以石鳗和雪为食，最近十天则滴水未进，但我仍活了下来。

此后的二百五十年不足一提，更别提重新体验了。鲍尔森疗法让这具皮囊苟活着，等待着。我经历了两次非法且不见天日的冰冻旅行，那是漫长寒冷的沉眠，每次都吞噬掉一个多世纪，每次都以脑细胞和记忆的伤亡为代价。

当时我等待着。我仍将等待。这部诗必须完成。它肯定会完成的。

起初有了词语。

最后……超越荣誉，超越生命，超越人道……

最后会有词语。

04

“贝纳勒斯”号于第二天午后不久，驶入了边陲。动力器中的一条蝠鲼死掉了，当时离目的地仅剩二十公里。贝提克放掉了它。另外一条则一直拼着老命，最后，游船停泊到一个被晒白的码头上，而它也精疲力竭，肚皮翻了过来，从两个空气孔向外吐着泡沫。贝提克也命令放这条蝠鲼脱离船身，他说，如果它继续随船在更急的湍流中漂行的话，就没多少活命的机会了。

日出前到现在，朝圣者们一直醒着，看着风景在船侧匆匆驶过。他们很少开口说话，大家跟马丁·塞利纳斯都无话可说。诗人也似乎不介意……他一边吃着早餐，一边喝着酒，对着旭日唱着下流的小曲儿。

自打晚上起，河流就开始变宽了。到了早上，它已经变成了一条两千米宽的青灰大道，刺穿了草之海南部的绿色低山。此地离草海近在咫尺，因此周围并没有大树。鬃毛海岸灌木丛的褐色、金色、斑驳之色现在逐渐明亮了起来，变成了两米高的北方草原的鲜绿之色。整个早上，山丘看上去都很压抑，矮矮的，现在，它们更是被压缩成两条低矮的长满了草的悬崖，立在河的两岸。北方和东方的地平线上，悬着一种近乎无形的昏暗，住在海洋星球的朝圣者一望便知，这表示即将到达大海，他们也必须提醒自己，不远处唯一的大海，是由上百亿亩草构成的。

边陲从来就不是一个大型边区村落，而现在，它完全被人遗弃了。一条布满车辙印的小巷通向码头，巷边林立着二十多幢房子，它们茫然地凝视着边陲那些被遗弃的建筑。河边陆地上露出一些蛛丝马迹，表明人们在几星期前便遁逃了。朝圣者歇脚地是一个有着三百年历史的古老客栈，就坐落在小山山顶，如今已经被烧毁了。

贝提克陪着他们来到低矮悬崖的最高处。“现在你们有何打算？”卡萨德问机器人。

“按照神庙契约条款，经过这次旅行后，我们便自由了，”贝提克说，“我们会把‘贝纳勒斯’号留在这，它会等着你们回来，等着下水，向下游去。然后，我们可以独自行动了。”

“跟别人一起撤离海伯利安吗？”布劳恩·拉米亚问。

“不，”贝提克笑道，“我们在海伯利安上有自己的打算，我们有自己的朝圣旅程。”

这群人来到悬崖的圆形山顶上，身后，“贝纳勒斯”号就像系在塌陷码头上的一个小东西，霍利河沿着西南方向，绵延通向市镇下方的蓝色阴霾中，接着在阴霾上方转而向西，然后慢慢变窄，通向了边陲上游几千米处的不可逾越的低矮瀑布。在他们的北部和东部，便是一望无垠的草之海。

“我的天啊。”布劳恩·拉米亚深深吸了口气。

仿佛他们攀越了创世以来的最后一座山岭。在他们身下，是一堆杂乱的船坞、码头、小屋，标示出边陲的终点、草海的起点。一望无垠，他们可以感觉到，草儿在微风下泛着涟漪，似乎在轻轻地拍击，看上去就像悬崖根部的绿色海浪。青草无边无际，连绵不绝，一股脑儿地奔向地平线，而且，就目力所及，显然升到了山脉同样的高度。他们知道，笼头山脉就在东北方八百多公里以外，但他们找不到一丝山脉雪峰的踪迹。映入眼帘的，似乎全是无边无际的绿色海洋，那是种错觉，可的确仿若真实，那些被风吹皱的茎秆在微微闪光，就像是远离海岸的白色浪花。

“真美啊。”拉米亚说，她以前从没见过这种景象。

“日落日出的时候更加漂亮。”领事说。

“真是迷人。”索尔·温特伯轻声说，他举起小孩，让她也看看这壮丽的景象。婴儿开心地扭动着身子，眼睛盯着自己的手指。

“真是一个保存完好的生态系统，”海特·马斯蒂恩赞许有加，“缪尔会感到高兴的。”

“狗屎！”马丁·塞利纳斯骂道。

其余人都转身盯着他。

“他妈的没有风力运输船啊。”诗人说。

另外四个男人、一个女人和机器人静静地盯着被遗弃的码头，盯着空空荡荡的大草原。

“可能有事耽搁了。”领事说。

马丁·塞利纳斯放声狂笑。“或者它已经走了，我们应该在昨天晚上到这儿的。”

卡萨德上校举起动力望远镜，扫描着地平线。“我觉得，他们不可能没接到我们就离开，”他说，“运输船是由伯劳神庙的神父派来的，我们的朝圣和他们的利益息息相关。”

“我们可以走路过去。”雷纳·霍伊特说。他显得又苍白又虚弱，很明显，痛苦和药物正牢牢地把他捏在手心里。他几乎连站也站不稳，更别提走路了。

“不，”卡萨德说，“有好几百公里路呢，而且草长得比我们的人还高。”

“可以用指南针啊。”神父说。

“指南针在海伯利安上不起作用。”卡萨德说，仍旧在用望远镜观察。

“那用方向探测器。”霍伊特说。

“我们有综合方向探测器，但关键不在于此，”领事说，“那些草非常锐利。在里面走上半公里路，你就已经体无完肤了。”

“而且还有草蛇，”卡萨德说，放下望远镜，“这是个保存完好的生态系统，但不是一个可以让人四处闲逛的系统。”

霍伊特叹了口气，差不多就要瘫倒在山顶的矮草中了。他说道：“好吧。我们回去。”口气中带着某种接近解脱的东西。

贝提克朝前走了一步：“如果风力运输船不来的话，我的船员们很乐意等你们，仍旧开‘贝纳勒斯’号，送你们回济慈。”

“不，”领事说，“你们自个儿乘游船走吧。”

“嘿，他妈的等一下！”马丁·塞利纳斯喊道，“老兄，我不记得什么时候选你做独裁者了啊。我们当然得去那儿！如果他妈的风力运输船不出现，我们得另找办法。”

领事突然转过身，看着这个矮家伙。“什么办法？乘船？乘船沿着鬃毛走，从北部海滨去奥索，或者辗转去其他地方，那要花上两个星期的时间。到时候已经飞船满天飞了。海伯利安上每一艘飞船都会被用于撤退。”

“那飞艇呢？”诗人咆哮道。

布劳恩·拉米亚笑道：“哦，是啊。这两天我们在河上看见好多好多飞艇啊。”

马丁·塞利纳斯猛地转身，拳头紧握，似乎要把那女人打倒在地。然后他笑了笑："好吧，女士，那你说我们该怎么办？也许，如果我们把谁献祭给草蛇，运输之神会向我们微笑的。"

布劳恩·拉米亚冷冷地盯着诗人："矮家伙，我想被当作烤熟的祭品更符合你的风格。"

卡萨德上校站到两人中间。他用命令的口吻叫道："够了。领事说得对，我们待在这儿，等运输船来。马斯蒂恩先生，拉米亚女士，你们和贝提克一道，负责卸下我们的装备。霍伊特神父和塞利纳斯先生，你们去弄些木头来，我们得点上篝火。"

"篝火？"神父说。现在，山顶上很热。

"等天黑了再点，"卡萨德说，"我们得让运输船知道我们在这儿。现在，快动手吧！"

这群人都沉默不言，他们望着动力游船向下游远去，此时已是日落时分。即使相离两公里，领事也能看见船员们的蓝色皮肤。"贝纳勒斯"号看上去非常古老，似乎被遗弃在了码头，已经融入了这座被遗弃的城市。最后，游船终于消失在了远方，这群人才转身望向草之海。河岸悬崖投下长长的影子，它们蹑手蹑脚地潜过领事脑海中的海浪和浅滩。朝更远处望去，草之海似乎在变换颜色，青草的颜色变得柔和，泛着碧绿的微光，之后颜色变深，显出一丝深翠之色。湛青的天空融于日落的红金之色中，照亮了他们所在的山顶，朝圣者的身上泛着液状的红光。耳中听到的只有风吹草动的柔声细语。

"见鬼，我们怎么有这么一大堆行李，"马丁·塞利纳斯嚷道，"就这么一小伙人，还是趟单程旅行。"

说得没错，领事想。行李堆在长满草的山顶上，成了一座小山。

"这些箱子里面，"传来海特·马斯蒂恩恬静的声音，"也许藏有我们的救世主。"

“啥意思？”布劳恩·拉米亚问。

“对哦，”马丁·塞利纳斯说，头枕在脑后，仰面躺着，望着天空，“你有没有带上一条防伯劳裤衩？”

圣徒慢慢地摇着头。暮光乍现，将他的脸藏在了长袍兜帽形成的阴影中。“大家别不理不睬，也别假装不知道，”他说，“是时候互相承认了，这次朝圣之旅，我们都带着什么东西，对吧？我想，大家可能觉得，在我们面对大哀之君时，这东西可以改变那必然的结果。”

诗人笑道：“我他妈连幸运神行兔子腿都没带来。”

圣徒的兜帽稍稍动了一下：“但是，也许你带了手稿？”

诗人没有吭声。

海特·马斯蒂恩那埋在黑影下的隐形视线转向了左手边的高大男人：“而你呢，上校，好多箱子上写着你的名字。是武器，对不对？”

卡萨德抬起了头，但没有说话。

“当然，”海特·马斯蒂恩说，“不带武器就出去狩猎，那听上去很蠢。”

“那我呢？”布劳恩·拉米亚问，双臂交叉着，“你知道我偷偷带了什么秘密武器吗？”

圣徒不动声色：“拉米亚女士，我们还没有听到你的故事。现在要我猜，还为时尚早。”

“那领事呢？”拉米亚问。

“哦，对，我们的外交官朋友藏着什么武器，那显而易见。”

领事别过身，注视着日落。“我只带了衣服，还有两本书。”他如实回答。

“啊，”圣徒叹息道，“但是，你留下的是多么漂亮的一艘飞船啊。”

马丁·塞利纳斯猛地跳起来。“他娘的飞船！”他喊道，“你可以呼叫飞船，是不是？哦，该死的，吹吹你那狗哨子啊，我已经快坐腻了。”

领事扯下一束草，剥着。过了一分钟，他说：“即便我呼叫飞船……你也听到贝提克说的了，通信卫星和中继站都瘫痪了……即便我呼叫飞船，我们也不能直接在笼头山脉北麓着陆啊。如果在那儿登陆，灾难会立即降临，甚至都不用等伯劳来到群山南部。”

“对，”塞利纳斯说，他激动地手舞足蹈，“但是我们能越过这该死的……草地啊！快呼叫飞船。”

“等到早上再说吧，”领事说，“如果早上风力运输船还没来，那我们再另想办法。”

“滚……”诗人开口道，但是卡萨德走上前，背对着诗人，把他排除在了讨论的圈子之外。

“马斯蒂恩先生，”上校说道，“你自己的秘密是什么？”

薄暮天空发出一丝微光，清楚地显现出圣徒薄嘴唇上露出的一丝笑容。他指着行李堆。“如你们所见，我的箱子是最重的，也是最为神秘的。”

“那是个莫比斯[①]立方体，”霍伊特神父说，“我见过古老的史前神物，它们就是装在这东西里运输的。”

“要么是热核弹？”卡萨德说。

海特·马斯蒂恩摇摇头。“没那么暴力。”他说。

“你打算告诉我们吗？”拉米亚问。

“轮到我讲时，我会告诉你们。”

① 莫比斯（Möbius）：由德国数学家莫比斯发现。一长条的纸扭半转，圈一个圆圈，再把两端相粘，就成了莫比斯环。

“你是下一个吗？”领事问，“我们现在等船的时候，可以听你讲。”

索尔·温特伯清清嗓子。“我抽到了四号，”他说，拿出纸片给大家看，“但是我非常乐意和巨树的忠诚之音交换。”温特伯将瑞秋从左肩移到右肩，轻轻地拍打着她的背部。

海特·马斯蒂恩摇摇头：“不用了，有的是时间。我只是想跟大家说，绝望中总是会有希望的。到现在为止，我们已经通过故事了解到了很多东西。我们每个人都带着希望的种子，虽然它们比我们所想的要埋得深。”

“我不明……”霍伊特神父开口道，但是马丁·塞利纳斯突然叫了起来，打断了他的话。

“是船！他妈的风力运输船。终于来啦！”

二十分钟后，风力运输船停泊在了码头上。船是从北面开来的，那方形的白色风帆反衬出正在流失所有颜色的黑色草原。巨大的运输船向低矮的悬崖驶来，主帆折叠起来，最后摇晃了一下，停住了。此时，最后一丝光线也黯然褪去了。

领事被眼前的景象震住了。这是一艘木头船，手工建造，非常庞大——曲线婀娜，那线条极富创造力，就像旧地历史中的古老远航帆船。巨大的独轮，坐落在弯曲船身的中部。在这两米高的草丛中，一般是看不见船底的，但是领事在把行李搬到码头上的时候，还是瞥见了一眼。从地面到船舷栏杆，高度有六七米，如果算到主桅顶部，则高达三十五六米。站在这儿，领事上气不接下气，他能听见信号旗在高处发出的噼啪声，还有一个平稳的、近乎亚音速的嗡嗡声，这声音可能来自船身内部的调速轮，也可能来自它那巨大的回转仪。

从上船体伸出了一块踏板，降到码头上。霍伊特神父和布劳恩·

拉米亚不得不马上退离，不然就会被压扁。

风力运输船比“贝纳勒斯”号还要缺少灯光，帆桅上挂着几盏提灯，那似乎是仅有的光照。在他们向运输船靠近的时候，没有看见一名船员，现在，也没人出现在他们眼前。

“有人吗？”领事站在踏板底部，朝上面叫道。没人应答。

“你们等在这里。”卡萨德说，然后跨了五步，爬上了长长的斜坡。

其他人看着卡萨德在顶上停了下来，他摸摸皮带上别着的一根小型死亡之杖，然后消失在船中央。几分钟后，船尾宽敞的窗户里突然灯光闪耀，在底下的草地上投下黄色的方块。

“上来，”卡萨德在斜坡顶上喊道，“船是空的。”

这群人搬着行李费力前进，中途绊了好几下。领事帮海特·马斯蒂恩一起搬沉重的莫比斯立方体，他的指尖微微感受到一股强烈的震动。

“我说，这些船员都他妈跑哪儿去了？”大家集结在前甲板上，马丁·塞利纳斯问。他们已经一个接一个完成了参观，穿过了狭窄的走廊和船舱，爬下了楼梯，但是更多的是梯子。这些船舱比里面的固定床铺大不了多少。只有船尾的船舱——可能是船长舱——跟“贝纳勒斯”号上的标准铺位差不多大小，也差不多舒服。

“这船显然是自动驾驶的。”卡萨德说。这名军部军官指着扬帆索，它们消失进甲板的狭缝中，可是，在索具和帆桅之间，以及装着大三角帆的后桅边，都看不到操纵者的存在。

“我连控制中心都没见到，”拉米亚说，“甚至连触显和控制节点也没有。”她从前胸口袋中拿出通信志，试图连接到标准数据、通信口以及生物群频率。但船上没有任何反应。

“以前是有船员的，”领事说，“神庙信徒以前都会跟朝圣者一起去群山。”

“现在，他们不在了，”霍伊特说，“但我想，肯定有人仍然活在轨道吊车站，或者是时间要塞那儿。是他们派船来的。”

“或者所有人都死了，风力运输船正按照时间表自动运行。”拉米亚说。一阵突如其来的风吹过，索具和船帆吱吱嘎嘎地响着，她转头看去。“该死，跟所有人所有事都没了联系，真是让我鸡皮疙瘩都起来了，就像变得又聋又瞎。我真不知道殖民地居民怎么受得了。”

马丁·塞利纳斯向这群人走来，坐在栏杆上。他正拿着一个长长的绿瓶子喝着，然后吟道：

诗人在哪儿？告诉他！告诉他，
缪斯在我手，或许我认识他！
我就是那个，
与国王平起平坐之人，
抑或是，乞丐中的最穷者，
抑或是，任何令人奇妙之事
夹在猩猩与柏拉图之间。
我就是那个，
与鸟儿共生之人，
鹪鹩或老鹰，靠着本能去飞翔，
他听过，
狮子咆哮，能分辨他那怒吼嗓音是啥意，
老虎吼叫，能明白，清清楚楚如语在耳边。[①]

① 节选自济慈的诗作《诗人在哪儿？告诉他！告诉他。》

“你从哪儿弄来的酒？”卡萨德问。

马丁·塞利纳斯笑脸盈盈。在提灯的光线下，他的眼睛看上去很小，也很明亮。“厨房里塞满了东西，那里还有个酒吧。我已经把酒开瓶了。”

“我们应该弄点吃的。”领事说，其实他这时候最想来瓶酒。他们已经十多个小时没吃东西了。

突然传来一声叮当声和呼呼声，六个人来到右舷的栏杆旁。踏板已经收了起来。再次传来一阵呼呼声，船帆迎风招展，绳子绷紧，什么地方有个调速轮，正发出超声波的嗡嗡声。船帆已经张开，甲板开始微微倾斜，风力运输船离开了码头，驶入黑暗。现在唯一的声音是船只发出的噼啪声、吱嘎声、轮子在远处的隆隆声和船壳底部擦到青草的飒飒声。

六人看着悬崖的影子落在身后，未点燃的信火堆越来越远，星光的微弱光线洒在苍白的木头上。现在，周围只剩下天空、黑夜，以及摆来摆去的提灯光圈了。

“我到下面去，”领事说，“看看能不能搞点东西吃。”

其他人待了一会儿，感觉着脚底传来微微的隆隆涌动，看着黑暗擦身而过。只有到了星光暗淡，无聊的黑暗再次降临之时，草之海才现身于眼前。卡萨德拿着手持光束，模模糊糊地照亮船帆、索具、绳子，它们正被看不见的手拉得紧紧的，然后，他从船尾走到船头，好好检查了一遍，包括角落和阴影之地。其他人默默看着他。当他按熄光束，黑暗似乎变得不再那么压抑，星光也更明亮了。微风扫过一千公里的青草，带来浓浓的沃土气息——更多的是春天农庄里的气味，而不是海的气息。

过了一会儿，领事在下面叫他们，他们便走下去吃东西。

厨房非常狭窄，没有饭桌，于是他们来到船尾的大舱中，把它作为他们的休息室。他们把三只箱子排在一起，权且拼成一张桌子。低矮的船梁上挂着四盏提灯，将休息室照得十分明亮。海特·马斯蒂恩打开床上方的高窗，微风吹了进来。

领事已经在最大的箱子上摆好了盘子，盘子上高高堆着三明治，现在他又回来了，手里托着稠白色的杯子和咖啡。他倒着咖啡，其他人吃着。

“真好吃，”费德曼·卡萨德说，“你从哪儿弄来的烤牛肉？”

“冰箱里东西藏得满满的。在船尾的就餐间还有另一台大冰箱呢。”

“电冰箱？”海特·马斯蒂恩问。

“不是。是双重隔热的。”

马丁·塞利纳斯嗅了嗅一个罐子，拿起三明治盘子上的小刀，切了一大团山葵辣根，摆在他自己的三明治上，吃得眼泪汪汪。

“一般要花多少时间？”拉米亚问领事。

领事盯着他杯子里热咖啡的圈圈，这时才抬起头来：“抱歉，你说什么？”

“穿越草之海，要多长时间？”

“穿越草海，到达山脉要花一夜，外加半天，”领事说，“如果风向对的话。”

“那……穿越山脉要多长时间？”霍伊特神父问。

“一天不到。”领事说。

“如果轨道吊车还能动的话。”卡萨德加上一句。

领事呷了一口热咖啡，做了个鬼脸：“希望它还能动。不然……”

“不然怎么样？”拉米亚问。

“不然，”卡萨德上校说着，走到敞开的窗户前，把手背在身后，“我们将会被困在那里，前不着村，后不着店，离光阴冢有六百公里，离南部的城市一千公里。”

领事摇摇头。“不，”他说，“神庙的神父，或者其他什么人，反正支持朝圣的人，肯定会注意到我们已经来了。他们会确定我们走的所有路线的。”

布劳恩·拉米亚交叉双臂，皱紧眉头：“把我们当成什么……祭品吗？”

马丁·塞利纳斯哈哈大笑，拿出了他的酒瓶：

> 这些人是谁呵，都去赶祭祀？
> 这作牺牲的小牛，对天鸣叫，
> 你要牵它到哪儿，神秘的祭司？
> 花环缀满着它光滑的身腰。
> 是从哪个傍河傍海的小镇，
> 或哪个静静的堡寨山村，
> 来了这些人，在这敬神的清早？
> 呵，小镇，你的街道永远恬静；
> 再也不可能回来一个灵魂
> 告诉人你何以是这么寂寥。[①]

布劳恩·拉米亚的手摸到外衣下，拿出一根切削用激光器，那东西跟她的小指差不多大小。她拿着它，对着诗人的脑袋，说道：“你这烂狗屎。要是你再敢说句话……我发誓……我会把你烧成一

① 节选自济慈的《希腊古瓮颂》。此处选用查良铮译本。

堆渣。”

突然变得非常安静，仅仅传来隆隆的背景声——那是船只的呻吟。领事走到马丁·塞利纳斯身边。卡萨德上校迈了两步，来到拉米亚身后。

诗人喝了一大口酒，嘲笑着黑发女人。他的嘴边湿漉漉的。“哦，建你的死亡飞船吧，”他低语道，“哦，建吧！”

拉米亚的苍白手指握着激光器。领事侧身向塞利纳斯靠近，不知如何是好，他想象着鞭挞的光束熔化了自己的眼睛。卡萨德朝拉米亚靠过去，就像两米高的令人紧张的影子。

“女士，”索尔·温特伯背靠远处的墙壁，坐在箱子上，他说道，“要不要我提醒你，这里还有一个孩子？”

拉米亚朝右边望去。温特伯从船的碗碟橱柜中抽出了一只深深的抽屉，把它放在床上，制成了一只摇篮。他刚给婴儿洗了个澡，默不作声地走了进来，正好听到了诗人的朗诵。现在，他正温柔地把小孩放进软软的小窝中。

“抱歉，”布劳恩·拉米亚说，放下了小型激光器，“只是这家伙，太让我……生气了。”

温特伯点点头，微微摇动着抽屉。看来，风力运输船的轻柔摇晃，外加大轮子一刻不停的隆隆声，已经使小孩进入了梦乡。“我们都又累又紧张，”学者说道，“也许我们应该找个过夜的房间，好好睡一觉。”

女人叹了口气，把武器重新别到皮带上。“我不会睡觉的，”她说，“这一切真是太……匪夷所思了。”

其他人点头同意。马丁·塞利纳斯正坐在船尾窗下的宽阔窗台上。现在，他抬起腿，喝了口酒，然后对温特伯说：“老头，讲讲你的故事吧。”

“对啊。”霍伊特神父说。他看上去筋疲力尽，就像死人一般，但是他那狂热的眼睛正灼烧着。“跟我们讲讲吧。在我们抵达前，我们得听完故事，花点时间好好想想。”

温特伯挠挠自己光秃秃的脑袋。“这故事很乏味，”他说，“我以前从没来过海伯利安。故事里没有跟怪物的对抗，没有英勇豪侠的义举。对我这个讲述故事的人来说，所谓的‘冒险’就只不过是脱稿给学生们讲课而已。”

“这样更好，”马丁·塞利纳斯说，“我们需要催眠剂。”

索尔·温特伯叹了口气，扶了扶眼镜，点点头。他的胡须中夹杂着几丝黑色，但是绝大部分已经花白。他把提灯拉低到小孩的床前，然后走到房间中部的一张椅子边坐了下来。

领事熄灭了其他提灯，给想喝咖啡的人倒了点咖啡。索尔·温特伯的话慢条斯理，仔细精确地思量着措辞，不久之后，他那轻柔的抑扬顿挫就融进了风力运输船的绵软隆隆声，以及缓缓的高吟声。船继续向北移动。

学者的故事：忘川之水何其苦

在瑞秋降生之前，索尔·温特伯和妻子萨莱一直过着十分幸福的生活，而女儿的到来更将一切都变得至善至美。

萨莱怀孕的时候已经二十七岁了，索尔二十九岁。他们谁也没有考虑过接受鲍尔森理疗，因为他们俩都无力承担理疗费用，何况就算不接受这种护理，他们也有望再健康生活五十年。

夫妇俩都是土生土长的巴纳之域居民，从没离开过故星。巴纳是霸主最古老同时也最平淡无奇的成员之一，加入了环网，不过它是否属于环网对索尔和萨莱来说并没有多大区别，反正他们也负担不起频繁的远距传输旅行，再说他们也不怎么想去其他地方。索尔在奈藤黑塞尔学院任教，讲授历史和古典文学研究，并潜心研究伦理演变，最近刚庆祝了自己在该院任职的第十个年头。奈藤黑塞尔地方不大，学生人数也不到三千，但它的学术声望远播星外，吸引了环网各地的年轻学子。这些学生抱怨得最多的是：奈藤黑塞尔及其周遭的克罗佛社区完全是在玉米海洋中营造出的文明小岛。的确如此，这所学院和首府巴萨德之间的地表距离足有三千公里远，其间经过适宜性改造的土地全部被用作了农耕。那一片玉米地连着大豆田连着玉米地连着麦田连着玉米地连着稻田连着玉米地，又平坦又单调，别指望中间有一座山峰、一片森林来打破这个局面，哪怕连一个山包都没有。激进诗人萨姆德·布列维曾在奈藤黑塞尔学院短期任教，直至格列侬高叛乱爆发之后遭到解雇，就在他远距传输前往复兴之矢时，他告诉朋友，位于巴纳之域南新泽的克罗佛县就是天下第八大荒凉地带，就像是宇宙屁股尖上最小的一个疙瘩。

温特伯夫妇却喜欢这个地方。克罗佛，一个两万五千人口的城镇，很可能依照某个十九世纪美国中部城市的模版重建。街道宽阔，两旁的榆树和橡树的树冠连成悠长的拱顶。（巴纳曾经是第二个太阳系外地球殖民地，比霍金驱动的发明和大流亡要早好几百年的历史，那时候的种舰都是些庞然大物。）克罗佛的家舍也反映了从维多利亚早期到加拿大复兴各个时代的风格，各不相同，但它们看起来都是些白房子，远远矗立在修剪齐整的草坪上。

学院的风格则属于乔治时代，椭圆形的公共广场外围绕着一圈红砖白柱的建筑物。索尔的办公室在普莱彻大厅三层，那是校园里最古老的建筑，冬日里能望见窗外光秃秃的枝条将公共广场格成复杂的几何形状。索尔喜欢这个地方粉笔尘和旧木的味道，自他来这里就读的第一天起，那种味道就从没改变过，每一天他爬楼梯去办公室的时候，都享受着脚下被踏出的深深凹槽，这是整整二十届奈藤黑塞尔学生的宝贵馈赠。

萨莱生于巴萨德与克罗佛之间的一个农场，在索尔获得博士学位的前一年获得了音乐理论博士学位。她一直是个活泼快乐的年轻女子，尽管按大多数人的标准来看，外表并不算漂亮，但是她的个性弥补了其中的缺陷，并在其后的生活中也一直保持着这种魅力。萨莱曾去外星天津四丙的新里昂大学深造过两年，但是她在那里思乡情切。那里的太阳总是突然就沉了，群峰连绵的山冈像一把锯齿纵横的镰刀把阳光切成一片一片，她渴望见到自己家乡长达几小时的日落，巴纳巨大的恒星悬在地平线上，像一个巨大的红气球拴在地表，而天空似乎凝固一般，逐渐冷寂下来直至傍晚降临。她怀念家乡无懈的平坦——她的房间在三楼，位于峻峭的山墙下，从那里望出去，一个小女孩的视线也可以穿越五十公里缀满稻穗的农田，观赏风暴的迫近，那像一块青黑色的窗帘，中心被闪电照得透亮。萨莱也想念自己的家人。

她在调职到奈藤黑塞尔一周之后认识了索尔；又过了三年，他向她求婚，她应允了。最初她对这个身材矮小的研究生并没有什么感觉。那时候她还穿环网时装，研究后毁灭主义音乐理论，阅读《讣告与虚无》以及来自复兴之矢和鲸逖中心最为前卫的杂志，扮出一副老成模样，假装对生活厌倦，故意使用叛逆词句。在那场莫尔主任举办的优等生派对上，当那个身材袖珍但感情真挚的历史系学生将什锦水果洒到她身上的时候，这些表象并没有让她被敬而远之。而人们一听到索尔·温特伯的巴纳口音，看见他购自克罗佛乡绅商店的服饰和胳膊下不经意夹着的一份得特列斯克的《千面孤独》，立即就会打消初次见面时他身上那种犹太家世传承而来的异域感。

索尔对她是一见钟情。他凝视着那个笑声朗朗、面色红润的女孩子，完全没有注意那昂贵的衣装和做作的中国风长指甲，它们反而凸显了她的人格，令她光芒四射，仿佛灯塔照亮了这名孤独的后辈。在遇见萨莱之前，索尔还没意识到自己是孤身一人，但是自从他第一次和她握手，把水果沙拉弄洒在她衣服前襟开始，他便明白，如果不和她结为连理，他的生命将永远不会完整。

索尔在学院的任职公告发布后一周，他们结婚了。他们选择去茂伊约蜜月旅行，那是他首次通过远距传输前往外星旅行，三周的旅行期内他们租用了一座移动小岛，驾着它独自在赤道群岛的奇景间穿行。索尔永远不会忘记脑海里那些阳光普照、风声劲吹的日子，还有他将永远珍爱的一些私密的二人世界的景象，譬如萨莱晚间裸泳后上岸时，头顶中央的群星闪耀，胴体在小岛粼光闪烁的尾波中披钻挂金。

他们自新婚之日起就一直想要个孩子，可直到五年之后才成功自然受孕。

索尔记得当萨莱疼痛得蜷缩起身子的时候，他怎样抱着她，抚慰她。是难产。最后，瑞秋·萨拉·温特伯于凌晨两点零一分在克罗佛县医疗中心奇迹般地降生了。

婴儿的降生像一篇严肃的学术课题，闯入了索尔原本唯己独妄的生活，也如巴纳数据网的音乐评论一般，进入了萨莱的职业生涯，但是他俩都不介意。初为人父为人母，生活总是混合着疲惫与欢乐。深夜还不到哺乳时间的时候，索尔会偷偷溜到保育室，看看瑞秋的状况，站在那儿久久凝视这个婴孩。很多时候，他会遇见早已在那里的萨莱，于是他们手挽着手，看着孩子令人惊讶地趴在床上熟睡，小屁股露在外边，小脑袋埋进婴儿床头柔软的垫子。

只有为数不多的孩子不愿意卖弄乖巧讨别人喜欢，因而看起来更可爱，瑞秋就是其中之一。在她还不到两标准岁的时候，模样和性格已经令人垂爱——她遗传了母亲的淡棕色头发、红润的脸颊、坦诚的微笑，还有她父亲棕色的大眼睛。朋友们都说这孩子综合了萨拉的敏感和索尔的智慧。他们在学院里的某个儿童心理学家朋友，曾经评论说五岁的瑞秋已经显示出一个真正的天才少年应具有的可贵品质：条理清晰，求知欲旺盛，对他人的同情、热情，以及强烈的公正感。

一天，索尔正在办公室里研究一些来自旧地的古老文件，当研读至碧翠丝[①]对但丁·阿基利耶里世界观的影响之时，他的注意力被一篇文章吸引，它出自一名二十或二十一世纪批评家的手笔：

> 她[碧翠丝]本人对他来说依然真实，依然是万物和美丽的化身。她的天性成为他的里程碑——梅尔维尔将会以超于常人的庄严，称之为格林尼治标准……

索尔停下来查阅了格林尼治标准的定义，然后继续读下去。批评家附了一则个人评论：

> 我深信，我们中的大部分，曾拥有像碧翠丝一样的孩子、配偶或是朋友，他们天生具有的善良与睿智，让我们在撒谎的时候为谎言羞愧得无地自容。

① 碧翠丝（Beatrice）：但丁所著的《神曲》中的人物，她引领但丁走出炼狱，进入天堂。碧翠丝在现实中确有其人，也正是但丁《神曲》的灵感来源。

索尔关掉了显示器，注视着公共广场上方树枝格成的黑色几何图案。

瑞秋并非十全十美。五标准岁的时候，她曾小心地剪下五个最喜欢的洋娃娃的头发，然后把自己的头发剪得比它们的还短。到七岁的时候，她坚决认为那些待在镇上南边破旧房子里的外地工人缺乏有营养的食物，于是她拿光了餐室、冷藏柜、冰箱以及食物合成器里的食物，说服三个朋友陪同她一起，将全家人一个月的口粮——价值好几百马克的食物——分发了出去。

十岁的时候，瑞秋经不住斯塔比·波考维茨的挑唆，试图爬上克罗佛最古老榆树的树顶。在她爬了四十米，还差五米就能到达顶上的时候，一根枝条断裂，她滑下了十多米，然后重重地摔到地上。索尔当时正在讨论地球首次核裁军时代的道德意义并忙于查阅通信志，听到消息后不打一声招呼就丢下学生，跑过十二个街区直奔医疗中心。

瑞秋摔断了左腿和两根肋骨，一片肺叶被刺穿，下颚骨折。索尔冲进门的时候，她正飘浮在恢复性营养液中，费力朝母亲肩膀上方望去，微微笑着，张开她缝了许多针的下颚说道："爸爸，我离树顶只有十五英尺了。可能还要更近一些。下次我一定能成功。"

瑞秋带着得到教师肯定的荣誉从中学毕业，有五个星球上的联合学院和三所大学愿意提供奖学金，包括新地的哈佛大学。她选择了奈藤黑塞尔。

索尔对女儿选择考古学为专业并不意外。关于爱女的最美好记忆之一，便是她两岁时那些漫长的下午，在前门廊下的沃土中挖掘，浑然不觉蜘蛛和骨垢虫的存在，并不时冲进房子去炫耀她发掘出的每一块塑料片和生锈的芬尼。她想知道那些东西是打哪儿来的，留下这些东西的人们都长什么样子。

瑞秋在十九标准岁的时候就获得了学士学位，同年夏天去了祖母的农场打工，并在秋季远距传输离去。她在自由岛的帝国大学就读，当地时间二十八月后，她回家了，色彩瞬时流回了索尔和萨莱的世界。

整整两周里，他们的女儿——已经长大成人，很有自知之明，在某些方面比那些年龄大她一倍的人还令人放心——休养生息，享受着家里的生活。一天傍晚，日落之后，她在校园里漫步时，向父亲问起了关于他血脉的一些细节："爸爸，你还觉得自己是个犹太人吗？"

索尔惊于此问，伸手拨划着自己日渐稀疏的头发："犹太人？嗯，我想是的。不过这个词已经失去原来的意味了。"

"那我是犹太人吗？"瑞秋问。她的双颊在稀薄的暮色中微微发光。

"只要你愿意你就是，"索尔说，"反正旧地不在了，它也没什么意义了。"

"要是我是个男孩子，你会给我行割礼吗？"

索尔笑起来，他被这个问题逗乐了，又有点难堪。

"我说真的。"瑞秋道。

索尔扶正眼镜："我想应该会吧，孩子。我从没考虑过这个问题。"

"你去过巴萨德犹太教会堂吗？"

"自从我受了成人礼之后，就再没去过了。"索尔说道。他回想起五十年前的情景，当时父亲借用理查德叔叔的桅轻，将全家载至首都参加这项仪式。

"爸爸，为什么现在的犹太人觉得那些事情……没有在大流亡之前重要了？"

索尔张开双臂——他的双手结实有力，看起来不像是学者，倒像是双石匠的手："真是个好问题，瑞秋。可能是因为太多的梦想破灭了。以色列已经不复存在。新圣殿存在的时间太短，远不及从前那两座。上帝以同样的手法再次毁灭了地球，从而违背了自己的诺言。这又让犹太人漂泊离散……永生永世。"

"可是有些地方的犹太人依然保留着民族性和宗教性。"他的女儿坚持道。

"噢，的确是这样。在希伯伦和中央广场一些与世隔绝的地域，你甚至能找到完整的宗教群体……哈希德派、东正教派、哈斯摩尼，不过都是些名字……他们实际上都……失去了宗教意义，弄得花里胡哨……仅是为了迎合游人的兴趣而已。"

"就跟主题公园似的？"

"对。"

"明天能带我去伯特利神庙[①]吗？我能借到卡其的驷挝。"

"不必，"索尔说，"我们可以乘坐学院的班机。"他顿了顿。"行，"他最后说道，"明天我会带你去犹太教会堂。"

古老的榆树下，夜色正逐渐聚拢。街灯次第亮了起来，宽阔的巷道一直通向他们的家门。

"爸爸，"瑞秋说，"有一个问题，自打我两岁起，我都问过你一百万次了。你相信上帝吗？"

索尔没有笑。除了他给出过一百万次的答案以外，他不知道还能说什么。"希望有一天我会。"他回答。

瑞秋学业的研究方向是关于外星及大流亡前期的文明遗迹。在

① 伯特利（Beth-el）：《圣经·创世纪》中，雅各遇见神的地方。

三个标准年里，索尔和萨莱偶尔会收到邻近但不在环网内的那些奇异星球上传来的超光信息，而后发信人会前来拜访。他们都知道女儿为毕业论文进行的实地考察工作将会带她到环网之外，到达偏地，而时间债会逐渐吞噬掉滞留在彼地的人的生命或回忆。

“海伯利安到底在哪里？”在瑞秋即将出行前的最后一次假期中，萨莱问，“它听起来就像某种新型家用产品的商标。”

“那是个伟大的地方，妈妈。除了阿马加斯特以外，就数那里的非人类文明遗迹最多了。”

“那你们干吗不去阿马加斯特？”萨莱问，“从环网出发只消几个月就能到达。为什么要去一个次等的地方呢？”

“海伯利安还没有开发成为大型游览胜地，”瑞秋说，“尽管这个麻烦已经出现些苗头了，现在的有钱人都更愿意到网外去旅行。”

索尔突然发觉自己的声音变得沙哑起来：“你是要去迷宫，还是那个叫作光阴冢的文明遗迹？”

“去光阴冢，爸爸。我将和美利欧·阿朗德淄博士共事，关于光阴冢，没人知道得比他更多。”

“它们不会有危险吧？”索尔尽他所能漫不经心地问出这个问题，但是声调却变得尖锐起来。

瑞秋笑了：“因为那个关于伯劳的传说吗？不可能。近两个标准世纪以来，还没人遇到过那个传说中的麻烦呢。”

“但我见过一些文件，记录那里在第二波殖民潮时的动乱……”索尔开口道。

“我也见过，爸爸。但是那些人压根不知道有种巨型石鳗会跑到沙漠里觅食。他们当中的一些人可能就是被这些动物给吃了，于是人人都惶惶不可终日。你知道谣言是怎么起来的。还有，现在那种石鳗都已经被赶尽杀绝了。”

“飞船不会在那儿着陆，”索尔继续劝解道，“你得乘船渡过草之海到光阴冢去，要不然得徒步走到那里，再不然就是些别的整死人的方法。”

瑞秋笑了：“在以前，人们低估了逆熵场的效用，所以在其中飞行时经常发生事故。不过现在也提供汽艇服务了。他们还有一个大客栈，叫作时间要塞，建在山脉北缘，每年都有成千上万旅游观光者下榻。”

“你们也会在那里歇脚吗？”萨莱问。

“会住段时间吧。那肯定会让我兴奋死的，妈妈。”

“我倒巴不得没这么令人兴奋。”萨莱说，于是所有人都笑了。

在瑞秋四年的旅程中——包括几周冰冻沉眠时间——索尔发现，这次他比以前任何一次都更为思念女儿。尽管同以前一样无法和她联系，但之前毕竟她是在网内忙于研究。一想到她以比光速还快的速度飞离自己，全身包裹在霍金效应人造量子茧中，一种不自然的不祥感便隐隐涌上心头。

他们依旧很忙。萨莱停止了自己的评论生涯，将更多时间致力于本地的环境问题。而对于索尔来说，这个时期则是他一生中事业接近巅峰的时段。他的第二和第三本书相继出版，其中，第二本书《道德转折点》引起了轰动，不时有人邀请他参加环网各地举办的会议及研讨会。有些地方他是自己一个人去的，还有些地方是和萨莱一起去的。尽管他们心里都很喜欢旅行，但在实际经历中总会遇到奇怪的食物、不同的重力。陌生太阳发出的光芒很快就暗淡下去，索尔觉得多数时间里还不如在家为下一部书做些研究，要是不得已一定得参与会议的话，就通过学院的交互式全息影像参与好了。

瑞秋离家科考近五年之时，索尔做了一个梦，而他的生命即将从此改变。

索尔梦见自己在一幢宏伟的建筑物里漫行，它的柱子都如小型红杉树一般粗细，辽远的天花板望不到顶，从中射下束束红色光线，就像坚实的箭矢一般。他不时瞥见左右的黑暗中，远远地有些东西。有次看见的是一双石腿，好像巨大的建筑一般矗立在黑暗中；另一次他发现一只水晶圣甲虫在他头顶上方遥远的空中盘旋，体内放射着冷光。

最终索尔停下来歇息。他听见遥远的身后传来大火燃烧的声息，整个城市和森林都在火中沐浴。而前方，他正要走去的地方，两个深红的椭圆正熠熠发光。

他正抹着额头上的汗水，忽然一个宏大的声音响起：

> “索尔！带上你的女儿，你唯一的女儿瑞秋，你钟爱的女儿，去一个叫作海伯利安的星球，在我即将指引你之地，将她献为燔祭。”

在梦里，索尔站起身来说道：“你一定是在开玩笑。”于是他在黑暗中继续前行，而那两个红色球体就像血红色的月亮悬挂在晦暗的平原上，当他再次停下来歇息，那个宏大的声音又响了起来：

> “索尔！带上你的女儿，你唯一的女儿瑞秋，你钟爱的女儿，去一个叫作海伯利安的星球，在我即将指引你之地，将她献为燔祭。”

索尔耸耸肩，抖掉那压迫人的声音，然后清清楚楚地对着黑暗说道：“你第一次说话我就听到了……我告诉你，‘没门’。”

索尔知道自己是在梦中，他的意识一方面感受着这个讽刺的剧情，另一方面却只是想要醒来。但是情况急转，他猛然发现自己正从一个低矮的阳台往下望，瑞秋正赤裸着躺在下面一间屋里的一块大石头上，整个场面被红色的双球照亮。索尔看向自己的右手，发现手里有一把长弯刀。刀刃和刀柄都是骨制的。

那个声音再次传来，在索尔听起来，它像极了某些头脑浅薄的三流全息电影导演处理出的上帝的声音：

> “索尔！你得好好听着。人类的未来系于你对此事的顺从。你必须带上你的女儿，你钟爱的女儿瑞秋，去一个叫作海伯利安的星球，在我即将指引你之地，将她献为燔祭。”

索尔因为整个梦感到浑身不舒服，但不知怎的有些胆寒，他转过身，把刀远远地投向了黑暗。然后他回过头去找自己的女儿，整个场景都消失了。红色的球体距离头顶特别近，现在索尔看清它们是两颗千面宝石，每一颗都大得像是个小行星。

响彻天际的声音再度传来：

> “如何？你有机会选择，索尔·温特伯。如果你改变了主意，你知道在哪里能找到我。”

索尔笑着醒了，同时也被梦惊出一身冷汗。他觉得《犹太法典》和《旧约全书》都不过是一个纵贯古今、冗长杂乱的故事，这个念头令他觉得滑稽得很。

就在索尔反复做这个梦的那段时间，瑞秋正在海伯利安上进行她第一年的研究。由九名考古学家和六名物理学家组成的小组发现，时间要塞虽然迷人但是太过拥挤，那里满是观光客和自称的伯劳教朝圣者，于是，第一个月他们每日往返于工作地与酒店，从第二个月起，他们在死寂之城和光阴冢所在的小峡谷之间搭建了永久帐篷。

小组中的一半人手负责挖掘这座未完工之城里较新的文明遗迹，瑞秋则在两名同事的帮助下，为光阴冢的各个细节制定详细的目录。物理学家们已经完成了对逆熵场的研究，正花费大量的时间，用不同颜色的小旗来标注那些所谓的时间潮汐的界限。

瑞秋所在小组的工作主要集中在叫作狮身人面像的建筑上，尽管那块石头雕刻出的生物既不是人也不是狮子。说不定最初雕刻的东西根本不是生物，虽然这块巨型石雕头顶上光滑的线纹看起来像是生物特有的曲线，连绵弯曲的附加物又会让每个人都联想到翅膀。狮身人面像不像其他的葬墓开阔且容易勘察，它是一大团以狭窄甬道连接起来的蜂窝形巨石块，其中有一些密闭得滴水不漏，另一些又开阔得跟体育场那么大，但是从任何一个地方出发都无法找到出口，只能回到原点。没有地穴、藏宝室、遭洗劫的石棺、壁画或者密道，只有迷宫般的走廊在渗水的石头之间蜿蜒。

瑞秋和她的爱人美利欧·阿朗德淄开始着手绘制狮身人面像的地图，他们所用的方法自从在二十世纪埃及金字塔的勘测中被首次使用以来，已经沿用至少七百年。他们在狮身人面像里安置好了灵敏的“辐射及宇宙射线探测仪”，频度调整到最低，以此来记录拱顶巨石中运动粒子的到达时间以及偏向模式，从而观察是否有深层显象雷达无法显示出的密室或者密道。因为时值旅游旺季，加上海伯利安的地方自治理事会极其关心这种研究对光阴冢可能造成的损坏，瑞秋和美利欧不得不每天半夜出发去遗址，步行半个小时，然后爬过装备好蓝色荧光球的走廊迷宫。在那儿，他们可以坐在数万吨重的石头底下，整晚观测各种仪器，聆听耳机中传来的咻咻声，那种声音代表垂死的星辰腹中新粒子的诞生。

时间潮汐对狮身人面像所起作用不大。在整个墓葬群中，它似乎被逆熵场覆盖得最少，只有时间潮汐大量涌来的时候才会对人产生威胁，物理学家已经细致地列出了时刻表。高潮出现在十点整，仅二十分钟后，就会向距离南部五百米的翡翠茔退去。为了确保安全，观光者必须在九点整之前就离开整座遗址，到十二点整之后才可以靠近狮身人面像。物理学小组在各个葬墓之间的小径和走道的各个点上都放置了时热传感器，既可以向观测者发出警报，告知他们时间流产生异常，也可以提醒游人。

瑞秋在海伯利安的研究还剩下三个星期，这一天，她在半夜醒来，没有叫上熟睡的爱人，独自从营地驾了一辆地面效应吉普车到墓群。她和美利欧一致同意，每晚两人一起去观测那些仪器实非明智之举，所以现在他们轮流值班，一人在遗址工作，另一人校勘数据，为最后的项目作准备——翡翠茔和方尖石塔之间沙丘的雷达测图。

夜晚凉爽而美丽。满天的繁星在地平线两端延伸，数量足有瑞秋从小到大在巴纳之域所见过的四倍乃至五倍之多。南部山头吹来阵阵强风，低矮的沙丘发出轻微的声响，随风游移。

瑞秋发现遗址的灯光依然亮着。物理学小组刚结束一天的工作，正把设备装上吉普车。她同他们聊了一会儿，等到他们驱车离开，她喝了一杯咖啡，然后带上背包，走了二十五分钟，进入了狮身人面像的地下室。

对于修建墓群的人物和原因，瑞秋已经不止一百次感到好奇。因为逆熵场的作用，追溯建筑材料的历史毫无意义。只有通过对峡谷的侵蚀以及周遭环境的其他特点的分析，才能够推断出墓群已经至少有五十万年的历史。感觉上，修造光阴冢的建筑师应该属于人类的一支，尽管整座建筑中，除了总体规模以外得不出任何证据。当然从狮身人面像里的走道上也得不出什么结论——它们中的一些形态和大小都完全符合人类标准，但沿着它走过几米后，这同一条走廊就可能缩小成一个管道，跟下水道一样的大小，然后又变成一个比自然洞穴还要大的地方，怪石嶙峋。门口通常呈矩形，也有很多是三角形、梯形乃至十边形，不过将它们称作门口也有些牵强，因为穿过它们也并不能到达任何屋室。

还剩下最后二十米，瑞秋将背包滑到前头，继而沿一条陡直的斜坡朝下爬去。荧光球的冷光在岩石和她的肌肤上映出一片惨淡而缺乏生气的幽蓝之光。她终于到达了“地下室”，那里看起来就像人类杂物和臭味的避难所。几把折叠式座椅填满了这个小空间的中心，而探测器、示波器，还有其他一些随身用具沿着靠在北墙的狭窄工作台摆成一排。对面锯木架上的一块木板上放着咖啡杯、一块棋盘、一个吃了一半的甜甜圈、两本平装书，还有一个穿着草裙的塑料玩具，有点像是狗。

瑞秋走了进去，将咖啡加热器放到玩具旁边，然后检查了宇宙射线探测器。数据看起来没有变化，没有发现隐匿的房间或走道，只有几个躲过了深层雷达的壁龛。明早，美利欧和思德藩将会启用深度探针，植入成像单纤维，进行空气采样，然后运用微操作器进行深度挖掘。迄今为止探测过的十多个壁龛都没发现什么有价值的东西。于是营地里流传起一个玩笑，下一个跟拳头差不多大的洞里，将会藏有微型石棺、小型骨灰盒、袖珍木乃伊，或者——就像美利欧说的——“巴掌大的图坦卡蒙[①]”。

---

① 图坦卡蒙（Tutankhamen）：公元前1300年左右死去的埃及第十八王朝少年幼王。他的陵墓于1922年被霍华德·卡特发现时几乎完好无损。

出于习惯，瑞秋在她的通信志上试了试通信连接。没有反应。四十米厚的石头屏蔽了信号。他们曾经讨论过是否要从地穴接一条电话线出地表，但一来这个问题还没到火烧眉毛的程度，二来他们的研究工作很快就要结束了，所以没有把讨论付诸现实。瑞秋调整了通信志上的输入频道，监视检测仪数据，然后重新坐下准备度过这个冗长寂寥的夜晚。

关于旧地法老有一个迷人的传说——是基奥普斯[①]吧？他准备为自己修建大型金字塔，并同意把自己的墓室深埋在金字塔下方的中心，从此，他长年经受失眠的困扰，想着那些即将永远悬在头顶的数吨重巨石，陷入一阵幽闭恐惧。最终法老下旨将墓室重新定位在距离大金字塔三分之二路程的地方。完全不合礼数。瑞秋能够理解国王的处境。她祝愿他——不管他在哪里——能够安息。

凌晨两点十五分，瑞秋几乎快要睡着的时候，她的通信志唧唧地叫了起来，探测器也发出尖叫，她腾地跳起身。传感器显示，狮身人面像里突然间冒出了十多间新房间，有些甚至比整座建筑物的体积还要庞大。瑞秋飞快敲击显示屏，密切观测着空气中所显示出的迷离模型，它们正不断变化。廊道的图表互相盘绕扭曲，就像旋转的莫比斯环。外部传感器显示上层建筑同样扭曲变形，像风中的化纤折曲带——也像翅膀。

瑞秋知道那是出现了某种多重故障，在她重校仪器的过程中，也没忘通过语音将数据和自己的想法输入通信志。然后，好几件事一起发生了。

她听见头顶上方走廊里传来缓慢而沉重的脚步声。

---

① 基奥普斯（Cheops）：即埃及第四王朝第二代国王胡夫，因下令建造吉萨的大金字塔而著名。

所有的显示仪都同时黑屏了。

在迷宫般的走廊某处，一个时间潮汐警报突然响起。

所有的灯熄灭了。

最后这件事不合常理。仪器包里放有他们自己的电力供应系统，就算在经受核攻击的情况下也能持续发亮。他们在地下室使用的灯也装有能用上足足十年的电池。廊道里的荧光球属于生物荧光，根本无须电源。

然而，灯光全部熄灭了。瑞秋从连衣制服的膝袋中拔出激光手电，打开开关。没有反应。

在瑞秋的一生中，恐惧第一次向她逼近，如同一只手紧攥着她的心。她无法呼吸。她力图让自己不要乱动，不要去听那些声音，只管等着恐慌自行消退。十秒过后，恐惧渐渐退却，她不再大口喘气，呼吸逐渐平稳，然后她摸索到仪器，对着它们一阵猛敲。没有反应。她举起通信志，拨弄着触显。没有反应……按理说不可能，这电晶体制成的东西本来就刀枪不入，电池也高能强效。可是，不管怎样都没有反应。

瑞秋能听到自己脉搏的跳动，但她仍旧努力和恐慌搏斗，开始摸索着走向唯一的出口。想到要在绝对的黑暗中穿过迷宫走出去，她涌起一股尖叫的冲动，不过除此之外她也想不出别的办法。

等等。狮身人面像迷宫中本来有古灯，不过研究队拴上了荧光球。它们是被拴上的！有一条贝纶绳一路连接着它们直到地表。

好样的。瑞秋摸索着绳子，朝出口走去，感受着指下冰冷的石头。以前也是这么冷么？

前方传来某种清脆的声音，像是什么尖利的东西正一路刮擦着进口竖井壁，正往下降。

“美利欧？”瑞秋向黑暗中唤道，“谭雅？库特？”

刮擦声听起来很近。瑞秋慢慢向后退去，黑暗中打翻了一个仪器和一把椅子。有什么东西碰到了她的头发，她倒吸一口凉气，抬起手。

房顶变低了。坚固的石块，五米见方，就在她伸出另一只手碰到它的时候滑得更低了。通往走廊的入口出现在墙壁当中。瑞秋摇摇摆摆地走过去，双手在身前挥舞，仿佛一个盲人。她被折叠椅绊了一下，摸到工作台，顺着它走到了远处的墙壁，洞顶逐渐下压，她感觉走廊的升降机井消失了。要不是她缩回了手指，再过一秒就会被切掉。

瑞秋在黑暗中坐下。一台示波器刮擦着洞顶，直到它底下的桌子发出吱吱嘎嘎的声音，最终分崩离析。瑞秋哆哆嗦嗦，头一回绝望地颤抖起来。传来一阵金属的摩擦音——又像极了呼吸声——离她不到一米远。她又开始后退，滑过一片突然间撒满了仪器碎片的地板。呼吸声越来越响了。

有什么尖利又冰冷无比的东西握紧了她的手腕。

瑞秋终于尖叫出声。

在那个年代，海伯利安上还没有超光发射仪。神行舰飞船“法罗克斯斯城”号霸舰也无法进行超光通信。所以，直到霸主驻帕瓦蒂领事馆给学院发来超光信息，索尔和萨莱才听说瑞秋出了事，他们的女儿受伤了，不过情况很稳定，只是失去了知觉，正随医疗火炬舰船从帕瓦蒂转抵环网的复兴之矢。整个路程将会花费十几天的船上时间，并带来五个月的时间债。那五个月对于索尔和他的妻子来说，真是莫大的痛苦，在医疗舰船最终抵达复兴星球的远距传输网点之前，他们已经作了一千次最坏的打算。打从他们上一次见到瑞秋算起，已经过了整整八年。

位于达芬奇的医疗中心是一座浮塔，由直接电波能源支撑。从高处观赏科摩海的景色十分激动人心，但是索尔和萨莱都顾不上驻足观赏，他们一层楼一层楼地挨房挨户寻找自己的女儿。辛格医生和美利欧·阿朗德淄在重症特别护理中心接待了他们。介绍被简略地跳过。

“瑞秋怎样？”萨莱问道。

“正睡着。”辛格医生说。她是一个高大的女人，带有贵族气息，但是眼神很温柔。“我们目前所知的情况是，瑞秋并没有遭受任何肉体上的……唔……伤害。但是她现在已经昏迷差不多十七标准周，这是就她自己而言的时间。只有在过去的十天里她的脑电波显示出深沉睡眠的迹象，不像是处于昏迷状态。”

“我不太明白，”索尔说，“遗址里发生事故了吗？她是不是得了脑震荡？”

“发生了一些事情，”美利欧·阿朗德淄说，“但我们无法确定是什么样的事故。当时瑞秋在一座文明遗迹里……单独一人……她的通信志和其他仪器均无反常记录。但是当时出现了一波湍流，就是那种叫作逆熵场的现象……”

“时间潮汐，”索尔说，“我们知道。继续。”

阿德朗淄点点头，伸开双手，像是在用空气塑模型：“出现的那个……逆熵场湍流……与其说是潮汐，不如说是海啸……而狮身人面像……就是瑞秋所在的那座遗迹……完全被淹没了。我是说，我们发现瑞秋的时候，她虽然并没有受到任何肉体上的伤害，但是昏迷了……”他转向辛格医生寻求帮助。

“您的女儿曾经昏迷过一段时间，”医生说，“在那种状况下，我们无法让她进入冰冻沉眠状态……”

“所以你们让她在没有冰冻沉眠的情况下经受了量子跃迁？”

索尔问道。他读过相关资料，知道直接暴露在霍金效应之下的话，会给旅行者带来怎样的精神损伤。

“不，不是的，”辛格安慰道，“她昏迷不醒的状态恰恰起到了和冰冻沉眠一样的作用，保护了自己。”

“她到底有没有受伤？”萨莱问。

“我们还不太清楚，”辛格说，“所有的生命迹象都回到了接近正常的水平。脑波活动已经接近清醒状态。问题在于，她的身体似乎吸收了……我是说，她似乎被逆熵场感染了。”

索尔揉了揉前额：“是像辐射病之类的么？”

辛格医生迟疑了一下：“不完全一样……呃……这个病例完全没有先例。来自鲸逖中心、卢瑟斯和迈塔科瑟的老年化疾病专家将会在今天下午赶来。”

索尔迎上了这个女人的目光。“医生，你是说瑞秋在海伯利安染上了老年化疾病？”他停顿了一下，检索着自己的记忆。“是不是像玛土撒拉①综合征或者阿尔茨海默早期症②？”

“不，”辛格说，“事实上令爱的疾病还未正式命名。敝处的医师称之为梅林病。具体说来……令爱的年龄变化仍旧处于正常速率……不过据我们目前所知，她的年龄是倒退的。”

萨莱抽身离开了人群，盯着辛格，好像这医生疯了一样。“我想见我的女儿，”她说，声音平静而坚定，“我想见瑞秋，马上！”

索尔和萨莱等了将近四十小时，瑞秋苏醒了。她在床上坐了几分钟，医师和技师都还在她身边忙碌，她脱口叫了出来：“妈妈！爸

---

① 玛土撒拉（Methuselah）：圣经中有名的高寿族长，据说活了969岁。

② 阿尔茨海默病（Alzheimer's disease）：也称早老性痴呆，是一种神经系统的进行性退行性疾病，临床上表现为智力水平的逐渐削弱及记忆的逐渐丧失。

爸！你们怎么在这里？”还没等他们回答，她又看了看四周，眨了眨眼睛。“等等，这到底是哪里？我们是在济慈么？”

她的母亲握住她的手：“我们是在达芬奇的一座医院，亲爱的。位于复兴之矢。”

瑞秋的眼睛睁得很大，近乎滑稽：“复兴。难道我们是在环网？”她环顾四周，完全陷入迷茫。

“瑞秋，你能记起的最近的事是什么？”辛格医生问。

这个年轻女子不甚理解地看着医师。“我能记起的最近的事是……是在美利欧身边过夜，就在……”她看了看自己的父母，然后用指尖触摸自己的脸颊。“美利欧呢？其他人呢？他们都……”

“科考队的每个人都安然无恙，”辛格医生安慰道，“只是你遭受了一起小事故。大约是十七周以前的事了。你现在回到了环网。很安全。你们小组的每一个人都很安全。”

“十七……周……”瑞秋晒黑的痕迹已经渐渐消退，看起来很苍白。

索尔握住她的手：“你感觉怎样，孩子？”他的十指感应到的握力相当虚弱，令他心疼不已。

“我不知道，爸爸，”她终于说了出来，“很累。头晕。糊里糊涂。”

萨莱坐在床上，张开双臂拥抱着她：“一切都好好的，宝贝。一切都会好起来的。”

美利欧进了屋，满脸胡茬儿，他刚在外屋打了个盹儿，所以头发蓬乱。“阿秋？”

瑞秋在母亲的臂弯中望着他。“嗨，”她说，充满了羞涩，“我回来了。”

索尔一直认为，当今的医疗在本质上依然和放血和敷膏药的时代相差无几，现在他也依旧坚持这个观点；尽管现在他们能把一个人放在离心分离机里旋来转去，重新排列身体的磁场；能用声波轰炸可怜的病人，连接进入每一个细胞以审问RNA，到最后，虽然他们不明说，但还是得承认他们一无所知。唯一的改变不过是账单越来越厚。

他坐在椅子里打盹，瑞秋的声音唤醒了他。

“爸爸？”

他坐直身子，伸手想要握住她的手：“我在这儿，孩子。”

“我在哪儿，爸爸？发生了什么事？”

“你在一所位于复兴星球的医院，宝贝。海伯利安发生了一起事故。现在你很平安，只是那事故可能对你的记忆造成了一点影响。”

瑞秋抓牢了他的手：“医院？在网内？我怎么会在这里？我在这里多久了？”

“五周左右，”索尔轻声说，“你记得的最近的事是什么，瑞秋？”

她坐回枕头上，摸着自己的额头，摸着那里的微型传感器：“美利欧和我在开会。讨论怎样在狮身人面像中安置搜索装置。哦……爸爸……我还没有跟你介绍美利欧……他是……”

“嗯，”索尔说，把瑞秋的通信志递给她，“给你，孩子。听听这个。”他离开了房间。

瑞秋触动了触显，听到了自己的声音在对自己说话，不由得眨了下眼睛。“好的，阿秋，你刚刚醒过来。你现在很困惑。你不知道自己怎么会在这里。呃，发生了一点事儿，孩子。认真听着。

“录音时间是大流亡纪四五七年，按传统观念来讲，也就是公元二七三九年，十月十二日。是的，我知道，这时间与你记忆里最近的事相隔整整半个标准年。听着。

“在狮身人面像里发生了一点状况。你被时间潮汐困住了。它改变了你。你的年龄是倒退的，这事儿确实听起来非常匪夷所思。你的身体每分钟都会变得年轻，不过那并非当下最重要的事情。当你睡着的时候……当我们睡着的时候……你会遗忘。你会失去事故发生那天前又一天的记忆，以及事故发生后的所有记忆。不要问我为什么。就连医生都不知道。专家也无从得知。如果你想要我打个比方的话，就想想绦虫病毒……最古老的那一种……逐渐吃掉你通信志里的数据……从最后一个条目起，颠倒顺序一个个吞噬。

“他们也不知道为什么你在睡觉的时候记忆会流失。他们也试过强迫你保持清醒，但是三十个小时之后你就会出现一段时间的神经紧张，而病毒则趁此时间继续侵噬你的记忆。所以别管它好了。

“你知道吗？像这样以第三人称谈论自己也是一种疗法呢。实际上，我只是躺在这里等着他们带我上去做透视治疗，我知道等我回来的时候自己肯定已经睡着了……而且肯定又忘掉了一切的一切……想到这个真是吓得我尿裤子呢。

“好了，把触显换到短期存储区，你会听到我将要对你详细讲述的话语，从中你将得知自事故发生起的每一件事。哦……妈妈和爸爸都在这里，他们都认识美利欧。我反倒还没有从前那么了解他了。我们第一次和他做爱是在什么时候来着，唔？是在海伯利安的第二个月吧？那么我们就还只剩下几周了，瑞秋，之后我们就又会成为泛泛之交。趁你还记得的时候，多回味回味吧，姑娘。

“我是昨天的瑞秋，完毕。”

索尔进屋时，发现自己的女儿直直地坐在床上，手里紧紧抓着通信志，脸色发白，像是受了惊吓。“爸爸……”

他走过去坐到她身边，任她哭泣……连着这些天每晚如此，这已经是第二十个晚上了。

瑞秋到达复兴八标准周之后，索尔和萨莱在达芬奇远距传输器多功能港向她和美利欧挥别，然后传送回了位于巴纳之域的家。

“我觉得她不该出院。”在乘坐傍晚班机回克罗佛的时候，萨莱自言自语地抱怨道。身下的大陆拼缀着一块块正待收割的矩形田野。

“老伴，”索尔说，抚摸着她的膝盖，“在那里，医生可以永久照看她。不过现在他们这么做只是出于自己的好奇心。他们已经尽了所有的努力去帮助她……却没用。她还有自己的人生。”

“但是为什么要跟……跟他走？”萨莱说，“她几乎都快不认识他了。”

索尔叹息着，倚回自己椅背的靠垫。“两周之后她就根本不会记得他了，”他说，“至少是不记得他们现在的关系。从她的立场考虑考虑吧，老伴。她每一天都在努力让自己适应这个疯狂的世界。她现在才二十五岁，正在恋爱。让她开开心心地过吧。”

萨莱转头朝窗外望去，在一片寂静中，他俩一同凝视着红日，它像拴在地表的气球一样，漂浮在傍晚的边缘。

瑞秋打来电话的时候，索尔第二学期的授课正有条不紊地进行着。这是一条单向信息，通过自由岛的远距传输线缆传来，女儿的影像投射在古老的全息显像井上，就像一个熟悉的游魂。

“嗨，妈妈。嗨，爸爸。真对不起，我过去几周都没有写信打电话。我猜你们知道我已经离开了学校。是和美利欧一起的。要完成新的毕业设计真痛苦。我星期二就完全忘了星期一都讨论了些什么。就算是有磁片和通信志的提示也无济于事。我觉得我该重新申请念一次本科……那一切我统统都记得！开个玩笑。

“和美利欧在一起也挺痛苦。至少我的笔记上是这么说的。这不是他的错，我肯定。他既温柔又耐心，对我忠贞不渝。只是有点……呃，你不可能每天都重新建立一种关系嘛。我们的公寓里铺天盖地都是我们的照片，我写给自己的关于我俩的笔记，我们在海伯利安上的全息像，但是……你知道。到早上他又完全变成了陌生人。下午我又开始相信我们有过的一切，即便我根本记不起来。到晚上我便会在他的臂弯里哭泣……然后，到差不多的时候，我就去睡觉了。这样子也挺好。”

瑞秋的影像停顿了一下，转身，像是要切断连接，但很快又稳定住了。她对着他们莞尔一笑：“反正，不管怎样，我已经离开学校一段时间了。自由岛医疗中心想要我全天候地待在这里，但是这样的话，他们也得时刻照料着我……鲸逖研究所向我提供了一份邀约，难以拒绝。他们提出要给我……我想他们说的是‘研究酬金’……那可比我在奈藤黑塞尔四年求学所支付的费用再加上帝国大学的所有学费还多呢。

“但我拒绝了。我依然会以门诊病人的身份去那里，RNA移植系列手术总是让我全身瘀青，情绪低落。当然，情绪低落是很正常的，因为每天早上我都记不起那些瘀青是怎么来的嘛。哈哈。

“不管怎样，我会和谭雅一起待一段时间，然后可能……我想可能会回家一段时间。二月是我的生日……我又会变成二十二了。挺奇怪，是吧？无论如何，和熟识的人们在一起生活总会容易得多，我是在刚转到这里的时候，也就是二十二岁的时候，遇到谭雅的……我想你能明白。

“那么……我以前的房间还在吗，妈妈？你经常威胁我说要把它变成一间麻将厅，有没有这么做呢？给我写信吧，要不然给我打个电话。下次我会多花些钱使用双程电话，这样我们就能面对面说话了。我只是……我想我……”

瑞秋挥了挥手：“我得走了。回见，金丝燕。我爱你们。”

离瑞秋的生日还有一周，索尔飞到巴萨德城，好去那座城市唯一的公共远距传输终端带她回家。他先看见瑞秋，她正站在花钟的附近，提着行李。她看起来很年轻，但和他们在复兴之矢挥别之时相比，改变也不是很明显。不，索尔意识到，她的姿势所展现的自信没有以前足了。他摇摇头让自己甩掉这些想法，向她呼喊，跑过去拥抱她。

他放开瑞秋时，她脸上的表情如此震惊，这表情在他心中挥之不去：“怎么了，亲爱的？出什么事了？”

除了这次之外，索尔几乎没有见到过自己的女儿完全语无伦次。

“我……你……我忘了，”她结结巴巴地说，她摇摇头，那动作是多么熟悉，最终她大哭大笑起来，“我只是觉得你看起来有一点点不同，爸爸。我记得，我离开这里是在……准确地说是……昨天。那时我看见……你的头发……”瑞秋捂住了嘴。

索尔伸手挠了挠头皮。“啊，对。”他说，突然自己似乎也要又哭又笑了。“你毕业后，算上旅行的时间，都已经不下十一年了。我已经老了，脑袋也秃了。”他又张开双臂。“欢迎回来，小宝贝。”

瑞秋扑入他的拥抱，扑入了安全的港湾。

几个月里，一切如常。瑞秋周围都是熟悉的人和事，她感觉更安心了，而萨莱为女儿疾病伤心的情绪，也被女儿回家所带来的快乐暂时抵消了。

瑞秋每天都早起观看她的私人“指导秀”，索尔知道，里面出现的他和萨莱的影像，比她记忆中的面容要老出十几年。他试图想象这对于瑞秋来说是怎样的——从自己的床上醒来，二十二岁，带着全新的记忆，正在家中欢度去环网念大学之前的假期，猛然发现自己的父母一夜之间苍老了许多，房屋和城镇也有了上百处细微的变化，新闻内容也完全不同……多年的历史已经从她身边溜走。

索尔无法继续想象下去。

他们犯的第一个错误就是让瑞秋如愿，邀请她旧时的朋友参加她的二十二岁生日聚会。正好是上次庆祝她生日的原班人马——控制不住自己情绪的妮姬、唐·斯图尔特还有他的朋友霍华德、凯西·欧贝格，以及玛塔·婷，她最好的朋友李娜·米凯勒——他们那时都刚从大学回来，已经蜕去幼年的茧，开始新生。

其实回来之后，瑞秋已经见过她们了。不过她一觉醒来以后……又忘得一干二净了。唯独这一次，索尔和萨莱忘了她会失忆。

妮姬已经三十四标准岁，有了两个自己的孩子——依旧活力无限，仍然无法自控，但是从瑞秋的标准来说仍旧是老了。唐和霍华德聊起他们的投资，他们孩子在体育上的成就，还有他们即将到来的假期。凯西很困惑，只和瑞秋说了两次话，然后就感觉和自己说话的对象似乎是个冒名顶替瑞秋的其他人。玛塔则是摆明了嫉妒瑞秋的年轻。李娜，在过去的多年中已经成为了狂热的禅灵教徒，她失声痛哭，早早走了。

等他们都离开之后，瑞秋坐在宴会后一片狼藉的起居室中，盯着自己吃了一半的蛋糕。她没有哭泣。上楼之前，她拥抱了母亲并轻声对父亲说："爸爸，以后请不要再让我经历这样的事了。"

然后她上楼睡觉了。

当年春天，索尔再一次做起同样的梦。他迷失在一片广袤黑暗的地界，只有两个红色的球体在发光。那个单调的声音响起的时候，索尔没有再感到荒唐：

“索尔。带上你的女儿，你唯一的女儿瑞秋，你钟爱的女儿，去一个叫作海伯利安的星球，在我即将指引你之地，将她献为燔祭。”

于是索尔朝黑暗长啸：

“你已经拥有她了，你这个杂种！我要怎样才能把她要回来？告诉我！告诉我，你这个天杀的！”

索尔·温特伯醒来，浑身冷汗，泪水盈眶，满心愤懑。他能够感觉到在另一间屋里沉睡的女儿，巨大的蠕虫一点点吞噬着她。

在接下来的几个月里，索尔开始着迷于搜集关于海伯利安、光阴冢以及伯劳的资料。作为一名训练有素的研究者，他为如此引人争议的话题竟然只有这么少的硬数据[①]感到惊异。当然，还有伯劳教会——尽管在巴纳之域没有伯劳教会神庙，但在整个环网却有不少——可是他很快发现，要在伯劳教会的文献中寻找硬面信息，就像试图通过拜访佛教寺院从而画出鹿野苑[②]的地图一样，纯粹是缘木求鱼。伯劳教会教义中的确提及过时间，不过涉及的层面极浅，仅仅提到认为伯劳是“‘……超越时光的天罚之使’，自旧地逝去，此后的四个世纪已经成为了错误的时代，人类拥有的时光早已终止。”索尔从各处得来的收获中，发现它也和大多数宗教一样，使用一些含糊其词的话语，讨论的是跟肚脐垢堆积差不多的无聊问题。不过他仍然计划，一旦研究有了足够的进展，就去访问一处伯

① 硬数据：由实际测量所得到的数字和图像，与“软数据”不同，不包含估计出来的数据。

② 鹿野苑（Sarnath）：古印度四大佛教圣地之一，传说是释迦牟尼初转法轮的地方，也就是他初次向弟子讲经布道之处。

劳教会神庙。

美利欧·阿朗德淄又发起了新一次海伯利安考察，依然由帝国大学赞助，不过这一次带着明确的目的，要截取并弄清楚造成瑞秋染上梅林症的时间潮汐现象。这次有一个重要的进展，霸主保护体决定随这次远征送出一台远距传输发射器，并装置在驻济慈领事馆。即便这样，当远征队到达海伯利安时，环网时间也已经过去了三年。索尔的第一反应是想要陪同瑞秋跟随阿朗德淄和他的队伍一同进发——这很自然，就像所有全息影剧的主角都会回到主线故事发生的地点。但是索尔在几分钟之内就摆脱了这一直觉带来的冲动。他是历史学家、哲学家；他能够为科考成功作出的贡献微乎其微，充其量也不过是沧海一粟。瑞秋依然保留有一个受过良好培训的本科在读准考古学家的兴趣和技术，但是她知晓的技术每天都逐渐减少，索尔认为返回事发地点对她没有任何帮助。每一天对她都会是一次震惊，在一个陌生的星球醒来，干着一项她完全无所适从的工作。萨莱也不会允许这样的事发生。

索尔姑且搁下了他当前正在研究的书——对克尔恺郭尔[①]的道德折衷伦理学理论的分析，并将之应用于霸主的立法机制——转而潜心收集关于时间、海伯利安以及亚伯拉罕历史的鲜为人知的数据。

平淡无奇的工作依然继续，数月过去了，收集信息完全不能满足他行动的需要。过来为瑞秋作检查的医学及科学专家，就像潮水般涌向圣殿的观光客，络绎不绝，他偶尔将自己的心灰意懒发泄到这些人身上。

“这事儿怎么可能发生！”他朝一个矮冬瓜一样的专家喊道，这个人在对待病人父亲的态度上犯了个错误，自以为是，居高临

① 克尔恺郭尔（Kierkegaard，1813–1855）：丹麦基督教思想家。存在主义的先驱。著有《非此即彼：生活中的一个片断》等。

下。医生头发稀疏，脸看起来就像是画满了线的撞球。“她的身体已经在慢慢变小了！”索尔大叫，用力地扯着节节后退的专家的衣领，“不止是大家能看到的表象，就连骨质都在逐渐减少。她怎么可能会一天天又变回一个小孩？这难道不是和质量守恒定律相冲突的吗？”

专家嘴唇动了动，但是索尔把他摇晃得太厉害，他开不了口。一个长着小胡子的同事替他作了回答。“温特伯先生，”他说，“先生。您必须明白您的女儿正身处于……嗯……可以说是局部的逆熵区中。”

索尔转向这个小胡子同事：“你是说她只是被困在了一个倒退的泡沫中？”

“啊……不，”同事说，紧张地摩挲着下巴，“也许我应该给你一个更恰当的比喻……至少是生物学上的……生命和新陈代谢机制掉了个个儿……啊……”

“纯粹是胡扯，”索尔厉声说道，“她既没有分泌营养物也没有把食物喷出来。那所有的神经活动又是怎么回事？把电化学脉冲都反转过来，真是胡说八道。她的大脑依然在活动，先生们……她只是记忆在消失。为什么，先生们？为什么？”

专家终于说出话来了：“我们不知道为什么，温特伯先生。从数学上说，您女儿的身体就像是时间反演方程式一样……或者是像通过高速旋转黑洞的物体。我们不知道这种事情究竟是怎么发生的，也不知道为什么物理上说不通的事情正在您女儿身上上演，温特伯先生。我们所知的还不够。”

索尔分别和他们握手：“好。那就是我想知道的，先生们。回程旅途愉快。”

在二十一岁生日那天，全家人就寝一个小时之后，瑞秋来到索尔的门前："爸爸？"

"什么事，孩子？"索尔穿上长袍，来到门口站在她身边。"睡不着吗？"

"我已经两天没睡了，"她轻声说，"强打着精神，这样我才能听完那些我记录在《想知道吗？》文档的简述材料。"

索尔点点头。

"爸爸，你下楼来和我喝一杯好吗？我想跟你说点事儿。"

索尔从床头柜上拿起眼镜，和她一同下了楼。

事实上，这是索尔第一次和自己的女儿共饮，也是最后一次。那并不是一场过量的狂饮——他们聊了一会儿，然后开始讲笑话、说妙语，直到最后两人都笑得不可开交，无法继续。瑞秋开始讲一个新的故事，只在最有趣的时候啜两口，于是几乎把威士忌都从她鼻子里喷出来，她笑得太厉害了。他们俩都觉得这是一生中最快乐的时刻。

"我再去拿一瓶，"索尔止住了眼泪，说道，"上个圣诞节莫尔主任给了我几瓶苏格兰威士忌……好像是的。"

他蹑手蹑脚地走回来，瑞秋正坐在沙发上用手指梳着头发。他为她倒了一点，然后他俩默默地喝了一会儿。

"爸爸？"

"嗯？"

"我把整个过程过了一遍。看我自己的样子，听我自己的声音，看李娜和其他人中年时的全息像……"

"还没到中年呢，"索尔说，"李娜下个月才满三十五……"

"嗯，总归是老了，你知道我的意思，不管怎么样，我已经读过了医疗报告，也看了海伯利安上拍的那些照片，你知道我怎么想吗？”

“你怎么想？”

“我一点都不相信这些，爸爸。”

索尔放下酒杯看着自己的女儿。她的脸比以前圆润了，没有那么世故。更漂亮了。

“我是说，我其实相信这些，”她说着，发出一阵低低的笑声，却带着害怕的意味，“像你和妈妈这样的人不可能跟我开这么残酷的玩笑。再加上你的……你的年纪……以及新闻，还有其他的一切。我知道这完全是真的，但我就是无法相信。你明白我的意思吗，爸爸？”

“明白。”索尔回答。

“我是说，今天早上醒来，我想到，棒极了……明天有古生物学测验，可我压根儿还没学过呢。我盼望着能在罗杰·舍尔曼面前秀一两手……他老觉得自己很聪明。”

索尔又喝了一口。“三年前罗杰在巴萨德南部的一场空难中死了。”他说。要不是仗着酒胆，他不会说出这些，但是他得弄明白在这个瑞秋的身体里是不是还藏着另一个瑞秋。

“我知道，”瑞秋说着，下巴搁在膝盖上，“我了解过每一个认识的人的情况。姥姥死了。艾卡德教授没再任教了。妮姬结婚了，和一个……推销员。四年里发生的事情实在太多了。”

“其实都已经不下十一年了，”索尔说，“往返海伯利安让你的时间和我们这些待在家里的人比起来，落后了六年。”

“但那是正常的，”瑞秋叫道，“每时每刻都有人在网外旅行。他们也得对付这样的情况。”

索尔颔首：“但和你的这个状况不同，孩子。”

瑞秋挤出一个微笑，喝干了她的威士忌。“好家伙，这太夸张了。”她重重地把杯子放下，发出尖利的撞击声，“看，这就是我的决定。我已经花费了两天半的时间搞清楚所有的这些，她……我……想让我明白发生了什么事，现实又是怎样……但是，根本就没用！”

索尔一动不动地坐着，大气也不敢出。

“我是说，”瑞秋说，“我知道自己每天都在变得愈加年轻，失去我从未见过的人的记忆……我是说，然后又会发生什么？我会保持这种状态，越来越年轻，越来越小，能力也日渐消退，最后某一天，我就消失了？上帝呀，爸爸。”瑞秋紧紧地用双臂抱住膝盖，“这真是一个诡异的滑稽故事，不是吗？”

“这一点都不滑稽。”索尔平静地说。

“是的，我也知道这不好笑。”瑞秋说。她的双眼，依然又大又黑，此刻泪水涟涟。“这对于你和妈妈来说一定是世上最糟糕的噩梦。每天你们都不得不看我走下楼梯……无限困惑……醒来所记得的只是昨天的记忆，但我自己的声音却明明白白告诉我说，昨天已经是好多年以前了。我还和一个叫作米利欧的小伙子恋爱过……”

“是美利欧。”索尔轻声说。

“管他是谁呢。那些录音完全没用，爸爸。到我开始愿意接受这个事实的时候，我又太累了，不得不去睡觉。然后……你知道接下来会发生什么。”

“你希……”索尔开口，但立刻清了清嗓子，“你希望我们能做点什么，孩子？”

瑞秋注视着他的眼睛，莞尔一笑。自从她十五周大的时候起，她就一直送给他这样甜美的笑容。“别再让我听这些了，爸爸，”她坚定地说，“不要再让我听自己说的这些，这只会让我痛苦。我是说，我根本都没有经历过那些时间。”她顿了顿，摸着自己的前额，“你知道我的意思是什么，爸爸。去了另一个星球的瑞秋，坠入爱河，受到伤害……那完完全全是另一个瑞秋！不应该由我来忍受她的痛苦。”她开始哭泣，“你明白吗？明白吗？”

“我明白。”索尔说。他向她张开双臂，感觉着印在胸膛上自己女儿的温度和眼泪。“是啊，我明白。”

第二年不时有超光信息从海伯利安传来，但都不是好消息。关于逆熵场的性质和来源的研究均没有进展。在狮身人面像附近也没有探测到任何异常的时间潮汐活动。在潮汐区以及周边地区，他们以动物做活体实验，其中有些动物猝死，但是没有任何动物染上梅林症。美利欧发来的每一条信息，最后都以“向瑞秋致以爱意”结尾。

索尔和萨莱向帝国大学贷款，去巴萨德市接受了有限的鲍尔森理疗。他们年龄已经太大，就算是鲍尔森疗法也无法将他们的寿命再延长一个世纪，可是理疗让他们这对七十岁的夫妇外表回到了五十岁不到的年纪。他们仔细研究蒙尘的家庭照片，觉得要穿回十五年前的服饰也没什么困难之处。

十六岁的瑞秋蹦蹦跳跳地从楼梯上下来，通信志调到大学广播站调频。“我能来点上好的麦片吗？”

“你不是每天早上都吃吗？”萨莱微笑道。

“对呀，”瑞秋盈盈一笑，“我就是觉得我们可能会出门什么的。我听到电话铃响了，是妮姬吗？”

“不是。”索尔说。

“真该死，”瑞秋说着，看了看他们，“对不起。但是她口口声声答应过我的，只要标准成绩出来，就给我电话。辅导课都过了三周了，应该是有结果了。”

“别担心。”萨莱说。她把咖啡壶放在桌上，为瑞秋倒上一杯，又为自己倒上一杯。“别担心，亲爱的。我敢保证你的成绩一定会好到想读哪所学校都行。”

“妈，”瑞秋叹气道，“你不知道。外面可是一个狗咬狗一样残酷无情的世界。”她皱皱眉头，“你见到我的数学超光通信仪了吗？我的整个屋子完全是一团糟，什么东西都找不到了。”

索尔清了清嗓子：“今天不上课，孩子。”

瑞秋盯着他：“不上课？今天星期二吔！还有六周我就要毕业了吔！搞什么啊？”

“你生病了，”萨莱肯定地说，“你可以在家里待上一天。就今天。”

瑞秋的愁容更深了：“生病了？我没有不舒服啊，只是感觉有点怪怪的，就像是有什么东西不……不对劲。就好比说，放映室里的沙发怎么都变了个方向？奇普斯到哪里去了？我叫了他好多声他都不来。”

索尔抓住女儿的手腕。“你已经生病很久了，”他说，“医生说你醒来时可能会忘记一些东西。我们去校园走走聊聊吧，怎么样？”

瑞秋面露喜色。“逃课去大学校园？太好了。”她又立即装出一副惊慌失措的表情，“真希望我们别碰上罗杰·舍尔曼。他在那儿跟着大一新生学微积分，他真是个人见人厌的讨厌鬼。”

“我们不会遇到罗杰的，”索尔说，“准备出门喽？”

“马上，”瑞秋靠过去给妈妈一个大大的拥抱，“再见金丝燕。”

“再见小雨燕。”萨莱说。

“好啦，”瑞秋粲然一笑，长发甩过肩膀，“我准备好了。”

因为要经常前往巴萨德市，索尔购买了一辆电磁车。在一个秋高气爽之日，他驾着它远远地在最底层车道缓缓行驶着，享受着身下刚收割的玉米田的景象和怡人的馨香。许多在田中劳作的男男女女向他招手。

自打索尔童年时代起，巴萨德就蓬勃地发展壮大，但是犹太集会堂仍处在城市最古老的一处聚居地边缘。寺庙很古老，索尔感到自己的苍老，甚至连他进门之前戴上的圆顶小帽①看起来也很陈旧，那顶帽子经过数十年的使用，早已磨得只剩一层薄皮，但是拉比②却很年轻。索尔意识到来人至少已经四十——他深色的头皮之上两侧的头发已见稀疏——但在索尔的眼里他也只不过是个孩子。当这位年轻人建议他们在街对面的公园中进行这场谈话时，索尔感到一阵欣慰。

他们在公园长凳上坐下。索尔奇怪地发现自己手里还拿着圆顶小帽，那片布在他的左右手间递来递去。空气中传来一股焚烧树叶和前夜降雨的气味。

“我并不太明白，温特伯先生，”拉比说道，“你的心绪之所以被扰乱，是因为那个梦，还是因为自从做那个梦之后你的女儿就病了？”

索尔仰头感受着洒在脸上的阳光。“准确地说，都不是，”他说，“但是不知怎么的，我总觉得两者有联系。”

拉比的手指摸了摸下唇：“您女儿多大年龄？”

索尔微微犹豫了一下，但是拉比没有察觉，他说道：“十三岁。”

---

① 圆顶小帽（yarmulke）：犹太男子在祷告、吃饭、学习时所戴的帽子。

② 拉比（Rabbi）：是指犹太人中有学问的学者，是老师，也是智者的象征，在宗教中扮演着重要角色，为许多犹太教仪式中的主持。

“她的病……严重吗？有没有危及生命？”

“不会危及生命，”索尔说，“现在还不会。”

拉比双臂交叉着摆在滚圆的肚子上：“你不信……我能叫你索尔吗？”

“当然。”

“索尔，你不相信是你自己，因为做这个梦……从而引起了女儿的疾病，是吧？”

“是的，”索尔说，坐了一会儿，冥思苦想自己说的是不是真话，“是的，拉比，我根本不相信……”

“叫我摩特，索尔。”

“好的，摩特。我来并不是因为我相信是自己——或者梦——引起了瑞秋的疾病。但是我相信，我的潜意识可能在试图告诉我什么秘密。”

摩特的身体微微前后摇晃着：“在这点上，也许神经专家或者心理学家更能给你帮助，索尔。我并不确定自己知……”

“我想了解一点关于亚伯拉罕的故事，”索尔打断了他的话，“我是说，我曾经接触过不同的伦理体系，但我还是难以理解这一个。在这个体系的开端，神明竟会命令父亲杀害自己的亲生儿子。”

“不，不是，不对！”拉比大叫道，儿童一样短粗的手指在面前胡乱地挥舞，“当时机到来的时候，上帝制止了亚伯拉罕的手。祂绝不会允许有人类献祭在祂的面前。那是在测试他是否对上帝意愿完全的顺从，所以……”

“是的，”索尔说，“顺从。但是圣经上说，‘亚伯拉罕就伸手拿刀，要杀他的儿子。’上帝一定已经细究过他的灵魂，知道亚伯拉罕已经准备好杀死以撒。仅仅是表面上的顺从而没有衷心的奉献，一定不会让创造万物的上帝满意。要是亚伯拉罕爱自己的儿子胜过热爱上帝，又会发生什么呢？”

摩特以手指敲击了一会儿膝盖，然后伸手抓住索尔的上臂：“索尔，我能看出你很为令爱的疾病担忧。但是不要把它和八千年前著就的文献混为一谈。能不能多告诉我一些令爱的消息？我是说，现在不会有孩子因为疾病而夭折，至少在环网内不会。”

索尔起身，笑了一下，然后往回走了几步，抽回手：“我很想再说点别的，摩特。我本来是这么打算的，但是我得回去了，今晚我还有课。”

“这周安息日你会来寺庙吗？”拉比问，张开他粗短的手指，准备离别前的握手。

索尔把圆顶小帽丢到年轻人的手中：“可能就是这几天吧，摩特。就这几天之内我会来。”

那年秋天晚些时候，索尔从书房窗口望出去，看见屋前光秃秃的榆树下站着一个黑色的身影。是传媒界的人，索尔想，他的心沉了下去。整整十年，他一直在惧怕秘密传出去的一天，他知道那意味着他们在克罗佛简朴的生活即将终结。他走出去，走入傍晚的寒意料峭。“美利欧！”甫一见到那个高大男人的面容，他便喊了出来。

考古学家站在那儿，双手插在蓝色长大衣的口袋里。尽管他们上次接触到现在已经过了十个标准年，阿朗德淄并没有怎么老——索尔猜测他还没到三十。但是这位年轻人被太阳晒得黝黑的脸上却满是忧愁。“索尔。”他喊道，伸出手，几乎有点不好意思。

索尔热情地和他握手：“我不知道你回来了，进屋说吧。”

“不用了，”考古学家后退了半步，“我已经在外边站了一个小时了，索尔。但是我没有勇气进门。”

索尔嘴唇动了动，但最后只是点了点头。他把双手放进衣袋里避寒。首批星辰开始在屋子的黑色山墙之上闪亮。“瑞秋现在不在家，”最后他说，“她去图书馆了。她……她以为自己有一篇历史论文要交。”

美利欧精疲力竭地深吸一口气，点点头，以示回应。“索尔，”他说，声音含糊不清，“希望你和萨莱能够理解我们已经尽了全力。考察队已经在海伯利安上待了三个标准年，要是大学没有切断资金供应，我们还可能待得更久。但是我们完全没有发现任何……”

“我们理解，”索尔说，“并感谢你发来的超光信息。”

“我自己也单独在狮身人面像里生活了好几个月，”美利欧说，“从仪器显示来看，那不过是一堆没生命的石头，但是有时候我觉得自己感觉到……有什么异样的东西……”他又摇摇头。“是我辜负了她，索尔。”

“别这样说，”索尔说着，抓住年轻人笼罩在羊毛大衣下的肩膀，“但是我有个问题。我们和议员接触过……甚至还向科委的领导们问起过……但是没有人能跟我解释为什么霸主不花更多的时间和金钱调查海伯利安上的现象。在我看来，仅就这个星球的科研潜力，他们也早该投资，让它加入环网。他们怎么会对一个光阴冢那样的谜团视而不见？”

“我明白你的意思，索尔。其实，先前我们的资金被撤回这事儿也非常可疑。就好像霸主有一个政策，要让海伯利安保持在无法触手可及的距离一样。”

“你有没有觉得……”索尔说，但就在那时瑞秋在清秋的暮色中向他们走了过来。她的双手深深藏在红夹克里，头发剪得短短的，是几十年前世界各处年轻人追捧的样式，圆圆的脸蛋都被冻得通红。瑞秋正处在童年边缘，快要向成年蜕变；她的长腿笼在牛仔裤里，配上运动鞋和宽松的夹克，看起来像极了一个男孩的侧影。

她冲着他们笑道："嗨，爸爸。"她在微弱的光线中走得更近，羞涩地朝美利欧点了点头。"对不起，我并没有想要打扰你们的谈话。"

索尔吸了一口气："没关系，孩子。瑞秋，这是从自由岛帝国大学来的阿朗德滋博士。阿朗德滋博士，这是我的女儿瑞秋。"

"很高兴见到你，"瑞秋说着，眉开眼笑，"哇，帝国大学。我读过它的招生目录，真希望我哪天也能去那里。"

美利欧僵硬地点了点头。索尔看见他肩膀和躯干别扭地动了动。"那么你……"美利欧说道，"我是说，你想在那儿学习什么呢？"

索尔以为瑞秋能够听出这个男人声音里的痛苦，但她只是耸耸肩笑了。"噢，天哪，我什么都想学。我在教育中心念高级班时教古生物学和考古学的教授老艾卡德说，他们有一所著名的古人类遗迹学院非常优秀。"

"是这样的。"美利欧终于吐出这四个字。

瑞秋不好意思地看看父亲，又看看陌生人，明显感觉到了他们当中的紧张气氛，但又不知这气氛从何而来。"呃，我想再打扰你们一下。我本来是想进去睡觉的。我猜我自从染上了这种奇怪的病毒……大概是一种脑膜炎吧，妈妈是这么说的，一定是它，让我现在非常健忘。不管怎样，见到你很高兴，阿朗德滋博士。希望有天我们能够在帝国大学再见。"

"我也是。"美利欧说，忧郁而紧张地盯着瑞秋，索尔觉得他正在努力回忆当时的每一个细节。

"好的，那么……"瑞秋边说边往后退去，她的胶底鞋在楼道上擦出吱嘎吱嘎的响声，“那么，晚安。明早见，爸爸。”

“晚安，瑞秋。”

她在门口停住了。草地上的煤气灯光映照在她身上，让她看起来像个不足十三岁的小娃娃。“再见，两只金丝燕。”

“再见，小雨燕。”索尔说，听见美利欧也同时轻声说出了同样的话语。

他们沉默着站了一会儿，感受着夜幕在这个小镇的降临。一个小男孩骑着自行车经过，树叶在车轮的碾压下簌簌作响，轮辐在老旧街灯下的光晕中闪闪发光。“进屋去吧，”索尔对这个一言不发的男人说，“萨莱见到你一定会很高兴。瑞秋应该已经睡觉去了。”

“不，现在不行。”美利欧说。他站在那里，成了一个剪影，双手依然揣在兜里。“我得……这是个错误，索尔。”他转身走开，然后回过头。“等我回到自由岛就给你电话，”他说，“我们会尽快安排下一次考察。”

索尔点点头。三年的征途，他想。如果他们今晚离开，她就会……在他们回来之前她就还不到十岁了。“很好。”他说。

美利欧顿了顿，举起一只手挥别，然后沿着路边，不顾脚下踩碎的落叶簌簌作响，慢慢走远了。

这是索尔最后一次见到他本人。

伯劳教会在环网最大的教堂位于卢瑟斯星球，索尔在瑞秋十岁生日前几周远距传输到了那里。建筑物本身并不比旧地教堂大多少，但是它通往主堂的飞廊悬壁、扭曲的上层建筑，还有彩色玻璃窗的扶壁都起到了很好的视觉效果，看起来相当恢宏。索尔的情绪很低落，何况卢瑟斯强大的重力完全无法起到放松的作用。尽管索尔和主教有预约，他也不得不等上五个多小时才被准许进入内室。大部分的时间里他都看着二十米高的彩钢雕像缓慢旋转，那看起来像极了传说中的伯劳……不过也有可能是对所有人造有刃武器的抽象致敬。而最为吸引索尔注意的，是漂浮着的两个红色球体，这让那噩梦般的空间看起来活像个骷髅头。

“温特伯先生？”

“阁下。”索尔说。他注意到，在主教迈进大门的时候，那些在漫长的等待中陪同他的侍僧、驱魔师、诵经师和看门人都拜伏在黑瓦上。索尔也仿效他们完成了一个正规的鞠躬。

“快请，快请，请进，温特伯先生。”主教说道。他的长袍袖子一扫，指向通往伯劳圣殿的入口。

索尔走了进去，发现自己身处黑暗之地，回音重重，这场面和他不断重复的梦境中的景象相去不远，然后他坐在了主教指给他的座位上。主教坐上自己的位置，那看起来就像是充满现代气息的桌子上雕刻得很精致的小王座，索尔注意到主教是个卢瑟斯本地人，面部肥胖臃肿，但是依然跟所有的卢瑟斯居民看起来一样骇人。他的长袍猩红刺眼……明亮的、动脉血一样的鲜红色，不像是丝绸或者天鹅绒质地，反倒像盛在容器中的液体一样流畅，边缘上装饰有颜色斑驳的貂皮。主教的每一个手指上都戴有一枚巨大的戒指，红黑相间，着实让索尔心神不定。

“阁下，”索尔开口道，“首先让我向你们表示歉意，我可能……或者已经违反了你们教会的礼仪。我承认自己对于伯劳教会知之甚少，但正是我那一点浅陋的见识把我带到了这里。如果我在无意中拙劣地错用了称谓或者术语，那只是出于无知，敬请原谅。”

主教朝索尔摆摆手。红宝石和黑宝石在微光中闪烁着光彩。

“称谓是什么并不重要，温特伯先生。对于非教会成员，称呼我们为‘阁下’就已经非常得体。但是，我们必须告知你，敝教的正式名称是末日赎罪教派，而世人冒昧地称作……伯劳……的实体……在我们指称之时……若直呼其名……我们称祂作大哀之君，或者更普遍的称谓是——天神化身。那么请接着说你想要问的重要问题。”

索尔略微倾了倾身子：“阁下，我是名教师……”

“请原谅我打断你，温特伯先生，你可远远不止是一名教师，你是名学者。我们对你关于伦理诠释学的著作非常熟悉。其间的论证尽管不尽完善，但相当富有挑战性。我们经常将之用作教义辩惑课程的材料。请继续。”

索尔眨了眨眼。他的作品在学术界最为凤毛麟角的领域之外，几乎无人问津，而这一席话真是让他大跌眼镜。不过在五秒钟之内，索尔就缓过神来，他情愿相信伯劳主教说这些只是想弄明白自己是在对谁说话，并有着百里挑一的下属。“阁下，我的学术背景无关紧要。我拜见您是因为我的孩子……我的女儿……染上了疾病，而这个疾病，极有可能是她在一个对贵教有重要意义的地方开展研究工作时染上的。当然，我说的是海伯利安星球上所谓的光阴冢。”

主教缓缓地点头。索尔怀疑他是否知道瑞秋的事。

“你很清楚，温特伯先生，你所提到的地方……也就是我们所称的契约方舟……最近已经由海伯利安的地方自治理事会宣布，不向那些所谓的研究者开放了，是么？”

“是的，阁下。我已经听说了。我非常理解贵教的处境，是贵教出力协助了该项法令的通过。”

主教对这话没有什么反应。在香雾缭绕的幽暗远端，小小的鸣钟在吟唱。

“不论如何，阁下，我诚望贵教教义中的某个方面，能够对小女的疾病有所帮助。”

主教的头微微前倾，于是一束光芒照亮了他，他的额头泛着光，双眼便埋入了阴影里。“你是想接受教会神秘现象的宗教布道吗，温特伯先生？”

索尔用手指摸着自己的胡须：“不，阁下，除非这么做能让小女恢复健康。”

“令爱愿意加入末日救赎教派么？”

索尔停顿了一会儿：“我再说一遍，阁下，她也希望病能治好。如果加入贵教能够让她健康或者对治疗有帮助，她将会认真考虑考虑。”

主教坐回椅子上，长袍沙沙作响。红色似乎从他身上往阴暗中流动。“你说到了生理上的健康，温特伯先生。而我们的教派是精神救赎的最终裁决者。你没有意识到，后者是前者不可或缺的前提么？”

“我意识到这是一个古老而广受尊敬的提议，”索尔说，“我女儿完全的康复就是我和拙荆全部的关心所在。”

主教握拳撑着自己的大头。“令爱的病属于什么性质，温特伯先生？”

“那是……同时间有关的疾病，阁下。”

主教的身子往前倾了倾，突然紧张起来。“你说令爱是在哪一处圣所染上的疾病，温特伯先生？”

“是在叫作狮身人面像的文明遗迹，阁下。”

主教迅速地站起身，桌面上的纸都被撞到了地上。就算不穿长袍，这个人的体重也会是索尔的两倍。在不停摆动的红袍中，完全站直的伯劳主教居高临下地看着索尔，就像是绯红的死亡化身。“你可以走了！”这个大块头说道，“你的女儿是所有人中最受福佑，也是最不幸的。不论是你、教会……或是任何一个尘世上的人……对她都无能为力。”

索尔仍固执地抱着那最后的一丝希望求问道：“阁下，如果有一丝可能……”

“不可能！”主教大叫，面红耳赤，像是一个拥有实体的鬼魂。他敲着桌子。驱魔师和诵经师都出现在门口，他们镶着红边的黑袍和主教长袍的裁剪如出一辙。一身漆黑的看门人完全混在了黑暗中。“拜会到此结束。”主教说，声音小了许多，但是言之凿凿，带着一语定终局的意味，“令爱是被化身选中的，她将以一种奇特的方式获得救赎，否则，她将和所有有罪之人和不信仰化身之人一样，在某天遭到惩罚。那一天很快就会到来。”

“阁下，如果我能再占用您五分钟时间……”

主教打了个响指，驱魔师就上前把索尔架走了。他们都是卢瑟斯人，每个人单挑五个索尔都绰绰有余。

“阁下……”索尔缩缩肩，扭脱了第一个人的手，向主教叫喊道。剩下的三个驱魔师都上前帮忙，而那些同样壮硕的诵经师则在索尔身边打转。主教已经背过身去，像是在凝视着黑暗。

外面的圣所回荡着索尔的呻吟和鞋跟刮擦地面的声音，最后索尔的脚踢到了领头的驱魔师身上最不圣洁的地方，他发出一声巨大的喘息声，但这却没有影响到这场争执的结果。索尔被扔到了街上。最后一个看门人别着脸，把索尔稀巴烂的帽子扔还给他。

索尔又在卢瑟斯多待了十天，不过除了在强大重力下愈深的疲倦之外，他别无所获。教会堂的官员不理会他的电话。他根本就进不了神庙大宅一步，驱魔师全都在前厅门口等着他。

索尔远距传输至新地和复兴之矢，去富士星和鲸心，去天津四丙和天津四丁，但是不论哪个地方的伯劳神庙，都让他吃了闭门羹。

筋疲力尽，心灰意冷，一文不名，索尔传输回故乡巴纳之域，把电磁车从长期停车场取出来，赶在瑞秋生日之前一小时到了家。

"给我带礼物了吗，爸爸？"十岁的小女孩激动地叫道。那天萨莱告诉她索尔去外地了。

索尔拿出包装好的包裹。一套《红头发安妮》[①]系列全集。这不是他本来想带给她的东西。

"我能打开它吗？"

"再等会儿，小宝贝。和其他东西一起打开吧。"

"好不好嘛，爸爸，求求你了。现在就只有这一样东西嘛。要等到妮姬和其他孩子都过来吗？"

索尔望了望萨莱的眼睛，她摇摇头。瑞秋记得几天前她邀请了妮姬、李娜，还有其他朋友一起参加她的生日宴会。萨莱还没有编出合适的借口。

"好吧，瑞秋，"他说，"在宴会开始前就只有这一件礼物。"瑞秋撕开这个小包裹的当儿，索尔看见了起居室里的大包裹，系着红色的绸带。是新自行车，当然。

在十岁生日前的整整一年里，瑞秋都一直想要辆新自行车。索尔疲倦地想象着，明天要是她发现还没到十岁生日就拥有了新自行车，会不会感到惊喜呢？或者他们也可以在那天晚上趁瑞秋睡着的时候就把自行车处理掉。

索尔瘫在沙发上。红缎带让他想起了主教的袍子。

在向往事屈服的时候，萨莱心里从没好受过。每次她清洗好一

---

① 《红头发安妮》（Anne of Green Gables）：加拿大作家蒙哥马利所著儿童小说，也译作《绿山墙的安妮》。

套瑞秋穿不下的童装，把它折好，放好，她就会默默地流泪，但不知为什么，索尔总能知晓。萨莱对瑞秋童年的每一个阶段都非常珍惜，享受着万物一天天正常的演化；一种她平静接受的常态，她把它看作生命中最快乐的时光。她总是觉得人类经历的精髓不只是在于那些巅峰时刻，譬如婚礼的日子或者成功的到来，它们在记忆中耀眼突出，像是老日历中用红笔圈出的日子；相反，那精髓更在于不经意间走过的平凡琐事——周末下午，家中的每个成员都专注于自己追求的东西，他们在各自的工作中偶然相遇、联络，简短的对话也不会在记忆中长时间存留，但是这样的时间累加起来的增效作用却是极为重要和永恒的。

索尔在阁楼找到了萨莱，她正逐个翻查盒子，小声抽泣。这不是从前为这些小东西退出家庭舞台时流下的温柔泪水。萨莱·温特伯在大发脾气。

“你在干什么，老伴？”

“瑞秋没衣服穿了。每一样东西都太大了，八岁孩子能穿的东西穿在七岁孩子身上就不合适。我记得把她的一些东西搁到什么地方去了。”

“别管它，”索尔说，“我们买点新的就是了。”

萨莱摇摇头：“然后让她每天都奇怪她最喜欢的衣服哪儿去了？不行。我留下了一些东西，它们肯定在这里的什么地方。”

“过阵子再找吧。”

“该死，没有什么过阵子了！”萨莱吼道，然后转身背对着索尔，伸出双手掩面哭泣，“对不起。”

索尔伸手抱住她。尽管他们接受了有限的鲍尔森理疗，但她赤裸的手臂也比他记忆中的消瘦许多，粗糙的皮肤下满是黑点和血管。他紧紧拥抱住她。

“对不起，”她又说了一遍，大声地哭起来，“这太不公平了。”

“是的，”索尔同意道，“这不公平。”阳光从蒙尘的阁楼窗棂中透过来，使得屋子看起来像是阴郁的教堂。索尔总是很喜欢阁楼的味道，这样的地方总是充满了热气与朽木的气味，未能充分利用，满是未来的宝藏。今天，这种感觉被毁了。

他在一个箱子旁边蹲下。“来吧，亲爱的，”他说，“我们一起来找。”

瑞秋依旧幸福快乐，享受着生活，只是每天早上醒来的时候，会对周围的不对劲稍稍感到困惑。她越来越年轻，要向她解释发生的改变也越来越简单了。在一夜之间，门前的老榆树不见了，转角处内斯比特先生以前居住的殖民地时代的屋子被改建成了新公寓，她的朋友都不见了——索尔首次在小孩身上见识到了独特的适应力。他想象着瑞秋生活在时间之潮崩溃的边缘，她看不见身后暗潮涌动的深邃海洋，只是用她所存不多的记忆维持着平衡，全心度过她每一天能够拥有的十二到十五小时——她那诡异的现在。

索尔和萨莱都不愿意自己的女儿与别的孩子疏远，但是很难找到和别人交往的办法。瑞秋很高兴与附近“新来的女孩”和“新来的男孩”玩——他们都是其他讲师的孩子、朋友的孙辈，有段时间还和妮姬的女儿玩——但是其他的孩子都得学会习惯瑞秋每天都像第一次见面似的跟他们打招呼，完全不记得他们共同的过去，因而只有很少一部分敏感的孩子能够看在她是个玩伴的份上，继续玩着“初次见面，请多关照！”的游戏。

当然，关于瑞秋奇特怪病的故事在克罗佛早已不是秘密。这件事自从瑞秋回来的第一年便在整个大学传开，很快又传遍了整个镇子。克罗佛对此的回应是小城镇素来已久的风习——有长舌妇四下八卦，有些人说起这个时，语言和目光中藏不住幸灾乐祸——但是大多数成员都将保护性的羽翼围绕着温特伯一家，就像一个笨拙的母鸟在保护自己的幼崽。

因而他们依然能够过平静的生活。就算索尔不得不突然停课，早早退休为瑞秋求医问药的时候，也没有人提起过真正的原因。

但是好景不长，一个春日，当索尔走上门廊，看见他七岁的女儿哭哭啼啼地从公园回来，身后缠着一大群新闻记者，他们的植入式摄像器闪闪发光，通信志伸展开去，此时此刻，他知道他们生活的平静阶段已经永远地结束了。索尔从门廊上跳下，跑到瑞秋的身边。

“温特伯先生，您的女儿感染了时间疾病，已经处于晚期，这是真的吗？七年之后会发生什么事情？她会凭空消失吗？”

“温特伯先生！温特伯先生！瑞秋说她认为拉本·道威尔是议院首席执行官，而今年是公元二七一一年。是她完全丢失了三十四年的记忆，还是说这只是一个因梅林症引起的幻觉？”

“瑞秋！你记得自己成年人时候的事情吗？再次变成孩子感觉怎样？”

“温特伯先生！温特伯先生！请再拍一张静照好吧。您能不能提供一张瑞秋大一些时候的照片，您和孩子站着看照片，让我们拍张照？”

“温特伯先生！这真的是光阴冢的诅咒吗？瑞秋是不是看见了伯劳老怪？”

“嘿，温特伯！索尔！嘿，老索！当这个孩子消失的时候，您和您的老婆要怎么办啊？”

有一个新闻记者堵住了索尔去前门的路。那人身子前倾，戴在眼睛上的立体镜片朝前探出，为瑞秋的特写调焦。他图省事扎了条辫子，索尔就抓住那人的长发，把他扔到了一边。

人群在屋外嘶叫怒吼，持续了整整七周。索尔意识到他忘记了这种他曾经十分熟悉的小型团体的特性。他们总是频繁地骚扰，活动范围不广，有时展开一对一的跟踪窥探，但是他们从不会动用那条最为恶毒的传统，即所谓“公众有权知道”的原则。

但是环网却会这么做。索尔不会让自己的家庭变成记者包围圈永恒的囚徒，于是他采取了主动策略。他安排了覆盖面最广的远距传输线缆新闻节目采访，参与全局的讨论，并亲自参与中央广场医疗研究秘密会议。在十个标准月之内，他在八十个星球上发布了为女儿寻求帮助的信息。

成千上万的个人和单位主动向他们提供帮助，提案纷至沓来。但是发送这些信息的主体却几乎都来自信仰治疗师、项目开发人、研究机构以及自由研究者，他们愿意提供帮助以换取独家报道的权利；伯劳崇拜者和其他热衷于宗教的人们则指出瑞秋是罪有应得；多家广告代理商发来邀请，要求瑞秋为产品作形象代言；媒体代理商也提出要帮助瑞秋“处理”这些代言邀请；普通民众发送来表示同情的消息或是频繁地亮出信用芯片；科学家们发来表示怀疑的文章；全息电影制片人和书商要求买断瑞秋生活著作权；还有地产商接二连三地要提供服务。

帝国大学出钱雇请了一个评估小组来将这些提案分门别类，看看其中是否有一两项可能对瑞秋有好处。许多信息都被弃置一边，一部分医疗和研究方面的议项则被慎重考虑。到最后，所有提案里说到的研究方法和实验疗法似乎都被帝国大学试验过了。突然，一则超光信息吸引了索尔的注意。这是希伯伦科发·沙龙吉布茨主席发送来的简单信息：

如果多得难以应付，就来这里吧。

很快便多得难以应付。报道公之于世的头几个月中，包围圈似乎有放松的趋势，不过这只是第二轮冲击的前奏而已。传模的小报将索尔说成是“流浪的犹太人”，绝望的父亲四处流浪，为了给孩子奇怪的病症找到疗法——这个标题相对于索尔毕生对旅行的憎恶可真是讽刺。萨莱则不可避免地被贴上了“悲伤的母亲”的标签。瑞秋成了“注定厄运的孩子”，而另一个经过艺术美化的标题中，她又是“光阴冢诅咒下永世的处女”。不管这个家庭的哪一位成员外出，都会遇到新闻记者或是隐架在树后的成像器。

克罗佛发现温特伯一家的不幸能够带来滚滚财源。起初城镇还不作任何干预，但是后来巴萨德城的企业家纷纷搬迁而至，建起了礼品店、T恤交易场、观光点和数据芯片亭，旅游者来得越来越多，本地的商人终于心慌意乱，信心动摇了，然后一致达成共识，这儿的肥水可不能再流向外人田了。

长达四百三十九标准年的近似与世隔绝之后，克罗佛镇终于迎来了她的远距传输终端。参观者再也不用忍受从巴萨德市过来的二十分钟飞行旅程了。游客人数还在不断增加。

他们搬家的那天，下着瓢泼大雨，街上空无一人。瑞秋没有哭，但她整天都睁着双大眼睛，语气中满是委屈。再过十天就是她的六岁生日了。“但是，爸爸，我们究竟为什么要搬家啊？”

“因为我们必须搬，亲爱的。”

“但究竟是为什么啊？”

“这只是我们不得不做的事，小不点儿。你会喜欢希伯伦的，那里有很多公园。”

“但是你们以前为什么从来没说过要搬家？”

“我们说过的，亲爱的。只是你忘了。”

“但是爷爷奶奶、姥姥姥爷，还有理查德叔叔、特莎阿姨、梭迩叔叔，还有其他人会怎么样呢？”

“他们随时都可以来拜访我们。”

“那妮姬、李娜，还有我的所有朋友们呢？”

索尔一言不发地把最后一件行李搬上了电磁车。房子已经卖掉了，空空如也；家具都被卖掉或是送到了希伯伦。之前的一周里有一大群人，亲戚、老朋友、学校的熟人，甚至还有帝国大学那些研究了瑞秋十八年的研究小组成员围绕着他们，但是现在街道上空荡冷清。老式电磁车的穹形有机玻璃顶壳上，雨水划出道道水迹，延成一条条交错的小河。他们三人在车里坐了一小会儿，望着房子。车里有一股湿羊毛混合着湿头发的味道。

瑞秋紧紧抱着萨莱六个月前从阁楼上救出的泰迪熊，说道：“这太不公平了。”

“是啊，”索尔附和道，“太不公平了。”

希伯伦是一个沙漠星球。经过四个世纪的环境地球化改造，星球的大气已经适宜呼吸，并有几百万英亩的土地可供耕耘。从前生活在那里的生物都又矮又结实，非常机敏，从旧地运输过来的生物也是同样如此，包括人类。

“啊，”他们到达阳光炙烤的科发·沙龙吉布茨上那阳光炙烤的丹村之时，索尔深深吸了一口气，“我们犹太人真是些受虐狂。大流亡开始之时有两万颗星球可供我们选择，而那些笨蛋偏偏就挑中了这儿。”

但不管是首批殖民者还是索尔一家人，来这里都不是因为自己是受虐狂。虽然希伯伦大部分区域是沙漠，但是肥沃的土地又是惊人得丰饶。西奈大学在整个环网颇负盛名，医疗中心又吸引来了富有的病人，也为合作社带来了相当丰厚的财源。希伯伦除了在新耶路撒冷有唯一一个远距传输终端外，其他任何地方都不允许建造传送门。她既不属于霸主，也不属于保护体，她就远距传输的权利向游人课以重税，并且不允许任何游人去新耶路撒冷以外的地方。对于一个寻求私人空间的犹太人来说，这可能是在人类踏足的三百个星球上最为安全的地方了。

传统来讲，吉布茨是一个合作社，但事实上却不尽如此。温特伯一家在自己的新居受到了热烈欢迎——那是个不大不小的地方，屋子日晒充足、干燥，房屋转角圆滑，没有直角急转，地上铺设木地板，从这幢坐落在山顶的房屋向下瞭望，能够看到橘黄和橄榄绿的丛林之外无限延伸的沙漠。太阳似乎把每样东西都榨干了，索尔想，甚至榨干了焦虑和噩梦。光线遵循着自然的法则，到晚上太阳西沉过一小时之后，他们的屋子都会泛出粉红的亮光。

每天早晨，索尔都会坐在女儿的床前等着她醒来。头几分钟里，爱女的困惑总是让他非常痛苦，但是他坚持要确保每天早上瑞秋醒来第一眼见到的是自己。他抱着她，回答她问的每一个问题。

“我们在哪儿，爸爸？”

“在一个棒极了的地方，小不点。吃早餐的时候我会详细告诉你的。”

“我们怎么到这儿来的？”

“我们传输过来，坐了一会儿飞艇，然后又走了一段路，”他总这么说，“这儿离家并不太远……但是这段路程的长度已经足以把它当作是冒险了。”

“但是我的床在这里……还有我的毛公仔……为什么我不记得它们什么时候来的？”

于是索尔就会轻轻地抱着她的肩膀，注视着她棕色的双眼，说道："你遇到了一场事故，瑞秋。还记得那个《想家的癞蛤蟆》里面讲的故事吗？特伦斯打坏了它的脑子，于是好多天里，它都忘了自己住在哪里。你遇到的就是那种事故。"

"我现在好些了吗？"

"好多了，"索尔会说，"你整个身体都好得多了。"这时屋子里会飘满早餐的香味，他们都走上平台，萨莱正在那里等着他们。

瑞秋比以前有了更多的玩伴。吉布茨公社有一所学校，她总是去那里玩耍，受到大家的欢迎，每天都像初次见面一样向大家打招呼。漫长的下午里，孩子们在果园里玩耍，沿着悬崖勘探。

理事会有三位长老，阿弗纳、罗伯特、以法莲，三人都敦促索尔继续写他的著作。希伯伦一向以其庇护的众多学者、艺术家、音乐家、哲学家、作家、作曲家和长期居民而自豪。大家居住的房子，他们指出，是国家馈赠的礼物。索尔的养老金，虽然就环网标准来说并不算高，但是要满足他们在科发·沙龙的基本需要是绰绰有余了。而最令索尔惊奇的是，他发现自己在体力劳作中得到了乐趣。不管是在果园里工作，还是在未开垦的土地上清理石块，哪怕是为城市修墙，索尔都会发现自己的心态和精神比从前的任何时候要更为自由。他发现自己在等待灰泥干燥的时候，可以与克尔恺郭尔在思维上来一番搏斗，而在检查苹果是否生虫之时，他也可以得出对康德和凡德尔理论的新见解。在七十三标准岁的时候，索尔受伤的心灵终于首次愈合结痂。

傍晚，他会和瑞秋玩会儿游戏，然后拜托朱蒂或附近其他的姑娘照看熟睡的孩子，自己便可以和萨莱一起，去山脚下散步。有一个周末，索尔和萨莱两人单独去了新耶路撒冷，这是自十七标准年前瑞秋回家和他们同住以来，他俩第一次获得独处的时间。

但并不是所有事情都具有田园的诗意。索尔经常在夜里醒来，独自赤脚走下厅堂，而萨莱总会在那里凝视着熟睡的瑞秋。漫长的一天结束后，当他们在老旧的搪瓷桶里给瑞秋洗澡，或是当墙壁泛出粉红微光，他们给她掖好被角，孩子总会说：“我喜欢待在这个地方，爸爸，但是我们明天回家好吗？”索尔会点头。讲完晚安故事，唱过摇篮曲，给她晚安前的吻，确定她已经睡着之后，他会踮起脚尖走出屋子，然后会听见闷闷的声音——“晚安，金丝燕”——从床上裹着毛毯的小小身子里传来，而他也得回答“晚安，小雨燕”。当索尔躺到床上，身边是他深爱的女人，正轻柔地呼吸着，似乎已经睡着，他会望着希伯伦那一轮或两轮小小的月亮移过粗糙的墙壁，在墙上映出一抹抹惨淡的条纹，此时，他会同上帝说话。

索尔每晚同上帝说话，好几个月之后，他才突然意识到自己一直以来在做什么。这个念头让他觉得好笑。对话并不是祷告，而是一种愤怒的独白——在变成恶骂之时有些乱无头绪——这是他和他自己的争论，言辞激昂；但并不总是和他自己。有一天索尔意识到这些激烈的辩论主题如此深刻，牵涉的利害关系如此严正，所涵盖的领域如此广阔，因为以上这些缺憾，受他严责的人只可能有一个：上帝本尊。自从索尔具有了人格神[①]的观念，他开始晚上睁眼躺着思量人类的悲苦，思考个人的生活。这对索尔来说是完完全全的荒唐，这种对话式的思维方式让他开始怀疑自己的神志是否健全。

但是对话依然继续。

索尔不禁思考起一个问题，一个伦理体系——它不像宗教那么不屈不挠，历经所有邪恶人类的唾弃依然能够存留——怎么可能源起自

① 人格神：乌西诺认为，人类神祇观的演变过程大致经历了三个阶段：“瞬间神”“功能神”和“人格神”。人格神，意即这个神关心人，这个神自己也具人格，并且以人为中心。

上帝命令一个人杀害自己的孩儿。至于这个命令在最后一刻被撤销这一事实，对索尔来说并不重要。这只是个用于测试忠诚的命令，对他来说也毫无意义。事实上，想到是亚伯拉罕的顺从，让他成为了以色列所有部落的宗父，才是真真正正让索尔陷入愤怒的原因。

索尔·温特伯在将生命和工作都致力于伦理体系五十五年之后，终于得出了一个简单且不可动摇的结论：对任何神灵或观念或普遍准则的忠诚，若是要求“顺从高于一切”，甚至高于善待无辜之人这样起码的品德了，它就是邪恶的。

——那么给“无辜”下个定义吧？传来一个略微有些被逗乐，又略微有些牢骚的声音，索尔觉得自己和上帝的辩论又开始了。

——孩子是无辜的，索尔想。譬如以撒。瑞秋也是。

——仅仅因为是孩子，就等于是“无辜”的？

——是的。

——那么在任何情况下，都不能让纯洁之血为更伟大的理由而流？

——对，索尔想。任何情况下都不会。

——但是我想，“无辜”并不仅限于对儿童而言。

——索尔犹豫了一下，觉得这似乎是一个陷阱，想等着看看潜意识里的这个对话者接下去想说什么。他无法想象。不，他想，“无辜”不仅包括孩子，也包括其他人。

——比如瑞秋？在她二十四岁的时候？无辜的人不论在多少年纪都不应该被牺牲？

——对。

——也许，在亚伯拉罕成为地球上尊享福祉民族的宗父之前，这是他需要学习的课程的一部分呢。

——什么课程？索尔想。什么课程？但是他心里的那个声音逐渐淡下去，现在只剩下外面夜鸟的啼啭和身边妻子轻柔的呼吸。

瑞秋在五岁的时候还能认字。索尔不太记得她什么时候学会了阅读——就像她生下来就一直会似的。“是四标准岁的时候，”萨莱说，“是在一个初夏……她四岁生日刚过三个月。我们在大学后山上野炊，当时瑞秋在看她的《小熊维尼》画册，突然间她说：‘我听见脑子里有个声音。’”

索尔一下子记起来了。

他也记起来，瑞秋在那个年纪所展示的超乎常人的学习新技能的能力，这给他和萨莱带来了无穷的快乐。他记了起来，是因为他们现在正面临着那个过程的反演。

“爸爸，”瑞秋躺在他书房的地板上，小心翼翼地给画片涂着颜色，“妈妈的生日过了多久了？”

“妈妈的生日在星期一。”索尔说，脑子里还想着他刚才研读的东西。萨莱的生日还没有到，但是在瑞秋的记忆中已经过了。

“我当然知道。但是过了多久了？”

“今天是星期四。”索尔说。他正在读一篇冗长的论述“顺从”的犹太法典论文。

“我当然知道。我是问究竟过了多少天了？”

索尔把硬拷贝放下：“你知道一周的几天怎么说吗？”巴纳之域还用旧日历。

“当然，”瑞秋说，“星期六，星期天，星期一，星期二，星期三，星期四，星期五，星期六……”

“你已经说过一次星期六了。”

“是啊。但那究竟是多少天呀？”

“你会从星期一数到星期四吗？”

瑞秋皱皱眉，嘴唇动了动。她又试了一次，这次边算边掰着手指。“四天？”

“答得好，”索尔说，“那么你知道十减四是多少吗，孩子？”

“减是什么意思？”

索尔又强迫自己看着手里的论文。“没什么，”他说，“等你进了学校你就会学的。”

“等我们明天回家以后吗？”

“是的。”

一天早上，瑞秋在朱蒂陪同下出去和其他孩子玩的时候——她太小了，根本不可能再入学——萨莱说：“索尔，我们得把她带到海伯利安去。”

索尔盯着她：“你说什么？”

“你明明听到了我的话。我们不能等到她小得都不能走路……也不能说话的时候。还有，我们也不可能变得年轻，”萨莱爆发出一阵阴冷的苦笑，“这听起来很奇怪，是吧？但我们不可能了。鲍尔森疗法的效果在一两年内就会完全消退的。”

“萨莱，你忘了吗？医生说瑞秋承受不住冰冻沉眠。迄今为止，从没有人在清醒状态下进行过超光旅行。霍金效应会使人发疯……说不定还更糟。”

“这没关系，”萨莱说，“瑞秋总归会回到海伯利安。”

“你到底在说什么？”索尔说道，有点恼火了。

萨莱紧紧抓着他的手：“你以为只有你一个人在做那个梦么？”

“梦？”索尔终于说出口。

她叹息着，坐在白色的案桌旁边。清晨的光芒像一束黄色聚光灯，笼罩着窗台上的植物。“黑暗的地方，”她说，“头顶的红光。那声音，告诉我们……告诉我们要带上……去海伯利安。要献她为……燔祭。”

索尔舔舔嘴唇，他的双唇干燥无比。他的心跳得厉害："谁的名字……说的是谁的名字？"

萨莱古怪地看着他："我们俩的名字。要不是你也在那里……梦里和我在一起的话……这么多年来我都不知道如何度过。"

索尔瘫坐到椅子上。他注视着自己耷拉在桌子上的手掌和前臂，它们是如此陌生。手指的关节都因为风湿痛而逐渐肿大；前臂严重暴出青筋，布满肝斑[①]。当然，这的确是他的手。他对她说："你从来没有跟我说过。一个字都没有提过……"

这次萨莱的笑容不再有苦意了："这还需要我说出来吗？那些日子我们俩都会在半夜醒来，你浑身都是冷汗。我从第一次起就知道这并不单纯是个梦。我们得去，她爸。去海伯利安。"

索尔抬了抬手。感觉上它依然不像是他身上的一部分："为什么？老天在上，为什么，萨莱？我们不能……不能献出瑞秋……"

"当然不能，她爸。你完全没有考虑过这点么？我们得去海伯利安……不管哪儿，反正是梦里让我们去的地方……献祭我们自己。"

"献祭我们自己。"索尔重复了一遍。他觉得自己似乎要心脏病发作了，他的胸膛疼得要命，甚至都无法正常呼吸。他坐了整整一分钟，一言不发，他知道自己要是一开口说话，泪水必定会涌出来。又过了一分钟，他说道："你考虑这个事情……有多长时间了，老伴？"

"你是说从什么时候起知道我们不得不这么做？都一年了吧，可能还要久些。就在她五岁生日之后。"

"一年了！你怎么什么都不说？"

---

① 肝斑：皮肤上局部的褐色良性斑块，老年人或皮肤因日照受损的人常会出现。

“我是在等你，等你意识到这一点，等你彻底明白。”

索尔摇摇头。屋子看起来像离自己很远，还略微倾斜。“不。我的意思是，这看起来似乎不……我得好好想想，老伴。”索尔看着自己那只陌生的手拍了拍萨莱那只熟悉的手。

她点点头。

索尔在寸草不生的高山中度过了三天三夜，仅靠他带去的厚皮面包和浓缩热水器度日。

在过去的二十年中，他有过无数次的想法，恨不得作为父亲的自己能够代替瑞秋染病；要是有人注定受苦，也应该是父亲而不是孩子。任何一个当父母的都会这么想——这是每次自己的孩子受伤卧床或受高烧折磨之时的想法。这件事固然不会有那么简单。

在炎热的第三天下午，索尔躺在一块薄岩板的阴凉之下打着盹，他懂得了这件事当然不会有那么简单。

——那可能是亚伯拉罕对上帝的回答么？让作为父亲的自己成为祭品，代替以撒？

——这可能是亚伯拉罕的答案。但不会是你的。

——为什么？

像是获得了这个问题的答案，索尔出现了热梦一般的幻觉，他看见赤裸的成人排成一路纵队朝火炉行进，途经许多全副武装的人，母亲们将孩子掩藏在成堆的外衣之下。他看见男男女女身着难以蔽体的烧焦的衣物，从曾经是城市的灰烬中扛出眩晕的孩童。索尔知道这些景象并不是梦，而是第一次和第二次大屠杀中的真实场景，按他的理解，他在脑海里的声音说出之前就已经知道答案是什么了。答案只能是什么。

——双亲已将自己献祭。那样的牺牲早已被接受，我们早已接受。

——那又如何？又如何！

回答他的只有沉默。索尔站在白热的阳光之下，摇摇欲溃。一只黑鸟在他的头上盘旋，不过也可能是幻觉。索尔朝着青铜色的天空晃了晃拳头。

——你拿纳粹党人当自己的工具。疯子。禽兽。你他妈的就是一个禽兽。

——不。

地面倾斜了一下，索尔侧身摔倒在尖锐的岩石上。他觉得那跟靠着粗糙的墙壁没什么区别。一块拳头大小的石头擦得他的脸火辣辣地疼。

——亚伯拉罕的正确答案是顺从，索尔想。从伦理上来说，亚伯拉罕自己也不过是个孩子。在那个年头里，人们都是孩子。亚伯拉罕的孩子们的正确答案应该是变身为成人，并将自己献祭。那么，我们自己的正确答案是什么？

没有答案。也没有再天旋地转。片刻之后，索尔摇摇晃晃地站起身，擦掉了脸颊上的血迹和沙石，向脚下山谷中的城镇走去。

“不，”索尔告诉萨莱，“我们不去海伯利安。这不是正确的解决办法。”

“那你就是让我们什么都不做。”萨莱的嘴唇因生气而发白，但她的声音却非常平静，努力控制住了自己。

“不。我是为了不让我们做错事情。”

萨莱终于呼出一口气，发出嗞嗞的声音。她朝窗户挥挥手，从那里能看见他们四岁的孩子正在后院玩着玩具小马。“你难道觉得，我们女儿有时间……让我们做错事情……做任何事吗？”

“坐下，老伴。”

萨莱依然站着，她发黄的棉布裙子上弄洒的砂糖正微微发光。索尔记起了在茂伊约移动小岛上，在闪着粼光的尾波中起身的赤裸的年轻女人。

“我们总得做点什么。”她说。

“我们已经见过了一百个医疗或科学方面的专家。她被测试过，被刺针刺过，被探针探过，被二十多个研究中心折磨过。我已经去过环网所有星球的伯劳教会，它们都不见我。美利欧和帝国大学的其他海伯利安专家说，在伯劳教会的教义中没有梅林症之类的东西，而海伯利安上的土著也没有关于这个病症的疗法或线索之类的传说。小组在海伯利安三年的研究没有得出任何结论。现在在那里展开研究是非法的。通往光阴冢的入口只允许对所谓的朝圣者开放。就算是要获得一张去海伯利安的旅行签证都变得几乎不可能。如果我们带上瑞秋，这趟旅程会杀了她的。”

索尔停下来呼吸，又握住了萨莱的手臂：“我真不想再说一遍，老伴。但是我们已经尽力了。”

“我们的努力还不够，”萨莱说，“要是我们以朝圣者的身份前去呢？”

索尔心灰意冷地抱着双肩：“伯劳教会只从成千上万的志愿者中选择献祭的牺牲品。环网到处都是愚蠢绝望的人，几乎没人回得来。”

“那不正证明了一点吗？”萨莱小声急切地说道，“有什么人或者什么东西在捕猎这些人。”

“匪帮。”索尔说。

萨莱摇摇头：“哥连[1]。”

---

① 哥连（Golem）：希伯来传说中有生命的假人，指一个被赋予生命的魔像。早期的故事中，哥连往往是一个完美的仆人，唯一的缺点是在执行主人的指令时，过于死板或机械化。后来哥连被赋予了保护被迫害的犹太人的使命，但仍然是一副吓人的面孔。

“你是说伯劳？”

“是哥连，”萨莱坚持道，“和我们在梦中见到的那个东西一模一样。”

索尔开始烦躁起来：“我在梦中没有见到什么哥连。什么哥连？”

“就是那双注视着我们的红眼睛。”萨莱说，“也是瑞秋那晚在狮身人面像里听到的那同一个哥连。”

“你怎么知道她听到了什么声音？”

“是在梦里，”萨莱说，“在我们走进哥连等待着的地点之前。”

“我们俩做的梦不一样，”索尔说，“老伴，老伴……你以前为什么都没有跟我说过这个？”

“我以为自己疯了。”萨莱轻声说。

索尔想起了他与上帝秘密的谈话，双臂环抱住自己的妻子。

“噢，索尔，”她靠在他身上，轻声说着，“看着这一切，真是令人痛苦。住在这里也好孤独。”

索尔拥着她。他们曾经试图回家——家自然永远是在巴纳之域——拜访过五六次亲朋好友，但每一次的串门总被纷至沓来的新闻记者和观光客毁掉。这不是任何人的错。消息总会霎时不胫而走，通过一百六十个环网星球的万方数据网传播。要挠好奇心的痒，一个人只消将寰宇卡插入终端触显，再步入远距传输器。他们也试过悄无声息地到达，匿名旅行，可他们毕竟不是间谍，这些努力总是付诸东流。只要重归环网，二十四标准小时之内他们就会被重重包围。研究机构和大型医疗中心很容易为他们这样的访问提供安全屏障，但是朋友和家人都得为之忍受痛苦。瑞秋就是新闻。

“也许我们可以再次邀请特莎和理查德……”萨莱开口道。

“我有个更好的主意，”索尔说，“你一个人去，老伴。你想去见自己的姐妹，你也想去看看、听听，甚至是想闻闻咱们家里的味道……在一个没有美洲大蜥蜴的地方观赏日落……在田野中漫步。去吧。”

“去？就我一个人？我可不能丢下瑞秋……”

“胡说八道，”索尔说，“在二十年里丢下两次——要是算上从前的好日子那可是将近四十年……不管怎么说，二十年中离开孩子两次可称不上照管不尽心。在咱们这个家庭里，大伙儿能够互相忍受可真是个奇迹，我们都已经互相囚禁了这么久。”

萨莱看着桌面，陷入了沉思：“但是那些新闻记者不会发现我吗？”

“我敢打赌不会，”索尔说，“他们所关注的不过是瑞秋而已。要是他们对你也穷追不舍，那就回家吧。但是我保证在那些记者找到你之前，你起码有一周时间，可以拜访完所有人。”

“一周，”萨莱吸了口气，“我没办法……”

“你肯定会有办法。实际上你也不得不这么做，这样我会有更多的时间和瑞秋一起生活，当你神清气爽地回到家里，我又可以花几天时间，自私地关注我的书。”

“克尔恺郭尔的大作？”

“不。是我自己在写的东西，叫作《亚伯拉罕的难题》。”

“好拙劣的标题。”萨莱说。

“这本身就是一个愚蠢的问题，”索尔说，“现在去整理下行李吧。我们明天载你到新耶路撒冷，这样你就能赶在安息日开始之前传送离开。”

“我会考虑这件事的。”她说着，听起来不像被说服了的样子。

“赶快去收拾行李。”索尔说着，又拥抱着她。他松开手后，扳过她的身子让她背对着窗户，于是现在她面对着大厅和卧室门。“去吧。等你从家里回来，我一定已经想出一些能做的事了。”

萨莱定了定：“你敢保证么？”

索尔看着她：“我向你承诺，我能赶在时间摧毁一切之前想出来。我以瑞秋父亲之名起誓，我必定能找到办法。”

萨莱点点头，数月以来，他第一次见她如此轻松。“我去收拾东西。”她说。

第二天，索尔和孩子从新耶路撒冷回来后，他出门去为贫瘠的草坪浇水，瑞秋静静地在房里玩耍。他进门的时候，落日粉红的霞光为四墙注入海水一般温暖与恬静的感觉，瑞秋却不在卧室，也不在她常去的其他地方。“瑞秋？”

没有人回答，他再次检查了后院，街道也空荡荡的。

“瑞秋！”索尔跑进屋准备给邻居挂电话，但是从萨莱用作储藏东西的深柜里突然传出了轻微的响声。索尔轻轻地打开屏板。

瑞秋正坐在一堆挂着的衣服下边，萨莱的古式松木盒子打开着，放在她的双腿之间。地板上到处扔着照片和全息画片，都是高中时代的瑞秋、出发去念大学时的瑞秋、站在海伯利安雕岩刻壁的山坡前的瑞秋。瑞秋的研究用通信志躺在这个四岁瑞秋的腿上，正低声絮语。索尔的心又被那个自信的年轻女人的声音攫紧了。

“爸爸，”坐在地上的孩子说道，她自己的声音就像是通信志中那个声音的微弱回声，只是其中带着一丝害怕，“你从没有跟我说过我还有个姐姐。”

“你本来就没有，小家伙。”

瑞秋皱了皱眉：“难道这是妈妈……还不够大的时候？不对不

对，不可能。她的名字也叫瑞秋，她自己说的。怎么可能……”

“这没什么，”他说，“我来给你解释……”索尔反应过来，起居室里的电话铃响了，已经响了好一阵子。“稍等一下，亲爱的。我马上就回来。”

显像井上出现的全息像是一个索尔从没见过的人。索尔没有激活自己的成像器，他想赶快把这个人的电话挂掉。“你好！”他匆忙地说。

“温特伯先生吗？请问是不是曾居巴纳之域，现居希伯伦丹村的温特伯先生？”

索尔想要断开连接，又停了手。他们的接入码并没有公之于世。偶尔会有新耶路撒冷的商人打进电话来，但平时来自环网外的呼叫极为少见。并且，索尔突然间意识到，今天是安息日，而且已经过了日落时分，他的胃部感到一阵寒冷的痉挛。这个时候只有紧急全息呼叫能够接入。

“什么事？”索尔问。

“温特伯先生，”来人说，眼神空洞地越过索尔，“发生了一起恶性事故。”

瑞秋醒来的时候，她的父亲正坐在床边。他看起来困倦极了，双眼通红，胡茬儿已经冒了出来，满脸的络腮胡让脸颊灰白一片。

“早上好，爸爸。”

“早上好，亲爱的。”

瑞秋朝四周看了看，眨了眨眼，她的一些洋娃娃、玩具，还有其他东西都在，但这里却不是她的屋子，灯光也不同，气氛有什么不对劲。她的父亲看起来也不一样。“我们在哪儿，爸爸？”

“我们在旅行呢，小家伙。”

“去哪儿？”

“现在别管去哪儿。该起床了，亲爱的。你的洗澡水已经准备好了，然后咱们要换衣服。”

一件她从没见过的黑色连衣裙躺在她的床脚。瑞秋看了看那件衣裙，然后又看着自己的父亲。“爸爸，发生什么事了？妈妈在哪里？”

索尔揉着自己的面颊。这是自事故以来的第三个早晨了。今天是举行葬礼的日子。在过去的几天里他都把实情告诉了她，因为他无法想象自己对她说谎——这似乎是无可饶恕的背叛，不论对萨莱还是对瑞秋。但是他觉得自己无法再继续这样下去。“发生了一起事故，瑞秋，”他说，声音因为痛苦而变得刺耳，“妈妈死了。我们今天正是要对她说再见。”索尔顿了顿。他现在知道，瑞秋要过一阵子才会真正接受母亲的死亡。第一天他还不知道一个四岁的孩子能否完全理解死亡的含义。现在他知道瑞秋能。

过了一会儿，索尔拥抱着啜泣的孩子，试图从她的角度去理解被描述得这么简单明了的事故。迄今为止，电磁车是人类发明的最安全的个人交通工具。它们的升降装置有可能会失灵，但就算遇到了这种情况，它们电磁反应装置中的剩余电荷也足以支撑空中的车辆，让它从任意高度安全降落。几个世纪以来，电磁车防撞装置最基本的故障保险设计从没改变过。但是世上从来没有万无一失。这个案子里，肇事者是一对在交通线外开着偷来的电磁车兜风的年轻情侣，速度加到了一点五马赫，却关闭了所有的灯盏和异频雷达收发机，以防止被侦测。他们在朝着巴萨德市剧院的着陆围地降落的过程中，碰上了万分之一的概率，撞上了特莎阿姨的古式桅轻。因这场空难丧生的不仅仅是特莎、萨莱加上这对情侣，车辆碎片翻滚进剧院熙熙攘攘的中庭时，还杀死了另外三个人。

萨莱。

“我们以后还能见到妈妈吗？”瑞秋啜泣着问道。每当这个时候她都会这么问。

“我不知道，亲爱的。”索尔真心诚意地回答道。

葬礼在巴纳之域凯孜县的家庭墓地举行。新闻机构没有入侵进墓地，但是记者们在树林外徘徊，冲挤向黑色的铁门，像是一股愤怒的风暴潮。

理查德想挽留索尔和瑞秋多待几天，但是索尔知道，如果新闻机构继续他们的攻击，将会对这个沉默寡言的农场主带来莫大的伤害。他没有留下，反而拥抱了理查德，向那些在栅栏外吵吵嚷嚷的记者简短说了几句，就一把拖着吓得说不出话的瑞秋逃回了希伯伦。

新闻记者一路尾随，跟他来到了新耶路撒冷，并试图进入丹村，但是武警阻止了他们的特许电磁车，将十多人投入监狱，以杀一儆百，还没收了余下人的远距传输签证。

傍晚，索尔让朱蒂照看熟睡的孩子，自己则走上村庄的山脊。他发现自己耳边充盈着与上帝的对话，他想要向天空挥舞拳头、骂下流话、扔石头。但他抑制住了种种冲动，相反问了许多问题，总是以这个词结束——为什么？

没有回答。希伯伦的太阳在遥远的山脊之后落下，岩石释放出热量，泛着微光。索尔坐在一块圆石上，手掌摩挲着太阳穴。

萨莱。

他们度过了完整的一生，尽管瑞秋疾病的悲剧一直悬在头顶。真是讽刺，萨莱刚和妹妹在一起，刚放松第一个小时……索尔大声恸哭起来。

这个圈套，当然，是在他们全神贯注于瑞秋的疾病时设下的。他们都无法直面未来，无法直面瑞秋的……死亡？消失？孩子在世的每一天，他们的世界都如铰链般咬得紧紧的，谁也没工夫去想发生事故的可能性，这真是一个尖利无情的宇宙中乖张的反逻辑。索尔确信萨莱跟他一样，一定考虑过自杀，但他们两人永远不会离弃对方。也不会抛弃瑞秋。他从来没有考虑过会有可能只剩下他一人抚养瑞秋，而……

萨莱！

正在那时，索尔意识到，几千年以来他的民族与上帝之间愤怒的对话并没有随着旧地的灭亡而消失……也没有随新的种族离散而不见……它们依然在继续。他和瑞秋还有萨莱都已经成为其中的一部分，现在也还是其中之一。他不会拒绝痛苦的到来。这让他的心被决心充塞，尽管它带来尖锐的痛苦。

索尔站在山脊上，夜幕降临，老泪纵横。

早上，当阳光充满了屋子，他坐在瑞秋的床边。

“早上好，爸爸。”

“早上好，亲爱的。”

“我们在哪儿，爸爸？”

“我们在旅行呢。这是个美丽的地方。”

“妈妈在哪里？”

“她今天在特莎阿姨那里。”

“我们明天能见到她么？”

“能，”索尔说，“现在咱们穿上衣服，我好去做早饭。”

瑞秋三岁的时候，索尔开始向伯劳教会请愿。去海伯利安的旅行受到严格限制，而要接近光阴冢几乎已经成了不可能的事。只有偶尔的伯劳朝圣会将人们送往那个地方。

瑞秋生日的那一天无法和母亲在一起，这让她很悲伤，但是从吉布茨来的几个孩子让她的伤心缓和了一点。她得到的一份大礼是一本童话插图画册，那是萨莱几个月前在新耶路撒冷为她挑的。

睡觉前，索尔给瑞秋读了几个故事。七个月前她就不能自己读书了。但是她喜欢这些故事——特别是《睡美人》——还让父亲为自己读了两遍。

“等我们到家了，我会把它给妈妈看。”她边打呵欠边说，索尔关掉了头上的悬灯。

“晚安，孩子。”他在门口停下，轻轻地说道。

“嘿，爸爸？”

“什么事？”

“晚安，金丝燕。”

“晚安，小雨燕。”

瑞秋把头埋进枕头咯咯笑了起来。

还剩下最后两年了，索尔常常想，这和看着一个心爱的人逐渐变老并没有什么不同。只是这更糟糕，要糟糕千万倍。

瑞秋的恒牙从她八岁生日起逐渐脱落，到两岁生日时已经一颗不剩。乳牙取代了它们，但是到她十八个月大的时候，这些乳牙也有一半已经缩回了牙床。

瑞秋的头发一向是她的骄傲，现在也变得越来越短，日渐稀薄。她的脸已经失去了熟悉的形状，婴儿的肥胖已经无法让人看清她的颧骨和坚定的下巴。她的协调性也逐渐变差，最开始出现的征兆是她拿叉子和铅笔时突然显示出的笨拙。有一天她再不能走路了，索尔早早地将她放进婴儿床，然后走进书房闷闷地喝了个酩酊大醉。

语言对他来说是最困难的。她的词汇量迅速减少，就像父女俩之间的桥梁失了火，切断了希望最后的连线。她两岁生日过后的一天，索尔为她掖好被角，停在门口，说道：“晚安，金丝燕。”

“啊？”

“明天见，金丝燕。”

瑞秋笑了。

“你应该说——‘不见不散，小雨燕。’”索尔说道。他向她解释金丝燕和雨燕是什么东西。

“不见不散，雨燕。”瑞秋咯咯笑起来。

第二天早晨，她又统统忘掉了。

索尔不再去理会那些新闻记者，在环网旅行的时候一直带着瑞秋，为获得朝圣权利向伯劳教会请愿，为得到去海伯利安禁地的签证向议会游说，拜访任何一个可能提供疗法的研究机构或诊所。数月匆匆过去，更多的医疗机构承认他们束手无策。最后他逃回希伯伦，瑞秋仅有十五个标准月大；以希伯伦所使用的古老单位来算，她仅有二十五磅重，三十英寸高。她已经不能给自己穿衣服，语言只剩下二十五个词，其中最喜欢的是“妈咪”和“爹地”。

索尔喜欢抱着自己的女儿。每当她歪着头靠在他的脸颊上，他的胸膛感受到她的温度，她皮肤的味道——这一切都会让他忘记所有极度的不公正。在这些时候，索尔总会暂时地感到这个世界的安宁，要是萨莱也在身边，那就再好不过了。正是因为如此，他与自己并不信仰的上帝之间愤怒的对话也会暂时停火。

——这到底是为什么呢?

——人类承受的各种形式的苦痛，到底有什么可见的理由?

——很明显，索尔想，自己是否第一次在某一点上取得了辩论的胜利。但是他又感到怀疑。

——一件东西无法看见，并不代表它不存在。

——真是别扭。要进行一项陈述，并不需要作三重否定。特别是那种并不高深的陈述。

——完全正确，索尔。你已经开始明白这些要旨了。

——什么要旨?

对于他的思索没有任何答案。索尔躺在房间里，聆听着沙漠风声的号哭。

瑞秋说的最后一个词是“妈妈”，在她刚刚五个月大的时候，口齿含混不清。

她从摇篮中醒来，没有——也不可能——问自己在哪里。她的世界完全由吃饭、睡觉和玩具组成。有些时候她哭个不停，索尔想，是不是因为想要妈妈呢。

索尔去丹村的小卖部买东西，选择尿布、奶嘴，偶尔买点新玩具的时候，都会带上自己的宝宝。

索尔离家去鲸逖中心的前一周，以法莲和另外两位长老过来和他谈话。时值傍晚，渐褪的辉光在以法莲光秃秃的脑袋上反射着光芒。“索尔，我们都很担心你，剩下的几周会有些难过。女人们希望能帮帮你，大家都想帮你。”

索尔伸手握住了这位长者的前臂：“我很感激，以法莲。衷心感谢过去几年你们所做的一切。这里已经是我们的第二个家了。萨莱应该会……应该也想让我对你们说声谢谢。但是我们周六就要走了。瑞秋会好起来的。”

坐在长凳上的三人面面相觑。阿弗纳问：“他们找到疗法了？”

“没有，”索尔说，“但是我找到了希望的理由。”

“希望是个好东西。”罗伯特小心地说。

索尔笑了，他灰色的胡须中间露出一口洁白的牙齿。“最好是这样，”他说，“有时候那就是我们唯一能拥有的东西。”

《民星访谈》开镜时，瑞秋坐在索尔的臂弯里，摄影棚的全息摄影机调整焦距，为她拍了一张特写。“那么你是说，”节目主持人德文·白俊，这张环网数据网排名第三的明星脸说道，“伯劳教会拒绝让你回到光阴冢……霸主在授予签证过程中一直故意拖延……这些事情都令你的孩子最终注定要……死去？”

“的确如此，”索尔说，“去海伯利安的旅程不可能在六周之内达成。现在瑞秋只有十二周大。伯劳教会或环网当局再稍稍拖延，都会杀死这个孩子。”

摄影棚里的观众开始躁动不安。德文·白俊转向最近的遥控成像仪。他粗犷友善的脸填满了监视器的画面。“我们的嘉宾不知道他能否挽救自己的孩子，”白俊说道，他富有感染力的嗓音里充满了微妙的情感，“但是他所要求的仅仅是一个机会。你们认为他……和他的孩子……是否值得拥有这个机会？如果你认为值得，那么请联系你们当地的星球代表和最近的伯劳教会堂。距离你们最近的教堂的号码现在已经出现在屏幕上，”他又转身对着索尔，“我们祝你好运，温特伯先生。还有——”白俊的大手碰了碰瑞秋的脸颊，“——我们祝愿你诸事顺意，年轻的朋友。”

监视器一直显示着瑞秋的影像，直至画面渐黑。

霍金效应令人恶心、眩晕、头痛，并伴有幻觉。旅程的最初一段是乘坐霸主火炬舰船“无畏”号，经过十天时间，抵达帕瓦蒂换乘。

索尔抱着瑞秋，忍受着这一切。他们是在这艘战舰上唯一保持完全清醒的人。起初瑞秋会哭泣，但是几个小时之后，她就静静地躺在索尔的臂弯里，睁着深色的大眼睛望着他。索尔记起了她出生的那一天——医师将这个婴孩从萨莱温暖的腹部上抱起，递交给索尔。那时，瑞秋的头发比现在短不了多少，眼神也和现在一样深邃。

最终他们在精疲力尽中睡着了。

索尔梦见自己在一幢建筑物中游荡，它的柱子如同红杉树一般粗细，头上的天花板高得望不到顶。红色光芒带着冷酷的空虚包裹在他的四周。索尔奇怪地发现自己还将瑞秋抱在怀里。在他的梦里，瑞秋从来没有以孩子的形象出现过。这个孩子抬眼看着他，索尔感到了和她意识层面的真切接触，就像她已经明明白白高声讲出了什么。

突然一个与众不同的声音，深沉而冰冷，在虚空中带着回音响起：

> “索尔！带上你的女儿，你唯一的女儿瑞秋，你钟爱的女儿，去一个叫作海伯利安的星球，在我即将指引你之地，将她献为燔祭。”

索尔犹豫地低头看看瑞秋。这个孩子的双眼又深沉又明亮，她抬头看着自己的父亲。索尔感受到了她无言的肯定答复。他紧紧抱着她，向前踏入黑暗，放声向着寂静喊道：

> “听着！再不会有任何献祭，不论孩子，还是父母。也不会有人为我们人类以外的其他人牺牲。以恭顺求救赎的时代早已过去。”

索尔聆听着。他感受着自己心脏的跳动和臂弯中瑞秋的温暖。头顶上的某处，冷锐的风声穿过肉眼看不见的裂缝传来。索尔将双手在嘴边做成话筒状，大声喊道：

> “我说完了！要么放过我们，要么就以父亲的身份加入我们，不要再白白接受别人的牺牲了。这就是亚伯拉罕的选择！”

石质地板下传出一阵隆隆的声音，瑞秋在他的手臂间躁动不安起来。廊柱一阵震颤。红色的暗光变得愈加深沉，然后忽地灭掉了，只剩下黑暗。从遥远的地方传来隆隆的沉重脚步声。一阵狂风呼啸而过，索尔抱紧了瑞秋。

他和瑞秋在开往帕瓦蒂的"无畏"号霸舰上醒来，迎面射来闪烁的光芒，他们接下来要换乘巨树之舰"伊戈德拉希尔"向海伯利安星球进发。索尔对他七周大的女儿微笑着。她也回应他一个微笑。

她最后和最初的微笑。

老学者讲完故事，风力运输船的主舱一片寂静。索尔清了清嗓子，从水晶酒杯中喝了口水。在抽屉将就制成的摇篮中，瑞秋继续睡着。风力运输船一路上轻轻摇动，大轮子的隆隆声以及主回转仪的嗡嗡声一直响着，催人入眠。

"我的天哪。"布劳恩·拉米亚轻轻说道。她正想再次开口说点什么，但仅仅是摇摇头，便作罢了。

马丁·塞利纳斯闭上双眼，念道：

想到此，一切仇恨被驱逐散尽，
灵魂恢复了根本的天真，
终于得知那是自娱自乐，
自慰自安，自惊自吓，
它自己的美好愿望就是天意；
尽管每一张面孔都会恼怒，
每一处风源都会咆哮，或每一组，
风箱都会胀破，但她会依然欢喜。[①]

① 节选自叶芝的《为我女儿的祈祷》。此处选用傅浩译本。

索尔·温特伯问道:“威廉·巴特勒·叶芝?”

塞利纳斯点点头:“《为我女儿的祈祷》。”

“上床前,我想先去甲板上透透气,”领事说,“谁想跟我一起来?”

大家都一起上去了。通道里微风阵阵,很是凉爽。这群人站在后甲板上,看着辘辘驶过的黑漆漆的草之海。头顶的天空就像一只大碗,泼溅出群星,还被流星尾迹划出道道裂痕。船帆和索具吱嘎作响,古老得仿佛人力工具。

“我想,今晚应该派人站岗,”卡萨德上校说,“一人值班放哨,其他人安心睡觉。两小时换一班。”

“我同意,”领事说,“我来值第一班吧。”

“明天早上……”卡萨德开口道。

“快看!”霍伊特神父喊道。

他们顺着他胳膊指着的方向看去。在星群的光辉中,五光十色的火球闪耀着,绿色、紫色、橙色,然后又是绿色——他们四周的大草原被照亮,仿佛无声的闪电划过一般。群星和流星尾迹在这突然的光芒之下,不禁黯然失色。

“爆炸?”神父壮起胆子问道。

“是空战,”卡萨德说,“在月地轨道间。是聚变武器。”他马上从甲板上走了下去。

“巨树。”海特·马斯蒂恩说,他指着爆炸中移动着的一点亮光,那仿佛是漂浮在焰火中的一丝余烬。

卡萨德回来了,拿着动力望远镜,递给众人。

“是驱逐者吗?”拉米亚问,“他们开始入侵了吗?”

“几乎可以肯定,是驱逐者,”卡萨德说,“但我也几乎可以肯定，这只是一次侦察奇袭。你们看见那一团亮光了吗？那是霸主的导弹，被驱逐者的疾行侦察机反爆了。”

望远镜传到了领事手中。现在，闪光看得清清楚楚，火焰的一片扩展云。他可以看见那一个小点，以及至少两架侦察机长长的蓝色尾迹，它们正逃离霸主的追捕。

“我觉得不是……”卡萨德开口道，然后，他顿了一下。船只、风帆、草之海，在反射的光芒下，发着明亮的橙光。

“哦，上帝啊，”霍伊特神父低声说道，“他们击中了巨树之舰。”

领事拿着望远镜扫到左边。火焰发出渐增渐长的光晕，肉眼便能望见，但是在望远镜中，清清楚楚出现了“伊戈德拉希尔”千米长的树干和树枝，但稍纵即逝，因为它熊熊燃烧了起来，长长的火舌舔向空中，密蔽场失效了，氧气剧烈燃烧。橙云舞动，消退了，撤军退守了，树干再一次清晰可见了，那是它最后的时刻，它发着光，就像垂死的火炉中最后一块长长的余烬，四分五裂了。没有什么东西可以生还。巨树之舰“伊戈德拉希尔”连带它的船员，以及全体克隆人和半有灵性的尔格驱动器，都死绝了。

领事朝海特·马斯蒂恩转过身，于事无补地把望远镜递给他。“很……很抱歉。”他小声说道。

高大的圣徒没有接望远镜。他本来也在仰头望着天空，现在慢慢低下头，拉上兜帽，一声不吭地走了下去。

巨树之舰的死亡，以最终的爆炸画上了句号。十分钟过去了，不再有闪光惊扰这黑夜，布劳恩·拉米亚开口说道：“你觉得抓住他们了吗？”

“驱逐者吗？”卡萨德说，“很可能没有。侦察机生来就是以速度和防御见长的。现在，他们应该已经在几光分远的地方了。”

“他们是故意向巨树之舰射击的吗？”塞利纳斯问。诗人的语气听上去非常冷静。

“我觉得不是，”卡萨德说，“只是碰巧选中的目标。”

“选中的目标。”索尔·温特伯重复道。这位学者摇摇头：“我想在日出前好好睡上几小时。”

其他人一个接一个下去了。现在甲板上只剩下卡萨德和领事两人，领事说道：“我应该在哪儿站岗？”

“你可以巡视，”上校说，“从梯子底部的主通道那儿，能看见所有的客舱门，以及通到炊事厨房的入口。到上面检查侧舷舱门和甲板。让灯点着。你有武器吗？”

领事摇摇头。

卡萨德把死亡之杖递了过来：“密光束状态——大约宽半米，射程十米。慎用，除非确信有入侵者。那块厚板滑在前面，就是安全状态。现在开着。”

领事点点头，确信自己的手指头远离射击按钮。

“两小时后我回来跟你换班。”卡萨德说。他查了查自己的通信志。“等我站岗结束，就是黎明了。”卡萨德看着天空，似乎期盼“伊戈德拉希尔”再次现身，继续像萤火虫般飞越长空。然而，那儿只有群星闪耀。东北的地平线上，一团黑暗正在移动，风暴即将来临。

卡萨德摇摇头。“真是糟蹋。”说完便走了下去。

领事站在那里等了片刻，聆听着风儿穿越船帆、索具的吱嘎声，轮子的隆隆声。过了一会儿，他走到栏杆前，盯着黑暗，陷入了无尽的沉思。

05

草之海上，旭日东升，那景象真是美。领事站在船尾甲板的最高处，欣赏着这一切。在他站完岗后，他打算好好睡上一觉，但是实在睡不着，只好作罢，最后爬上甲板，看着夜幕褪去，白天到来。暴雨前线的低云遮蔽了天空，整个世界被旭日点燃，上下反射着灿烂的金色光辉。风力运输船的船帆、绳索和风化的甲板得到光线短暂的赐福，几分钟后，太阳便被天顶上的云层挡住了，色彩再一次从这世界涌了出来。寒风紧随着黑幕，吹了起来，它们似乎是从笼头山脉的雪峰上吹下来的。现在，笼头山脉似乎只是东北的地平线上一个黑色的污点。

布劳恩·拉米亚和马丁·塞利纳斯一起走到领事所在的船尾甲板，两人手里都拿着一杯咖啡，那肯定是在厨房里煮的。寒风“咻咻”地扑打向索具。布劳恩·拉米亚那一头浓密的卷发被风吹动，仿若黑色祥云。

“早安。”塞利纳斯低声说。他喝着咖啡，但是却眯着眼睛，望着被风吹皱的草之海。

“早上好，”领事应道，他感到颇为讶异，自己一夜没睡，却还是如此警觉，如此精神焕发，“我们现在正逆风而行，不过运输船的时间算得很准，我们肯定会在黄昏前抵达山脉。”

“嗬。”塞利纳斯评论道，鼻子埋在了咖啡杯中。

“昨晚我没睡。”布劳恩·拉米亚说，“我一直在想温特伯的故事。”

“我没觉得……”诗人开口道，然后突然闭上了嘴，温特伯已经走上了甲板，他的小宝宝躺在他胸前的婴儿筐中，朝外张望。

“大家早上好，”温特伯说，环顾四周，然后深吸了一口气，“唔，真凉快，是不是？”

“他妈的冷死了，”塞利纳斯说，“到北面时，肯定更加冷。”

“我想我得下去穿件夹克。”拉米亚说，但是她还没动，甲板下便传来一声尖叫。

“血！”

真的，到处都是血。海特·马斯蒂恩的小舱整洁得让人不自在——床没睡过，被子叠得方方正正，旅行箱和其他小箱子都堆在角落里，长袍叠好，放在了椅子上。一切井然有序，除了一塌糊涂的鲜血，大片大片地洒在甲板上、舱壁上、天花板上。六名朝圣者挤在门口，不愿走进去。

“我刚才正要上甲板，”霍伊特神父说，声音相当奇怪，没有任何起伏，“门微微开着。透过门缝，我瞥见了……墙上的血迹。”

“真的是血吗？”马丁·塞利纳斯问。

布劳恩·拉米亚走进房间，摸了摸舱壁上的一大块血污，手指伸到嘴边。“是血。”她四下看了看，接着走到衣柜边，在空空荡荡的架子和衣架上扫了眼，然后走到小小的舷窗边。窗是从里面闩着的。

雷纳·霍伊特的气色看上去比平常更为不佳，他踉踉跄跄地走到一把椅子旁。“他死了吗？”

“见鬼，现在我们还什么都不知道，除了两件事，那就是：一、马斯蒂恩船长不在房间里；二、这里有一大摊血。”拉米亚说。她在自己的裤腿上擦了擦手。“现在，我们得好好把船搜查一遍。”

“正是，”卡萨德上校说，“但如果找不到船长呢？”

布劳恩·拉米亚打开舷窗。新鲜空气驱散了血腥的屠宰场气味，带来了轮子的隆隆声，船下草儿的飒飒声。“如果我们没找到马斯蒂恩船长，”她说，“那我们可以假定，他离开了船，要么是出于自愿，要么就是被谁强迫带走的。”

“可是有血……”霍伊特神父开口。

“血证明不了任何事，”卡萨德帮他结束了这句话，“拉米亚女士说得对。我们不知道马斯蒂恩的血型，也不知道他的基因型。有谁看见或听见什么了吗？”

沉默，除了表示否定的咕哝声。众人摇着头。

马丁·塞利纳斯左右四顾：“你们这些人有没有觉得，这是我们那伯劳好友的杰作呢？”

“我们不知道，”拉米亚厉声说道，“或许，是谁有意想让我们觉得这是伯劳干的呢。”

“这样做没有任何意义。”霍伊特说，他仍然在大口喘气。

“不管怎么样，”拉米亚说，“我们先两人一组搜查一下。除了我之外，谁还有武器？”

“我有，”卡萨德上校说，“如果需要，我另外还有好多。”

“我没有。”霍伊特说。

诗人摇摇头。

索尔·温特伯带着他的孩子回到了通道里。现在他再一次朝里面看进来。“我什么都没有。”他说。

“我没有。”领事说。破晓前的两小时，也就是他站岗结束后，他就把死亡之杖还给卡萨德了。

“好吧，”拉米亚说，“神父和我到下甲板搜查。塞利纳斯，你和上校一道，搜查中甲板。温特伯先生，你和领事检查上面的一切。看看有什么不对头的事，或者有没有搏斗的痕迹。”

“有个问题。”塞利纳斯说。

“什么？”

“谁他妈选你做舞会皇后的？”

“我是名私家侦探。”拉米亚说，平视着诗人。

马丁·塞利纳斯耸耸肩：“我们的霍伊特是某个被人遗忘的宗教的神父，但那并不等于说，在他念弥撒的时候，我们就要跪在那儿听他宣讲。”

“好吧，”布劳恩·拉米亚叹息道，“我给你一个说得过去的理由。”女人闪电般地挪动了一下，完全是眨眼工夫，领事几乎没有看清她是怎么动的。前一秒她正站在敞开的舱门口，下一秒，她就穿越了半间客舱，只用一只胳膊就把马丁·塞利纳斯举离了甲板。她那巨大的手掐住了诗人的细脖子。“听好，”她说，“不如你就什么也别想，照我说的做，如何？”

“呃，好——”马丁·塞利纳斯挤出了几个字眼。

“很好。”拉米亚冷冷地说，把诗人丢在了甲板上。塞利纳斯踉踉跄跄朝后退了一米，几乎坐在了霍伊特神父身上。

“来了。”卡萨德回来了，带着两把小型神经击昏器。他把其中一把递给温特伯。“你有什么？”卡萨德问拉米亚。

女人把手伸进宽松外衣的口袋，拿出一把古老的手枪。

卡萨德盯着这件古物看了会儿，然后点点头。“跟你的搭档在一起，”他说，“别开枪，除非你断定看到什么东西，并且能肯定那是危险的东西。”

“那东西便是我要射杀的婊子。”塞利纳斯说，还在揉他的脖子。

布劳恩·拉米亚向诗人走了半步。费德曼·卡萨德说：“闭嘴。我们快把这事解决了。”塞利纳斯跟着上校出了客舱。

索尔·温特伯朝领事走去，把手里的击昏器递给他。“我抱着瑞秋，不想拿着这东西。我们上去吧？”

领事接过武器，点点头。

找不到海特·马斯蒂恩，风力运输船里再也没有圣徒的巨树之音的一丝形迹。搜寻了一小时后，大家重又聚在了失踪男人的客舱中。舱里的血看上去变黑了，变干了。

“有没有可能，我们漏掉了什么东西？”霍伊特神父说，“比如秘密通道？或者隐蔽车厢？”

“有可能，”卡萨德说，“但是我用热动侦测器对船彻底清查过。如果船上有什么东西大过老鼠，侦测器就能侦测到。但我什么也没发现。”

“假如你有这些侦测器，”塞利纳斯说，“你他妈干吗还叫我们在船底下，在通道里摸爬滚打了一小时？”

“因为，有一些装备或者衣服，是可以将人隐藏起来的，即使热动搜寻也无济于事。”

“这么说来，我自己回答自己的问题吧，”霍伊特说，他停顿了一秒钟，一阵明显的痛苦巨浪穿袭了他的身体，“只要有合适的装备或者衣服，马斯蒂恩船长可能正藏在某个秘密车厢里。”

“理论上说得通，但是不可能，”布劳恩·拉米亚说，“我猜……他已经不在船上了。”

“伯劳。”马丁·塞利纳斯的口吻中带着厌恶。这不是一句问句。

“也许吧，”拉米亚说，“上校，你和领事晚上站岗的那四个小时里，你们能确信，你们什么也没听到，什么也没看到吗？”

两人点点头。

“船非常安静，”卡萨德说，“如果有一丁点儿打斗的声音。即使在我上去站岗前，我也会听到的。”

“而我站岗完毕后，也没有睡着，”领事说，“马斯蒂恩的房间就在我的隔壁，但我什么声音也没听到。”

“啊，”塞利纳斯说，“我们已经听到这两位的陈词了，他们在黑夜里拿着武器悄悄走动，然后这位可怜虫就被杀了。他们说自己是无辜的。下个案子！”

“如果马斯蒂恩被杀了，”卡萨德说，“那用的也不可能是死亡之杖。我所知道的现代无声武器，是不可能留下那么多血迹的。我们没有听见枪声——也没有找到弹孔——所以，我认为拉米亚女士的自动手枪也排除了嫌疑。如果这是马斯蒂恩船长的血，那我想，凶器，是一把利器。”

“伯劳便是一把利器。”马丁·塞利纳斯说。

拉米亚走到小堆的行李旁：“争论解决不了问题。来，我们看看马斯蒂恩留下了什么东西。”

霍伊特神父犹犹豫豫地举起一只手：“那是……嗯，私人物件，不是么？我觉得我们无权查看。”

布劳恩·拉米亚抱起双臂：“瞧，神父，如果马斯蒂恩已经死了，那么对他来说，这些东西也无所谓了。如果他仍然活着，看看他的东西，也许会给我们一些主意，让我们知道他到底去了哪里。不管是死是活，我们必须找到线索。”

霍伊特将信将疑，但还是点了点头。最终，事实上并没有太多涉及隐私的东西。马斯蒂恩的第一个箱子仅仅装了几件替换的亚麻衣服，还有一本《缪尔的生命之书》。第二个袋子中装着一百包分门别类包着的种子，曾快干处理过，现在正依偎在湿土中。

“不管到什么世界，圣徒们都要种上至少一百棵永恒之树的后代，”领事解释，“种子很少会发芽。但这是一项仪式。”

布劳恩·拉米亚朝大型金属箱走去，箱子安坐在大堆物件的底下。

“别碰那东西!”领事大叫。

“为什么不能碰？”

“那是个莫比斯立方体，”卡萨德上校代领事回答，“围绕在零阻抗的密蔽场中的一个碳-碳壳。”

“然后呢？”拉米亚问，“莫比斯立方体可以将史前古物和其他东西封在里面。它们并不会爆炸，也不会发生其他什么事。”

“当然不会，”领事承认，“但是说不定它里面的东西会爆炸呢。如果真会爆炸，那很可能已经爆炸了。”

“像这么大的一个立方体可以容纳一千吨的受控核弹，只要装在这个盒子里，在点火的一纳秒内也能相安无事。”费德曼·卡萨德补充道。

拉米亚对着箱子怒目而视：“那我们怎么知道里面的东西有没有杀死马斯蒂恩呢？”

卡萨德指着箱子唯一的一条接缝，上面有条微微闪光的绿色饰带。“箱子密封着。一旦启封，如果想要将莫比斯立方体再次激活，那就要将它拿到一个可以产生密蔽场的地方。所以，不管里面有什么，它都没有伤到马斯蒂恩船长。”

“那就没办法弄清楚啦？”拉米亚沉思着。

“我有个很好的推测。”领事说。

其他人盯着他。瑞秋开始哭叫，索尔从育婴包中拿了条取暖带出来。

“记得吗，”领事说，“昨天在边陲，马斯蒂恩先生把立方体里的东西当成救世主来看？他提到这东西的时候，就好像它是个秘密武器，对不对？”

“里面是武器？”拉米亚说。

“当然！”卡萨德突然说，“那是一只尔格！”

“尔格？”马丁·塞利纳斯盯着小小的箱子，“我以为尔格是圣徒用在巨树之舰上的力场生物呢。”

“的确是这样，”领事说，“这些生物是在三个世纪前，在毕宿五附近的小行星上发现的。身体跟猫的脊梁骨一般大小，大部分属于压电神经系统，生存在硅质软骨下，但是它们以力场为能源，并且能反过来操纵力场，甚至能操控小型神行舰产生的大型力场。”

“那么，你怎么把这一切塞进这小小的盒子中呢？”塞利纳斯问，眼睛盯着莫比斯立方体，“镜像？”

“从某种意义上来说，”卡萨德应道，“这东西的场能可以被缩减……它可以不吃，但不会饿死。跟我们的冰冻沉眠有点像。此外，这肯定是一只小东西。可以这么说，这是只幼崽。”

拉米亚抚摸着金属外壳：“圣徒控制这些东西吗？和它们交

流？”

“对，”卡萨德说，“没人清楚他们是如何做到的。这是圣徒兄弟会的秘密之一。但是海特·马斯蒂恩肯定十分清楚，尔格可以帮他对付……”

“伯劳，”马丁·塞利纳斯替他结束话语，“圣徒觉得，当他面对大哀之君时，这能量小精灵会是一件秘密武器。”诗人狂笑着。

霍伊特神父清清嗓子：“教会接受了霸主的判决……这些生物……尔格……不是有意识的生命……因此不能作为救世主的候选者。”

“哦，他们是有意识的，确实有，神父。”领事说，“他们的理解能力比我们想象的更高。但是如果你是说智慧生命的话……自知的生命……那么，你正在和聪明的蚱蜢打交道。蚱蜢可以成为救世主的候选者吗？”

霍伊特没有吭声。布劳恩·拉米亚说：“啊，马斯蒂恩船长显然觉得这东西会成为他的救世主，但当中出了什么岔子。”她环顾着血污的舱壁，盯着甲板上干掉的污迹。“我们出去吧。”

暴风从东北驰来，越刮越猛，风力运输船抢风而行。破烂的白云在风暴前线的低矮灰顶下急速奔驰。寒风阵阵，青草互相鞭挞，被压弯了腰。曲曲扭扭的闪电照亮地平线，紧接着便是滚滚洪雷，它们仿佛射向风力运输船船首的子弹，在发出警告。朝圣者默不作声地望着，直到第一阵冰雨泻下来，把他们赶进了下面船尾的大舱中。

“这是从他长袍的口袋里找到的。”布劳恩·拉米亚说，拿出一张纸片，上面写着“5”。

“这么说，马斯蒂恩本来是下一个讲故事的人。”领事嘀咕着。

马丁·塞利纳斯坐在椅子上，翘着椅子腿，后背碰到高高的窗户。暴雷将他色鬼的面容映现出来，看上去真像个恶魔。“还有一种可能性，”他说，“也许，哪个还没有讲故事的人抽到了第五签，然后杀死了圣徒，跟他交换了纸条。”

拉米亚盯着诗人。“那就是我和领事。”她说，语气相当冷静。

塞利纳斯耸耸肩。

布劳恩·拉米亚从外衣中抽出另一张纸：“我抽到了六号。我能达到什么目的？不是一样轮到我。”

“那么，也许凶手不想让马斯蒂恩将要说的东西说出口。”诗人说。他再次耸了耸肩。“就我个人而言，我觉得伯劳已经开始对我们屠杀了。为什么我们以为到得了光阴冢呢？在从这里到济慈半程远的地方，这东西的杀戮就已经开始了。”

“这跟其他杀戮不同，”索尔·温特伯说，“这是伯劳朝圣。”

“伯劳朝圣又怎样？”

众人沉默不语，领事走到窗前。疾风卷着劲雨，将草海遮掩了起来，雨滴打在铅条镶嵌的窗玻璃上，发出啪嗒啪嗒的声音。运输车又开始抢风而行，发出吱嘎吱嘎的声音，车子朝右舷猛烈歪去。

“拉米亚女士，”卡萨德上校问，“你觉得现在讲故事可以吗？”

拉米亚抱起双臂，盯着窗玻璃，那上面泛着条条雨迹。“不。等我们下了这条该死的船再说吧。这里到处都是死人的臭味。”

风力运输船于午后抵达朝圣者歇脚地的码头，但暴风雨和暗淡无力的光线让疲倦的乘客觉得已经是傍晚了。这是他们旅程的倒数第二个舞台，在这场戏开始的时候，领事曾指望，会有伯劳神庙的代表跟他们见面，但现在，这个朝圣者歇脚地在领事眼里，似乎跟边陲一样空寂。

运输船向山麓小丘驶近，笼头山脉映入眼帘，那初次的印象真是激动人心，就跟远航后初见陆地一般。虽然冷冷的雨滴仍旧连绵不绝，但是六名自封的朝圣者还是赶紧来到甲板上，一睹为快。山麓小丘凋零萎靡，富有美感，那褐色的婀娜曲线和兀然隆起的丘峦，和草之海单调的翠绿色形成了鲜明的对比。灰白的平面暗示出远处九千米的顶峰，低云很快横亘其上，但即便被云彩截去了顶端，那景象还是令人叹为观止。万年雪线之下，便是曾经的朝圣者歇脚地——一堆堆破烂不堪的小屋和廉价旅馆。

“如果他们毁掉了缆车索道，我们就完了。”领事嘀咕着。虽然他之前尽量不去想这事，但现在却让他一阵反胃。

“我看见最前面的五座塔楼了，”卡萨德上校说，他正拿着动力望远镜观察，“看上去似乎完好如初。”

“看见车厢了吗？”

“没……等等，看到了。站台门口有一辆。”

“有移动的吗？”马丁·塞利纳斯问，他显然知道，如果缆车索道坏掉了，他们的境地将变得非常艰难。

“没有。”

领事摇摇头。即使天气坏透了，即使没有乘客，车厢还是会一直开动着的，这样做是为了让巨型索道保持伸展，不至于结冰。

风力运输船还没有收起风帆，还没有探出踏板，六人便已经把行李搬到了甲板上。现在，每个人都穿着厚厚的外衣，抵御这恶劣的天气——卡萨德披着军部的热迷彩斗篷；布劳恩·拉米亚穿着长长的外衣，它被叫作堑壕衣，人们很早就忘了这名字的缘起；马丁·塞利纳斯裹着厚厚的毛衣，变幻莫测的风刮着，上面的毛泛起波纹，时而显出黑色，时而显出灰色；霍伊特神父一身长长的黑色着装，比以前更像是一个稻草人；索尔·温特伯穿着厚厚的鹅绒夹克，把他和孩子一并裹了起来；领事穿着薄薄的大衣，但这件衣服很保暖，是妻子在几十年前给他的。

“马斯蒂恩船长的东西怎么办？”索尔问。他们已经站在了踏板的顶上。卡萨德已经前去打探村庄了。

“我来拿，”拉米亚说，“我们把他的东西带上。”

“我总觉得不好，”霍伊特神父说，“我是说，就这样走掉。我们总得……做些什么，来缅怀一下死去的人。”

“有可能死了。”拉米亚提醒道，她只用一只手，便轻而易举地拎起了四十公斤重的背包。

霍伊特面露疑色：“你真的相信马斯蒂恩先生可能还活着吗？”

“不。”拉米亚说。雪花落在她的黑发上。

卡萨德在码头尽头向他们挥手，他们搬着行李离开了寂静的风力运输船，没人回头看一眼。

“那里没人吗？”他们向上校走去，拉米亚叫道。

高大男人的斗篷显出灰黑的变色龙模式，隐没在黑暗中。

“没人。”

“尸体呢？”

“没有，”卡萨德说，他转过身，朝索尔和领事看去，“你们从船上的厨房拿了东西吗？”

两人点点头。

“什么东西？”塞利纳斯问。

“食物，够我们吃一星期了。”卡萨德说，他转身向山上的缆车站望去。领事第一次注意到，上校臂弯里夹着一把长长的突击武器，它在斗篷下隐约可见。“我们不知道前面会不会有食物。”

我们活得了一周的时间吗？领事想。他没有吭声。

他们往返了两次，把装备搬到了站台里。寒风吹过敞开的窗户，吹过黑色建筑的碎裂圆顶，尖利地啸叫着。返回时，领事和雷纳·霍伊特合力抬着马斯蒂恩的莫比斯立方体，他抬着一端，而霍伊特气喘吁吁地抬着另一端。

“我们为什么要把尔格带在身边？”霍伊特大口喘着气，来到通向站台的金属阶梯的底部。站台上铁锈斑驳陆离，仿若橙色的地衣。

“我也不知道。”领事说。他也在大口喘气。

站在终端站台上，他们可以眺望到草之海的远方。风力运输船蹲坐在原处，船帆收起，成了一个了无生气的黑东西。暴风雪掠过大草原，无数的高高草茎上，似乎正泛着白色浪花。

“把东西抬上缆车，”卡萨德喊道，“我到上面去，看看能不能在操纵舱里把这行走装置重启一下。”

“难道它不是自动的？”马丁·塞利纳斯问，他那小脑袋几乎隐没在厚厚的毛皮中，“就像风力运输船一样？”

“我想不是，”卡萨德说，“进去。我去看看可不可以让它开动。”

“如果它开了，你没来怎么办？”拉米亚对着上校远去的背影喊道。

“不会的。”

缆车里冷得要命。前车厢里有把金属椅子，小小的后车厢有十几张破烂床铺，除此之外，再没有其他东西。车子很大——至少有八米长，五米宽。前后车厢中间由细薄的金属舱壁隔断，没有门，仅仅开了个口子。后车厢的角落里有个小型洗漱台，差不多跟马桶一般大小。窗台齐腰高，窗户一直升到舱顶。

朝圣者们把行李堆在宽阔地板的中央，嗵嗵嗵地走来走去，挥着手臂，或者用其他办法让身子暖和起来。马丁·塞利纳斯笔挺地躺在一条长椅上，全身缩在毛皮中，只露出脚和头顶。“我忘了，”他说，“他妈的怎么把暖气打开啊？”

领事朝黑色的照明仪板瞥了一眼：“这是电暖。上校开动缆车的时候，就会有暖气了。”

“开不开得动还说不定呢。”塞利纳斯说。

索尔·温特伯给瑞秋换了尿布。现在，他又把她包在了婴儿暖衣中，抱在胸前摇晃着。“我以前从没来过这里，”他说，“你们两个都来过？”

“对。”诗人说。

“我没有，”领事说，“但我见过缆车的照片。”

“卡萨德说过，他曾经是沿着这条路回济慈的。”布劳恩·拉米亚在另一间房间里叫道。

“我想……”索尔·温特伯甫一开口，便被打断，齿轮发出巨大的研磨声，车身猛烈倾斜，摇晃起来，令人晕头转向。接着，缆绳突然动了起来，车子开始摇摇摆摆地前进。每个人都冲到面朝站台一侧的窗户前。

先前，在卡萨德爬上长长的阶梯，跑到操纵舱之前，他已经把装备扔到了车厢里。现在，只见他跑出了操纵舱的大门，从长长的阶梯上一滑而下，朝缆车飞奔而来。车子已经远离站台的装载区。

“他过不来了。”霍伊特神父小声说道。

还有最后十米，卡萨德全速冲刺，双腿长得不可思议，有点像卡通人物贴纸。

缆车滑出了装载槽，摇摇晃晃脱离了站台。车子和站台之间，已经隔开一段距离。八米之下是坚硬的山岩。站台甲板上覆着的冰面上，有着一条条裂纹。卡萨德全速跑来，但车子已经驶离。

“快！”布劳恩·拉米亚尖叫道。其他人也一同喊着。

领事抬头望去，缆绳上包着一层冰，随着车子向前向上驶去，它们正噼啪作响，碎落下来。他重新回头看去，太远了，卡萨德肯定过不来了。

费德曼·卡萨德跑到了站台边缘，速度快得不可思议。领事第二次想起在卢瑟斯动物园上看见过的旧地美洲豹。他隐隐想象着，上校的脚滑倒在一块冰块上，长腿水平探出，然后无声地坠向下面的雪岩。然而，卡萨德似乎飞了起来，那一刻，时间被定住了，他的长臂张开，斗篷飞在身后。接着，他消失在了车子后面。

传来一声“砰”，一分钟的漫长等待，没人说话，没人动弹。现在，他们已经升到了四十米的高空，正朝第一座塔攀去。又过了一秒钟，大伙看见卡萨德出现在了车子的弯角上，他紧紧抓着一溜儿冰凹和金属把手，费力前行。布劳恩·拉米亚猛地把舱门拉开。十只手把卡萨德拉进了车子。

“感谢上帝。”霍伊特神父吁了口气。

上校深深吸了口气，顽强一笑：“那儿有个紧急制动手刹。我用沙包把拉刹压住了。我可不想让车子回去再来一次。”

马丁·塞利纳斯指着迅速迫近的维护塔，以及远处上方的云幕。缆绳一路向上，消失在远方。“现在，我猜，不管愿意不愿意，我们都要穿山越岭了。”

“穿越要多长时间？”霍伊特问。

“十二小时。也许不要那么多。有时，如果风太大、冻得太厉害，操纵者会把车停下来。”

“我们这次可不会停下来。”卡萨德说。

“除非缆绳在哪里断了，”诗人说，“或者我们撞到什么拦路虎。”

“闭嘴，”拉米亚说，“谁想热点饭吃？”

“快瞧。”领事说。

他们走到前窗边。缆车升到了最后一个婀娜的褐色山麓小丘上，相距一百多米。他们朝几千米的下方及身后瞥了最后一眼，那儿有站台、朝圣者歇脚地的破屋和静止不动的风力运输船。

然后，雪花和厚云将它们包了起来。

缆车上没有真正的烹饪设备，但是后舱有一台冰箱，还有一台微波仪，可以用来加热食物。拉米亚和温特伯把运输船厨房上带出来的各种肉和蔬菜搅在一起，做出了一道还算过得去的炖肉。马丁·塞利纳斯拿出酒瓶，那是他从“贝纳勒斯”号和运输船上拿的，他选了瓶海伯利安勃艮第葡萄酒，配着炖肉喝着。

就在众人快解决完晚饭的时候，原先紧贴着窗子的黑暗突然一下明亮起来，接着那黑暗全部消散了。领事从椅子上站起来，望着突然重现的落日。日光照进缆车，车子里充满了超凡入圣的金色光芒。

大伙不约而同发出叹息。看样子，黑暗几小时前便降临了，但是现在，他们乘着缆车升到了云海上，群山就像一座座列岛，矗立在这儿，辉煌的夕阳正热情款待着它们。海伯利安的天空从白天的蓝绿光芒转而变深，成了夜晚的湛青色，而金红色的太阳点燃了云塔，点燃了冰与石的巨顶。领事举目四顾，一分多钟前，他的朝圣者同伴在昏暗的光线下看上去又黑又小，而现在，大家都沐浴在金色的夕阳下，熠熠生辉。

马丁·塞利纳斯举起酒杯：“的确啊，这样好多了。”

领事抬头向他们的旅行线望去，巨大的缆绳延伸向远方，缩成一条细线，然后不见了踪影。上方几公里的顶峰处，是下一个金光闪闪的维护塔。

“总共有一百九十二座塔，”塞利纳斯语气平平地说着，活像一个导游在兴致索然地作介绍，“每座塔都是由耐用合金和晶须碳建造而成，高八十三米。”

“我们肯定在很高的地方。”布劳恩·拉米亚的声音很轻。

“缆车旅行总长九十六公里，最高点在枯窠山的顶峰，这座山是笼头山脉的第五高峰，高度达九千二百四十六米。”马丁·塞利纳斯单调而低沉地说道。

卡萨德上校左右四顾：“车舱被加压了，刚才我觉察到了压力变化。”

“大家瞧。”布劳恩·拉米亚说。

太阳好长时间都栖息在云彩水平线上。现在，它已经沉浸了下去，仿佛从下面将暴风云的内部点燃了，并沿着整个世界的西方边缘，投下了五光十色的华丽衣饰。雪檐和雨凇仍然在西部高峰的侧面闪耀，这些高峰拔地而起，比慢慢上升的缆车还要高一千来米。此时，还有不少明亮的星辰出现在渐渐变黑的苍穹之中。

领事转过身，看着布劳恩·拉米亚：“拉米亚女士，为什么不在现在讲讲你的故事呢？抵达要塞或入睡前，还有很长一段时间呢。”

拉米亚呷完最后一点酒：“还有谁想现在听？”

玫瑰红的暮光射下，众人齐齐点头。马丁·塞利纳斯耸耸肩。

“好吧。”布劳恩·拉米亚说。她放下空杯子，把双脚抬到椅子上，手肘撑在膝盖上，开始了她的故事。

侦探的故事：漫长的告别

他刚走进办公室，我便知道这个案子不同寻常。他太美了。我不是指他长得女性化，或者像全息电视上的那些名模一样带着女人气，仅仅是……美啊。

他个子不高，和我差不多，而我是在卢瑟斯的一点三倍重力场中出生成长的。只消一眼，我就看出这位来访者不是来自卢瑟斯——他结实的身材按环网的标准来说，真是匀称至极，看起来不但健美而且瘦削。他的面部带有一种坚毅的表情。低垂的眉梢、高高的颧骨、紧凑的鼻梁、坚实的下巴，还有宽阔的唇线——从侧面看深具美感，又略显固执。他有一双淡褐色的大眼睛，年龄看起来在二十七八标准岁上下。

当然，他刚走进来的时候我可没想那么多。我的第一反应是，他是客户么？第二反应则变成了：天，这个家伙可真美。

“拉米亚女士？”

“嗯。”

“全网调查中心的布劳恩·拉米亚女士么？”

“对。”

他环顾四周，似乎觉得难以置信。我明白他的感受。我的办公室位于老工业蜂巢的第二十三层，坐落在卢瑟斯铁猪地带的旧坑道区中。三扇大窗户面对着九号维修壕沟，那里总是黑乎乎的，由于上层蜂巢有个大型过滤器老是在渗漏，因此我这里总感觉阴雨连绵。窗外大半是废弃的自动装载坞，要不就是锈蚀的钢架。

管它的，这地方便宜。我的顾客也是打电话联系的多，登门造访的毕竟是少数。

“我可以坐下吗？”他问了一句，显然对一个真正的调查机构能在这样一个贫民窟里运作感到满意。

“当然，”我说着，挥手指了指他旁边的椅子，“你是……”

“乔尼。”他答道。

他看起来不像是那种轻易就与人变得亲密无间的角色[①]。他身上散发着金钱的气息，倒不是因为着装——那身衣服是再普通不过的黑灰色休闲装，虽然面料的质地比较讲究——而是因为感觉，让我觉得这人来自上流社会。他的口音有些特别。我很擅长分辨方言，这是职业需要，但却无法确认这家伙的籍贯，他大概不是本地人。

“有什么事要我帮忙吗，乔尼？”我把手中的苏格兰威士忌伸了过去，他进来的时候，我正要把这瓶酒放到一边。

叫作乔尼的小伙摇了摇头。或许他以为我要他直接拿着瓶子喝。见鬼，我才不是那么没教养的人呢。冷水壶旁边就有纸杯。“拉米亚女士，”他开口了，彬彬有礼的口音仍然让我觉得难以捉摸，“我需要一名侦探。”

“我就是。”

他迟疑了。戒心十足。许多顾客在跟我谈案子的时候都会犹豫不决。这也难怪，我接手的案子有百分之九十五都是离婚或者家庭事务。我等着他下决心。

“这件事情是相当机密的。”最后他说。

“嗯，先……啊，乔尼，我的大部分案子都是些机密问题。我和寰网公司有协议，涉及顾客的所有问题都按《隐私权保护法》处理。包括我们现在见面这件事在内，一切都是保密的。就算你不打

① “乔尼”是“约翰”这个名字的昵称。一般亲密的朋友间才会这样称呼。

算雇佣我，保密法仍然适用。”这基本上是在吹牛皮，因为当局随时都可以查看我的文件，但我觉得无论如何得让这个人放松一点。天啊，他长得可真美。

“好吧，”他应道，再次四下打量了一番，然后向我靠了过来，“拉米亚女士，我想让你调查一件谋杀案。”

我的注意力又集中起来。我的脚原来懒懒地架在桌上，现在我坐了起来，身子靠向前。“谋杀案！你确定是谋杀吗？报警了吗？”

“和警方没有关系。”

“不可能，”说这话的时候我又有种沮丧的感觉，觉得这个人不是什么顾客，完全是个疯子，“向当局隐瞒谋杀案可是犯罪。”我心里想说的其实是：乔尼，你是那个谋杀犯么？

他微笑起来，又摇摇头：“这个案子不是。”

“你的意思是？”

“我是说，拉米亚女士，这件谋杀案发生了，但不管是本地还是霸主的警方都毫不知情，他们也无权管辖。”

“不可能。”我又说了这句话。窗外，工业焊接机迸发的火星泻落进壕沟，又一阵铁锈雨一同落下。“说说看。”

“这件谋杀案发生在环网和保护体之外。那里没有管辖者。”

听起来有那么一点道理。不过就我自己的经历来说，我还想象不出他说的是什么地方。即使在偏地定居地和殖民世界，也有警察存在。莫非是在什么太空船上面？不对不对，那里有星系运输当局，他们管着那地方呢。

“明白了，”我说，我已经有好几周都没有接到什么案子了，“好吧，说说细节吧。”

“如果你没有接手这个案子，谈话内容也会完全保密吗？”

“绝对保密。”

“那么，如果你接受了，你只会向我一个人报告么？”

“那当然。”

我未来的客户迟疑了一下，手指揉着下巴。他的双手看起来也很优雅。“好吧。”他终于下了决心。

“从头开始吧，”我说，“谁被谋杀了？”

乔尼坐直了身子，活像一个认真听讲的小学生。毫无疑问，他的态度相当诚恳。他说：“我。”

这个故事花了十分钟才讲完。听完以后，我不再觉得他是个疯子了。我才是疯子，或者说如果接手这个案子，我就会变成个疯子。

乔尼的真名实姓其实是一大串包含数字、字母以及密码集的代码，写下来的长度甚至超过我的手臂。他是一个智能生控人——赛伯人。

我听说过赛伯人。谁没听说过呢？我还指责我的前夫是其中一员呢。但我从没想到我会真和他们面对面，而且还是一个帅得要命的赛伯人。

乔尼是一个人工智能。他的意识，或者自我一类的东西，漂浮在技术内核万方数据网的数据平面的某个地方。大概除了现任的议院首席执行官或者人工智能垃圾回收器，没人知道技术内核在哪里，我也一样。三个世纪以前，人工智能平静地脱离了人类的控制，那时我还没出生；它们以盟友的姿态继续为霸主服务，比如提供全局咨询服务，监控数据网，偶尔也使用他们的预测能力帮助我们避免严重错误或自然灾害，基本上，技术内核从事着它们自己的私事，这些事难以破译，显然也不关人类什么事。

对我来说，这听起来挺公平。

一般来说，人工智能通过数据网与人类及其机器进行交往。必要的话，它们也可以造出交互式全息像——我记得在茂伊约组合期间，技术内核在签署盟约时派出的使者，看起来就很像以前的全息明星狄龙·巴斯威特。

赛伯人却完全是另一回事。由于从人类基因库中定制，因此他们在外形上与人类非常相像，行为举止也比机器人更人性化。但技术内核与霸主之间达成的协议只允许少数赛伯人存在。

我盯着乔尼。从人工智能的角度来说，坐在桌子另一边这个漂亮的躯体和迷人的人格，和他一天中所操纵的成千上万传感器、控制端、自动元件或其他遥控物体一样，仅仅是小小的附加品而已，或许稍微复杂一点，但并不比它们重要多少。扔掉一个叫作“乔尼”的东西，对别的人工智能来说，大概和我剪掉一片手指甲的感觉一样，无伤大雅。

真是浪费，我心想。

“原来你是赛伯人。”

“对，我有许可证，还有世界网使用者的通行证。”

“好吧，”我对他说道，“就是说有个人……谋杀了你的赛伯人形体，然后你希望我找出这个人？”

“不。”这个年轻人说。他有一头棕红的卷发，这发型和口音一样让我费解，那有点像从前流行的发式，但我感觉似曾相识。“被谋杀的不只是这个躯体。那个攻击者也谋杀了我。”

“你？”

“对。”

“你的……啊……人工智能……也被谋杀了？”

“正是如此。”

我百思不得其解。人工智能是不可能死亡的。至少就目前环网所知而言，还没有过先例。“我不明白。”我说。

乔尼点点头："我想这个……按照多数人的想法来说……还是和人类的死亡不同，人死时人格也会毁灭。但人工智能的个体意识并不会终止。不过，因为受到攻击，我……被中断了。虽然我拥有……呃……或许得说记忆、个性等等的复制记录，但还是遭受了损失。有一些数据在攻击中被毁了。从这个意义上讲，的确是一起谋杀。"

"明白了，"这不是实话，我深吸了一口气，"既然发生了这种事，为何不去找人工智能当局呢……或者霸主的网络警察？他们不是管这些事的么？"

"因为一些私人原因。"

我看着这个极具魅力的年轻人，试图把他和赛伯人的身份对上号。

"我不能求助于这些机构，这很重要，也很有必要。"

我扬了扬眉毛。这种话就好像是我平常那些老主顾们会说的。

"我向你保证，"他继续道，"没有任何不合法的东西。也不关道德问题。只是……我觉得很为难，这很难说清楚。"

我双手抱在胸前："瞧，乔尼。这故事仅是一厢情愿。你说自己是赛伯人，其实你也可能是个会讲故事的艺术家呢。"

他好像吃了一惊："我完全没想到。你想要我怎样证实身份呢？"

我毫不犹豫地说："把一百万马克转入我超网上的活期账户。"

乔尼笑了。就在这个时候，我的电话铃响了起来，一个面露沧桑的人影出现了，他的背后浮着超网的代码标志。"打扰了，拉米亚女士，我们想询问一下……那个，现在您的账户上有了一笔如此巨大的金额，您是否愿向我们的长期储蓄期权或者市场信托基金进行投资呢？"

“稍候吧。”我答道。

银行经理点点头，消失了。

“这显然不是模拟。”我说。

乔尼的微笑让人心情愉快：“是的，但即便如此，也不算是满意的证明，是吧？”

“还不算。”

他耸耸肩：“假定我的身份就如我所说，你会接这个案子吗？”

“嗯，”我叹了口气，“但是还有一点。我收的报酬不是一百万马克。每天五百再加上其他费用。”

面前的赛伯人点点头：“就是说你同意接手了？”

我站起身来，戴上帽子，从窗边的衣架上拿过一件旧外套。弯腰摸到书桌最底层抽屉里的手枪，动作流畅地塞进大衣口袋。那是我父亲的手枪。“走吧。”我说。

“好，”乔尼回答，“去哪儿？”

“我想知道你是在哪儿被谋杀的。”

大众普遍认为，卢瑟斯上出生的人从不愿离开蜂巢一步，哪怕是比购物商场更空旷一点的地方都会立刻使他们出现恐旷症[①]。但事实上，我大部分的生意都来自……或涉及……外部世界。对那些欠债不还的家伙进行跳跃式追踪，那些家伙改变身份，利用远距传输器逃往远处，试图重获新生；要不然就是寻找那些见异思迁的丈夫，他们以为到另一个星球上约会就神不知鬼不觉了，诸如此类。当然，还包括寻找失踪的孩子和消失的父母。

就算如此，当通过铁猪区中央广场的远距传输器，来到一片无

① 恐旷症（Agoraphobia）：也叫陌生环境恐怖，对公开或公共场合不正常的恐惧。

限延伸的空旷岩石高原时，我还是十分惊讶，以至于迟疑了一下。除了身后远距传输器的青铜色矩形传送门外，这个地方再也没有其他文明世界的标志。空气中充满了臭鸡蛋的气味。令人作呕的暗淡云团，把整片天空都染成了锅炉一般的黄棕色。周围的地表则呈现出灰色的鳞片状，看不到任何生命的存在，连一片苔藓都没有。完全想象不出地平线到底有多远，感觉上置身高处，视野辽阔，可远处也没有任何树木、灌木或动物存在的迹象。

“我们到底在什么地方？”我问道。我知道所有的环网世界，之前我一向对此很自信。

“末睇[①]。”乔尼回答，听上去像是“魔笛”。

“我从没听过这个地方。”我一边说，一只手伸进了衣袋，摸索着父亲留下的自动手枪，摸着那珍珠枪柄。

“这地方还没正式加入环网，”这个赛伯人说，“从记录上看，这是帕瓦蒂的殖民地。但离军部的基地只有几光分的距离，这里的远距传输器连接早在末睇加入保护体之前就建立起来了。”

我望着这片荒芜之地。二氧化硫的恶臭让人作呕，同时我也怕这腐蚀性气体会毁掉我身上的套装。“殖民地？在这附近吗？”

“不是。在这个星球的另一面，那里有几个小城市。”

“最近的定居地叫什么？”

“楠达德维[②]。那个小镇大约有三百人，在南边两千公里开外。”

“那为什么把传送门建在这里？”

“这是个待开发的矿址，”乔尼答道，他指向那片灰色高原，“那里有重金属。联盟批准在星球的这面修建一百来个远距传输

① 末睇（Madhya）：印度语中“中央”的意思。

② 楠达德维（Nanda Devi）：喜马拉雅山脉一座山峰的名字，位于印度北部。

器，这样一旦进行开采，来回会很方便。”

“嗯，”我说，“这个地方很适合谋杀。你当时为什么要来这里？”

“我不知道。这部分记忆丢失了。”

“有谁和你在一起？”

“我也不知道。”

“你知道什么？”

年轻人把他优雅的双手插进了衣兜：“不管是谁……还是什么东西……攻击了我，所用的是在技术内核那里被称作II型艾滋病毒的武器。”

“那是什么东西？”

“II型艾滋病毒是在大流亡前人类的一种疫病，”乔尼说，“它会使免疫系统失灵。这种……病毒，对人工智能也同样有效。不到一秒钟的时间，它便能渗透安全系统，将致命的噬菌程序作用于宿主……作用于人工智能自身。作用于我。”

“那么，你不会以自然方式感染上这种病毒么？”

乔尼笑了起来：“不可能。这就像问一个被子弹射中的人，他会不会自己撞在了子弹上。”

我耸耸肩：“听着，如果你需要的是数据网或人工智能专家，那你可找错人了。像其他两百亿木头人一样，我知道怎么接入数据网，但仅此而已。我对灵魂世界一无所知。”我用了这个古老的词语，想看看会不会把他惹毛。

“我知道，”乔尼仍然一脸平静，“我想让你帮忙的不是这个。”

“那你想让我做什么？”

“找出是谁带我来这的，是谁杀害了我。还有他的动机。”

“好吧。那为什么你觉得这就是谋杀发生的地方呢？”

“因为这是我……复制重组后，重新控制赛伯体的地方。”

“你是说，当病毒毁灭你时，你的赛伯体也失去了行动能力，是吗？”

“对。”

“那种状态持续了多久？”

“我的死亡吗？大约有一分钟吧，然后我的人格备份被激活了。”

我笑出声来，实在是忍不住。

“你笑什么，拉米亚女士？”

“你的死亡概念啊。”我答道。

一丝悲伤掠过那双淡褐色的眼睛：“或许对你来说很好笑，但你完全不了解对技术内核的成员来说，丧失一分钟……连接……意味着什么。那是万古的时间和信息。数千年无法交流的死寂。”

“对，”我没费太大力气，忍住了眼泪，“那么，在你切换人格记录带或者别的什么东西时，你的身体，你的赛伯体在做什么？”

“我想应该是处于昏迷状态。”

“它不能自动解决这种问题吗？”

“嗯，本来可以，但如果系统崩溃了就不行了。”

“那你是在哪儿恢复的？”

“什么？”

“当你重新激活赛伯体的时候，它在哪里呢？”

乔尼点头表示明白我的意思。他指向距离传送门不到五米的一块巨石：“就在那儿。”

“这头还是那头？”

“那头。”

我走过去察看现场。没有血迹，没有标记，没有留下什么作案工具，甚至没有任何脚印或者什么迹象可以看出乔尼的躯体曾经在那里躺过无限长的一分钟。警方的法医调查组或许能辩明留在那儿的细微生物踪迹，但我能看见的仅仅是硬邦邦的石头。

“如果你的记忆真的丢失了，”我说，“你又怎么知道有别人和你一起来过这里呢？”

“我查了远距传输器的记录。”

“你没有查查那个神秘人物在寰宇卡付费记录上的名字吗？”

“我俩都是用我的卡传输的。”乔尼说。

“记录上只是多了另一个人？”

“对。”

我点点头。如果传送门是真正的心灵传输，那它的传送记录就可以解决联网世界的每宗罪案；传输数据记录可以重现输送的物体，精确到最后一克物质和囊泡。然而，远距传输器也只是在时空中借助定相的奇点切割出来的一个粗糙空洞。如果罪犯不想用自己的卡，我们能得到的唯一数据便只有出发点和目的地。

“你们两个是从什么地方传输到这里的？”我问道。

“鲸逖中心。”

“你有传送代码吗？”

“当然。”

“那讨论到此为止，我们去那儿看看吧，”我说，“这个地方简直臭气熏天。”

鲸心——鲸逖中心很早就有了这个昵称，它无疑是环网最为密集繁华的星球。星球上有五十亿人口，挤在不足从前地球陆地面积一半的地方，另有五亿人口，居住在围绕其运行的环形生态圈上。作为霸主首都和议院所在地，鲸心也是整个环网贸易的经济枢纽。自然而然，乔尼找到的传送代码把我们带到了含有六百个传送门的终端区，位于新伦敦一个极为广大的圆锥螺旋上，那也是最古老、最大的城区之一。

“见鬼，”我说，“咱们去喝一杯吧。”

在终端区附近有很多酒吧，我选了家比较安静的。模仿飞船样式的酒馆，光线昏暗，阴凉，还有很多仿木和仿铜装饰。我要了杯啤酒，在办案子的时候我从来不喝烈酒，也不会用闪回。有时候，我甚至觉得这种自律的需要正是我工作的动力。

乔尼也点了杯啤酒，那酒颜色深暗，瓶上标着德国酿造，复兴之矢装瓶。我忽然很想知道赛伯人会有什么恶癖。我对他说：“你来见我之前，还找到了什么别的东西？”

年轻人摊开手：“什么都没有。”

“胡说，”我认真地说，“你真会开玩笑。身为人工智能，神通广大，难道你连追踪你的赛伯体的本事都没有……你难道连发生意外前几天的活动情况也找不到？”

“不能，”乔尼呷了口啤酒，“实际上，我也可以，但有一些重要原因，迫使我不想让其他人工智能同伴知道我在调查。”

“你怀疑是他们中的某人所为？”

乔尼没有回答，他递来一张薄纸，上面罗列着他使用寰宇卡的付费纪录。“谋杀所导致的中断，让我丢失了五个标准日的记忆。这上面是卡上那五天里的付费记录。”

“我记得你说被切断连接只有一分钟的时间啊。”

乔尼用一根手指挠着下巴。“我还是挺走运的，只丢失了相当于五天的数据。”他说。

我朝侍者招招手，让他再来杯啤酒。“听我说，乔尼，”我说，“不管你是谁，除非我能对你、对你的情况有更多了解，否则我们根本不能在这个案件上有所突破。我问你，如果别人知道你会重建自我，不管你叫它什么，那为什么还会有人想要谋杀你？”

“我想到两种可能的动机。”乔尼的视线越过啤酒，落在我这边。

我跟着点点头。“一个是造成你的记忆丢失，他们也已经成功地做到了这一点，”我说，“那也意味着，不管他们想让你忘记什么，这记忆一定是过去一周左右的时间里你注意到的事情。那第二种动机呢？”

“给我一个信息，”乔尼说，“但我不知道是什么信息，也不知道是谁发出来的。”

“你知道有谁想干掉你吗？”

“不知道。”

“那有没有猜过是谁?”

“没有。”

“大多数的谋杀犯，”我说，“都是鲁莽且突发的冲动行为，而且他们跟受害人非常熟悉。家庭成员、朋友，或者爱人。很大一部分有预谋的凶杀案都是受害者身边的人所为。”

乔尼没有说话。他的脸上有种无比吸引人的东西　　混合了男人的力量和女人的感性。或许是因为他的眼睛。

“人工智能有家庭吗？”我问道，“有没有争执或者不和呢？或者爱人之间的争吵？”

“没有，”他微微一笑，“我们有类似家庭的联系，但没有人类家庭展示出来的那种感情或者责任要求。人工智能的‘家庭’基本上都是属于实用性的编码群体，是为了表示某些处理模式如何衍变而来。”

“那么，你不认为是另一个人工智能攻击了你么？”

“也有可能，”乔尼转着手上的酒杯，“我只是想不出他们为何要攻击我的赛伯体。”

“那样是不是更容易？”

“也许吧。但对攻击者来说，那会更麻烦。在数据平面上进行攻击，那才真正地致命。而且我也想不出别的人工智能有什么攻击动机。完全没道理啊。我对谁都没有威胁。”

“乔尼，为什么你会有赛伯体？如果我能知道你在生活中的角色，我或许就能知道动机了。”

他拿起一块椒盐卷饼，开始摆弄起来：“我拥有赛伯体……从某些方面来讲，我是一名赛伯人，因为我的……职责……是观察人类并作出相应反应。换句话说，我曾经就是人类。”

我摇着头，眉头皱了起来。到目前为止，他的话对我来说就像天方夜谭。

“你听说过人格重建计划吗？”他问我。

“没有。”

“一个标准年之前，军部的模拟网重建了贺瑞斯·格列侬高将军的人格，研究他如何成为杰出的将军。还记得那些新闻吧？”

“嗯。”

“怎么说呢……我……其实是来源于早期更为复杂的一个重建计划。我的核心人格是基于大流亡前旧地上的一名诗人。古代的诗人，出生时间是旧纪年的十八世纪末。”

“年代那么久远的人，怎么可能重建起来？”

“通过他的作品，”乔尼回答，“他的书信、日记、评论传记，还有友人的只言片语。但主要是他的诗。模拟重现当时的环境，插入已知的因素，借助这些创造性的产品向前回溯。瞧[①]——那就是人格内核。当然，起初还是比较简陋的，但当我成型的时候，已经精细了很多。我们初次尝试的对象是二十世纪一个叫以斯拉·庞德的诗人。这个人格角色非常固执己见，几乎到了荒唐的地步，而且没有理性，偏执，精神有点不正常。我们花了整整一年的努力，才发现不是人格重建得不准确，而是那个人本来就是个疯子。一个疯狂的天才。”

“然后呢？”我问，“他们用一个已故的诗人建立了你的人格，接下来呢？”

“这种重建人格成为了一种模板，我的人工智能就在这个模板上成长，”乔尼回答我，“而赛伯人的身份，让我能够在数据平面社会中行使我的职责。”

“作为诗人？”

乔尼又笑了起来。“确切说来，是作为一首诗。”他说。

“一首诗？”

“一种正在成形的艺术品……但这和人类的概念不同，或者说是谜题吧。一个可以变化的谜题，偶尔能对比较严肃的问题提供不寻常的深入分析。”

“我还是搞不明白。”我说。

“那也没什么关系。我很怀疑我存在的……目的……是否真是被攻击的原因。”

“那你觉得原因是什么？”

“我不知道。”

我有种绕了一大圈后又回到起点的感觉。“好吧，”我说，

① 原文是法语。

“我会调查一下那五天里面你干了什么，谁和你在一起。除了那个信用记录，你还有其他可用的线索吗？”

乔尼摇摇头：“你明白为什么我一定要知道那个攻击者的身份和动机吗？”

“当然明白，”我回答，“他们可能会再次出手。”

“正是如此。”

“如果有需要，我怎么联系你？”

乔尼递给我一张访问芯片。

“安全线路？”我问。

“很安全。”

“好，”我说，“一有消息，我就马上通知你。”

我们离开酒吧，向终端区走去。他正要离去的时候，我三步并作两步赶上前去，拉住了他的胳膊，这是我第一次触及他的身体。“乔尼，他们管那个重生的旧地诗人叫什么……”

“是重建。”

“哦，别管这个。我想问你，那个智能人格的前身是谁？”

这个俊美的赛伯人犹豫了片刻。我注意到他的睫毛非常长。“这有什么重要的？”他问。

“谁知道什么是重要的呢？”

他点头算是默认。“济慈，”他说，“公元一七九五年出生，一八二一年死于肺结核。约翰·济慈。”

要想跟踪某人，穿越一系列不同的远距传输器，那几乎是不可能完成的任务，特别是你还不想被人发现。环网警察可以做到这一点，只要有五十来个人一起完成这项任务，同时配备上那些奇异而又昂贵得要命的高科技玩具，这还没有算上传输当局的大力合作。

对于我这种单打独干的人来说，这基本就是不可能完成的任务了。

不过，观察这个新顾客在朝什么地方奔赴，还是很重要的。

乔尼头也不回地穿过终端区广场。我走到附近一个报刊亭边上，盯着便携式成像器的显示。他在一个袖珍触显上打入一堆代码，插入他的寰宇卡，然后走进了那亮荧荧的矩形传送门。

使用袖珍触显，应该意味着他去的是某种通用传送门，因为私人的传输器代码一般都是印在只有肉眼可见的芯片之上的。太棒了。这样我便把他的目的地范围缩小到约两百万个传送门了，可能的位置是一百五十来个环网世界，以及七八十个卫星上。

我用一只手拉出外套的红色“内衬”，同时也按下了成像器的回放键，通过目镜察看放大的触显序号。我拽出一顶红色的帽子，和我现在的红夹克正相配，帽檐拉得低低的，盖过大半张脸；我疾步走过广场，同时在通信志上查询成像器上显示的九位传送代码。我知道前三位数字代表青岛-西双版纳星球，所有的星球前缀我早都背得滚瓜烂熟了。然后，查询结果告诉我，传送代码所指向的是这个星球上的王谢城，第一扩张时期移民的居民区。

我匆忙走进第一个开放的传输间，传送到了那儿。走出传送门，我现在身处一个小型终端广场，广场上的砖面经年累月已经磨蚀。古代的东方式小店重檐叠阁，宝塔状屋顶的屋檐垂在狭窄的街上。人们拥在广场上，有的则站在门口，虽然他们中多数是定居在青-西的远航流亡者的后裔，但还有很多是来自外世界的人。空气中飘荡着异域植物、下水道和香米饭的气味。

“见鬼。”我轻声咒骂着。附近的三个传送门都处于空闲状态。乔尼可能已经传输到别的地方了。

但我没有回卢瑟斯，而是花了几分钟观察广场和街道两侧的情况。这次我吞下的黑色素药片起了作用，我已经变成了一个年轻的黑人女子——当然也可能是男子，因为穿着时髦的红色膨胀夹克，戴着偏光护目镜，很难辨认出性别。我一边闲逛，一边用游览成像器拍照。

在乔尼的第二杯德国啤酒里，我放了一个溶解式追踪小丸，现在终于派上用场了。对紫外线感光的孢子现在就飘浮在空气中，我几乎可以一步不差地跟上他呼吸所留下的痕迹。不过，在一面灰暗的墙上，我发现了一个明亮的黄色手印（这种明黄色当然只有我那特质透视镜才能看到，紫外光谱下是看不见的），便顺着市场售货摊上吸满追踪剂的衣物，顺着石墙上留下的模糊斑痕，开始追踪。

乔尼正在一家粤式餐馆里吃饭，那地方离终端区广场不过两条街的距离。油炸食物的香气令人馋涎欲滴，但我忍住了进去的冲动——我在小巷的书店里徘徊，在自由市场上讨价还价，差不多在那儿待了一个小时，直到他吃完回到广场，传输离开。这次他拿出来的是私人传送门的代码芯片，目的地显然是私人住宅——于是我想碰碰两次运气，使出了鲭鱼卡来跟踪他。之所以说两次运气，一是因为这卡完全是非法的，一旦暴露，我甚至会被吊销侦探执照，当然这种可能性倒不是很大，只要我同时使用森林老爹那虽然贵死人但也超级完美的变形芯片；二则是我很可能会被直接传输进乔尼的起居室……这两种情况可都让人尴尬得说不出口。

还好终点不是他的起居室。还没看到街道标志，熟悉的超重力感便已袭来，那青铜色的暗淡灯光、空气中机油和臭氧的味道，都确凿地说明，我已经回到了卢瑟斯。

乔尼传输的目的地是一个中级安全度的私人住宅塔，位于伯格森蜂巢区。或许这也说明了他为什么会选择我的事务所——我们几乎就是邻居，相距还不到六百公里。

我的赛伯人客户已经消失在视野之中。我尽量装出一副很有目的性的样子，以免触发那些监控闲逛人员的安全录像器。住宅塔没有居民名册，公寓的门口也没有门牌号码或人名，通信志上也查不到任何名录。在伯格森蜂巢东区一带，约摸有两万间一模一样的居民小屋。

随着孢子迷雾消散，踪迹变得越来越淡，但我刚检查了两个星形走廊，便又找到了一缕印迹。乔尼住在一条环绕着甲烷湖的草坪侧翼上，他的掌纹锁上有一个手印在荧荧发光。我用飞贼工具记录下了锁的信息，便传送回家了。

总而言之，我已经看着这个客户去了中餐馆，晚上又看着他回了家。就一天的时间来说，这些进展已经够多了。

屁屁·萨布林芝是我的人工智能专家。他在霸主流量控制记录和统计处工作，他一生的大部分时间都斜躺在一张做惯性运动的躺椅上，让五六条微型导线从头颅上引出，同时和数据平面的其他官员进行密切联系。我和他是在上大学时认识的，当时他就已经是个彻头彻尾的赛伯飙客——也就是第二十代黑客。在十二标准岁数时，他就在大脑皮层上安装了分流器。他的真名是欧内斯特，不过他和我一个叫谢娅·托尤的朋友拍拖的时候，得到了“屁屁”的绰号。谢娅和他第二次约会的时候看到了他的裸体，然后笑了足足半个小时。欧内斯特以前差不多有两米高，这个数字现在也没变过，但体重却不到五十千克。谢娅说他的屁股特色十足，小得令人怜惜，真正的两片“小屁屁”，正如其他的残酷事实一样，这个绰号他甩都甩不掉。

我来到他的工作间拜访他，那地方位于鲸心一栋无窗的巨型建筑中。不是屁屁和他的族群喜欢的那种云塔。

“喔，布劳恩，”他说，“怎么到了这把年纪，倒想起来给自己进行信息技术扫盲了？你如果想找真正的工作，那你已经太老啦。”

“我只想了解一下人工智能，屁屁。”

“那不过是已知世界里最复杂的问题之一罢了。”他叹了口气，满怀思念地看着神经分流器和后脑皮层导线，他已经把它们断开了。赛伯飙客从来不用休息，而政府的公务员则必须停下来吃午饭。和大多数飙客一样，屁屁只要不在数据波上冲浪交流信息，便会全身不舒服。“你想知道什么？”他说。

“人工智能为什么要退出？”我得从别的地方引出话题。

屁屁做了个复杂的手势：“它们说，它们的计划和霸主——真正的人类——事务无法相互兼容。事实上，没人知道真相。”

“但它们仍活跃着，仍在管理事务，不是吗？”

“当然。系统不能脱离它们，没了它们，系统就无法运行了。布劳恩，你知道这个。甚至连全局也不能脱离人工智能的实时施瓦兹希尔制式管理……”

“好吧，”我说，在他滔滔不绝堕入赛伯飙客术语之前，我及时打断了他，“但是它们还有什么……‘别的计划’吗？”

“没人晓得。艺术因特尔公司的布拉纳和斯韦泽认为，人工智能正在银河系中寻求意识的进化。我们知道它们有自己的外太空探测器，远到那些偏地……”

“赛伯人呢？”

“赛伯人？”屁屁站起身，他似乎终于来了兴趣，“你怎么会提到赛伯人的？”

“屁屁，我提到赛伯人，又有什么好大惊小怪的？”

他心不在焉地搓了搓他的分流插座：“啊，首先，大多数人已经忘了他们的存在。两个世纪前，全是危言耸听的话，什么蚕茧人掌权之类的，全是这些东西，但是现在已经没人想着那些了。还有，我昨天偶然看见一份异常报告，说赛伯人正在消失。”

“消失？”这回轮到我坐直身子了。

“就是说，被慢慢淘汰了。人工智能以前在环网供养着一千名拥有许可证的赛伯人。他们中有半数是在鲸逖中心。上星期的人口普查显示，他们有三分之二，大概就在上个月被召回了。”

“人工智能召回赛伯人，然后呢？”

“我不晓得。我猜，他们是被清除了。人工智能不喜欢浪费，所以我想，那些基因材料可能是以某种方式回收了。”

“为什么要回收？”

“没人晓得，布劳恩。话说回来，人工智能做大多数事的理由，我们大部分人都不能理解。”

“专家们有没有把它们——把人工智能——看作是威胁？”

“开玩笑？你说的要么是在六百年前。虽然两个世纪前，它们的退出让我们满怀戒心。可是，我告诉你，如果这东西想要害人，它们很久以前就能害了。担心人工智能攻击我们，就好像担心农庄的动物打算叛乱一样。”

“但是人工智能比我们聪明。”我说。

“对，啊，说得不错。”

“屁屁，你有没有听说过人格重建计划？”

“就像格列侬高的重建？当然啦。每个人都听说过。我几年前甚至在帝国大学着手建过一个。但现在一切都已经过时了，没人再研究这东西了。”

“为啥？”

“老天，你是不是啥都不晓得，布劳恩？人格重建计划已经被淘汰了。即使有最好的模拟控制……他们用了军部的奥林帕斯指挥学校的历史战略网络——你也无法应付各种各样的变数。人物模板有了自我意识——我不仅仅是说自我意识，就像你我，更是说那是人造的自我意识——可是到最后都会导致奇异的死循环以及不和谐的迷宫，直接通向埃舍尔空间。”

“什么意思？”我说。

屁屁叹了口气，朝墙上的蓝色和金色时间指针看去。还有五分钟，他的强制午餐时间就要结束了，到时他就能重新进入“真实世界”了。“意思嘛，”他说，“就是说，人格重建计划垮掉了。疯掉了。它们是一群精神病。一堆错误。”

“所有人？”

“所有人。”

“但是人工智能仍然对这方面感兴趣？”

“哦，是吗？谁说的？它们从来没有做过一个。我听到的所有的重建成果都是人类研究出来的……大多数都是拙劣的大学计划。那些死脑子的大学教师花钱找回死掉的脑子。”

我勉强挤出一丝笑容。还剩三分钟，他就能插回去了。“所有这些重建人格都获得赛伯人远程身体了吗？”

“呃。布劳恩，你怎么会有那种想法的？没有什么重建人格获得过，那不可能办到。”

“为什么不可能？”

“这样做只会把刺激模拟搞砸。除此之外，你还需要完美的克隆本体，以及精确到细微的交互环境。你瞧，老姐，借由全面尺度的模拟，你让重建人格生活在它的世界里。而你呢，只要通过梦境或者场景交互，就能向它偷偷问问题。如果把这些人从模拟现实拉出到慢时间中……”

这是赛伯飙客由来已久的词语，也就是……允许我说这词……

真实世界。

“……迟早会把它逼得错误满身的。”他说完了。

我摇摇头：“啊，不错，谢了，屁屁。”我走到门口。还剩三十秒了，之后，我的大学老朋友就可以从慢时间中逃脱了。

“屁屁，”我思虑再三，终于说道，“你有没有听说过一个重建人格，一名来自旧地的诗人，名叫约翰·济慈？”

“济慈？哦，当然，我记得大学课本上就有一篇对其大加赞赏的文章。马蒂·卡洛鲁斯五十年前在新剑桥做过一个。”

“发生了什么事？”

“跟往常一样。人格进入死循环。但是在它垮掉之前，它死在了全面模拟中——得了某种古老的疾病。”屁屁看了看钟，笑了笑，拿起了分流器。在把它插进颅骨的插座中前，他又看了我一眼，几乎是在向我赐福。“我现在记起来了，”他面带幻梦似的笑容，说道，“是肺结核。”

如果我们的社会选择了奥威尔的“老大哥”[①]的模式，那信用记录就是可用的镇压工具。在一个完全不用现金的经济制度下，实物交换的黑市发育不全，个人的行踪完全可以被实时监控；如果想要搞清一个人的点滴踪迹，只要监视他的寰宇卡信用记录就可以了。虽然有严格的法律来保护卡的隐私，但是法律有一个坏习惯——当普通人的利益与极权政府的利益相冲突时，法律就会被忽视，被废黜。

乔尼在被谋杀前五天内的信用记录显示，这是一个生活习惯相当有规律的人，开支适度。在研究信用薄纸上的线索前，我先花了两天无聊的时间，跟踪了乔尼。

① 乔治·奥威尔的科幻小说《1984》中，大洋国由一个独裁者“老大哥”统治。他采取全面的监控，每个人都变得毫无隐私可言。

数据：他住在伯格森蜂巢东区。例行调查显示，他在那儿住了大约七个当地月——换算到标准时间，约五个月不到。早上，他在当地的小餐馆吃了早饭，远传至复兴之矢，在那里工作五小时左右，他显然是在那儿收集某些打印文档的研究资料，接着他会在一个庭院小贩的摊位吃顿清淡的午饭，之后，在图书馆待上一两个小时，然后传送回卢瑟斯的家，或者传送到另一个世界的某个中意的小吃点。二十二点整，已经待在了自己的房间里。比起卢瑟斯的普通中产懒汉，他的传送次数要多得多，但另外，这时间表也同样无法让人眼前一亮。信用薄纸证实，在他被杀的那星期，他一直遵循着这一日程安排，只是略微多出来一点额外的购买——某天买了一双鞋，另一天买了些杂货——在他“被杀”的那天，他在复兴之矢的某个酒吧里逗留了一会儿。

我和他一起来到红龙路上一家小餐馆里吃饭，餐馆就在青岛-西双版纳传送门附近。菜很烫，辣劲十足，非常好吃。

“事情办得怎么样了？”他问。

“棒极了。我比我们见面前，多了一千马克，我还发现了一家很棒的粤餐馆。”

“我很高兴，看来我的钱用在了要事之上。”

“提到你的钱……我想问，它们哪儿来的？在复兴之矢的图书馆里晃荡，可赚不了多少钱。”

乔尼扬扬眉毛：“我有一小笔……遗产，我以此过活。”

“我希望不是很小的一小笔。我可是要你付钱的。”

“够我们开销的了，拉米亚女士。你有没有发现什么事情？”

我耸耸肩：“告诉我，你在图书馆里做什么？”

“这跟我们的事情有关吗？”

“对，可能。”

他看着我，眼神很奇怪。他目光里有着什么东西，让我腿软。“你让我想起一个人。”他温柔地说。

“哦？”如果这句话出自别人之口，我肯定会拂袖而去。“谁？”我问。

“一个我曾经认识的……女人。很久以前。”他的手指轻轻拂拭过自己的额头，仿佛他突然间变得很累，头晕目眩。

“她叫什么名字？”

“芬妮。”几乎是在耳语。

我知道他说的是谁。约翰·济慈有个未婚妻，名叫芬妮[①]。他俩的爱情相当浪漫，但济慈也吃足了苦头，几乎把他逼疯。济慈在意大利临死时，形单影只，身边仅有一个同路人，他感觉自己是被朋友、被爱人遗弃了。他保存着来自芬妮的信，尽管他从未打开过它们。此外，他还保存着一绺她的卷发，弥留之际，他要求和它们埋在一起。

在这周之前，我从没听说过约翰·济慈这个人。我通过通信志读取了这狗屁的一切。我说：“那……你到底在图书馆里做什么？”

赛伯人清清嗓子：“我在研究一首诗。我在搜寻原稿的片断。”

“济慈写的？”

“对。”

“在数据网里找，不是更简单吗？”

“当然。但是我要看到原稿……碰碰它，这很重要。”

我想了想：“这首诗讲的是什么？”

他笑了……或者，至少他的嘴唇往上一翘，淡褐色的眼睛看上去仍然带着不安：“这首诗，名叫《海伯利安》。很难描述它的故事

① 乔尼之所以说拉米亚让他想起芬妮，其中一个原因是济慈的这位未婚妻全名叫芬妮·布劳恩。

内容。我想，那是艺术上的失败。济慈没有完成它。”

我推开我的盘子，吮了一口温茶：“你说济慈没有完成它。你是说你没完成？”

他脸上的震惊表情很真实……除非人工智能是炉火纯青的演员。就我所知，他们可以做到。“老天，”他说，“我不是约翰·济慈。虽然我的人格基于他的重建模板所建，但这并不能让我成为济慈，就好比你叫拉米亚[①]，并不能让你变成女妖。有无数种影响力，把我和那个可怜的天才分开了。”

“你说我让你想起了芬妮？”

“梦里的共鸣。不多。你接受过RNA学习疗法，是不是？”

“是的。”

“跟它差不多。这些记忆，感觉……很空虚。”

一名人类侍者带来了签语饼。

“你有没有兴趣去看看真实的海伯利安？”我问。

“那是什么东西？”

“偏地世界。我想，离帕瓦蒂不远。”

乔尼看上去迷惑不解。他已经掰开了曲奇饼，但还没看他的签运。

“我想，它以前叫诗人世界，”我说，“甚至它还有一个城市是以你命名的……济慈。”

年轻人摇摇头：“对不起，我没听说过那地方。”

“怎么可能？人工智能不是万事皆知吗？”

他笑了起来，笑声短促刺耳：“但我这个人工智能知道得很少。”他读了读他的签运：**谨防一时冲动。**

---

① 济慈有一首诗就叫《拉米亚》。诗中的拉米亚是名女妖。

我交叉双臂："我跟你说，除了在我办公室要弄银行经理全息像的小把戏，我还无法证明，你跟你嘴上说的是同一个人。"

"把你的手给我。"

"我的手？"

"对。随便哪一只。谢谢。"

乔尼双手拿起我的右手。他的手指修长，比我的还要长。但我的很粗壮。

"把眼睛闭上。"他说。

我闭上了。没有过渡，前一刻我还坐在红龙街的蓝莲餐馆中，下一秒我就在……不知道什么地方了。未知之地。在灰蓝的数据平面中疾跑，向铬黄的信息高速公路倾斜，在炽热的信息仓库的巨大城市中上下穿梭，红色摩天楼穿上了黑冰防御铠甲，像私人账号和法人文件之类的简易实体闪耀在夜幕之下，仿佛熊熊燃烧的精炼厂。在这一切之上，巨重无比的人工智能挂在刚好看不见的地方，就像什么东西悬在了扭曲空间中，它们最简单的通信脉冲如同猛烈的无声闪电，沿着无边无际的地平线肆虐开来。远方的某处，在这个不可思议的数据网小世界中，有一双微乎其微的眸子，除此之外所有的一切几乎迷失在三维霓虹的迷津之中，那双温柔的淡褐色眼睛正在等我，我能感受到，而不是用眼睛看到。

乔尼松开了我的手。他掰碎了我的签运饼。小纸条上写着：**明智地投资新风险。**

"老天啊。"我小声说。屁屁以前曾带着我飞行在数据平面上，但因为没装带分流器，我的体验仅仅是一点点的朦胧影子。那时与现在的区别，就好比一个是看焰火表演的黑白全息像，一个是亲临现场观看。"你怎么办到的？"

"你明天可以对案子做出一点进展吗？"他问。

我重又镇定下来。“明天，”我说，“我打算把它摆平了。”

嗯，可能还摆不平，但至少事情进展顺利。乔尼的信用薄纸上最后的费用记录发生在复兴之矢的酒吧里。当然，我第一天在那地方检查过，由于那里没有人类招待，所以我只能跟几名老主顾谈谈，但是得到的答案千篇一律——没人记得乔尼。之后我又去过两次，但是运气还是不怎么样。第三天，我又去了那儿，留在那里，等待着某个家伙开口。

跟我和乔尼在鲸心去过的那家酒吧相比，这家显然不在一个档次，这里可没有仿木和仿铜装饰。这地方掖藏在一幢腐朽建筑的二楼，坐落在一个破败不堪的街区里，就在乔尼所待的那个复兴图书馆的附近，相邻两个街区。即使在乔尼回远传广场的路上，也绝不会顺路到这地方逗留一会儿，但是如果他要和谁在图书馆附近见个面——某个想跟他私下里聊聊的人，那他是选对结果他性命的地方了。

我在那里死等了六小时，吃腻了腌坚果和跑了气的啤酒，就在此时，一个无家可归的老头走进了酒吧。我猜他是这里的常客，瞧他那样子就知道了。他进门时没有停下脚步，也没左顾右盼，而是径直朝后头的一张小桌子走去，在机器招待还没完全停在他面前时，就点了杯威士忌。我走了过去，站在他边上，我意识到他并不完全是个流浪汉，我在附近的废品店和街摊上，看到过那些肮脏的男人女人，但他跟他们不一样。他抬起头，斜着眼睛看着我，脸上带着凯旋的神色。

“我能坐这儿吗？”

“那要看情况啦，妹妹。你卖什么？”

“我是想买点东西。”我坐了下来，把啤酒杯放在桌上，抽出一张全身照，塞给他看，那是乔尼在鲸逖中心进入传送台的时候拍的。“见过这人吗？”

老头盯着照片，摇晃着身子，然后把注意力全部放回了他的威士忌上。“也许吧。”

我朝机器招待招招手，叫他再来一杯：“如果你看见他了，那今天就是你的幸运日。”

老头哼了哼，用手背擦了擦脸上的灰白胡茬儿。“如果是，那就是他妈这么长时间来的第一次，”他盯着我看，“给多少？要什么？”

“我买消息。多少的话，那要看你提供什么消息了。你有没有见过他？”我从上衣口袋里拿出一张黑市交易的五十马克钞票。

“啊，当然见过。”

钞票一半躺在桌子上，一半紧攥在我的手里：“什么时候？”

“上星期二。星期二早上。”

没错，就是这天。我把五十马克塞给他，又抽出一张钞票：“他一个人吗？”

老头舔了舔嘴唇。“让我想想。我想不是……不是，他坐在那儿，”他指着后面的一张桌子，“还有两个人和他一起。其中一个……啊，说到那人，这下子我记起来了。”

“什么？”

老头食指和拇指捻了捻。这动作就如贪婪本身那么古老了吧。

“告诉我，那两个是什么人。”我诱哄着。

“年轻的那人……你的人……他和其中一人在一起，你知道的，就是那些穿着长袍的自然怪物。你总是能在全息电视上见到他们，他们和他们该死的树。”

树？“圣徒？”我说，心里大吃一惊。圣徒跑到复兴之矢上的酒吧里做什么？如果他在追踪乔尼，那他为什么要穿长袍？这就好像杀人犯穿着小丑服在外做买卖一样。

“对。圣徒。穿着褐色的长袍，看上去就像个东方人。”

“男的？”

“对，我肯定。”

“能不能再多讲些？”

“没了，圣徒，狗娘养的大个子。看不清他的脸。”

“另一个人呢？”

老头耸耸肩。我又拿出一张钞票，把两张都放在我的杯子旁。

“他们一起进来的吗？”我问，“三个人？”

“我记不……我没办法……不，等等。你的人和圣徒首先进来。我记起来，我是先看见了长袍，然后另一人才坐了下来。”

“给我讲讲另外那个人。”

老头朝机器招待挥挥手，叫他来第三杯。我用我的卡帮他付了账，招待滑动着离开了，反重力轮在耳边聒噪着。

“像你，”他说，“有点像你。”

“矮吗？”我说，“胳膊腿强壮吗？是卢瑟斯人？”

“对，我猜的。从没去过那儿。”

“还有呢？”

“没有头发，”老头说，“只有一个什么来着，就像我外甥女以前一直留的。马尾巴。”

“辫子。”我说。

“对，管它呢。”他开始伸手拿钞票。

“还有几个问题。他们有没有争吵？”

“没。我觉得没。他们说话说得真是轻。那天——那时候没多少人。”

“那天什么时候？”

“早上。大概十点吧。”

跟信用薄纸上的编码一致。

“你有没有听见什么谈话内容？”

“嗯没。”

“谁说得最多？”

老头喝了口酒，眉头紧皱，绞尽脑汁想着：“圣徒先说的。你的人好像在答话。有一次我看到他好像很惊讶的样子。”

“吓到了？”

“嗯不，只是惊讶。好像穿长袍的人说了些他没想到的话。”

“你是说，一开始都是圣徒在说话。后来是谁？我的人吗？”

“嗯不，留着马尾的人。然后他们就走了。”

“三个人都走了？”

“没。你的人和马尾。”

“圣徒留下来了？”

“对，我猜是的。我想是这样。我到窑子去了。我回来时，我想他已经不在了。”

“另两个人是怎么离开的？”

“该死，我不知道。我又没怎么去注意他们。我是在喝酒，不是当特务！”

我点点头。招待再次摇摇晃晃转了过来，我挥手叫他走开。老头瞪眼怒视着他的背影。

“那么，他们走的时候没有在争吵吗？有没有什么不和的迹象？或者一人在逼另外一人离开？”

“谁？”

“我的人和辫子。”

“嗯不。哦，狗屎，我不知道。”他低头看了看脏手中的钞票，看了看招待显示板上的威士忌，意识到，也许他再也无法从我手里拿到更多的钱了。“你到底为什么要知道这些狗屁玩意儿？”

“我在找这人。”我对他说。我朝酒吧四顾。桌子边大约坐有二十名顾客。多数看上去像是附近的常客。“这里还有谁见过他们吗？或者，你记得那天还有谁在这里？”

“嗯不。”他蠢头蠢脑地说着。然后我意识到，这老家伙的眼睛已经跟他喝的威士忌的颜色一模一样了。

我站起身，把最后一张二十马克的钞票摆在了桌上。

“伙计，多谢。”

“随时效劳，妹妹。”

机器招待正在朝他滚去，我来到了门口。

我朝图书馆走去，在热闹的远传广场逗留了一分钟。到目前为止，事情是这样的：当时是早晨，乔尼刚抵达这里，然后，他遇见了圣徒，也可能是圣徒跟他接洽；地点可能是在图书馆，也可能是在外面。他们去了什么隐秘的地方谈话，也就是酒吧，圣徒说了什么话，让乔尼感到惊讶。一个留着辫子的男人——很可能是卢瑟斯人——出现并接下了话茬儿。乔尼和辫子一同离去。之后的某个时候，乔尼远传至鲸心，然后从那里和另一个人——可能是辫子，也可能是圣徒——远传至末睇，在那儿，那个人企图杀死乔尼。的的确确杀了他。

太多空白。太多“某人”。根本就不是一般得多，一天之内绝对搞不定。

我正思考着是否要传送回卢瑟斯，突然，我的通信志“唧唧”地鸣叫起来，使用的是受限通信频率，正是我给乔尼的。

他的嗓音听上去很痛苦：“拉米亚女士。请你……快过来。我想他们又企图……想要杀死我。”紧随而来的坐标直指伯格森蜂巢东区。

我向远距传输器奔去。

乔尼的小房间开了一条缝。通道里一个人也没有，公寓里也没有一丝声音。不管发生了什么事，事情还没有惊动管理当局。

我从大衣口袋里拿出父亲的自动手枪，举枪进入室内，手一动，“咔嗒”一声，打开了激光瞄准束。

我放低身子，潜进房间，双臂举枪，红点滑过黑色的墙壁，滑过远处墙上的廉价版画，一条黑色的通道通向小房间。休息室空无一人。起居室和媒体区也空无一人。

乔尼躺在卧室的地板上，头靠在床边。鲜血浸湿了被褥。他挣扎着支起身子，又无力地倒了下来。他身后的阳台拉门门户大开，凛冽的寒风从对面的商场中吹了进来。

我检查了单人盥洗室、短短的走廊、厨房间壁龛，然后回到卧室，走到阳台上。我站在这两百米高的制高点上，那景象真是壮观，曲线形蜂巢墙遥遥直上，俯瞰着壕沟商场里面十到二十公里的连绵之地。头顶一百来米的上方，就是蜂巢的屋顶，黑色的大堆钢桁。商场闪耀着万千灯火、商业全息像和霓虹灯的亮光，这一切都加入了远处璀璨灯火的大军。

在蜂巢的这面墙上，有数以百计长得一模一样的阳台，它们都已经为人所弃。最近的一个在二十米开外。这些阳台，是房屋出租经纪人增加效益的源泉——天知道乔尼有没有支付外部房间的大量额外支出——这些阳台完全就是画蛇添足，猛烈的寒风正向上穿过气窗急速流动，里面夹带着粗沙和碎片，还夹杂着蜂巢亘古不变的机油和臭氧的气味。

我收起手枪，走回房间，看看乔尼有无大碍。

伤口从他发际划向眉毛，只是皮外伤，但是血淋淋的。我去浴室拿了点消毒干垫，回来时他已经坐了起来，我把垫子按在他的伤口上。“怎么回事？”我问。

“我回到家时，有两个男人……等在卧室里。他们是从阳台那边的门爬进来的，躲开了警报器。”

“你交的安全税完全没用，他们应该退钱，”我说，“然后呢？”

“我们打了起来。他们好像要把我朝门那边拖。其中一个拿着管注射器，我把它从他手里敲落到了地上。”

“那他们怎么走了？”

“我触响了室内警报。”

“不是蜂巢安全警报？”

“不是。我不想把警方卷进来。”

“谁把你打成这样的？”

乔尼腼腆地笑了：“我自己弄的。他们把我放了，我想追他们。然后绊了一跤，头磕在了床头柜上。”

“两败俱伤啊。”我把灯开了，然后在地毯上检查了一遍，找到了那支注射器，它滚到床底下了。

乔尼注视着它，就好像在注视一条毒蛇。

“你猜是什么？”我说，“又是II型艾滋病毒，是不是？”

他摇摇头。

“我知道个地方，可以对它分析分析，”我说，“不过我猜这只是镇静剂。他们只是想把你带走……而不是要置你于死地。”

乔尼扯掉干垫，疼得龇牙咧嘴。伤口还在涌着血。“为什么会有人想要绑架一个赛伯人呢？”

“还是你来回答吧。我已经开始相信，这些所谓的谋杀，只是桩拙劣的绑架案而已。”

乔尼再次摇摇头。

我问他:“两个人中，有人留辫子吗？”

“我不知道。他们戴着帽子，还戴着滤息面具。”

“有没有人跟圣徒一样高？或者跟卢瑟斯人一样强壮？”

“圣徒？”乔尼显得很吃惊，“不。其中一个身高是环网的普通水平。另一个拿着针筒的，可能是卢瑟斯人，很强壮。”

“那你是打算赤手空拳追击这个卢瑟斯人啦？你有没有什么我不知道的生物处理器，或者加力植入物？”

“没有。我当时肯定是疯掉了。”

我扶着他站起身:“那么，人工智能也会生气喽？”

“就我而言，对。”

“来吧，”我说，“我知道一家打折的自动化医疗诊所。看过病后，你暂时先跟我住吧。”

“跟你住？为什么？”

“因为你升级了，现在，你不仅仅需要侦探，”我说，“还需要一名保镖。”

我的住所在蜂巢区域图表中注册的类别不是单元住宅，它是一幢修复一新的仓库阁楼，是我从朋友那接手的，这家伙被放高利贷的骗子缠住了，后来我这个朋友决定移民到一个偏地殖民地去过下半辈子，我做了笔好买卖，得到了这个地方。从我办公室的走廊走到那里，仅有一公里路。这里环境稍微有点简陋，有时，从装卸码头那传来的噪声可以淹没所有谈话内容，但是这地方比一般的小房子大了十倍，我尽可以放心地在家里使用体重和体力训练设备。

没错，乔尼看上去也被这个地方吸引住了，我得骂自己几声，别太嘚瑟了。不然，接下去，我就会为了这个赛伯人抹上口红，穿上红色紧身衣了。

“我问你，你为什么要住在卢瑟斯？”我问他，“大多数外世界的人都觉得很难适应这里的重力，这里的风景也太乏味了。此外，你的研究资料不是在复兴之矢的图书馆里吗？为什么要选择这里呢？”

他回话时，我仔细地望着他，并且侧耳倾听。他的发根部分是笔直的，中分，垂到领口的部分变成了卷发，带着红褐色。他说话时有个习惯，喜欢把脸撑在拳头上。让我大为吃惊的是，他的方言语调竟然没带一丝口音，就像一个精通这门新语言的人，而且还没有那些说母语的人那种懒散的连读。在那声音后面，带着一点轻快活泼的调子，让我回想起一个飞贼的泛音语调，那人出生在宁静穷困的环网世界阿斯奎斯，那星球上住着第一扩张时期的移民，来自于曾经的不列颠群岛。

“我在很多世界上住过，”他说，“我存在的目的是为了观察。”

“作为诗人？”

他摇摇头，疼得缩紧身子，小心翼翼地碰了碰伤口缝线。“不。我不是诗人。他是。”

虽然目前境况不佳，但是在乔尼身上，我发现了一种精神，一股活力，我很少在别人身上看见这种东西。这很难用言语形容，但我见过很多有权有势的名流挤满房间，争着抢着盘旋在某个就像乔尼这样的人身边。不仅仅是他的缄默，他的敏锐，更是一种他在观察事物时便会散发出来的热情。

“你为什么住在这里？”他问我。

“我出生在这里。”

“对，但你是在鲸逖中心长大的。你父亲是名议员。”

我没有吭声。

“许多人希望你进入政坛，”他说，“是不是因为你父亲自杀了，让你打消了从政的念头？”

“他不是自杀的。”我说。

“不是？”

“新闻报道和检察报告都说是自杀，”我干巴巴地说，“但是他们是在胡说。我的父亲从来不会自杀。”

“那么是谋杀吗？”

“对。”

“但是，没有找到动机，也没有找到嫌疑犯，是不是？”

“对。”

“我明白了。”乔尼说。码头的黄色灯光透过布满灰尘的窗户照进来，他的头发仿佛新铜一般微微闪光。“你喜欢干侦探这一行吗？”

“干得好的时候喜欢。”我说，“你肚子饿吗？”

“不饿。”

“那我们去睡会觉吧。你可以睡在睡椅上。”

“你是不是经常干得很好？”他说，“侦探这一行？”

“明天你就会知道了。”

早上，乔尼传送至复兴之矢，时间跟往常一样。他先在广场等了一会儿，然后传至天龙星七号的古老移民者博物馆。在那儿，他立即传送到了北岛的核心终端，然后再传至神林的圣徒世界。

我们已经事先商量好时间，现在，我正在复兴之矢上面等他，躲在柱廊后的阴影中。

在乔尼进去后，一个留着辫子的男人也进去了，在他之前还进去了两个人。毋庸置疑，那是个卢瑟斯人——看那蜂巢般的苍白脸色，看那肌肉和大块头的身体，还有那走路的傲慢模样，他简直像是我失散了很长时间的兄弟。

他从不正眼瞧乔尼，但是，赛伯人转悠到境外传送门边上时，我能看出他脸上吃惊的表情。我站在后面，扫到他的卡，仅仅是一眼，但是我敢打赌，那是张追踪卡。

“辫子”在古老移民者博物馆中极为小心，盯着乔尼不让他走远，但也随时随地瞄着自己的身后。我穿着一身禅灵教的冥想服，戴着隔离护目镜等装束。我转悠着，来到博物院的外部传送门，没朝他们的方向看一眼，径直传至神林。

这让我感到好笑，撇下乔尼一人，让他在博物馆里穿梭，前往北岛的主要终端，但是这两个都是公共场所，这是计划之内的风险。

乔尼从世界树的抵临传送门里走了出来，买了张环游票，时间恰到好处。他那如影随形的跟班必须加快脚步赶上来才行，这家伙从隐藏处跳将出来，终于赶在公共掠行艇离开前，登了上来。我已经坐在了上甲板的后座上，乔尼则在前头找了个位子坐下来，计划进展得非常顺利。现在，我穿着一身普通的游客装，除我以外，还有十几名游客的成像器均在运行，“辫子”匆匆忙忙地在乔尼后面坐了下来，他们之间相隔三排位子。

环游世界树的旅程总是很带劲，父亲第一次带我乘的时候，我才刚满三岁。但是这次，掠行艇在高速公路般大小的树枝中穿行，环绕着有奥林帕斯山那么高的树干一路向上，我却没有了往日的心情。每当我见到一个戴着兜帽的圣徒，都如坐针毡。

我和乔尼讨论过各种各样的方法，如果“辫子”出现，我们将如何追踪他，跟着他去他的老巢，如果需要，我们将花上几星期来追溯出他游戏的目的，这些办法聪明且非常狡猾。但最后，我选择了一个较为直接的方法。

公共艇把我们倾倒在缪尔博物馆附近，人群在广场周围乱转，被两个想法拉扯着。是花十马克买张票来增长点见识呢，还是直接到礼品商店买点东西完事。此时此刻，我走到“辫子”跟前，紧紧抓住他的胳膊，以谈话的口吻跟他说：“嗨！你能不能告诉我，你他妈想拿我的客户怎么办？”

有一种老掉牙的说法是，卢瑟斯人和洗胃器一样狡猾，也有它一半的讨人喜欢。如果我是这前半句话的证明，那么，辫子离后半句偏见也实在是相差了十万八千里。

他迅如闪电。尽管我看似随意的一抓麻痹了他的右臂肌肉，他左手的匕首还是在刹那间划了过来。

我立刻向右侧倒去，匕首“嗖”的一声划过空气，离我的脸颊仅厘米之遥。我跌倒在人行道上，翻了个身，手里变戏法般出现了神经击昏器，单脚跪地站起身，直面他的恐吓。

但没有恐吓。“辫子”跑开了。他在逃。逃离我，逃离乔尼。他把游客推到一边，东躲西闪，避开他们，朝博物院入口跑去。

击昏器滑回袖口，我也开始跑起来。击昏器是很棒的近战武器——跟霰弹枪一样非常容易瞄准，如果散布开来的辐射打中了无辜的旁观者，那也不会有什么可怕的结果——但是，如果超出了八到十米的距离，它就是废物一个了。如果击昏器处于全射状态，我可以用它把广场上的半数游客击得头痛欲裂，但是“辫子”已经跑得太远了，那距离没法让他倒地。我只能紧紧追击。

乔尼朝我跑来。我朝他挥挥手，叫他回去。“盯牢我！”我叫道，“用追踪器！”

“辫子”已经来到博物馆的入口处，现在他扭过头，看着我；匕首仍然抓在手里。

我朝他猛冲过去，想到接下来几分钟会发生什么事，我心里涌动着某种类似愉悦的情绪。

“辫子”跳过一个绕杆，推开游客，奔进大门，而我则紧追不放。

我进入肃静的大礼堂，看见他推推搡搡地通过拥挤的自动扶梯，向上来到远足中楼，然后，我终于明白他在朝什么地方前进。

我三岁时，父亲带我参观过圣徒远足地。远足地的传送门永远开着；在三十个世界上，圣徒的生态学者维护着若干自然景色，他们觉得这会取悦缪尔，要想走完这三十个世界的游览路线，大约要花上三个小时。我记不太清了，但是我想，这些路线应该是些环形小路，各个传送门之间靠得很近，这样就便于圣徒导游和维护人员的通行。

真是该死。

环游传送门边上站着一名穿着制服的守卫，他瞧见那闹哄哄的场面，看着“辫子”抄近路走了过来，于是他走上前，拦在了“辫子”面前，想要截下这名无礼的入侵者。虽然相离十五米，但我还是看到了这名老守卫脸上显露出震惊和怀疑，他踉踉跄跄朝后退去，“辫子”的长匕首插在了他的胸前，刀把耸立在那儿。

这名老守卫，很可能是名退休的当地警官，他眼睛朝下看去，脸色煞白，小心翼翼地摸了摸骨制刀把，仿佛那不是真的，然后一头栽在了中楼的地砖上。游客尖叫起来。有人在叫医生。我看见“辫子”把一名圣徒导游推到一边，匆匆跳进闪光的传送门中。

事情偏离了我的计划。

我加快脚步，朝传送门跃去。

穿过传送门，我差一点失足滑倒，脚下是山腰的草皮，极其滑溜。头顶的天空是一片柠檬黄。空气中带着热带气味。一张张惊骇的脸朝我转来。“辫子”正在朝另一个远距传输器跑去，他抄了条近路，穿过精心种植的花床，踢飞了花木盆景。我认了出来，这里是富士星。我还在朝山下滑去，于是立马手脚并用向上爬，穿过花床，尾随着“辫子”留下的破坏足迹。“拦住那人！”我高喊，但马上意识到这样叫实在是愚蠢得很。没人动弹一下，只有一个日本游客举起她的成像器，记录下这片断。

“辫子”扭头朝我看来，他又推又搡，挤过一群呆鹅游客，踏进了远距传送门。

我又把击昏器拿在了手里，朝那堆人群挥舞。“闪开！闪开！”他们慌忙腾出空地。

我小心翼翼地走了进去，手里举着击昏器。“辫子”已经没了匕首，但是我不知道他还带着什么小玩意儿。

水上光芒万丈。无限极海的猛烈巨浪。一条狭窄的木通道制成了远足小道，十米之下是承重浮坞。小道一路通向远方，在一座仙境般的珊瑚礁和黄色海藻岛上转了个弯，然后又转了回来。但是在尽头之处，有条极其狭窄的甬道，抄捷径通向小径末端的一个传送门。“辫子”爬上了“**严禁进入**”的入口，并且已经走到了狭小甬道的半路中。

我跑了十步，来到平台末端，选中密光束和全自动状态，举起了击昏器，在那来来回回扫动，射出无形的光束，这动作看上去像是在用橡胶软管射击。

“辫子”似乎在那里绊了一小步，但他还是走完了最后的十米，滚进了传送门中。我破口大骂，爬上了入口，从身后传来一名圣徒导游的喊声，我才不管他呢。我瞥到一个标记，上面的字提醒游客穿好热力服，但我已经进入传送门，几乎没有感觉到穿越远传屏时扑面而来的刺痛感。

暴风雪怒号着，鞭笞着弓形的密蔽场，还把游客的足迹化成了那刺眼雪白中的一条地道。天龙星七号，北部延伸地带，圣徒为了保护北极幻灵，在全局上进行游说，成功阻止了殖民加热计划。我能感受到一点七倍标准重力场压在我的肩头，就像我的体力训练设备上的杠铃。可惜的是，“辫子”也是卢瑟斯人，如果他的体格是环网标准的，那么我要在这里把他擒拿，将完全不费吹灰之力。现在，让我们看看，谁的身板更好。

“辫子”在这条足迹前五十米处扭头看我。另一个远距传输器就在附近什么地方，但是暴风雪肆意侵扰，完全看不清足迹边上的东西，也完全摸不到。我开始大踏步向他赶去。考虑到重力的影响，这条路是圣徒远足之路上最短的一条，仅有两百来米。我向“辫子”越靠越近，现在已经能听见他粗重的喘气声。我脚下生风，跑起来轻快得很；他绝不可能比我先抵达下一个远距传输器。我没看见有其他游客在小路上，到目前为止，还没人在追我们。我心里琢磨，这地方还不算太糟，就在这拷问拷问他吧。

“辫子”离出口传送门还有三十米，他突然转过身，单膝跪地，举起能量手枪向我瞄准。第一发弹药射程过短了，可能是因为武器没有适应天龙星的重力场，但还是射得够近，离我仅一米远。熔渣把小道烤出一条焦痕，融化了永冻带。他重新调整了一下准星。

我跳出了密蔽场，用肩膀挤过弹性的阻力场，踉踉跄跄滚进了溪流，水流没到了我的腰部，寒风灼烧着我的两肺，风卷残雪，片刻之内，我的脸上和裸臂上，便胶结了一团团雪花。我看见“辫子”正在亮堂堂的小道上寻觅我的踪影，但是现在，昏暗的暴风雪正在助我一臂之力，我甩开脚步，涉过溪水向他跑去。

“辫子”把他的头、肩和一只手挤过密蔽场的墙，歪着脑袋斜视着，冰雪连珠炮般倾泻下来，立马就把他的脸和额头覆盖住了。他射出了第二枪，但射高了，我能感觉到弹药掠过的热量。现在，我离他只有十米了。我把击昏器设定在最广散射状态，把身体埋在雪堆中，头没抬一下，便朝他的方向发射出去。

“辫子”的能量手枪摔到了雪堆中，他掉回了密蔽场。

我得意洋洋地尖叫起来，喊叫声迷失在暴风的咆哮中。然后我摇摇晃晃地朝场墙走去。现在，我的双手双脚仿佛已经不再属于自己，冰冷的痛楚感觉也消失了。我的脸颊和耳朵在剧烈灼烧。我完全不去考虑自己是否被冻伤，立即朝场中跳去。

这是一个三级场，用以阻挡坏天气以及任何如同北极幻灵那么庞大的东西，却允许偶尔跑错路的游客和跑腿的圣徒重新进入小道。但现在，我实在是被寒冷冻虚了身子，我发现自己在上面扑打了一会儿，就像苍蝇扑打在塑料上一样白费力气，我的脚在冰雪之中打着滑。最后，我使尽力气猛地向前冲去，终于沉重笨拙地着陆了，接着，我把脚拽了进来。

小道突然的暖意让我禁不住颤抖起来。雨雪的碎片从我身上纷纷洒落，我勉强跪起身，然后站了起来。

“辫子”正在朝出口传送门跑去，只有最后五码的距离了，他的右臂垂摆着，似乎折了。我知道被神经击昏器击中的剧痛，我可不愿与他易地而处。我又开始追击，他回头看了一眼，然后走了进去。

茂伊约。天气酷热，带着海洋和植被的气味。天空湛蓝仿若旧地。我立即注意到，此路通向移动小岛，那是圣徒从霸主的教化手中拯救回的少数几个自由岛。它是一个大岛，从一头到另一头也许有一千米远，进口传送门位于一个宽阔的甲板上，甲板环绕着主树帆的树干，我站在传送门的制高点上，看见巨大的树帆叶子被风刮得满满当当的，靛青的船舵藤蔓向身后的远方蔓延。出口传送门就在十五米之外的阶梯下，但我马上看见“辫子”正在朝相反的方向跑，他正沿着主道，朝一簇小屋和特许置物台跑去，那地方就在小岛的边缘。

只有在这里，圣徒远足小道的半途中，他们才允许建造一些人类建筑，给疲惫的徒步旅行者提供一个庇护所，旅行者可以在这儿买些食物和饮料，或者买些纪念品为圣徒兄弟会筹集资金。我开始慢慢跑下宽阔的阶梯，来到下面的小路上，我的身子仍然不住颤抖，衣服被迅速融化的雪给浸湿了。我纳闷，“辫子”为什么要向人堆里跑呢？

一块块铺展开来可以租用的明亮毯子映入我的眼帘，我豁然大悟。霍鹰飞毯！它们在大多数环网世界都是非法的，但是在茂伊约上，由于希莉传说而成为传统；长两米不到，宽一米，这古老的玩物躺在那儿等着，期待着带游客到海上一游，然后再次返回这漫游的岛屿。如果“辫子”拿到其中一块……我用尽全力，疾冲过去，卢瑟斯人离霍鹰飞毯仅剩几米远的时候，我赶上了他，擒住了他的小腿。我俩纠缠在一起，滚进特许置物台的那块地方，不少游客在那里又喊又叫，四散逃去。

我的父亲曾经教会我一件事，其他小孩在他们危急的时刻往往将这事忘记——厉害的大块头总能打败厉害的小块头。而现在，我俩的块头差不多。“辫子”扭脱了我的手，跳起身，展开双臂，手指大张，摆出一副东方的格斗架势。好吧，现在来瞧瞧谁更厉害。

“辫子”先下手为强，他左手四指挺直，佯装戳刺，然而飞腿紧随其后向我攻来。我飞身闪避，可还是没躲过这招，那一击力道之强，让我的左肩和上臂顿时失去感觉。

“辫子”朝后跃去。我如影随形。他紧握右拳，挥了过来，我格挡住了。他的左手随即剁下，我又用右前臂格挡住。他继续后跃，迅即回转，左脚扫荡而来。我闪开了，顺势抓住他的飞腿，将其抛在沙地上。

“辫子”飞身跳起。我左勾拳立马击出，将他打倒在地。他扭着身体，晕头转向地跪起身来。我抬脚就往他左耳后踢去，这一击足以打倒他，但让他依然保持清醒。

过分清醒了，一秒钟之后，我意识到，他竟然还清醒得很，他四指直刺，攻向我的软肋，意欲刺中我的心脏。虽然没有刺中，可还是戳伤了我右胸的肌肉。我对着他的嘴巴猛挥一拳，刹那间鲜血四溅，他滚到吃水线边，不再动弹了。在我们身后，人们正朝出口传送门跑去，对着几个人大喊大叫，叫警察来。

我拉着这个刺杀乔尼未遂之人的辫子，把他拽了起来，拖着他，来到岛边，把他的头浸在水里，直到他醒过来。然后我翻过他的身子，扯着他那破烂不堪、污迹斑斑的衬衣前襟，一把拽起他。我们只有一两分钟的时间，到时候，便会有人过来了。

“辫子”抬眼瞪了我一眼。我又一次晃着他，凑近小声说道：“听着，朋友，咱们长话短说，你给我如实回答。我先问你，你是谁？你为什么要跟踪那个人，纠缠他不放？”

我感觉到一股电流涌动，然后看见了那蓝色。我骂了一声，松手放开了他的衬衣前襟。电力灵光似乎立即包围了“辫子”的整个身躯。我朝后猛地跃开，但是我的头发已经竖立起来，通信志的电涌控制警报急促地尖叫起来。“辫子”张开大嘴想要喊叫，我看见他嘴里的蓝光，就像劣质的全息特技效果。他的衬衣前襟噝噝作响，黑掉了，突然着起了火。衣服下面，胸脯带着蓝点，就像古老的胶片在里面燃烧。蓝色变大，汇合在了一起，然后越发变大。我向他的胸腔里瞧去，看见器官在蓝色的火焰下融化了。他再次尖叫，这次我听见了，我看着牙齿和眼睛溃陷在蓝焰之下。

我又向后退了一步。

现在，他已经剧烈燃烧了起来，橘红色的火焰取代了蓝光。他的肉体向外爆裂，带着火苗，似乎骨头被点燃了。不到一分钟，他已经变成一具冒烟的焦烂之肉，尸体缩减得厉害，摆出了古老的侏儒拳击手的造型，所有的火难者都是这样的。我转过身，手捂住嘴，搜寻着那几个旁观者的表情，看看他们是不是也跟我做着同样的动作。朝我看来的是一双双睁大的惊恐眼睛。上面远处，穿灰色制服的保安从远距传输器中冲了出来。

该死。我左右四顾。树帆在头上起伏不定，张扬而起。辐射蛛纱即便在白天也极为美丽，在五颜六色的热带植被上掠过。阳光在蓝色的海洋上舞动。通向两个传送门的路都被堵死了。那群保安中，打头的那个拔出了一把武器。

我三步并作两步，来到最近的那块霍鹰飞毯边。二十年前我乘过这玩意，我试图记起它的飞行控制线是如何启动的，于是拼命点击零件。

霍鹰飞毯挺直了，升了起来，离海滩沙地十厘米高。我现在能听见保安的喊声了，他们已经跑到人群的边缘。一个女人，穿着华而不实的复兴之矢服装，朝我的方向指来。我从霍鹰飞毯上跃下，抱起其他七块飞毯，再次跳上我那块。我差一点没找到毯子下面乱七八糟的飞行装置，最后，我拍了一下前进控制器，飞毯突然向一边倾倒，飞了起来，起飞时几乎把我从上面颠下来。

飞到五十米外，三十米高的地方，我把其余飞毯扔进了大海，然后转过飞毯，看看海滩上的情形。好几个灰制服挤在烧焦的遗骸旁，乱作一团。有一个端着一根银杖，朝我瞄准。

我感到一阵火辣辣的刺痛，钻袭着我的手臂、肩膀，还有脖子。我的眼皮耷拉下来，整个人差一点从毯子右边摔了下去。我赶忙伸出左手，紧紧抓住毯子左侧，猛地向前卧倒，手指僵硬得仿佛成了木头。我点击着上升装置，飞毯再次爬升。我在右袖管里摸索着，寻找击昏器，然而袖口空空如也。

一分钟后，我坐起身，摆脱了大部分的眩晕，虽然我的手指仍在灼烧，脑袋也痛得厉害。移动小岛已经远在身后，每一秒都在缩小。一个世纪前，岛屿应该是被一群群海豚推动的。这些海豚最初是在大流亡时被带到这里的，但是在希莉叛乱期间，茂伊约和霸主签署了和解计划，杀死了绝大多数水栖哺乳动物。现在，这些岛屿是在无精打采地漫游，运载着它们的货物——环网游客和胜地主人。

我朝地平线望去，想看看周围有没有其他岛屿或者罕见大陆的迹象。可啥都没有。或者，说得更准确点，只有蓝天、无边无际的海洋和西方的几抹柔云。或者，那是东方？

我从皮带锁扣上拿下通信志，按键进入通用数据网，然后停住了手。如果当局已经追我追到那么远的地方了，那么下一步，他们将会精确测出我的位置，然后派出掠行艇或者治安电磁车。我不太确信，如果我登陆进去，他们是否能追踪我的通信志。但是我没理由要帮他们找到我。于是我用拇指按了按通信连接，将它调到待命状态，再次环顾左右。

布劳恩，真是妙招啊！在两百米上空瞎逛，屁股下是一块有着三世纪历史的霍鹰飞毯，天知道它的飞控线路的电量还能维持几个小时……还是几分钟。离随便什么陆地都有上千公里了。迷路了。真棒啊。我交叉双臂，坐在那儿思索。

“拉米亚女士？”突然传来乔尼轻轻的声音，那几乎让我从飞毯上跳了起来。

“乔尼？”我盯着通信志。它仍然处于待命状态。通用通信频率指示器的灯仍是暗着的。“乔尼，是你吗？”

“当然是我。我以为你永远不会打开通信志了呢。”

“你怎么追踪到我的？你用的是哪个波段？”

“别管什么波段。你在哪儿？”

我笑了起来，告诉他我压根就不知道自己在哪儿：“你能帮我吗？”

“等等，”短短几秒钟停顿之后，“有了，我在一个气象卫星上找到你了。很原始的东西。真是幸运，你的霍鹰飞毯有个被动无线发射应答器。”

我盯着这块毯子，离开它，我就会“啊——”一声坠入大海。“是吗？其他人能找到我吗？”

“能，”乔尼说，“但我正在干扰特别信号。现在，你打算去哪儿？”

“家里。”

“我想这很不明智，嗯……你瞧，我们的嫌疑犯已经死了。”

我眯起眼睛，疑窦顿生：“你怎么知道的？我可只字没说。”

“认真点，拉米亚女士。六个世界上，安保波段现在铺天盖地都是这消息。他们把你的长相都细细描述了一遍。”

“该死。”

“的确该死。现在，你想去哪儿？”

“你在哪儿？”我问，“还在我家吗？”

“不。安保波段提到你之后，我就离开那儿了。我……在一个远距传输器边上。”

“对，我现在得找到一个远距传输器。”我再次环顾四周。大海蓝天，几抹云彩。至少没有电磁车舰队。

“有了，”乔尼空洞的声音说，“离你现在的位置十公里不到，有一个被军部弃置的多用途传送门。”

我用手遮着阳光，旋转了三百六十度。“有你个鬼，”我说，“我不知道地平线离我有多远，但起码有四十公里，我连个鬼影都看不见。”

“是个潜艇基地，”乔尼说，“抓好。我要接手操控了。”

霍鹰飞毯再次歪了过来，朝下潜了潜，然后，开始稳稳下落。我双手紧紧抓着，抑制住尖叫的冲动。

“潜艇，”我顶着风的冲击，喊道，“多远？”

“你是说多深吗？”

“对！”

“八英寻。”

我把这古老的单位换算到米。这次我再也抑制不住，尖叫起来。“那可是水底下十四米呢！”

“你觉得潜艇应该潜在哪里？”

“你想让我怎么办？屏住呼吸吗？”海洋朝我冲来。

“没那个必要，”通信志说，“霍鹰飞毯有一个原始的防护场，应该很容易坚持住区区八英寻的。务必抓牢。”

我抓得牢牢的。

等我抵达时，乔尼就在边上等我。潜艇黑漆漆的，阴湿寒冷，满是被遗弃后凝结的水珠；远距传输器是专门为军部设计的，我从没见过。踏进阳光普照的城市街道，乔尼正在等我，我终于舒了口气。

我把“辫子”的事告诉了他，一边说，一边走在空荡荡的大街上，穿过古老的建筑。淡蓝色的天空正朝夜晚蜕变。四周瞧不见一个人影。“嘿，”我停下脚步说，“我们到底在哪儿？”这个世界带着不可思议的类地行星的特质，但是天空、重力以及这地方的表面特征，跟我去过的世界没一个相像。

乔尼笑了：“猜一猜。来，我们再逛逛。”

我们沿着宽阔的街道走着，左手边，有一片残垣断壁。我停下脚步，盯着它瞧着。“这是圆形大剧场，”我说，“旧地的罗马圆形大剧场。”我环顾四周，看着这古老的建筑物，看着鹅卵石街道，看着和风下微微摇动的树木。“这是重建物，重建的是旧地的罗马，”我说，试图压制住自己声音中的惊讶之情，“是新地吗？”但我立刻知道不是。我去过新地好几次，那里天空的色调、气味以及重力，都跟这里的大相径庭。

乔尼摇摇头：“这不是环网里的地方。”

我停下脚步：“不可能。按照定义，任何可以经由远距传输器到达的世界，都是环网的一部分。”

“但这不是环网的一部分。”

“那到底是哪儿？”

“旧地。”

我们继续走着。乔尼指着另一堆遗迹。“那是会议广场，”我们走下长长的阶梯，他说，“前面是西班牙广场，我们将在那儿过夜。”

“旧地，”我说，二十分钟来我首次开口评论，“难道我们是在时间旅行吗？”

“不可能，拉米亚女士。”

“那，难道这是个主题公园？”

乔尼大笑。笑声很好听，很自然，很悠闲。“也许吧。我完全不知道它有什么目的，有什么作用。这是个……模拟星球。”

“模拟星球，”我眯着眼睛望着红色的落日，现在太阳还没有从狭窄的街道上消失，“这看上去好像是我见过的旧地全息像。即使我没去过那儿，感觉上也没错。”

“的确很像。”

“那这是在哪里呢？我是说，哪颗恒星？”

“是在武仙座星团，”乔尼说，“我不知道具体编号。”

我没有重复他的话，但是我停下了脚步，坐在台阶上。由于有了霍金驱动器，人类探索并拓殖了相距数千光年的世界，并用远距传输器将它们连接了起来。但是没人试图去探索爆炸的恒星。我们也几乎没有爬出一条旋臂的摇篮。武仙座星团。

“为什么内核要在武仙座星团建立罗马的复制品呢？”我问。

乔尼坐在我边上。我们抬着头，望着一大群鸽子轰然飞过，在屋顶上盘旋。“我不知道，拉米亚女士。我有很多不知道的东西……至少是部分不知道，因为我以前对它们从来不感兴趣。”

“布劳恩。”我说。

“什么？”

“叫我布劳恩。”

乔尼笑了，他侧过头：“谢谢，布劳恩。不过有一件事，我相信，被复制的不单单是罗马，而是整个旧地。”

我坐在那儿，双手撑在晒得暖暖的石头台阶上：“整个旧地？它所有的……大陆和城市吗？”

“我想是的。我只待过意大利和英国，除了曾经在两个城市间乘船旅行过，我没去过别的地方。但我相信这个模拟星球极其完整。”

“看在上帝的份上，到底是为什么？”

乔尼慢慢地点着头：“也许正是真相。我们为什么不到里面去？边吃边谈。也许，这里面还牵涉到谁想杀了我，以及为什么要杀我。”

“里面”，是大理石阶梯底部一幢大房子的一间套间。窗外，是乔尼所谓的“广场”，我可以顺着阶梯看上去，望见上面一幢巨大的黄褐色教堂，眼睛再扫到下面的广场上，船形的喷泉正喷射着水花，洒进寂静的黑夜。乔尼说，设计这个喷泉的人叫伯尔尼尼，但这名字对我来说毫无意义。

房间很小，但天花板很高，里面摆着一些家具，虽说简陋，但是雕刻得极为精巧，这些家具出自什么年代，我已经无从考证。看情形，这里似乎没有电，也没有现代器具。我在门口对着房子说话，在套间的楼上再次说话，但房子没有任何回应。暮色降临在广场上，降临在高窗外的城市上，仅有的灯火来自煤气街灯，或者是某些更为原始的可燃物。

“这肯定取材于旧地的历史。”我摸着厚厚的枕头。然后，我抬起头，恍然大悟。“济慈死于意大利。是……十九还是二十世纪的早期。现在……就是那时。”

“对。十九世纪早期，确切地讲，是一八二一年。”

“难道整个世界是个博物馆？”

“哦，不。我肯定，不同的地方是不同的时代。一切取决于它们搞这些模拟的目的。”

“我不明白。”我们来到了另一个房间，那儿乱七八糟地挤着一堆家具，我坐在窗边的一张雕刻得很奇怪的躺椅上。金色的朦胧夜光仍然点缀着阶梯上方那茶色教堂的尖顶，盘旋纷飞的白鸽映衬在蓝色的天穹下。“在这个伪造的旧地上，是不是生活着数百万人……嗯……赛伯人？”

“我觉得没有，”乔尼说，“住在这里的人的数量，只是这独特的模拟计划所必需的人数。”他看见我仍然不明就里，便深吸了口气，继续说道：“我那时候……就是在这里醒来的，当时我身边有模拟的赛伯人，包括约瑟夫·赛文、克拉克医生、房东太太安娜·安吉列娣、年轻的中尉埃尔顿以及其他几个人，比如意大利小商人、广场对面饭馆以前一直给我们送食物的老板、过路人，就像这类人。顶多也不过二十人。”

“那他们后来怎么样了？”

“他们很可能……已经被回收了。就像留着辫子的那个人。”

“‘辫子’……”我立刻朝乔尼凝视过去，目光穿过黑漆漆的房间，“他是赛伯人？”

“毫无疑问。你跟我提到了他自毁的情形，如果我必须清除自己，也会用这种方式。”

我的脑子转得飞快。我真是笨透了，真是太孤陋寡闻了：“那么，要杀你的，是其他人工智能喽。”

“似乎如此。”

“为什么？”

乔尼向我比划着：“可能是为了抹掉我的某些记忆，让它跟我的赛伯体一起归西。那些记忆应该是我最近才知道的事情，这个人工智能……或者这些人工智能明白，只要我的系统瘫痪，就能把这些事情毁掉。”

我站起身，来回踱步，最后在窗前停下脚步。现在，黑暗真的沉淀下来了。屋内有灯，但是乔尼没有把它们点上，而我，也挺喜欢这种朦胧的意境。有了这种朦胧，我满耳听到的虚幻之物显得更加虚幻。我朝卧室看去。西边的窗户接纳了最后一丝光线，铺盖发出苍白之光。“你就是死在了这里。”我说。

“是他，”乔尼说，“我不是他。”

“但是你有他的记忆。”

“是忘了大半的梦。其中还有差异。”

“但你知道他的确切感受。”

“我只记得设计师眼中他的感受。”

“跟我说说。”

“什么？”乔尼的皮肤在昏暗中显得很苍白，而他的短短的卷发看上去很黑很黑。

“死是什么样的。重生又是什么样的。”

乔尼开始跟我说，他的声音带着温柔的韵律，真是好听极了，有时候，他会不小心漏出几句古语，古老得我都听不明白，但是比起我们今日说的杂七杂八的语言，那些字眼听上去更为美妙。

他告诉了我，当一个诗人迷上了完美主义，对自己的成果比最刻薄的批评还要苛刻时，他是怎么样的。这些批评是恶毒的，他的作品被摒弃，被嘲笑，被说成是模仿品、愚蠢的东西。他太穷了，没钱娶自己深爱着的女人，他还把仅剩的一点钱借给了身在美国的弟弟，也因此失去了最后的机会，穷困潦倒了……然后，他终于羽化成蝶，展现出璀璨的诗人才华，但一切为时已晚，他已经落入了肺病的魔爪，而那疾病已经掠走了他母亲和他弟弟汤姆的生命。他背井离乡，被送到了意大利，据说是“为了他的健康着想”，然而他自始至终晓得，这意味着他在二十六岁时寂寞痛苦的早逝。他谈起自己的痛楚，那是在看到信上芬妮的字迹之时，他实在是痛苦得不敢打开看看；他谈起年轻画家约瑟夫·赛文的忠诚，这人被“朋友们”选出来作为济慈的旅行伙伴，而这些所谓的“朋友”，却在最后时刻抛弃了这位诗人，他谈起赛文如何照顾这个垂死之人，如何在他弥留的最后几天里陪伴着他。他谈起那晚的咳血，谈起克拉克医生给他放血，嘱咐要他“锻炼和呼吸些新鲜空气”，他谈起最终对于宗教和自身的绝望，导致济慈要求把他碑石的墓志铭刻成“此地长眠者，声名水上书”。

从下面传来仅有的昏暗之光，勾勒出高窗的形状。乔尼的声音仿佛浮在了带着黑夜气息的空气中。他谈起从死亡中醒了过来，躺在死时的床上，忠诚的赛文和克拉克医生仍在身边，还谈起他如何记起自己就是诗人约翰·济慈，就好像从一个很快消失的梦中记起了自己的身份，但又一直觉得，自己是其他什么东西！

他谈起这继续下去的幻象，他返回英国，和不再是芬妮的芬妮重聚，以及因此导致的精神崩溃。他谈起自己已经没有了写诗的才能，谈起他越来越远离那些赛伯人伪装的冒名顶替者，谈起他的逃避，以某种类似于紧张性精神分裂症作为逃避，其中夹杂着“幻觉”，他自己真正的人工智能的“幻觉”，对一个十九世纪的诗人来说，技术内核几乎是无法理解的东西，他还谈起幻觉的最终崩溃，以及“济慈计划”最终的荒废。

“事实上，”他说，“整个邪恶的哑谜让我想到了我写过……他写过的一封信中的一段话，那是他患病前写给弟弟乔治的。济慈写道：

> 有没有高级生命以优美为乐？就像我喜欢看见白鼬的警觉和小鹿的不安，尽管我的这些想法中充满了直觉。虽然街上的口角让我憎恶，但是其中显现出来的劲头是优美的。在高级生命看来，我们的推理或许带着同样的色彩——虽然错误百出，但是它们是优美的——这就是诗所包含的特别的东西。”

“你觉得……济慈计划……是邪恶的？”我问。

“我想，任何骗人的东西都是邪恶的。”

“也许，你还是很像约翰·济慈的，虽然你不愿承认。”

“不。诗人的才能业已不再，我不是他，甚至在最详细的幻觉中也不是。”

我注视着黑屋子中那黑色的形体轮廓。“人工智能知道我们在这儿吗？”

“很可能知道，几乎可以肯定。我去的地方，没有一个是技术内核无法追踪的。但是，我们要摆脱的是环网当局和流氓团伙，不是吗？”

“但是你现在知道那是某个家伙……嗯……是某个智能，是技术内核里的智能想要袭击你，而不是其他什么人。”

“对，但是只是在环网。内核中发生这样的暴力事件是不能容忍的。”

街上传来什么声音。是鸽子，我想。又或许是风卷着垃圾，吹过了鹅卵石。我说：“技术内核对我牵涉到里头会有什么反应？”

“我不知道。”

“当然，这计划应该是个秘密。”

“这是……他们觉得和人类完全无关的事情。”

我摇摇头，这动作在黑暗里实在没啥必要。“重建旧地……又在这重建世界上重建了……多少……人类的人格啊……成为了赛伯人……人工智能残杀人工智能……和人类无关！”我大笑起来，但还是控制住了笑声，“真他妈要命，乔尼。”

“几乎肯定。”

我走到窗前，不去管黑街下面谁会看到我，我摸索着掏出一盒烟。中午在雪流中追逐的过程中，它们被浸湿了，但是我还是点着了一支。“乔尼，早些时候你说这个旧地的模拟极其完整，我说，‘看在上帝的份上，到底是为什么？’然后你好像说了‘也许那正是真相’，这是句俏皮话，还是另有含义？”

“我的意思是说，这也许正是看在上帝的份上。”

“解释解释。”

乔尼在黑暗中叹了口气：“我不太明白济慈计划的确切目的，也不知道其他旧地模拟物的目的，但是我怀疑这是技术内核某个计划的一部分，说起这个计划，要追溯到至少七百标准世纪前，那是一个实现终级智能的计划。”

“终极智能。”我边说，边吐了口烟。“嗯。那么，技术内核是打算要……干什么？……要创造上帝吗？”

“对。”

“为什么？”

“布劳恩，这里没有一个简单的答案。就好像，为什么人类在这一万代人以来，要通过上帝的那无数化身来搜寻他。但是对内核来说，他们的兴趣更多是要寻求更高效和更可靠的方式来掌控……各种变数。”

“但技术内核可以动用自身，动用两百个世界上的万方数据网。”

“虽然如此，他们的预言能力还是……有缺陷的。”

我把烟扔出窗外，看着余烬落入黑夜。微风突然变得很冷，我抱着双臂：“这一切……旧地，重建计划，赛伯人……这一切跟创造终极智能又有什么关系呢？”

“我不知道，布劳恩。八个标准世纪前，第一次信息时代之初，一个名叫诺伯特·维纳[①]的人写过一段话：‘上帝会不会跟他所创之物玩一个意味深长的游戏？任何创造者，即使是一个缺乏创见的人，会不会跟他所创之物玩一个意味深长的游戏？’人类曾经跟他们早期的人工智能不得要领地玩过，内核则通过重建计划全力追求。也许终极智能的计划已经大功告成了，所有这些遗物都只是终极创造物或者创造者模拟出来的。这个终极智能，这个人格的动机是内核远远无法理解的，就好像人类无法理解内核一样。”

① 诺伯特·维纳（Norbert Wiener，1894—1964）：美国数学家，建立了控制论这一领域。

我开始在黑暗的房间里走动，却不小心把膝盖撞在了矮桌上，我停了下来，站住了。“所有这些都没有告诉我们，到底是谁想杀你。”我说。

“对，没有。”乔尼站起身，他走到远处的墙边。一根火柴舞动着，他点了支蜡烛。我们的影子摇曳在墙上，摇曳在天花板上。

乔尼向我走近，温柔地抓住了我的胳膊。柔和的灯光给他的卷发和睫毛涂上了黄色的亮彩，在他高高的颧骨和结实的下巴上抹上了亮色。“你怎么这么强壮？”他问。

我盯着他。他的脸靠近我的脸，距离仅仅几寸。我们一样高。“放开。”我说。

他没放开，反而靠了过来，吻了我。他的嘴唇柔软、温存，那一吻仿佛持续了天长地久。他是机器，我想。表面是人，背后是机器。我闭上双眼。他温柔的手摸到了我的脸、我的脖子、我的脑后。

“听我……”我俩分开后那片刻时间，我轻轻说。

乔尼没让我说完。反而把我抱在了怀里，带我来到了另一个房间。大床。柔软的床垫，厚厚的鸭绒被。另一个房间的烛火摇曳舞动，我俩迫不及待地帮对方褪去了衣裳。

那晚，我俩三次云雨，每一次都是缓慢甜蜜的需要，抚触、温暖、贴近，感觉来临时，力度慢慢增加。我记起第二次的时候，我低头看着他；他眼睛闭着，头发松散地披在额前，烛火显现出他白皙胸脯上泛起的红晕，他强壮的手臂和手指令我惊奇，把我抱在了合适的位置。那一刻，他睁开了眼睛，注视着我，也是在那一刻，我看到他眼睛里闪烁着感动和激情的神色。

破晓前的什么时候，我们睡了；我别过脸，慢慢爬开，然后我感觉到他冷冷的手摸到我的臀部，这动作带着呵护，带着不经意，而不是被占有了的感觉。

他们袭击我们时，刚过破晓。有五个人，虽不是卢瑟斯人，但都一身腱子肉，全是男人，一伙人合作得相当好。

我听到的第一声，是套间的门被踹开的声音。我立即从床上翻滚而下，跃到卧室门的一侧，看着他们一个个蹿了进来。看到打头的那人举着击昏器，乔尼坐了起来，开始大叫大嚷。他临睡前穿上了棉短裤，而我则依旧裸着身子。我一丝不挂，而对手穿着衣服，这样开打的话，形势确实对我大为不利。但最大的问题是心理上的。如果你能克服人数上的劣势带来的紧张感，那么，其余的事全是小事一桩。

打头的那人看见了我，但还是打算先将乔尼击昏，他也为这个错误的选择付出了代价。我一跃而去，踢飞了他的武器，同时一拳捶在他左耳后，将他放倒在地。现在，又有两人推推挤挤地进入了房间。这次他俩学乖了，先来对付我。而剩下的两个则向乔尼扑去。

我格挡住一人的四指直刺，继而躲开夺人性命的一脚飞踹，步步退却。我左手边立着个碗柜，最顶上的抽屉一抽便抽了出来，重得很。我扛起它砸了过去，面前的这大块头双手挡着脸，厚厚的木头瞬间四分五裂，由于这本能的反应让他露出了片刻的破绽，我抓住这机会，使出全力向他踢去。坏蛋二号发出一声闷响，仰面倒在了自己搭档的身上。

乔尼在那儿挣扎，一名入侵者抱住了他的脖子，卡得他几乎透不过气来，而另一个正按着他的双脚。我蹲下身躲避我的二号攻击者，接住了他的一拳，接着向床对面跃去。抱着乔尼双脚的家伙正一声不吭地朝窗外退去。

有人跳到了我的背上，我一个翻滚，来到床对面，用背把这家伙抵在墙上。这家伙还挺厉害的。他死死抵住，还想勒住我的脖子。那个瞬间他有了大麻烦，那里的肌肉可不是好惹的，我弯起手肘，重重击中他的小腹，闪身离开。卡着乔尼脖子的男人扔下了他，一脚踢向我的肋部，那有板有眼的一击真不是盖的。我承受住了一半力道，感觉到起码有一根肋骨折了，但我旋即俯冲下去，才不考虑优雅不优雅呢，一招猴子偷桃，左手捏碎了这家伙的一个卵蛋。他尖叫一声，不省人事。

我从没有忘记掉在地板上的击昏器，我最后的对手也没有忘记。他急急忙忙转到床的对角，扑倒在地，去抓那触手不及的武器。现在，我明显感觉到肋骨折断处传来的疼痛，但我还是用力举起了大床，连带着床上的乔尼，将它砸在了那家伙的脑袋和肩膀上。

我爬到床底，找回击昏器，走到一个空荡荡的角落里，背靠在墙上。

一个家伙已经掉出了窗外。我们在二楼。打头进来的那家伙还躺在门口。被我踢中的那家伙已经一只脚跪了起来，撑着两个肘子，正粗粗地喘着气。从他嘴巴和下巴上的血来看，我猜有根肋骨扎破了他的肺。大床已经把地板上那家伙的脑袋砸得粉碎。卡乔尼脖子的那家伙蜷缩在窗边，捧着裆部，正在呕吐。我用击昏器让他闭了嘴，然后走到那个被我踢中的家伙身边，抓着他的头发把他拎了起来。“谁派你来的？”

“去死。”他喷出一嘴带血的唾沫，吐在我的脸上。

“也许待会儿吧，”我说，“再问你一遍，谁派你来的？”我三根手指摆在他的肋部，那里的肋腔似乎凹陷了下去，我在那儿压了一下。

这家伙尖叫了起来，脸色煞白。咳出的血鲜红鲜红的，衬出那惨白的皮肤。

“谁派你来的？”我将四根手指压在他的肋骨上。

“主教！”他挺着身子，试图把我的手抖掉。

“什么主教？”

“卢瑟斯……伯劳神庙……求求你，别……噢，该死……”

“你们想拿他……拿我们怎么办？”

“没啥……噢，天杀的……别！我要医生，求求你！”

“可以。但先回答我。”

“把他击昏，带他……回卢瑟斯……神庙。求你。我不能呼吸了。”

“那我呢？”

“如若抵抗……格杀勿论。”

“好吧，”我说，抓着他的头发，把他拎得更高了，“我们没招谁，也没惹谁。他们干吗要抓他？”

“我不知道。”他高声尖叫。我的一只眼睛一直警觉地盯着套间的门口。击昏器仍旧握在手掌心，就在抓着他头发的手中。“我……不……知……道……”他气喘吁吁，鲜血从他的嘴里大量流出，滴在我的手臂和左胸上。

“你们怎么来的？”

“电磁车……屋顶。”

“从哪儿传送来的？”

“不知道……我对天发誓……是水下的什么城市。车子已设好回去的路……求求你！”

我撕开他的衣服。没有通信志。没有其他武器。他心脏上方的皮肤上刺着一个文身，一个蓝色三叉戟。“你们是打手？”我问。

“嗯……帕瓦蒂兄弟会。”

不在环网内。很可能无从追踪。“你们都是？”

“嗯……求你……帮帮我……噢，该死……求你……”他一下子软软地瘫了下来，差不多不省人事了。

我扔下了他，朝后退了几步，打开击昏光束朝他射去。

乔尼坐了起来，他揉着脖子，盯着我，眼神很奇怪。

“穿好衣服，”我说，“该走了。”

那辆电磁车是一辆古老透明的桅轻观景车，点火盘或者触显上，没有掌纹锁。我们还没越过法国，就已经追赶上晨昏线。乔尼朝下张望着那一片黑暗，他说那是大西洋。现在，偶尔会有灯火在流动城市或者钻探平台上出现，除此之外，唯一的亮光来自群星，以及这无边的游泳池中海下生物群落的亮光。

“我们为什么要乘他们的车子？”乔尼问。

“我想看看他们到底是从哪儿传送来的。”

“他说是卢瑟斯的伯劳神庙。”

“对。我们倒要瞧瞧。”

乔尼张望着二十公里之下的大海，我几乎看不见他的脸。“你觉得那些人会死吗？”

“一个已经死了，”我说，“肺破了的那个家伙需要医生。两个没什么大碍。还有一个掉到窗外的，我不知道怎么样了。你担心这个？”

“对。你们打得实在是……太粗野了。”

“‘虽然街上的口角让我憎恶，但是其中显现出来的劲头是优美的。’”我引用道，“他们不是赛伯人，对不对？”

“我想不是。”

“这么说，至少有两伙人想要抓你……人工智能，还有伯劳神庙的主教。而我们呢，还被蒙在鼓里，不知道原因。”

“我现在倒有了个想法。”

我躺在流沫躺椅中，转过身。头顶的灿烂星群——既不是旧地天空全息像里那样的，也不是我所知的环网上见过的星群——投下明亮的光线，也因此让我看见了乔尼的眼睛。“告诉我。”我说。

“你提到过海伯利安，这给了我一个线索，”他说，“事实上，我竟然一点也不知道这个星球。它从我脑中抹去了，这就说明，它很重要。”

“奇案：狗儿朝着黑夜吠叫。”我说。

“什么？”

“没什么。继续说。”

乔尼靠了过来：“为什么我不知道海伯利安？唯一能够解释的理由是，技术内核的某些势力不想让我知道。”

“你的赛伯体……”现在这样称呼乔尼让我感觉怪怪的，“你大多数时间都生活在环网内，是不是？”

“对。”

“难道你不会偶尔看见什么地方提到海伯利安吗？新闻偶尔会提到这个世界，尤其是伯劳教会成了新闻话题之时。”

“也许我的确听过。也许那正是我被谋杀的原因。”

我躺了下去，仰望着群星。“我们去问主教。”我说。

乔尼说前头的灯光来自另外一个模拟城市——二十一世纪中期的纽约市。但他不知道这城市是因什么计划而重建的。我关掉电磁车的自动驾驶模式，往下降去。

高楼大厦从北美海滨的湿地和潟湖上矗立起来，那是城市建筑的生殖器崇拜的年代。好几幢建筑灯火通明。乔尼指着一栋垂老但却很端庄的建筑，说道：“那是帝国大厦。”

“好啦，”我说，“不管那是啥，那是电磁车打算着陆的地方。”

“安全吗？”

我朝他笑笑：“人这一生没有绝对的安全。”我任凭车子降落在一个小小的露天站台上，就停在大厦的尖顶后。我们走出车子，站在碎裂的阳台上。天很黑，仅从遥远的脚下传来几栋建筑的灯火，以及群星的光芒。几步之外，朦胧的蓝光勾勒出一个远距传输器的传送门，那地方原先也许是个电梯的大门。

“我先进去。”但我话音刚落，乔尼就已经走了进去。我握着借来的击昏器，跟了进去。

我以前从没进过卢瑟斯的伯劳神庙，但是毋庸置疑，我们现在就是在那儿。乔尼站在我前面几步之外，但是除了他，附近再也没有其他人。这地方凉凉的，黑黑的，仿佛一个洞穴，如果洞穴可以有那么大的话。一尊令人惊惧的彩色雕塑被无形的缆索吊在那里，肯定有什么察觉不到的微风，让它旋转着。远距传输器闪烁着，突然消失了，我和乔尼同时转身。

“啊，我们完成了他们的活，对不对？”我对乔尼耳语道。即便那是耳语，声音也似乎在红通通的大厅中回荡着。我本来没计划要让乔尼跟着我一起传送到神庙。

然后，那些灯火似乎变得明亮了，不过这也并没有把整个巨厅照得灯火通明，只是光的范围稍微变大，终于让我们瞧见那边围成半圆的一群人。我记起来，这些人中，有些叫作驱魔师，还有一些叫作诵经师，另一些叫什么，我已经忘了。不管他们是谁，看见他们站在那里，就已经够让人警觉的了。那里至少有二十来个人，身上的长袍有些是红色，有些是黑色，头顶上投下红色的灯光，让他们高高的前额闪着光芒。我一眼就认出了主教，虽说他比我们多数人要矮，要胖，但毋庸置疑，他来自我的世界，那一身长袍鲜红鲜红的。

我没打算把击昏器藏起来。如果他们想要突袭我们，我可以用它把他们全部放倒。可以，但是不太可能。虽然我没看见他们拿着什么武器，但是他们的长袍宽大得足以藏下整整一个军械库。

乔尼朝主教走去，我跟在他身后。离他还有十步远的时候，我们停了下来。主教是唯一一个没有站着的。他坐着的椅子是用木头做的，看上去似乎可以折叠，精细的椅子扶手、支柱、靠背以及椅腿可以紧密地折起来，方便携带。这位主教却没有那么精干，长袍下的层层肥肉清晰可见。

乔尼又向前迈了一步。“你为什么要绑架我的赛伯体？”他对着伯劳教会的圣人说，似乎其他人根本就不存在一样。

主教咯咯地笑起来，他摇摇脑袋：“我亲爱的……实体啊，的确，我们希望你到我们的拜神之地来，但是你没有证据，说我们企图绑架你啊。”

“我对证据不感兴趣，”乔尼说，“我好奇的是，你为什么要我到这儿来。”

我突然听见身后一阵窸窸窣窣的响声，于是飞快地旋过身，挺起击昏器指着，但是伯劳神父们围成的宽阔的圆圈仍旧一动不动。大多数人都在击昏器的射程之外。我真希望自己带着父亲的弹射武器。

主教的声音低沉，带着质感，似乎灌满了整个巨大的空间：“你肯定知道，末日救赎教派对海伯利安这个世界一直有着坚定的兴趣。”

“知道。”

“你也肯定晓得，最近几个世纪以来，旧地诗人济慈与海伯利安殖民地的人文神话有着千丝万缕的联系，对不对？”

“对，那又如何？”

主教用手指上一枚红色的大戒指挠了挠脸：“你自愿要求参与伯

劳朝圣，却又在得到我们批准之后食言，这令我们非常难过。”

乔尼的惊愕表情差不多带着人类特质：“我自愿要求？什么时候？”

“八个当地日以前，”主教说，“就在这地方。你主动过来的，提出了那个想法。”

“我有没有提及为什么想要进行这……伯劳朝圣？”

“你说是……我想你的原话是……‘对你的教育非常重要’。如果你想看记录，我们可以给你看，神庙中的所有对话都会被记录。你也可以跟我们索取记录副本，在方便之时观看。”

“好的。”乔尼说。

主教点点头，一名侍僧，鬼知道他是个什么，退进黑暗，片刻之后，又返回了，手里拿着标准视频芯片。主教又点了点头，那个穿着黑袍的人走向前，把芯片递给乔尼。我的击昏器准备就绪，直到这家伙回到了围成半圆的看护人之中。

“你为什么要派打手跟踪我们？”我问。这是我第一次在主教面前说话，声音听上去非常响亮，非常自然。

伯劳教会的圣人用胖乎乎的手做了个手势：“济慈先生说自己很感兴趣，要加入我们最为神圣的朝圣。我们相信，末日救赎日益临近，所以，这次朝圣对我们来说非同小可。可是，我们的密探回报，济慈先生先后受到几次攻击，而且，某个私人侦探……就是你，拉米亚女士……造成了一名赛伯人的毁灭，而这人，正是技术内核提供给济慈先生的保镖。”

“保镖！”这回是我表现出惊讶之情了。

“当然。”主教转身对乔尼说，“留着辫子的先生，也就是刚刚在圣徒远足地被害的先生，难道不是你一个多星期前，作为保镖介绍给我们的同一个人吗？你可以在记录中看到他。”

乔尼默不作声。他似乎在竭尽全力回忆什么事情。

“无论如何，”主教继续道，“我们必须在这星期结束前，得到你关于朝圣的答复。‘北美红杉’将于九天内从环网启程。”

“那是圣徒的巨树之舰啊，”乔尼说，“它们不会长距离跃迁至海伯利安的。”

主教笑了笑：“这次它会。我们有理由相信，这也许是教会赞助的最后一次朝圣了，为了让尽可能多的信徒完成旅程，我们已经包下了圣徒的舰船。”主教打了个手势，红黑长袍的人隐回到了黑暗中。主教站起身，两名驱魔师走向前，折起椅子。“请尽快给我答复。”说完，他便离开了。只留下一名驱魔师，他会领我们出去。

没有多余的远距传输器了。我们从神庙的主门走了出去，站在漫长阶梯的最高台阶上，俯瞰着蜂巢中心的中央广场，大口呼吸着带着机油味的凉爽空气。

我父亲的自动手枪还在原先的抽屉里。我打开弹夹，确信里面装满了子弹，然后把弹夹一掌推回，拿着它回到了厨房，早饭正在准备中。乔尼坐在长桌子旁，透过灰色窗户往下凝视，望着装卸区。我把煎蛋卷拿了过来，在他面前放了一个。他抬起头，看着我倒着咖啡。

“你觉得他说的是真的吗？”我问，“你想去朝圣的想法？”

“你不是也看见视频记录了。”

“记录可以伪造。”

“对。但这个没有。”

“那你为什么要自愿进行朝圣？你和伯劳教会，还有圣徒的船长谈过之后，为什么那名保镖想要杀你？”

乔尼吃了一口煎蛋卷，点点头，然后又用叉子切了一块，放进嘴里。“保……镖，我完全不知道他是怎么回事。他肯定是在我失忆的那星期委派给我的。他的真实目的显然是要保证我不去发现什么事情……如果我偶然发现，那么，就把我除掉。”

“这事情是环网里的，还是数据平面里的？”

“我猜，是环网里的。”

“我们要知道这人……这东西为谁卖命，为什么他们要把他派给你作保镖。”

“这我知道，”乔尼说，“我刚刚问过。内核说，我需要一名保镖。这名赛伯人受人工智能节点控制，那个节点对应于安全部门。”

“问问他，为什么要杀你？”

“我问了。他们矢口否认，说不可能有这种事。”

“那么为什么这个所谓的保镖在你被杀之后的一星期，要鬼鬼祟祟地在你边上转悠呢？”

“他们回答说，由于我……中断……之后，没有再次请求安全保护，内核当局觉得还是应该谨慎起见，要给我提供保护。”

我大笑起来：“提供保护。我在圣徒的世界上抓住那家伙后，他到底为什么要逃？乔尼，他们给你的这个故事真是漏洞百出。”

“对。”

“那个主教也没有解释，为什么伯劳教会会有一个远距传输器，通向旧地……不论你管那个舞台世界叫什么名字。”

“是我们没有问他。”

“我没问，是因为我想活着从那该死的神庙出来。”

乔尼似乎没有听我说话。他呷着咖啡，若有所思地望着什么地方。

“怎么了？”我说。

他转身看着我，拇指指甲敲击着下嘴唇："布劳恩，这里有个悖论。"

"什么？"

"如果我真的打算去海伯利安……让我的赛伯体去那儿……那么，我就不能再待在技术内核里了。我必须将我的意识注入赛伯体中。"

"为什么？"我刚问完，我就已经明白了。

"想想吧。数据平面是抽象之物，是数据网和矩阵的混合体。数据网，是电脑和人工智能生成的；矩阵，也就是准知觉的吉布森矩阵，那原先是为人类操作者所设计的，现在已经被认为是人类、机器、人工智能的共同基础了。"

"但是人工智能硬件的确存在于实际空间中的什么地方啊，"我说，"存在于技术内核的什么地方。"

"对，但是这和人工智能意识的运行没什么关系，"乔尼说，"我能够'存在'于任何地方，只要有环环嵌套的数据网，我就能去那儿……当然，这包括所有的环网世界、数据平面以及任何技术内核建造的东西，比如旧地……但是，也只有在那些环境里，我才能说自己有'意识'，或者运行传感器，或者运行遥控装置，就比如这个赛伯体。"

我放下咖啡杯，盯着这个东西，在刚刚过去的那晚，我爱他，把他当作人类来爱。"是吗？"

"殖民世界缺少数据网，"乔尼说，"虽然有超光发射器，可以和技术内核进行联系，但是这种联系仅限于数据交换……就像是第一次信息时代的电脑接口……那完全不是意识的流动。海伯利安的数据网太过原始，差不多跟没有一样。就我所知，内核和那个世界没有一点联系。"

“那不是很正常？”我问，“我是说，和那么远的一个殖民世界没联系，不是很正常吗？”

“不正常。内核和每个殖民世界有联系，和驱逐者这些星际野人也有联系，还和霸主无法想象的其他源头有联系。”

我坐在那儿，目瞪口呆：“什么？和驱逐者？”自从几年前在布雷西亚上发生战争之后，驱逐者已经成了环网的头号大敌。而内核，为议院和全局出谋划策，维系着我们的整个经济系统，维系着远距传输器系统，维系着科技文明。一想到这同样一群人工智能的集合竟然和驱逐者有联系，真让我感到不寒而栗。还有，乔尼所说的“其他源头”到底是什么意思？彼时彼刻，我完全不想知道。

“但你不是说，你的赛伯体是可以去那儿的吗？”我问他，“你说‘将意识注入’你的赛伯体，这是什么意思？人工智能可以完全变成……人吗？你可以仅仅存在于你的赛伯体中吗？”

“可以。曾经成功过，”乔尼轻声说道，“从前，有个人格重建，跟我的差得不是很远。那是个二十世纪的诗人，名叫以斯拉·庞德。当时他放弃了自己的人工智能人格，逃进了他的赛伯体，逃离了环网。但是这个庞德重建人格疯掉了。”

“也许很清醒。”我说。

“对。”

“那么说，一个人工智能所有的数据和人格可以在赛伯体的有机大脑中存在。”

“当然不行，布劳恩。我全部意识的万分之一都不会幸免于这种转变。有机大脑不能以它们的方式处理信息，连处理最原始的信息也不成。合成的人格不会是原先那个人工智能的人格……它既不会是真正人类的意识，也不会是赛伯体的……”乔尼话说一半便打住了，他很快转过身，看着窗外。

漫长的一分钟过后，我问他：“怎么了？”我伸出一只手，但是没有碰他。

他继续呆呆凝视。“我说这些意识不会变成人类，也许我错了，”他轻轻说道，“结果产生的人格，很可能可以成为人类，它可以带着某种超凡的疯狂，带着过人的洞察力。它可以……如果撇去我们这些年来所有的记忆，撇去所有的内核意识……它可以成为这个赛伯体本来设计出来要成为的人格……”

“约翰·济慈。”我说。

乔尼别过脸，不再看那窗外，他闭上了眼睛。声音嘶哑，带着感情。这是我第一次听见他背诵诗：

狂热教徒有梦，他用其编织
教会的天堂，亦是野蛮之地，
在他那最崇高的睡梦中，臆测天堂，
可惜可叹，此梦未录羊皮卷，
也未录印第安野生叶
悦耳之声仅留倩影。
唯有那月桂树，他们在那儿居住，做梦，死亡；
唯有诗歌能讲述她的梦，
唯有美妙的词语能挽救
黑色魔力和致哑妖术下的想象力。
活着的人儿说：
“汝之艺术非诗也——也许无法讲述汝之梦？”
然则每人的灵魂都非朽木一块，不单有眼有嘴
他还应该有爱
应该被他的母语滋养。

此梦现在意欲开演
是作为诗人还是狂热教徒的意念，
当那撩过我手的温暖笔触埋进坟茔时，我们便会知晓。[①]

“我没听懂，”我说，“这诗什么意思？”

“意思是，”乔尼温柔地笑着说，“我知道我会做什么决定，为什么我会做。我不想再做一个赛伯人，我想成为一个人类。以前我想去海伯利安，现在我还是想。”

“就因为这决定，有人在一星期前杀了你？”我说。

“对。”

“而你还想尝试一下？”

“对。”

“为什么不在这儿把意识注入你的赛伯体呢？为什么不在环网成为人类？”

“那永远做不到，”乔尼说，“被你看作是复杂星际社会的这个东西，只是内核现实矩阵中的沧海一粟。我不断面对人工智能，并且受他们支配。济慈人格……真正的实体……永远不会生还。”

“好吧，”我说，“你得离开环网。但是有其他殖民地啊。为什么偏偏选择海伯利安？”

乔尼抓住我的手。他的手指又长又暖，而且强壮。“布劳恩，你不明白吗？这里面有很多联系。有充分的理由显示，济慈关于海伯利安的梦想是某种跨世的交流，是他当时的人格和他现在的人格之间的交流。撇开这些不谈，海伯利安也是我们现在最关键的神秘之物——不管是物质上，还是诗歌上。很可能的情况是，他……我

① 节选自济慈的《海伯利安的陨落：一场梦》。这是一开始的几段。

的出生，死亡，然后又复生，就是为了探索海伯利安。”

“听上去真是疯狂，”我说，“多宏伟的幻想。”

“几乎肯定，”乔尼笑道，“我也一直乐在其中！”他抓住我的胳膊，搂住我的双腿，胳膊环抱住了我。“布劳恩，你会和我一起去吗？和我一起去海伯利安？”

我惊讶得眨眨眼，惊讶是由于他的问题，也由于我的回答，这让我全身涌过暖意。“会的，”我对他说，“我会去。”

我们走进睡眠区，那天余下的时间里，我们巫山云雨，然后睡着了，最后由于外面工业壕沟传来的第三层的弱弱光线，醒了过来。乔尼仰面躺着，他淡褐色的眼睛睁开着，正凝视着天花板，迷失在思绪中。但是并没有太过忘我，他仍然在笑，仍然张开臂膀搂着我。我的脸依偎着他的身体，靠在他的胳膊肘处，继续睡去。

第二天，我和乔尼传送至鲸心，当时，我身着盛装——一条黑色马裤，一袭复兴丝绸材质的上衣，领口上镶嵌着一颗卡弗内血石，还戴着一顶优林布雷三角帽。我让乔尼留在中枢终端附近的那家仿木仿铜酒吧里，但在离开之前，我把一个纸包塞给了他，里面是父亲的自动手枪，我告诉他，如果谁看他一眼，就用枪射他，即便那人是个斗鸡眼。

“环网语真是难懂。”他说。

“那个词可比环网古老多了，”我说，“你只管照我说的去做。”我紧紧捏住他的手，然后头也不回地离开了。

我乘了辆空中汽车，来到政府楼群前，我一路走着，经过了大约九次安全稽核，最后他们终于让我进入了中心场地。我走了半公里，穿越了鹿苑，一边走，一边欣赏着附近湖里的天鹅和远处小山顶上的白色大楼。然后，又出现了九个检查点，最后，一名中心安全部门的女士领我走上石板地，走进政府大楼。这是一栋低矮的大楼，但极为优雅，坐落在花园和风景如画的小山中。有一间布置得极为雅致的等候室，但还没等我坐在这真正的大流亡前德库宁[1]作品上休息一下，一名助手就出现了，他领我进入了首席执行官的私人办公室。

梅伊娜·悦石从办公桌那头绕过来，和我握了握手，示意我坐下。这么多年来，我一直在全息电视上看见她，而现在再见到她的真人，反而让我觉得有些不习惯。她的真人给我的印象更深：灰白色的头发剪得很短，但很卷；脸和下巴带着林肯式的棱角，就像所有研究历史的博学家一样，但是凌驾着整张脸的，是那又大又伤感的褐色眼睛，让人感觉好像是站在了一个真实的原始人面前。

我感觉口干舌燥："执行官女士，谢谢你能接见我。我知道你有多么忙。"

"我再忙也有时间见你，布劳恩。就像你父亲再忙也会抽空见我一样，当年我还仅仅是个下级议员呢。"

我点点头。父亲曾经跟我提过这个，他说梅伊娜·悦石是霸主仅有的政治天才。他知道，虽然她在政界起步较晚，但她总有一天会成为首席执行官。我真希望父亲能够活下来目睹这一天。

"布劳恩，你母亲身体还好吗？"

"执行官女士，她很好。她现在几乎寸步不离自由岛，一直待在我们旧时的避暑地。但是我每年圣诞节都会去那儿看她。"

悦石点点头。她一直随意地坐在大块头的书桌角上，有小报说，这桌子的主人曾经是天大之误前的一位美国总统，一位被暗杀的总统——但不是林肯。不过，现在她笑了笑，走回到桌子后的简陋椅子边，坐了下来。"我很怀念你的父亲，布劳恩。我真希望他

① 威勒姆·德库宁（Willem de Kooning，1904–1997）：美国画家。

能坐在这个位子上。你来的时候，有没有看看那片湖？”

“看了。”

“你还记得，你和我家的克里斯藤在那儿玩玩具船吗？当时你俩都刚学会走路。”

“只是有个印象，执行官女士。当时我还太小。”

梅伊娜·悦石笑了。这时，一个内部通信器突然鸣叫起来，她摆摆手，让它停止了叫唤。“布劳恩，我有什么帮得上忙的？”

我深深吸了口气。“执行官女士，你也许知道，我现在是一名独立的私人侦探……”没等她点头，我接着说道，“我最近在办一个案子，它把我引到了我父亲的自杀……”

“布劳恩，你知道，那件事已经调查得很彻底了。我看过调查团的报告。”

“对，”我说，“我也看过。但最近我发现了一些非常奇怪的事，是有关技术内核和它对海伯利安这个世界的态度的。当时，我父亲和你不是在宣传一个议案，要把海伯利安引进霸主的保护体吗？”

悦石点点头：“对，布劳恩，但当时我们还考虑引进另外十几个殖民世界。可一个也没有成功。”

“对。不过，我想问，内核和人工智能顾问理事会对海伯利安是不是有特别的兴趣？”

执行官拿着一只铁笔，点着下嘴唇：“布劳恩，你知道什么消息？”我开口回答，但她举起一只手指让我先打住。“等等，”她按了按交互面板，“托马斯，我等几分钟再出来。可能会比预定计划晚点到达，请务必好好款待来自天龙星的贸易代表团。”

我没有见到她按什么键，突然，一个蓝金相间的远距传送门嗡嗡地出现在远处的墙上。她示意我先进去。

一片草原，长满了齐膝高的金色草，延绵不绝，伸向远方的地平线。天空是浅黄色的，带着亮闪闪的青铜条纹，那可能是云朵。我没有认出这是哪个世界。

梅伊娜·悦石走了进来，她碰了碰袖子上的通信志装置。远距传送门眨眨眼消失了。一阵暖暖的微风吹过，馨香扑鼻而来。

悦石又碰了碰她的袖子，朝天上瞥了一眼，点点头："布劳恩，抱歉，让你多有不便。卡斯卓-劳塞尔没有数据网，也没有任何卫星。现在，请继续你刚才的话。你发现了什么消息？"

我朝空荡荡的草原四顾："也许……不必这么大费周折，到这么安全的地方来谈话。我只是发现，技术内核似乎对海伯利安非常感兴趣，它们建造了一个旧地的模拟……一整个世界！"

如果我原先期待着看到震惊，看到惊讶，那我将大失所望。悦石点点头："对。我们知道旧地模拟这件事。"

反倒是我震惊了："那为什么连公布都不公布呢？如果内核可以重建旧地，很多人都会感兴趣的。"

悦石信步而走，我跟着她；她迈着大步，我加快步伐跟上她。"布劳恩，霸主不想公布。我们最棒的人类情报来源完全不知道内核这样做的原因，他们一点也不明白。现在，我们的明智之举还是等待。你有什么关于海伯利安的消息？"

我不知道自己是否可以信赖梅伊娜·悦石，不管是旧时还是现在。但是我明白，欲想取之，必先与之。"它们模拟重建了一个旧地诗人，"我说，"而且，它们似乎鬼迷心窍了，想方设法不让这个模拟人知道海伯利安的任何信息。"

悦石摘了根长长的草茎，咬在了嘴里："约翰·济慈赛伯人。"

"对，"这次我加倍小心了，不轻易露出惊讶之情，"我知道，父亲当时强烈要求为海伯利安取得保护体的地位。如果内核对那地方有着什么特别的兴趣，它们也许……也许操纵了……”

“你父亲的自杀？”

“不是吗？”

微风拂过，金色的草泛起波纹。我们脚下的茎秆丛中，有什么非常小的东西飞速蹿离。“布劳恩，那也并非不可能，但我们完全没有证据。告诉我，这个赛伯人想要做什么。”

“你先告诉我，为什么内核对海伯利安这么感兴趣。”

这个垂老的女人摊开双手：“布劳恩，要是我们知道，我晚上就能睡得安稳些了。就我们所知，技术内核已经对海伯利安着迷了几个世纪。首席执行官耶夫申斯基曾允许阿斯奎斯的比利王到这个行星上开拓殖民，这件事几乎让人工智能退出环网。最近，我们在那儿建立了超光发射器，也带来了相似的危机。”

“但人工智能没有退出。”

“没有，布劳恩，看样子，它们需要我们，正如我们需要它们，不管是为了什么理由。”

“但是，如果它们对海伯利安这么感兴趣的话，为什么不让它加入环网呢？这样它们不就能自己去那儿了吗？”

悦石用手梳理着头发。高高在上的青铜色云朵泛起涟漪，必是有什么猛烈的急流吹过。“它们非常固执，不让海伯利安加入环网，”她说，“这真是有趣的悖论。告诉我，赛伯人想要做什么。”

“你先告诉我，为什么内核对海伯利安那么着迷。”

“我们无法确信。”

“那告诉我最好的猜测。”

首席执行官悦石拉出嘴里的草茎，端详着：“我们相信，内核正在从事一项完全不可思议的计划，可以让它们预测……一切。让它们操纵一切变数，空间、时间、历史的变数，把这一切作为一份可以管理的信息。”

“终极智能计划。”我脱口而出，进而明白自己太过轻率，但我不去管它。

这次，首席执行官悦石真切地露出了震惊之情：“你怎么知道的？”

“这个计划和海伯利安有什么关系？”

悦石叹了口气：“布劳恩，我们无法确信。但是我们的确知道，海伯利安上有反常的东西，技术内核没办法把这个因素考虑进预测分析中。你知道所谓的光阴冢吗？伯劳教会认为那是神圣之物。”

“当然知道。光阴冢已经暂时不向旅客开放了。”

“对。因为几十年前，有个研究员在那儿发生了一起事故，我们的科学家证实，光阴冢附近的逆熵场不仅仅如大众所相信的那样，只是一种保护，防止时间的侵蚀效应。”

“那到底是什么？”

“它是一种场……或者说，是力量的残余，事实上正是它，驱使着光阴冢和冢内之物从某个遥远的未来出发，逆着时间发展。”

“坟内之物？”我说，“但是光阴冢是空的。从它们被发现到现在，都是空的。”

“现在是空的，”梅伊娜·悦石说，“但是有迹象显示，里面曾经有过东西，就在它们打开的时候，在我们不远的将来，将会有满满的东西。”

我盯着她：“多远的将来？”

她那黑色的眼眸依旧带着温柔，但是她摇摇头，谈话到此结束。“布劳恩，我已经告诉你太多东西了。你不能向别人转述这一切，如果必要，我们会保证你保持沉默。”

为了掩饰自己的疑惑，我摘了一片叶子，撕成几片塞进嘴里嚼起来。“好吧，”我说，“光阴冢里会出现什么呢？外星人？炸弹？几条逆时间运行的太空船？”

悦石板着脸笑了笑。“布劳恩，要是我们知道，我们就能超越内核了，但是我们没有。”笑容消失了，“有个假设是，光阴冢和未来战争有关。也许，是通过重新安排过去，来对未来宿怨进行清算。”

“苍天在上，那是谁和谁的战争啊？”

她再次摊开双手：“布劳恩，我们要回去了。现在，可不可以告诉我，这个济慈赛伯人想要做什么？”

我低头看了看，然后回过身，与她镇静的目光对视。我无法相信任何人，但是内核和伯劳教会全都知道乔尼的计划了。如果这是一场三方演义，那么任一方都应该知道这件事，万一这伙人中有好人呢。“他打算将他的意识注入赛伯体中，”我笨笨地说道，“悦石女士，他打算成为人类，然后到海伯利安去。我会和他一起去。”

她盯着我，沉默了很长一段时间。她是议院和全局的领事，是政府首席官员，这个政府横跨了几乎两百个世界，统领着数百亿人类。然后她说：“那他是打算乘圣徒飞船进行朝圣，对不对？”

“对。”

“不可能。”梅伊娜·悦石说。

“你说什么？”

“我是说，‘北美红杉’不许离开霸主空间半步。不会再有朝圣了，除非议院觉得那对我们有利。”她的声音硬邦邦的，犹如钢铁。

“我和乔尼会乘神行舰去，”我说，“反正朝圣也只是失败者的游戏罢了。”

“不，”她说，“这段时间，不会再有民用神行舰去海伯利安了。”

“民用”这个词点拨了我。“要开战了？”

悦石双唇紧闭。她点点头：“之后神行舰才能去那儿。”

“与……驱逐者开战吗？”

“起初是。布劳恩，你可以这样看，这是我们要让技术内核强迫作出表态的一种方式。我们要么将海伯利安系统并入环网，收归军部保护，要么就会让它落入另一个种族手里，而这个种族对内核和所有人工智能是嗤之以鼻的。”

我没有跟她提乔尼曾经说过的话，内核和驱逐者有过联系。我说：“强迫作出表态的一种方式。很好。但是谁能摆布驱逐者，让他们进攻呢？”

悦石看着我。如果那个时候她的脸是林肯式的话，那么旧地的林肯就是个狗娘养的强硬派。“布劳恩，该回去了。所有的一切都不能透露出去，你晓得这有多么重要。”

“我晓得一个事实，即使你没有什么理由，你也根本不会透露什么消息，”我说，“我不知道你想把这些废话传给谁听，但是我知道自己是个信使，而不是什么知心女友。”

“布劳恩，别低估我们保守秘密的决心。”

我笑了：“女士，我不会低估你在任何事上的决心的。”

梅伊娜·悦石摆摆手，示意我先进远距传送门。

“我有个办法，可以发现内核在搞什么鬼，”乔尼说，此时我们正在无限极海上开着租来的喷射艇，那儿就我们两人，“但是很危险。”

“所以还有什么新鲜事吗？”

“我跟你说正经的。除非我们觉得一定要弄明白内核到底害怕……海伯利安的什么东西，我们才能尝试这个办法。”

“我一定要弄明白。”

“我们需要一名操作员，也就是一名数据平面操作的艺术家。这人得聪明，但是并没有聪明到不愿冒冒险。这人甘愿冒一切风险，并且会帮我们保守秘密，在赛伯飙客的恶作剧中保密到永远。”

我朝乔尼笑了笑：“我恰恰认识这样一个人。”

屁屁独自住在一间廉价公寓中，就在鲸心廉价街坊的一个廉价塔楼的底部。但是他拥有的硬件没有一件是便宜货，他公寓的四个房间全部塞满了这些东西。最近十年来，屁屁的大多数薪水都投到了这些代表尖端科技的赛伯飙客玩具中了。

我开门见山地跟他说，我们想让他帮个忙，为我们做件违法的事。屁屁回应说，身为公共雇员，他不会考虑干这种事的。然后他问是什么事。乔尼开始解释。屁屁身体前倾，我看见这个上了年纪的赛伯飙客两眼发光，大学毕业后我就再没见他这样过。我本以为，他是企图当场把乔尼大卸八块，看看赛伯人是如何运行的。然后，乔尼开始讲到有意思的一环，屁屁眼中的微光变成了活力四射的光芒。

“我把自己的人工智能人格自毁，”乔尼说，“转移到赛伯体的意识中去，这一切仅需几纳秒便完成了，但是就在这几纳秒之内，内核周边防御中，我的那个区域的防御力将会下降。安全噬菌体会赶在其后的几纳秒之内填补这一缺口，但是，就在那时……”

“进入内核。”屁屁低语道，他的眼睛闪闪发光，就像某个古老的视频显示终端。

“那非常非常危险，”乔尼郑重强调，“就我所知，没有人类操作者突破过内核的外围防线。”

屁屁擦了擦下嘴唇。“有个传说，牛仔吉布森做到过，就在内核退出之前，”他喃喃道，“但没人相信这个传说，而且牛仔已经消失了。”

“但即使突破了外围防线，你也没有足够的时间进入。”乔尼说，“不过我有精确的数据坐标。”

“他妈的够刺激够味，”屁屁小声说，他回身来到控制台，摸向分流器，“开干。”

“现在就干？”我说。连乔尼也大吃一惊。

“干吗要等？”屁屁“咔嗒”一声插入分流器，附上后脑皮层导线，不过他撇开平台，让其空转，“到底干不干啊？”

乔尼已经躺在躺椅上，我走向前，来到他身边，抓住他的手。他身上冰冷冰冷的，脸上面无表情，但是我能想象，面对即将来临的人格毁灭，面对先前存在的毁灭，那确切的感受是什么样的。即便转移成功，带着约翰·济慈人格的人也不会再是“乔尼”了。

“他说得对，”乔尼说，“干吗要等？”

我吻了他。“好吧，”我说，“我和屁屁一起进去。”

“不！”乔尼用力捏着我的手，“那里太危险了，你帮不上忙。”

我听见了自己的声音，跟梅伊娜·悦石的声音一样固执。“也许吧。但是我不能叫屁屁一个人去冒险，而我却什么也不做。我也不会留你一个人在那儿。”我最后一次捏紧了他的手，走到屁屁那里，坐在了控制台边。“屁屁，怎么连接这些狗屁玩意儿？”

如果你读过关于赛伯飙客的所有东西，你就知道数据平面的骇人之美。看那三维的高速公路边的风景——黑冰、霓虹周界防线、绚彩发光的奇异闹市、数据街区中的闪烁摩天楼，而头顶是人工智能的浮云。我骑在屁屁的载波之上，目睹了这一切。那几乎太多，太强烈，太可怕了。我能听见庞大的安全噬菌体的凶恶威胁；即便是在冷冰冰的屏幕里，我也能闻到反击的绦虫病毒发出的死亡气息；我还能感觉到人工智能愤怒的重量压在我们身上——我们是大象脚底下的虫子，而且，我们现在还什么都没做，仅仅是通过屁屁的一个接入入口的东西，在核准的数据道路上行驶，那东西是屁屁为流量控制记录和统计工作设计出来的某个家庭作业。

我身上贴着导线，看着这一切，就像看着数据平面中失真的黑白电视机，而此时此刻，乔尼和屁屁却注视着完整的刺激模拟全息像。

我不知道他们是怎么忍受下来的。

“好了，”屁屁小声说，在数据平面里，那声音就相当于耳语，“到了。”

“到哪儿了？”我看见的只是明亮灯光和更明亮的阴影组成的无限迷宫，排列在四维空间里的一万座城市。

“内核边界，”屁屁小声说，“抓紧了。差不多是时候了。”

我没有手臂来抓牢，这世界也没什么有形的东西让我攫取，但是我全神贯注于一个波形的暗影，那是我们的数据卡车，我紧紧抓着。

乔尼就在那时死了。

我直面过核爆炸。父亲还是议员的时候，他曾经带我和母亲到过奥林帕斯指挥学校，在那儿我们观看了军部的演示。演示的最后，观众的观察舱被传送至某个荒凉的世界……我想是阿马加斯特……军部的地面侦察排的一队人，朝九十公里外的一个假想敌发射了一颗无放射性的战术核弹。观察舱带着十级的极化密蔽场防护，而核弹只是一颗五万吨当量的野外战术弹。但我永远也不会忘记那次爆炸，八十吨舱体随着冲击波在反重力轮上颠簸，就像一片叶子。光线的物理冲击实在是太可怕了，它让我们的密蔽场极化成了漆黑的午夜，却仍让我们泪流不止，它持续地想要闯进来。

而这更糟。

数据平面中有个区域似乎在闪光，然后向心聚爆，现实冲掉了一抹纯黑。

“抓紧了！”屁屁尖叫道，声音撞击在数据平面的静电噪声上，那些噪声锉着我的骨头，我们在旋转，在打滚，被吸入真空，就像虫子掉入了海洋的漩涡。

可是，不可思议啊，无法想象啊，黑色装甲的噬菌体不知用什么办法穿透了这片喧嚣疯狂，它们朝我们冲了过来。屁屁躲开了一只，其他噬菌体喷出酸膜，屁屁以其之道，还施彼身。但是我们还是被吸入了什么东西里，那里比现实中的空虚更冷，更黑。

“那儿！”屁屁叫道，他的声音模拟几乎消失在了数据网撕扯的龙卷风急流中。

那儿什么？然后我看见了它：一条黄色的细线，在这湍流中泛起波纹，就像飓风中的布条标语。屁屁卷着我们，找到了我们自己的波浪，载着我们抵御着狂风，又找到了匹配的坐标，这些坐标在我眼前一闪而过，我都无法看见。我们正骑着黄色的带子进入……

……进入什么？焰火的冻结喷泉，数据的透明山脉，存储工具的无穷冰河，如裂纹般四散开来的存取神经中枢，半知半觉的内部处理泡沫形成的铁色云块，原始材料的炽热金字塔，所有这些东西，由黑冰之湖和黑脉冲砂纸大军防卫着。

“该死。”我小声自言自语。

屁屁跟着黄色的带子下潜，进入，穿过。我感受到一种真切的连接，似乎有谁突然把一大堆东西放进了我们的手心。

“有了。”屁屁尖叫道，突然，传来一阵声音，这声音比那包围我们、消灭我们的大漩涡的声音更响，更亮。既不是警笛声，也不是警报声，在那警报和侵略的音调中，两种声音全都包含在了其中。

我们在往上爬升，在逃离这一切。透过这片灿烂的混沌，我可以看见灰暗的模糊墙壁，然后我突然知道，那就是边界，虽然那空洞在缩小，但是仍旧在破坏墙壁，就像不断缩小的黑色颜料。我们正在爬离。

但是还不够快。

噬菌体从四面八方击中我们。当侦探的这十二年来，我被子弹射中一次，被刀划伤两次，肋骨折断多次。而所有曾经受过的伤加起来，都比不上这次的疼痛。与此同时，屁屁还在战斗，还在爬升。

在这紧急关头下，我所能做的，仅仅是尖叫。我感觉到冰冷的爪子攫取着我们，在把我们往下拉，拉回光亮、喧闹和混沌之中。屁屁正在用某个程序、某个魔力公式把它们击退。但这远远不够。我能感觉到一阵阵力道砸在身上——主要不是在打我，而是打在了屁屁的矩阵模拟上。

我们正往回沉，无情的力量拖着我们。突然之间，我感觉到了乔尼的存在，似乎有一只巨大强壮的手臂把我们拉了上来，就在那个污点把我们的生存希望封起来前，在防御场如铁牙般轰然密闭前，拎着我们穿过了周界墙壁。

我们飞快地行驶在拥挤的数据道路上，速度快得不可思议。我们超过了数据平面的信使，超过了其他操作者模拟，就像电磁车飞速赶过牛车一般。然后，我们朝通向慢时间的大门接近，以某种四维的高跳，从锁在格子中的兴奋的操作者模拟的背上跃了过去。

从矩阵中一出来，我就感受到这种转变带来的无法避免的恶心感。光线在我的视网膜上燃烧，那是真真正正的光线。然后，痛苦拍打着我的身体，我从控制台边瘫倒下来，不住呻吟。

“布劳恩，快点。”乔尼——或者是某个很像乔尼的人——扶我站起身，搀着我朝门口走去。

“屁屁。”我喘着粗气。

“不。”

我睁开了剧痛的双眼，就那么瞧着，瞧见了屁屁·萨布林芝垂倒在控制台前。他的斯特森帽掉了下来，滚到了地板上。他的头爆裂开来，灰红的脑浆溅满了控制台。嘴巴大张，一股浓稠的白色泡沫还在从嘴里往外流。他的眼睛看上去熔化了。

乔尼抓住我，把我抱了起来。“我们得走了，”他轻轻说道，“随时会有人来这儿。”

我闭上双眼，随他带我离开了这里。

我醒来时，感觉周围是一片昏暗的红光，耳边听到滴水声。我闻到污水味、霉味和未绝缘的电力电缆的臭氧味。我睁开一只眼睛。

我们是在一个低矮的地方，与其说是房间，不如说是洞窟。碎裂的天花板上，电缆曲折蛇行；黏乎乎的瓷砖上，全是一摊摊的积水。红光来自洞窟远处的什么地方——也许是某个维护用的进口竖井，或者是自动机修隧道。我轻声呻吟着。乔尼就在边上，他从破烂的毯子铺盖中爬了起来，来到我身边，脸庞黑黑的，不知道上面是油脂还是灰尘，还有至少一处新伤。

“我们在哪儿？”

他抚摸着我的脸。另一只手环抱住我的肩膀，扶我坐了起来。我头晕目眩，眼中丑陋的景象突然漂移歪斜，在那片刻，我感到一阵作呕。乔尼拿着一只塑料杯，扶着我喝水。

“渣滓蜂巢。”乔尼说。

还未完全清醒时，我就猜到了。渣滓蜂巢是卢瑟斯上最深的地坑，一个机修隧道，一个非人之地；它是违法的洞穴，是环网半数的流氓和逃犯的老巢。几年前，我正是在渣滓蜂巢中被子弹击中，现在我左边的髋骨上仍然带着激光留下的伤疤。

我握着杯子递出去，示意还要喝。乔尼从一个钢铁热堡中倒了点水，走了回来。我在自己的外衣口袋，在我的皮带上摸索，顿时惊慌失措——父亲的自动手枪不见了。但乔尼拿出那把枪，给我看了看。我如释重负，接过杯子，如饥似渴地喝了起来。“屁屁呢？”我说，在那片刻，我希望这一切只是可怕的幻觉。

乔尼摇摇头：“我们俩都没预料到它们的防御会那么强。屁屁的侵入太棒了，但是他还是没办法打败那么多的内核终极噬菌体。虽然如此，数据平面里还是有半数的操作者感受到了这一战的共鸣。屁屁已经成为传奇人物了。”

“那可真他妈太好了啊。”我说，接着笑了起来，那声音听上去像是在哭一样。“传奇人物。屁屁死了。他妈就这么白白死了。”

乔尼的臂膀紧紧地搂着我：“不是白白死了，布劳恩，他夺取到了数据。在他死之前，给到了我手里。”

我费尽力气，坐起了身，看着乔尼。他看上去和原先一模一样——同样的温柔眼眸，同样的头发，同样的声音。但是有什么隐约的不同，让人难以捉摸。更像人了？“你？”我说，“你转移成功了吗？你是不是……”

“人？”约翰·济慈朝我笑着，“是的，布劳恩。或者非常接近人类，比其他任何在内核中铸造的东西更加接近。”

“但是你记得……我……记得屁屁……记得发生的事。”

“对。我记得我初读恰普曼译荷马史诗[①]。记得那晚我弟弟汤

---

① 乔治·恰普曼（George Chapman，1559-1634）：英国诗人，戏剧家，翻译家。他译的荷马史诗《伊利亚特》和《奥德赛》，气魄宏大，是很大的成功。济慈读后写下了《初读恰普曼译荷马史诗》这首诗。

姆咳血的眼神。记得赛文的亲切声音，当时我虚弱得无法睁眼面对自己的命运。我记得我们在西班牙广场的那一夜，当我吻到你的嘴唇时，想象到依偎在我胸口的是芬妮的脸。我记得这一切，布劳恩。”

在那片刻我感到迷糊了，感觉受了莫大的伤害，但是乔尼把手放在了我的脸上，我感觉到了，是他，我知道，他心里再也没有其他人了。我闭上了双眼。“我们为什么到这儿？”我靠在他的衬衣上，轻轻说道。

“我不能冒险使用远距传输器，内核可以立刻追踪到我们。我曾考虑过航空港，但是你的身体状况太差，不能旅行。所以我就选择了渣滓。”

我依偎着他，点点头：“他们会想办法杀死你的。”

“对。”

“当地警察有没有追我们？霸主警察呢？交通警察？”

“不，我想没有。到目前为止，向我们挑战的人仅仅是两伙打手，还有几个住在渣滓里的家伙。”

我睁开眼睛：“这些打手怎么样了？”环网里有非常多的穷凶极恶的恶棍，有赏金杀手，但是我从没碰到过。

乔尼拿起父亲的自动手枪，朝我笑笑。

“我不记得屁屁之后的任何事了。”我说。

“你在噬菌体的反冲袭击中受伤了。你能走路，但是我们吸引了中央广场上许多人古怪的眼神。”

“对，我确信。告诉我屁屁发现了什么，为什么内核对海伯利安如此着迷？”

“先吃点东西，”乔尼说，“你已经昏迷了二十八个小时之久。”他穿过正不断滴水的洞窟房间，回来时，手里拿着一个自热包。这是全息狂热者的便饭——瞬间干燥、重新加热的克隆牛肉和从没见过土壤的西红柿，而胡萝卜呢，看上去就像某种深海鼻涕虫。没啥比这更“好吃”的了。

“好了，”我说，“告诉我。”

“内核形成的时候，技术内核分成了三派，”乔尼说，“稳定派是一群老牌的人工智能，它们中有些可以追溯到天大之误前的日子。其中至少有一个在第一次信息时代就获得了知觉。稳定派的主张是，人类和内核之间必须维持在某种共生共存的平衡状态下。它们倡议，为了避免草率决定，终极智能计划必须暂缓下来，等到所有的变数能够得以管理，才可以继续进行。反复派是三个世纪前主导退出的那股势力，它们作出了结论性的研究，认为人类不再有用，基于这一点，人类构成了对内核的威胁，它们鼓吹立即将人类全面灭绝。”

“灭绝……”我说，过了片刻，我问，“它们做得到吗？”

“灭绝环网的人类，它们办得到，”乔尼说，“内核的职能，不仅仅是为霸主社会创造了基本设施，它们也已经成了一切的必需之物，从军部的部署，到库存核弹和等离子军械库的故障保护。”

“你在内核的时候……知道这些吗？”

“不知道，”乔尼说，“我只是重建计划设计出的一个赛伯人，一个伪造的诗人，我是个怪物，一只宠物，一个不完整的东西，我可以在环网中闲逛，就像宠物可以每天从家里出来逛一样。我从来不知道人工智能分为三个阵营。”

“三个阵营，”我说，“第三个是什么？哪里牵涉到海伯利安了？”

“稳定派和反复派之间，是终极派。过去的五个世纪以来，终极派一直着迷于终极智能计划上。对人类的存在还是毁灭，它们毫无兴趣，仅仅只考虑这些如何为计划所用。到现在，它们还只是一帮缓和的势力，是稳定派的同盟，因为它们觉得，像旧地实验这样一个重建计划是必须的，这能帮着最终实现终极智能。

“然而，最近，海伯利安问题促使终极派转向反复派的观点。自从四个世纪前探索到海伯利安以来，内核变得忧心忡忡，迷惑不解。它们很快知道，所谓的光阴冢，是至少一万年后的银河未来所投下的人造之物，从那时开始，逆时间进发。然而，更让内核不安的是这样一个事实——它们的预言公式无法分解海伯利安这个变数。

“布劳恩，要明白这个，你就必须知道内核是多么依赖他们的预言。即使终极智能还没有投入使用，内核也早已对未来两个世纪的物理、人类和人工智能的详情预测到了98.9995%的程度。全局的人工智能顾问理事会，说出一些含混不清、阿波罗神谕式的话，人类把它当宝——其实那完全是笑话。内核只是把终极智能计划中的一些小小花絮透露给霸主罢了——这些东西有时是为了帮稳定派，有时是帮反复派，但总是为了满足终极派。

“海伯利安是内核生存的整个预言架构中的裂口，它是即将抵达终点时的一道坎——一个无法预言的变数。它看上去于理不通，似乎豁免了一切法则——物理、历史、人类心理，以及内核的人工智能预言。

“未来有两个结果——如果你想称其为现实也行。其中的一个是：伯劳，这个不久就将被释放到环网和星际人类中的瘟神，它作为从内核统治着的未来派来的武器，是反复派逆时间而来的一次性打击，从此以后，反复派开始了千年的银河统治。另一个，则预见了伯劳的入侵和即将到来的星际战争，以及光阴冢打开后从中走出的其他东西，所有这些都是人类逆时间而来的重拳猛击，是驱逐者、前殖民者和其他小伙人类逃离了反复派的灭绝计划后，在最后曙光前的搏斗。”

水“嘀嗒嘀嗒”滴在瓷砖上。附近地道里的什么地方，传来机修烧灼工的警示声，这些声音在陶瓷和石头中不断回响。我靠在墙上，盯着乔尼。

“星际战争，”我说，“两个结果都发生了星际战争？”

“对，那是躲不了的。”

“这两个内核派别的预言可不可能都是错的？”

“不可能。海伯利安上发生的事的确有疑点，但是环网和所有地方的分崩离析是显而易见的。终极派了解到这个事实之后，把它作为主要的论据，认为应该加紧开始下一步的内核进化。”

“屁屁偷来的数据告诉了我们什么，乔尼？”

乔尼笑着，他碰到了我的手，但是并没有抓住它。“数据告诉我，由于某种原因，我是海伯利安未知因素的一部分。它们创造了济慈的赛伯人，这是它们殊死的赌注。只是，身为济慈模拟，我显然是个失败之作，因此稳定派才打算保护我。当我下定决心去海伯利安时，反复派杀了我，它们的意图非常明确，就是要删除我的人工智能实体，防止我的赛伯体再次作出那个决定。”

“但你的确做了。发生了什么事？”

“它们失败了。内核过于自大，它们没有考虑到两件事。第一，我会将我的全部意识注入我的赛伯体中，这也就改变了济慈模拟的本质；第二，我会去找你。”

“我！”

他抓住我的手：“对，布劳恩，你好像也是海伯利安未知因素的一部分。”

我摇摇头。突然感觉我左耳上方的头皮麻麻的，我举起手，原本以为会在那发现什么伤口，也就是在数据平面中搏斗时留下的创伤。然而，我的手指碰到的是一个神经分流槽的塑料外壳。

我另一只手猛地摆脱了乔尼，满怀恐惧地盯着他。他在我失去意识时，给我的身体动过手术，给我接了电线。

乔尼举起双手，手掌对着我，让我平静："布劳恩，我不得不这么做。为了我们俩的生存，我必须那么做。"

我握紧拳头："你这该死的狗娘养的贱货，我干吗需要这直连接口？啊？你这信口雌黄的杂种。"

"不是和内核连接，"乔尼轻声说，"是和我。"

"你？"我的手和拳头微微发颤，我打算砸扁他那容器中克隆出来的脸。"你！"我冷笑道，"你现在是人了，你难道忘了？"

"我知道。但是某些赛伯体的功能仍旧存在。你记得几天前我碰到你的手，带你到数据平面上的事吗？"

我盯着他："我再也不会去数据平面了。"

"不。我也不会再去了。但是我需要在非常短的时间内，将大量的数据传送给你。我昨晚带你到渣滓见了个黑市外科医生。她给你植入了一个舒克隆磁盘。"

"为什么？"舒克隆环非常小，不会比我的拇指指甲大，而且那东西非常昂贵。它里面装着不计其数的磁泡存储器，每一个都能容纳近乎无穷比特的信息。舒克隆环是无法通过生物载体访问的，因此可以用来传送机密信息。不管是男人还是女人，只要携带一个舒克隆环，就能把人工智能人格或者整个行星的数据网带在身上。见鬼，连一只狗也能携带这一切。

"为什么？"我再次问道，我怀疑乔尼，或者乔尼背后的什么势力，是不是在利用我，把我作为送信人。"为什么？"

乔尼靠近了些，他的手包住了我的拳头："相信我，布劳恩。"

父亲在二十年前打爆了自己的头，此后母亲隐居起来，退却至她那自私的生活中，从此以后，我再也不相信任何人了。现在，这世界里没有任何理由可以让我相信乔尼。

但我相信了他。

我松开拳头，抓住了他的手。

“好了，”乔尼说，“快把你的饭吃了，我们得行动起来，干点什么来保全我们的小命了。”

武器和药，是渣滓蜂巢里最容易搞到手的两件东西。我们花光了乔尼最后一点可观的黑市积蓄，买了些武器。

二十二点整，我们两人都穿好了晶须钛聚乙烯的甲胄。乔尼戴着一顶打手的镜式黑色头盔，而我戴着军部额外的控制面具。乔尼的动力手套很大，而且是大红色的。我戴着滤息手套，那东西带着可以夺人性命的小装饰。乔尼拿着一把驱逐者的地狱之鞭，那是从布雷西亚上夺得的战利品，他还在腰上别了根激光棒。我呢，除了父亲的自动手枪，还在回旋腰带上插了一把斯坦-津迷你枪。我可以通过面具控制这把枪，甚至射击时不用动手。

我和乔尼互相看着对方，开怀大笑起来。笑声停止后，我们很长时间都没吭声。

“你确定卢瑟斯的伯劳神庙是我们最好的机会吗？”这是我第三次问，或者第四次。

“我们不能进行远距传输，”乔尼说，“内核只要伪造一个故障，我们就死了。我们甚至不能在这里的底层空间乘电梯。我们得找一条不受监控的楼梯，爬到一百二十层之上。到神庙去的最安全的路，是中央广场的那条笔直的路。”

“对，但是伯劳教会的人会让我们进去吗？”

乔尼耸耸肩，这动作在他的战斗装甲中显得很奇怪。从打手头盔中发出的声音带着金属质感。“现在只有他们能从我们的存活中获利。也只有他们有足够的政治影响力，可以帮我们找到去海伯利安的交通船，并保护我们不受霸主的侵害。”

我拉起面具：“梅伊娜·悦石说未来不会允许飞船飞往海伯利安进行朝圣了。”

镜式黑色的圆顶明智地点点头。“去他妈的梅伊娜·悦石。”我的诗人爱人说。

我深吸了口气，走到小小凹地的开口处，这是我们的洞窟，我们最后的避难所。乔尼走到我身后。装甲摩擦着装甲。“准备好了吗，布劳恩？”

我点点头，把迷你枪转到基点之上，迈步开始离开。

乔尼碰了碰我，拉住了我：“我爱你，布劳恩。”

我点点头，强忍着。我忘记了自己的面具没有合上，他能看见我的泪水。

蜂巢一天二十八小时，时时刻刻醒着；但是遵循着某些传统，第三层是最安静的，也是人烟最稀少的。如果我们去第一层，在高峰时间走人行道，运气也许会好一点。不过如果打手和谋财害命的家伙正等着我们，那么平民的死亡丧钟将会敲得震耳欲聋。

我们花了三个多小时爬到中央广场，没有走楼梯，而是行走在一系列无止境的机修通道中，爬进被遗弃的竖直入口，这些入口在八十年前已经被反对提高机械化和自动化的勒德暴动席卷一空了。最后，我们走上了一条楼梯，上面生的锈比它的金属还多。从楼梯出来，我们进入一条输送走廊，离伯劳神庙只剩下半公里不到的路程了。

“这么不费吹灰之力，我都不敢相信。”我用内部通信器对他耳语。

“他们很可能把人都集中在航空港和私人远距传输器群组中了。”

我们走在这个相当隐蔽的通道里，来到了中央广场，这地方位于第一购物层下方三十米，屋顶下方四百米。现在，伯劳神庙这幢绚丽、随意的建筑已经离我们连半公里路都不到了。不少错过高峰的购物者和慢跑者朝我们瞥来，但很快就走开了。我心里深信不疑，商场的警察都接到了通知，但如果他们立马出现的话，我还是会感到惊讶的。

一帮穿着鲜艳衣服的街头流氓从一个电梯中一哄而散，嘴里大喊大叫。他们身上带着脉冲刀、链条和动力手套。乔尼大吃一惊，他舞起地狱之鞭，朝他们挥去，鞭子发出几十发射击光束。我的迷你枪呼啦啦地在那急速旋转，随着我眼睛的移动从一个瞄准点移到另一个瞄准点。

那七个小混混组成的团伙猛然刹住脚步，举起他们的手，眼睛大睁，朝后退回了电梯，然后离开了。

我看了看乔尼，黑色的镜影朝我回看过来，两人谁都没笑。

我们穿向北部的购物小巷，仅有的几个步行者一溜烟跑到大门敞开的店堂里，现在，我们离神庙的阶梯连一百米都不到了。通过军部的头盔耳机，我能真切地听到自己的心跳声。离阶梯还有五十米时，似乎受到传唤，一名侍僧或者神父什么的出现在神庙十米高的大门口，看着我们走近。三十米。如果有人打算中途截击我们，他们应该在这之前就截击了。

我转身对着乔尼，打算说点好笑的话。突然，至少二十束光束以及十多束的射弹立刻击中了我们。钛聚乙烯的外层向外爆裂开来，在反气流的作用下偏转了大部分射弹的能量。之下的镜面反射掉了大多数的杀人光束。大多数。

乔尼在这冲击力之下摔倒了。我单膝跪地，让迷你枪朝激光源瞄准。

蜂巢住宅墙的十楼之上。我的面具突然变暗，甲胄蒸发出反射而出的水汽，迷你枪的声音听上去完全就像是历史全息剧中的某种电锯的声音。十楼之上，一个五米的阳台和墙壁四分五裂，涌出爆炸钢矛的云团，发出一阵刺穿盔甲的声音。

三个沉重无比的刺客从后面击中了我。

我双掌撑地，摔在地上，压制住迷你枪，旋过身来。对方在每一层上都至少有十几个人，他们飞快移动，那是非常考究的格斗之舞。乔尼爬起身，跪在那儿，拿着地狱之鞭开火了，发出一连串的激光束，他仿佛是在彩虹中穿行，敲打着反弹防御。

其中一个跑动着的身影爆裂起火，身后的橱窗成了一摊玻璃液，溅到十五米开外的中央广场上。又有两人出现在平地的栏杆上，我用迷你枪一阵扫射，让他们龟缩了回去。

一架敞开的掠行艇从顶椽降落而下，反重力轮颠簸摇晃，倾斜在路标塔边上。火箭弹猛地冲击在我和乔尼身边的混凝土上。商店正门吐出无数块碎玻璃，将我们淹没。我抬起头看着，眨了两下眼，瞄准，发射。掠行艇朝边上猛地歪去，撞到了电动扶梯，上面还有十几个畏首畏尾的平民。最后，它在一大堆扭曲的金属中打着滚，如军火库般轰然爆炸。我看见八十米下方的蜂巢地面上，有一个购物者在火焰中跳动着。

“左边！”乔尼在密光束的内部通信器中朝我喊。

四个穿着战斗装甲的人用个人升降包从上面落了下来。聚合的变色龙装甲苦苦地跟上不断变化的背景的脚步，但仅仅是把每个人变成了闪耀的万花筒。其中一个来到我迷你枪的扫射范围之内，牵制住我，另外三个朝乔尼跑去。

这家伙冲过来，拿着脉冲刀，犹太风格。我任其撕咬着我的装甲，知道它会刺进我前臂的肌肉里，但我是在争取时间。有了。时机一到，我马上举起戴着手套的手，用那钢硬之边砍死了这家伙，紧接着把迷你枪扫向三个正和乔尼搏斗的家伙。

他们的装甲非常坚硬，我用枪扫得他们节节后退，就像用水管冲洗堆满垃圾的人行道。在我把他们全部打下这一层的突出平台前，只有一个家伙爬起了身。

乔尼又一次摔倒在地。他的部分胸甲不见了，熔化掉了。我闻到焦肉的味道，但没有看到什么致命的伤口。我半蹲着，抱起了他。

“别管我，布劳恩。快跑，上楼梯。”密光通信中断了。

“滚蛋。”我叫道。我用左手抱住他，支撑住他的身体，又让迷你枪有了瞄准的空间。“我还是你付钱找来的保镖。”

他们在蜂巢的两面墙上，在椽上，在我们头顶的购物层上狙击我们。人行道上至少有二十具尸体，其中一半是穿着鲜艳衣服的平民。我左脚装甲上的力量辅助器被碾碎了。挺着那条腿，我笨拙地拉着我们俩，跑完神庙阶梯的最后十米。现在，阶梯上出现了好几个伯劳神父，他们看上去对身边的炮火毫不在意。

“上面！”

我旋过身，瞄准，开火，这些动作瞬间完成，射出一枪后，我听见弹药已经用完。但第二艘掠行艇已经发射出了火箭弹，虽然甫一射出，它就化成了一千片急速飞动、毫无关联的金属和粉身碎骨的血肉。我重重地把乔尼摔在走道上，向他身上趴去，试图用自己的身体盖住他暴露在外的血肉。

火箭弹也同时爆炸了，好几个在空中爆炸，至少有两个击中了我们附近的地面，我和乔尼被轰向了半空，掉在了十五到二十米之下的倾斜走道上。好家伙。一秒钟之前我们还在那儿站过的合金钢筋混凝土人行道，现在被烧焦了，沸腾了，软瘫了，滚到了下面熊熊燃烧的走道上。现在那儿形成了一条自然的城壕，一条天堑，把我们和其他地面军隔开了。

我站起身，一掌掴掉已经无用的迷你枪，开始向上爬，我拉掉身上装甲的无用碎片，双手抱起乔尼。他的头盔被炸飞了，脸上血肉模糊。血正从他装甲的几十条小缝中渗出来，他的右手和左脚已经被炸掉。我转过身，抱着他，沿着伯劳神庙的阶梯，向上爬去。

现在，警报声比比皆是，中央广场的高空中都是安全掠行艇。打手在上层，在烟掉的走道远侧四处寻找掩护。有两个突击员使用升降包降下来，紧紧跟在我身后，向阶梯上爬。我没有转身。每走一步，我必须抬起直挺挺的无力左腿。我背上和两肋已经严重烧伤，到处都是弹片的伤口。

掠行艇呼啸、盘旋，但是没有停在神庙的阶梯上。炮火在中央广场上不停回响。身后传来金属鞋的脚步声，在急速朝我扑来。我费尽力气又迈了三步。上面二十步的地方，不可思议的遥远地方，伯劳主教正站在一百名神庙神父中间。

我又迈了一步，低头看着乔尼。他睁着一只眼，抬头望着我。另一只眼紧紧闭着，满是血污，满是肿胀的组织。“没事的，”我轻轻说，这时我才意识到自己的头盔也不见了，“没事的，我们就要到了。”我又使尽力气迈了一步。

那两个穿着明亮黑色战斗装甲的人拦住了我们的去路。两人带着的面甲都掀了起来，上面一条条偏转痕，两张铁面无情的脸。

“婊子，放下他，也许我们会给你条活路。”

我疲惫不堪地点点头，太累了，再也迈不了一步路，太累了，什么事也不能做，但是我仍旧站在那儿，双手抱着乔尼。他的鲜血滴在洁白的石头上。

“我说，把这狗娘养的放下……”

我射中了他俩。一个正中左眼，一个右眼，我的手藏在乔尼的身体下面，从未举起来过，手里一直握着父亲的自动手枪。

他们倒了下来。我又迈了一步，然后再一步。稍稍喘口气，抬起脚再来一步。

阶梯顶端，穿着黑袍红袍的那群人朝两边分开。门道非常高，也非常暗。我没有回头，但是我能听见背后的喧嚣，我知道中央广场肯定挤满了人。主教陪在我边上，伴着我走入大门，走入那片朦胧。

我把乔尼放在凉爽的平地上，袍子在我俩边上瑟瑟作响。我拉掉自己的装甲，然后扯着乔尼的，那装甲有好几处黏在了他身上。我用仍旧好使的那只手碰了碰他滚烫的脸颊。“对不起……”

乔尼的头微微动了动，他睁开眼睛，举起剩下的那只左手，碰了碰我的脸颊，我的头发，我的脑后。“芬妮……”

我感觉到他在那时死了。我也感觉到他的手摸到神经分流器时涌过的一股电流，随着约翰·济慈曾经拥有的东西和将要拥有的东西猛地进入我，我感觉到这股电流传出的一股白亮暖意；这几乎……几乎就像是两夜前他在我身体内的高潮，那湍流，那悸动，那突然的暖意，那之后的寂静，还带着感情的回响。

我把他慢慢放到地上，任侍僧把他的尸体带走，把它带到外面，给人群看，给当局看，给等着想知道结果的人看。

我任他们带走了我。

我在伯劳神庙的疗养所里待了两星期。烧伤治愈，疤痕除去，异金属剔除，皮肤移植完毕，肌肉重新长好，神经再次编缀。而我依旧伤痛不止。

所有人都对我没了兴趣，除了伯劳神父。内核确信乔尼已死，他在内核中的踪迹已无处可寻，他的赛伯体也死了。

当局记下了我的笔录，吊销了我的执照，尽全力把事情摆平了。环网新闻报道说，渣滓的一层蜂巢的黑帮发生了火并，搅到了中央广场里。有好几名黑帮成员和无辜的旁观者死于非命，其中还包括警察。

一周前，消息传来，说霸主允许“伊戈德拉希尔”载着朝圣者到海伯利安附近的战区去。我用神庙里的远距传输器传送至复兴之矢，然后花了一小时时间，在那独自翻寻档案。

文件是通过真空挤压保存着的，所以我没法碰触到它们。笔迹是乔尼的；我以前见过他写的字。由于年岁久远，纸张泛黄，脆弱不堪。我找到了两段文字。第一段写道：

白天消逝了，甜蜜的一切已失去！
甜嗓，甜唇，酥胸，纤纤十指，
热烈的呼吸，温柔的低音，耳语，
明眸，美好的体态，柔软的腰肢！
凋谢了，鲜花初绽的全部魅力，
凋谢了，我眼睛见过的美的景色，
凋谢了，我双臂抱过的美的形体，
凋谢了，轻声，温馨，纯洁，快乐——
这一切在黄昏不合时宜地消退，
当黄昏，节日的黄昏，爱情的良夜
正开始细密地编织昏暗的经纬
以便用香幔遮住隐蔽的欢悦；
但今天我已把爱的弥撒书读遍，
他见我斋戒祈祷，会让我安眠。[①]

① 这首诗是济慈写给芬妮的，名为《“白天消逝了，甜蜜的一切已失去！”》。此处选用屠岸译本。

第二段文字的笔迹非常狂野，那纸张也更为粗糙，似乎是匆匆忙忙在记事本上潦草写就的：

这生命之手，温暖能干，诚挚欲攫取，
但若身处冰冷寂静之坟茔，这冰手仍欲去，
白天多寒瘆，梦夜多凄苦，
汝欲汝心血不流，
甘愿让我红色血脉再次流，
汝内心平静我能见，我把你紧紧拥在手。[①]

我怀孕了。我想乔尼是知道的，但我不太确定。

我怀了两次。一次是怀了乔尼的孩子，另一次是在舒克隆环中怀上了他的记忆。我不知道这两者之间是否有意要联系起来。孩子还有几个月才会生下来，而几天之后，我就会去面见伯劳。

但是我清楚地记得那几分钟，当乔尼伤痕累累的尸体被带出去面对众人后，当我被带走送去治疗前。他们都在那儿，站在黑暗之中，许许多多的神父、侍僧、驱魔师、守门人、信徒……他们开始异口同声地吟唱，就在那伯劳的旋转雕像下的红色朦胧中，他们的声音回荡在哥特式的拱顶之下。他们所吟唱的是仿若如下这些话语：

赐福于她
赐福于我们救世主的母亲
赐福于我们赎罪的工具
赐福于我们创造物的新娘
赐福于她

① 这首诗也是济慈写给芬妮的，名为《生命之手》。

我伤痛难忍，震惊异常。

当时，我毫不明白。现在，我也不明白。

但是我知道，当时机来临，伯劳到来之时，我会和乔尼一起面对它。

时近深夜。缆车行驶在群星和冰霜之间。这伙人坐在那里，个个沉默不语，只有缆绳发出嘎吱嘎吱的声音。

过了许久，雷纳·霍伊特对布劳恩·拉米亚说：“你也带着十字形。”

拉米亚盯着神父。

卡萨德上校朝女人靠过来：“你觉得海特·马斯蒂恩是那个跟乔尼讲话的圣徒吗？”

“很有可能，”布劳恩·拉米亚说，“我不知道。”

卡萨德盯着她：“是你杀了马斯蒂恩吗？”

“不是。”

马丁·塞利纳斯伸伸懒腰，打了个呵欠。“离日出还有几个小时，”他说，“你们谁想睡个觉？”

不少人都在点头。

“我不睡，我来站岗，”费德曼·卡萨德说，“我不累。”

“我陪你。”领事说。

“我来热点咖啡。”布劳恩·拉米亚说。

其他人睡着了，此时，瑞秋在睡梦中发出轻轻的咕咕声，其余三人坐在窗边，望着夜晚高空的群星在远方发出冷冷的光芒。

06

时间要塞矗立在伟岸的笼头山脉的极东边缘，由一堆煅烧石建成，面目狰狞，带着巴洛克风格。它有着三百间房间和厅堂，迷宫般的黑暗走廊通向深厅、城堡、角塔，阳台俯瞰着北部荒野，半公里高的通风管道升向光明，据说也下降到这个世界的迷宫中，栏杆被顶上高峰吹来的寒风长年累月地侵蚀着，楼梯——里面和外面都有——是在山石上凿刻出来的，却完全不知通向何地。彩色玻璃窗高一百米，它们可以捕获第一缕夏至日光，或者第一缕仲冬月光，而有些无玻璃的窗户，仅有人的拳头那么大，往外望去，什么也看不见。墙上，浅浮雕无边无际地展示陈列；壁龛里，奇异的雕刻半隐半现。屋檐和栏杆、左右两翼和圣物储藏所之上，屹立着一千多只笕嘴[①]，朝下凝视，目光穿越巨厅中的木椽，它们坐在有利的位置上，以便能窥到东北面带着血色的窗户，它们展翅俯背的影子就像

① 笕嘴：建在屋顶上或墙上之怪兽形装饰，以滴落雨水用。

严厉的日晷之影在那儿移动，那影子在白天由日光投下，夜里则由燃烧着煤气的火炬投下。时间要塞的所有地方，都能看出伯劳教会长期把持的迹象——赎罪圣坛上盖着红色天鹅绒布，天神化身的站立雕像有的挂着，有的自由站立，彩饰钢铁作刃，血红宝石作眼。狭窄楼梯和黑色大厅的石头中，雕刻着更多的伯劳雕像，它们的魔爪自岩石中伸出，尖利的刀刃由石中落下。四条手臂合拢过来，给人以最后的拥抱。在夜里，这地方处处弥漫着恐惧。似乎是为了用作最后的装饰，曾经有人居住过的大厅和房间里，装饰着血红的细丝；墙壁和坑道天花板上，则装饰着红色的蔓藤花纹，纹路隐约可辨；被褥凝结成一大块锈红的东西；中央大餐厅中，充满了恶臭，那是几星期前剩饭的腐烂臭气；地板和桌子，椅子和墙壁，都装饰着血迹斑斑的衣服和撕成碎片的长袍，它们无声地躺成一堆。到处都是苍蝇的嗡嗡声。

“真他妈是个好地方，不是吗？”马丁·塞利纳斯说，声音在要塞里面回荡。

霍伊特神父迈入巨厅的内部。那里有一扇面朝西方的天窗，高四十米，午后的阳光从中洒落进来，落在布满灰尘的圆柱上。“真是不可思议啊，”他小声说，“新梵蒂冈的圣彼得大教堂也比不过它。”

马丁·塞利纳斯放声大笑。闪耀的光线勾勒出他的脸颊，以及他色帝的前额。“此物专为活神而造。”他念念有词。

费德曼·卡萨德把他的旅行包放到地板上，清清嗓子。“这地方想必建于伯劳教会之前吧。”

“的确，”领事说，“但是伯劳教会在过去两个世纪里占领了这地方。”

“可现在看上去可没人占领了。”布劳恩·拉米亚说。她左手拿着她父亲的自动手枪。

来到要塞后的最初二十分钟里，大伙都在里面又叫又喊，但是回声慢慢消弱，然后沉默，加上餐厅里苍蝇的嗡嗡声，让他们变得寂静无声了。

“这天打雷劈的东西，是哀王比利的机器人和克隆人奴隶建造的，”诗人说，“总共花了八个当地年，在神行舰到来前就建好了。这应该是环网最伟大的旅游胜地，是通往光阴冢和诗人之城的起点。但我怀疑，即使在那时，那些可怜的笨机器人劳工也早就知道当地居民口中的伯劳故事了。”

索尔·温特伯站在一面东窗旁边，举起他的女儿，让柔和的光线洒在她的脸上，洒在她蜷紧的小拳头上。“现在，所有这些都没什么意义了，”他说，“大家找个干净的角落吧，我们得在那睡觉，吃晚饭。”

“我们晚上不继续前进吗？”布劳恩·拉米亚问。

“去光阴冢？”塞利纳斯说，这是他旅途中第一次真正现出惊讶的表情，“你想黑灯瞎火地去见伯劳？”

拉米亚耸耸肩：“这有什么分别？”

领事站在一扇门前，门上用铅条镶嵌着玻璃，通向岩石阳台。他闭上了眼睛，身体仍然晃来晃去，在平衡缆车的运动，山上一夜一天的旅行，都已经在他脑中变模糊，在疲惫中丢失了。三天来他几乎没有睡过觉，焦虑与时俱增。但他及时睁开了双眼，没有站在那打起瞌睡。“我们累了，”他说，“我们今夜就睡在这儿，明早下去。”

霍伊特神父走到了外面，来到阳台的狭窄平台上。他倚在粗糙的石头栏杆上。“我们能从这看到光阴冢吗？”

“不能，”塞利纳斯说，“它们在那座高山后头。不过，看见北面那些白色东西了吗？偏西一点……那些闪光的东西，就像埋在沙土里的碎牙。看见了吗？”

“看见了。”

“那是诗人之城。比利王的原始遗址，为济慈而造，为所有光明美丽的东西而造。当地人说这座城现在正闹鬼，无头鬼魂在其中出没。”

“你是其中之一不？”拉米亚说。

马丁·塞利纳斯转身想要说什么，他盯着她手里的手枪看了会，摇头走开了。

脚步声在看不见的楼梯弯道里回响，卡萨德上校重新进入了房间。“餐厅上头有两间小型储藏室，”他说，“房间外有一段阳台，除了这条楼梯，没有其他入口。容易防御。房间也……很干净。”

塞利纳斯笑道：“那是不是说，没什么东西攻击我们？或者说，如果真有东西攻击我们，我们也无路可逃？”

“我们能逃到哪里去？”索尔·温特伯说。

“是啊，哪里去呢？”领事说。他已经累得不行了。他拿起自己的装备，又拿起沉重的莫比斯立方体的一端，等着霍伊特神父拿另一端。“大家照卡萨德说的办吧。找个地方过夜。至少别再待在这房间里，这里到处都是死人的臭味。”

晚餐吃的是最后一点干粮，塞利纳斯最后一个瓶子里的一点酒，还有一些走味的蛋糕，那是索尔·温特伯带着为了庆祝他们在一起的最后一个晚上的。瑞秋太小不能吃蛋糕，但是她喝了牛奶，趴在她父亲身边的一块毯子上，睡着了。

雷纳·霍伊特从他的背包里拿出一把小小的巴拉莱卡琴，胡乱拨弄着琴弦。

“原来你还会弹琴。”布劳恩·拉米亚说。

“弹得很糟。”

领事揉揉眼睛：“我希望我们能有台钢琴。”

“你是有一台啊。”马丁·塞利纳斯说。

领事盯着诗人。

“把它带来，”塞利纳斯说，“我想来杯苏格兰威士忌。”

“你在说什么呢？”霍伊特神父突然说道，“说清楚点。”

“他的那艘飞船，”塞利纳斯说，“记得我们亲爱的已故马斯蒂恩跟我们的领事朋友说的话吗？这位丛林之音说他的秘密武器就是那艘漂亮的霸主个人飞船，那艘停在济慈航空港的飞船。叫它来，领事大人。把它叫过来。”

卡萨德在楼梯口安置好安全光束，现在回到了房间。“这个星球的数据网失灵了。通信卫星坠落了。轨道运行的军队飞船使用的是密光通信。他如何把它叫来？”

“超光发射器。”说话的是拉米亚。

领事转而向她盯去。

“超光发射器有楼房那么大呢。”卡萨德说。

布劳恩·拉米亚耸耸肩：“马斯蒂恩说得很有道理。如果我是领事……如果我是整个该死的环网中，拥有个人飞船的少数几千个人中的一个……我死也要确信，我需要的时候就能通过遥控让飞船飞行。这星球太原始，没办法依赖通信网络，电离层也太弱，无法进行短波通信，通信卫星是进行侦察的最为重要的东西……如果我需要叫它，我会使用超光仪。”

“大小呢？”领事说。

布劳恩·拉米亚朝外交官回以冷静的凝视：“霸主还不能制造便携式超光发射器。但是据说，驱逐者可以。”

领事笑了。从某个地方传来一声摩擦声，紧接着是金属的轰然作响。

“你们留在这儿。”卡萨德说。他从上衣中抽出死亡之杖，用他的战术通信志取消掉安全光束，走下楼梯，不见了。

“我猜，我们现在处于戒严令中了，”塞利纳斯等上校走后说道，“处于火星星位。”

“闭嘴。”拉米亚说。

“你觉得是伯劳吗？”霍伊特问。

领事摆摆手：“伯劳不必在楼下弄得叮当作响。它完全可以直接出现在……我们这里。”

霍伊特摇摇头：“我的意思是，是不是伯劳弄得这里一个人也……没有了。要塞这里的大屠杀迹象是不是它所为的呢？”

“空村子可能是撤离令的结果，”领事说，“没人想留下来面对驱逐者。自卫队的军队开始疏散了。这多数的屠杀应该是他们所为。”

“难道竟然没有尸体？”马丁·塞利纳斯大笑道，“痴心妄想。我们楼下那个缺席的主人现在正在伯劳的钢铁之树上摇摆呢。不久之后，我们也将同他一个下场。”

“闭嘴。”布劳恩·拉米亚有气无力地说。

“如果我不闭呢，”诗人笑道，“你会朝我开枪吗，女士？”

“会的。”

大家不再作声，直到卡萨德上校回来。他重新激活安全光束，转身来到大家身边，这群人正坐在包装箱和塑料立方体上。“没什么东西。是几只食腐鸟——我想当地人叫它们预兆鸟，它们钻过碎玻璃闯进了大厅，正在那享用盛筵呢。”

塞利纳斯吃吃地笑起来：“预兆鸟。这名字再合适不过了。”

卡萨德叹了口气，背靠箱子坐在毯子上，戳了戳他冰凉的食物。从风力运输船拿来的一盏提灯照亮了房间，黑暗开始从阳台门口处潜进角落的墙壁里。“这是我们最后一夜了，”卡萨德说，“还剩一个故事。”他看了看领事。

领事捻着手里那张纸，上面潦草地写着数字“7”。他舔舔嘴唇：“这还有什么意义呢？朝圣的意义已经被毁掉了。”

其他人一阵骚动。

“你什么意思？”霍伊特神父问。

领事把纸片揉成一团，把它扔到角落里：“如果要让伯劳同意一个请求，朝圣者队伍的数量必须是质数。我们曾经有七个人。马斯蒂恩……失踪后……减少到了六人。现在，我们在朝死亡走近，别指望实现愿望了。”

“迷信。”拉米亚说。

领事叹了口气，擦擦额头：“是啊，但那是我们最后的希望。”

霍伊特神父指了指熟睡的宝宝：“瑞秋可以成为第七个吗？”

索尔·温特伯捋着胡须：“不行。朝圣者必须带着自己的意愿去光阴冢。”

“但她的确有过，”霍伊特说，“也许有资格啊。”

“不可能。”领事说。

马丁·塞利纳斯正在便签上写着什么，现在他起身在房间里踱步：“耶稣·基督啊，人民啊。来看看我们吧。我们不是六个该死的朝圣者，而是一群乌合之众。那边的霍伊特带着他的十字形，带着保罗·杜雷的灵魂。我们的‘半带感情的’尔格就在那边的箱子里。卡萨德上校带着他脑中关于莫尼塔的回忆。那边的布劳恩女士，如果我们相信她的故事的话，不仅仅是怀着一个未出世的孩子，还怀着一个已故的浪漫诗人。我们的学者带着他旧日的女儿。

而我，则带着我的缪斯。领事呢，谁知道他带着他妈的什么行李，进行这愚蠢的旅行。我的上帝啊，人民啊，我们应该为这次旅行被评为他妈的一流团队。”

“坐下。”拉米亚的声音沉闷单调。

“不，他说的对，”霍伊特说，“即使杜雷神父存在于十字形中，也肯定会影响这个质数迷信的。我想明天早上我们还是加紧赶路，相信……”

“快看！”布劳恩·拉米亚叫道，手指朝阳台门口指去，在那，逐渐褪去的暮光已经被阵阵强光所替代。

这群人走出房间，来到外面冷夜的空气中，他们用手遮住眼睛，那无声的爆炸之光布满了天空，强烈得难以置信。纯白的聚变爆裂扩散，如同湛青池塘中的爆炸水纹；更小更亮的等离子内爆带着蓝色、黄色和鲜红之色，朝内蜷缩，就像花儿在夜晚闭合起来；巨大的地狱之鞭展现出雷电之舞，如这小世界般大小的光束跨越几光时，所经之处，一片狼藉，被防御性奇点之处的激流所扭曲；防御场的极光闪烁，在可怕能量的攻击下跳跃着，熄灭了，纳秒之后竟然又再次重生。在这一切之中，火炬舰船和巨型战舰的蓝白聚变尾迹在天际划出完美的线条，就像蓝色玻璃上的钻石刮痕。

“驱逐者。”布劳恩·拉米亚轻声低语。

“开战了。”卡萨德说。他的语气中丝毫没有得意之情，也没有任何感情。

领事静静地淌下眼泪，这让他自己都感到非常惊讶。他别过头，不想让别人看见。

“我们待在这儿，会不会有危险？”马丁·塞利纳斯问。他躲在石头拱门下，斜眼瞧着灿烂的画面。

“这么远，不会有危险。”卡萨德说。他举起作战望远镜，调节了一下，查阅了战术通信志。“大多数交火地点离这至少有三天文单位。驱逐者正在试探军部的太空防御力。”他放下望远镜，“战斗才刚刚开始。”

“远距传输器被激活了吗？”布劳恩·拉米亚问，“人们有没有从济慈和其他城市撤离？”

卡萨德摇摇头：“我想没有。还没有撤离。舰队会顶住他们的火力，直到月地轨道防御圈成形。然后，通向环网的疏散传送门会被打开，军部的部队会通过数以百计的传送门抵达，”他再次举起望远镜，“这是一出要命的戏。”

“快瞧！”这次说话是霍伊特神父，他没有指向天空中的焰火表演，而是指向北部荒野的低矮沙丘。离看不见的光阴冢几千米的地方，有个人影，那是一个小点，在断裂的天空下投下若干影子。

卡萨德将望远镜瞄准这个身影。

“是伯劳吗？”拉米亚问。

“不，我想不是……从身着长袍的样子来看……我觉得……这是一名……圣徒。”

“海特·马斯蒂恩！”霍伊特神父叫道。

卡萨德耸耸肩，他把望远镜递给众人。领事走到队伍后头，靠在阳台上。除了风的低语，没有其他声音，但是这更让他们头顶的猛烈爆炸带着不祥之感。

领事接过递给他的望远镜。那身形非常高大，穿着长袍，背对着要塞，现在正穿越着闪光的朱红沙地，朝某个目的地大步前进。

“他在朝我们跑，还是朝光阴冢？”拉米亚问。

“光阴冢。”领事说。

霍伊特神父的胳膊肘撑在栏杆台上，憔悴的脸庞望向爆炸的天空。“如果那是马斯蒂恩，那我们就又回到七个人了，是不是？”

“他会比我们早到几小时，”领事说，“如果我们今晚按照提议睡在这里，那他会比我们早到半天。”

霍伊特耸耸肩：“这没多大关系。七人开始的朝圣之旅。七人抵达。伯劳会满意的。”

“如果那是马斯蒂恩，”卡萨德上校说，“风力运输船上的哑谜到底是怎么回事？他是如何比我们先到这里的？没有其他开动的缆车，他不可能徒步穿越笼头山脉的。”

“明天到光阴冢后，我们问问他就行。”霍伊特神父疲惫地说。

布劳恩·拉米亚试图在她的通信志上，使用通用通信频率与谁取得联系。可除了静音的嗞嗞声，以及远处电磁脉冲的偶然咆哮，什么也没有。她看了看卡萨德上校：“他们什么时候开始轰炸？”

“我不知道。这取决于军部舰队防御力的强弱。”

“前几天的防御力很弱，驱逐者侦察机通行无阻，还摧毁了‘伊戈德拉希尔’。”拉米亚说。

卡萨德点点头。

“嗨，”马丁·塞利纳斯说，“我们是不是他妈的坐在他们的靶子上呢？”

“当然，”领事说，“如果驱逐者攻击海伯利安，是为了阻止光阴冢打开，就像拉米亚女士的故事中所说，那么，光阴冢和这里的整个地区都将成为首要攻击目标。”

“用核武器吗？”塞利纳斯问，他的语气紧张兮兮的。

“几乎可以肯定。”卡萨德回答。

“我想逆熵场里会有什么东西阻止飞船靠近的。”霍伊特说。

“是阻止载人飞船，”领事说，他正靠在栏杆上，没有回头朝角落里看，“但逆熵场不会干扰导弹、智能炸弹，或者地狱之鞭的光束。照此说来，它也不会干扰机械化步兵。驱逐者可以扔下几艘攻击掠行艇或者自动坦克，远远旁观，看着它们毁灭整个山谷。”

“但是他们不会，”布劳恩·拉米亚说，“他们想要控制海伯利安，而不是毁掉它。”

“我不会将我的命作赌注，押在你这猜测上。”卡萨德说。

拉米亚对他笑了笑：“但是我们的确押了，上校，不是吗？”

在他们头顶，一小颗火花从连续的爆炸云团中脱离出来，变成一颗明亮的橙色余烬，划过天际。露台上的这群人可以看见火焰激爆，听见穿越大气的痛苦啸叫。火球消失在要塞后方的山脉远处。

差不多过了一分钟，领事察觉到自己正屏着呼吸，双手僵在石头栏杆上。他喘了一口大气。其他人似乎也不约而同深深吸了口气。没有爆炸，没有隆隆的冲击波驶过岩石。

“哑弹？”霍伊特神父问。

“很可能是架负伤的军部散兵侦察机，企图回到轨道的环形防线，或者济慈的航空港。”卡萨德上校说。

“它没成功，是不是？”拉米亚问。卡萨德没有回答。

马丁·塞利纳斯举起那副野外望远镜，在黑色的荒野中寻找着圣徒。“没影了，”塞利纳斯说，“那位好船长要么是在围着这边的光阴冢山谷绕圈子，要么又玩了一次消失的把戏。”

“很可惜，我们听不到他的故事了。”霍伊特神父说。他朝领事转过身。“但我们能听到你的，是吗？”

领事在裤腿上擦着手掌。他的心急速跳动。“可以，”说话的同时，他就意识到自己最终下定了决心，“大家来听我讲吧。”

寒风咆哮，刮向山岭的东坡，沿着时间要塞的峭壁啸叫着。他们头顶的爆炸次数似乎减少了一丁点儿，但是黑暗的降临使得那每一次爆炸比先前更加猛烈了。

“我们进去吧，”拉米亚说，她的话几乎湮没在风声中，“越来越冷了。”

他们关掉了仅有的一盏灯，房间内部仅仅被外面天空中的热闪电脉冲所照亮。黑暗忽隐忽现，房间被涂上了五光十色的色彩。有时，黑暗会持续好几秒，直到下一阵炮火猛烈倾泻。

领事摸索着自己的旅行包，从中掏出一个奇怪的装置，那东西比通信志大，有着古怪的装饰，前面有一个液晶触显，看上去像是那些历史全息像里的东西。

“秘密超光发射器？”布劳恩·拉米亚干巴巴地问。

领事的笑容中毫无幽默感：“这是个古老的通信志。出现于大流亡时期。”他从腰袋中掏出一块标准的微碟，插了进去。“跟霍伊特神父一样，我也必须先讲述其他人的故事，这样你们才能懂得我的故事。”

“真是要命啊，”马丁·塞利纳斯冷笑道，“他妈的这堆人中，难道我是唯一一个能够直截了当讲故事的人吗？我要多长时间……”

领事的行动把他自己都吓坏了。他站起身，旋即转向塞利纳斯，抓住那矮男人的斗篷和衬衣前襟，把他猛地压在墙上，拎在包装箱上。领事膝盖顶着塞利纳斯的小腹，前臂擒着他的喉咙：“再废话，诗人，我就让你去见阎王。”

塞利纳斯开始挣扎，但是他感觉气管被压得更紧了，他瞥到领事的眼神，于是停止了挣扎。他的脸色惨白。

卡萨德上校静静地，几乎是轻轻地将两人分开。“不会有评论了。”他说。他摸着皮带上的死亡之杖。

马丁·塞利纳斯走到圈子的远侧，他仍在揉脖子，一声不吭地跌落在一只箱子上。领事大步走向门口，吸了好几口气，然后走回人群。他对着每个人，除了诗人，说道：“对不起。只是……我从没想过要把这个故事讲给别人听。”

外面的光线涌现出红色，然后是白色，紧接着是蓝光，之后褪变成近乎黑暗。

“我们都了解，”布劳恩·拉米亚轻轻说，“我们都跟你一样，有过这种感觉。”

领事摸摸下嘴唇，点点头，艰难地清了清嗓子。他走到古老通信志旁，坐了下来。“录音没有这个仪器那么古老。”他说，“录的时间大约是在五十标准年前。录音放完后，我还会继续讲下去。”他顿了顿，似乎还有什么东西要讲，然后他摇摇头，大拇指按了按古旧的触显。

没有视频。声音是一个年轻男子的。背景声中，可以听见微风吹过青草、拂过嫩枝的声音，远处是滚滚的海浪声。

外面，亮光发狂闪动，远方太空站的拍子在加速。领事紧张地等待着爆裂声和冲击声。但是没有。他闭上眼睛，和众人一起倾听。

领事的故事：忆希莉

我登上陡峭的山岭，往希莉的墓地爬去，此时正值岛屿回归赤道群岛浅海的日子。天气真是棒极了，但我讨厌这样。天空静如传说中旧地的海洋，浅海荡漾，泛起深蓝色的波纹，温暖的微风自海上拂来，身旁山坡上，红褐色的柳草像层层涟漪散开。

这样的日子，不若有低沉灰暗的愁云惨霾；不若有薄霭甚或漫天大雾，令得首站港口的船桅滴落水珠，将灯塔的号角从沉睡中唤醒；不若有强烈的海洋西蒙风掠过南部寒冷的山包，横扫它跟前的移动小岛和牧岛海豚，将它们驱赶到环礁和石峰的避风处。

怎样都会比现在好。这样一个温暖的春日，当太阳从碧蓝如斯的穹顶掠过，我想奔跑，想纵情跳跃，想在柔软的草丛中打滚，重温当初我和希莉在此地的恣情山水。

就在此地。我停下脚步，四处瞭望。柳草在带着咸味的阵阵微柔南风中飘摇起伏，如同某种巨兽的皮毛。我伸手遮挡住阳光，向地平线远眺，却没搜寻到任何移动的东西。而远处的火山熔岩礁之上，海面突变，强有力的滔天波浪翻涌而来。

“希莉。”我轻声呼唤着，不由自主叫出了她的名字。人群在一百米外的斜坡停住，注视着我，依着同一个节奏呼吸。这列由哀悼者和司仪神父组成的队伍绵延了一公里长，直排到城市边缘的白色建筑。我辨认出队伍前端我的小儿子那头发花白几近秃顶的脑袋，他正穿着霸主政府蓝金相间的长袍。我知道自己应该等着他，与他并肩而行，尽管他和其他那些年老力衰的理事会成员赶不上我经历过飞船特训的年轻肌肉和稳健的步伐。何况礼仪规定我应该和他走在一起，还有我的孙女莉拉和九岁大的孙子。

这事儿真见鬼。这些人真要命。

我转过身，慢慢跑上陡峭的山坡。汗水逐渐浸透我宽松的棉衬衫，然后我抵达了山脊蜿蜒的顶峰，看到了墓冢。

希莉的墓地。

我停下脚步。尽管阳光灿烂温暖，照耀在寂静陵墓那毫无瑕疵的白石之上，闪闪发光，但风儿依然寒意料峭。封印的墓穴入口深草葱茏，几排乌木旗杆上挂着褪色的节庆三角旗，它们排列在狭窄的砾石小径旁。

我绕着坟墓，走走停停，最后走到了数米之外陡峭的悬崖边缘。柳草弯倒四伏，受人践踏，无礼的郊游人曾经在这铺过毯子。我还看见几个火圈，是用正圆纯白的石头摆出来的，那些石头都窃自砾石小径的边缘。

我情不自禁地笑了。我知道从这里能望见怎样的风景——外港天然防波堤宏大的曲线，首站低矮的白色建筑，还有停泊所上下浮动的双体船五颜六色的船体和桅杆。在会众厅方向的鹅卵石海滩边，有个年轻女子正走向水面，身着一袭白裙。蓦然间我以为那是希莉，顿时心跳加速。我几乎准备好要举起双臂，以回应她向我挥手致意，可是她并没有挥手。我默默看着远处的身影转身离开，消失在古老船坞的阴影中。

在我的上方，在悬崖之外的远方，一只宽翼托马斯鹰正乘着袅袅上升的热气绕着潟湖盘旋，红外线的眼力扫视着漂移的蓝藻河床，寻找格陵兰海豹或冬眠未醒的猎物。*大自然真是乏味*，我边想边坐在柔软的草丛中。这样的日子里，大自然把一切都搞得乱七八糟，这只鸟本来早就从蓬勃发展的城市边缘污染的水域逃之夭夭了，而大自然竟然又把它扔回这里搜寻猎物，真是太迟钝了。

我的记忆中还有另一只托马斯鹰，那是我和希莉共度的第一晚，当时我和她来到这座山顶，我记得洒在它双翼的月华，它古怪的厉叫不时响起，在绝壁间回荡，似乎穿透了山脚村庄中煤气灯光上头的黑暗天空。

当年希莉芳龄十六……不，还没到十六……头顶上点缀过鹰翼的月光将她光洁的皮肤涂抹成乳白色，在她乳房柔软的圆周下投上阴影。当鸟儿的厉叫划破夜空，我们负疚地望向星辰，希莉说道：“‘那刺进你惊恐的耳膜中的，不是云雀，是夜莺的声音[①]。’”

---

① 原文出自《罗密欧与朱丽叶》第三幕第五场，罗密欧与朱丽叶相见，罗密欧欲离去时，朱丽叶对他说的话。

“啥？”我问。希莉当时快要满十六岁，我十九。但是希莉知道星空下书中所讲的慢步和戏剧的韵律，而我只知道星星。

“放松，年轻的船员。”她轻声说着，把我拉了下来，让我躺在她身边，“不过是只老托鹰[①]在捕猎而已。是只笨鸟。过来，船员。过来，梅闰。”

“洛杉矶”号正在那一刻升离了地平线，像一粒随风飘荡的灰烬向西飘去，飘过希莉的星球茂伊约上空诡异的星群。我靠近她躺下，向她描述伟大的霍金驱动神行舰的工作原理，它捕捉高能太阳光，因而得以在夜幕降临之时持续飞行。整个过程中我的手顺着她光滑的身侧向下抚去，她的皮肤仿若丝绒，令我兴奋异常，她的呼吸急促地印在我的肩膀上。我低下头，把脸贴在她的脖弯里，贴上她缠结的头发上的汗水和精油芳香。

“希莉。”我说，这次是由衷地叫出了她的名字。在我身下，在山顶之下，在白色坟茔的阴影之下，人群站立着，慢吞吞地移动。他们对我不耐烦起来，希望我赶快给坟墓解开封印，进入其中，度过我的独处时间，那里冰凉死寂的空洞已经更迭了希莉的温暖。他们想让我向它告别，于是乎他们就能继续未完成的典礼和仪式，打开远距传输器的大门，加入等待多时的霸主环网。

这事儿真见鬼。这些人真要命。

柳草细密纵横生长，我拔起一根藤须，咀嚼它甜蜜的茎秆儿，凝视着天边首座回徙小岛的归航。阴影依旧在晨光中拉得狭长。时日尚早。我会坐在这里怀念上一阵子。

我会想念希莉。

---

① 托鹰：托马斯鹰的简称。

希莉是一个……怎么说好呢？……一只小鸟，我想，这是我对她的第一印象。那天她戴着一种鲜艳鸟羽制成的假面，当她取下假面，加入我们的花序四对方舞，火炬的焰光在她的发丝上映出深赤褐色的光泽。她双颊绯红，面若桃花，尽管隔着人头攒动的广场，我还是见到了她碧绿眼珠的惊鸿一瞥，与她面容和秀发上夏日的热情交相辉映。自然，那是节日之夜。从海港吹来清润的微风，火炬跳跃着蹦出星花，颓垣上，为路过的岛屿而吹奏的悠远笛声，几乎都被淹没在海浪声和风里三角旗的猎猎响声中了。希莉那时正接近十六岁的花季，她的美丽比挤满人群的广场四周任何一把火炬都耀眼。我在舞蹈的人群中艰难跋涉到了她的身旁。

对我来说，这是五年前的事。而对我们来说，已经是六十五年前了。一切恍如昨日。

这不太好讲。

该从何开始呢？

“老弟，我们去找个小妞，如何？”迈克·沃朔说道。他又矮又胖，肥嘟嘟的脸活像一幅手法精妙的漫画版佛像，而在那时候，迈克对我来说就是神明。我们都是神明：虽不是长生不老，却也寿命极长；虽未超凡入圣，也还算生活逍遥。霸主选定我们参与它珍贵的量子跃迁神行舰中的一艘的船务，神仙的生活比这也好不了多少吧？在这艘万神殿般的飞船中，就只有迈克，聪明、机智、不逊的迈克，比年轻的梅闰·阿斯比克略微年长位高。

“哈。那可能性为零。”我说。我们刚和远距传输器建筑队人员一起值了十二小时的班，正在清洗全身。现在我们负责送工人们往返于茂伊约外大约十六万三千公里的选定奇点，这跟自霸主空间跃迁而来的四个月时间相比，实在是惨淡无味。整个旅途的超光速时段中，我们都是熟练的专家，四十九名恒星飞船专家照管着大约两百名紧张的乘客。现在乘客都穿上了抗性航服，而我们船员则摇身一变，降为服务人员。在建筑人员奋力将巨型的奇点密蔽场安就其位的过程中，我们都是光荣的卡车司机。

“可能性为零。”我又说了一遍，“除非那些地面上的人在租给我们的隔离小岛上修了座妓院。”

“不，他们没有。”迈克笑道。我和他在行星上的三天休闲放松假就快到了，但是从辛格船长的简令和同船水手的抱怨声中，我们得知，盼望已久的地面活动时间只能在霸主管辖的小岛上度过，而那小岛总共也就二十八平方公里的面积。它根本都不是我们听说过的任何一个移动小岛，只是赤道附近的一座火山峰。一到那里，我们将依靠脚下真实的重力行进，在未经过滤的空气中呼吸，享受品尝非合成食物的机会。不过我们总归能够有点其他的期望，看看能否在去免税商店购买本地手工艺品的时候，同茂伊约的殖民者们有所交流。可即便是这些土特产，也是霸主的精明商人在贩卖。所以，许多同船水手选择在“洛杉矶”号上度过休闲放松假。

“那我们去哪儿能找到小妞，迈克？在远距传输器启用以前，殖民地就是雷池禁区。那可是本地时间六十年之后的事情。你该不会是说神行舰船厢里的梅吉吧？”

“跟着我，老弟，”迈克说，“有志者，事竟成。”

我紧跟着迈克。登陆飞船中只有我们五个人。从高空轨道降落至实体星球的大气层总是让我感到战栗，特别是像茂伊约这种看起来像极了旧地的星球。我一直紧盯着星球蓝白相间的边缘，直到下方的海洋清晰可辨，我们已经置身大气层，以三倍声速的速度平稳地滑动，接近晨昏线。

我们那时都是神灵。但即使是神灵，也有从他高高的宝座上下凡的时候。

希莉的身体总是令我惊艳。那时候我们在群岛上，宽敞的树屋在巨浪般翻涌的树帆下摇摆，我们在其中度过了三个礼拜，牧岛海豚像骑马侍从一样与我们并驾齐驱，酷热的夕阳将傍晚装满无尽的奇景，夜星撒满天穹，我们这座岛的尾波点缀着一千个漩涡，反射着头顶的星丛，波光粼粼。刻在我脑海里的依然是希莉的胴体。因为某些原因——羞涩、多年的分别——我们在群岛逗留的头几天她穿着分体式泳装，柔软白皙的乳房和小腹直到我非走不可的时候，都远没有晒到像其他部位一样黑。

我还记得和她第一次的情景。我们躺在首站港口上方柔软的草丛中，月光被草叶编织成一个个三角形。她丝质的紧身裤和细密的柳草浑然一体。那时我们都有着孩子般的纯朴；对某些过早到来的事情还有着些许的犹豫。但我们也骄傲。多年以后，正是同样的骄傲令她在驻南藤恩霸主领事馆的台阶上凛然面对愤怒的分裂主义暴民，并让他们羞愧地回了老家。

我记得自己的第五次登陆，那是我们第四次重逢。我极少见到她哭泣，那是其中一次。当时她才高望重，雍容华贵。她已经四次被选举加入全局，而霸主理事会也向她征求建议和指导。她的自强独立就像黄袍加身，咄咄逼人的骄傲大放华彩。然而，我们两人在菲瓦荣南部的砖石别墅独处时，别过脸去的却是希莉。我有些惴惴不安，有点害怕这个有权有势的陌生人，她的确是希莉——昂首挺胸、双眼充满自信的希莉。但她转脸面对着墙壁，满眼泪花地对我说道：“走开。走开，梅闰。我不想你见到我。我已经是个老太婆，皮肤松弛，满身皱纹。**快走开**。”

我承认我那次对她有些粗暴。我用左手钳住她的手腕——用了很大的力道，连我自己都惊讶万分——然后抓住衣襟一把扯下了她的丝绸长袍。我亲吻她的肩膀，她的脖颈，她紧致的小腹上褪色的妊娠纹，还有在她四十年前因掠行艇迫降而在大腿上留下的伤疤，亲吻她日渐花白的头发，亲吻她曾经光滑的脸颊上刻出的岁月之痕，亲吻她的泪珠。

“老天，迈克，这是违法的。”我对他说道，我的这位朋友刚从背包中拿出霍鹰飞毯并把它摊了开来。我们身处241岛，这是他们为我们精选的休闲放松度假点，霸主商人给这座鸟不生蛋的破烂火山起了如此浪漫的名字。241岛距离最古老的殖民地不足五十公里，不过倒还不如在它五十光年之外呢。只要“洛杉矶”号船员或者远距传输器工人在这儿，当地船只一律不准驶入这座岛屿。茂伊约殖民者有几架古式掠行艇能够正常运行，但是依照双方的合约，任何飞行器都不能飞越对方的领空。这样，除了宿舍、海水浴场和免税商店之外，岛上几乎没有什么东西可以吸引我们船员。某天，当最后的部件通过“洛杉矶”号载入系统，远距传输器建设完成，霸主当局可能会将241岛开发成旅游商贸中心。可是在那一刻到来之前，这里依然将是一片不毛之地，只有一处登陆飞船着陆点，一些新完工的本地白色石质建筑物，和一小群生活无趣的维护人员。迈克向上级报告说，我俩将会外出三天，去这座小岛最为陡峭和难以接近的另一端攀岩。

“苍天在上，我可不想去攀岩，”我对他说，“还不如待在‘洛杉矶号’上，插入刺激模拟玩玩呢。”

“闭嘴，跟着我。”迈克说，于是我闭了嘴乖乖跟着他，活像万神殿里的卑微小神跟随着年长智慧的神灵。斜坡上布满了叶缘锋利的灌木丛，我们在其中艰难跋涉了两个小时，终于到达拍岸惊涛之上数百米的熔岩崖际。这里地处这颗酷热星球的赤道附近，但是在这个八面迎风的绝壁，风声呼号，我的牙齿不住打战。西天浓暗的卷云中间，落日只是一个红色迹点，我可不希望黑夜完全降临的时候自己还暴露在野外。

“拜托，”我对他说，“我们得避开这风，生个火。我不知道在这些该死的石头上面怎样才能支起帐篷。”

迈克坐了下来，点燃了一支大麻烟。“看看你的背包，老弟。”

我迟疑了一下。他的声音不带感情，但这正是蓄意搞恶作剧的人在一桶冷水即将浇下之前的那种故作平静的语调。我蹲下身，开始在尼龙背包中翻找。背包是空的，里面只有一点陈旧的流沫填充块将它塞得鼓鼓囊囊。另外还有一套小丑服，从面具到脚趾上的铃铛一应俱全。

“你……这……你他妈疯了吗？”我语无伦次地嚷道。天色正迅速暗下去，风暴有百分之五十的几率刮向南方，困住我们。脚下的涛声像饥饿的野兽，令人焦躁不安。要是我知道在黑暗中独自摸回贸易综合区的路，我现在说不定已经在考虑要不要把迈克·沃朔的尸体丢到千仞之下的海洋里喂鱼。

“现在看看我的背包里有什么。”迈克说。他抓出一些流沫块，又拿出一些珠宝，都是些我见过的复兴之矢工艺制品，一个惯性指南针，一支有可能被船务安全局标为藏匿武器的激光笔，以及另一套小丑服——他比我胖许多，这一套是为他的体格量身定做的，还有一张霍鹰飞毯。

“老天，迈克，”我伸手摩挲着这条旧毯精妙的装置，说道，“这是违法的。”

“在出发地我压根就没见着什么报关人，”迈克笑道，“而且我严重怀疑本地人有没有交通管制法令。”

“说得没错，不过……”我声音低了下来，将飞毯完全铺开。它宽有一米多一点，大约两米长。华丽的纤维已经随着时间的流逝而褪色，可是飞行控制线还像新铜一样闪闪发亮。“你从哪买到的？”我问，“这还能用吗？”

“从嘉登买的，”迈克说，然后把我的衣服和他的其他装备都塞进了背包，“当然还能用。”

老头弗拉基米尔·肖洛霍夫是个旧地移民、鳞翅目昆虫学硕士、电磁系统工程师，他在新地有一个漂亮的年幼侄女，自从他首次为她手工制出第一张霍鹰飞毯以来，已经过去一个多世纪了。传说她的侄女很鄙视这个礼物，但是几十年过去，这个玩具竟然变得相当流行，真是匪夷所思——对它趋之若鹜的不仅是孩子，更多的是家财万贯的大人，直到大多数霸主星球相继宣布它非法。操作危险、用废弃隔离单纤维做原料，在管制空域简直是无法无天，而今，霍鹰飞毯已经仅仅存留在睡前故事、博物馆和一些殖民星球中，成为了一项珍奇之物。

“这东西可值不少子儿。”我说。

“三十马克。”迈克说，他稳稳地坐上毯子的中心，“卡弗涅市场的那个老贩子以为这东西不值钱。这不过只是……对他而言嘛。我带它回到飞船上，充好电，重调了惯性芯片，瞧啊！”迈克用手掌按了按设计精妙的机关，飞毯立即硬挺起来，浮到岩架上方五十厘米处。

我疑虑重重地盯着这一切。“好吧，”我说，“但要是它……”

“不会的，”迈克说道，不耐烦地拍着身后的飞毯，“我已经将它充足了电，也知道怎样控制它。来吧，爬上来，不然就退后。我想在这场风暴迫近之前，先去兜兜风。”

“但我觉得这不……”

“得了，梅闰，快决定。我没多少时间。”

我又犹豫了一两秒钟。如果我们离开岛屿时被当场抓住，两人都会被开除船籍。现在船上的工作已经成为了我的生活。在我接受八方使团签署的茂伊约协定之时，就已经下了这个决心。不只如此，现在我距离文明社会可有两百光年外加五年半量子跃迁的路程。即使他们带我们回到霸主辖空，整个往返旅程也会让我们落后朋友与家人十一年。时间债永远无法弥补。

我爬上盘旋的霍鹰飞毯，坐在迈克身后。他把背包塞到我俩中间，吩咐我抓紧，然后敲击着飞行装置。飞毯升到岩石上方五米高的空中，航线迅速校准向左，而后仿佛出膛子弹般射了出去，身下就是异域的海洋，下面三百米的海面，愈加浓重的黑暗中，海浪溅出白色的水花。我们从怒吼的水域上方高高升起，往南进发，一头没入夜色。

仅仅几秒间的决定，决定了整个未来。

我记得我们第二次重逢时和希莉的谈话，那时我们刚刚首次拜访了菲瓦荣附近海滨沿途的别墅，正沿着沙滩漫步。阿龙被我们留在城市里由玛格丽特照管着。幸好是这样。我和那个孩子在一起并不真正觉得舒坦。在我心里，只有他绿色眼睛里毋庸置疑的庄严、令人烦扰的千篇一律的深色短卷发和略微上翘的短鼻子把他和我……和我们……联系在了一起。除此之外，就是每当希莉斥责他时他脸上一闪而过的冷笑，希莉从没发现这点，而我都看在眼里。这种玩世不恭又分寸恰当的冷笑竟然在一个十岁孩子的身上表现得

如此老练。这一点我一清二楚。可我早该想到这种事情是后天习得的，不可能遗传。

“你什么都不懂。”希莉对我说。她正在一个浅潮汐池中赤脚蹚水，不时举起一枚精致的圆号形状的贝壳，仔细检查它是否有瑕疵，然后又将它扔回满是淤泥的浑水。

“我受过良好训练。”我回答。

“是啊，我当然相信你受过良好训练，”希莉表示同意，“我也知道你本领高强，梅闰。不过你还是什么都不懂！”

我被激怒了，却不知道该怎么回答，只是低着头沿池边走着。我从沙里挖出一块白色熔岩石，将它远远扔进海湾。雨云正在东边的地平线一带聚集，我发现自己多么渴望回到船上。开始我不情愿回去，现在我发现那是个错误。这是我第三次在茂伊约小住，诗人和她的公民称这是我们的第二次重逢。还有五个月我就要满二十一周岁了。希莉刚在三周之前庆祝了自己的三十七岁生日。

“我去过的很多地方，你根本都没见过。”最后我说。这话连我自己听起来都觉得既任性又幼稚。

“嗯，是啊。”希莉说着，热烈鼓掌。在一秒间，我似乎从她的热情中瞥见了我的另外一个希莉——我曾经在九个月的漫长回程中日日梦见的年轻女孩。但是很快那个形象又淡入了严酷的现实，我又明明白白地看见她的短发、松弛的颈部肌肉以及手背上突出的静脉，那手曾经是多么诱人啊。“你去过的那些地方我永远也见不到。”希莉激动地说道。她的声音还是一点没变。几乎没变。“梅闰，我亲爱的，你已经看到过我完全无法想象出的东西。关于宇宙，你知道的兴许比我不清楚是否存在的东西还多。但是，我亲爱的，你仍旧什么都不懂！”

“你到底在说什么，希莉？”我坐在湿沙带边一根半没入沙滩的原木上。我的膝盖弯起，像一面篱栅横在我们中间。

希莉大步跨出潮汐池，跪在我面前。她握住我的手，尽管我的手更大更重，手指和骨头都更粗壮，但我依然能感受到她指间的强大握力。我想象着这是我多年不在她身边而催生出的力量。“一个人活着是为了真正地懂事，我亲爱的。生下阿龙让我明白了这一点。养儿育女能够帮助一个人擦亮眼睛，看清什么是真实的。”

“你这是什么意思？”

希莉斜眼瞟着其他的地方，看了几秒，又漫不经心地捋回一束头发。她的左手紧紧攥着我的双手。“我也不太清楚，”她柔声说，“我想当事情变得不太重要的时候，人总会有感觉。我也不知道该怎么说。如果你有整整三十年在充满陌生人的屋子演说的经历，那么比起只有十五年这种经历的你来说，感受到的压力就会小很多。你知道从那间屋子和屋子里的人那里能得到什么东西，你也会去寻找那样东西。如果那东西不存在了，你也会预先感知到这点，并离开去做自己的事情。而你仅仅是逐渐弄明白了什么是对，什么是错，却没时间去领会其中的区别。你听懂我说什么了吗，梅闰？有没有明白我的一点点意思？”

“不。”我说。

希莉点点头，紧咬下唇。但是好一阵子她都没有再次开口。相反，她靠过来吻了我。她的双唇干燥，带着一丝犹疑。我退缩了一下，望见她头顶的天空，想要略微思考思考。但是接下来我就感受到她舌尖的温暖徐徐而来，于是闭上双眼。在我们身后，潮水向我们逼近。我感到令人心怡的温暖，希莉解开我衬衫的扣子，尖利的指甲划过我胸膛，我站起身来。有一刻我感到我们之间不甚实在，我睁开双眼，正看见她在解自己白色衣服前襟的最后一颗扣子。她的乳房比我记忆中的丰满，更有坠感，乳晕更宽也更黑了。寒风刺骨，我将衣物从她肩膀拉下，让我们的上身贴在一起，顺着原木滑向温暖的沙地。我向她贴得更近，一直想着之前我为什么竟会以为她比我强壮。她的皮肤咸咸的。

希莉用手帮助了我。她的短发紧紧贴在泛白的原木、白棉布和沙地上。我的脉搏比潮汐的节拍跳动得更为疾速。

“你明白吗，梅闰？”我们的温暖融为一体，过了几秒钟，她轻声问我。

“明白。”我轻声回答她。其实我并不明白。

迈克驾驭着霍鹰飞毯从东面直冲首站。飞毯在黑暗中行驶了一个多小时，大部分时间里我都蜷缩着，躲着风，等待着飞毯突然间卷起来把我俩都倒进海里去。当第一座移动小岛进入我们的视野，我们距离它尚有半个小时的飞程。岛屿从它们南部的捕猎区出发，顺着暴风争先恐后地行进，树帆巨浪般汹涌，组成一条似乎遥遥无尽的长列。很多东西闪着璀璨的光芒，处处张灯结彩，挂着五彩提灯和色泽变幻的蛛纱光源。

“你确定是往这边吗？”我喊道。

“确定。”迈克喊道。他没有回头。长长的黑发被风吹得击打在我的脸上。他不时查看着指南针，微微校正航路方向。也许跟着这些小岛会容易些。我们路过了一个——一个大家伙，几乎有半公里长——我竭尽全力把它看清楚，可小岛除了一点闪着粼光的尾波之外，只是一片黑暗。有不少深色的影子在乳白的波浪间穿来穿去。我拍了拍迈克的肩膀指给他看。

“海豚！”他叫道，“这就是这个殖民地的意义所在，记得吗？一大群流亡时期不切实际的改良家想挽救旧地海洋里的所有哺乳动物，结果一败涂地。”

我本想再大声问另一个问题，可就在那时，海角和首站港映入了我们的眼帘。

我曾经以为茂伊约的夜晚星光闪亮。我曾经以为候岛五颜六色的外表会令人毕生难忘。但是被海港和山峰包裹环绕的首站城，是一座在夜里闪耀着的灯塔。它的光辉让我想起一艘火炬舰船，我曾经观赏过它喷出的等离子束，在庞大暗淡的尾气团边缘拖曳出长长的一条，映衬出它的明亮，仿佛一颗新星爆发。城市是五层白色的蜂窝形建筑群，里里外外被闪耀着温暖光芒的提灯和无数火炬照得透亮。从火山岛上采来的白色熔岩石也似乎在城市的灯光映照下微微发光。市区上方有帐篷、亭阁、篝火、炉火和熊熊燃烧的巨大火堆，大得离谱，根本难有用武之地，除了向归来的小岛欢迎致意之外别无他用。

港口满是船只。上下浮动的双体船上，牛铃在桅杆尖丁零当啷，平日里巨身平底的船屋在平静的赤道浅海各个港口之间缓慢移动，今晚却有成串的彩灯骄傲地闪烁，还有临时出海的快艇，光滑迅疾，仿若一条鲨鱼。一座灯塔座落在码头钳子形岛礁的尽头，将光线远远投向海洋，照亮了波涛和岛屿，然后光线又扫回，淹没了五颜六色上下跳动的船只和人群。

尽管在两公里之外，我们也听到了喧闹声。人群欢庆的声音能很清楚地听到。在呼喊声和海浪涌起不断传出的沙沙声之中，我清晰地辨认出了巴赫长笛奏鸣曲的音符。后来我才知道，这支表达欢迎的合唱被通过水听器传递到帕萨吉海峡，那里，海豚随着音乐雀跃飞腾。

“我的天哪，迈克，你怎么知道这好戏在上演？”

“我检索过船上的主控电脑。”迈克说。霍鹰飞毯又拐向右边，这样我们就能远远避开那些船只和灯塔光束。然后我们迂回朝首站的北面飞向一片黑暗的海岬。我听到前方浅湾柔和的拍浪声。

"他们每年都要庆祝这个节日，"迈克接着说，"但今天是他们一百五十年周年纪念。晚会已经持续进行三周了，按照计划还要继续两周。在这整个星球上只有十万殖民者，梅闰，我打赌一半人都在这里参加晚会。"

我们逐渐减速，小心地飞入预定地点，降落在距离沙滩不远一处突露的岩石上。风暴越过我们刮向南方，但断断续续的闪电和前行的小岛发出的光芒依然令地平线清晰可辨。我们面前，矗立在小山上的首站璀璨夺目，却并没有隐没头顶的星光。这里的空气更为温暖，我在微风中捕捉到一丝果园的馨息。叠好霍鹰飞毯后，我们赶快穿上小丑服。迈克把他的激光笔和珠宝塞进松垮的衣兜里。

"那是拿来干什么的？"我边问，边和他一起将背包和霍鹰飞毯在一块巨大的圆石下藏好。

"这些东西吗？"迈克问道，手指勾着一根复兴项链在我眼前晃来晃去，"要是我们看上了什么好东西，这就是用来讨价还价的钱币嘛。"

"好东西？"

"好东西，"迈克重复道，"女人的青睐。那对于疲惫的航员来说多么惬意。祝你找到小妞，老弟。"

"噢。"我说着，整了整我的面具和傻不拉叽的帽子。铃铛在黑暗中发出轻柔的声响。

"快来，"迈克说，"不然就会错过晚会了。"我点头跟着他，谨慎地穿行在乱石和灌木丛中，直奔等待着我们的灯光，铃儿叮当响。

我坐在阳光下等待。我并不完全明白我在等什么。清晨的阳光

从希莉坟茔的白石上反射而来，我感觉到温暖正在背上聚集。

那是希莉的……坟茔？

空中无半点浮云。我昂起头眯眼看向天空，那架势，就好像能够看见“洛杉矶”号，还能透过明亮的空气看见新完成的一排远距传输器。但我不能。在内心，我有几分知道它们还没有升起。还有几分知道，舰船和远距传输器何时会完成横越天顶最后的工程。但我也不想再考虑这些了。

希莉，我所做的一切正确么？

风乍起，猛然传来旗杆上三角旗猎猎作响的声音。我感觉到等待的人群正焦躁不安，虽然我没有真正看到。为我们的第七次重逢而登陆之后，我第一次感到心里充满了哀痛。不，不是哀痛，还不是哀痛，而是长着尖牙利齿的悲苦，如果我任由它扩大，它就会蔓延为凄伤。多年来我一直默默对希莉说话，心里思量着一些问题，希望能在以后和她讨论，突然间残酷的现实击中了我，我们永远不可能再坐在一起谈天说地了。我心中的空虚逐渐加剧。

我应该任由这一切发生吗，希莉？

没有回答，除了人群越来越大的嘟囔。几分钟之内，他们会把我依然健在的小儿子东尼尔送过来，或者派他的女儿莉拉和她弟弟上山，催促我赶快行事。我扔掉那一直咀嚼的一枝柳草。地平线上有一点点阴影。可能是云。也有可能是最先归来的岛屿，在直觉和春天北风的指引下，徙回它们的故地——宽广的赤道浅海一带。不过这和我无关。

希莉，我所做的一切正确么？

没有答案，时光荏苒。

有时候，我觉得希莉实在是太无知了，这让我感到很不自在。

她对我生活中那些远离她的部分一无所知。她会问起这些，但有时候，我觉得她也许根本不在意答案是什么。我花上好几个小时向她解释我们神行舰背后蕴含的美丽物理法则，但她似乎从来都没有听懂过。有一次，我十分耐心地向她详细解释了古老的种舰和“洛杉矶”号之间的区别，之后她竟然问了一句话，令我大吃一惊。她问：“既然你们仅仅花一百三十天就抵达了，为什么我们的祖先却要在船上待上整整八十年，才到了茂伊约呢？”她根本一点都没懂。

希莉对于历史毫无概念，她对于历史的所知实在是少得可怜。她看待霸主和世界网的角度就跟一个小孩对待一个快乐而蠢到极点的童话王国差不多。如此漠不关心，经常让我几近崩溃。

希莉知道大流亡早期的事情，至少知道那些牵涉到茂伊约和殖民者的部分，她偶尔会冒出一两句滑稽的旧日琐事或措辞，但她完全不明了大流亡后的现实。至于嘉登、驱逐者、复兴和卢瑟斯这种名词，对她来说是毫无意义。如果我说起萨姆德·布列维或者贺瑞斯·格列侬高将军，她一点联想、一点反应都没有。无动于衷。

我最后一次见到希莉的时候，她已经整整七十标准岁了。七十岁的她依然没到外星旅行过，没有用过超光仪，没有尝过除葡萄酒以外的酒精饮料，没有接入过移情手术，没有进过远距传送门，没有吸过大麻烟，没有接受过基因修裁，没有插入过刺激模拟，没有受过任何正式教育，没有接受过RNA医疗，没有听说过禅灵教或伯劳教会，更没有乘坐过任何飞行工具，除了她家里的老古董桅轻式掠行艇。

除我之外，希莉从没和别人做过爱。至少她是这么说的。我也相信。

希莉曾经带我去和海豚说话，那是我们的第一次重逢，当时是在群岛上。

我们早早起来观赏破晓的风景。树屋顶层是个完美的地方，从那里能望见东方苍灰的天空逐渐蜕变为清晨。高空卷云逐渐泛出涟漪，当旭日从平坦的地平线飘升而起，大海都仿佛熔化了。

“我们去游泳吧。”希莉说。从远方地表传来的光线覆满她的皮肤，将她四米长的影子横洒在平台之上。

“我太累了，”我说，“等会儿吧。”昨晚我们都没睡觉，一直躺着说话、做爱、聊天，再次做爱。在清晨的刺眼阳光的照射下，我有点空虚，并隐隐觉得有些恶心。我感觉到脚下岛屿在微微移动，这让我有些眩晕，就像酒鬼感受到的失重。

“不要，我们现在就去。”希莉说着，抓住我的手，拉我往前走。我满心烦躁，但懒得跟她理论。希莉二十六岁，在这第一次重逢时比我大了七岁，但是她冲动的举止总让我想起仅仅十个月前，我从节日晚会抱回的花季少女希莉。她纯真无邪的聪慧笑容还跟原来一样。她不耐烦的时候，绿色的双眼总是闪耀着如剑的目光。她赤褐色的头发也没有改变，又长又密。但是她的身体已经发育成熟，完全出落成一个女人应有的完美体形。她的双乳依然高耸丰满，几乎和青春期女子的一样，上缘有几点雀斑，白皙肌肤透明得隐约可以看见交织的微蓝色静脉。但是不知怎的，我觉得它们和以前大为不同。她大为不同了。

“你要跟我一起走，还是想坐在这儿发呆？”希莉问。我们走到最下层甲板时，她已经脱下了长袖外套。我们的小船还在码头上拴着呢。在我们头上，小岛的树帆已经展开，准备接受清晨的微风。过去几天里，我们每次下水时，希莉总要坚持穿着泳衣。而现在她什么都没穿，乳头在凉风中微微挺立。

“我们不会追不上小岛吧？”我问她，抬头眯眼看着呼啦作响的树帆。早些天，我们总要等到中午赤道无风的时候才下水，那时小岛会在水中停滞不前，大海则会变成一面闪闪发光的镜子。而现在，三角帆藤蔓已经开始扯紧，厚重的叶子鼓满了风。

“别发傻了，”希莉说，“我们随时都可以抓住一条龙骨根，然后跟着它回来，要不然也可以抓一条捕食藤须。快来吧。”她扔给我一个滤息面具，然后把自己的那个戴上了。透明的膜层让她的脸看起来油光可鉴。她从脱下的长袖外套中拿出一个厚厚的大金属牌，牢牢系在脖子上。那块金属在她肤色的映衬下显得极其暗淡，让人看了不太舒服。

“那是什么？”我问。

希莉没有揭开滤息面具回答我。她将通信线在脖子上系好，然后把耳塞递给我。她的声音听起来瓮声瓮气的。“翻译芯片，”她说，“我还以为你对这种小玩意儿都无所不知呢，梅闰。谁下水慢谁就是海参。”她一只手握着双乳之间的芯片，一步步走下了小岛。她绷直脚尖踢着水花，潜入深处，我看到她臀部苍白柔滑的曲线。数秒之内她就成了深水里一个白色的小点。我套上自己的面具，紧紧按着通信线，踏入了水中。

俯望小岛底部，它就像是投下水晶般光芒的天穹里一颗暗淡的污点。我十分小心地避开粗壮的捕食藤须，尽管希莉已经充分向我展示，它们所吞噬的，只是那些浮游生物，跟废弃舞厅之中散射阳光的灰尘一般大小。除此之外，它们对体积略大一点点的东西根本毫无兴趣。龙骨根则像几百米长、长满节瘤的钟乳石，直插入紫色的深海。

小岛在移动。我能看见那些拖在后面的卷须微弱的纤维性颤动。在我头顶上方十米处，一股尾波反射着阳光。突然，面罩的凝胶像周围的海水一样紧紧包裹了我，我顿时感觉快要窒息了，然后我放松了些，空气又自由地流进了我的肺部。

“再潜深一点，梅闰。”希莉的声音传来。我眨了眨眼睛——一个慢动作眨眼，面罩随着我的眼睛自动调整了一下位置——然后我看见二十米之下的希莉，正抓着一条龙骨根，不费吹灰之力追逐着更冷更深的洋流，那些连光线也无法穿透的洋流。我联想到身下数千米深的海水和那里可能会出现的东西，那里是未知的地界，人类殖民者尚未一探究竟的地方。想到黑暗和深海，我的阴囊不由自主地缩紧了。

“快下来。”希莉的声音在我听来就像是昆虫在嗡嗡叫。我转身，踢着水。这里的浮力没有旧地海洋的浮力大，但是要潜到那么深还是要花费一番力气。面罩帮我减轻了深度和氮气给大脑带来的不适，但我的皮肤和耳朵还是能够感受到压力。最后我停止了踢水，抓住一条龙骨根，笨拙地把自己拉向希莉所在的深处。

我们在晦暗的光线中并排漂流着。在这里，希莉的样子看起来就像一个幽灵，她的长发缭绕，仿佛一团暗酒红色的祥云，身体上苍白的条纹在蓝绿色的光线中闪闪发光。水面看起来遥不可及。尾波的V字形扩得更开，数十条藤须都一齐漂起来，这意味着小岛现在航速加快了，漫无目的地向其他捕食区域游移，驶往遥远的水域。

“我们这是要去……”我小声地说道。

“嘘。”希莉说。她摆弄着大金属牌。我于是听到了一些声音：尖啸、颤音、呼哨、猫的呼噜，还有回荡的哭声。深海突然间充满了奇异的音乐。

“老天爷。”我说，希莉已经将我们的通信线连接上了翻译器，这个词变成了无意义的呼哨和嘟嘟声，被放了出来。

“你好！”她呼唤道，经过翻译的问候从发射器中传出，四处回荡；一阵高频的鸟叫逐渐变频至超声波。“你好！”她又喊了一声。

过了几分钟，一群海豚游过来看到底是怎么回事。它们在我们身边翻滚，大得出奇，大得惊人，光滑的皮肤在摇曳不定的光辉下看起来非常强健。有一条大海豚朝我们游近，距我们不足一米远，最后转了个身，白色的腹部弯曲着绕过我们，活像一堵墙。它游过的时候，我看到那深色的眼珠旋转着打量着我。它宽阔的尾鳍卷起一股强有力的漩涡，我被这个动物的力量震慑住了。

“你好。”希莉说，但这个飞速游动的家伙已经消失在模糊的远方，现在唯有突如其来的寂静。希莉手指一点，关掉了翻译器。“想和它们说说话吗？”她问我。

“当然。”其实我有些犹疑。在三个多世纪的努力之后，人和海洋哺乳动物之间依然不可能进行真正像样的对话。迈克曾经告诉我，旧地的这两群遗孤间的思维模式有相当大的不同，两者的共同之处寥寥可数。一个大流亡前的专家曾经撰文说，如果想和海豚或者小鲸说话，那么结果就跟和一个一岁大的人类婴儿说话差不多，徒劳无益。双方似乎都享受着交流，内容也好像是对话，但双方都不可能对对方有更深的了解。希莉又把翻译芯片打开了。“你好。”我说。

天地沉默了一分钟之后，我们的耳塞都嗡嗡作响，海洋回荡着震颤的啼泣。

遥远/没有尾鳍/问候的声调？/电流脉冲/围绕我/好玩？

“这是什么鬼玩意儿？”我冲希莉问道，翻译器又颤出了我的问题。希莉躲在她的滤息面具后，吃吃地笑着。

我又试了试：“你好！这是来自……嗯……地表的问候。你好吗？”

那只大型的雄海豚……我觉得它应该是雄性……转了个弯像鱼雷一样冲向我们。它一路摇摆着拍水而来，尽管那天早上我记得戴上了脚蹼，它的速度依然是我最快速度的十倍。霎时间，我以为它是要过来撞翻我们，于是我蜷起双腿，紧紧抓着龙骨根。然后它从我们身边游过，浮到水面上呼吸去了，而希莉和我则被它汹涌的尾波和高频叫声搅得七荤八素。

没有尾鳍/也不能吃/不游泳/不玩/不好玩。

希莉关掉翻译器，游近了一点。她轻轻抓着我的肩膀，而我用右手握着龙骨根。我们在温暖的海流中漂流，我的双腿挨着她的。一群小小的深红色斗鱼在我们头顶上摇动，海豚深色的身影转着圈，越游越远了。

“够了吗？”她问。她的手掌平贴在我的胸膛。

“再试一次。”我说。希莉点点头，又将芯片扭开。洋流拂过，又把我们推到了一起。她双臂滑过，抱住我的身体。

“你们为什么要放牧群岛？”我向那群在粼粼波光中绕圈的宽吻海豚问道，“你们和小岛在一起能得到什么好处？”

现在有声音/老歌/深水/不是大声音/不是鲨鱼/老歌/新歌。

希莉的身体完全贴在我身上了。她的左臂紧紧环抱着我。“大声音是指鲸。”她轻声说。她的头发呈扇形丝丝散开。她的右手往下移动，好像对自己摸到的东西感到奇怪。

“你们想念大声音吗？”我向那些阴影问道。没有回音。希莉双腿滑过，夹住我的臀部。水面像一个大碗，扣在距离我们头顶四十米的地方，光线在里面搅拌。

“旧地海洋的哪一点最令你们怀念？”我问。我的左手将希莉拉得更近，顺着她背部的曲线滑下，她臀部翘起，迎接我手掌的抚触，我紧紧拥着她。在那些转圈的海豚眼里，我们看起来一定像是个单一的生物。希莉略略上浮，紧靠着我，我们融为了一体。

翻译芯片的线缠在了一起，在希莉的肩膀上方漂流翻滚。我伸手想关掉它，但是中途停了手，因为突然间，耳中嗡嗡地响起我问题的答案。

怀念鲨鱼/怀念鲨鱼/怀念鲨鱼/怀念鲨鱼/鲨鱼/鲨鱼/鲨鱼。

我关上芯片，摇摇头。我没懂。我没懂的事情太多了。我闭上眼，和希莉一起顺着洋流和我们身体的节律，轻轻地动着。海豚游到我们附近，它们呼唤的韵律带着古老挽歌那哀恸、缓慢的颤音。

希莉和我走下山冈，赶在第二天日出之前回到节庆现场。整整一个昼夜，我们都在山坡上漫步，在亭台与身着桔黄色丝袍的陌生人一同进餐，一起在希瑞海冰冷的水域中洗浴，永不停歇的音乐直传到接踵而至的无尽的岛屿队列，我们随之翩翩起舞。我们饿了。我在日落时分醒来，发现希莉不见了。随后，在茂伊约的明月升起之前，她回来了。她告诉我说父母已经和朋友一道乘慢速船屋外出，那会花上好几天时间。他们将家用掠行艇留在了首站。现在我们每天的生活就是从一个舞会到另一个舞会，从一处篝火到另一处篝火，然后回到城市中心。我们计划飞到西部，去菲瓦荣附近她家的庄园。

时间很晚了，不过首站广场依然有不少饮酒狂欢者。我非常愉快。当时我才十九岁，正在热恋，而茂伊约零点九三的重力对我来说算不得什么。我随时都可以飞起来，想做什么都可以。

我们在一个小摊前停下买了油炸面团和两杯黑咖啡。我突然想起一件事情。我问:“你怎么知道我是船员？”

“嘘，我的朋友梅闰。先把你可怜的早餐解决掉。等到了别墅，我就能做一顿可口的饭菜，结束我们的斋戒了。”

“不，我是认真的。”我对她说，用脏兮兮的小丑服袖子擦了擦下巴上的油脂，“今天早上，你说昨晚你立马就知道我是从船上来的。为什么？是根据我的口音么？还是我的服装？我和迈克看见其他人都是这么穿的。”

希莉笑了，把搭在前面的头发往回拢。“你得庆幸，是我把你认了出来，梅闰，亲爱的。要是我叔叔格列仙或者他的朋友发现你，你可能就要倒大霉了。”

“哦？为什么？”我又拿起一个炸面圈，希莉付了钱。我跟着她从愈渐稀少的人群中穿过。尽管到处都是涌动的人潮和音乐，我依然感到疲惫正慢慢爬上我的身体。

“他们都是分离主义者，”希莉说，“格列仙叔叔最近在议会发表了一起演说，要求我们起来抗争，而不是被吞并进你们的霸主政权。他说，我们应该在被你们的远距传输器毁灭之前抢先干掉它。”

“噢？”我说，“他有没有说怎样做到这一点？我上次听说你们的人所拥有的飞行器都还飞不到环网呢。”

“他没说，没有那样的飞行器，我们还不是照样过了五十年，”希莉说，“但是从这点可以看出分离主义者能有多么激愤。”

我点点头。辛格船长和霍敏议员都向我们简要讲述过茂伊约所谓的分离主义者。“通常是殖民地的军国主义者和顽固守旧派的联盟，”辛格说过，“那就是远距传输器完工之前，为什么我们要减缓工程、开发星球贸易潜力的另一个原因。环网不需要这些乡巴佬过早地跑进来。像分离主义者这样一类群体的存在则是我们为什么要把你们船员、建筑工人和那些该死的地面上的人隔离开的另一个原因。”

“你的掠行艇在哪儿？”我问。广场很快就人去楼空了。大部分乐队都已经打包好他们的乐器，准备回家过夜。熄灭的提灯和其他杂物七零八落地扔在长满小草的鹅卵石地上，穿着节日盛装的人群就在它们中间躺着，鼾声大作。只有一部分围了一圈人的地方还保留着欢快的气氛，人群缓慢地随一支吉他独奏曲起舞，或是酒醉一般地自吟自唱。我立刻认出了迈克·沃朔，那个衣服扯得破破烂烂的傻子，面具早就不见了，左拥右抱着两个女郎。他正在努力教他的崇拜者跳“哈瓦·纳吉丽雅”，可惜那圈人虽然全神贯注地学习着，却都手蠢脚笨，一旦有人摔倒，其他人就全都乱倒一气。迈克抽打他们，于是在一阵嘻嘻哈哈声中，他们又重新站起来跳舞，笨拙地跟随着他低沉的嗓音手舞足蹈。

“就在那儿。”希莉说，指向会众厅背后停泊的一短排掠行艇。我点点头向迈克挥手，但是他正忙着和身边的两名女郎打情骂俏，根本注意不到我。我和希莉穿过广场，隐没在古老建筑物的阴影中，忽然传来一声大叫。

“船员！转过来，你这狗娘养的霸主杂种。”

我身体变得僵直，转过身，双手握拳，但是身边没有一个人。有六个年轻人从大看台楼梯上走了下来，在迈克身后围成一个半圆。打头的男人高大瘦削，帅得惊人。他约摸二十五六岁的样子，长长的金色卷发从绯红的丝服上披散而下，更映衬出他的体格。他右手握着一把一米长的剑，质地似乎是回火钢。

迈克缓缓地转过身。即便隔着这么远的距离，我也能看见他正在打量自己的处境，眼神清醒。他身边的女人和他自己那伙人里的一对年轻人吃吃笑起来，像是听到了什么笑话。迈克脸上又浮现出一个醉鬼的笑容。“你是在跟我说话吗，先生？”他问。

“我是在跟你说话，你这婊子养的霸主杂种。”人群的领导人说。他英俊的脸上拧出一个冷笑。

“贝托尔，”希莉轻声对我说，“我的表弟。格列仙的小儿子。”我点点头，从阴影中走出来。希莉抓着我的手臂。

“这已经是你第二次对我母亲出言不逊了，先生，”迈克含混不清地说，“我和她怎么惹着你了么？要是这样，我赔你一千个不是。”迈克深深地鞠了个躬，帽子上的铃铛几乎扫到了地上。他自己的那伙人鼓起掌来。

“你站在这儿就惹我窝火，你这狗娘养的霸主杂种。你他妈那一堆肥肉都污染空气。”

迈克滑稽地扬了扬眉毛。他身边一个穿鱼形服的人挥了挥手。“哎，算了吧，贝托尔。他不过是……”

“闭嘴，费里克。我是在跟这个肥猪崽子说话。”

“肥猪崽子？”迈克重复道，眉毛依旧上扬，“我飞过两百光年来听你骂我肥猪崽子？这看起来不怎么值啊。”他优雅地旋转了一下，顺势丢开了两边的女郎。我本想过去帮迈克，但是希莉紧紧抓着我的手臂，小声说着我听不清楚的恳求。当我最终挣脱她，我看见迈克依然在傻笑着扮白痴样，但是他的左手却探进了松松垮垮的衬衣口袋。

“把你的刀给他，克雷格。”贝托尔厉声叫道。一个年轻人拿出一把剑，将剑柄对着迈克，扔了过去。迈克望着它在空中划出一道弧线，掉落在鹅卵石地上，发出清脆的声响。

“你不是在开玩笑吧。”迈克轻声说，声音突然变得相当清醒，“你个龟儿子脑壳发昏。你他妈真以为就凭你能在一群鸡崽儿里头充英雄，我就会跟你决斗？”

“把剑捡起来，”贝托尔叫道，“要不然，苍天在上，我要将你斩立决。”他飞快地前踏一步，继续往前，脸被愤怒扭曲。

“滚你妈的蛋。”迈克说。他左手握着激光笔。

“别这样！”我大声喊道，跑进月光下。激光笔是建筑工人在晶须合金梁柱上刻记号用的。

但一切发生得太快。贝托尔又向前迈了一步，迈克漫不经心地挥动绿光，划过他的脸。殖民者发出一声惨叫，跳后一步；一条冒烟的黑线斜划在他的丝衬衫前襟。我犹豫了一下。迈克将设置调到了最低。贝托尔的两个朋友又往前冲，迈克将光舞过他们的胫骨。一个跪了下去，嘴里吐着不干不净的字眼，另一个抱着腿跳到一边，大呼小叫。

一群人聚拢过来。迈克又鞠了一躬，小丑帽完全扫到了地上，人们都笑起来。“我感谢你，”迈克说，“我母亲也感谢你。”

希莉的表弟极力压抑着自己的怒火。他口吐泡沫，沾满了双唇和下颚。我从人群中挤了过去，站到迈克和高大的殖民者中间。

“嘿，好了好了，”我说，“我们就快要走了。我们现在就走。”

“扯淡，梅闰，快走开。”迈克说。

“没关系的，”我转身对他说，“我和一个叫希莉的女孩子在一起，她有一……”贝托尔又往前踏出一步，刀刃从我身边刺了过去。我伸出左手揽住他的肩膀把他扔了回去。他重重倒在地上的草丛中。

“啊，见鬼。”迈克向后退了几步。他坐在一个石阶上，看起来很疲惫，似乎想要作呕。“噢，该死。”他轻轻地说。在他小丑服左侧的黑色布条上，出现了一条深红的短线。然后，那条狭窄的裂口崩开了，鲜血流过迈克·沃朔宽阔的腹部。

“哇，天哪，迈克。”我从衬衫下撕下一片布想要为他止血。我们做中级船员的时候学过急救常识，但我现在是一点都想不起来了。我急忙往手腕上抓，但是没有抓到我的通信志。我俩的通信志都落在“洛杉矶”号上了。

“不打紧，迈克，”我深深吸了口气，“只不过是一点刀伤。”血流如注，流过我的手和手腕。

“真他妈报应，”迈克说，疼痛袭来，他的声调被扯高了几分，“去他妈的，一把死不拉叽的剑。你信不信，梅闰？就在老子最他妈身强体壮、兴致正高的时候，用他妈一便士买来的混账道具刀把老子砍了。嘎，混账，真他妈疼。”

“三便士的道具。”我说着，换了一只手。布条都被血浸透了。

“你知道你他妈的毛病出在哪儿吗，梅闰？你老是为他妈的两分钱耿耿于怀。嗷——”迈克的脸骤然发白，然后铁青。他低下头，下巴挨着胸膛，深深地吸着气。“这可真要命，老弟。我们回家怎样，啊？”

我转头望过去，贝托尔正在他朋友的搀扶下缓慢地离开。其余的人都被吓坏了，没头苍蝇一般地瞎转。“去叫个医生！”我大喊，“快去叫医疗人员过来！”有两个人冲下街道。哪里都看不到希莉的影子。

“等一等！等一等！”迈克突然大声叫道，好像记起了什么重要的事情，“等一会儿。”说完他就死了。

死了。真正意义上的死亡。脑死亡。他的嘴张着，看起来很猥琐，眼球往后翻，只剩下眼白，一分钟后，血也不再从伤口往外喷涌。

接下来的几秒，我精神崩溃了，不停咒骂着老天。我看见“洛杉矶”号飞过正逐渐暗淡的星野，我知道如果我能在几分钟之内把他带上“洛杉矶”号，就能把他从死神那里救回来。我大声呼喊着，朝群星怒吼，人群都害怕地躲开。

最后我转身对着贝托尔。“你。”我说。

这个年轻人在广场的那一边远远地停下，面如死灰，瞪着我一句话都不说。

“你。”我重复道。我捡起滚到地上的激光笔，将威力拨到最大，走向贝托尔和他的朋友静静站着的地方。

过了一会儿，在令人眩晕的尖叫和烧焦的皮肉中，我隐隐约约地意识到希莉的掠行艇停靠在人头攒动的广场上，意识到飞艇卷起的漫天灰尘，意识到她的声音传来，叫我赶紧过去。我们从光芒和疯狂中脱身而上，凉风吹拂起我汗水浸透的头发，在脖颈上飞扬。

“我们的目的地是菲瓦荣，”希莉说，“贝托尔喝醉了。分离主义者是个规模很小的暴力团伙，不会有人来找你报仇。在理事会介入死亡调查之前，你可以和我在一起。”

“不用，”我说，“停下。就在这儿停下。”我指着距离城市不远的一块地。

希莉极力反对，但还是停下了。我瞥了眼圆石，确定背包仍然在那里，于是爬出掠行艇。希莉从座位那边探过身子，扶下我的头拉向她的双唇。“梅闰，我亲爱的。”她的舌头温暖奔放，可是我没有任何感觉，我的身体就像麻木了一般。我后退了几步，挥挥手向她作别。她将头发梳拢到后边，碧绿的眼睛里充盈了泪水，深情地看着我。然后掠行艇升了起来，掉头，在清晨的光芒中加速向着南方飞去。

等一会儿，我突然想要大喊。我坐在岩石上抱着自己的膝盖，还是抑制不住，发出了几声断断续续的呜咽。然后我站起来将激光笔扔进脚下的波涛之中。我拉开背包，将里面的东西胡乱地抓出来扔到地上。

霍鹰飞毯不见了。

我又坐下去，筋疲力尽，不能笑，不能哭，更不用说走路了。我坐在那儿，太阳升起。三个小时之后，从舰船安全署飞来的大型黑色掠行艇悄然停在我的身边，我依然坐在那里。

“爸爸？爸爸，时间很晚了。”

我转过头，看见儿子东尼尔站在我身后。他穿着霸主理事会蓝金相间的长袍，光秃秃的脑袋红莹莹的，浸出细密的汗珠。东尼尔只有四十三岁，但是看起来却比我老许多。

“求你了，父亲。”他说。我点头起身，拂去身上的草和泥。我们一起走到坟茔的正前方。人群现在更为迫近了。他们躁动不安地移动着，沙石在他们脚下欻欻作响。“我能和你一起进去么，父亲？”东尼尔问。

我停下来看着这个日渐衰老的陌生人，我的孩子。从他身上几乎都看不出希莉或者我的影子。他的脸看起来很友善，红润，因这个激动人心的日子而紧张。我能够感觉到他身体里毫不掩饰的忠厚。大部分忠厚的人，智力总不太如人意。我总是忍不住把这个脑袋日渐光秃，脑子却不太灵光的男人和阿龙相比，阿龙——有深色卷发，惯于沉默和隐隐冷笑的阿龙。但是阿龙早在三十三年前就夭折了，死于一场跟他完全没有关系的愚蠢战争。

“不用了，”我说，“我自己进去。谢谢你，东尼尔。”

他点头走开了。三角旗在鱼贯而入的人群头上猎猎作响。我将注意力转向坟茔。

入口处是用掌纹锁封上的。我只需要碰它一下。

在过去的几分钟里我一直沉浸在一个幻想中，它将会挽救我，让我远离内心日渐增长的悲伤和外部一系列自寻的麻烦。我幻想希莉没有死。在她生病的最后阶段，她叫来了殖民地仅存的所有医生和几名技师，让他们为她重建了一间古老休眠舱，那是他们祖先曾于两个世纪前用在种舰上的。希莉只是睡着了。而且，不知何故，长年的睡眠反而还恢复了她的青春。当我叫醒她时，她就会成为我早年记忆中的希莉了。我们会一同走入外面的阳光，当远距传输器的门打开，我们将会第一个走进去。

“父亲？”

“来了。”我往前走了几步，将手印在地穴的门上。一阵电动马达的小声轰鸣之后，白色石板滑开了。我低头走进希莉的墓穴。

“活见鬼，梅闰，把那根绳子系紧，不然你会被它扔下船去。快点！”我赶紧动手。湿绳索很难卷起来，更别说打结了。希莉摇摇头，像是看不过去，俯下身子，单手系上了一个死结。

这是我们第六次重逢。我没赶上她的生日，足足晚了三个月，但是当天参加她生日庆典的有五千多人。全局的首席执行官为她作了四十分钟的祝词。一名诗人朗诵了自己最新的诗篇，十四行诗爱情组诗。霸主大使赠送给她一卷文书和一艘新船，那是一艘依靠核聚变驱动的小型潜艇，这也是茂伊约第一次允许并出现核聚变引擎。

希莉还另有十八艘船舰。其中十二艘编排成了快速长筏舰队，定期往返于漂流的群岛和主岛之间，进行贸易往来。有两艘是漂亮的竞艇，每年参加两次竞赛，分别是发现者竞舟会和契约纪念赛。另外四个筏子都是古老的渔船，又丑陋又笨重，保养得很好，但看起来还是跟方驳差不多。

希莉有十九艘船，但我们挑的却是一艘渔船——“基尼·保罗”号。在过去的七天里我们一直在赤道浅海的大陆架捕鱼；船员就我们两人，撒网收网，涉过及膝深的水，穿过腥臭的鱼和吱嘎作响的三叶虫，在浪尖上翻滚，撒网收网，保持警戒，然后像累坏的孩子一样忙里偷闲，匆匆补觉。我那时还不到二十三岁。我觉得自己早已习惯“洛杉矶”号上的繁重劳动，而且习惯在一点三倍重力的分离舱中每换班两次就锻炼一个小时，可是现在，我的双臂和背部都因为过度疲劳而疼痛，双手则被磨得除了老茧就是水泡。希莉刚过七十岁。

“梅闰，到前头去一下，把前桅帆卷起来。还有船首三角帆，弄好后下去看看三明治好了没有。我要多点芥末的。”

我点点头向前走去。整整一天半时间里我们一直在和风暴玩着捉迷藏：在它来临之前拼命航行，转弯，但实在躲不开的时候也不得不接受它的惩罚。最开始我们很为此兴奋，这也算是无休止的撒网收网修补网中的一种调剂。但是头几个小时一过去，肾上腺素作用逐渐消退，我们继而感受到的就是难以遏止的恶心、疲劳和极度的困倦。大海并非大慈大悲。波浪持续增长，直到六米高乃至更高。于是“基尼·保罗”号在浪涛中翻滚，像是个大屁股夫人在扭屁股。每一样东西都打湿了。尽管穿着三层雨具，我的皮肤也未能幸免。对希莉来说这可是盼望了很久的假期。

“这没什么。”她说。现在是夜晚最黑暗的几个小时，惊涛拍击着甲板，在驾驶座舱伤痕累累的塑料外壳上四散泼溅。“你应该在西蒙风刮起的季节来看看。”

云彩依然低挂，与远处灰色的海洋浑然一体，但是海浪已经平静许多，不超过五英尺高。我将芥末抹在烤牛肉三明治上，又把热气腾腾的咖啡倒进厚壁白色杯子。如果是在零重力下，拿着咖啡走来走去是没那么容易把它洒出来的，不过它更可能会飘上升降扶梯的上升轴杆。希莉接过她的杯子，里面的咖啡已经在途中洒得差不多了，她对此一句话都没说。我们静静地坐了一会儿，享受着食物和烫舌的温暖。希莉又下去添满我们的杯子，此时由我来掌舵。青灰的天空光线如此暗淡，完全不知道什么时候突然入夜了。

“梅闰，”她把杯子递给我，坐上环绕驾驶员座舱长椅的坐垫，说道，“他们打开远距传输器之后会发生什么？”

我被这个问题惊了一下。以前我们从没有谈论过关于茂伊约何时会加入霸主政权的事。我瞟了一眼希莉，突然间我惊诧于她的苍老。她的脸满是褶子和阴影。她美丽的绿色眼珠已经陷入黑暗的深井，颧骨像是自薄脆的羊皮纸里穿出的锋刃。现在她留着灰白的短发，它们被打湿后聚成一坨一坨，像是一颗颗钉子。她的脖子和手腕上青筋暴突，像是从不成形状的毛衣上面冒出的线头。

“你什么意思？”我问。

“他们打开远距离传输器之后会发生什么？”

“你知道议会是怎么说的，希莉。”我大声说道，因为她有一只耳朵听力出了问题，“它会为茂伊约的贸易和技术掀开一个新时代。你们再也不会被局限在一个小小的星球上了。当你们成为公民，每个人都会被授予使用远距传输门的权利。”

“知道了，”希莉说，她的声音听起来很疲惫，“我全都听说过了，梅闰。但是究竟会发生什么？谁会第一个穿过远距传输器来我们这儿？”

我耸耸肩：“更多的外交家，我想。文化接触专家、人类学家、伦理学家、海洋生物学家。”

“然后呢？”

我顿了顿。外面已经黑了。海洋几乎完全平静下来。我们的舷灯在黑暗中闪耀着红绿的亮彩。我又感到了焦虑，和两天前风暴的巨墙出现在地平线上时毫无二致。我说：“然后，来的就会是传教士、石油地质学家、海洋牧场主、开发者。”

希莉啜饮着咖啡：“我还以为，你们霸主政权的地位远远在石油经济之上呢。”

我笑了，把舵固定住：“没有人会爬到比石油经济更高的地位。至少只要还有石油就不会。当然不是说全都用来作燃料，也许你会这么理解。它在塑料制造、合成化工、食物原料和碳黑工业等方面都是必要的原材料。两千亿人可会用不少塑料。”

“而茂伊约有石油？”

“噢，是啊，”我说，却一点都笑不出来了，“光是赤道浅海的蕴藏量，以桶计就有好几亿呢。”

“他们会怎样开采它，梅闰？建海上平台吗？”

“是啊。平台。海下油井。建立海下殖民地，配备从无限极海引进的特训工人。”

“那些移动小岛怎么办呢？”希莉问，“它们必须每年迁徙回赤道浅海，补充蓝巨藻从而繁育。这些小岛会怎么样呢？”

我又耸耸肩。我已经喝了太多咖啡，现在嘴里满是苦味。“我不知道，”我说，“他们告诉船员的不多。但是在我们第一次出行之时，迈克曾经听说他们计划要尽量多地开发小岛，以便把剩余的那些保护起来。”

“开发？”希莉的声音第一次显示出惊奇，“他们要怎样开发小岛？就算是第一家庭要去那里修建度假树屋，也必须征得海民的同意。”

希莉用的是当地人称呼海豚的词语，对此我付诸一笑。一说到那些该死的海豚，茂伊约的殖民者就变得孩子气了。“计划都已经订好了，”我说，“十二万多个移动小岛有足够大的面积，能够在上面建屋子。它们的租约早已上市。小些的岛可能会被分割，我想。主群岛将会被开发作娱乐胜地。”

“娱乐胜地，”希莉重复道，“会有多少人从霸主通过远距传输器到这儿……到这个娱乐胜地？”

“你是说最开始吗？”我问，“第一年只会有几万。只要唯一的一扇传送门建在241岛上……也就是贸易中心……人数就会受到限制。到第二年首站也建立传送门了之后，也许会有五万。那将是相当奢侈的旅程。一个种子殖民地首次向环网开放之后，一般情况就是这样。”

“然后呢？”

“在五年试用期之后？会建起上千扇门，当然。我想，在授予霸主正式公民资格的头一年，会有两三千万新居民传送进来。”

“两三千万。”希莉说。下方指南针架射来的灯光照亮了她褶纹纵横的脸。她依然很美。脸上竟然既没有愤怒也没有震惊。我还以为她会两种情绪一起来。

“但是接下来你自己也会成为公民，”我说，“可以自由地到世界网的任何地方。会有十六个新星球供你选择。说不定到时候还更多。”

“是啊。”希莉说着，把她的空杯子放到一边。细雨在我们四周的玻璃壁上划出条条细流。嵌在手工雕刻框中的粗略的雷达显示屏显示，海面空无一物，风暴过去了。“这是真的吗，梅闰，霸主的居民在很多星球都有家？我的意思是，有一座房子，不同的窗户面朝着不同的天空？”

“当然，”我说，“但那样的人也不是很多。只有富人才买得起那样的跨星宅邸。”

希莉笑了，把手放在我的膝盖上。她的手背上满是斑点，青筋暴突。“但是你很有钱啊，不是吗，船员？”

我把头转向别处："不，我还不算。"

"啊，但是那天很快就会到来了，梅闰，很快。对你来说会有多久，亲爱的？在这里还待不到两周，你就又要回你的霸主星球去了。你再花上五个多月，把最后的部件带回来，再花上几周让一切工程就绪，然后你就成为一个有钱人，传送回家。穿过空茫的两百光年回家。真是个奇异的想法……但是我会在哪里？还有多长时间？还不到一个标准年。"

"十个月，"我说，"三百零六个标准天。对你来说是三百十四天。九百零八次替班。"

"然后你的流放就完结了。"

"是的。"

"然后你就会满二十四岁，成为一个富翁。"

"是的。"

"我累了，梅闰。我现在想睡觉了。"

我们设定好舵柄，安置好碰撞警报，然后走下甲板。风再次微微吹起，这艘老船在每一波巨浪的波峰和波谷间摇荡。我们在摇曳不定的灯光中脱下衣服。我先爬进床铺，盖上被子。这是希莉和我第一次一同睡觉，没有留人值班。我记起我们上一次重逢时她在别墅的羞涩，于是以为她要把灯弄熄。但是她站了一分钟，赤身站在寒冷的空气中，瘦弱的臂膀平静地垂在身旁。

时间已经将它的巨手伸向了希莉，但是没有摧毁她。重力已经在她的胸部和臀部起了不可避免的作用，她越来越瘦。我凝视着她骨瘦如柴的肋骨和胸骨轮廓，想起了十六岁的她，那时她还带着点婴儿肥，拥有着温暖的丝绒一般的皮肤。在摇曳的冷光下，我看着希莉松弛的肌肤，想起了月光下蓓蕾般的乳房。不知怎么的，很奇怪，难以名状，我面前站着的变成记忆中那个希莉了。

“挪开一点，梅闰。”她缩进我身旁的床铺。床单贴在身上冰凉，粗糙的毛毯还挺舒服的。我关掉了灯。小船伴随着海洋的呼吸有节奏地摇摆着。我听到桅杆和索具的吱嘎声，让人心生怜悯。到早上我们又会继续撒网收网修补网，但是现在有的是时间睡觉。我在海浪拍打木头的声音中逐渐打起了盹。

“梅闰？”

“怎么了？”

“要是分离主义者攻击霸主游客或者新居民怎么办？”

“我还以为分离主义者会全部被押到岛上去呢。”

“他们已经被带过去了。但要是他们反抗呢？”

“霸主就会派军部的军队来把分离主义者打得屁滚尿流。”

“要是就连远距传输器都被攻击了……在启用之前就被破坏了怎么办？”

“不可能。”

“是的，我知道，但是如果真会这样呢？”

“那么九个月后，‘洛杉矶号’就会随着霸主军队一起过来，把分离主义者打得屁滚尿流……扫平茂伊约上所有胆敢挡路的人。”

“九个月的船上时间，”希莉说，“就是我们的十一年。”

“不管怎样都无法避免，”我说，“咱们说点别的吧。”

“好的。”希莉说，但是我们都没有再说话。我聆听着船只的吱嘎和叹息。希莉依偎在我的臂弯里。她的头枕在我的肩膀上，呼吸深沉而有韵律，我想她一定已经睡着了。我也快要睡着的时候，她温暖的手滑上我的腿，轻轻地拥着我。我被惊了一下，那东西开始躁动，变得僵硬。希莉轻声说出了我没有问的问题的答案。“不，梅闰，一个人永远不会真的变老。至少不会老到不想要温暖和亲热。你来决定吧，亲爱的。不管怎样我都不会不满意。”

我决定了。快要天明的时候，我们睡着了。

坟墓是空的。

“东尼尔，快进来！”

他赶忙走进来，长袍在旷达的虚空中沙沙作响。坟墓是空的。没有冬眠舱——事实上我也没有真正期待过会有一个——可是那里竟然既没有石棺也没有木棺。一个明亮的灯泡照亮了白色的内壁。“这到底是什么，东尼尔？我还以为这是希莉的墓地。”

“这正是，父亲。”

“她被葬在哪里了？难道是在地板下面？我的老天爷。”

东尼尔抚着自己的眉毛。我反应过来，我是在说她的母亲。我也回想起，他经过了将近两年时间才接受了她死去的事实。

“没人告诉过你吗？”他问。

“告诉我什么？”我的愤怒和困惑都逐渐退去，“我刚刚从种舰站台上下来，他们告诉我说，在远距传输器打开之前我得先拜访希莉的墓地，还有什么？”

“依照母亲的意愿我们施行了火葬。她的骨灰从家族岛最高的平台上洒向了大南洋。”

“那么为什么……又有这个……**地窖**？”我小心翼翼地选择着措辞。东尼尔很敏感。

他又开始抚着眉毛，瞥了眼门口。我们的视线被人群挡住了，我们在这里花费的时间已经远远超出了预定。议会的其他成员早已从山坡上冲下来，同演奏台上的权贵站在了一起。我的忧伤潜滋暗长，现在已经糟糕到了极致——说它张牙舞爪也毫不夸张。

“妈妈留下了遗嘱。然后就依照她的吩咐做了。”他碰了碰内墙上的一个机关，它滑开了，露出一个小壁龛，里面放着一个小金属盒。上头有我的名字。

“什么东西？”

东尼尔摇摇头：“是妈妈留给你的私人物品。只有玛格利特知道具体是些什么，但是去年冬天她死了，现在谁都不知情。”

“好吧，”我说，“谢谢。我等一下就出来。”

东尼尔看了眼他的原子钟：“仪式将在八分钟之后开始。他们会在二十分钟之后激活远距传输器。”

“我知道。”我说。我的确知道。我的第六感精确地知道还剩下多少时间。“我很快就出去。”

东尼尔犹疑了一下，然后离开了。我用掌心碰了碰机关，门在他身后关上。金属盒子沉得惊人。我将它放在石质地板上，蹲在它旁边。它锁着一个小小的掌纹锁，我按了一下，盖子“嗒”的一声弹开了，我朝盒子里面瞅了瞅。

“唔，我真该死。”我轻轻地说。我不知道里面会是什么——可能是人工物品，一些怀旧的纪念物，纪念我们在一起的一百零三天——也许是一朵我在不知何时送给她的压干的鲜花，也许是一个我们在菲瓦荣下潜寻到的法国号角贝壳。但是没有纪念物——不是这种东西。

盒子里装着一个小型斯坦-津手持激光器，这是史上最强的投射武器之一。激光器的储能器通过一根电源线连接在一个小型聚变电池上，一定是希莉从她新的潜水艇上拆下来装配上去的。连接在聚变电池上的还有一个古老的通信志，那是个固态内体和液晶触显组成的老古董。电量显示器闪着绿光。

盒子里还有两样其他的东西。其中一个是我们多年以前用过的翻译用金属牌，最后一个东西则真正让我惊讶到合不拢嘴。

“搞什么，你这个小狐狸精。”我说。各样东西整齐排列着。我情不自禁地笑了。“你这个调皮狡猾的小狐狸精。”

迈克·沃朔从卡弗涅市场用三十马克淘来的霍鹰飞毯躺在那里，小心地卷着，电源导线也恰当地连接着。我没去管霍鹰飞毯，拆下了通信志，把它高高地举在空中。我盘腿坐在冰冷的石头上，拇指按了一下触显。地穴里的光线渐渐暗去，突然间，希莉站在了我的面前。

迈克死的时候，他们没有把我扔出船去。他们本来可以，但是没有这么做。他们没有让我任由茂伊约的地方法官来处置。他们本来可以，但是他们没有选择这么做。我被带到安全部，关了两天，接受询问，有一次还是辛格船长亲自问话。然后他们又让我回到了岗位。在跃迁回程漫长的四个月里，我一直受着折磨，脑子里总回忆起迈克被杀的情景。我知道，我做出的蠢事反而害了他，帮着对方谋杀了他。我每天除了值班，就是做着令我冷汗淋漓的噩梦，而且满心惶恐，担心他们会不会在抵达环网之后解雇我。他们本来可以告诉我这个问题的答案，但是人人都守口如瓶。

他们没有开除我。我在环网内依然享受正常休假，但是被剥夺了茂伊约星系的船外休闲放松假。而且，他们给了我书面通报批评和军衔临时降级。迈克的命竟然只值这么点儿——通报批评加降衔。

我和其他船员一样，获准了三周的休假，但是和他们不同的是，我没有打算再回到茂伊约。我传送到了希望星，犯了船员的经典错误——试图回家看看亲人。在人满为患的住宅鳞茎待了两天，我受够了，于是传送到卢瑟斯，在那里的花街柳巷寻欢作乐了三天。可是我的心情变得更糟，我又传送到富士星，把我的许多现金马克花在了血腥的武士决斗赌博上。

最后我只得传送到了家园星系站，乘坐两天的观光班机下到希腊盆地。我从来没有去过家园星系，也没去过火星，而且我根本不准备回茂伊约。但我在那里逗留的十天里，独自一人在灰尘漫天、鬼影幢幢的清真寺走廊上闲逛，这些经历让我的思绪飞回了飞船。也飞回了希莉身边。

我偶尔会离开红石砌成的巨石阵迷宫，仅仅穿着拟肤束装，戴着面罩，站上不计其数的万千个石头阳台之一，望着天空中一颗暗淡苍白的灰色小星，它曾经是旧地。有时候我会想起勇敢而愚蠢的理想主义者，在他们龟速又漏气的船里向广袤的黑暗进发，以热忱的信念和无上的小心照管着胚胎和意识形态。但是多数时间里我根本什么都不想。不思考的时候，我只是站在紫色的夜空下，让希莉来到我身边。在“统治者之石”下，在我头脑里，我思念着一个还不到十六岁的小女人的身体，她躺在我的身边，月光从托马斯鹰的两翼之上铺洒而来，我就在这样的记忆中触到了完美开悟，它就连许多杰出知名的朝圣者也没有机会得到。

“洛杉矶”号旋转着，回到量子状态，我怀揣着她的记忆回去了。四个月之后，我便能自如地和建筑工人一起值班，插入我惯常的刺激模拟，将我的休闲放松假期用睡眠打发过去。后来辛格过来找我。“你可以下去了。”他说。但我没听明白。“在过去的十一年里，地上那些人口口相传，你和沃朔搞的一摊子烂事都他妈的给演变成了一个传奇，”辛格说，“你和你的殖民地小妞打滚的故事竟然都演绎成了一个文化的主题。”

“她叫希莉。”我说。

“把装备带好，”辛格说，“你可以去地面上过你三周的假期。大使的专家说你在那里比在这里能为霸主多做点好事。我们倒要看看。”

世界都关注着我们。人群都欢呼起来。希莉挥舞着手。我们乘坐黄色双体船离开了海港，向东南方向行驶，目标朝向群岛和她的家族岛屿。

“你好，梅闰。”希莉在坟墓的黑暗中漂浮。全息图像并不完美；边缘数据受损，朦朦胧胧。但它确是希莉——我上次看见的希莉，灰白色的头发不像是精心修剪过的，倒像是有人拿着大剪刀胡乱咔嚓了一气，发际线很高，脸颊被阴影塑造得尤为尖锐。“你好，梅闰，我亲爱的。”

“你好，希莉。”我说。坟墓的门关着。

“对不起我撑不到和你的第七次重逢了，梅闰。但我多么地想啊。”希莉顿了顿，垂下眼帘看着自己的双手。尘埃微粒从她的身体中飘过，影像略微跳动了一下。“我本来仔细地计划好了在这里要说些什么，”她继续道，“以及以怎样的方式来说。说上几句和你的争论。或者吩咐你一些该做的事情。但是我知道它们将会多么没用。我想说的已经说过了，你也已经听过，而现在没有什么可说的，沉默应该是当下最合适的选择。”

希莉的声音随着年龄增长越发地富有魅力，它拥有充实和平静的质地，只有从那些自知将不久于人世的人口中，才能听到这种声音。希莉张开她的双手，于是它们都消失在影像的边缘之外了。“梅闰，亲爱的，我们分别和重逢的日子多么匪夷所思啊。将我们紧紧联系在一起的神秘力量又是多么美丽和荒唐。我的日子都是为你而心跳，我真讨厌你这一点。你是面永远不会撒谎的镜子。真希望你能看看我们每次重逢首次相见时你的脸！至少也隐藏一下自己的震惊吧……至少，就算是为了我，你也该掩饰一下吧。

“但是在你笨拙的天真举动之下，一直都有……怎么说呢？……有一种感觉，梅闰。在那稚嫩和轻率的自负举动中，有着一种不相符的东西，你掩饰得相当好。可能是出于对我的关心。如果不是的话，那兴许就是某种挂念。

“梅闰，这本日记记录有上百个条目……说不定上千条……我自打十三岁起就开始记录了。等你看过这里，这条记录就会被擦除，不过你可以接着看下去。再见，吾爱，永别。”

我关掉通信志，静静坐了一分钟。人群的声音被隔离在坟墓的厚墙之外，几乎都听不见了。我深吸一口气，又用指尖点了点触显。

希莉出现了。她现在是四十七八岁的年纪。我立刻就记起了她记录这个影像的时间与地点。我记得她穿的这身斗篷，她脖子上系的小方巾，还有从她发束中滑出的一绺发丝，垂在她的脸颊上。我记得那一天的每一件事。那是我们第三次重逢的最后一天，我们和朋友一起在南藤恩的高地。东尼尔当时十岁，我们试图劝服他和我们一起去雪地上滑雪。他哭了。掠行艇还没停稳，希莉就转身离开了我们。当玛格丽特快步出来，我们立即从希莉的脸上看出，有什么事情发生了。

现在，一张同样表情的脸正看着我。她漫不经心地把那绺不听话的头发抓到了脑后，眼睛红红的，但是竭力抑制着声音里的感情。“梅闰，今天他们把咱们的儿子杀了。阿龙才二十一岁，他们把他杀了。你今天看起来好迷糊，梅闰。你一直不停地问：‘怎么可能发生这样的错误？’虽然你根本不了解咱们的儿子，但是当我们听说这个噩耗时，我能够看出你脸上的失落。梅闰，这不是意外。如果没有其他任何东西能够幸免，没有任何记录会留下，如果你永远都不了解，为什么我会任由一个多愁善感的荒诞故事来主宰我的生命，那这件事你一定要知道——杀死阿龙的并不是意外。理事会警察到达的时候他正和分离主义者在一起。就算是那个时候他也可以逃开。我们已经一起编造好了不在场证据。警察也一定会相信他的话。他却选择留下来。

“今天，梅闰，你为我在大使馆对公众……对那些暴民……所说的话而感慨。记住这个，船员——当我说：‘现在还不是你们展现愤怒与厌恶之时’，那是我打心眼里想要讲的。不多，不少。今天还不是时候。但是那一天总会到来。它一定会到来。契约并不是能够在最后几天内不费吹灰之力得到的，梅闰。现在也不可能轻而易举就得到。那些已经忘记的人会在那天到来之时大吃一惊，但是它一定会到来。”

影像渐渐褪去，另一个影像取而代之，在转换的瞬间，一张二十六岁的希莉的脸重叠上那个年纪稍大的女人的面容。“梅闰，我怀孕了。我真开心。你已经离开了五周，我真想你。你还要过十年才会回来呢。不过我想说的不只是这些。梅闰，为什么你没有邀请我跟你一起走？我不能够和你一起走，但是要是你邀请我的话，我也就非常高兴了。不过我怀孕了，梅闰。医生说是个男孩。我会跟他说你的事，亲爱的。也许有一天你和他可以在群岛扬帆，聆听海民的歌声，就像你和我在过去的几周的生活一样。说不定你到时候就能够听明白它们的歌声了。梅闰，我想你。请快些回来。”

全息影像闪着光，又变换了。这次是个十六岁的女孩，红光满面。她的长发如瀑布一般披洒在赤裸的肩膀和白色睡衣上。她情绪激动地说着话，泪水涟涟。“船员梅闰·阿斯比克，我为你的朋友感到难过——我真的感到难过——但是你连句再见都没说就离开了。我本来计划好了你要怎样帮助我们……你和我的计划……但是你连句再见都没说。我才不在乎你身上发生了什么。真希望你快些回到那臭气熏天、人满为患的霸主蜂窝，烂成一摊泥，这些都与我无关。事实上，梅闰·阿斯比克，我根本都不想再见你了，哪怕他们出钱求我。再见。”

在投影淡出之前她就转过了身去。现在坟墓光线暗淡，但是声音还持续了片刻。传来一阵小声的轻笑和希莉的声音——我听不出那是多少岁的——最后的一句话。“再见，梅闰，永别。”

“永别。”我说，指尖轻点，关掉了触显。

我眯着眼从坟墓中出来，人群自动分开。我估算时间的能力不佳，破坏了仪式正常发展的进程，这一刻我脸上的微笑激起了愤怒的低语。扬声器将正式仪式雄浑的演说一直传播到了我们的山顶。

“……开创一个合作的新纪元。”大使雄浑的声音回荡在山谷间。

我将盒子放在草地上，取出了霍鹰飞毯。飞毯逐渐展开，人群都挤过来看。毯子已经褪色，但是飞控线依然如新铜一般闪闪发亮。我坐在飞毯的中央，将重重的盒子搬上来，放到我身后。

“……等到时空不再成为阻碍，会有更多的机遇接踵而来。”

我轻敲着飞行装置，霍鹰飞毯上升了四米，飘浮在空中，人群又向后退去。现在我的视线能越过坟茔的顶部望见更远的地方。岛屿正在回归，赤道群岛逐渐成形。我看见它们，成百上千，在微风的吹拂下从贫瘠的南部驶来。

“能够在此为你们合上电路，我感到不胜荣幸，茂伊约殖民地，欢迎你们加入人类霸主这个大家庭。”

典礼的通信激光脉冲细线一样抛向了天顶。爆发出一阵掌声，乐队开始奏乐。我眯起眼睛朝天上看，正好看见一颗新爆发的新星。在那微秒内，我有几分知道发生了什么事。

在几个微秒间，远距传输器启用了。在几个微秒间，时空不再成为阻碍。而后人造奇点潮水般汹涌的拉力触发了我放在密蔽场外侧的铝热炸药。肉眼无法看见那场轻微的爆炸，但是一秒钟之后，扩大的施瓦兹希尔辐射开始吞噬密蔽场的外壳，吞下了三十六吨脆弱的十二面体物质，急速膨大，狼吞虎咽地吞下周围上千公里的空间。那是可以看见的——而且景象相当壮观——就像一颗小规模新星在清朗的蓝天下闪耀着白光。

乐队停止了演奏。人群尖叫，寻找掩体。没有理由需要这么做。远距传输器持续自行瓦解之时，从中迸发出一连串X光线，但是并没有强烈到会破坏茂伊约富足环境的地步。接下来是一道道等离子光束，随着“洛杉矶”号逐渐拉大自己和迅速衰变的小型黑洞之间的距离，它们也变得清晰可见。风渐起，海浪愈加汹涌。今晚会有罕见的海潮。

我想说点意义深远的话，但是我什么都想不出来。何况人群也没有心情听我说。我听见尖叫和呼喊声，但也有惊喜的欢呼混杂其中。

我敲击着飞行装置，霍鹰飞毯加速飞过悬崖，浮在海港上空。一只托马斯鹰正懒洋洋地在正午的上升气流中滑翔，见我靠近，慌乱地扑腾起翅膀。

“让他们来吧！”我朝着逃跑的鹰大喊道，“让他们来吧！那时我就已经三十五了，而且也不会是一个人，要是他们敢，尽管放马过来吧！”我垂下拳头放声大笑。风吹拂着我的头发，凉爽地拂过我胸膛和臂膀上的汗水。

现在凉快多了，我开始四处游览，将路线的目的地定为最遥远的小岛。我向前望去，望着其他的人们。我甚至还想向海民们说话，告诉它们时间到了，鲨鱼最终要来到茂伊约了。

然后，当战争胜利，世界成为它们的，我会向它们讲述她的故事。我会向它们吟唱关于希莉的歌。

远处战空传来的流光依然闪耀。万物皆寂，唯剩清风滑过绝壁的声音。这群人紧紧地靠在一起坐着，身体前倾，看着古老的通信志，像在等着它继续讲下去。

它讲完了。领事拿起微型磁盘装进了口袋。

索尔·温特伯揉了揉熟睡孩子的后背，向领事说道："显然你不是梅闰·阿斯比克。"

"我不是，"领事说，"梅闰·阿斯比克在叛乱中丧生了。希莉的叛乱。"

"你怎么会拥有这个记录？"霍伊特神父问道。神父的表情充满痛苦，但在这之下，也可以清楚地看见他的感动。"这个令人难以置信的记录……"

"是他给我的，"领事说道，"就在他于群岛战役中身亡几周前。"领事看着自己面前一张张困惑的脸。"我是他们的孙子，"他说，"希莉和梅闰的孙子。我父亲……也就是阿斯比克提到的东尼尔……当茂伊约获准进入保护体的时候，他担任了首任地方自治理事会的理事长。后来又当选为议员，任职终身。那天去山上为希莉扫墓的时候我只有九岁。后来有一天，阿斯比克趁夜到我们的小岛，将我带到一边，告诉我不要加入他们的队伍。那年我二十岁，对参与叛乱与战斗而言，已经够大了。"

"要是你加入了，会参与作战吗？"布劳恩·拉米亚问。

"噢，会的。说不定都死了。就和三分之一的男人和五分之一的女人一样牺牲掉。就像所有的海豚和大多数小岛一样毁灭掉，虽然霸主试图尽可能多地保证它们完好无损。"

"这故事真感人，"索尔·温特伯说，"但是为什么你会来这里？为什么要朝圣伯劳？"

“我还没有讲完呢，”领事说，“听着。”

我祖母有多坚强，我父亲就有多软弱。霸主并没有等到十一个本地年之后才回来——军部火炬舰船在五年之内就成功进入了轨道。叛乱者匆忙修建起来的舰船被打得溃不成军，此时，父亲只是袖手旁观。他们包围了我们的世界，而父亲却继续站在霸主那边。我记得那时我才十五岁，同我的家人一道在宗族岛屿的上层甲板上，观望着十数个小岛在远处熊熊燃烧，霸主掠行艇的深水炸弹将海洋照得透亮。到早上，海浪里堆满了海豚的尸体，大海都变成了灰蒙蒙一片。

在群岛战役之后那些绝望的日子里，我的姐姐莉拉加入了叛乱军战斗。有人目睹她的牺牲，但没人找到她的尸体。我的父亲也再没有提起过她的名字。

在停火和保护体准入许可授予之后不到三年，我们这些首批殖民者就成了自己星球的少数民族。小岛已被驯服，并被卖给观光者，就跟梅闰向希莉预言的一样。首站现在已经是人口一千一百万的城市，公寓大厦、塔尖，还有磁悬浮城市都沿着海岸线绕着整个岛屿延伸。首站港依然是个光怪陆离的集市，有贩卖手工艺品的第一家庭后裔，他们出售的艺术品总是漫天开价。

当父亲首次被选作议员的时候，我们在鲸逖中心住了一段时间，我也在那个地方完成了学业。我是个孝顺儿子，颂扬环网中人生的美德，学习人类霸主的光辉历史，并积极准备自己即将在外交使团的生涯。

一直以来我都在等待。

我在毕业之后不久就回到了茂伊约，在中央政府岛上的办公室工作。我工作的一个内容就是拜访那些在浅海中冒起来的成百上千座淌水的平台，报告迅速繁衍的海底岛群，并且负责与来自鲸心和天龙星七号的开发公司联络。我并不喜欢这项工作，但是我办事绩效颇高。我依然微笑面对一切。依然等待。

我追求了某个第一家庭的女孩子，和她结了婚，她来自希莉的表亲贝托尔的血系，在我获得外交使团考核鲜有人达到的“第一”成绩之后，我要求在环网之外任职。

于是开始了我和格列莎私人的星外大移居。我工作尽职尽责。我是个天生的外交人才。还不到五个标准年我就已经成为副职领事。八年之内，我又凭借自己的实力当上了领事。这是我能够在偏地晋升的最高职位。

这是我的选择。我为霸主工作。我等待着。

最开始我的角色是向偏地殖民者提供环网的精巧发明，以帮助他们做到最好——摧毁那里真正原始的土著生命。六个世纪的星际扩张当中，霸主没有遇见过任何德雷克-图灵-陈索引上记录的智慧生物，这绝非偶然。在旧地之上，人们早已接受这样一个观点：如果一个物种胆敢将人类置于它的食物链菜单之中，那么它必将迅速灭绝。随着环网的扩张，任何一个真正试图与人类的智力相抗衡的物种，都必将在星系内首个远距传输器打开之前灭绝。

我们在旋转星的云塔之间，追踪那些神龙见首不见尾的泽普棱。根据人类或者内核标准来看，他们应该并不聪明。但是他们很漂亮。他们死去的时候，皮肤会泛起彩虹霓光般的涟漪，但他们的同伴却对这些多彩的信息视而不见，听而不闻，逃之夭夭，任由他们痛苦的死亡美丽得难以名状。我们将他们的光感知皮肤卖给环网公司，将他们的血肉卖给天国之门一类的星球，将他们的骨头磨成粉，当作催情药卖给其他二十多个殖民星球上阳痿或者迷信的人。

在嘉登，作为要将巨泽汲干的生态建筑工程师顾问，我结束了那些湿地马人对彼地短暂却威胁到霸主发展的统治。最终他们试图要迁徙，但是北部地区太过干燥，因而数十年之后，当嘉登加入环网，我再度访问那里时，那些早已风干的马人尸体依然被丢弃在荒辽的地段，活像一些从更为丰富多彩的时代遗留下的异国植物的躯壳。

我到达希伯伦的时候，犹太移民正要结束他们与赛内赛·阿鲁伊特的世代纷争，后者就像世界上的缺水生态那般脆弱。阿鲁伊特精神感应力极为强烈，是我们的恐惧与贪婪杀死了他们——当然，我们的眼里容不下他物，这一点亘古以来颠扑不破，也是另一个原因。但是在希伯伦，让我变得铁石心肠的，不是阿鲁伊特的灭亡，而是由于我的所作所为，注定了殖民者的末日。

在旧地他们有一个用作描述我身份的词——内奸。因为，尽管希伯伦不是我的故星，但殖民者已经逃亡到了这里，他们所做的一切也都有清晰的理由，就像我的祖先们在旧地的茂伊岛签订的生命契约一样明明白白。但我只是在等待。我在等待中的所作所为……用这个词真是名副其实。

他们信任我。在我开诚布公的论说中，他们开始相信重新加入人类大家庭……加入环网有多么棒。他们坚持只能有一个城市对外来人开放。我微笑着表示同意。现在新耶路撒冷有六千万人口，而整个大陆只有一千万犹太土著居民，他们大部分的生活来源依靠这个加入环网的城市。还需要等十年。可能花不了那么久。

希伯伦向环网开放之后，我有一点消沉。我发现了酒精，这个伟大的东西能够让我远离闪回与嗑电。格列莎一直留在医院里和我在一起，直到我完全戒掉酒瘾。很奇怪，在这个犹太星球上的诊所竟然属于天主教。我还记得那天晚上大厅里教袍摩擦出的沙沙声。

我的消沉变得平静，并逐渐远离。我的职业生涯还没有被破坏。我以正式的领事身份将妻儿都带到了布雷西亚。

我们在那里扮演的角色是多么微妙啊！我们所走的路线又是多么诡计多端。在数十年间，卡萨德上校、技术内核的军队都一直袭扰着驱逐者游群的流亡之处。现在议会和人工智能顾问理事会这两大巨头作出决议，决定在偏地检验一下驱逐者的兵力，看看他们到底有多大能耐。于是他们选中了布雷西亚。我承认，在我抵达之前的数十载里，布雷西亚人都代理我们行使权力。他们的社会是古色古香令人愉悦的普鲁士风格，极端的军国主义，经济上骄傲自负，目中无人，极度恐外，到了群情激昂地要征募军队以扫除“驱逐者威胁”的地步。最开始，一些人租借了一批火炬舰船，以便靠近驱逐者。他们有等离子武器。也有密集探针，装载有特制的病毒。

我犯了点小小的计算失误，当驱逐者部落到达的时候，我还身处布雷西亚。出现了几个月的误差。那时候本该是由一个军政分析小组来接替我的位置。

不过没关系。反正霸主的意图已经达成。军部坚定而快速的部署力完全通过了检验，霸主的利益没有受到任何实质上的损害。格列莎死了，当然。在首轮轰炸中就死了。还有阿龙，我十岁的儿子。他一直和我在一起……到战争结束时也还活着……但后来却死了，一些军部傻瓜撒下的饵雷和爆破炸药距离首都白金敏寺的难民营太近了。

他死的时候我没在他身边。

布雷西亚战役之后我得到了擢升。我被给予了一项任务，它是历来任职领事的人所能被委任的任务里最富挑战，也是最为机密的：我成为了负责与驱逐者直接谈判的外交官。

最开始我传输到鲸逖中心，与悦石议员的委员会和一部分人工智能顾问展开漫长的会议。我见到了悦石本人。计划相当地复杂。最主要的一点是：我们必须挑唆驱逐者主动发起进攻，而激怒他们的关键就在于海伯利安这颗星球。

驱逐者在布雷西亚战役之前就一直在观察海伯利安。我们的情报机构显示，他们深深地迷上了光阴冢和伯劳。此前他们对承载着卡萨德上校的霸主医疗舰船的攻击和其他的几次攻击，都是属于计算错误；在医疗船只被错误地判定为军事神行舰之时，他们的舰船长惶恐不已。在驱逐者看来，更糟糕的是，他们作出决定让登陆飞船降落在光阴冢附近。于是乎该船的司令官展露了他们抵御时间潮汐的能力，他们的突击队员遭到了伯劳大幅度的杀戮。在那之后，飞船船长回到游群接受了处决。

但是我们的情报机构显示驱逐者的计算错误并不完全是彻底的失败。他们获得了关于伯劳的有价值的信息。而且他们对于海伯利安的着迷也逐渐加深。

悦石曾向我解释霸主计划要怎样利用那种痴迷。

计划的核心在于我务必得激怒驱逐者去攻击霸主，而攻击的焦点必须是海伯利安本身。我由此开始明白，最终的战役是为了处理环网的内部政务，而不是要拔除驱逐者这颗眼中钉。几个世纪以来，技术内核的各方力量都反对海伯利安加入霸主。悦石解释说这不再是为人类的利益着想了，武力兼并海伯利安——以保护环网本身作为幌子——将会允许内核中更多的进步人工智能联合会获取权力。这样一来，内核中权力平衡的转变就会让议会和环网受益，具体途径则没有完全向我解释。驱逐者这一不可能妥协的潜在威胁将会被完全清除。霸主辉煌的新时代即将开始。

悦石解释说我不需要自愿前往，使命将会充满危险——不管对我的职业，还是人生来说，都是如此，但我还是接受了。

霸主给我提供了一艘私人飞船。我只要求了一处修改：配上一台古老的斯坦威钢琴。

我依靠霍金驱动独自旅行了好几个月。接下来的好几个月里，我在驱逐者游群定期移民的地段漫游。最终我的船舰被探测到并被俘获。他们相信我是一个信使，也明了我是一个间谍。他们中有人主张杀我，有人反对，辩论了很久，最终留我一条生路。他们也为是否要和我谈判争辩了不少时候，最终决定要这么做。

我并不想描述在游群生活的美妙——他们零重力的球形城市和彗星农场、刺丛，他们的微型环轨森林和迁徙河流，聚会礼拜生活的千颜万色与精细纹理。完全可以说，我相信驱逐者已经完成了环网人类在过去的几千年中都没有完成的事情：进化。当我们还住在自己的衍生文化——旧地生活苍白的浮影之中时，驱逐者已经开发了文化的新维度，包括美学、伦理学、生物化学、艺术和其他必须改变、进化的东西，人类灵魂也终于得以充分反映。

野蛮人，这是我们给予他们的称呼，但是在同时我们又怯懦地紧抓住自己的环网不放，就像当年的西哥特人[①]蜷缩在罗马逝去的辉煌中，宣布自己是文明人一样。

十个标准月之内，我就把我最大的秘密告诉了他们，而他们也把自己的秘密告诉了我。我尽自己所能极为详尽地解释了悦石的人为他们制定了什么样的计划，要将他们灭绝人世。我告诉他们环网科学家们对光阴冢的异常知之甚少，也告诉他们技术内核对海伯利安难以名状的惧怕。我详细描述说如果他们不惧危险企图占领海伯利安，就等于中了圈套，军部会倾巢出动，来到海伯利安星系，将他

① 西哥特人（Visigoths）：原居罗马帝国东北部，四世纪下半叶，因受到来自中亚的匈奴人的威胁，开始向西迁徙。公元378年安德里诺堡战役，西哥特人打败了罗马帝国的军队，410年西哥特人洗劫罗马城，随后占领了高卢南部阿基坦地区，以图卢兹作为首都，建立了西哥特王国，其疆域包括卢瓦尔河以南的西南高卢和比利牛斯半岛的大片土地。在西哥特人统治下的阿基坦，罗马高卢贵族的地产大多未受损害，他们依然按罗马帝国时的方式生活。

们歼灭干净。我将我所知道的一切和盘托出，并再次等待着死亡。

他们并没有杀我，反而告诉了我一些事。他们给我看了拦截到的超光信息、密光记录，还有他们四个半世纪以前从旧地星系逃出来时带走的一些记录。他们给我看的东西骇人且简单。

三八年的天大之误并不是个错误。旧地的死亡是蓄意的，是技术内核的成员和他们在霸主羽翼未丰的政府中的人类同伴策划的阴谋。早在失控的黑洞“意外”被放入旧地心脏部位的几十年前，他们就已经详尽地策划了大流亡的全过程。

环网、全局、人类霸主政权——它们全都是在这个最为邪恶的弑父行为之上建立起来的。现在它们又被一项不动声色精心策划的弑兄政策维系，他们杀戮其余的所有物种，只要对方露出一丁点儿竞争者的苗头。而驱逐者，在星际间自由流浪的唯一人类部族，唯一不受技术内核控制的种群，便是灭绝名单上的下一号人物。

我回到环网。环网时间已经过去了三十年。梅伊娜·悦石当上了首席执行官。希莉的叛乱成为了富有浪漫色彩的传奇，成为了霸主历史上一个无足轻重的小脚注。

我拜见了悦石。我告诉了她驱逐者向我透露的很多消息，但不是全部。我告诉她，他们知道为海伯利安打响的任何战役都是圈套，但是不管怎么说，他们还是会前来。我告诉她，驱逐者想让我成为海伯利安的领事，这样当战争爆发之时，我就会成为双重间谍。

我没有告诉她，他们已经承诺要给我一项装置，能够打开光阴冢，让伯劳挣开枷锁。

首席执行官悦石和我谈了很久。军部情报特工和我谈论得更为持久，有些谈话甚至持续了好几个月。他们运用技术和药物来确认我说的是真话，确认我没有隐瞒任何信息。驱逐者也很擅长运用技术和药物。我说的的确是真话。我只是保留了一些消息没有说出来。

最后，我被任命前往海伯利安。悦石提出要把那颗星球提升到保护体的地位，同时让我担任大使。我拒绝了这两个提议，但是我希望能够保留自己的私人飞船。我是乘坐一艘定期往返的神行舰上任的，而我自己的飞船也在数周之后搭乘一艘来访的火炬舰船抵达。它被留在了一条中继轨道，我随时可以召唤它下来，驾着它离开。

独自一人在海伯利安之时，我等待着。多年过去。我准许我的助手掌管这颗偏地星球，而我自己在西塞罗酒吧花天酒地，等待着。

驱逐者通过私人超光信息和我联络，而我向领事馆告了三周的假，让飞船降落在草之海附近一处与世隔绝之地，然后驾着它与他们的侦察艇在欧特云附近汇合，接走他们的特工——一个名叫安迪尔的女人——和一个技术专家三人小组，降落在笼头山脉的北方，距离光阴冢仅数公里远。

驱逐者没有远距传输器。他们的生命都被花费在星际间的长征上，遥望着环网的生命高速掠过，像是以癫狂速度播放的平面或全息电影。他们为时间而痴迷。技术内核向霸主提供并继续维护远距传输器。人类科学家和科学小组完全搞不懂远距传输器是如何运作的。驱逐者试图搞清楚，却失败了。但是，他们虽然失败了，却理解了怎样操控时空。

他们弄明白了时间潮汐，也就是环绕墓群的逆熵场。他们不能够制造这种能场，但是可以保护自己不受它的侵害，并且——从理论上——摧毁它们。光阴冢和它们的内在物体将不再逆时间运动。墓群将会“打开”。伯劳将会挣脱它的套索，不再被困在墓群的附近。里面所有的一切都将被释放。

驱逐者相信光阴冢是来自未来的人造之物，而伯劳则是一种用以拯救的武器，正等待着合适的双手将它捕获操控。伯劳教会将这个怪物视作复仇天使；驱逐者将它看作一种人类设计的工具，穿越时间回到过去，从技术内核的魔爪下挽救人类。安迪尔和技术专家此次前来是要进行校正和试验工作。

“你们现在并不会利用它，是吧？”我问。我们正站在叫作狮身人面像的建筑的阴影之下。

“现在不会，”安迪尔说，“要等到侵略战争一触即发的时候。”

“但是你说过这项装置要过好几个月才能起作用，”我说，“才能让墓群打开。”

安迪尔点点头。她有双深绿色的眼珠，个子很高，我能够分辨出她拟肤束装上装有动力的外骨骼上的微小细纹。“或许要经过一年甚至更久，”她说，“这项装置会使逆熵场逐渐衰退。但是这项过程一旦触发就再不能撤销。我们现在不会激活它，除非十大理事会已经决定必须要侵略环网。”

“还有疑义么？”我问。

“伦理方面的争论。”安迪尔说。距离我们几米远处，那三名技术专家正在用变色掩布把装置掩盖起来，并围绕它编制密蔽场。“星际战争将会带来上百万的伤亡，乃至上十亿。将伯劳释放入环网将会带来无法预见的结果。讨伐内核是势在必行的，辩论的焦点只在于怎样做才是最好的方法。”

我点点头，看着装置和墓群山谷。“但是一旦它被激活，”我说，“就再也没有退路可走。伯劳将会被释放，而你们也必须赢得这场战争，控制住它，对吗？”

安迪尔脸上浮过一丝笑容：“是这样的。”

我一枪杀死了她——她，然后是那三名技术专家。我将祖母希莉留下的斯坦-津激光器远远地抛向移动沙丘，坐在空空如也的流塑泡沫板条箱上，抽泣了几分钟。然后我走到他们跟前，用其中一名技术专家的通信志进入密蔽场，扔掉了变色掩布，激活了装置。

没有立刻发生什么变化。空气中还是鲜明的冬末光芒。翡翠茔微微地发着光，狮身人面像依然目光涣散地望向地面。耳边只有沙粒吹刮过火山口和尸体之上的声音。仅从驱逐者装置上一颗指示灯的闪烁能判断出它在工作……已经开始工作了。

我缓缓地走回船上，心里七上八下，一半期待着伯劳的出现，一半又希望它不要出现。我在自己船舰的阳台上坐了一个多小时，凝望着暗影缓覆峡谷，黄沙渐掩远处的尸体。没有伯劳。也没有荆棘树。过了一会儿我在斯坦威钢琴上弹奏了一段《巴赫序曲》，封闭好船舰，然后升上了高空。

我和驱逐者舰船联系说发生了一起事故。伯劳将其他人都带走了；装置已被预先启动。尽管驱逐者陷入了困惑和恐慌，却还要向我提供他们的庇护。我拒绝了他们的帮助，掉头飞往环网。驱逐者没有追我。

我用自己的超光发射器与悦石取得联系，告诉他驱逐者特工已经被消灭。我告诉她侵略极有可能发生，圈套还是会像预期的那样收紧。我没有告诉她关于装置的事儿。悦石祝贺了我，并提出让我回到故星。我拒绝了。我告诉她我需要安静，我想一个人独处。我又掉头飞往距离海伯利安星系最近的偏地星球，我知道这趟旅程将会消耗掉余下的时光，直到下次行动开始。

后来，悦石本人发来超光信息，通知我参与朝圣，我得知了驱逐者在最后的几天里为我安排的角色。驱逐者，或是内核，或者悦石和她的阴谋，谁将自己看作万物之王已经再也不重要了。事情不再遵从他们主人的意志。

我们所知的这个世界正在走向灭亡，朋友们，不管我们会发生什么事。至于我，我对伯劳并没有任何要求。对于它或者这个宇宙，我并没有任何临终遗言。我回来只是因为我必须这么做，因为这是我的命运。我还是个孩子时，就曾独自回到希莉的坟墓，向她发誓，我定会向霸主复仇，打那时起，我就知道我必须这么做。我知道我必须付出怎样的代价，不管是我个人的人生，还是整个历史。

但是判决之日来临时，当你们明白了背叛像名声一样蔓延过整个环网，把整个世界带向毁灭时，我请求你们不要想起我，我的名字甚至不如你们长眠的诗人之魂所说的，声名水上书。请想想旧地莫名的衰亡，想想那些海豚，它们苍灰的血肉在阳光下干裂腐殖，如我从前那样，看看那些无处流浪的移动小岛，它们被毁灭的捕猎地，赤道浅海鳞次栉比的淌水站台，还有那些岛屿上满载的狂呼雀跃的游客，身上满是紫外线洗剂和大麻烟的味道。

当然更好的是，这种事半点都别去想。像我扔掉开关以后，就这么站着，虽然身为凶手，身为叛徒，但是依然骄傲，双足坚定地屹立在海伯利安游移的沙粒之中，头高昂，拳头挥向天空，大喊道："你们两家都倒八辈子霉去吧！[①]"

你们知道吗，我记得我祖母的梦。我记得它可能是个怎样的梦。

我怀念希莉。

"你是间谍吗？"霍伊特神父问，"驱逐者派来的间谍？"

领事擦擦脸颊，没有说话。他看上去已经累得精疲力竭了。

"对啊，"马丁·塞利纳斯说，"我被选中进行这次朝圣的时候，首席执行官悦石提醒过我。她说我们中有个间谍。"

---

① 这句话出自《罗密欧与朱丽叶》。罗密欧的朋友茂丘西奥替罗密欧接受提伯尔特的挑战，被其刺死。茂丘西奥临死时，出于对蒙太古和凯普莱特两家的恩怨世仇的失望，诅咒说："你们两家都倒八辈子霉去吧！"

“她告诉了我们所有人。”布劳恩·拉米亚厉声说道。她盯着领事。眼神中带着悲痛。

“我们的朋友是间谍，”索尔·温特伯说，“但不完全是驱逐者的间谍。”他的宝宝醒了。温特伯抱起她，让她安静，不要哭。“他是惊险小说中所谓的双重间谍，在我们这里是三重间谍，一名无限次回归的间谍。说实在的，是名报仇雪恨的间谍。”

领事看着老学者。

“但仍然是间谍，”塞利纳斯说，“间谍是要被处死的，不是吗？”

卡萨德上校手里拿着死亡之杖。并没有朝任何人瞄准。“你是否在和你的飞船联系？”他问领事。

“是的。”

“怎么联系？”

“通过希莉的通信志。它被……改造过。”

卡萨德微微点头。“那你一直在用飞船的超光发射器和驱逐者联系，是不是？”

“是的。”

“按他们的要求向他们报告朝圣进程？”

“是的。”

“他们有没有回复？”

“没有。”

“我们怎么能相信他？”诗人喊道，“他是个该死的间谍。”

“闭嘴。”卡萨德说道，语气干脆决然。他的目光从没有离开过领事。“你有没有攻击海特·马斯蒂恩？”

“没有，”领事说，“但是那天‘伊戈德拉希尔’烧毁的时候，我知道什么事不对劲。”

“什么意思？”卡萨德说。

领事清清嗓子：“我和圣徒的巨树之音打过交道。他们和巨树之舰几乎有着心灵感应的联系。但是那天马斯蒂恩的反应太平静了。要么他不是他口中所说的他，要么他早就知道，巨树之舰注定要被毁灭，已经事先和它切断了联系。那天我在站岗时，我到下面去看过他。他已经不见了。船舱就跟我们发现时的一模一样，除了一点，那就是，莫比斯立方体处于中性状态了。尔格可能会逃掉。我把它封牢了，然后回到了甲板上。”

“你有没有伤害海特·马斯蒂恩？”卡萨德再次问道。

“没有。”

“我再说一遍，我们他妈的为什么要相信你？”塞利纳斯说。诗人正在喝苏格兰威士忌，那是他带着的最后一瓶酒了。

领事看着酒瓶，回答道：“你不必相信我。这无关紧要。”

卡萨德上校的长手指无所事事地敲击着死亡之杖那暗淡的外壳。“现在，你对你的超光通信联系有何打算？”

领事疲惫地吸了口气：“等光阴冢打开时再报告。如果那时我还活着的话。”

布劳恩·拉米亚指着古旧的通信志：“我们可以把它毁了。”

领事耸耸肩。

“那东西有用处，”上校说，“我们可以用它窃听军事和民间的自由通信信息。如果需要的话，我们还能用它召唤领事的飞船。”

“不！”领事喊道。这是许多时间以来，他第一次显示出情感。“我们现在不能回去。”

“我相信，我们都没打算回去。”卡萨德上校说。他左右四顾，看着一张张苍白的脸。一时半会儿没人说话。

“我们必须作出决定。”索尔·温特伯说。他晃着宝宝，朝领事的方向点头。

马丁·塞利纳斯的前额靠在苏格兰威士忌空瓶子的瓶口。他抬起头。“叛国是死罪，”他咯咯地笑道，“几小时后，我们反正是都要死了。为什么不执行我们最后的死刑呢？”

霍伊特神父表情扭曲，一阵痛苦的痉挛攫住了他。他颤抖的手指碰触着皲裂的嘴唇：“我们不是法庭。”

“怎么不是？”卡萨德说，“我们就是。”

领事挺直双腿，前臂搁在膝盖上，手指依偎。“那就裁决吧。”语气中毫无感情。

布劳恩·拉米亚早已拿出她父亲的自动手枪，现在她把它放在了边上的地板上。目光从领事转而投向卡萨德。“我们是在讨论叛国罪吗？”她说，“叛什么国？我们这些人，除了领事，没有一个是确切的第一公民。我们大家都被无法控制的力量粗暴对待了。”

索尔·温特伯直接对领事说：“你忽略了一点，我的朋友，梅伊娜·悦石和内核中的成员选中了你去和驱逐者联系，他们很清楚你会做什么。也许他们没有料到驱逐者有办法打开光阴冢——虽然人们从来搞不清内核的人工智能是怎么想的，但是他们肯定知道，你会攻击两个阵营，因为这两方都伤害了你的家庭。这是某种奇异计划的一部分。你不再是属于你自己意志的工具了，就跟——”他举起自己的小孩，“——这孩子一样。”

领事看上去迷糊了。他想要说话，然而摇摇头作罢。

“可能吧，”费德曼·卡萨德上校说，“但是不管他们怎样摆布我们，把我们当成他们手下的卒子，我们必须自己作出选择。”他抬起头，朝墙壁看了一眼，从远处太空战那里，传来一阵阵光的闪烁，将白墙染成血红之色。“因为这场战争，成千上万的人会死于非命。也许有数百万。如果驱逐者或者伯劳得以自由出入环网的远传系统，那么，上百个世界上，数亿生命将危在旦夕。”

领事注视着卡萨德，后者已经拿起了死亡之杖。

“对我们来说，死亡近在眼前，”卡萨德说，“伯劳绝不留情。”

没人吭声。领事似乎正凝望着远处的什么东西。

卡萨德按了死亡之杖的安全键，然后把杖别回到腰带上。“我们已经走了这么远了，”他说，“大家一起走完剩下的旅程吧。”

布劳恩·拉米亚放好她父亲的手枪，站起身，越过一小段距离，跪在领事身边，伸出手臂，抱住了他。领事被这行为吓了一跳，他抬起一只手。光线在他们身后的墙上舞动。

过了片刻，索尔·温特伯走了过来，一只手围住了他俩的肩膀，抱住了他们。由于突如其来的温暖身体的靠近，小孩愉快地扭动着。领事闻到她身上的爽身粉和初生婴儿的气息。

“我错了，”领事说，“我会向伯劳提出一个要求的。我会帮她提的。”他轻轻地碰了碰瑞秋小脑袋的下巴，那小下巴弯进了小脖子里。

马丁·塞利纳斯突然朗声大笑，接着又哭泣起来。“我们最后的要求，”他说，“缪斯会答应请求吗？我没有请求。我只希望完成我的《诗篇》。”

霍伊特神父朝诗人转身看去：“那东西有那么重要吗？”

“哦，是啊，是啊，当然啦，是啊。”塞利纳斯气喘吁吁地说道。他放下空空如也的苏格兰威士忌的杯子，手伸进包里，拿出一把稿纸，高高举起，似乎要展示给大家看，“你们想要读读吗？你们想我读给你们听听吗？啊，又思如泉涌了。读读以前的那段。读读我在三个世纪前写的《诗篇》，我从没发表过的《诗篇》。都在这儿了。我们都在这儿了。我的名字，你们的，这次旅行。你们难道没看见……我不是在创造诗，而是在创造未来！”他扔下稿纸，举起空瓶子，皱皱眉头，就像圣杯一般举着它。“我是在创造未来，”他埋头重复着，“但是需要改变的，是过去。是一个瞬间。是一个决定。”

马丁·塞利纳斯抬起头。他的眼睛通红：“这个明天将要杀死我们的东西——我的缪斯，我们的创造者，我们的毁灭者——它在逆着时光旅行。啊，随它去吧。这次，随它带走我，抛下比利一个人。随它带走我，随这首诗在那中止，永远未完待续。”瓶子举得更高了，他闭上眼睛，将它扔到远处的墙上。玻璃碎片反射着静寂爆炸的橙光。

卡萨德上校走了过来，长长的手指放在了诗人的肩膀上。

在几秒钟内，房间似乎由于简单的互相接触而变暖了。雷纳·霍伊特神父正靠在墙上，现在他也走了过来，举起右手，拇指和小指相碰，另三指竖立，这动作包括了他自己，也包括了他身前的这些人，他轻声说道：“吾赦免汝。”①

凛冽寒风刮擦着外墙，啸叫着吹过笕嘴，吹过阳台。一亿公里外的战场上的光线将这群人浸没在血色之中。

卡萨德上校走到门口。大伙分开了。

“大家睡个觉吧。”布劳恩·拉米亚说。

之后，领事独自坐在铺盖里，倾听着寒风的尖叫怒号，他的脸枕在背包上，把毯子拉上来盖着身体。许多年来，他都不曾像今晚这样。今晚，他倒头便进入了梦乡。

领事握紧的拳头支着脸颊，闭上眼睛，睡着了。

---

① 原文是拉丁文。

尾声

领事醒来时，巴拉莱卡琴的声音悠扬飘来，起初，他还以为那是梦境中的暗流。

他坐起身，在寒风中瑟瑟发抖，于是裹着毯子走了出去，来到长长的阳台上。还没有破晓，天空仍然燃烧着战场的火光。

“不好意思。”雷纳·霍伊特说，从他的乐器上抬起头。神父蜷缩在他的披风下。

“不要紧，”领事说，“我差不多要醒了。”这是真的。他记不起什么时候睡过这么舒服的觉了。“请继续。”他说。那些音符尖利清晰，但是由于风的咆哮，几乎听不见。霍伊特似乎正和高山峻岭上的寒风一起弹奏着二重奏。领事几乎无法听清楚。

布劳恩·拉米亚和卡萨德上校走了出来。一分钟后，索尔·温特伯也来到了他们中间。瑞秋在他的臂膀中扭动，向夜空探去，似乎她能抓住那里的明亮之花。

霍伊特弹奏着。破晓前的那一小时里，寒风越来越猛烈，笕嘴和峭壁也开始演奏，它们就像要塞中冰冷巴松管的簧片。

马丁·塞利纳斯出现了，抱着他的头。“别他妈的尊敬宿醉之人，”他说，靠在宽阔的栏杆上，“如果我从这么高的地方吐下去，吐出来的东西要花半小时才能着地呢。”

霍伊特神父仍旧埋着头。他的手指飞速拨弄着那小小乐器的琴弦。西北风越刮越猛，也越来越冷，巴拉莱卡琴演奏着与之对应的声部，它的音调激扬而活泼。领事和其他人蜷缩在毯子和披风中，微风变成了洪流，那无名的音乐亦步亦趋。这是领事曾经听到过的最古怪，也最优美的交响曲。

寒风涌动，咆哮，减弱，最后平息了。此时，霍伊特也结束了曲子。

布劳恩·拉米亚左右四顾：“差不多要出太阳了。”

“再等一小时。”卡萨德上校说。

拉米亚耸耸肩：“为什么要等？”

“对啊，为什么？”索尔·温特伯说。他朝东面望去，日出的唯一迹象是东面星群的微弱栅栏。“看上去今天是个大晴天。”

“开始准备吧，”霍伊特说，“我们还需要行李吗？”

大伙你看看我，我看看你。

“不，我想不需要了，”领事说，“上校带着通信志和超光通信仪，你们带好你们拜谒伯劳的必需品。其余的东西留在这儿。”

“好吧，”布劳恩·拉米亚说，在黑漆漆的门口停下脚步，向其余人摆摆手，“快行动吧。”

要塞东北有个入口，通向下面的荒野，朝下共有六百六十一级台阶。没有栏杆。这群人小心翼翼地往下爬，在不太明亮的光线下，谨慎地走着路。

他们终于爬到了谷底，现在回过头，向上头的岩石露头望去。

时间要塞看上去就像山脉的一部分，它的阳台和外部楼梯仅仅是从岩石上凿刻而出。偶尔的，明亮的爆炸会点亮一扇窗，或者投下一只笕嘴的影子，但是仅此而已，要塞仿佛已经在他们身后消失了。

他们穿行在要塞底下的低矮山丘中，走在草地上，躲避着尖利的灌木丛伸展出的尖爪般的棘刺。十分钟后，他们便来到了沙地上，现在正往低矮的沙丘下爬，朝山谷前进。

布劳恩·拉米亚一马当先。她穿着一身材质极好的斗篷，一件红色丝绸衣，上面带着黑色边饰。她的通信志在她的手腕上闪现。卡萨德上校紧随其后。他全副武装，军装的迷彩聚合体还没有激活，所以看上去又亚光又黑，甚至把上面的光都吸收了。卡萨德拿着一把一级军部突击步枪。护目镜就像黑镜子一般发着微光。

霍伊特穿着黑披风，一袭黑衣，戴着神父领。巴拉莱卡琴轻轻抱在怀里，就像抱着一个小孩。他继续小心翼翼地挪着脚步，似乎每一步都带来痛苦。领事跟在后面，他穿着他外交官最好的硬挺上衣、正式的黑裤、马甲、天鹅绒斗篷，以及金黄的三角帽，就是第一天在巨树之舰上戴过的那顶。他不得不紧紧抓着帽子，以防被风吹走，现在风又吹了起来，卷起沙粒扑向他的脸，在沙丘顶部滑行，就像一条大毒蛇。马丁·塞利纳斯紧紧跟在后面，他穿着他那风吹波纹起的毛大衣。

索尔·温特伯殿后。瑞秋待在婴儿筐中，靠在斗篷和大衣下面，依偎在她父亲的胸口。温特伯正对着她低声唱着一首小调，调子迷失在了微风中。

四十分钟后，他们来到了死寂之城。大理石和花岗岩在紫罗兰的光线下微微闪光。身后的山峰也在发光，从山侧无法辨别出要塞。这群人穿过沙谷，爬上低矮的沙丘，然后，突然之间，光阴冢山谷的前端第一次映入眼帘。领事可以辨认出狮身人面像展开的两翼，以及翡翠色的闪光。

远远的身后，传来隆隆声和撞击声，领事转过身，面露惊色，心猛烈跳动。

“开始了么？”拉米亚问，“轰炸？”

“不，瞧。”卡萨德说。他指着山峰上的一个点，那里，黑色隐没了群星。闪电沿着假水平线爆裂开来，照亮了冰原，照亮了冰河。“只是暴风雪。”

他们继续他们的艰苦跋涉，横越朱红之沙。领事觉得自己非常紧张，他很害怕看见光阴冢附近，或者在山谷头上，出现那个身影。他确信无疑，有东西正在那里等他们……就是它，在等。

“瞧那儿。”布劳恩·拉米亚说。她的低声言语几乎埋没在风声中。

光阴冢正在闪烁。起初领事还以为那是来自头顶的光的反射，但那不是。每个光阴冢都在闪烁不同的色彩，现在，每一个都非常清楚地展现在眼前，那光很亮，光阴冢在漆黑的山谷中逐渐模糊。空气中带着臭氧味。

“这是常有的现象吗？”霍伊特神父问，声音有气无力。

领事摇摇头：“我从没听说过。”

“瑞秋来这研究光阴冢的时候，也从没说过这种现象。”索尔·温特伯说。他开始小声哼着曲子，这群人再次开始沿着流沙前进。

他们在山谷前端停下脚步。软软的沙丘让路给洼地中的岩石和黑漆漆的影子，而洼地则通向一闪一闪的光阴冢。没人在前开路。没人说话。领事感觉到自己的心脏疯狂地在肋骨下跳动。山谷下面的东西，他害怕，他知晓，但比这更糟的是黑暗的灵魂，这些幽灵似乎正顶着风，向他袭来，让他战栗，让他产生撒腿就跑的冲动，尖叫着跑回他们来时的山丘。

领事转身看着索尔·温特伯：“你在对瑞秋唱什么曲子呢？”

学者挤出一丝笑容，搔着他短短的胡子：“这曲子来自一部古老的平面电影。大流亡前的电影。见鬼，是一切之前。”

“唱给我们听听。”布劳恩·拉米亚说，她明白领事在做什么了，她的脸色也惨白惨白的。

温特伯开始唱，他的声音很微弱，起初几乎听不见。但是那曲子铿锵有力，而且奇怪的是，非常吸引人。霍伊特神父拿起巴拉莱卡琴，开始和着曲子弹奏，音符中充满了信心。

布劳恩·拉米亚大笑了起来。马丁·塞利纳斯满怀敬畏地说：“我的天，我以前小时候唱过这首歌。这歌可真是古老啊。”

“可谁是魔法师[①]？”卡萨德上校问，他的声音在他的头盔中闷声作响，很奇怪，此时此刻这倒显得有趣得紧。

“奥兹又是什么？”拉米亚问。

“到底是谁要去见魔法师？”领事问，他感觉到他内心的黑色恐慌消退了，虽然只是消退了很小的一点点。

索尔·温特伯顿了顿，打算回答他们的问题，把这个平面电影的情节跟大家讲讲，这电影已经化为尘土好几个世纪了。

“没关系，”布劳恩·拉米亚说，“你稍后可以跟我们说。快，再唱一遍。”

在他们身后，黑暗吞噬了群山，风暴向下扫荡，越过荒野，向他们奔腾而来。天空继续发出血红之光，但是现在，虽然其他地方依旧漆黑一片，但东方的地平线微微泛起了鱼肚白。死寂之城在他们左边发着光，就像岩石皓齿。

布劳恩·拉米亚再次领头。索尔·温特伯的歌声更为嘹亮了，

---

① 索尔唱的歌来自《绿野仙踪》中的《我们去见魔法师》。《绿野仙踪》又名《奥兹国历险记》。

瑞秋愉快地扭动着身子。雷纳·霍伊特“哗”的一声甩掉他的披风，以便更方便地弹奏巴拉莱卡琴。马丁·塞利纳斯拿起一只空瓶子，扔向远远的沙地里，他也开始一起唱，令人惊讶的是，他那低沉的声音既有力又好听，完全将风声压了下去。

费德曼·卡萨德拉起护目镜，扛起武器，也加入了合唱队。领事也开口歌唱，他想了想那荒谬的歌词，朗声大笑，再次唱了起来。

就在黑暗涌现的地方，他们的足迹也变宽了。领事走到右边，卡萨德跟他并排走着，索尔·温特伯卡到他俩之间，就这样，他们不再是一列纵队，六个人现在是在并肩前行。布劳恩·拉米亚握住塞利纳斯的手，另一边握住了索尔的手。

他们仍旧高声歌唱，不再回头，大步大步地向前进，一路向下，迈进了山谷。

后续故事请见《海伯利安的陨落》

图书在版编目（CIP）数据

海伯利安 / （美）丹·西蒙斯（Dan Simmons）著；潘振华，官善明，李懿译. -- 上海：文汇出版社，2017.8

（读客全球顶级畅销小说文库）

ISBN 978-7-5496-2204-7

Ⅰ. ①海… Ⅱ. ①丹… ②潘… ③官… ④李… Ⅲ. ①科学幻想小说－美国－现代 Ⅳ. ①I712.45

中国版本图书馆CIP数据核字（2017）第155812号

海伯利安

作　　者 / （美）丹·西蒙斯
译　　者 / 潘振华　官善明　李　懿

责任编辑 / 周小诠
特约编辑 / 叶　子　孟汇一　许姗姗
封面装帧 / 李子琪　陈　昭

出版发行 / 文匯出版社
上海市威海路 755 号
（邮政编码 200041）
经　　销 / 全国新华书店
印刷装订 / 三河市中晟雅豪印务有限公司
版　　次 / 2017 年 8 月第 1 版
印　　次 / 2026 年 1 月第 15 次印刷
开　　本 / 890mm×1270mm　1/32
字　　数 / 425 千字
印　　张 / 18

ISBN 978-7-5496-2204-7
定　　价 / 78.00 元